KB248387

죄와 벌

죄와 벌 ^상

Prestuplenie i nakazanie

표도르 도스또예프스끼 장편소설 홍대화 옮김

PRESTUPLENIE I NAKAZANIE
by FEDOR DOSTOEVSKII (1866~1867)

일러두기

1. 번역 대본은 F. M. Dostoevskii, *Sobranie sochinenii v dvenadtsati tomakh* (Moskva: Pravda, 1982)와 F. M. Dostoevskii, *Polnoe sobranie sochinenii v tridtsati tomakh*(Leningrad: Nauka, 1972~1990)를 주로 사용하였습니다. 다만 판본에 차이가 없는 한 옮긴이가 번역 대본을 임의로 선택하였습니다.

2. 러시아어의 로마자 표기와 우리말 표기는 〈열린책들〉에서 정한 표기안을 따르되, 관행적으로 굳어진 일부 용어만 예외로 하였습니다.

이 책은 약시자 및 노년층을 위한 큰글자판입니다.

이 책은 실로 꿰매어 제본하는 정통적인 사철 방식으로 만들어졌습니다.
사철 방식으로 제본된 책은 오랫동안 보관해도 손상되지 않습니다.

『죄와 벌』 등장인물

라스꼴리니꼬프(로지온 로마노비치/로마니치. 로쟈, 로지까) 대학생. 주인공.
뿔헤리야 알렉산드로브나 라스꼴리니꼬바 그의 어머니.
두냐(아브도찌야 로마노브나 라스꼴리니꼬바. 두네치까) 그의 여동생.

라주미힌(드미뜨리 쁘로꼬피치) 대학생. 라스꼴리니꼬프의 친구.
조시모프 의사.
뽀르피리 뻬뜨로비치 예심 판사.

스비드리가일로프(아르까지 이바노비치) 지주.
마르파 뻬뜨로브나 스비드리가일로바 그의 아내.
뾰뜨르 뻬뜨로비치 루쥔 두냐의 약혼자.

마르멜라도프(세묜 자하로비치) 퇴역 관리.
까쩨리나 이바노브나 마르멜라도바 그의 두 번째 아내.
소냐(소피야 세묘노브나 마르멜라도바. 소네치까) 첫 부인 사이의 딸.
뽈랴(뽈레치까), 꼴랴, 리다(리도치까, 료냐) 그의 의붓자식들.
립뻬베흐젤 부인(아말리야 표도로브나/이바노브나/류드비꼬브나) 집주인.
레베쟈뜨니꼬프(안드레이 세묘노비치) 세입자. 자유주의자.

쁘라스꼬비야 빠블로브나 집주인.
나스따시야 뻬뜨로브나 쁘라스꼬비야의 하녀.
알료나 이바노브나 전당포 여주인.
리자베따 이바노브나 그녀의 여동생.

니꼬짐 포미치 경찰서 서장.
일리야 뻬뜨로비치(뽀로흐) 육군 중위. 경찰서 부서장.
자묘또프(알렉산드르 그리고리예비치) 경찰서 사무관.

니꼴라이 제멘찌예프(니꼴까, 니꼴라슈까) 칠장이.
드미뜨리(미찌까) 칠장이.
꼬흐, 뻬스뜨랴꼬프 전당포 손님.

1

제1부

1

찌는 듯이 무더운 7월 초의 어느 날 해질 무렵, S 골목의 하숙집에서 살고 있던 한 청년이 자신의 작은 방에서 거리로 나와, 왠지 망설이는 듯한 모습으로 K 다리를 향해 천천히 발걸음을 옮기고 있었다.

그는 다행히도 계단에서 여주인과 마주치는 것을 피할 수 있었다. 그의 작은 방은 높은 5층 건물의 지붕 바로 아래에 있었는데, 방이라기보다는 벽장 같은 곳이었다. 여주인은 그보다 한 층 아래에 있는 독립된 아파트에서 살고 있었고, 그는 그녀로부터 식사와 하녀를 제공받고 있었다. 그런데 청년은 거리로 나갈 때마다 항상 계단을 향해 문이 활짝 열려 있는 여주인의 부엌 옆을 지나야 했으므로 그 때마다 무언가 알 수 없는 병적인 두려움을 느꼈는데, 이로 인해 부끄러워하며 눈살을 찌푸리곤 했다. 방세가 밀려 있었기 때문에 여주인과 만날까 봐 겁이 났던 것이다.

그는 본래 겁이 많고 소심한 사람은 아니었다. 아니, 그의 성격은 오히려 정반대였다. 하지만 그는 언제부터인가 긴장과 초조 상태에 있는 우울증 환자처럼, 자기 혼자만의 세계에 빠져서 여주인뿐만 아니라 어느 누구와도 만나기를 꺼릴 정도로 사람들로부터 고립되어 있었다. 그는 가난에 찌들어 있었지만, 최근에 들어서는 그런 절박한 사정에 대해 괴로워하지 않게 되었다. 그는 일상 생활에 전혀 신경을 쓰지 않게 되었고, 또 쓰고 싶어하지도 않았다. 여주인이 그에게 어떤 나쁜 짓을 꾸민다 할지라도, 기본적으로 여주인 따위는 두려워하지도 않았다. 그러나 계단에 멈춰 서서, 자기와는 전혀 상관이 없는 잔소리들, 귀찮게 방세를 재촉하는 위협과 불평 따위를 듣게 되면, 이쪽에서도 뭐라고 사죄하고 거짓말을 늘어놓으며 꽁무니를 빼야 하므로……. 그러느니 차라리 어떻게 해서든 고양이처럼 계단을 빠져나와 눈에 띄지 않게 슬그머니 도망치는 것이 상책이었다.

하지만 거리로 무사히 빠져나오자, 그는 자신이 방금 여주인과의 만남에 그토록 겁을 먹었다는 사실에 대해 스스로도 놀랐다.

〈그런 일을 저지르려고 하면서, 이토록 하찮은 일을 두려워하다니!〉 그는 야릇한 미소를 지으면서 생각했다. 〈음…… 그래…… 모든 일은 마음먹기에 달린 거다. 다만 겁이 나서 사람들은 모든 일을 망치는 것이다……. 이건 명제와 다름없지. 사람들이 제일 두려워하는 것은 무엇일까? 새로운 한 걸음, 자신의 새로운 말, 이것을 제일 두려워한다……. 그건 그렇다 치고 나는 너무 중얼대는구나. 이렇게 말만 너무 많이 하니까, 아무 일도 하지 못하는 거야. 「아니, 그게 아니라, 아무 일도 하지 못하니까 지껄이기만 하는 거다.」 이렇게 지껄이는 버릇이 생긴 것은 최근 한 달 동안 방구석에 처박혀 누워서…… 있을 수도 없는 일에 대해서만 생각했기 때문이다. 그런데 난 왜 이렇게 걷고 있는 걸까? 정말 난 그 일을 할 수 있을까? 진정 그 일은 진지한 것일까? 전혀 진지한 일이 아니다. 이건 망상으로 자신을 위로하고 있는 것에 불과하다. 장난에 지나지 않는다! 그래, 장난이다!〉

거리는 지독하게 무더웠다. 게다가 후텁지근한 공기, 혼잡, 여기저기에 놓인 석회석, 목재와 벽돌, 먼지, 근교에 별장을 가지지 못한 뻬쩨르부르그 사람이라면 누구나 다 알고 있는 독특한 여름의 악취, 이 모든 것들이 그렇지 않아도 혼란스러운 청년의 신경을 한꺼번에 뒤흔들어 놓았다. 이 지역에 특히 많은 선술집에서 풍기는 역겨운 냄새와 대낮인데도 끊임없이 쏟아져 나오는 술 취한 사람들이 거리의 모습을 더욱 불쾌하고 음울하게 만들고 있었다. 한순간 이목구비가 뚜렷한 청년의 얼굴에는 참을 수 없다는 듯 혐오감이 스치고 지나갔다. 사실 그는 멋진 검은 눈동자에 짙은 아맛빛 머리털을 가진 미남으로, 약간 큰 키에 균형이 잘 잡힌 몸매를 지니고 있었다. 그는 곧 깊은 상념에 잠겼다. 더 정확히 말하자면 그는 일종의 무아경 상태에 빠져, 주변을 전혀 의식하지 못한 채, 또 의식하기를 원하지도 않으면서 걷고 있었다. 스스로 인정했듯이 그는 가끔 혼잣말을 하는 버릇대로 무언가를 입 속에서 웅얼대고 있었다. 그때 그는 자신의 생각이 뒤죽박죽이 되고 있으며, 몸도 쇠약해져 있다는 사실을 깨달았다. 이틀째 그는 거의 아무것도 먹지 못했던 것이다.

그의 옷은 차라리 넝마라고 하는 편이 옳았다. 아무리 남루한 옷에 익숙한 사람이라 할지라도 밝은 대낮에 그러한 옷차림으로 거리에 나서기는 부끄러울 정도였다. 그러나 이 지역은 옷차림 따위로 사람들의 시선을 끌기는 어려운 곳이었다. 센나야 광장에서 가까운, 창녀촌들이 운집해 있는 뻬쩨르부르그 한복판에 위치한 이 거리와 골목은 수공업자들과 공장 노동자들이 우글거리는 낯선 풍경을 연출하고 있었으므로, 색다른 모습을 한 사람과 만난다고 해서 놀라는 것이 오히려 이상할 정도였다. 게다가 지금 그의 마음속에는 적개심과 경멸감이 가득 뒤엉켜 있었으므로, 그의 청년다운 결벽증에도 불구하고, 자신의 외양에 대해 부끄럽게 생각할 겨를이 없었다. 그가 별로 만나고 싶어하지 않은 옛 친구들이나 아는 사람들을 만난다면 또 문제가 다르겠지만……. 그런데 이때 커다란 짐말이 끄는 거대한 마차에 실려 지금 어디로 또 무엇 때문에 달리고 있는지도 모르는 주정뱅이가 〈이봐, 거기, 독일 모자!〉 하고 손가락질하며 그에게 소리를 질렀다. 청년은 우뚝 멈춰 서서, 소스라치게 놀라며 자기 모자를 움켜잡았다. 그 모자는 챙이 높고 둥근 것으로 찜메르만[1] 공장에서 만들어진 것이었지만, 낡아 빠진 데다 바래서 불그죽죽했다. 게다가 구멍과 얼룩투성이였고 챙도 떨어져 나가 볼썽사납게 찌그러져 있었다. 하지만 그의 마음을 사로잡은

1 찜메르만은 모자를 만드는 공장의 공장주이자, 네프스끼 거리에 있는 모자 상점 주인의 이름이다.

것은 수치심이 아니라, 전혀 다른 감정, 놀라움 같은 것이었다.

〈내 이럴 줄 알았어!〉 그는 당황해서 중얼댔다. 〈내 이럴 줄 알았다고! 이건 무엇보다도 추악한 일이다! 이렇듯 어리석고 하찮은 점이 모든 계획을 망쳐 버린다! 그래, 이 모자는 사람들 눈에 띄기가 쉽다…… 우스꽝스럽게 생겼으니까 눈에 띄기 십상이지……. 내 누더기 같은 옷에는 학생모가 제격인데. 아주 낡은 것이라 해도 괜찮지만, 이렇게 괴상한 것은 아니어야 한다. 이 따위 모자를 쓰고 다니는 사람은 아무도 없지 않은가. 1베르스따² 밖에서도 눈에 띄어 사람들이 기억하게 될 거야……. 중요한 점은 나중에 기억한다는 사실이다. 증거가 될 것이다. 그러니 가능하면 눈에 띄어서는 안 된다……. 사소한 것, 사소한 것이 중요하다……! 바로 그런 사소한 것들이 항상 모든 일을 망쳐 버린다…….〉

목적지는 그다지 멀지 않았다. 그는 자기 집 문 앞에서 거기까지 몇 발자국이나 되는지도 알고 있었다. 정확하게 7백30발자국이었다. 그는 언젠가 몽상에 빠져 있었을 때,

---

2 베르스따는 미터법 시행 전, 러시아의 거리 단위이다. 1베르스따는 1.067킬로미터이다.

그 수를 세어 놓았던 것이다. 그 당시 그는 아직 그 몽상을 믿지 못하였으며, 그것이 지니고 있는 추악하면서도 매력적인 대담함 때문에 초조해 하고 있었다. 한 달이 지난 지금에 와서 그는 이미 모든 것을 다르게 보기 시작했다. 그는 여전히 자신을 믿지 못하며, 혼잣말로 자신의 무력함과 결단성 없음을 조롱했지만, 그래도 그 공상을 무의식적으로나마 이미 계획으로 간주하는 데 익숙해져 있었다. 그는 자신의 계획을 시험해 보기 위해 마침내 그곳으로 가는 중이었다. 한 발자국을 내디딜 때마다 그는 점점 더 흥분되어 갔다.

심장이 얼어붙고 신경이 떨리는 상태에서 그는 한쪽 벽면은 시궁창을 향해, 다른 벽면은 거리를 향해 나 있는 아주 거대한 건물로 다가갔다. 이 건물 안에는 재봉사, 철공 기술자, 요리사, 잡다한 일에 종사하는 독일 사람들, 몸을 파는 여자들, 하급 관리들이 세를 들어 살고 있었다. 건물의 두 문과 두 마당은 드나드는 사람들로 북적거렸다. 서너 명의 경비원들이 이곳을 지키고 있었다. 청년은 그들 중 어느 누구와도 마주치지 않은 것을 몹시 다행스러워하며, 사람들 눈에 띄지 않도록 문에서 오른쪽으로 난 계단으로 숨어 들어갔다. 비좁고 어두운 계단은 〈뒤쪽〉으로 나 있었다. 그는 이미 이 건물의 내부 구조를 꿰뚫고 있었으므로, 이런 조건들 모두가 그의 마음에 들었다. 주위가 어두워서 잘 보이지 않았기 때문에 아무리 호기심 많은 사람의 눈에 띈다 할지라도 그가 누구인지 들킬 염려가 없었던 것이다. 〈지금도 이렇게 두려워하고 있는데, 막상 《그 일》을 시도하기도 전에 무슨 일이 생기면 어쩌려고 하나?〉 그는 4층으로 올라가면서 무심결에 생각했다. 4층에서는 퇴역 병사 짐꾼들이 아파트에서 가구를 내가느라 그의 길을 막았다. 그는 이 아파트에 독일인 관리 가족이 살고 있다는 사실을 벌써부터 알고 있었다. 〈그 독일인이 지금 방을 빼는구나. 그러면 4층의 이 계단, 이 계단참 옆의 아파트에는 한동안 그 노파만이 남게 된다. 이건 어쨌든…… 좋은 일이다…….〉 그는 이렇게 생각하고, 노파의 아파트 문에 달린 설렁줄을 당겼다. 종소리는 약하게 울렸다. 종은 구리가 아니라 양철로 된 것 같았다. 이런 건물에 있는 작은 아파트 문에 달린 종들은 대개 그랬다. 하지만 지금의 이 특별한 울림은 이미 이 종소리를 잊고 있던 그에게 문득 무언가를 상기시키고, 분명하게 보여 주는 것 같았다……. 그는 몸을 부르르 떨었고, 순간적으로 몹시 예민해졌다. 얼마 후 문이 빠끔히 열리고, 경계하는 듯이 방문객을 쳐다보는 노파의 눈동자가 문틈의 어둠 사이로 반짝이는 게 보였다. 그러나 그녀는 계단참에 있는 사람들을 보고는, 용기를 내어 문을 활짝 열어젖혔다. 청년은 문턱을 넘어 칸막이로 가려져 있는 어두운 현관으로 들어갔다. 그 칸막이 뒤에는 작은 부엌이 있었다. 노파는 그 앞에 서서 묻는 듯한 눈초리로 말없이 그를 바라보았다. 예순 살쯤 되어 보이는 작달막하고 말라빠진 노파의 눈은 날카롭고 사악해 보였으며, 코는 작고 뾰족했고, 머리에는 아무것도 쓰고 있지 않았다. 숱이 적고 하얗게 센 머리털에는 기름이 잔뜩 발라져 있었다. 닭의 발목같이 삐죽하고 긴 목에는 면으로 된 걸레 조각 같은 것을 감고, 이렇게 더운데도 그녀는 너덜너덜해진 누런 털 조끼를 어깨에 걸치고 있었다. 노파는 쉴 새 없이 기침을 해대며 가릉거리는 소리를 냈다. 청년이 그녀를 이상한 시선으로 보았던지, 그녀의 눈에는 순간적으로 경계의 빛이 스쳐 지나갔다.

「저는 라스꼴리니꼬프라고 하는 학생입니다. 한 달 전에 한번 왔었지요.」 청년은 좀 더 상냥하게 굴어야겠다는 생각에 반쯤 고개를 숙여 인사를 하며 중얼거렸다.

「기억하고 있소, 젊은이. 젊은이가 왔었다는 것을 잘 기억하고 있소.」노파는 여전히 경계하는 눈빛으로 그를 바라보며 또렷이 말했다.

「그러세요……. 전에 왔을 때와 같은 용무로 다시…….」라스꼴리니꼬프는 노파의 의심스러워하는 태도에 약간은 당황하고 놀라면서, 말을 이었다.

〈내가 전에는 알아채지 못했지만, 어쩌면 이 노파는 항상 이런지도 몰라.〉그는 불쾌한 감정을 품으면서 생각했다.

노파는 마치 생각에 잠긴 듯이 입을 다물더니, 조금 있다가 몸을 옆으로 비켜, 방 쪽으로 손님을 앞세우며 말했다.

「들어가시구려, 젊은이.」

청년이 들어간 크지 않은 방은 노란 벽지와 제라늄 화분, 창에 드리워진 모직 커튼으로 꾸며져 있었는데, 때마침 방 안은 지는 햇살을 받아 환했다. 《그때도》이렇게 해가 비치겠지……!〉 뜻밖에도 라스꼴리니꼬프의 머릿속에는 이런 생각이 스쳐 갔다. 그는 가능한 한 아파트 안의 구조와 방 안에 있는 모든 것들을 빠른 시선으로 둘러보며 기억해 두려고 애썼다. 그러나 방에는 특별한 것이라곤 하나도 없었다. 가구는 노란색 나무로 만들어져 있었는데, 모두 몹시 낡은 것들이었다. 나무 등받이가 구부러진 큼직한 소파와 그 앞에 놓인 타원형 탁자, 창과 창 사이의 벽에 붙은 거울 달린 화장대, 걸상들, 그리고 독일 귀부인이 손에 새를 들고 있는 싸구려 그림들이 표구된 두세 개의 노란 액자들, 이것이 전부였다. 방의 한쪽 구석에 걸린 작은 성상 앞에는 촛불이 켜져 있었다. 모든 것이 너무나도 깨끗했다. 가구도 마루도 광이 나도록 닦여져 있었다. 모든 것이 윤이 나고 있었다. 〈리자베따가 한 일이겠지.〉 청년은 생각했다. 방 어느 구석에서도 먼지 하나 찾아볼 수 없었다. 〈늙고 못된 과부에게서나 찾아볼 수 있는 깔끔함이지.〉 라스꼴리니꼬프는 계속 생각했다. 그리고 그는 호기심에 가득 차 두 번째의 작은 방으로 난 문 앞에 쳐진 옥양목 커튼을 곁눈질로 쳐다보았다. 그 방에는 노파의 침대와 서랍장이 놓여 있었는데, 그는 아직 한 번도 그 안을 들여다본 적이 없었다. 아파트는 이 두 개의 방으로 이루어져 있었다.

「무슨 일로 오셨소?」 방으로 들어와서, 노파는 아까처럼 그의 정면에 서서, 그의 얼굴을 똑바로 쳐다보며 준엄하게 물었다.

「전당품을 가져왔어요, 여기요!」 그리고 그는 주머니에서 오래되고 납작한 은시계를 꺼냈다. 쇠줄이 달린 시계 뒷면에는 지구의가 새겨져 있었다.

「지난번에 전당 잡힌 물건도 기한이 다 되었는데, 벌써 한 달 하고도 사흘이 지났구먼.」

「제가 한 달 치 이자도 미리 드릴게요. 조금만 연기해 주세요.」

「젊은이, 연기하든, 지금 젊은이 물건을 팔아 버리든, 그건 내 마음이오.」

「이 시계는 얼마나 받을 수 있을까요, 알료나 이바노브나?」[3]

「시시한 물건만 가지고 다니는구려, 젊은이. 이런 물건은 전혀 값이 안 나가요. 지난번 반지는 2루블을 주었지만, 그런 반지도 기념품 가게에 가면 1루블 반에 새것을 살 수 있는걸.」

3 러시아의 이름은 이름, 부칭(父稱), 성으로 되어 있다. 알료나 이바노브나라는 이름에서 알료나는 이름이고, 이바노브나는 부칭이다. 부칭이란 아버지의 이름에, 여성의 경우에는 대체로 〈오브나〉 혹은 〈예브나〉를 붙이고, 남성의 경우에는 〈오비치〉 혹은 〈예비치〉를 붙여서 만드는데, 이를 통해서 호명되는 사람 아버지의 이름이 무엇인지를 알 수 있다. 예를 들면, 이바노브나라는 부칭에서 〈오브나〉를 빼면 〈이반〉이라는 아버지 이름이 나오게 되는 것이다. 그러므로 알료나라는 여인의 아버지 이름은 이반임을 알 수 있다. 그러므로 알료나 이바노브나라는 이름과 부칭의 전체적인 의미는 〈이반의 딸 알료나〉가 된다. 러시아에서는 이렇게 상대방을 부를 때 이름과 부칭으로 명명하는 것이 일종의 존칭으로 통용되고 있다. 알료나 이바노브나의 경우, 이 소설에서는 〈성〉이 소개되지 않는다. 러시아인들의 호칭은 상당히 복잡하기 때문에, 앞으로 필요할 경우 각주를 통해 더 설명하기로 하겠다.

「4루블만 주세요. 제가 꼭 다시 찾으러 올게요. 이 시계는 아버지의 유품이거든요. 곧 돈이 생길 거예요.」

「1루블 반에 이자를 제하고 주겠소, 그래도 좋다면.」

「1루블 반이라고요!」 청년은 외쳤다.

「젊은이 마음대로 하시오.」 그리고 노파는 그에게 시계를 돌려주었다. 청년은 시계를 받아 들고, 너무 화가 나서 금방이라도 나가고 싶었다. 그러나 그 순간 그는 더 이상 가볼 만한 곳도 없고, 또 여기에 온 목적이 다른 데 있다는 점을 상기하고는 마음을 고쳐먹었다.

「주세요!」 그는 거칠게 말했다.

노파는 열쇠를 꺼내려고 주머니에 손을 넣은 채 커튼 뒤의 다른 방으로 갔다. 청년은 혼자 방 한가운데 서서, 호기심을 가지고 옆방의 소리에 귀 기울였다. 노파가 서랍장을 여는 소리가 들렸다. 〈저건 위 서랍이야.〉 그는 상상했다. 〈노파는 열쇠를 오른쪽 주머니에 넣고 다니는구나……. 모두 쇠고리에 한 뭉치로 꿰어 있어……. 다른 것보다 세 배나 큰, 톱니 모양의 열쇠는 서랍장 열쇠가 아니다. 그렇다면 보석함이나 궤가 또 있을 거야……. 그거 참 궁금하군, 궤에 대체로 그런 열쇠를 쓰지……. 그건 그렇고 이 모든 게 얼마나 비열한 짓인가…….〉

노파가 돌아왔다.

「자, 젊은이, 1루블의 한 달 이자가 10꼬뻬이까니까, 1루블 반에서 한 달 이자로 15꼬뻬이까를 먼저 제하고, 그리고 지난번 2루블에 대한 이자를 같은 방식으로 계산해서, 20꼬뻬이까도 제하는 거요. 그럼, 전부 다 합쳐서 35꼬뻬이까가 되는구먼. 그러니까 젊은이가 시계를 맡기고 받을 돈은 1루블 15꼬뻬이까요. 자, 받아요.」

「뭐라고요! 지금 받을 돈이 1루블 15꼬뻬이까라고요!」

「정확히 그래요.」

청년은 더 이상 따지지 않고 돈을 받아 들었다. 그는 아직 할 말이 더 남아 있기라도 한 듯 밖으로 나갈 생각도 하지 않고, 노파를 물끄러미 바라보았다. 그러나 그 자신도 어떤 말을 해야 할지 모르는 것 같았다…….

「제가 어쩌면, 알료나 이바노브나, 며칠 내로 또 물건 하나를 가져올지도 몰라요……. 은으로 된 것인데…… 괜찮은…… 담뱃갑이에요……. 친구에게서 돌려받는 대로…….」그는 당황해서 입을 다물었다.

「그때 가서 얘기합시다.」

「안녕히 계세요……. 할머니는 내내 집에 혼자 계시는가 보지요, 동생은 집에 안 계십니까?」 그는 현관으로 나가면서 되도록 태연하게 물었다.

「그 애에게 무슨 볼일이라도 있소?」

「별일은 아니에요, 그냥 물어본 겁니다. 그런데 할머니는 이제…… 안녕히 계세요, 알료나 이바노브나!」

라스꼴리니꼬프는 몹시 당황한 표정을 한 채 밖으로 나왔다. 이 당혹감은 점점 더 심해졌다. 계단을 내려오면서 그는 마치 무엇에 놀라기라도 한 듯이 몇 번씩이나 발걸음을 멈췄다. 그리고 거리로 나왔을 때, 그는 마침내 탄식했다.

〈오, 맙소사! 이 모든 게 얼마나 혐오스러운 짓인가! 정녕, 정녕 나는…… 아냐, 이건 말도 안 되는 어리석은 짓이야!〉 그는 단호하게 덧붙였다. 〈정말로 내 머릿속에서 그렇게 무서운 생각이 떠올랐단 말인가? 내 마음이 그렇게 더러운 일을 생각해 낼 수 있다니! 무엇보다도 더럽다. 불쾌하고, 추악하다, 추악하다……! 그런데 나는 한 달 내내…….〉

그러나 그는 말로도, 탄식으로도 흥분된 마음을 제대로 표현할 수가 없었다. 노파를 찾아갈 때부터 심장을 짓누르면서 괴롭히던 끝없는 혐오감이 이제 아주 커지고 뚜렷해져서, 그는 도저히 괴로움에서 벗어날 수가 없었다. 그는 행인들에게는 전혀 신경 쓰지 않고 그들과 부딪쳐 가면서, 취한 사람처럼 길 위를 걸었다. 그는 다음 거리에 와서야 정신을 차렸다. 주변을 둘러보았을 때, 그는 자신이 선술집 옆에 있다는 사실을 깨달았다. 그 선술집은 지하층에 있었고, 보도에서 계단 아래로 입구가 나 있었다. 이때 마침 문에서는 취객 둘이 나오면서, 서로를 부축한 채 욕을 해대며 거리 위로 기어오르고 있었다. 오래 생각할 것도 없이 라스꼴리니꼬프는 아래로 내려갔다. 이제껏 그는 한 번도 선술집에 들어간 적이 없었지만, 지금은 머리가 어지러운 데다가, 목이 타는 듯해 괴로웠다. 그래서 차가운 맥주라도 한 잔 들이켜고 싶었다. 더구나 그는 갑자기 힘이 쭉 빠진 것이 배가 고프기 때문이라고 생각했다. 그는 어둠침침하고 지저분한 구석 자리의 끈적거리는 탁자 앞에 앉아 맥주를 시킨 뒤, 첫 잔을 벌컥벌컥 들이켰다. 이내 마음이 편해지며, 생각도 맑아졌다. 〈이 모든 게 헛소리야.〉 그는 희망적으로 말했다. 〈당황할 이유라곤 전혀 없어! 그냥 몸이 약해져서 그래! 맥주 한 잔과 설탕 한 조각, 이거면 금세 정신력도 강해지고, 생각도 분명해지고, 의지도 견고해지지! 풰! 이 모든 게 얼마나 쓸데없는 짓인가……!〉 이렇게 경멸하듯 침을 내뱉자, 그는 곧 어떤 무거운 짐에서 벗어나기라도 한 듯이 갑자기 홀가분해졌다.

그는 따뜻한 시선으로 술집 안에 있는 사람들을 둘러보기 시작했다. 하지만 그는 이 순간 모든 것을 좋은 쪽으로만 보려는 마음의 움직임조차 병적이라는 사실을 막연하게나마 직감했다.

그 시간 선술집에는 사람이 적었다. 계단에서 마주쳤던 두세 명의 취객들 외에도 그들의 뒤를 이어서 한꺼번에 다섯 명쯤 되는 한 패거리가 아코디언을 울리며, 여자 하나를 데리고 밖으로 나갔던 것이다. 그들이 떠나 버리자, 선술집 안은 텅 비었고 조용해졌다. 선술집 안에 남아 있는 사람은 맥주에 약간 취해 있는, 상인으로 보이는 한 사내와 그의 친구인 듯한 체구가 크고 뚱뚱한 사내뿐이었다. 회색 턱수염을 기르고 짧은 농민 외투를 입은 뚱뚱한 친구는 몹시 취한 채 의자 위에서 졸다가, 잠꼬대라도 하는지 가끔 양팔을 쭉 벌리고 손가락을 튀기며, 의자에서 일어서지도 않은 채 상체를 일으키려고 했다. 그러고는 가사를 기억해 내려고 애쓰면서 말도 안 되는 어떤 노래를 부르고 있었다. 이런 가사를 지닌 노래였다.

1년 내내 아내를 애무했네,
일 — 년 내내 아 — 내를 애 — 무했네……

그러다가는 갑자기 정신을 차리고 다시,

뿌지야체스끼 거리를 걸었지,
옛 사랑을 찾았지…….

그러나 어느 누구도 그와 장단을 맞춰 주지 않았다. 입을 다문 그의 친구는 동료의 이런 발작적인 감흥을 못마땅하다는 듯이 마뜩찮게 바라보고 있었다. 그러고 보니 또 다른 한 사람, 퇴역 관리의 모습을 한 사람이 남아 있었다. 그는 가끔 술을 홀짝이면서, 자신의 작은 잔 앞에 특이한 모습으로 앉아 주변을 두리번거리고 있었다. 그 역시 좀 흥분해 있는 것 같았다.

2

라스꼴리니꼬프는 사람들과 어울리는 데 익숙지 않았고, 앞에서도 말했다시피 특히 최근에는 사람들과 만나는 것을 더욱 피하고 있었다. 그런데 지금은 갑자기 사람들이 그의 마음을 왠지 사로잡았다. 그의 내부에서 무언가 알 수 없는 새로운 감정이 생기면서, 그는 사람들에 대한 일종의 갈증을 느끼게 되었다. 그는 한 달 동안이나 끊임없이 자신을 괴롭혔던 고민과 음울한 흥분 때문에 지칠 대로 지친 나머지, 한순간이나마 어느 곳이든 상관없이 다른 세계에서 쉬고 싶었다. 그래서 그는 주변이 굉장히 더러웠지만, 그래도 기꺼이 술집에 남았던 것이다.

술집 주인은 다른 방에 있다가, 어디에서인가 계단으로 내려와 자주 큰 홀로 들어왔다. 그래서 그가 내려오기 전에는 붉은 안감을 많이 접고, 사치스럽게 기름칠을 한 그의 장화가 먼저 눈에 띄었다. 그는 반코트와 기름에 찌들어 새까매진 조끼를 입고 있었는데, 넥타이는 매고 있지 않았다. 그의 얼굴은 꼭 기름을 잔뜩 먹인 자물통 같았다. 판매대 뒤에는 열네 살 정도 되어 보이는 소년이 있었다. 그리고 또 그보다 나이가 더 어려 보이는 다른 소년은 손님들이 주문을 하면 음식과 술을 날랐다. 작은 오이와 흑설탕과 생선 조각들이 진열되어 있었는데, 이 음식들에서는 몹시 역겨운 냄새가 났다. 무더워서 앉아 있는 것조차 힘들었고, 술집의 내부는 온통 술 냄새에 찌들어 있어서, 공기만 마시더라도 단 5분이면 취해 버릴 것 같았다.

전혀 알지 못하는 사람과도 왠지 말을 붙여 보기도 전

에 호감을 갖게 되는 그런 특이한 만남이 있기 마련이다. 그런데 저쪽에 떨어져 앉은 퇴역 관리인 듯한 손님이 바로 그런 인상을 라스꼴리니꼬프에게 주었다. 청년은 나중에 몇 번이고 이 첫인상을 기억해 냈고, 이것을 어떠한 예감이라고까지 여기게 되었다. 그는 줄곧 관리를 쳐다보았는데, 이것은 물론 그쪽에서도 그를 고집스럽게 보고 있었기 때문이기도 했다. 그쪽도 그에게 말을 붙여 보고 싶은 듯한 눈치였다. 주인을 포함해서 선술집에 남아 있던 다른 사람들은 신분과 교양 면에서 보잘것없는 무리들이므로 전혀 상대할 가치와 흥미도 없다는 듯이, 그는 그들을 거만하고 경멸에 찬 시선으로 바라보고 있었다. 즉, 그런 부류의 사람들과는 할 말이 없다는 것이다. 이미 쉰 살이 넘어 보이는 관리는 다부진 몸집에 중키였고, 희끗희끗 센 머리는 벗겨져 있었다. 밤낮 술독에 빠져 사는 까닭에 그의 얼굴과 눈두덩은 잔뜩 부어 올라 있었고, 안색은 누렇다 못해 푸르뎅뎅했다. 가늘게 쭉 찢어진 눈꺼풀 사이로는 작고 불그스레한 눈동자가 날카롭게 빛나고 있었다. 그러나 그에게는 어쩐지 이상한 점이 있었다. 그의 시선은 일종의 감격으로 빛나고 있었는데, 물론 그 감격 속에는 사려와 분별이 존재했지만, 그와 동시에 광기 같은 것도 언뜻 담고 있었다. 그는 단추조차 떨어진 아주 남루한 검은색 연미복을 입고 있었다. 그는 간신히 매달려 있는 단추 하나를 잠그고 있었는데, 이렇게 함으로써 자신이 결코 예의범절을 도외시하는 사람이 아니라는 것을 보여 주고 싶어하는 듯했다. 무명 조끼 밑으로는 셔츠 가슴 부분이 더럽게 젖은 채 우글쭈글하게 튀어나와 있었다. 그는 관리들이 으레 하는 방식대로 면도를 했지만, 그것도 오래전의 일인지 벌써 푸르스름한 수염이 촘촘히 자라고 있었다. 그래도 그의 몸가짐에서는 어쩐지 관리다운 위엄이 드러나곤 했다. 그는 신경질적으로 머리털을 두 손으로 헝클기도 하고, 젖어서 끈적거리는 탁자에 구멍 난 팔꿈치를 대고 불안한 모습으로 머리털을 쥐어뜯기도 했다. 마침내 그는 똑바로 라스꼴리니꼬프를 보며, 커다란 목소리로 또렷하게 말을 걸어 왔다.

「존경하는 선생, 제가 감히 선생께 정중한 대화를 청해도 될까요? 제 경험으로 미뤄 보아, 선생은 겉으로는 초라해 보여도, 사실은 교육을 많이 받았고, 술도 거의 안 드시는 분 같군요. 저는 항상 진실한 생각을 지닌, 교양 있는 분들을 존경하고 있습니다. 저는 9등 문관으로 마르멜라도프라고 합니다. 9등 문관이지요. 감히 여쭙겠습니다만,

관리로 근무하십니까?」

「아닙니다, 학생입니다……」 청년은 대단히 미사여구가 많은 말투 때문에 약간은 놀라면서, 그러나 상대방처럼 정면으로 그를 쳐다보면서 말했다. 조금 전까지만 해도 아무하고나 이야기를 나누고 싶었던 그는, 막상 누군가가 그에게 말을 건네 오자, 마음이 초조하고 불쾌해졌다. 이런 혐오감은 낯선 인물이 그의 개성을 건드리거나, 건드리려고 할 때 그가 늘 품게 되는 감정이었다.

「그러니까 대학생, 아니면 대학생이셨던가 보군요!」 관리는 소리쳤다. 「그럴 줄 알았습니다! 경험 덕분이지요, 선생, 풍부한 경험 덕분이지요!」 그리고 그는 우쭐해서 이마를 손가락으로 두드리며 말했다. 「학생이셨거나, 학자 출신이신 줄 알았습니다! 잠깐 실례하겠습니다……」 그는 일어나서 자기 술병과 잔을 들고, 비틀거리며 청년에게로 걸어와 그의 옆에 비스듬히 앉았다. 그는 취해서 하던 말에서 때때로 주제를 조금씩 벗어나기도 하고, 말을 늘이기도 했지만, 그래도 제법 달변이었다.

「존경하는 선생.」 그는 득의만면해서 말문을 열었다. 「가난은 죄가 아니라는 말은 진실입니다. 저도 음주가 선행이 아니라는 것 정도는 알고 있습니다. 그건 더할 나위

없는 진실이지요. 그러나 빌어먹어야 할 지경의 가난은, 존경하는 선생, 그런 극빈(極貧)은 죄악입니다. 그저 가난 하다면 타고난 고결한 성품을 그래도 지킬 수 있습니다. 그러나 극빈 상태에 이르면, 어느 누구도 결단코 그럴 수 없지요. 누군가가 극빈 상태에 이르면, 그를 몽둥이로 쫓아내지도 않습니다. 아예 빗자루로 인간이라는 무리에서 쓸어 내 버리지요. 그렇게 함으로써 더 모욕을 느끼라고 말입니다. 잘하는 일입니다. 극빈 상태에 이르면 자기가 먼저 자신을 모욕하려 드니까요. 그래서 술집이 있는 겁니다! 친애하는 선생, 한 달 전쯤에 레베쟈뜨니꼬프 씨가 제 아내를 때렸습니다. 제 아내는 저 같은 사람이 아닌데도 말입니다! 아시겠습니까? 한 가지 선생께 물어보고 싶은 것이 있는데, 그냥 단순한 호기심 때문이라고 해도 좋습니다만, 선생은 네바 강 건초용 짐배에서 밤을 지내 보신 적이 있습니까?」

「아니요, 없습니다.」 라스꼴리니꼬프는 대답했다. 「그런데 왜 그러시지요?」

「그러니까, 전 거기서 왔습니다, 벌써 닷새 밤을 거기서 잤지요…….」

그는 술을 한 잔 따라 마시고는 깊은 생각에 잠겼다. 정말로 그의 옷과 머리 여기저기에는 마른 풀잎들이 매달려 있었다. 그는 닷새 동안 옷도 갈아입지 않고, 씻지도 않은 것 같았다. 특히 손톱 밑이 새카만 손은 기름때에 찌들어 몹시 더러웠고, 발갛게 부르터 있었다.

그의 이야기는 시시했지만, 그래도 사람들의 관심을 불러일으킨 것 같았다. 판매대 뒤에서 소년들이 킥킥대기 시작했다. 주인도 일부러 〈어릿광대〉의 말을 엿듣기 위해 2층에서 내려와서, 나태하고 거만한 모습으로 하품을 하고는, 그와 조금 떨어진 곳에 앉았다. 마르멜라도프는 오래전부터 이 술집의 단골임에 틀림없었다. 그가 이렇게 정중한 말투로 말하게 된 것도 분명 선술집에서 여러 종류의 낯선 사람들과 이야기를 나누다가 생긴 버릇 같았다. 이것은 특이한 주정뱅이들, 특히 집에서 푸대접 받는 이들에게서 흔히 볼 수 있는 버릇이었다. 그렇기 때문에 이들은 자기와 같은 술꾼들 모임에서 위안을 찾고, 가능하다면 존경까지 얻으려고 애를 쓰는 것이다.

「어릿광대!」 주인은 큰 소리로 말했다. 「관리라면서 왜 일을 하지 않는 거야, 왜 근무를 안 해?」

「왜 내가 일을 하지 않느냐고요? 선생?」 마르멜라도프는 마치 그 질문을 한 사람이 라스꼴리니꼬프이기라도 한 듯이 그만을 쳐다보며 말했다. 「왜 근무를 하지 않느냐고요? 비참한 생활 속에 허송세월을 하면서, 제 마음은 아프지 않은 줄 아십니까? 레베쟈뜨니꼬프 씨가 한 달 전쯤에 제 아내를 때렸을 때, 전 취한 채로 누워 있었습니다만, 그때 제가 고통스럽지 않았을까요? 한 가지만 묻지요, 젊은 선생, 혹시…… 음, 음, 선생은 아무 희망도 없이 돈을 꾸러 가보신 적이 있습니까?」

「꾸러 가본 적은 있지요……. 그런데 희망이 없다는 말씀은 무슨 뜻인지?」

「그러니까 조금도 희망이 없다는 말씀입니다. 절대 꿔줄 리가 없다는 것을 뻔히 알면서도 가는 거니까요. 아주 선량하고 사회에 유익한 그 시민이 결단코 선생에게 돈을 꿔줄 리 만무하다는 점을 선생은 확실히 아신다는 겁니다. 제가 묻지요, 그가 무엇 때문에 꿔주겠습니까? 그는 내가 갚지 않으리라는 것을 잘 알고 있는데. 동정 때문이라고요? 그렇지만 새로운 사상을 좇고 있는 레베쟈뜨니꼬프 씨는 동정이 우리 시대에 과학으로도 금지되어 있고, 정치 경제학이 발달한 영국에서조차도 그것을 금지하고 있다고 하더군요. 그런데, 그가 왜 꿔주겠습니까? 그런데 그가 꿔주지 않으리라는 것을 잘 알면서도, 여전히 꾸러 가는 겁니다. 그리고…….」

「대체 왜 가는 거지요?」 라스꼴리니꼬프가 끼어들었다.

「어쩌면 찾아갈 만한 사람이 아무도 없어서, 아니면 더 이상 찾아갈 데가 없으니까 그렇지요! 어떤 인간이든 아무 데라도 찾아갈 만한 곳은 필요한 법이니까요. 왜냐하면 어디든 반드시 가야만 할 때가 있으니까요. 내 하나밖에 없는 딸이 처음으로 노란 딱지[4]를 받고 거리로 나갔을 때, 나는 그때도 역시 갔었지요……. (내 딸은 노란 딱지로 산다오…….)」 그는 약간은 불안한 모습으로 청년을 바라보면서 말을 덧붙였다. 「괜찮습니다, 선생, 괜찮아요!」 두 소년이 판매대 뒤에서 킬킬대고, 주인 역시 빙글거리자, 그는 서둘러, 그러나 겉으로 보기에는 평온하게 선언했다. 「괜찮아요! 그렇게 머리를 끄덕이며 비웃는다고 해도 난 당황하지 않습니다. 왜냐하면 세상일이란 다 알려지게 마련이고, 모든 비밀은 다 탄로가 나게 마련이니까요. 경멸하기보다는 차라리 겸손하게 받아들이는 겁니다. 그렇게 하라고 하지요! 그러라고! 〈자, 이 사람이다!〉[5]라고요. 미안합니다, 젊은 양반. 그런데 선생은 할 수 있습니까……?

4 러시아에서 창녀들은 경찰에 등록하고, 노란색 신분증을 받아야 했다.
5 「요한의 복음서」 19장 5절에서 빌라도가 그리스도를 보고 한 말.

아니 더 강하게 표현해서, 〈감히〉라는 말을 쓰는 편이 더 적절하겠군요. 선생은 이 시간 나를 보면서, 내가 돼지가 아니라고 감히 말씀하실 수 있겠습니까?」

청년은 단 한마디도 대답하지 않았다.

「그런데 말입니다……」 연설가는 실내에서 낄낄대는 웃음소리가 잦아들기를 기다렸다가, 확실하게, 이번에는 더 위엄 있게 말을 이었다. 「그래요, 난 돼지라고 해둡시다. 그렇지만 내 아내는 귀부인입니다! 난 짐승 같은 몰골을 지녔지만, 까쩨리나 이바노브나,[6] 내 아내는 교양 있는 특별한 여자요, 참모 장교의 딸입니다. 난 비열한 놈이라 해두지요, 그렇다고 합시다. 그러나 내 마누라는 고결한 마음씨와 교양, 고상한 감정으로 가득 찬 여자입니다. 그런데…… 오, 만일 그 여자가 나를 불쌍히 여겨 준다면! 이보시오, 선생, 누구든 자기를 불쌍히 여겨 줄 데가 하나라도 있어야 하는 거 아닙니까! 까쩨리나 이바노브나는 관대한 귀부인이긴 하지만, 공정한 사람은 아니에요……. 그 여자가 내 머리채를 붙잡고 끌고 다닌 것도, 그것도 연민 때문이지, 다른 이유 때문이 아니었다는 점을 모르는 바

6 까쩨리나 이바노브나는 이름과 부칭으로 〈이반의 딸 까쩨리나〉라는 의미이다.

는 아니지만(다시 낄낄대는 소리가 들리자, 그는 〈내 조금도 주저 없이 반복하지만, 그 여자는 내 머리채를 잡고 다닙니다, 선생〉이라고 한층 더 품위 있게 되풀이해서 말했다), 그러나 세상에, 만일 그 여자가 단 한 번만이라도…… 그러나 아니! 아니요! 이 모두가 부질없는 일이지요, 더 이상 할 말은 없어요! 할 말은……! 왜냐하면 벌써 내가 원하는 대로 된 적이 한두 번이 아니었으니까요. 그리고 동정을 받은 적도 한두 번이 아니었고요. 하지만…… 난 원래가 그렇게 생겨 먹은 놈이지요, 원래 짐승 같은 놈입니다!」

「물론이지!」 하품을 하면서 주인은 말했다.

마르멜라도프는 단호하게 탁자를 주먹으로 내리쳤다.

「이게 내 모습이란 말입니다! 아시겠어요, 아시겠어요, 선생? 난 아내의 양말짝마저 술과 바꿔 마셔 버렸습니다. 신발이 아니란 말입니다. 신발로 마시는 건 그래도 있을 수 있는 일이지만, 양말이었습니다. 마누라 양말짝까지 마셔 버린 겁니다! 염소 털로 만든 아내의 목도리도 마셔 버렸지요. 전에 선물로 받은 것인데, 내 물건이 아니라, 아내의 것이었습니다. 우리는 추운 구석방에서 살고 있는데, 아내는 이번 겨울에 감기가 들어서, 기침을 하면 피를 토합니다. 애들은 어린것이 셋인데, 까쩨리나 이바노브나는 아침부터 저녁까지 일을 합니다. 그 여자는 어릴 때부터 깨끗하게 자란 터라, 쓸고 닦고 아이들을 목욕시킵니다. 가슴이 약해져서 폐병기가 있는데, 난 그걸 느낍니다. 내가 모를 것 같습니까? 마시면 마실수록, 난 그걸 더 느낍니다. 그래서 마시는 겁니다. 마시면서 그녀가 겪고 있는 고통과 같은 감정을 느끼고 싶어서입니다. 즐거움이 아니라, 단 한 가지, 비애만을 찾고 있는 겁니다……. 고통을 배가시키려고 마시는 겁니다!」 그리고 그는 마치 절망한 듯이 고개를 탁자에 떨궜다.

「젊은 양반.」 그는 다시 고개를 들고 말을 이었다. 「댁의 얼굴에서는 어떤 비애 같은 것이 느껴지는군요. 나는 선생이 들어왔을 때부터 그걸 느끼고 선생에게 말을 건넨 겁니다. 내가 구질구질하게 신세타령을 하는 것은 내 애기를 안 들어도 잘 알고 있는, 놀기 좋아하는 이 작자들을 즐겁게 해주려는 것이 아니라, 나를 이해해 줄 다감하고 교양 있는 사람을 찾았기 때문입니다. 내 아내는 주청(州廳) 소재 귀족 학교에서 교육을 받았고, 졸업을 할 때는 주지사와 다른 인사들 앞에서 솔을 들고 춤도 추었고, 또 그 때문에 금메달과 상장도 받았던 사람입니다. 메달…… 그 메달은 팔아 버렸지요……. 벌써 오래전의 일이에요…….

음…… 상장은 아직도 아내의 궤짝 속에 놓여 있습니다. 얼마 전에는 여주인에게 보여 주기도 했지요. 여주인과 아내는 끊임없이 싸움질을 하지만, 아내는 누구에게든지 행복했던 지난 시절을 자랑하지 않고는 못 배기거든요. 난 비난하지 않아요, 비난하지 않는답니다. 왜냐하면 그 것이 아내에게 남아 있는 유일한 추억거리이고, 나머지 것들은 다 연기처럼 사라졌으니까요! 그래요, 그래. 열정 적이고 자존심이 강하며, 강직한 귀부인이지요. 마루도 자기가 닦고, 흑빵 하나로 연명하고 있지만, 멸시당하는 것은 참지 못합니다. 그래서 레베쟈뜨니꼬프 씨의 무례한 행동을 용납할 수 없었던 거고, 레베쟈뜨니꼬프가 자기를 때렸을 때는, 맞아서가 아니라 분에 못 이겨 자리에 누운 겁니다. 나는 그 여자가 줄줄이 어린애 셋이 딸린 과부였 을 때, 그 사람을 아내로 맞이했습니다. 아내는 첫 번째 남 편이었던 보병 장교와 사랑에 빠져 결혼을 했고, 그와 함 께 몰래 부모의 집에서 도망쳤습니다. 첫 남편을 지극히 사랑했던 모양이지만, 그놈은 도박에 미쳐서 재판까지 받 게 되고, 그로 인해 결국은 죽어 버렸지요. 말년에는 아내 에게 손찌검까지 했다는데, 물론 아내 쪽에서도 호락호락 하지는 않았다고 하더군요. 이런 일에 대해서는 확실한 증거가 있어서 내가 잘 알고 있는데도, 아내는 지금까지도 그를 생각할 때면 눈물을 흘리며, 나를 욕합니다. 그래도 난 그게 기뻐요, 기뻐. 왜냐하면 상상 속에서나마 예전에는 행복했다고 믿는 거니까요……. 첫 남편이 죽은 뒤, 아내는 애들 셋을 데리고 내가 살고 있던 낙후되고 후미진 시골 마을에 남아서, 희망도 없이 거의 굶다시피 하며 살게 되었습니다. 내가 수많은 사람들의 험한 고생살이를 봐오기는 했지만, 그 처참한 광경은 차마 눈 뜨고 볼 수가 없을 지경이었습니다. 친척들은 아내와 애들을 도와주려 하지 않았습니다. 또 아내가 워낙 자존심이 세니까요. 지나칠 정도로 자존심이 센 여자예요……. 그리고 선생, 그때 저 역시 첫 아내에게서 얻은 열네 살 먹은 딸아이가 딸린 홀아비였는데, 지금의 아내에게 청혼을 한 겁니다. 차마 그런 고통을 그냥 보고 있을 수가 없었으니까요. 이것만으로도 아내의 불행이 어느 정도였는지 잘 알 수 있겠지요? 교육도 받고, 교양도 있고, 뼈대 있는 가문의 여자가 나 같은 사람과 결혼하겠다고 하다니요! 그런데 나 같은 사람과 결혼을 한 겁니다! 울고불고하며 손을 쥐어뜯으면서도 결혼을 한 겁니다! 왜냐하면 더 이상 갈 곳이 없었으니까요. 아시겠습니까, 아시겠어요, 선생? 더 이상 갈 데가 그 어느 곳에도 없다는 것이 무엇을 의미하는지를? 아니에요! 선생은 아직 그걸 이해하지 못할 겁니다……. 난 1년 동안 남편과 아버지로서의 의무를 경건하고 성스럽게 수행했습니다. 이런 것에는 손도 대지 않았습니다(그는 보드까 술병을 손가락으로 쳤다). 그때까지만 해도 내게 아직 감정이 살아 있었으니까요. 그런데 그렇게 했는데도 난 마누라를 만족시킬 수가 없었습니다. 그러다가 직장을 잃었습니다. 그것도 내 잘못이 아니라 정원에 변동이 생겨서 감원된 거지요……! 방랑과 끝없는 고생 끝에, 우리가 마침내 수많은 역사적인 기념비들로 장식된 이 위대한 수도에 오게 된 지도 벌써 1년 반이 되어 가는군요. 그리고 난 여기서 다시 취직을 했습니다……. 그러나 취직을 하자마자 쫓겨났어요. 이해하시겠습니까? 이번에는 내 잘못으로 쫓겨난 겁니다. 내 본성이 드러난 거지요……. 지금은 아말리야 표도로브나[7] 립뻬베흐젤이라는 여주인에게서 방 한구석을 얻어 살고 있습니다. 무엇으로 생활하고, 어떻게 방세를 지불하는지 난 모르겠습니다. 그 집에는 우리 말고도 다른 사람들이 많이 살고 있지

7 소설의 제2부에 가면 마르멜라도프 가족이 사는 셋방의 여주인 립뻬베흐젤 여사의 부칭은 〈표도로브나〉 외에 〈이바노브나〉로도 나온다.

요……. 차마 눈 뜨고는 볼 수가 없는 소돔 같은 곳이에요……. 음…… 그래요……. 그사이에 내 딸, 첫 번째 결혼에서 얻은 내 딸은 자라서 어엿한 아가씨가 되었습니다. 그동안 그 애가 계모에게서 어떤 구박을 당했는지는 말하지 않겠습니다. 왜냐하면 까쩨리나 이바노브나는 아주 관대한 여자이기는 해도, 자존심이 세고, 성질이 불 같아서 한번 화가 나면 폭발해 버리거든요……. 그래요! 옛날 일을 회상해서 뭣 하겠습니까! 상상할 수 있으시겠지만, 소냐[8]는 교육을 받지 못했습니다. 내가 4년 전쯤 지리와 세계사를 가르쳐 보았습니다만, 내게도 그 방면에 대한 지식이 별로 없고, 그 분야에 대해 훌륭한 가르침을 받아 본 적이 없으니까요. 게다가 가지고 있는 책들이라는 것도…… 음……! 지금은 그나마도 없습니다. 그러니 그것으로 모든 학습은 끝이 난 거지요. 페르시아의 키로스[9]에서 멈췄습니다. 그 후 성숙한 나이가 되자, 그 애는 소설류의 책을 몇 권 읽더군요. 얼마 전에는 레베쟈뜨니꼬프 씨로부터

8 소피야라는 이름의 애칭이다.
9 키로스는 기원전 6세기경에 메디아의 지배를 받고 있던 페르시아 민족의 반란을 주도하여, 메디아를 멸망시키고, 페르시아 제국을 건설한 인물이다. 그러므로 세계사 수업에서 그에 대한 내용은 고대사의 첫 부분에서 다루어지게 된다.

빌려서, 루이스의 『생리학』[10]이라는 책도 읽었습니다. 그
런 책을 아십니까? 대단히 재미있게 읽더군요. 군데군데
우리들에게 소리 내어 읽어 주기도 했습니다. 이게 그 아
이가 받은 교육의 전부입니다. 자, 선생, 제가 사적인 질문
을 하나 여쭙겠습니다. 선생 생각에는 가난하고 순결한
아가씨가 정직한 노동으로 돈을 얼마나 벌 수 있으리라고
생각하십니까……? 하루에 15꼬뻬이까입니다, 선생. 만일
특별한 재능도 없고 정직하기만 하다면, 그것마저도 벌기
가 힘듭니다. 아무리 게으름을 피우지 않고 부지런히 일
을 해도 말입니다. 게다가 5등 문관인 이반 이바노비치 끌
로쁘슈또끄, 이런 사람을 아십니까? 이 사람은 셔츠 여섯
벌에 대한 돈을 지금까지도 지불하지 않고 있을뿐더러,
셔츠의 깃이 치수대로 바느질 되지 않고 비뚤어졌다고 트
집을 잡으면서, 발을 구르고 욕을 해대며 면박까지 주면
서 그 애를 내쫓았답니다. 그런데 집에서는 아이들이 배
를 곯고 있고……. 까쩨리나 이바노브나는 손을 쥐어뜯으
면서, 방 안을 걸어다니는데, 뺨에는 붉은 반점이 돋아 있

10 D. G. 루이스(1817~1878)는 다윈주의자, 생리학자이며 실증주의 철
학자이다. 그의 저서 『일상적 삶의 생리학』은 1861년 러시아어로 번역되었
다고 한다.

는 겁니다. 그 병에 걸리면 그렇게 되거든요. 〈이 기생충 같은 것아, 우리 집에서 공짜로 먹고 마시며 살면서, 따뜻하게 잠도 잘 오겠다!〉 아이들도 사흘 동안이나 빵 껍데기조차 못 보았는데, 먹고 마신다니 이게 무슨 소리입니까! 그때 나는 그냥 누워 있었습니다……. 거짓말은 해서 무엇하겠습니까! 실은 취한 채로 누워 있었습니다. 그런데 내 딸 소냐의 목소리가 들리더군요. (그 애는 도통 말대답을 하지 않는 아이예요. 목소리도 아주 온순하고…… 금발에, 얼굴도 항상 창백하고, 빼빼 말랐지요.) 그 애가 말하는 거예요. 〈그럼, 어떻게 해요, 까쩨리나 이바노브나, 정말로 저더러 그 일을 하러 가라는 거예요?〉 다리야 프란쩨브나라고 하는, 경찰에도 몇 번이나 걸려들어 갔던 사악한 여자가 세 번이나 여주인을 통해서 알려 왔거든요. 까쩨리나 이바노브나가 조소하듯이 대답을 하더군요. 〈왜, 무엇을 그렇게 소중히 간직하겠다는 거니? 그게 무슨 보물이라도 된다든!〉 하지만 욕하지 마십시오, 욕하지 마세요, 선생. 욕하지 마십시오! 제정신으로 그런 말을 한 것이 아닙니다. 감정이 격해 있는 데다가, 병까지 걸렸고, 굶주린 아이들은 울고 있고, 꼭 그렇게 하라는 말이 아니라, 그냥 홧김에 한 말일 겁니다……. 왜냐하면 까쩨리나 이바노브나의 성격이 그렇거든요. 아이들이 배가 고파서 우는데도 두들겨 패니까요. 그럭저럭 5시가 넘자 소냐가 일어나서, 목도리를 두르고 외투를 입더니만 아파트에서 나가더군요. 그러고는 8시가 좀 넘어서 돌아왔습니다. 돌아오자마자 곧 까쩨리나 이바노브나에게 가서는 탁자 앞에 30루블을 말없이 내놓더군요. 말 한마디 없이 그냥 흘끗 쳐다보고는, 큰 녹색 드라데담[11] 숄(우리 집에는 공용으로 쓰는 그런 숄이 있습니다)을 집어서, 그것으로 머리와 얼굴을 완전히 감싸고, 벽을 향해 침대 위에 누웠습니다. 어깨와 몸을 부들부들 떨고 있더군요……. 나는 여전히 그렇게 누워 있었습니다……. 그때 난 보았다오, 젊은 양반, 난 보았어요, 까쩨리나 이바노브나가 말 한마디 없이 소냐의 침대에 다가가서, 저녁 내내 그 애의 발치에 무릎 꿇고 앉아 그 애의 발에 키스하는 것을요. 좀처럼 일어설 줄을 모르더군요. 그러고 나서 두 사람은 서로 꼭 껴안은 채 잠이 들었습니다……. 둘이 같이, 둘이……. 그래요……. 그런데도 난 취한 채로 누워 있었습니다.」

목소리가 중간에 끊어지기라도 한 듯이 마르멜라도프

11 프랑스어 *drap des dames*에서 나온 말이다. 부인용 얇은 나사 직물이라는 뜻이다.

는 입을 다물었다. 그러고는 황급히 술을 따라 마시고, 목에서 꼬르륵 소리를 냈다.

「그때부터, 선생.」그는 잠시 말이 없다가 계속했다.「그 이후부터, 재수 없는 사건에 휘말리고, 어떤 나쁜 놈이 고발하는 바람에 내 딸 소피야 세묘노브나[12]는 노란 딱지를 받아야 했습니다. 다리야 프란쩨브나가 개입을 한 거지요. 그 여자는 자기가 무시를 당했다고 생각했거든요. 이로 인해 소냐는 우리와 함께 살 수 없게 되었어요. 왜냐하면 여주인인 아말리야 표도로브나도 용납하려 하지 않았거든요(얼마 전에 자기도 다리야 프란쩨브나를 거들고는 말입니다). 거기다가 레베쟈뜨니꼬프 씨가…… 음…… 그와 까쩨리나 이바노브나 사이에 소동이 인 것도 소냐 때문이었습니다. 처음에는 자기도 소냐를 가지려고 애를 쓰더니만, 갑자기 자존심을 내세우게 된 겁니다. 〈나처럼 이렇게 교육받은 사람이 어떻게 그런 여자와 한 아파트에 살 수 있나?〉라면서요. 그런데 까쩨리나 이바노브나가 그 말을 참지 못하고, 나서서 따지다가…… 그런 추태가 벌어진 겁니다……. 소냐는 지금은 어두울 때나 집에 들릅니다.

12 마르멜라도프의 큰딸 소냐의 완전한 이름과 부칭이다. 부칭 〈세묘노브나〉를 통해서 우리는 마르멜라도프의 이름이 〈세묜〉이라는 것을 알 수 있다.

집에 와서는 까쩨리나 이바노브나의 일을 도와주지요. 힘
닿는 대로 물건들을 가져다주기도 하고……. 그 애는 재봉
사인 까뻬르나우모프네 집에서 살고 있습니다. 그들에게
서 방을 빌렸지요. 까뻬르나우모프는 절름발이에 말더듬
이인데, 가족 모두가 말더듬이입니다. 그의 아내도 말더
듬이이고요……. 방 하나에 살고들 있는데, 소냐는 칸막이
를 치고 자기 방을 따로 만들었습니다……. 음, 그래요…….
아주 가난한 사람들로 말더듬이들이에요……. 그리고……
난 그다음 날 아침에 일어나자마자, 내 넝마를 걸쳐 입고,
두 팔을 하늘로 치켜들고, 이반 아파나시예비치 각하에게
로 갔습니다. 이반 아파나시예비치 씨를 아십니까……?
모르세요? 그런 하느님의 사람을 모르시다니요! 그분은
양초입니다……. 주님 앞에 밝혀 놓은 양초와 같은 분이에
요, 초처럼 녹아요……! 제가 하는 말을 다 들으시더니 눈
물까지 글썽이면서 말씀하시기를 〈마르멜라도프, 이미 자
네는 나의 기대를 저버렸네……. 그러나 다시 한 번 의리
를 봐서 자네를 써주겠네〉, 이렇게 말씀하시더군요. 〈그런
줄 알아 두게나. 그러면, 가보게!〉 난 그분 발의 먼지마저
도 입술로 핥았습니다. 물론 마음속으로 말입니다. 왜냐
하면 고관이자, 국가적으로도 새롭고 고매한 사상을 지니

신 분이니 정말 허락하지 않으실 수도 있었거든요. 집에 돌아와서 내가 다시 직장에 나가게 됐고, 봉급을 받게 되었다고 하니까, 어떤 일이 벌어진 줄 아십니까……!」

마르멜라도프는 몹시 흥분해서 말을 멈췄다. 그때 밖에서 한 무리의 취객들이 들어왔다. 그 사람들 외에도 입구에서는 악사들의 아코디언 소리와 일곱 살 먹은 아이가 떨리는 목소리로 부르는 「작은 시골 마을」[13]이라는 노래가 울려 왔다. 주위가 시끄러워졌다. 주인과 종업원은 새로 들어온 손님들을 맞이하느라 바빴다. 마르멜라도프는 들어온 사람들을 거들떠보지도 않고 하던 말을 계속했다. 그는 벌써 기력을 많이 잃은 것 같았다. 그러나 취하면 취할수록 그는 말이 더욱 많아졌다. 최근에 취직에 성공한 데 대한 기억이 그에게 생기를 불러일으킨 것 같았고, 그의 얼굴에는 어떤 광채마저도 서려 있었다. 라스꼴리니꼬프는 주의 깊게 들었다.

「그건 그러니까, 선생, 한 5개월 전의 일이었습니다. 그래요……. 그들 둘이, 까쩨리나 이바노브나와 소냐가 그 일을 알게 되자, 오 하느님, 난 꼭 천국에라도 올라간 것 같았습니다. 누워서 짐승처럼 뒹굴고 있을 땐 욕이나 얻어

13 시인 A. V. 꼴리쪼프(1809~1842)의 시에 붙인 대중적인 노래이다.

먹었던 적이 많았는데! 이제는 발끝으로 걸어다니면서, 아이들을 조용히 시키더군요. 〈세묜 자하로비치[14]는 직장 일로 피곤해서 누워 계신다, 쉬!〉 직장에 가기 전에는 커피를 대령하고 우유 크림[15]을 끓여 주었습니다! 진짜 크림을 구해 오기 시작한 겁니다, 듣고 계십니까? 어떻게 내게 옷 사줄 돈을 모았는지 모르겠어요. 괜찮은 옷이었어요. 11루블 50꼬뻬이까나 되었는데, 장화와 옥양목 드레스 셔츠의 가슴 부분 같은 게 모두 최고급이었고, 거기에 제복도 있었는데, 그걸 다 11루블 50꼬뻬이까로 기막히도록 훌륭하게 마련한 겁니다. 첫날 직장에서 돌아와 보니까, 까쩨리나 이바노브나는 두 가지 음식을 준비했더군요, 국과 고추냉이를 곁들인 고기였어요. 이것도 전혀 이해할 수 없는 일이었지요. 아내에게 옷이라고는 단 한 벌도 제대로 된 것이 없었는데, 그런데 그날은 마치 손님으로 초대를 받기라도 한 듯이 말쑥이 차려입었더군요. 그 여자는 무언가를 조금 어떻게 해본 것이 아니라, 무(無)에서 모든 것을 만들어 낸 겁니다. 머리를 빗고, 옷의 깃들도 어

14 마르멜라도프의 이름과 부칭으로 존칭이다.
15 러시아에서 마시는 우유 크림은 막 짠 우유를 찬 곳에 넣었을 때 생기는, 가장 위에 뜨는 지방 성분을 의미한다. 이 우유 크림은 커피에 타서 먹기도 하고 끓여서 먹기도 한다.

디서 났는지 아주 깨끗한 것에, 덧소매에, 전혀 다른 여자가 되었더군요. 더 젊어지고 예뻐져 있더라고요. 내 귀여운 딸 소냐는 돈만을 보냈습니다. 앞으로, 자기가 집에 자주 오는 것은 남 보기에 좋지 않을 것 같다며, 당분간은 오더라도 아무도 보지 못하게 해 질 녘에나 오겠다고 하더군요. 들으셨습니까? 듣고 계신가요? 난 점심 식사 후에 잠을 자러 왔지요. 그런데 선생도 상상하실 수 있겠지만, 까쩨리나 이바노브나는 그사이를 못 참았습니다. 1주일 전만 해도 여주인 아말리야 표도로브나와 다시는 얼굴도 보지 않을 것처럼 한바탕 싸워 놓고는, 그날은 차를 마시러 오라고 여주인을 초대했더군요. 둘은 두 시간 동안이나 앉아서 내내 속삭였습니다. 〈그러니까 세묜 자하로비치는 지금 직장에 다녀요. 봉급을 탄답니다. 각하께 직접 나가서 여쭈었는데, 각하께서 몸소 나오셔서 다른 사람들더러는 기다리게 하시고는, 세묜 자하로비치의 손을 잡으시더니 다른 사람들 옆을 지나 서재로 데려가셨답니다.〉 들으셨지요? 들으셨지요? 〈각하가 이렇게 말씀하셨다는 거예요.《나는 물론, 세묜 자하로비치, 자네의 공적을 기억하고 있네. 비록 자네가 그 경박한 점을 극복하지 못했지만, 자네가 지금 이렇게 다시금 약속을 하고 있고, 또 그렇지 않아도 자네가 없어서 곤란하던 참이니(듣고 계십니까? 듣고 계시지요!) 자네의 고결한 약속에 기대를 걸겠네.》 바로 내가 선생에게 하고 있는 이 말은 모두 마누라가 꾸며 낸 겁니다. 허풍을 떨고 싶어서가 아니라 다만 자랑하고 싶어서 그런 겁니다! 아니, 자기 스스로는 모든 것을 진짜로 믿고 있어요, 공상을 하면서 스스로를 위로하고 있는 겁니다, 맙소사! 그리고 난 나무라지 않아요. 아니, 나는 나무라지 않습니다……! 엿새 전에 내가 첫 봉급 23루블 4꼬뻬이까를 단 한 푼도 쓰지 않고 가져왔을 때, 아내는 나를 귀염둥이라고 불렀습니다. 〈귀염둥이 양반, 어쩜, 이런 양반이 다 있을까!〉 단둘이 있을 때 말입니다, 이해하시겠습니까? 나한테 어디 잘생긴 구석이 있고, 내가 무슨 남편이란 말입니까? 아니, 아내는 내 뺨을 꼬집어 가면서, 〈이런 귀염둥이 양반!〉, 이렇게 말을 하더군요.」

마르멜라도프는 말을 멈추고 미소를 지으려 했지만, 갑자기 그의 턱이 떨리기 시작했다. 그러나 그는 질끈 참았다. 이 선술집, 전락한 모습, 센나야의 짐배에서 지냈다는 닷새 밤, 그리고 술, 동시에 아내와 가족에 대한 병적인 사랑이 듣는 사람의 마음을 혼란스럽게 만들었다. 라스꼴리니꼬프는 병적인 느낌을 품으며 긴장한 채 듣고 있었다.

그는 여기로 들어온 것을 후회했다.

「친애하는 선생, 친애하는 선생!」 마르멜라도프는 다시 힘을 내서 소리쳤다. 「선생, 어쩌면 다른 사람들과 마찬가지로 당신도 이 모든 게 우습게 여겨지겠지요. 그리고 내가 공연히 시시한 가정사에 대해 시시콜콜하고 어리석은 말들로 선생을 괴롭히고 있다고 생각하겠지만, 내겐 웃을 일이 아닙니다! 왜냐하면 이 모든 일이 내 마음에 사무치기 때문입니다……. 내 생애에서 천국 같았던 그날 낮과 밤을 나는 날아갈 것 같은 공상 속에서 보냈습니다. 생활을 안정시키고, 아이들에게 옷을 입히고, 아내를 편안하게 해주고, 내 딸, 유일한 혈육인 내 딸을 재앙에서 가정의 품으로 돌아오게 하리라고 생각했지요……. 그것 말고도 많은 것을, 참으로 많은 것을…… 이해할 수 있으시겠지요, 선생. 그런데, 선생, (마르멜라도프는 갑자기 몸을 떠는 듯하다가 고개를 쳐들고, 상대방을 뚫어지게 바라보았다.) 그런데 그 꿈 같은 일이 일어난 바로 그다음 날(그러니까 정확히 닷새 전의 일이지요) 저녁에 난 교활한 속임수를 써서 밤도둑처럼 까쩨리나 이바노브나의 궤짝 열쇠를 훔쳐 내서는, 내가 가져왔던 봉급에서 남은 돈을 모조리 꺼냈습니다. 돈이 모두 얼마였는지 기억도 나지 않아요. 자,

나를 보세요, 이게 다입니다! 집에서는 닷새째 나를 찾고 있지요, 직장도 끝입니다. 제복도 이집트 다리 옆에 있는 선술집에 있어요. 그 옷을 지금 입고 있는 옷과 바꿨지요……. 모든 게 다 끝난 겁니다!」

마르멜라도프는 주먹으로 이마를 치고, 이를 갈며 눈을 감고 팔꿈치를 탁자에 굳게 기댔다. 그러나 1분 후 그의 얼굴이 갑자기 홱 변하더니, 그는 일부러 교활함과 뻔뻔스러움을 드러내는 표정으로 라스꼴리니꼬프를 보고는 웃음을 터뜨리며 말했다.

「그리고 오늘 난 소냐에게 갔었습니다. 취한 채로 돈을 달라고 갔었지요! 흐흐흐!」

「그래서 돈을 주던가?」 들어온 사람들 중에서 누군가가 이렇게 소리치고 목청껏 큰 소리로 웃었다.

「바로 이 보드까 반 병이 그 애의 돈으로 산 겁니다.」 마르멜라도프는 라스꼴리니꼬프만을 보면서 말했다. 「30꼬뻬이까를 자기 손으로 가져오더군요, 가지고 있던 돈 전부였지요. 마지막 돈이었습니다, 내가 봤습니다……. 아무 말도 하지 않고서 나를 바라보기만 했어요……. 그런 눈빛을 이 지상에서는 보기 힘들지요. 그러나 저 천상에서는…… 사람들에 대해 안타깝게 여기고 울면서도, 비난하지 않습니다, 비난하지 않아요! 그게 더 아픈 겁니다, 비난하지 않을 때 마음이 더 아파요……! 30꼬뻬이까였습니다. 그래요. 이 돈은 이제 그 애에게도 필요한 것 아닙니까, 예? 어떻게 생각하십니까, 선생? 이젠 그 애도 깨끗하게 차려입어야 합니다. 청결함을 유지하려면 돈이 들지요. 특별한 청결함이니까요, 아시겠습니까? 아시겠소? 이제는 향유도 사야 하지요. 그것 없이는 안 되니까요. 치마도 풀을 먹여야 하고, 웅덩이를 건널 때는 발이 예쁘게 보이도록 할 아주 멋진 구두도 필요하고요. 아시겠습니까, 선생, 아시겠소, 그 청결함이란 게 뭔지? 그런데, 이 〈나〉라는 인간, 친아비는 술이나 마시려고 그 30꼬뻬이까를 쓸어 온 겁니다. 그리고 마시고 있어요! 벌써 다 마셨지요……! 자, 누가 나 같은 인간을 동정하겠습니까? 예? 선생은 내가 지금 불쌍하지요, 선생, 그렇지 않은가요? 말씀해 보세요, 선생, 불쌍한가요, 아닌가요? 호호호호!」

그는 술을 따르려 했지만, 이미 술은 없었다. 보드까 병은 비어 있었다.

「왜 너를 불쌍히 여겨?」 다시 그들 옆에 온 주인이 외쳤다.

여기저기서 웃음이 터졌고, 욕설도 튀어나왔다. 듣고

있던 사람들, 듣지 않고 있던 사람들 모두가 퇴역 관리의 모습 하나만 보고도 욕을 하며 웃어 댔다.

「동정한다고! 왜 나를 동정해야 하느냐고!」갑자기 마르멜라도프는 손을 앞으로 뻗고 일어나, 마치 그 말을 기다리기라도 했다는 듯이 감격해서 절규하기 시작했다. 「왜 동정을 해야 하느냐고 말했나? 그래, 나를 동정할 까닭은 전혀 없어! 불쌍히 여길 것이 아니라 나 같은 놈은 십자가에 못 박아도 시원치 않아. 십자가에 못 박아야 해! 재판관들이여, 못을 박으란 말이다. 그러나 십자가에 못을 박고 난 다음에는 나를 불쌍히 여겨 주게! 그런다면 내가 자진해서 너희들에게 못을 박히러 오지. 왜냐하면 나는 즐거움에 목마르지 않고, 슬픔과 눈물에 목마르니까⋯⋯! 이봐, 주인장, 네놈은 이 보드까 반 병이 내게 즐거움을 가져다주었다고 생각하나? 내가 이 병 속에서 찾은 것은 슬픔, 슬픔이었어. 슬픔과 눈물이었단 말이다. 그리고 난 그것을 찾아서 맛보았단 말이다. 우리를 불쌍히 여기실 분은 모든 이를 불쌍히 여기시고, 모든 이들과 모든 것을 이해하시는 그분뿐이지. 그분만이 유일무이하신 심판관이시다. 최후의 심판 날이 오면 물으시겠지.〈악한 폐병쟁이 계모와 남의 어린아이들을 위해 자기 몸을 판 딸은 어디 있느냐? 지상의 아비, 쓸모없는 주정뱅이를, 그의 짐승 같은 행동을 미워하지도 않고, 불쌍히 여긴 딸은 어디 있느냐?〉 그리고 말씀하실 거야. 〈이리로 오너라! 난 이미 지난번에도 너를 한 번 용서했노라……. 너를 단번에 영원히 용서했노라……. 그러니 이제 너의 많은 죄는 용서받으리라.[16] 왜냐하면 너는 너무 많은 사랑을 베풀었기 때문이니라…….〉 내 딸 소냐를 용서해 주실 거야. 용서해 주실 거야, 난 그걸 이미 알고 있어……. 아까 그 애의 집에 갔을 때부터 난 벌써 그걸 마음속으로 느꼈어……! 그분이 모든 이를 심판하시고 용서하실 거다. 선한 사람들도, 악한 사람들도, 지혜로운 사람들도, 겸손한 사람들도…… 모든 사람들에 대한 심판이 끝나고 나면, 그때 우리에게도 말씀하실 거다. 〈나오너라, 너희들도! 주정뱅이들아, 나약한 자들아, 부끄러움을 모르는 자들아, 너희들도 나오너라!〉 우리들 전부가 부끄러워하지도 않고 나가 서면, 말씀하실 거야. 〈너희들, 돼지 같은 것들! 짐승의 형상과 인(印)이 쳐진 놈들! 그렇지만 너희들도 오너라!〉 세상에서 제일 현명한 사람

<hr>

16 「루가의 복음서」 7장 47~48절을 약간 변형시켜서 인용한 말이다. 〈잘 들어 두어라. 이 여자는 이토록 극진한 사랑을 보였으니 그만큼 많은 죄를 용서받았다. 적게 용서받은 사람은 적게 사랑한다. ……네 죄는 용서받았다.〉

들과 합리적인 사람들이 소리를 치면서 말하겠지. 〈주여, 왜 이들을 받아들이십니까?〉 그러면 말씀하실 거다. 〈지혜로운 이들아, 내가 그들을 받아들이노라, 합리적인 이들아, 내가 받아들이노라, 이들 중에서 자신이 구원받을 만한 가치가 있다고 여기는 사람은 아무도 없으므로 내가 이들을 받아들이노라……〉 그리고 우리에게 두 팔을 내미시면, 우리는 땅에 엎어져서…… 울면서…… 모든 것을 깨닫게 될 거야! 그때 모든 것을 이해하게 될 거야! 다른 모든 사람들도 이해하게 되겠지……. 까쩨리나 이바노브나도…… 아내도 이해하게 될 거야……. 주여, 그 나라가 임하시옵소서!」

이렇게 말하고 그는 지쳐서 힘이 빠진 듯 의자에 털썩 주저앉아, 아무도 보지 않은 채 마치 주변 사람들에 대해서는 완전히 잊어버리기라도 한 듯이 깊은 생각에 잠겨버렸다. 그의 말은 약간의 감동을 불러일으켰다. 몇 분간 술집 안에 침묵이 흘렀지만, 곧 이전처럼 웃음과 욕설이 여기저기서 터져 나왔다.

「판결이 그럴듯한데!」

「허풍이 대단하군!」

「관리라 다르군!」

이런 따위의 말들이었다.

「갑시다, 선생.」 갑자기 마르멜라도프는 고개를 들고 라스꼴리니꼬프에게 말했다. 「나를 바래다주시오……. 꼬젤의 집, 갈 때가 됐어요. 까쩨리나 이바노브나에게 갈 시간이 되었어요…….」

라스꼴리니꼬프는 이미 오래전부터 나가고 싶었다. 그리고 그를 도와줘야겠다고 생각하고 있었다. 마르멜라도프는 힘찬 목소리로 말했지만, 두 다리의 힘이 빠져 있었으므로 청년에게 힘겹게 기대 왔다. 2~3백 걸음 정도를 가야 했다. 집에 다가감에 따라 취한 사람은 당황해 하고 두려워하는 기색이 점점 짙어졌다.

「나는 지금 까쩨리나 이바노브나를 두려워하는 것이 아니에요.」 그는 흥분해서 중얼거렸다. 「아내가 내 머리를 쥐어뜯을까 봐 두려운 게 아닙니다. 머리털이 뭡니까……! 머리털이야 아무것도 아니지요……! 그건 내가 장담하겠습니다! 차라리 머리털을 뜯으면 그게 더 나아요. 난 그게 두려운 게 아니에요……. 난 아내의 눈이 무서워요……. 그래요…… 눈이…… 뺨에 있는 붉은 반점도 무서워요……. 또 아내의 호흡도 두렵고……. 선생은 그 병에 걸리면 숨을 어떻게 쉬는지 본 적이 있습니까……? 흥분해 있을 때 말입니다. 어린아이들이 우는 것도 두려워요……. 왜냐하면 만일 소냐가 먹을 걸 갖다 주지 않는다면, 그렇게 되면…… 정말 어떻게 될지 모르니까요! 몰라요! 맞는 건 두렵지 않습니다……. 알아 두세요, 맞는 건 내게 아픔이 아니라 기쁨이기도 하다는 것을……. 왜냐하면 그것 없이는 견딜 수가 없으니까요. 차라리 그게 더 낫지요. 때리라고 해요. 마음은 후련하니까……. 그게 더 나아요……. 저기가 집이에요. 꼬젤의 집, 부유한 독일인 자물쇠 제조공의 집이지요……. 데려다주세요!」

그들은 마당을 지나 4층으로 올라갔다. 계단은 올라갈수록 어두워졌다. 벌써 11시가 다 되었지만, 이 계절에 뻬쩨르부르그에는 밤다운 밤이 없었는데,[17] 그래도 계단 위쪽은 아주 어두웠다.

계단 끝의, 연기에 그을린 작은 문이 열려 있었다. 타다 남은 양초가 열 걸음 정도 되는 누추한 방을 비추고 있었다. 문 위의 차양 아래서는 방 안의 모든 것이 보였다. 방 안은 온통 어지러웠고, 특히 아이들의 넝마 같은 옷들이 여기저기 흩어져 있었다. 방의 뒤쪽 구석에는 구멍이 난 침대보가 길게 쳐져 있었다. 아마도 그 뒤에 침대가 놓여

17 러시아 북부 지방의 여름에 발생하는 백야 현상 때문이다.

있는 것 같았다. 방 안에 가구라고는 두 개의 의자와 방수포가 씌워진 몹시 닳아 빠진 긴 의자, 그 앞에 아무것으로도 덮여 있지 않고, 장식도 되어 있지 않은 낡은 부엌용 소나무 탁자가 전부였다. 탁자 끝의 철제 촛대 위에는 거의 다 타버린 양초가 놓여 있었다. 마르멜라도프는 방 한구석이 아니라 독립된 방에서 살고 있었으나, 그의 방은 통로 방이었다. 아말리야 립뻬베흐젤의 아파트는 새장과 같은 방들로 나뉘어져 있었고, 바로 이웃해 있는 새장 같은 방으로 난 문은 지금 열려 있었다. 그곳에서 시끄럽고 떠들썩한 소리가 들려왔다. 사람들이 웃고 있었다. 아마도 도박을 하면서 차를 마시고 있는 듯했다. 때로 너무나 격의 없는 말들이 들려왔다.

라스꼴리니꼬프는 즉시 까쩨리나 이바노브나를 알아볼 수 있었다. 그녀는 후리후리한 키와 균형 잡힌 몸매의 여인으로 아직까지 아름답고 짙은 밤색 머리털을 간직하고 있었지만, 굉장히 야위어서 바짝 말라 있었고, 정말로 뺨 여기저기에는 붉은 반점들이 돋아나 있었다. 그녀는 가슴에 두 손을 모으고, 작은 방을 앞뒤로 왔다 갔다 하며, 갈라진 입술 사이로 끊어질 듯 고르지 않은 호흡을 내뱉고 있었다. 그녀의 눈은 열에 들뜬 듯이 빛나고 있었으나,

눈동자만큼은 날카롭고 요동이 없었다. 다 타가는 양초의 마지막 빛이 그녀의 얼굴 위에서 흔들렸고, 그 빛 아래로 폐병 환자의 상기된 얼굴은 더욱 병적인 인상을 불러일으켰다. 라스꼴리니꼬프가 보기에 그녀는 서른 살가량으로 보였는데, 정말로 마르멜라도프의 배필로는 과분한 여자였다……. 그녀는 누군가가 들어오는 기척을 듣지 못했고, 그들을 알아보지도 못했다. 그녀는 마비된 듯 보지도 듣지도 못했다. 방 안은 후텁지근했지만, 그녀는 창문도 열어 놓지 않았다. 계단에서는 악취가 났는데도, 계단으로 난 문은 열려 있었다. 안쪽 방에서 열린 문틈 사이로 담배 연기가 계속 흘러 들어오는 바람에 그녀는 기침을 하면서도 그 문을 닫지 않았다. 여섯 살가량의 제일 나이가 어린 딸은 마루에 쪼그리고 앉아 머리를 의자에 박고 잠을 자고 있었다. 그 아이보다 한 살 정도 나이가 많은 소년은 구석에서 온몸을 떨며 울고 있었다. 아마도 이제 막 매를 맞은 모양이었다. 열 살가량 된, 키가 크고 성냥개비처럼 가냘픈 맏딸은 여기저기 구멍이 난 엷은 셔츠 하나만을 걸치고, 벗겨진 어깨에 오래된 엷은 드라데담 외투를 두르고 있었는데, 외투의 길이가 무릎에도 오지 않는 것으로 보아 아마도 2년 전쯤에 만들어 주었던 옷인 모양이었다.

소녀는 구석의 소년 곁에 서서, 길고 성냥개비처럼 가냘픈 팔로 그의 어깨를 안고, 소년을 위로하고 있었던 것 같았다. 그녀는 무슨 말인가를 속삭이며, 그가 어떻게 해서든 흐느껴 울지 않도록 모든 방법을 동원해 소년을 자제시키고 있었다. 동시에 그녀는 두려움에 떨며, 얼굴이 바싹 마른 데다 놀라서 더 커 보이는 크디큰 검은 눈망울로 엄마를 주시하고 있었다. 마르멜라도프는 방 안에 들어가지 않은 채 문지방에 무릎을 꿇고 앉아 라스꼴리니꼬프를 앞으로 떠밀었다. 여자는 낯선 사람을 보고, 흐뜨러진 모습으로 그의 앞에 멈춰 섰다가, 순간 정신을 차리고, 이 사람이 왜 여기로 들어왔는지를 생각해 보는 것 같았다. 그러나 곧 자기 방이 통로 방이므로, 그가 다른 방으로 가기 위해서 들어온 것이라고 생각했는지 그에게 더 이상 관심을 기울이지 않고, 문을 닫기 위해 차양이 있는 문 쪽으로 다가갔다. 그러다가 문지방에 무릎을 꿇고 앉은 남편을 발견하고는 갑자기 비명을 질렀다.

「아!」 그녀는 경악해서 소리 지르기 시작했다. 「돌아왔구나! 도둑놈! 악당⋯⋯! 돈은 어디 있어? 네 주머니에 뭐가 있는지 내놔 봐! 옷도 그 옷이 아니네! 네 옷은 어디 있어! 돈은 어디 있어? 말을 해⋯⋯!」

그녀는 돈을 찾기 위해 달려들었다. 마르멜라도프는 그녀가 주머니를 뒤지기에 편하도록 이내 순순히 양팔을 벌렸다. 돈은 단 1꼬뻬이까도 없었다.

「돈은 어디 있어?」그녀는 외쳤다.「오, 주여, 정녕 그가 다 마셔 버린 겁니까! 궤짝 안에 12루블이 지폐로 남아 있었는데……!」그러고는 갑자기 발악을 하면서, 그녀는 그의 머리털을 잡아 방으로 끌어당겼다. 마르멜라도프는 온순하게 무릎을 꿇고 그녀의 뒤를 따라 기어가면서 자진해서 그녀의 수고를 덜어 주었다.

「이것은 저에게 기쁨입니다! 이건 고통이 아니라, 기 ─ 쁘 ─ 음입니다, 선 ─ 생.」그는 머리채가 잡혀 흔들리고 머리가 마루에 박히면서도 이렇게 외쳤다. 마루에서 자고 있던 아이는 깨어나 울기 시작했다. 구석에 있던 소년은 견디다 못해 부들부들 떨면서 소리를 지르기 시작했고, 너무 놀라서 거의 기절할 듯이 누나에게 매달렸다. 누나는 막 꿈에서라도 깨어난 듯이 나뭇잎처럼 몸을 바들바들 떨었다.

「다 마셔 버렸어! 전부 다 마셔 버렸어!」불쌍한 여인은 절망적인 목소리로 외쳤다.「옷도 그 옷이 아니야! 배고픈 아이들이 있는데, 배고픈 아이들! (손을 쥐어뜯으면서 그녀는 아이들을 가리켰다.) 오, 이 끔찍한 인생아! 당신은, 당신은 부끄럽지도 않아?」 그녀는 갑자기 라스꼴리니꼬 프에게 달려들었다. 「술집에서 오는 거지! 너도 이 사람과 마셨지? 너도 이 사람하고 마셨지! 나가!」

청년은 아무 말도 하지 않고 서둘러 나오려 했다. 그런 데 안쪽 문이 활짝 열리면서, 그 방에서 몇몇의 호기심 많 은 사람들이 이쪽을 내다보고 있었다. 담배와 파이프를 물고, 둥근 모자를 쓴 채 뻔뻔스럽게 웃고 있는 얼굴들이 고개를 길게 빼고 있었다. 잠옷을 입고 가슴을 활짝 열어 젖힌 사람, 보기가 민망할 정도의 여름옷을 입고 있는 사 람, 주머니에 손을 찌르고 있는 사람들의 모습이 보였다. 마르멜라도프가 머리채를 잡혀 끌려 다니면서도 이건 그 에게 기쁨이라고 외칠 때, 그들은 특히 재미있어 하며 웃 어 댔다. 그들은 방으로 들어오기까지 했다. 마침내는 악 을 쓰는 소리가 들리더니, 아말리야 립뻬베흐젤 여사가 군중 속을 헤치고 앞으로 나와 나름대로 질서를 잡으려 했다. 그녀는 내일 당장 집을 비우라는, 수백 번째의 욕설 섞인 명령으로 불쌍한 여인을 놀라게 했다. 나오면서 라 스꼴리니꼬프는 주머니에 손을 넣어, 선술집에서 거슬러 받은 1루블에서 남은 동전들을 있는 대로 긁어모아, 눈에 띄지 않게 창틀에 놓아두었다. 그러나 계단까지 왔을 때는 생각이 달라져서, 돈을 찾으러 되돌아갈까 망설였다.

〈내가 무슨 어리석은 짓을 한 거야.〉 그는 생각했다. 〈그 집 사람들에게는 소녀가 있지 않은가, 나한테도 필요한 돈인데.〉 그러나 다시 돌아간다는 것은 불가능하고, 가도 돈을 다시 가져오지 못할 것이라는 판단이 들자, 손을 한 번 휘젓고는 자기 집으로 발걸음을 돌렸다. 〈소녀에게는 입술 연지도 필요하겠지.〉 이런 생각을 하며 거리를 걷고 있는 그의 입술에는 표독스러운 미소가 떠올랐다. 〈청결하려면 돈이 필요하지……. 음! 그리고 소녀도 오늘로 파산할지 몰라. 왜냐하면 고급 모피 사냥이나…… 노다지를 캐는 것과 마찬가지로…… 그것도 모험이니까……. 그들 모두 내 돈 없이는 무일푼으로 남겠군……. 오, 불쌍한 소녀! 어쨌든 그들은 멋진 우물을 판 셈이야! 이용을 해먹는 거야! 그건 이용을 해먹는 거 아닌가! 버릇이 된 거지, 잠깐 울다가는 습관이 되어 버린 거야. 사람이라는 비열한 것들은 무슨 일에든 익숙해지니까!〉

그는 깊은 생각에 잠겼다.

「만일 내 생각이 잘못이라면.」 그는 갑자기 무의식적으로 외쳤다. 「만일 정말 사람이 〈비열한〉이 아니라면, 아니,

전체, 인류 전체가 비열한이 아니라고 한다면, 나머지 모든 생각들은 편견이고 꾸며 낸 공포에 불과하며, 아무런 장애물도 있을 수 없고, 또 마땅히 있어서도 안 된다……!」

3

그는 다음 날 아침 아주 늦은 시간에 뒤숭숭한 기분으로 잠에서 깨어났다. 그렇지만 잠도 그의 원기를 북돋아 주지는 못했다. 그는 초조하고 불쾌한 기분으로 눈을 뜨자, 증오에 가득 찬 눈초리로 작은 방을 둘러보았다. 여섯 걸음 정도밖에 되지 않는 작은 새장 같은 방은 먼지 때문에 누렇게 퇴색한 벽지가 그나마 여기저기 떨어져 있어서 보기에도 초라했다. 천장은 너무 낮아서 약간 키가 큰 사람인 경우 그 안에 들어오면 숨이 막히고, 머리를 천장에 부딪힐까 봐 걱정할 지경이었다. 가구도 그 방에 잘 어울렸다. 명색뿐인 세 개의 낡은 의자와 구석에는 몇 권의 공책과 책이 놓여 있는 작은 책상이 있었는데, 이들 위에 앉은 먼지만 봐도 이 물건에 손을 댄 사람은 오랫동안 없었던 것 같았다. 그리고 끝으로 거의 벽 전체와 방의 절반 정도를 차지하고 있는 꼴사나운 커다란 소파가 있었는데, 예전에는 옥양목이 씌워져 있었지만, 지금은 완전히 누더기가 되어 라스꼴리니꼬프의 침대로 사용되고 있었다. 그는 곧잘 이 위에서 옷도 벗지 않고 침대보도 깔지 않은 채 낡고 오래된 학생 외투를 덮고 잠을 잤다. 머리맡에는 작은 베개가 있었는데, 그는 조금이라도 머리를 높이려고 깨끗한 속옷이든 더러운 속옷이든 다 그 아래에 쑤셔 넣어 두었다. 소파 앞에는 작은 탁자 하나가 놓여 있었다.

이보다 더 게으르고 불결한 생활을 하기란 힘들 정도였다. 하지만 현재 라스꼴리니꼬프의 정신 상태로 봐서는 이게 오히려 유쾌할 지경이었다. 그는 거북이가 자기 껍질 속으로 몸을 움츠리듯이 단호하게 모든 사람들을 피하고 있었으므로, 그의 시중을 들어 주고 방을 치워 주려고 가끔 들어오는 하녀의 얼굴을 보고도 짜증을 내면서 불안해 했다. 지나치게 무언가에 집착하고 있는 편집증 환자가 때로는 이렇기 마련이었다. 집주인은 벌써 2주 동안이나 그에게 음식을 가져다주지 않았다. 밥도 얻어먹지 못하고 있으면서도, 그는 지금까지 여주인에게 들러서 따져 봐야겠다는 생각도 하지 않았다. 요리사이자 여주인의 유일한 하녀인 나스따시야는 때로 세입자의 이런 기분 상태를 달가워하며, 아예 방을 쓸고 닦는 일을 그만둬 버렸다. 가끔 1주일에 한 번 정도 무심코 빗자루를 들 뿐이었다. 그런데 지금 그녀가 그를 깨운 것이다.

「일어나요, 뭐예요, 왜 이렇게 잠만 자는 거예요!」 그녀는 그를 내려다보며 소리 지르기 시작했다. 「벌써 9시가 넘었어요. 차를 가져왔는데 마실 거예요? 굉장히 배가 고플 텐데?」

세입자는 눈을 뜨고, 몸을 부르르 떨더니, 그제야 비로소 나스따시야를 알아보았다.

「주인 아주머니가 준 차야?」 그는 소파에서 초췌한 모습으로 천천히 일어나면서 물었다.

「아주머니가 주실 리가 있겠어요!」

그녀는 벌써 여러 차례나 우려내어 멀게진 차가 담긴 자기 소유의 깨진 찻주전자와 누런 설탕 두 덩이를 그의 앞에 놓았다.

「자, 나스따시야, 이 돈을 가지고 가서 말이야,」 그는 주머니를 뒤져서(그는 옷을 입은 채로 잠들었던 것이다) 동전 한 움큼을 꺼내고는 말했다. 「흰 빵을 좀 사다 줘. 소시지 가게에서 싼 소시지도 조금.」

「흰 빵은 지금이라도 내가 가져올게요. 아니면 소시지

대신 야채수프라도 먹을래요? 괜찮은 야채수프고, 어제 만들었어요. 어제도 가져왔는데, 늦게 들어왔잖아요. 맛있어요.」

야채수프가 들어오자, 그는 그것을 먹기 시작했다. 나스따시야는 그의 옆에 앉아 수다를 떨기 시작했다. 그녀는 시골 태생이었고 굉장히 수다스러웠다.

「쁘라스꼬비야 빠블로브나[18]가 학생을 경찰에 고발하려고 해요.」 그녀는 말했다.

그는 얼굴을 잔뜩 찌푸렸다.

「경찰에? 왜 그런다는 거야?」

「방세도 지불하지 않고, 다른 데로 옮기지도 않으니까 그렇지요. 뻔하잖아요.」

「에이, 빌어먹을, 그것도 모자라서 또.」 그는 이를 갈면서 중얼거렸다. 「아니, 지금 내게 그건…… 때가 좋지 않아……. 그 여자는 바보야.」 그는 큰 소리로 덧붙였다. 「내 오늘 여주인에게 들러서 말을 해보지.」

「나처럼 주인 아주머니도 그렇게 바보라고 해두죠. 그런 당신은 똑똑하다는 사람이 자루처럼 누워서 아무 일도 하지 않으니, 왜 그래요? 전에는 아이들을 가르치러 다닌

18 라스꼴리니꼬프가 살고 있는 하숙집 여주인의 이름과 부칭이다.

다고 하더니, 지금은 왜 아무 일도 하지 않는 거예요?」

「일하고 있어…….」 라스꼴리니꼬프는 마지못해 우울한 목소리로 말했다.

「뭘 하고 있는데요?」

「일을…….」

「어떤 일요?」

「생각하는 일을 해.」 그는 잠시 말이 없다가 심각하게 대답했다.

나스따시야는 웃음보를 터뜨렸다. 그녀는 잘 웃는 성격이어서 사람들이 웃기면, 소리도 내지 않고 속이 메스꺼워질 정도로 온몸을 뒤틀고 흔들어 대면서 웃었다.

「그렇게 생각을 많이 했더니, 돈 나올 구석이라도 생기던가요?」 그녀는 급기야 이렇게 말했다.

「제대로 된 장화도 없이 아이들을 가르치러 다닐 수는 없잖아. 애들 가르치는 일은 이제 지긋지긋해.」

「자기 우물에 침을 뱉지는 말아요.」

「아이들을 가르치는 건 푼돈 벌이일 뿐이야. 꼬뻬이까 가지고 뭘 할 수 있겠어?」 그는 내켜 하지 않으면서 자문자답하듯이 말을 덧붙였다.

「당신은, 그럼, 단번에 큰돈을 벌어 보겠다는 거예요?」

그는 이상한 눈빛으로 그녀를 쳐다보았다.

「그래, 단번에 한밑천을 잡아야지.」그는 잠시 말이 없다가 단호하게 대답했다.

「조금 살살 말해요, 사람 놀라게 하네. 진짜 무섭네. 흰 빵을 가지러 가요, 말아요?」

「좋을 대로 해.」

「아, 깜빡했네! 어제 당신이 없었을 때, 편지가 한 통 왔어요.」

「편지! 나에게! 누구한테서?」

「누구한테서 왔는지는 몰라요. 내 돈 3꼬뻬이까를 우체부에게 주었어요. 갚아 줄 거지요?」

「어서 가져다줘, 제발, 가져다줘!」그는 흥분에 사로잡혀 외쳤다.「오, 맙소사!」

잠시 후 나스따시야가 편지를 가져왔다. 그랬다. R 주(州)에 사는 어머니에게서 온 것이었다. 편지를 받아 들자, 그의 얼굴은 약간 창백해졌다. 오랫동안 그는 편지를 받지 못했던 것이다. 그러나 무언가 이상한 것이 갑자기 그의 심장을 옥죄는 것 같았다.

「나스따시야, 나가 줘. 제발, 자, 여기 3꼬뻬이까야. 제발 어서 나가 줘!」

편지를 든 그의 손은 떨리고 있었다. 그는 그녀가 있는 곳에서 편지를 개봉하고 싶지는 않았다. 그는 〈혼자서〉 편지를 읽고 싶었다. 나스따시야가 나가자, 그는 얼른 편지에 입을 맞추었다. 그다음, 주소가 써진 필체, 언젠가 그에게 읽고 쓰는 것을 가르쳐 주신 어머니의 낯익고 사랑스러우며 작고 비스듬한 필체를 오랫동안 들여다보았다. 그는 마치 무언가를 두려워하는 것처럼 주저했다. 마침내 그는 편지 봉투를 뜯었다. 편지는 크고 두툼했다. 2로뜨[19]는 되는 것 같았다. 두 장의 커다란 편지지에 깨알 같은 글씨가 씌어 있었다. 〈사랑하는 내 아들 로쟈〉[20]로 편지는 시작되었다.

너하고 편지로 이야기를 나눈 지도 벌써 두 달이 지났구나. 그렇다고 생각하니 나도 괴로워서 어떤 날은 잠도 이루지 못했단다. 하지만 어쩔 도리 없이 침묵할 수밖에 없었던 나를 네가 비난하지 않으리라 믿는다. 내가 너를 얼마나 사랑하는지 너도 잘 알고 있지? 너는 우리 집의 외

19 로뜨는 혁명 전 러시아의 중량 단위이다. 1로뜨는 약 12.8그램이다.
20 이 소설의 주인공의 이름은 로지온 로마니치 라스꼴리니꼬프이다. 로쟈는 로지온의 애칭이다.

아들이고, 두냐[21]와 내게 너는 우리의 전부이자, 유일한 희망이며, 기쁨이란다. 네가 가정 교사 자리와 다른 일자리들마저 잃어버려서, 살아갈 돈도 없이 몇 달째 대학도 다니지 못한다는 말을 듣고 내 마음이 얼마나 아팠는지! 1년에 1백20루블밖에 안 되는 연금으로 내가 무슨 도움을 줄 수 있었겠느냐? 넉 달 전에 보낸 15루블도 그 연금을 담보로 이곳의 상인 아파나시 이바노비치 바흐루쉰에게서 빌린 것이란다. 그는 착한 사람이고 더구나 네 아버지의 친구이셨단다. 그 사람에게 나 대신 연금을 받을 권리를 내준 터라, 난 빚을 갚을 때까지 기다려야 했고, 이제야 겨우 그 빚을 다 갚느라고, 그동안 네게 돈을 보내 줄 수 없었구나. 하지만 지금은 감사하게도 네게 돈을 더 송금할 수 있을 것 같다. 그리고 이제 우리에게도 운이 트인 것 같아 서둘러 이 말부터 네게 전하련다. 첫째로, 너는 상상할 수도 없겠지만, 사랑하는 로쟈, 네 동생 두냐는 벌써 한 달 반 전부터 나와 함께 살고 있고, 우리는 앞으로 더 이상 헤어지지 않을 것 같다. 다행스럽게도 그 애의 고생은 이제 다 끝난 것 같구나. 우리가 네게 숨기고 있었던 일들이 다 어떻게 된 건지 알 수 있도록 차근차근 이야기해 주마. 두

21 아브도찌야의 애칭.

달 전, 두냐가 스비드리가일로프 씨 댁에서 많은 고초를
겪는 것 같다는 말을 네가 누군가로부터 듣고 정확히 설
명해 달라는 편지를 보냈을 때, 그때 내가 어떤 대답을 할
수 있었겠느냐? 만일 네게 모든 것을 사실대로 알렸더라
면, 넌 아마도 모든 일을 내팽개치고 걸어서라도 우리에
게 왔을 거다. 내가 네 성격과 마음을 잘 알고 있듯이, 넌
네 동생이 모욕당하는 것을 내버려 둘 사람이 아니니까
말이다. 나도 굉장히 상심했지만, 그렇다고 우리가 무슨
일을 할 수 있었겠느냐? 또 그때는 나도 모든 사정을 자세
히 알지 못했으니 말이다. 그런 어려움이 생긴 이유는 두
냐가 작년에 그 사람 집에 가정 교사로 들어가면서, 매달
봉급에서 제하는 조건으로 1백 루블을 미리 받았고, 그 빚
을 다 갚기 전에는 그 자리를 나올 수 없었기 때문이란다.
그 애가(이제 네게 모든 것을 설명할 수 있구나, 소중한
로쟈) 그 돈을 받은 것은 무엇보다도 작년에 네가 부탁한
60루블을 보내 주기 위해서였단다. 우리는 그때 그 돈이
두냐가 예전부터 저축해 둔 돈이라고 네게 속였지만, 사
실은 그게 아니었단다. 지금은 모든 일이 하느님의 뜻대
로 좋은 방향으로 전환되었으니, 두냐가 너를 얼마나 사
랑하고, 그 애 마음씨가 얼마나 고운지를 네게 알리고 싶

은 마음에 이제 모든 것을 말하련다. 처음에 스비드리가일로프 씨는 그 애에게 아주 거칠게 대했고, 식사 시간에는 특히 여러 가지로 무례한 행동을 하면서, 그 애를 조롱했다고 하더구나……. 하지만 모든 일이 다 끝난 지금에 와서 공연히 너를 흥분시킬 필요도 없는 일이니 그 힘들었던 상황에 대해서는 자세히 쓰지 않으련다. 간단히 말해서 마르파 뻬뜨로브나, 즉 스비드리가일로프 씨의 부인과 다른 집안 식구들이 아무리 그 애에게 선하고 고결한 관심을 보였어도, 두냐는 힘들었다고 하더구나. 특히 스비드리가일로프 씨가 옛날 군대 시절의 버릇대로 취해 있을 때는 더 심했다고 하더구나. 그런데 나중에 무슨 일이 밝혀졌는 줄 아니? 상상 좀 해보거라. 그 미친 사람이 오래전부터 두냐에게 딴마음을 품고 있었는데, 그 사실을 거친 언동과 그 애에 대한 멸시로 감추고 있었던 거란다. 어쩌면 그 사람도 그 나이에 한 가정의 아버지로서 자신이 그런 천박한 희망을 품고 있다는 사실을 깨닫고, 부끄럽고 놀란 나머지 무의식적으로 두냐에게 화풀이를 한 것인지도 모르지. 어쩌면 거친 태도와 조롱으로 다른 사람들에게는 모든 진실을 숨기고 싶었는지도 모르겠다. 하지만 결국에 가서는 그 사람이 더 이상 참지를 못하고, 두냐에게 감히 드러내 놓고 추잡한 제의를 하면서, 여러 가지 보상을 약속하고, 더 나아가 모든 것을 버리고 함께 다른 시골 아니면 외국으로 떠나자고까지 했단다. 그 애가 겪은 고통을 상상할 수 있겠느냐! 꼭 빚 때문이 아니라 마르파 뻬뜨로브나가 의심을 품을 수도 있고, 가정에 불화가 생길 수도 있는 일이니, 당장 일자리를 버린다는 것은 불가능했단다. 두냐에게는 큰 추문이 될 수도 있는 일이잖니. 그렇게 되지 않기만을 바랐던 거지. 이와 같은 이런저런 이유들 때문에 두냐는 6주일 동안 그 무서운 집에서 어떻게든 빠져나올 생각조차 할 수 없었단다. 물론, 너도 두냐를 잘 알고 있겠지만, 그 애가 얼마나 똑똑하고 강인한 아이냐? 두냐는 많은 것을 참을 수 있고, 최악의 상황에서도 강인함을 잃지 않을 정도로 마음이 굳센 아이가 아니냐. 그 애는 걱정을 끼칠까 봐 염려해서 내게도 이 일을 말하지 않았단다. 우리는 자주 연락을 취하고 있었는데도 말이다. 일의 결말은 갑작스럽게 찾아왔단다. 마르파 뻬뜨로브나가 우연히 정원에서 자기 남편이 두냐에게 애원하는 소리를 듣게 된 거란다. 그러고는 모든 것을 거꾸로 받아들이고는, 모든 것이 그 애의 잘못이라고, 그 애가 모든 일의 원인이라고 생각한 거야. 그래서 그 집 정원에서는 무시무시한 광경이 벌어졌단다. 마르파 뻬뜨로브나는 두냐를 때리기까지 했고, 아무 말도 들으려 하지 않고, 한 시간 내내 혼자서 고함을 지르다가는, 마침내 두냐를 농부의 짐수레에 태워 내가 있는 고장으로 보내라고 명령했단다. 그리고 짐을 꾸리지도 않고 그 애의 물건과 옷들을 손에 잡히는 대로 모조리 수레에 던져 버리게 했단다. 때마침 억수 같은 소나기까지 내렸다는구나. 치욕과 창피를 당한 두냐는 17베르스따나 되는 거리를 농부와 함께 지붕도 없는 수레를 타고 와야 했단다. 이제 생각을 좀 해보거라. 두 달 전에 내가 어떤 답장을 네게 써 보낼 수 있었겠니? 어떤 답장을 말이다. 나도 깊이 상심했는데, 네가 너무 괴롭고 슬프고 분한 나머지, 무슨 일이라도 저지를까 봐, 나는 사실대로 감히 네게 쓸 수가 없었단다. 자칫 잘못해서 너까지 몸을 망칠 것 같았단다. 두냐도 아무 말도 쓰지 말라고 하더구나. 그리고 마음속에 그런 슬픔이 가득한데, 더구나 쓸데없는 다른 말로 편지를 가득 메울 수는 없더구나. 그 후 한 달 사이에 이 사건에 대한 소문은 시내곳곳에 퍼져서, 사람들이 나와 두냐를 멸시하듯이 쳐다보고 수군대는 바람에 우리는 성당에도 갈 수 없을 정도였단다. 더러는 우리 앞에서 큰 소리로 떠드는 사람들도 있더구나. 알고 지내던 사람들이 모두 우리를 피하고 인사도 하지 않더라. 상점 주인들과 관청 서기들이 우리 집 대문에 타르칠을 해서 우리에게 비열한 모욕을 주려 했다니, 집주인은 집을 비워 달라고 성화일 수밖에……. 일이 이렇게까지 된 것은 다 마르파 뻬뜨로브나 때문이었단다. 그 여자가 집집마다 돌아다니면서, 두냐를 욕하고, 두냐 얼굴에 먹칠을 하고 다녔단다. 그 여자는 이 고장 사람들과 잘 알고 지내는 사이였는데, 그 달에는 이곳으로 자주도 오더구나. 더군다나 그 여자는 워낙에 수다스럽고, 또 자기 집안일에 대해 떠벌리기를 좋아하고, 특히 남편에 대해서 욕하고 다니기를 좋아했던 터라, 그 짧은 시간 안에 사건의 전모를 시내뿐 아니라 변두리까지 다 퍼뜨리고 다녔던 거야. 그러니 상황이 더 나빠진 거지. 이로 인해 나는 병이 나 드러눕기까지 했다만, 두냐는 나보다 더 강인하더구나. 그 애가 이 일을 다 참아 내며, 나를 위로하고 용기를 북돋아 주던 모습을 네가 보았다면! 그 애는 천사다! 하지만 하느님의 은혜로 우리의 고통은 이제 끝났단다. 스비드리가일로프 씨가 마음을 고쳐먹고 회개했단다. 두냐를 불쌍히 여긴 모양인지, 두냐가 결백하다는 사실을 증명해 줄 확실하고 분명한 증거물을 마르파 뻬뜨로브나에게 보여 준 거야. 그것은 바로 마르파 뻬뜨로브나가 두 사람을 정원에서 발견하기 전에, 그 사람이 고집스럽게 요구하던 밀회와 밀담을 피하기 위해 두냐가 마지못해 썼던 편지인데, 두냐가 떠나고 난 다음에도 스비드리가일로프 씨의 수중에 남아 있었던 거란다. 이 편지에서 두냐는 분노에 가득 찬 격렬한 말투로 마르파 뻬뜨로브나에 대한 그의 행동이 고결하지 못하다고 비난하고, 한 집안의 아버지이며 가장으로서, 그렇지 않아도 불행하고 힘이 없는 처녀를 괴롭히고 비참하게 만드는 것은 비열한 짓이라는 점을 분명하게 지적했단다. 한마디로 말하면, 사랑스러운 로쟈, 이 편지가 얼마나 고결한 감정으로 감동적으로 쓰였던지, 나는 그 편지를 읽으면서 흐느껴 울지 않을 수 없더구나. 그리고 지금도 눈물 없이는 그 편지를 읽을 수 없단다. 그 밖에도 또 스비드리가일로프 씨 댁의 하인들이 두냐를 변호하는 증언을 해주었단다. 하인들이란 항상 그렇듯이 주인의 생각보다 훨씬 많은 것을 보고 알고 있지 않느냐. 마르파 뻬뜨로브나는 깜짝 놀랐고, 그 여자의 말대로 〈다시 한 번 얻어맞은〉 꼴이 된 거지. 그러나 우리 두냐가 결백하다는 사실을 확실히 믿게 되자, 그 여자는 그 다음 날인 주일에 곧장 성당에 가서 무릎을 꿇고 앉아, 이 새로운 시험을 이기고 자신의 의무를 다할 수 있도록 힘을 달라고 눈물을 흘리며 기도했다는구나. 그러고 나서는 아무에게도 들르지 않고 성당에서 곧장 우리 집으로 와서는 모든 것을 고백하며, 슬피 울면서 깨끗이 참회하는 모습으로 두냐를 껴안고 자신을 용서해 달라고 애원하더구나. 그리고 그다음 날 아침, 그 여자는 조금도 머뭇거리지 않고 곧장 우리 집에서 나가서는 시내의 집집마다 돌아다니며 눈물로 그 애의 결백함을 입증하고, 그 애가 보인 고결한 마음과 행동을 높이 칭찬했단다. 그뿐 아니라 두냐가 스비드리가일로프 씨에게 보낸 자필 편지를 모든 사람들에게 보여 주면서, 낭송까지 했다는구나(내 생각에는 이건 너무 지나친 것 같았다). 이렇게 그 여자는 며칠 동안을 계속 시내 사람들을 다 찾아다녀야 했단다. 왜냐하면 다른 사람에게 편지를 먼저 읽어 준 것에 대해 섭섭해하는 이들이 있었기 때문이란다. 그래서 결국은 사람들이 차례를 기다리게 되었고, 집집마다 어떤 날에 마르파 뻬뜨로브나가 그 편지를 읽어 주게 될지를 미리부터 알고 기다리기까지 했단다. 그리고 그 편지를 읽을 때마다, 순서에 따라 이미 자기 집이나 아는 이의 집에서 몇 번이나 들었던 사람들도 다시 몰려드는 소동이 벌어졌단다. 내가 보기에 그렇게까지 읽어 대는 것은 좀 지나친 것 같더구나. 하지만 마르파 뻬뜨로브나는 그런 성격의 여자란다. 최소한 그 여자는 두냐의 명예를 완전히 회복시켜 주었고, 이 추잡한 사건의 장본인인, 그 여자의 남편에게만 지울 수 없는 치욕을 남기게 된 거란다. 그런 지경이니 난 그 사람이 불쌍하기까지 하더구나. 사람들이 그 미친 사람을 지나치게 냉정하게 대했던 거야. 그러자 곧 몇 집에서 두냐에게 수업을 해달라고 청해 왔지만, 두냐는 거절했단다. 모든 사람들이 그 애에게 갑자기 특별한 존경심을 표하기 시작하더라. 이런 사건의 전모로 말미암아 뜻하지 않은 일이 생겼는데, 이 일로 인해 이제는 우리의 운명이 완전히 변했다고 말할 수도 있겠다. 사랑하는 로쟈, 어떤 사람이 두냐에게 청혼을 했고, 그 애도 그 청혼에 벌써 동의했다는 사실을 되도록 빨리 네게 알려 주련다. 비록 이 일이 네 충고 없이 이루어졌다만, 너 역시 나나 네 누이동생에게 딴생각은 없으리라 여긴다. 너의 답을 받을 때까지 기다리고 미룰 수 없었다는 점을 너도 이해할 수 있겠지? 그리고 너도 이곳에 없는 상황에서 모든 것을 정확히 판단할 수 없는 일일 테니 말이다. 일은 이렇게 되었단다. 신랑감은 7등 문관인 뾰뜨르 뻬뜨로비치 루쥔이라는 사람인데, 마르파 뻬뜨로브나의 먼 친척이어서, 그 여자가 이 일에 많은 도움을 주었단다. 그 사람이 마르파 뻬뜨로브나를 통해서 우리와 알고 지내고 싶다는 뜻을 전해 왔고, 그래서 우리는 그 사람을 집으로 초청해서 커피를 대접했단다. 그리고 다음 날 그 사람이 격식을 갖춰 청혼하는 편지를 보내와서는, 빠르고 확실한 대답을 요구하더라. 실무적이고 아주 바쁜 사람으로, 지금 뻬쩨르부르그로 서둘러 가야 하기 때문에, 분초를 다투고 있다고 하더구나. 우리는 그날 종일 함께 생각해 보고 고민도 했단다. 그는 장래가 보장된 믿을 만한 사람으로 직장을 두 군데나 가지고 있고, 벌써 재산도 조금 모았단다. 사실, 그는 마흔다섯 살이지만, 외모도 그만하면 괜찮고, 여자들 마음에도 들 만하단다. 아주 든든하고 예의 바른 사람이야. 다만 좀 음울하고 또 오만한 것 같기도 하지만 말이다. 하지만 이것도 첫인상으로만 그래 보이는 것일 게다. 그러니 사랑하는 로쟈, 내가 미리 너에게 말해 둔다만, 네가 그를 뻬쩨르부르그에서 만나게 되거든 — 곧 그럴 일이 생길 것 같구나 — 첫눈에 그가 탐탁지 않아 보이더라도 네 방식대로 너무 성급한 판단을 내리지는 말아 다오. 그가 네게 좋은 인상을 줄 거라고는 확신한다만, 그래도 만일의 경우를 대비해서 하는 말이란다. 그뿐 아니라 어떤 사람이든 그 사람의 됨됨이에 대해 더 잘 알기 위해서는 실수와 선입견에 빠지지 않도록 점차적으로 조심스럽게 사람을 대해야 하는 거란다. 그렇지 않으면 그런 선입견은 나중에 좀처럼 지우기도 힘들거니와 고치기도 어려운 법이니까. 여러 가지 면에서, 뾰뜨르 뻬뜨로비치는 충분히 존경할 만한 사람이란다. 그가 처음 우리 집을 방문했을 때, 그는 자기가 긍정적인 성격을 지닌 사람이고, 그 사람 표현대로 하자면, 많은 점에서 〈우리 나라의 새로운 세대들이 지닌 신념〉에 공감하고 있으며, 모든 편견의 적이라고 하더구나. 그 외에도 그는 다른 말도 많이 했는데, 이것은 그가 허영심이 강하다든지, 사람들이 자기 이야기를 들어 주는 것을 좋아해서 그런 것은 결코 아닌 것 같았단다. 그리고 또 그런 건 그다지 단점도 아니지 않니? 물론 난 잘 이해하지 못했다만, 두냐는 그가 교육을 많이 받지는 못했어도, 똑똑하고 착한 사람인 것 같다고 하더구나. 너도 네 누이의 성격을 알지? 그 애는 강인하고 사려 깊고 인내심이 강하고 관대한 아이잖니? 비록 그 애 성격이 불같기는 하지만 말이다. 내가 그 성질을 잘 알지. 물론, 그 애 편에서나, 그 사람 편에서도 아직 특별한 애정이라곤 없다. 하지만 두냐는 똑똑한 아가씨일 뿐 아니라, 또 천사처럼 고결한 아이니까, 남편의 행복을 가꾸는 것을 자기 의무로 생각할 거다. 그러면 또 그쪽에서도 자연히 그 애의 행복에 대해서 배려하지 않겠니? 그리고 모든 일이 너무나 빨리 진행되긴 했지만, 우리는 두냐의 행복에 대해 의심할 만한 큰 이유를 발견하지 못했단다. 게다가 그는 아주 분별 있는 사람이니까, 두냐가 그와 결혼해서 행복해지면 행복해질수록 그 자신의 결혼 생활도 더 행복해질 거라는 사실을 알게 되겠지. 성격상의 결함이라든가, 습관의 차이라든가, 사소한 의견 대립이라든가 하는 점들에 대해서는(이런 점들은 가장 행복한 부부들이라도 피할 수 없는 일이란다) 두냐는 자신 있다고 내게 말하더구나. 이런 일로 걱정할 것은 전혀 없고, 그 아이는 만일 결혼 후의 관계가 정직하고 공정하리라는 조건만 보장된다면, 모든 것을 참아 낼 수 있다고 하더구나. 처음에 그 사람은 내가 보기에 조금은 무례한 사람 같아 보였단다. 하지만 이것도 그가 고지식하기 때문에 그런 생각이 든 걸 거야. 틀림없이 그래서 그런 걸 거야. 예를 들면, 그가 우리에게서 결혼 동의를 얻고 난 다음, 두 번째로 방문했을 때, 이야기를 나누다가, 자기는 아직 두냐를 알기 전부터, 정직하지만 지참금이 없고, 또 반드시 곤궁함을 겪은 아가씨를 아내로 맞이하려 했다고 하더구나. 그가 설명하기로, 그러면 남편은 조금도 아내에게 빚진 일이 없게 되고, 또 아내가 남편을 자신의 은인으로 생각하게 되면 될수록 더 좋은 일이 아니겠느냐고 하면서 말이다. 내가 여기 쓴 것보다 훨씬 부드럽고 상냥하게 표현했다만, 내가 그 표현을 잊어버리고 그 생각만을 기억하고 있다는 점을 덧붙여야겠구나. 게다가 그는 이 말을 결코 고의로 한 것이 아니라, 분명 이야기에 열중하다가 그만 실수로 발설했던 것 같아. 그래서 금방 말을 부드럽게 고치려고 노력도 하더구나. 하지만 내게는 여전히 조금은 무례한 말인 것 같아서, 나중에 두냐에게 말했단다. 그런데 두냐는 퉁명스레 말이 곧 행동인 것은 아니지 않느냐?고 되묻더구나. 두냐의 말이 맞기도 하지. 결정을 내리기 전에 두냐는 밤새 잠을 이루지 못했단다. 그 아이는 내가 잠든 줄 알고 침대에서 일어나 방 안을 서성거리다가, 마침내는 성상 앞에 무릎을 꿇고 오랫동안 뜨겁게 기도를 드리더구나. 그리고 아침이 되자, 그 애는 결단을 내렸다고 내게 말했단다.

뾰뜨르 뻬뜨로비치가 곧 뻬쩨르부르그로 떠날 거라는 말을 내가 했지? 그곳에서 중요한 일이 있어서 거기에 공공 변호사 사무소를 열고 싶어 한단다. 오래전부터 이미 여러 배상 사건과 민사 소송을 맡아 일을 하고 있는데, 얼마 전에는 큰 소송에서 이겼다고 하더라. 이번에는 원로원[22]에서 중대한 일이 있어 뻬쩨르부르그로 가야 한다고 하더구나. 그러니까, 사랑스러운 로쟈야, 그는 어쩌면, 아니 어디로 보나 너한테 도움이 될 사람이란다. 나와 두냐는 네가 오늘부터 장래의 경력을 쌓기 시작했고, 또 네 운명은 이미 확실히 결정된 것이나 다름없다고 생각하고 있단다. 만일 이 모든 일이 실현되기만 한다면 말이다. 그러면 얼마나 좋을까! 이건 너무나 유리한 결혼이라서 하느님이 우리에게 보내신 은총으로밖에는 생각되지 않는구나! 두냐는 그것만 꿈꾸고 있단다. 우리는 벌써 뾰뜨르 뻬뜨로비치에게 이 문제에 대해서 몇 마디 운을 떼어 보았단다. 그는 신중하게 말하더구나. 그도 비서 없이는 일을 할 수 없는 노릇이고, 그리고 만일 네가 그 일을 해낼 수 있다면(어떻게 네게 그런 능력이 없을 수 있겠니!), 생판 모르는 사람보다는 인척에게 봉급을 주는 편이 낫다고 말

---

22 원로원은 뾰뜨르 대제 시대에 행정·사법·재정을 감독하는 기구로 설립되었으나, 1810년대에는 그 기능이 아주 축소되었다. 그 후 1864년부터는 최고의 사법 기구가 되었다.

이다. 그리고 대학에서 공부하느라 바빠서 자기 사무소에서 일할 틈이 있을지 모르겠다고 하더라. 이번에는 이 정도로만 얘기해 두었다만 두냐는 지금 이것 외에는 아무것도 생각하지 않는단다. 그 아이는 벌써 며칠째 이 일에만 열중해서, 앞으로 네가 뾰뜨르 뻬뜨로비치의 소송 사건에서 그의 친구요, 동료가 될 완벽한 계획을 세우고 있단다. 더구나 넌 법학부에 다니고 있으니 말이다. 로쟈, 난 그 애의 의견에 전적으로 찬성할뿐더러, 그 애의 계획과 소망을 공유하고 있단다. 그리고 꼭 그렇게 될 것도 같구나. 지금 뾰뜨르 뻬뜨로비치는 확실한 대답을 회피하고 있다만 (그 사람이 아직 너를 잘 모르니까, 그럴 만도 하겠지), 그래도 두냐는 자기가 미래의 남편을 잘 설득해서 모든 것을 얻어 낼 수 있을 거라고 확신하고 있단다. 이 점을 그애는 확실히 믿고 있어. 물론 우리는 앞으로의 소망에 대해 조금도, 특히 너를 그의 동료로 만들려는 생각에 대해서는 실수로라도 뾰뜨르 뻬뜨로비치에게 내비치지 않으려고 조심하고 있단다. 그가 사물을 긍정적으로 보는 사람이기는 하지만, 그래도 이 모든 일이 말도 안 되는 꿈 같은 얘기라고 생각하고, 아주 매정하게 끊을 수도 있는 일이잖니? 또 나와 두냐는 네가 대학을 다닐 동안, 그가 조금이라도 네게 재정적인 도움을 주었으면 하는 바람에 대해서도 일체 입 밖에 낸 적이 없단다. 왜냐하면 첫째로 때가 되면 자연스럽게 그렇게 될 것이고, 아마도 그 사람 편에서 먼저 군말 없이 두냐에게 제안할지도 모르니까, 굳이 말할 필요도 없는 일 아니겠니(어떻게 그가 두냐를 거절할 수 있겠느냐)? 그렇게 되면, 빠른 시일 안에 네가 사무실에서 그의 오른팔이 될 수 있을 테고, 그의 도움을 자선이 아닌 네 일에 대한 보수의 차원에서 받을 수 있게 되지 않겠니. 두냐는 이렇게 일이 풀려 가길 바라고, 나도 같은 생각이란다. 둘째로 우리가 그 사람에게 말을 하지 않은 이유는 특히 앞으로 있을 그와의 만남에서 네가 그와 동등한 위치에 서 있게 되기를 바랐기 때문이란다. 두냐가 그에게 열정적으로 네 얘기를 했을 때, 그는 누군가를 제대로 알기 위해서는 상대방을 직접 만나 봐야 하므로 너와 인사를 나누고 난 다음, 너에 대한 견해를 가질 수 있을 것 같다고 대답했단다. 너무나 소중한 로쟈, 내 생각에 (이건 결코 뾰뜨르 뻬뜨로비치와 상관이 있는 일이 아니라, 내 개인적인, 어쩌면 늙은이의 변덕 때문일 수도 있단다), 난 어쩌면 그 애들이 결혼한 후 따로 살 수 있다면, 지금처럼 그 애들과 함께 살지 않고, 따로 사는 편이 더 나을 것 같구나. 난 그가 아주 점잖고 상냥한 사람이라서 기꺼이 나한테 같이 살면서 더 이상 딸과 헤어져 있지 말라고 말할 것이 분명하다고 믿고 있고, 또 그 사람이 아직까지 말하지 않은 것은 물론 말하지 않고서도 그렇게 되는 것이 당연하기 때문이라고 생각한다만, 그래도 난 거절할 생각이다. 이제껏 살면서 난 장모가 사위에게 그렇게 편안한 존재가 아니라는 사실을 많이 봐왔고, 내가 누군가에게 조금이라도 짐이 되는 것도 정말 원하지 않을뿐더러, 나 자신도 아주 자유롭게 살고 싶어서 그렇단다. 또 내게 먹을 빵이 있고, 또 너나 두냐와 같은 자식이 있는데 더 이상 바랄 것이 뭐가 있겠니? 만일 가능하다면 너희들 둘 곁으로 이사할 계획이다. 그리고 로쟈, 가장 즐거운 소식을 편지의 마지막에 전하려고 참고 있었단다. 그래, 사랑하는 내 아들아, 어쩌면 우리는 아주 빠른 시일 안에 다시 함께 모일 수 있을 것 같구나! 거의 3년 동안이나 떨어져 지내다가 이제야 셋이 서로를 다시 끌어안을 수 있게 된 거야! 정확히 언제인지는 모르겠다만, 나와 두냐가 어쨌든 아주 빠른 시일 안에 뻬쩨르부르그로 떠난다는 것은 이미 결정된 사항이란다. 어쩌면 1주일 후일 수도 있겠다. 모든 것은 뾰뜨르 뻬뜨로비치에게 달렸는데, 그가 뻬쩨르부르그에 가서 상황을 보고, 우리에게 연락을 하는 대로 떠날 계획이란다. 그는 여러 가지 이유로, 가능하면 결혼식을 빨리 치르고 싶어하는데, 할 수만 있다면 이번의 육식 기간[23]이어도 좋고, 만일 그때까지 준비가 안 되면, 성모 마리아 승천 축일[24] 직후에라도 결혼식을 올리고 싶어한단다. 오, 너를 내 가슴에 안게 되면 난 얼마나 행복할까! 두냐는 온통 너와 만난다는 기쁨에 젖어, 한번은 농담 삼아 이것 하나 때문만으로도 뾻뜨르 뻬뜨로비치와 결혼하겠다고 말한 적도 있단다. 그 애는 천사란다! 그 애는 지금 네게 아무 말도 쓸 수 없다고 하는구나. 너와 할 말이 너무 많아서 단 몇 줄로는 다 쓸 수가 없기 때문에 속만 상할 거라며, 지금은 펜을 들 수 없다는구나. 대신 자기의 사랑과 수없는 키스를 보낸다고 하는구나. 어쩌면 아주 빠른 시일 안에 얼굴을 마주 대할 수 있을지도 모르겠다만,

23 러시아 정교회에서 연간 주요 금육 기간은 대금육(부활절 7주 전야에 시작해서 부활 주간 전까지), 사도들의 금육(성령 강림 8일 후 월요일에 시작하여 성 베드로와 성 바울로 축일 전야인 6월 28일까지), 성모 승천 금육(8월 15일 전 2주 간)이다. 육식 기간이란 이런 금육 기간을 제외한 기간을 의미한다. 이 작품의 시간적 배경은 7월 초이므로 라스꼴리니꼬프의 어머니가 말하는 육식 기간이란 사도들의 금육 이후에 시작되어서 성모 승천 금육 기간이 시작되기 전의 기간(6월 29일부터 7월 31일까지)을 의미한다.
24 성모 마리아 승천 축일은 8월 15일이다.

그래도 네게 며칠 내로 가능한 한 많은 돈을 보내려 한다. 두냐가 뾰뜨르 뻬뜨로비치에게 시집간다는 것을 모든 사람들이 알고 있는 지금, 갑자기 나에 대한 신용이 좋아져서, 아파나시 이바노비치 씨도 이제는 나를 믿고 연금을 담보로 70루블도 꿔줄 것 같단다. 그럼, 네게 어쩌면 25루블, 아니면 30루블도 보낼 수 있을 것 같구나. 더 보냈으면 좋겠다만, 여행 경비 때문에 그렇단다. 뾰뜨르 뻬뜨로비치가 고맙게도 수도로 가는 여행 경비의 일부를 자기가 책임지고, 또 우리의 짐과 큰 짐 궤짝을 자기 비용을 들여 옮기겠다고 자진해서 말했지만(어떻게 아는 사람이 있는 모양이더라), 그래도 돈 한 푼 없이 뻬쩨르부르그에 갈 수는 없는 일이고, 도착하자마자 처음 며칠은 살아갈 요량을 해야 하니까 말이다. 하지만 나와 두냐는 벌써 모든 것을 정확하게 계산해 두었단다. 여행 경비는 얼마 들지 않겠더구나. 우리 마을에서 철도역까지는 90베르스따밖에 안 되고, 우리는 벌써 만일의 경우에 대비해서 잘 아는 마차 가진 농부와 합의를 해두었으니까 말이다. 거기서부터는 3등 기차를 타고 느긋하게 갈 생각이다. 그러니까 어쩌면 네게 25루블이 아니라, 아마 30루블도 보낼 수 있을 것 같구나. 자, 이제 다 적은 것 같다. 두 장의 종이를 다 채워

써서 더 이상 자리가 없구나. 이게 우리 사연의 전부란다. 사건들이 얼마나 많이 쌓였던지! 이제, 너무나 소중한 로쟈, 곧 만날 때까지 어미의 사랑으로 너를 축복한다. 네 누이 두냐를 사랑하거라, 로쟈. 그 애가 너를 사랑하듯이, 너도 그 애를 사랑하렴. 그 애는 자기보다도 너를 더 지극히 사랑한단다. 그 애는 천사란다. 그리고 로쟈야, 너는 우리의 전부이자 우리의 유일한 희망이며, 기쁨이란다. 네가 행복하기만 하다면, 우리도 행복하단다. 로쟈, 예전처럼 하느님께 기도는 하고 있니? 창조주와 우리 구세주의 은혜를 믿고 있니? 난 마음속으로 혹 요즘에 유행하는 무신론이 네 가슴에 자리 잡았을까 봐 두렵구나. 만일 그렇다면 내가 너를 위해서 기도하마. 돌이켜 생각해 보렴, 사랑스러운 아들아. 아직 네가 어리고, 네 아버지도 살아 계셨을 때, 네가 내 무릎에 앉아서 종알종알 기도하던 그때 그 시절에 우리 모두가 얼마나 행복했었는지 말이다! 잘 있거라, 아니, 곧 만나자꾸나라고 인사하는 게 더 낫겠다! 너를 꼬옥 껴안고, 수없이 입맞춤한다.

죽는 날까지 변함없는 너의 어미,
뿔헤리야 라스꼴리니꼬바

　　편지를 처음 읽기 시작한 순간부터 마지막까지 그의 얼굴은 눈물로 젖어 있었다. 편지를 다 읽고 나자, 그의 얼굴은 경련을 일으키며 창백하게 일그러졌고, 그의 입술에는 괴롭고 초조하고 심술궂은 미소가 뱀처럼 꿈틀거렸다. 그는 낡고 얇은 베개에 머리를 기대고 생각에 잠겼다. 그는 그렇게 오랫동안 생각에 잠겨 있었다. 심장이 세차게 두근거렸고, 그는 생각을 정리할 수 없었다. 마침내는 벽장, 아니 궤짝이나 다름없는 이 누런 방이 숨이 막히도록 답답하게 여겨졌다. 그의 마음과 눈은 넓은 곳으로 나가기를 원했다. 그는 모자를 쥐고 밖으로 나왔다. 이번에는 계단에서 누군가를 만날까 봐 두려워하는 마음도 들지 않았다. 그것마저도 잊고 있었다. 그는 V 거리를 지나서 바실리예프스끼 섬 쪽으로 방향을 잡았다. 그는 일이 있어서 서두르기라도 하는 듯, 늘 하던 버릇대로 주위에 전혀 신경을 쓰지 않은 채, 혼잣말로 중얼거리면서, 소리 내어 자기 자신과 이야기를 나누며 걸었다. 지나가던 행인들은 그 모습을 보고 몹시 놀랐다. 많은 사람들은 그가 술에 취했다고 생각했다.

4

그는 어머니의 편지 때문에 괴로웠다. 그러나 가장 근본적이고 중요한 문제에 관해서는 편지를 읽는 동안 한순간도 그의 마음속에 의구심이 일지 않았다. 가장 중요하고 본질적인 문제는 이미 그의 머릿속에서 결정 나 있었다. 그것은 확고부동한 것이었다. 〈이 결혼은 내가 살아 있는 한 있을 수 없는 일이다. 루쥔 따위는 꺼져 버리라고 해!〉

〈너무나도 뻔한 일이 아닌가.〉 그는 미리부터 자신의 결정대로 되리라는 데 대해 기뻐하며, 심술궂은 승리감을 느끼면서, 득의의 미소를 띤 채 중얼거렸다. 〈안 돼요, 어머니. 안 돼, 두냐. 나를 속이지는 못해요……! 내 의사를 묻지도 않고, 나 없이 모든 일을 결정했다고 미안해 하기까지 하시는군요! 물론이지요! 이제는 그 결혼을 깰 수 없다고 생각하시나 보군요. 두고 봅시다, 그럴 수 있는지, 없는지! 무슨 설명이 그렇게 구질구질합니까.《뾰뜨르 뻬뜨로비치는 아주 바쁜 사람이야, 너무 바빠서, 역마차나 기차 안에서라도 결혼식을 올려야 할 정도란다.》이렇게 말씀하시려고요. 아니, 두냐, 난 모든 것을 알고 있어. 네게 무슨 할 말이 그렇게 많은지도 알아. 네가 밤새도록 방 안을 거닐면서 무슨 생각을 했는지, 어머니의 침대 머리맡에 걸려 있는 까잔 성모 마리아 상 앞에서 어떤 기도를 올렸는지도 알아. 골고다 언덕을 오르는 것은 힘든 일이지. 음…… 그러니까 완전히 결정을 보았다는 말이로군. 유능하고 합리적인 사람이고, 재산도 있고(벌써 재산을 가지고 있다니 더 든든하고 인상이 깊구먼), 두 군데나 직장을 다니고, 새로운 세대의 신념에 공감하는(어머니의 표현대로 하자면 말이야), 또 두냐의 말에 따르면,《착해 보이는 듯한》사람에게 아브도찌야 로마노브나[25]가 시집을 가겠다는 거로군. 무엇보다도 그《보인다》는 말이 멋지구나! 바로 두냐는《그래 보이는》사람에게 시집을 가겠다는 거로구나! 훌륭해! 멋진 일이야……!

……그런데 어머니는 왜《새로운 세대》에 대한 말을 쓰셨을까? 단순히 사람의 성격에 대해 말하고 싶어서였을까, 아니면 이후의 목적, 즉 루쥔 씨에게 유리하도록 내 마음을 회유하려고 그러신 걸까? 오, 주도면밀한 사람들! 또 한 가지 일도 몹시 궁금하다. 그들 두 사람은 어느 정도까지 서로에게 솔직했을까? 바로 그날, 바로 그 밤에 그 최후의 시간에 말이야? 그들은 해야 할《말을》서로에게

25 라스꼴리니꼬프의 여동생 두냐의 이름과 부칭이다.

솔직하게 다 털어놓았던 것일까, 아니면 그 두 사람 모두 마음과 뜻이 통했다는 것을 알아채고, 더 이상 이러쿵저러쿵 얘기를 해봐야 부질없는 짓이라고 미리 생각해 버린 것일까? 틀림없이, 조금은 그랬을 거야. 편지로도 알 수 있는 일이다. 어머니에게도, 물론 약간이기는 하지만, 그 사람은 무례해 보였고, 그래서 순진한 어머니는 두냐에게 자기 생각을 슬며시 털어놓았다……. 물론 두냐는 화를 내면서《퉁명스레 대답했다…….》당연하지! 순진하게 물어볼 필요도 없이 뻔한 일이고, 이미 결정이 나서, 더 이상 이야기할 필요도 없는데, 어느 누가 화를 내지 않을 수 있겠는가. 어머니가 내게 뭐라고 쓰셨더라?《두냐를 사랑해라, 로쟈, 그 애는 너를 자신보다도 더 사랑한단다.》아들 때문에 딸을 희생시킨다는 양심의 가책이 어머니의 마음을 몰래 괴롭힌 것은 아닐까?《너는 우리의 전부이자 우리의 유일한 희망이며, 기쁨이란다!》오, 어머니……!〉 분노가 그의 마음속에서 더욱 강하게 끓어올랐다. 만일 지금 루쥔 씨를 만난다면, 그를 죽일 수도 있을 것 같았다!

〈음, 그건 사실이야.〉 그는 머릿속에서 맴도는 생각의 소용돌이를 계속 쫓아갔다. 〈그건 사실이야.《사람의 됨됨이를 잘 알려거든 그 사람에게 조심스럽게 천천히 접근해야 한다》는 말, 그건 사실이야. 하지만 루쥔 씨는 너무 분명해. 중요한 것은 《사람이 유능하고, 착해 보인다》는 거다. 짐을 자기가 책임지고, 짐 궤짝을 자기 비용으로 옮기겠다니, 장난이 아니군! 참 착하기도 하겠다! 그 두 사람, 《약혼녀》와 어머니는 농부를 고용해서 거적으로 덮인 수레를 타고 오신다는데, (나도 그렇게 왔네, 이 사람아!) 괜찮다고! 그리고 90베르스따밖에 안 된다고, 《거기서 3등 기차를 타고 느긋하게 갈 생각》이라고, 수천 베르스따를 말이지. 현명하셔. 자기 분수를 알고 행동한다는 말이렷다. 당신, 루쥔 씨, 도대체 뭐야? 당신의 약혼녀 아닌가……. 어머니가 여행 경비 때문에 연금을 담보로 해서 돈을 꾼다는 사실을 모를 리는 없지 않은가? 물론, 거기에는 당신의 일반적인 상거래, 즉 양편에게 모두 이익이 되도록 비용도 똑같이 내야 한다는 생각이 작용했겠지. 반반씩 부담하자는 개념 말이야. 속담에도 있듯이 기쁜 일은 함께 하고, 어려운 일은 각기 해결하고 말이야. 그래, 그 유능한 사람이 그들을 조금 속여 먹은 거야. 짐은 그들의 여비보다 더 싸게 먹히고, 또 어쩌면 공짜로도 옮길 수 있으니까 말이야. 그 두 사람은 그 점을 알지 못한 건가, 아니면 알고도 일부러 모르는 척한 걸까? 거기다가 만족해 하고, 또 만족해 하니! 이건 예고편에 불과하고, 진짜는 앞으로 나올 거라는 것을 왜 생각하지 못하는 걸까! 여기서 중요한 점은 인색함이나 쩨쩨함이 아니라, 이 모든 일에서의《태도》이다. 이것은 결혼 후에 드러날 미래의 태도이고, 예언이다. 하지만 어머니는 왜 또 돈을 낭비하시려는 걸까? 무슨 돈으로 뻬쩨르부르그에 오신다는 거지? 3루블 은화 아니면 그…… 전당포 노파…… 말대로《지폐》두 장으로 오시려는 거겠군……. 음! 앞으로 뻬쩨르부르그에서는 어떻게 사시려고 하는 걸까? 어머니는 결혼 후에, 처음 며칠마저도 그들과 함께 살면《안 된다는 것》을 어떻게 벌써 눈치채셨을까? 아마도 그 사랑스러운 사람이 어떻게《귀띔》을 해서 어머니 쪽에서 먼저 두 손을 내저으며 거절하도록 만들었을 것이다.《그래도 난 거절할 생각이다》라니? 어머니는 도대체 무슨 생각을 하고 계시는 걸까? 뭘 기대하고 계시는 걸까? 아파나시 이바노비치에게 진 빚을 제한 1백20루블 연금일까? 어머니는 그곳에서도 겨울용 여자 목도리를 짜고, 덧소매를 기우시느라 노안을 혹사하고 있지 않은가. 목도리를 짜봐야 1년에 1백20루블의 연금에 20루블밖에는 보태지도 못하시면서 말이다. 그건 나도 잘 알고 있는 일이다. 그렇다면 어쨌든 루쥔 씨의 고결한 아량을 기대하고 계신다는 말이로군.《그러니까, 그 쪽에서 먼저 같이 살자고 제안할 거다》라고? 웃기시는 군! 실러다운 아름다운 영혼들이 흔히 저지르는 일이야. 마지막 순간까지도 사람을 공작 깃털로 치장하고, 나쁜 면이 아니라 좋은 면만 보려고 해. 그들은 설사 문제의 이면을 예감한다고 할지라도, 절대로 진실을 미리 밝히려 들지 않아. 생각만으로도 불쾌해지니까. 자기들이 치장해 준 그 사람이 등쳐 먹고 조롱할 때까지, 한사코 진상을 감추려 들지. 루쥔 씨에게 훈장이 있는지 궁금하군. 그의 옷 금장 위에 안나 훈장이 달려 있고, 그가 청부업자들과 상인들 앞에서 그것을 차고 다니리라는 데다가 내가 내기를 걸겠다. 그걸 결혼식에도 걸고 나올걸! 하지만 그런 놈은 엿이나 먹으라고 해……!

……어머니는 그렇다고 치자, 어머니는 워낙 그런 분이시니까, 그런데 두냐는 뭔가? 두냐, 사랑스러운 두냐, 난 너를 아는데! 우리가 마지막으로 얼굴을 대했던 그때 벌써 너는 스무 살이었으니까, 난 네 성격을 이미 다 알고 있다고 할 수 있다. 어머니는 적으셨지,《두냐는 모든 것을 참아 낼 수 있다》. 그건 나도 알아. 나는 그걸 이미 2년 반 전에 알았고, 그때부터 바로 그 사실,《두냐는 모든 것을

참아 낼 수 있다》는 점에 대해서 생각했었어. 그 애가 스비드리가일로프 씨와 그 이후의 일들을 참았을 때부터, 그건 이미 정말 많은 것을 참을 수 있다는 것을 의미한다. 그리고 지금은 극빈 상태에서 벗어나, 남편에게서 은혜를 입은 아내들의 장점에 대해서 말하는…… 거의 처음 만난 순간부터 이 따위의 말을 지껄이는 그 루쥔이라는 사람을 견딜 수 있다고 어머니와 함께 생각하는 거야. 그 사람이 《실언》을 했다고 치자. 그리고 합리적인 사람이라고도 치자(어쩌면 전혀 실언을 한 것이 아니라, 그런 척하면서 되도록 빨리 모든 것을 명확하게 설명하기 위한 것일 수도 있어). 그렇지만 두냐는, 두냐는 또 왜? 그 애에게도 그 사람이 어떤 사람인지는 분명하지 않은가, 그런 사람과 산다는 것이 무엇을 의미하는지는. 그 애는 흑빵과 물 하나로 연명해야 한다고 할지라도, 결코 자신의 영혼을 팔 사람이 아니다. 더구나 일신의 안락을 위해서 자신의 도덕적 자유를 팔 아이는 더더욱 아니다. 슐레스비히-홀슈타인 공국[26] 전부를 준다고 해도 그것을 내어 줄 아이가 아냐. 더구나 루쥔 씨 때문이라면 그럴 리가 없다. 아니, 두

26 슐레스비히와 홀슈타인 공국의 프로이센 합병은 프로이센이 덴마크(1864) 및 오스트리아(1866)와 전쟁을 벌인 목적 중 하나였다.

냐는, 내가 알고 있는 한, 그런 아이가 아니다. 물론, 지금도 전혀 변하지 않았어……! 더 이상 할 말이 뭐가 있겠나! 스비드리가일로프 씨 집에서 힘들었겠지! 2백 루블 때문에 주의 이곳저곳을 가정 교사로 돌아다니는 일은 힘든 일이야. 하지만 그래도 내 동생은 순전히 개인적인 이익 하나만을 위해, 존경하지도 않고, 어떤 일도 함께 할 수 없는 그런 사람과 결혼해서 자기 영혼과 도덕적인 감정을 영원히 비참하게 만드느니, 차라리 식민지의 흑인들에게 가버리든지,[27] 발트 해 연안의 독일인들에게 착취당하는 라뜨비아족[28]에게 가는 쪽을 택하리라는 것쯤은 나도 잘 알고 있다. 루쥔 씨가 순금이나 순 다이아몬드로 된 인간이라고 할지라도, 너는 루쥔의 합법적인 첩이 되지 않을 사람이다. 그런데 넌 왜 그런 짓을 하려는 거지? 이게 무슨 말이냐? 이 수수께끼의 해답은 뭐란 말인가? 모든 것은 분명하다. 자신을 위해서, 자신의 안락을 위해서, 아니 자신을 죽음에서 건지기 위해서라면 너는 자신을 팔지 않

27 미국의 남북 전쟁(1861~1865)과 노예 해방을 위한 투쟁은 1860년대의 러시아 사회와 진보적인 잡지, 신문에 커다란 반향을 불러일으켰다. 특히 러시아의 농노들과 흑인 노예들 간의 상호 유사성이 많은 관심을 불러일으켰다.

28 발트 해 연안의 주에서 대규모의 라뜨비아족(族) 농민들이 도주한 사건들과 나중에 이들이 독일인 지주에 의해 착취당한 일들이 1860년대 러시아 신문들에 많이 보도되었다.

을 테지만, 다른 사람을 위해서는 판다는 거다! 사랑하고 숭배하는 사람을 위해서는 판다는 거다! 바로 여기에 모든 이유가 있었던 거다. 오빠와 어머니를 위해서는 판다는 거다! 모든 것을 파는 것이다! 오, 이런 때 우리는 우리 자신의 도덕적인 감정도 짓눌러 버리지. 자유, 평화, 양심, 모든 것, 모든 것을 고물 시장에 내다 파는 거야. 인생은 날아가 버려라! 다만 내가 사랑하는 그 사람들만 행복하다면. 더구나 예수회에서 배운 대로 궤변을 늘어놓고는 그래야 한다고, 선한 목적을 위해서는 정말로 그래야 한다고 자신을 확신시키고 안심시키는 거야. 우리는 모두 이런 사람들이고, 모든 것은 명약관화하다. 그리고 바로 이 일에 다른 사람이 아닌 바로 로지온 로마니치 라스꼴리니꼬프가 일등 공신이었던 셈이지. 어쩌겠나, 그렇게 하면 오빠의 행복을 지켜 주고, 대학에서 공부를 하게 하고, 사무소에서 동료로 만들고, 그의 모든 운명을 보장해 줄 수 있을 것이다. 그러면 장차 부자가 되어 숭앙받고 존경받는 사람이 될지도 모르는데. 어쩌면 영광스러운 인물로 생애를 마칠지도 모르고! 그런데 어머니는? 그래, 로쟈, 비할 데 없이 귀중한 로쟈는 맏아들이니까! 이런 맏아들을 위해서는 설사 딸이라도 어떻게 희생시키지 않을 수 있겠나! 오, 사랑스럽고 어리석은 이들이여! 왜 우리는 소냐가 당한 운명을 거부하지 못하는 걸까! 소냐, 소냐 마르멜라도바, 세상이 존재하는 한, 소냐는 영원하리라! 그들 두 사람은 자신들이 치러야만 할 희생을, 그 희생이라는 것을 충분히 계산해 본 것일까? 그랬을까? 할 만했다는 말인가? 이익이 있다는 판단이 섰단 말인가? 현명하다고 생각했단 말인가? 너, 알겠느냐, 두냐. 소냐의 운명이 루쥔 씨와 함께하는 너의 운명에 비해 더 추악할 것도 없다는 것을……. 《애정 같은 것은 있을 수 없다》고 어머니는 쓰셨지. 그렇다면 애정 없이는 존경도 불가능한 일일 테고, 더구나 나중에 만일 반대로 증오심과 경멸과 혐오감만이 남게 된다면, 그러면 그때는 어떻게 할 거냐? 그럼, 그때는 다시, 그러니까 《청결함을 준수》해야 되는 것 아니냐? 그렇지 않은가? 너는 이해하고 있니, 이해하고 있는 거냐? 그 청결함이 무엇을 의미하는지? 루쥔의 아내가 된 청결함과 소냐의 청결함은 다 똑같은 거다. 어쩌면 너의 것이 더 나쁘고 추하고 비열할 수조차 있다는 사실을 넌 알고 있니? 두냐, 왜냐하면 네게는 얼마간 안락한 생활을 해보려는 타산도 숨어 있겠지만, 소냐의 경우에는 사느냐 죽느냐의 문제이기 때문이다……! 두냐, 그 청결함은 아주 비싸다, 아주 비싼 거다. 그러다가 만일 나중에 힘에 부치면, 그때 가서 후회할 거니? 모든 사람들에게 숨겼던 비통, 슬픔, 저주, 눈물은 또 얼마나 커지겠니? 넌 마르파 뻬뜨로브나도 아니잖아? 그때 가서 그러면 또 어머니는 어떻게 될까? 지금도 벌써 어머니는 불안해 하시고 괴로워하시는데, 모든 것을 분명히 알게 될 그때 가서는 또 어머니는 어떻게 될까? 그리고 나는……? 정말로 나에 대해서 무슨 생각을 한 거냐? 두냐, 그리고 어머니, 난 당신들을 희생양으로 삼고 싶지 않아요! 내가 살아 있는 한, 그런 일은 없을 겁니다. 그런 일은 없어요, 없어! 내가 용납하지 않을 겁니다!〉

그는 갑자기 정신을 차리고 발걸음을 멈췄다.

〈그런 일은 없다고? 그런 일이 없도록 하기 위해서, 넌 무슨 일을 할 거지? 결혼을 못하게 할 건가? 무슨 권리로? 그런 권리를 얻기 위해서 네 쪽에서는 그들에게 무엇을 약속할 건가?《공부를 마치고, 자리를 얻고 나면》네 모든 운명, 네 장래를 전부 그들을 위해 바칠 텐가? 이런 말은 많이 들어 왔지. 하지만 이것도《불확실한 미래》의 일이 아닌가? 그렇다면 지금은? 바로 지금 무엇인가를 해야 한다는 것을 너는 알고 있는 거냐? 너는 무엇을 할 건가? 그들의 등골을 뽑고 있지나 않은가! 1백 루블의 연금과 스비드리가일로프 집에서 얻은 빚을 그들에게서 얻어 쓰고 있지 않은가! 너는 어떻게 스비드리가일로프 같은 자들과 아파나시 이바노비치 바흐루쉰에게서 그들을 보호할 거지? 미래의 백만장자여, 그들의 운명을 손에 쥐고 있는 제우스여! 10년 후에는? 10년이 지나고 나면, 어머니의 눈도 뜨개질, 아니 눈물 때문에 멀어지시겠지. 그리고 금식을 하도 많이 해서 바싹 야위시겠지? 그럼, 동생은? 자, 생각을 좀 해봐, 10년 후에 동생은 어떻게 될까, 그 10년 동안에 말이야? 상상할 수 있겠어?〉

그는 자신을 학대하는 데 일종의 만족감을 느끼면서 이런 질문들로 자신을 괴롭혔다. 하지만 이런 질문들이 지금 돌발적으로 그의 마음에 새롭게 떠오른 것은 아니었다. 아니, 이것들은 이미 오래전부터 그를 괴롭혀 오던 질문들이었다. 이것들이 얼마나 오래전부터 그의 가슴을 아프게 하고, 그의 마음을 찢었던가! 그가 지금 느끼고 있는 온갖 종류의 슬픔들은 이미 오래전부터 그의 마음속에서 싹튼 후 자꾸 자라고 쌓여 요즘에 와서는 거부할 수 없이 해결을 요구하는 무시무시하고 강렬하고 환상적인 질문들의 형태로 집결되고 성숙해져서 그의 마음과 이성을 괴롭혔다. 그런데 지금 어머니의 편지가 갑작스레 그를 벼락처럼 내리친 것이다. 이제 더 이상 비탄에 잠긴 채, 이 문제들을 해결할 수 없다고 생각하며 수동적으로 괴로워만 할 수는 없었다. 반드시 지금 당장, 될 수 있으면 더 빨리 무슨 일이든 행동으로 옮겨야만 했다. 어떤 일이 생기든 상관없이 무엇이든 결행해야만 했다. 그렇지 않으면…….

〈그렇지 않으면 삶을 아예 거부하든지!〉 그는 소스라치게 놀라며 이렇게 소리 질렀다. 〈있는 그대로 단번에 그리고 영원히 운명을 순순히 받아들이든지, 아니면 활동하고 살고 사랑하는 모든 권리를 거부하고, 자신 속에 있는 모든 것을 목 졸라 죽여 버려야만 한다!〉

〈아시겠습니까, 아시겠습니까, 선생. 이제 더 이상 찾아갈 데가 없다는 것이 무엇을 의미하는지?〉 갑자기 그는 어제 마르멜라도프가 제기한 질문이 생각났다. 〈왜냐하면 모든 사람에게는 어디든 갈 수 있는 곳이 한군데라도 필요한 거니까요…….〉

갑자기 그는 몸을 부르르 떨었다. 어제 떠올랐던 또 한 가지의 상념이 다시 그의 뇌리를 스쳤다. 그러나 이 상념 때문에 그가 몸을 떤 것은 아니었다. 그는 그 상념이 반드시 〈스치리라는 것〉을 예감하고 있었으며, 이미 그것을 기다리고 있었다. 그런데 그 상념은 전혀 어제의 것이 아니었다. 차이가 있다면, 한 달 전, 아니 어제만 하더라도 그것은 망상에 불과한 것이었는데, 그런데 지금…… 지금은 그것이 돌연 망상이 아닌, 무언가 전혀 낯설고 새롭고 무서운 것이 되어 나타났던 것이다. 그리고 그 자신도 이것을 대번에 알아챘다. 그는 머리를 망치로 얻어맞은 것처럼 멍해졌고 눈도 아득해졌다.

그는 얼른 주위를 둘러보며 무언가를 찾았다. 앉고 싶어서 벤치를 찾았던 것이다. 그는 그때 K 산책로를 따라 걷고 있었는데, 1백 걸음 정도 앞에 벤치가 있는 것이 보였다. 그는 가능한 한 빨리 걸었다. 하지만 가는 길에 그는 한 가지 작은 사건과 마주치게 되었고, 이 사건은 몇 분 동안 그의 관심을 온통 사로잡고 말았다.

벤치를 찾다가, 그는 자기보다 스무 걸음 정도 앞에 한 소녀가 걸어가고 있는 모습을 보았다. 하지만 그는 이제까지 그의 앞에 어른거린 모든 대상에 대해 그랬던 것처럼 처음에는 그녀에게 조금도 관심을 기울이지 않았다. 예를 들면, 그는 이미 집으로 가면서 그가 지나온 길을 전혀 기억하지 못하고 걷는 경우가 여러 번 있었고, 또 그렇게 걷는 데 익숙해져 있었다. 하지만 앞에 있는 소녀에게는 무엇인가 이상한 점, 처음 보는 순간부터 눈길을 끄는 점이 있었기 때문에 그는 조금씩 그녀에게 관심을 기울이게 되었다. 처음에는 마음이 내키지도 않았고 불쾌하기까지 했는데, 시간이 가면 갈수록 더욱 신경이 쓰였다. 그는 갑자기 이 소녀의 어떤 점이 그렇게 이상한지를 알고 싶었다. 첫째로, 그녀는 분명 나이 어린 소녀 같았는데, 그 더위에 모자도 쓰지 않고, 양산도 장갑도 없이, 약간은 우스꽝스럽게 두 손을 휘저으면서 걷고 있었다. 그녀는 가벼운 비단옷을 입고 있었는데, 그 옷 역시 아주 기묘하게 입혀져서, 허리 뒷부분은 간신히 잠겨져 있었고, 또 치마가 시작되는 부분은 찢겨져 있었다. 머리채 또한 축 늘어져 흔들거리며 달려 있었다. 그녀의 벗겨진 어깨에 걸쳐진 작은 스카프도 이상하게 비뚤어져서 비스듬하게 처져 있었다. 게다가 소녀는 비틀거리며 발끝을 돌에 채여 가면서 사방으로 휘청대며 걷고 있었다. 이 만남은 마침내 라스꼴리니꼬프의 주의를 완전히 사로잡고 말았다. 그는 벤치에 가서야 소녀와 나란히 걷게 되었다. 소녀는 벤치에 도착하자마자 한쪽 구석에 털썩 주저앉아 극도로 지친 듯이 등받이에 머리를 기댄 채 눈을 감았다. 그는 그녀를 들여다본 뒤, 그녀가 완전히 취했다는 사실을 즉각 알아챘다. 이런 모습을 보는 것은 이상하고 또 기괴하게 여겨졌다. 그는 자기가 잘못 본 것이 아닐까 하고 생각하기까지 했다. 그의 앞에는 열여섯 살쯤, 아니 열다섯 살일 수도 있는 너무나도 앳되고 작고 하얗고 예쁜 얼굴의 소녀가 앉아 있었다. 그녀의 얼굴은 온통 발갛게 상기된 채 부어 있는 것 같았다. 소녀는 주변 상황을 거의 이해하지 못하는 것 같았다. 한 다리를 다른 다리 위에 꼬고 앉았는데, 지나치게 다리를 높이 든 것으로 보아, 분명 자신이 거리에 있다는 것도 잘 모르는 모양이었다.

라스꼴리니꼬프는 앉지도 않고, 떠나려고도 하지 않은 채, 그녀 앞에서 망설이며 서 있었다. 이 산책로는 언제나 인적이 드물었고, 더구나 1시경의 이처럼 무더운 시간에는 거의 사람이 없었다. 그러나 그로부터 열다섯 걸음 정도 떨어진 건너편의 산책로 끝에는 어떤 신사가 서 있었다. 모든 정황으로 미뤄 보아, 그 역시 어떤 목적이 있어서 이 아가씨에게 접근하고 싶어 안달하는 것 같았다. 그 역시 멀리서부터 그녀를 보고 따라왔지만, 라스꼴리니꼬프가 그를 방해했음에 틀림없었다. 그는 이쪽이 알아채지 못하도록 애쓰면서도, 심술궂은 눈초리를 그에게 던지며, 기분 나쁜 건달이 떠나고 난 뒤 어서 자기 차례가 오기만을 조바심 내며 기다리고 있었다. 몸이 건장하고 살이 찐 서른 살가량의 이 신사는 혈색이 좋았고, 분홍빛 입술에 콧수염을 달고 있었으며, 굉장히 멋을 부려 옷을 입고 있었다. 라스꼴리니꼬프는 화가 치밀었다. 그는 갑자기 어떻게 해서든 이 뚱보 멋쟁이를 모욕하고 싶었다. 그는 순간 소녀를 남겨 두고 신사에게 다가갔다.

「어이, 당신, 스비드리가일로프! 당신 여기서 뭐를 찾는 거요?」 그는 주먹을 불끈 쥐고, 증오심으로 인해 거품이 나기 시작하는 입술로 미소 지으며 외쳤다.

「그게 무슨 말이오?」 신사는 눈살을 찌푸리며, 거만한 표정으로 놀라움을 표시하면서 위엄 있게 물었다.

「여기서 꺼지란 말이야!」

「네가 어디다 대고 감히, 악당 같으니……!」

그리고 그는 승마용 채찍을 휘둘렀다. 라스꼴리니꼬프는 이 몸집이 좋은 신사가 자기 같은 사람 두 명이라도 해치울 수 있다는 사실을 생각해 보지도 않고서, 주먹을 쥐고 그에게 덤벼들었다. 그러나 그 순간 누군가가 뒤에서 그를 잡았다. 두 사람 사이에 순경이 뛰어들었다.

「그만두세요, 여러분. 공공장소에서 싸우면 안 됩니다. 당신 뭐가 필요한 거요? 당신 누구요?」 순경은 라스꼴리니꼬프의 누더기 같은 옷을 보자, 그에게 엄한 말투로 물었다.

라스꼴리니꼬프는 그를 자세히 쳐다보았다. 희끗희끗한 콧수염과 구레나룻을 기른, 총명해 보이는 눈을 가진 씩씩한 군인 타입의 사나이였다.

「마침 잘되었군요.」 그는 그의 손을 덥석 잡고 말했다. 「저는 대학생이었던 라스꼴리니꼬프라는 사람입니다…… . 당신도 잘 알아 두라고.」 그는 신사에게 고개를 돌렸다. 「순경 아저씨는 저와 함께 가십시다. 제가 보여 드릴 것이 있습니다…… .」

그리고 그는 순경의 손을 잡고서 벤치로 끌고 갔다.

「자, 보십시오. 완전히 취해서 산책로를 걷고 있었어요. 누가 이 여자를 아는지, 또 어떤 여자인지는 모르겠지만, 거리의 여자는 아닌 것 같습니다. 아마도 어디선가 술을 먹여서는 속인 것 같아요…… . 처음으로 말이에요…… . 이해가 가십니까? 그러고는 이렇게 거리로 내보낸 겁니다. 보세요, 찢어진 옷을 보세요, 이 옷이 어떻게 입혀졌는지, 자기가 입은 것이 아니라, 솜씨 없는 남자의 손이 한 겁니다. 분명합니다. 그리고 이제 좀 보세요. 제가 지금 막 싸우려고 했던 저 멋을 잔뜩 부린 사나이는 저도 모르는 사람입니다. 처음 본 사람이지요. 그런데 저 사람도 역시 이 여자, 취해서 전혀 정신을 차리지 못하는 이 여자를 길에서 발견하고는, 여자에게 접근해서 낚아채고 싶어 안달하고 있었던 거예요. 왜냐하면 여자가 이런 상태에 있으니까요. 어디론가 데려가려고 했던 거지요……. 분명히 그랬을 겁니다. 제가 실수한 것이 아니라는 점을 믿어 주십시오. 저 사람이 이 소녀를 관찰하면서 쫓아오는 것을 제 눈으로 똑똑히 보고 그를 방해한 겁니다. 그는 지금도 여전히 내가 떠나기를 기다리고 있군요. 자, 지금 저 사람이 조금 가다가는 멈춰 서서 담배를 마는 척하고 있는 것 좀 보세요. 어떻게 하면 우리가 이 소녀를 그에게 넘겨주지 않을 수 있을까요? 어떻게 하면 소녀를 집으로 보낼 수 있을까요, 생각을 좀 해보십시오!」

순경은 순간 모든 것을 이해하고 납득했다. 뚱뚱한 신사가 무엇을 원하는지는 분명했는데, 문제는 소녀였다. 순경은 더 가까이에서 보기 위해 그녀에게 고개를 숙였다. 그런 그의 모습에는 진정한 동정심이 서려 있었다.

「이런, 너무 불쌍하군!」 그는 머리를 흔들면서 말했다. 「아직 어린애티가 채 가시지도 않았는데, 속은 거야. 그게 분명하군. 이거 봐요, 아가씨.」 그는 그녀를 불렀다. 「어디 살아요?」 소녀는 피곤해 보이고 흐리멍덩한 눈을 뜨고서,

묻고 있는 사람들의 얼굴을 멍하니 보더니만, 귀찮다는 듯이 손을 흔들었다.

「제 말 좀 들어 보세요.」라스꼴리니꼬프는 말했다.「자, 여기(그는 주머니를 뒤져서 마침 자기가 가지고 있던 20꼬 뻬이까를 꺼냈다), 자, 마차를 불러서, 집으로 데려다주라 고 하십시오. 주소만이라도 알면 좋을 텐데!」

「아가씨, 아가씨?」순경은 돈을 받아 들고서, 다시 부르 기 시작했다.「내 지금 마차를 불러서 아가씨를 모셔다드 리지요. 어디로 갈까요? 예? 어디 살아요?」

「저리 가……! 귀찮게 구네……!」소녀는 중얼거리며, 다 시 손을 내저었다.

「허, 허, 아주 엉망이구먼! 허, 이 얼마나 부끄러운 일인 가! 아가씨, 이 무슨 부끄러운 짓이오!」혀를 끌끌 차면서 동정심과 분노에 싸여, 그는 다시 머리를 저었다. 「이런 일이 생기다니!」그는 라스꼴리니꼬프에게 말을 걸다가, 언뜻 그를 머리끝에서 발끝까지 다시 훑어보았다. 아마도 그는 라스꼴리니꼬프를 이상한 사람으로 생각한 것 같았 다. 이런 넝마 같은 옷을 입고서, 돈을 내주다니!

「멀리서부터 이 여자를 따라왔습니까?」그는 물었다.

「말씀드렸지만, 제 앞에서 걸어가고 있었습니다, 바로 이 산책로에서요. 벤치에 가더니 이렇게 주저앉아 버렸어요.」

「요즘에 이렇게 부끄러운 일들이 얼마나 많이 일어나는지 모르겠어요, 맙소사! 이렇게 젊은 처녀가 벌써 취해 다니니! 속은 거예요, 바로 맞아요! 저기 옷도 찢겨져 있군…… . 요즘 세상이 어디까지 타락한 건지……! 귀족 집안 출신인 모양인데, 아마도 몰락한 모양이로군……. 요즘 이런 일이 너무 많아요. 보기에는 고생을 안 해본 아이 같은데, 귀한 집 딸 같군요.」

그는 다시 그녀 위로 몸을 굽혔다. 어쩌면, 그의 집에도 〈마치 귀한 집 딸인 양〉 교육을 받아 귀족티를 내고, 온갖 종류의 유행을 쫓는 그런 딸이 있을지도 모른다…….

「중요한 것은,」 라스꼴리니꼬프는 걱정하는 투로 말했다. 「바로 저 비열한 놈에게 넘겨주지 말아야 한다는 겁니다! 아니면 저자가 또 이 소녀를 모욕하겠지요! 저놈이 뭐를 원하는지 뻔한 겁니다. 저, 나쁜 놈, 아직도 가지 않았군!」

라스꼴리니꼬프는 큰 소리로 말하면서, 손으로 그를 똑바로 가리켰다. 그 사람은 소리를 듣고, 다시 한 번 화를 내려 했지만, 생각을 바꾸었는지 멸시하는 듯한 시선을 보내는 것으로 행동을 제어했다. 그러고는 천천히 열 발자국 정도 더 가서는 다시 멈춰섰다.

「저런 사람들에게 내주지 않을 수는 있겠지요.」 순경은 생각에 잠겨 대답했다. 「어디로 데려다줘야 할지 말이라도 하면 좋을 텐데, 그렇지 않으면……. 아가씨, 아가씨!」 그는 다시 몸을 굽혔다.

소녀는 갑자기 눈을 뜨고 주변을 주의 깊게 바라보더니, 마치 무언가를 이해했다는 듯이 벤치에서 일어나, 다시 자기가 왔던 길로 되돌아가기 시작했다.

「휴, 철면피들, 귀찮게 굴고 있네!」 그녀는 다시 손을 한 번 휘젓고는 말했다. 그녀는 빨리 걸었지만, 아까와 마찬가지로 심하게 비틀거렸다. 멋을 잔뜩 부린 그 사나이는 그녀에게서 눈을 떼지 않고, 이번에는 다른 오솔길을 따라 그녀의 뒤를 쫓기 시작했다.

「걱정하지 마십시오, 내 내주지 않으리다.」 콧수염을 단 순경은 단호하게 말하고, 그들의 뒤를 따랐다.

「에이, 세상이 어디까지 타락한 건지!」 그는 한숨을 내쉬면서, 큰 소리로 같은 말을 반복했다.

그 순간 무엇인가가 라스꼴리니꼬프의 마음을 쿡 찔렀다. 한순간 그의 마음은 뒤집혔다.

「이봐요, 들어 봐요!」 그는 순경 등 뒤에 대고 소리쳤다.

순경은 몸을 돌렸다.

「내버려 두시오! 당신이 무슨 상관이오? 내버려 둬요! 저 사람더러 보살피라고 하쇼(그는 멋쟁이를 가리켰다). 당신이 무슨 상관이오?」

순경은 이해를 못 하겠다는 듯이 두 눈을 둥그렇게 뜨고 그를 쳐다보았다. 라스꼴리니꼬프는 웃기 시작했다.

「에 — 에이!」 이런 소리를 내고, 순경은 손을 한번 휘젓고는, 멋쟁이 뚱보와 소녀를 따라가기 시작했다. 아마도 그는 라스꼴리니꼬프를 미친 사람, 아니, 그보다도 더 나쁜 사람으로 이해한 것 같았다.

〈내 돈 20꼬뻬이까를 가져갔군.〉 라스꼴리니꼬프는 혼자 남아서 성을 내며 말했다. 〈저놈한테서도 돈을 받고 소녀를 내주면 그만이야. 그러면 모든 일이 끝나는 거야……. 난 왜 참견을 해서 도와주려고 했을까! 내가 도와줄 형편이라도 된단 말인가? 내게 도와줄 권리라도 있단 말인가? 서로들 산 채로 잡아먹으라고 해. 나하고 무슨 상관이야? 내가 어떻게 감히 20꼬뻬이까를 줄 생각을 했지? 그게 내 돈인가?〉

이렇게 이상한 말을 했지만, 그의 마음은 몹시 괴로웠다. 그는 텅 빈 벤치에 앉았다. 그는 갈피를 잡을 수가 없었다……. 그리고 그 순간 무언가 한 가지 생각에 몰두하기가 힘들었다. 그는 망각에 빠져 모든 것을 잊었다가, 다시 깨어나 모든 것을 완전히 새롭게 시작하고 싶었다…….

〈불쌍한 소녀……!〉 그는 텅 빈 의자의 한쪽 구석을 보면서 말했다. 〈정신을 차리고 나면 울고불고하겠지. 그러다가 엄마가 알게 되겠지……. 처음에는 손으로 때리다가, 그 다음에는 채찍으로 때릴 거야. 맞아서 아픈 것보다 수치심 때문에 더 아플 거야. 그러다가는 집에서 쫓겨나겠지……. 쫓겨나지 않는다 해도, 결국에 가서는 다리야 프란쩨브나 같은 여자들이 냄새를 맡고서는, 그 소녀를 이리저리 계속 끌고 다니겠지……. 그러다가 얼마 후 병원에 가게 될 거고(이런 일은 정숙한 어머니랑 살면서 이리저리 까불고 다니는 아이들에게 일어나기 십상이지), 그러다가는 거기서, 거기서 다시 병원으로 가게 되고…… 술…… 선술집…… 그리고 다시 병원…… 2~3년만 지나면 폐인이 되겠지. 이것이 고작 열아홉 살 아니, 어쩌면 열여덟 살밖에 안 돼 보이는 소녀의 인생이란 말이지……. 내가 그런 여자들을 한두 번 본 것도 아니잖아! 그들은 어떻게 되었지? 모두들 한결같이 다 그렇게 되었어……. 퉤! 그렇게 되라고 해! 사람들은 마땅히 그렇게 되어야 한다고들 말하지. 일정한 비율이 해마다 그렇게 빠져나간다고들 하지…….[29] 어디론가…… 악마에게라도 가는 거겠지. 필경은 나머지 여자들이 순결을 지키고, 그들을 방해하지 않도록 말이야. 비율이라! 정말 멋진 말이로군. 마음을 아주 편안하게 해주고, 또 과학적이기까지 하거든. 비율이라고 하면, 더 이상 신경 쓸 거라곤 없거든. 만일 다른 용어를 사용하면, 그때는 신경이 쓰일 수도 있어……. 그런데 행여 두냐가 잘못해서 그 비율에 속하게 되면……! 이쪽이 아니라 나쁜 쪽에 말이야……?〉

〈내가 어디로 가고 있던 중이었지?〉 그는 갑자기 생각했다. 〈이상하군. 무언가 볼일이 있어서 가고 있었던 것 같은데. 편지를 읽자마자 그냥 나왔는데…… 맞아, 바실리예프스끼 섬에 있는 라주미힌의 집으로 가고 있었지. 이제야…… 기억이 난다. 그런데 이유가 뭐였지? 왜 라주미힌에게 가야 한다고 생각했을까? 그것 참 재미있군.〉

그는 스스로도 놀랐다. 라주미힌은 대학에 다니고 있을 때의 친구였다. 흥미로운 점은 라스꼴리니꼬프가 대학을

29 도스또예프스끼는 벨기에의 통계학자이자 수학자인 L. A. 케틀레를 암시하고 있다. 과학적 통계학의 기초를 마련한 사람 중의 한 사람인 케틀레는 통계학적인 방법을 사회적인 현상에도 적용하려 했다. 그는 몇 가지 거대한 사회적인 현상(출생률, 사망률, 범죄율 등)이 일정한 법칙 아래에 놓여 있다고 주장했다. 실증주의의 입장에 섰던 그는 이런 현상의 백분율은 사회적인 조건과는 상관없이 언제나 불변의 수치를 유지한다고 생각했다.

다닐 때는, 거의 친구를 사귀지 않았고, 사람들을 멀리했으며, 아무도 방문하지 않고, 또 자신의 집을 찾아오는 것도 허용하는 경우가 드물었다는 점이다. 그러자 모든 사람들이 곧 그와의 관계를 끊게 되었다. 공공의 집회에도, 대화에도, 놀이에도 그 어떤 것에도 그는 참여하지 않았다. 그는 자신을 돌보지 않고 열심히 공부했는데, 이로 인해 학생들은 그를 존경하기까지 했으나, 그 어느 누구도 그를 사랑하지는 않았다. 그는 대단히 가난했지만, 어쩐지 거만한 느낌이 들 정도로 자존심이 강하고 사교적이지 못했다. 그는 마치 자신에 대해서 무엇인가를 숨기고 있는 사람 같았다. 다른 친구들이 보기에 그는 모든 사람들을 대할 때, 마치 아이들을 대하듯이 내려다보고 있는 것 같았고, 지식이나 정신적인 발전과 신념에서도 자신이 그들 모두를 앞지르고 있다고 생각하며, 또 그들의 신념과 관심도 무언가 저급한 것으로 여기는 것처럼 보였다.

그런데 라주미힌과 그는 어째서인지 마음이 통했다. 아니, 마음이 통했다기보다는 라스꼴리니꼬프가 그에게 좀 더 친밀하게 굴고, 솔직하게 대했다고 하는 편이 옳았다. 그러나 라주미힌과 다른 관계를 맺는다는 것은 불가능한 일이기도 했다. 이 청년은 보기 드물게 쾌활하고 사교적이며, 단순할 정도로 착한 사람이었다. 그렇지만 이 단순함 뒤에는 깊이와 품위가 숨겨져 있었다. 그의 절친한 친구들은 이것을 잘 이해하고 있었고, 그래서 모든 사람들이 그를 사랑했다. 그는 때로는 정말로 우둔하게 굴 때도 있었지만, 그래도 상당히 영리한 사람이었다. 그는 풍채도 좋았고, 키가 크고 마른 데다가 검은 머리칼에 언제나 텁수룩한 수염을 기르고 있었다. 그는 난폭하게 행동하는 경우도 있었기 때문에 장사로 소문이 나 있었다. 한번은 밤에 동료들과 함께 놀다가 12베르쇼끄[30]나 되는 경관을 한 방에 때려눕힌 적도 있었다. 그는 무한정 술을 마실 수도 있었으나, 한 모금도 입에 대지 않을 수도 있었다. 때로는 도저히 용납이 안 될 정도로 못된 장난을 칠 때도 있었지만, 또 그런 짓을 전혀 하지 않을 수도 있었다. 라주미힌은 그 어떠한 실패에도 당황하지 않고, 그 어떤 힘겨운 상황 속에서도 좌절하지 않는다는 점에서도 훌륭했다. 그는 지붕만 얹혀 있는 집에서도 살 수 있었고, 지옥 같은 굶주림과 혹한도 참아 낼 수 있었다. 그는 지독하게 가난했지

---

30 그 당시 사람의 키는 2아르신을 기본적으로 계산하고 그 위에 남는 키를 베르쇼끄로 쟀다. 1베르쇼끄는 4.45센티미터이고 1아르신은 71.12센티미터이므로, 여기서 12베르쇼끄는 약 195센티미터를 나타낸다.

만, 여러 가지 일로 돈벌이를 해서 다부지게 혼자 힘으로 생활했다. 그에겐 퍼 올릴 수 있는 샘물, 즉 돈벌이의 방법이 무궁무진했다. 어느 겨울 내내 그는 불 한번 때지 못하고 지낸 적도 있었는데, 그때도 그는 추우면 잠이 더 잘 오기 때문에 기분이 좋다고 너스레를 떨기도 했다. 지금은 그 또한 대학을 잠시 쉬고 있지만, 그것도 오랫동안 그럴 계획은 아니고, 학업을 계속할 수 있도록 최선을 다해 서둘러 상황을 호전시켜 가고 있었다. 라스꼴리니꼬프는 벌써 넉 달 동안이나 그의 집에 들른 적이 없었으며, 라주미힌 쪽에서는 그의 아파트 주소조차 모르는 형편이었다. 두 달쯤 전 그들은 거리에서 마주친 적이 있었지만, 라스꼴리니꼬프가 먼저 얼굴을 돌리고, 알아채지 못하게 길 건너편으로 가버리고 말았다. 라주미힌도 그를 알아보았지만, 〈친구〉를 괴롭히기 싫어서 그대로 지나쳐 버렸다.

5

〈그래, 며칠 전에도 나는 라주미힌에게 가려고 했었지! 과외 수업 아니면 다른 무엇이든 일자리를 부탁해 보려고 말이야…….〉 라스꼴리니꼬프에게 차츰 이런 생각이 떠올랐다. 〈하지만 이제 와서 그가 나를 어떻게 도와줄 수 있단 말인가? 과외 수업을 소개해 주고, 만일 그에게 남은 것이 있다면, 마지막 동전이라도 나눠 줄 수 있겠지. 그럼, 과외 수업에 가기 위해서 장화도 사고, 옷도 단정하게 입을 수 있겠지……. 하지만, 그다음에는? 그 푼돈으로 도대체 나는 무엇을 할 수 있단 말인가? 지금 정말로 내게 필요한 것이 그것이란 말인가? 내가 라주미힌에게 간다는 것은 정말 우스꽝스러운 일이 아닌가?〉

자신이 지금 왜 라주미힌에게 가고 있는가 하는 의문은 스스로 생각하기에도 이상할 정도로 그를 괴롭혔다. 불안에 떨면서, 그는 어쩌면 가장 평범할 수도 있는 이 행동에서 불길한 징조 같은 것을 발견했다.

〈정말로, 난 그 모든 일을 라주미힌 하나로 해결하고 싶은 걸까, 라주미힌에게서 모든 일에 대한 해결책을 발견하려는 것일까?〉 그는 놀라서 스스로에게 물었다.

이런 생각을 하며 그는 이마를 찔렀다. 그리고 이상한 생각이, 이 긴 상념 후에 너무나도 이상한 생각 하나가 왠지 뜻밖에, 거의 자연스럽다고 할 정도로 갑자기 그의 뇌리를 스쳤다.

〈음…… 라주미힌에게는…….〉 그는 마지막 결론에 도달하기라도 한 듯이 아주 침착하게 이렇게 중얼거렸다. 〈라주미힌에게는 갈 것이다. 물론 그렇게 할 것이다……. 하지만, 지금은 아니다……. 나는 그에게…… 나중에……《그 일》을 하고 난 다음에 갈 것이다.《그 일》이 다 끝나고 난 다음에, 모든 것이 새롭게 시작될 때…….〉

그리고 그는 갑자기 정신을 차렸다.

《그 일》을 하고 난 다음에라니.〉 그는 벤치에서 튀어 일어나면서 외쳤다. 〈그럼, 정말《그 일》을 할 것인가? 정말로 그럴 것이란 말인가?〉

그는 벤치를 뒤로 하고 걷기 시작했다. 아니 거의 뛰듯이 걸었다. 그는 다시 길을 되돌아 집으로 가고 싶었다. 그러나 집으로 돌아간다는 것이 문득 견딜 수 없이 싫어졌다. 거기, 그 구석, 그 지독한 골방 속에서 한 달 이상이나 무르익었던 생각이 아닌가. 그는 눈길이 닿는 대로 걷기 시작했다.

신경질적인 전율은 어느덧 열병에라도 걸린 것처럼 심해졌다. 그는 오한을 느꼈다. 그런 무더위 속에서 그는 추웠다. 그는 어떤 내부의 요구에 따라 거의 무의식적으로 안간힘을 쓰며 주위에서 만나는 모든 대상들을 주의 깊게 바라보기 시작했다. 때로는 애를 써서 기분 전환거리를 찾았지만, 별다른 효과를 보지 못하고 그는 끊임없이 깊은 상념에 빠져들었다. 몸을 떨면서 다시 고개를 들어 주위를 보는 즉시 자신이 무엇을 생각했는지, 그리고 어디를 지나왔는지도 잊어버렸다. 이렇게 그는 바실리예프스끼 섬 전체를 가로질러, 말라야 네바로 나와서 ＊＊ 다리를 건너, 섬을 향해 몸을 돌렸다. 녹음(綠陰)과 신선한 공기는 도시의 먼지와 석회석, 짓누를 듯이 빽빽하게 서 있는 거대한 집들에 익숙해져 있던 그의 피곤한 눈을 상쾌하게 해주었다. 여기에는 그 어떤 후텁지근함도, 악취도, 선술집도 없었다. 그러나 곧 이 새롭고 상쾌한 기분도 괴롭고 초조한 기분으로 변했다. 때로 그는 나무와 풀이 가꾸어진 별장 앞에 멈춰 서서, 울타리 안을 들여다보기도 하고, 멀리 발코니와 테라스에 앉아 있는, 성장(盛裝)을 한 여인들과 정원에서 뛰노는 아이들을 바라보기도 했다. 특히 그는 꽃이 마음에 들었다. 그래서 그는 다른 무엇보다도 꽃을 오랫동안 쳐다보았다. 그는 화려한 마차들, 그 마차를 타고 가는 선남선녀들과 마주쳤다. 그는 그들을 호기심 어린 시선으로 배웅했으나, 그들이 눈앞에서 사라지기도 전에 벌써 그들에 대해서 잊고 말았다. 한번은 서서 돈을 세어 보기도 했다. 약 30꼬뻬이까가 남아 있었다. 〈20꼬뻬이까는 순경에게 주었고, 3꼬뻬이까는 나스따시야에게 편지에 대한 값으로 주었고, 그러면 마르멜라도프에게 어제 준 돈이 47꼬뻬이까 아니면 50꼬뻬이까로구나.〉 그는 계산을 했으나, 곧 왜 돈을 주머니에서 꺼냈는지도 잊어 버렸다. 그는 술집 같은 싸구려 식당 옆을 지나가다가 돈을 센 것을 기억하고는, 문득 허기를 느꼈다. 그는 싼 술집으로 들어가 보드까 한 잔을 마시고 무언가 속이 든 빵을 먹었다. 그는 이 빵을 길거리에 나와서야 다 먹어 치웠다. 오랫동안 보드까를 마시지 않았기 때문에 고작 한 잔뿐이었는데도 곧 술기운이 올라왔다. 다리가 점점 무거워지면서, 그는 강한 식곤증을 느끼기 시작했다. 집으로 가려고 발걸음을 옮기기 시작했지만, 뻬뜨로프스끼 섬에 도달했을 때는 이미 기진맥진해서, 길에서 벗어나 관목 숲으로 들어가 풀 위에 누웠다. 그리고 이내 곯아떨어졌다.

병에 걸린 상태에서 꾸는 꿈은 언제나 평상시의 꿈과는 달리 때로 너무 선명하고 강렬해서, 현실과 흡사하다고 여겨질 때가 있다. 때로 기괴한 장면들이 나타나기도 하지만, 상황과 모든 사건의 전개가 무척 그럴듯하고 섬세하며, 또 예기치 못할 정도로 상세하고 예술적으로도 완성

되어 있는 경우가 있다. 그래서 꿈을 꾸는 사람들이 뿌쉬 낀이나 뚜르게네프 같은 예술가라고 할지라도, 깨어 있을 때는 그런 꿈을 상상해 내기 어려울 정도인 것이다. 그러한 병적인 꿈들은 항상 오랫동안 기억되어서, 이미 자극을 받아 혼란스러운 인간의 뇌리에 강한 인상을 남긴다.

라스꼴리니꼬프는 무서운 꿈을 꾸었다. 꿈속에서 그는 식구들 모두가 아직 작은 마을에 살고 있던 어린 시절을 보았다. 일곱 살 무렵의 그는 어느 축제일 저녁에 아버지와 함께 교외를 산책하고 있었다. 숨 막히도록 무덥고 지루한 시간이었고, 주위의 경치도 완전히 그의 기억 속에 남아 있는 그대로였다. 작은 마을은 손바닥을 펴놓은 듯 훤하게 사방으로 트여 있었고, 주위에는 버드나무 한 그루 없었다. 어딘가 먼 지평선 가까이에 숲이 거뭇하게 보일 따름이었다. 마을의 제일 변두리 지역에서 몇 발자국 떨어진 곳에는 큰 선술집이 있었는데, 그곳은 그가 아버지와 함께 산책하며 지나갈 때마다 아주 불쾌한 인상과 두려움을 불러일으키던 곳이었다. 그곳에는 항상 사람들이 많이 모여 있었는데, 이들은 모두 소리 지르며 낄낄대고, 욕을 해대며, 이루 말할 수 없이 추하게 쉰 목소리로 노래를 부르는가 하면, 또 싸움판을 벌이기도 했다. 선술

집 주변에는 항상 그렇게 취해서 끔찍한 몰골을 한 사람
들이 하는 일 없이 돌아다니고 있었다……. 그들을 만날
때마다 그는 온몸을 떨며, 아버지에게 착 달라붙곤 했다.
선술집 옆에는 먼지가 가득한 샛길이 있었는데, 그 먼지
는 항상 시커먼 빛을 띠고 있었다. 구불구불한 이 길을 따
라서 걷다 보면, 한 3백 걸음 정도 되는 곳에 오른쪽으로
공동묘지가 있었다. 묘지 가운데는 둥근 녹색 지붕으로
장식된 석조 성당이 있었는데, 오래전에 돌아가셔서 그는
한 번도 뵙지 못한 그의 할머니에 대한 추도 미사를 드리
기 위해 부모님과 함께 1년에 한두 번 이곳을 방문하곤 했
다. 이때 이들은 항상 쌀 위에 건포도로 십자가 모양을 낸
단맛의 음식을 하얀 접시에 담아 냅킨에 싸서 가져갔다.
그는 이 성당과 거기에 모셔 놓은, 거의 틀에 씌워져 있지
않은 낡은 성상들, 그리고 머리를 떠는 나이 든 신부님을
사랑했다. 묘비가 세워져 있는 할머니의 무덤 옆에는 그
가 알지도, 기억하지도 못하는, 6개월 만에 죽은 남동생의
작은 무덤도 있었다. 그러나 사람들이 그에게 남동생이
있었다고 말해 주었기 때문에, 그는 무덤을 방문할 때마
다 종교적이고 경건한 마음으로 그 무덤 앞에서 성호를
긋고 절을 하고 비석에 입을 맞췄다. 바로 이런 일들이 꿈

에 나타난 것이다. 그는 아버지와 함께 무덤으로 난 길을 걷다가, 선술집을 지나게 되었다. 그는 아버지의 손을 꼭 붙잡고 공포에 질려 선술집을 돌아보았다. 특이한 광경이 그의 관심을 끌었다. 이번에는 그곳에 옷을 벗은 상인들, 아주머니들, 이들의 남편들이 무리 지어 웃고 떠들며 놀고 있었다. 모두들 잔뜩 취한 채 노래를 부르고 있었다. 그리고 선술집의 현관 앞에는 짐마차가 서 있었는데, 이상한 마차였다. 그 마차는 짐과 술통을 운반하는 큰 짐마차들 중의 하나였고, 이런 마차에는 커다란 짐말이 매어져 있는 경우가 보통이었다. 라스꼴리니꼬프는 긴 갈기와 튼튼한 다리를 지닌 거대한 짐말들이 짐이 없는 쪽보다 있는 쪽이 더 낫다는 듯이 평온하게 박자를 맞춰 걸으며, 조금도 지친 기색 없이 무거운 짐을 싣고 가는 광경을 보는 것을 좋아했다. 그런데 지금은 그런 큰 짐마차에 어울리지도 않게 적갈색 털을 지닌 작은 암말이 매여 있었다. 그가 여러 번 봐서 잘 알듯이, 이런 말은 장작이나 건초 더미 같은 무거운 짐을 싣고 가다가, 진흙탕이나 바퀴 자국에 빠지기라도 하면 금방 기진맥진하는 허약한 말이었다. 그리고 그럴 때마다 농부들은 채찍으로 이런 말들의 콧잔등과 눈까지도 가차 없이 지독하게 두들겨 패는 것이었다.

이런 말을 볼 때마다 그는 너무나 마음이 아파서 울음을 터뜨리곤 했다. 그러면 엄마는 항상 그를 창문에서 떼어 놓곤 했는데, 바로 그런 허약한 말들 중 하나가 마차에 매여 있었던 것이다. 이때 갑자기 주변이 시끌시끌해졌다. 선술집에서 고래고래 소리를 지르며, 노래를 부르고 발랄라이까[31]를 치면서, 술에 만취한 우람한 농부들이 알록달록한 농부 옷을 입고, 어깨에 외투를 걸치고 밖으로 나왔다. 「타, 전부들, 타!」 그들 중 아직 젊고 뚱뚱하고 목에 살집이 많은, 얼굴이 홍당무처럼 붉은 한 농부가 소리쳤다. 「다들 데려다주지, 타!」 하지만 그 즉시 웃음소리와 야유가 울려 퍼졌다.

　「이런 말라깽이 말이 데려다준단다!」

　「이봐, 미꼴까,[32] 제정신이야? 이런 암말을 짐수레에 매다니!」

　「이 말 스무 살은 먹었을 거야!」

　「타, 모두들 데려다줄 테니!」 다시 미꼴까는 이렇게 소리치면서 제일 먼저 수레에 뛰어 올라타, 고삐를 쥐고 짐

---

31 발랄라이까는 기타처럼 생긴, 세 개의 현이 달린 러시아의 민속 악기이다.
32 니꼴라이라는 이름의 비칭이다.

마차의 마부석에 섰다. 「마뜨베이가 벌써 밤색 말을 몰고 가버렸어.」그는 수레에서 소리쳤다. 「형제들, 이 암말 때문에 내가 얼마나 속 썩는 줄 알아? 그냥 죽여 버리고 싶다고, 사료나 축내고 있으니. 타라고 하잖아! 전속력으로 달리게 할 거야! 전속력으로 달리게 될걸!」그리고 그는 손에 채찍을 들고서, 기분 좋게 적갈색 말을 때릴 채비를 했다.

「자, 타. 왜 그래!」군중 속에서 사람들이 소리 내어 웃었다. 「들었나, 전속력으로 달릴 거래!」

「저 말은 벌써 10년은 달려 보지 못했을 텐데.」

「달릴 거라니까!」

「불쌍하게 보지들 말고, 형제들, 모두 채찍이나 들고 준비하라고!」

「그래, 실컷 갈겨 보자고!」

모두들 크게 웃고 농담까지 하면서 미꼴까의 수레에 기어올랐다. 여섯 사람 정도가 탔지만, 더 탈 자리가 남아 있었다. 사람들은 뚱뚱하고 얼굴이 발그레한 어떤 아낙을 태웠다. 붉은 무명옷을 입고, 모피화를 신은 아낙은 호두를 딱딱 까면서 웃음을 흘리고 있었다. 주위에서는 사람들이 무리를 지어 웃어 대고 있었다. 어떻게 웃지 않을 수 있겠는가, 그런 허약한 암말이 그 무게를 싣고 전속력으로 달린다는데! 수레에서는 두 청년이 미끌까를 도우려고 재빨리 채찍을 들었다. 소리가 울렸다. 「자, 가자!」여윈 말은 온 힘을 다해 수레를 끌어당겼지만, 빨리 달리기는커녕, 한 발자국도 떼지 못하고 다리만 허우적거리며, 세 사람의 채찍에서 콩 떨어지듯 인정사정없이 떨어지는 매 때문에 신음 소리를 내면서 몸을 웅크렸다. 수레와 무리 속에서 웃음소리는 더욱 커졌지만, 미끌까는 미친 듯이 화를 내며 암말을 더 자주 때리는 모양이 꼭 그러면 그 말이 달릴 것이라고 생각하는 것 같았다.

「나도 태워 주게, 형제들!」무리 중에서 몸이 단 청년이 외쳤다.

「타! 모두들 타라고!」미끌까는 소리쳤다. 「모두들 데려다주지, 이놈을 갈길 거야!」그는 철썩철썩 내리치더니, 나중에는 앞뒤 안 가리고 사정없이 갈겼다.

「아빠, 아빠.」그는 아버지에게 외쳤다, 「아빠, 저 사람들 무슨 짓을 하고 있는 거예요? 아빠, 불쌍한 말을 때리고 있어요!」

「가자, 가!」아버지는 말했다. 「취해서 못된 짓을 하는구나, 바보들 같으니. 가자, 보지 말거라!」아버지는 그를 데리고 떠나려 했지만, 그는 아버지의 팔에서 빠져나와 정신없이 말에게 뛰어갔다. 하지만 불쌍한 말은 이미 상태가 나빠져 있었다. 말은 헐떡이기 시작하면서 잠시 숨을 멈췄다가는, 짐을 다시 끌어당겨 보려고 하다가 거의 주저앉을 지경이었다.

「죽도록 갈겨!」미꼴까는 소리친다.「그럼, 가겠지. 갈길 테다.」

「이 악당아, 너는 십자가도 없느냐!」무리 중에서 어떤 노인이 외쳤다.

「그런 말이 마차 끄는 걸 봤나?」다른 사람이 덧붙였다.

「말을 죽일 셈이군!」세 번째 사람이 소리 질렀다.

「상관 마! 내 일이야! 내가 하고 싶으면 해. 더 타! 모두들 타라고! 기어이 달리게 하고 말 테다……!」

갑자기 웃음소리가 일제히 퍼지면서 모든 소리를 삼켰다. 암말은 잦아지는 매를 참지 못하고 탈진해서 뒷발질을 하기 시작했다. 노인조차 참지 못하고 미소 지었다.「정말로, 이런 말라빠진 암말도 말이라고, 뒷발질까지 하려 드네!」

무리 중에서 청년 둘이 또 채찍을 들고, 말의 옆구리를 치기 시작했다. 모두들 자기가 있는 쪽에서 때리기 시작했다.

「말 대가리를, 눈깔을 쳐, 눈깔을!」미꼴까는 소리쳤다.

「노래를 부르자고, 형제들!」누군가 수레에서 소리쳤

고, 모두들 그 말을 받아 노래를 불렀다. 기분 좋은 노랫소리가 울려 퍼지고, 사람들은 탬버린을 짤랑대며 후렴으로 휘파람을 불었다. 뚱뚱한 아낙은 호두를 깨물면서 웃어댔다.

　……그는 말 옆을 지나 앞으로 뛰어나가 사람들이 말의 눈, 바로 눈동자를 치는 광경을 보았다! 소년은 울었다. 심장이 터질 것만 같았고, 눈물이 쏟아졌다. 때리고 있는 사람 중 한 사람이 그의 얼굴을 쳤지만, 그는 그것을 느끼지도 못하고, 손을 쥐고는 비틀고, 소리 지르고, 고개를 저으면서, 이 짓들을 못마땅해 하고 있는 허연 수염이 난 백발의 노인에게로 달려갔다. 어떤 아낙이 그의 손을 붙잡고, 그를 데려가려 했지만 그는 손을 뿌리치고 다시 말에게로 달려갔다. 말은 기진맥진해 있었으나 다시 한 번 뒷발질을 하기 시작했다.

　「이런 죽일 놈 같으니!」 미꼴까는 성을 내며 소리 질렀다. 그는 채찍을 버리고 몸을 숙여 수레의 바닥에서 길고 두꺼운 끌채를 꺼내, 양손으로 그 끝을 잡고서 힘껏 적갈색 말 위로 쳐들었다.

　「박살을 내겠군!」 주위에서 소리쳤다.

　「죽여 버리겠군!」

「내 맘이야!」 미꼴까는 외치면서 온 힘을 다해 끌채를 내리쳤다. 둔탁한 타격 소리가 울렸다.

「쳐, 쳐! 뭐 하는 거야!」 군중들이 소리쳤다.

미꼴까는 다시 한 번 끌채를 휘둘러 맹렬한 기세로 불쌍하게 여윈 말의 등을 갈겨 댔다. 말은 엉덩이를 내리고 뛰어 보려는 듯이 잡아당기며, 마지막 힘을 다해 수레를 끌어 보려고 여러 방향으로 몸부림쳤다. 하지만 사방에서 여섯 개의 채찍이 달려들었고, 끌채는 다시 세 번째, 그리고 또다시 정확하게 네 번째로 사정없이 그 말의 등 위에 떨어졌다. 미꼴까는 말을 한 방에 죽이지 못한 데 대해 분을 삭이지 못했다.

「끈질기네!」 주변에서 소리쳤다.

「이제는 틀림없이 넘어갈 거야, 형제들. 이게 이제 마지막이다!」 이 광경을 즐기고 있던 어떤 사람이 군중 속에서 외쳤다.

「도끼로 쳐야지! 그래야 단방에 죽지!」 다른 사람이 외쳤다.

「에이, 시끄러워! 저리 비켜!」 미꼴까는 미친 사람처럼 외치며, 끌채를 버리고 다시 몸을 굽혀 쇠지렛대를 꺼냈다. ⟨모두 조심해!⟩라고 그는 맹렬하게 소리를 지르며, 있는 힘껏 불쌍한 말을 쇠지렛대로 내리쳤다. 타격이 가해지자 암말은 비틀거리면서 주저앉았다가, 다시 한 번 마차를 끌어당기려 했지만, 쇠지렛대가 또다시 강하게 말의 등을 내리치는 바람에, 마치 네 다리가 꺾인 듯이 땅에 푹 고꾸라졌다.

「뒈져라!」 미꼴까는 이렇게 외치면서, 미친 듯 수레 위에서 쾅쾅 날뛰었다. 역시 취해서 얼굴이 벌겋게 달아오른 몇 명의 청년들이 닥치는 대로 채찍이고, 몽둥이고, 끌채 따위를 집어 들고는 숨이 넘어가는 암말에게 달려들었다. 미꼴까는 옆에 서서 쇠지렛대로 쓸데없이 등을 치기 시작했다. 여윈 말은 머리를 축 늘어뜨리고 숨을 괴롭게 몰아쉬다가 죽어 버리고 말았다.

「아주 죽여 버렸군!」 군중 속에서 사람들이 외쳤다.

「왜 달리지 않은 거야!」

「상관 마!」 미꼴까는 손에 쇠지렛대를 쥔 채 핏발이 선 눈으로 외쳤다. 그는 더 이상 때릴 것이 없다는 사실이 아쉽다는 듯 서 있었다.

「정말로, 십자가가 무서운 줄 모르는 놈이군!」 이제 군중 속에서 많은 사람들이 외쳤다.

하지만 불쌍한 소년은 이미 제정신이 아니었다. 비명을

지르면서, 소년은 군중 속을 헤치고 적갈색 말에게로 달려가, 죽은 말의 피투성이가 된 머리를 붙잡고, 말의 눈과 입술에 키스를 퍼부었다……. 그러고 나서 갑자기 뛰어 일어나, 작은 주먹을 불끈 쥐고 미꼴까에게 사납게 달려들었다. 이 순간 아까부터 그를 쫓고 있던 아버지가 그를 겨우 붙잡아 무리 속에서 끌어냈다.

아버지는 그에게 말했다.「가자! 가자! 집에 가자!」

「아빠! 왜 저 사람들은…… 불쌍한 말을…… 죽인 거예요!」그는 흐느꼈다. 숨이 가빠 와서, 그의 찢어질 듯한 가슴에서는 외마디 소리가 비명이 되어서 튀어나왔다.

「술에 취해서 못된 짓을 하는 거야. 우리가 상관할 일이 아니니, 어서 가자!」아버지는 말했다. 그는 아버지를 손으로 붙잡았으나, 그의 가슴은 더욱 답답해졌다. 그는 숨을 돌리고, 비명을 지르려고 했다. 그러나 그 순간 잠에서 깨어났다.

그는 온몸과 머리털이 땀에 흠뻑 젖은 채 깨어났다. 그는 숨을 헐떡이면서 공포에 가득 찬 표정으로 몸을 일으켰다.

〈다행이다, 꿈이었구나!〉그는 나무 밑에 앉아서 숨을 깊이 들이쉬며 말했다. 〈그런데 내가 왜 이럴까? 열병이 난 것은 아닐까, 이런 악몽을 꾸다니!〉

그의 온몸은 실컷 얻어맞은 것같이 나른했다. 마음도 혼란스럽고 우울했다. 그는 무릎 위에 팔꿈치를 괴고, 양손으로 머리를 감싸 안았다.

〈맙소사!〉 그는 부르짖었다. 〈정말, 정말로 나는 진정 도끼를 들고, 노파의 머리를 내리찍으려 하는 것일까, 그 정수리를 부수려고 하는 것일까……. 끈적끈적하고 따뜻한 피 위를 미끄러지면서, 자물쇠를 깨고 도둑질까지 하려는 것일까? 온몸을 부들부들 떨면서, 피투성이의 몸을 숨기려고 하는 것일까……? 도끼를 가지고서……? 오, 맙소사, 정말로 그렇게 하려는 것일까?〉

그는 이렇게 말하면서 사시나무 떨듯이 온몸을 떨었다.

〈나는 도대체 어떻게 된 거지!〉 그는 다시 머리를 떨구고, 마치 깜짝 놀라기라도 한 듯이 이렇게 생각했다. 〈그 일을 견뎌 내지 못하리라는 것을 잘 알고 있지 않은가? 그런데 난 왜 지금까지 자신을 괴롭히는 것일까? 어제, 그 일을《시험해 보러》간 어제만 해도 난 내가 견디지 못하리라는 것을 잘 알고 있었다……. 그런데 지금은 왜 이러는 걸까? 왜 나는 아직도 주저하고 있나? 어제만 해도 계단에서 내려오면서 이건 더럽고, 불쾌하고, 추악하다, 추악하다고 말하지 않았던가……. 그 일을 생각만 해도《정말》메스꺼워지고, 소름이 끼치지 않는가…….

아니, 난 할 수 없어, 할 수 없다고! 이 모든 계산에 아무런 의구심이 있을 수 없다고 치자! 이 한 달 동안 그 모든 것이 결정되었고, 모든 것이 명약관화하고 수학처럼 정확하다고 치자! 오, 하느님! 그래도 난 결행할 수 없다! 난 감당하지 못할 거야, 감당하지 못해……! 그런데 왜, 왜 지금까지도……?〉

그는 일어서서 이곳으로 들어온 것에 놀라기라도 한 듯이 주위를 둘러보았다. 그리고 T 다리를 향해 가기 시작했다. 얼굴은 창백하고, 눈동자는 타는 듯했으며, 온몸은 기운이 쑥 빠져 있었다. 하지만 그는 문득 숨쉬기가 편해진 것 같다는 생각이 들었다. 벌써 그렇게 오랫동안 그를 짓누르고 있던 무거운 짐이 그의 어깨에서 내려진 것같이 마음은 갑자기 가볍고 평안해졌다. 〈주여!〉 그는 기도했다. 〈제게 갈 길을 보여 주소서, 전 그 저주스러운…… 몽상을 버리겠나이다……!〉

다리를 건너면서 그는 조용히 편안한 마음으로 네바 강과 선명하게 불타는 석양을 바라보았다. 몸이 쇠약했음에도 불구하고 그는 아무런 피로도 느끼지 못했다. 그건 꼭 그의 마음속에서 한 달 동안이나 곪아 오던 종기가 갑자기 터진 것 같았다. 자유, 자유! 그는 이제야 그 주문, 그 마술과 마력, 그 유혹으로부터 자유로워진 것이다!

나중에 그가 이 당시 일어났던 모든 일들을 하나하나 순간순간 상기해 보았을 때, 한 가지 상황이 거의 미신에 가까울 만큼 그에게 충격을 주었다. 그 상황은 본질적으로는 그렇게 특이한 것은 아니었으나, 그 후 그에게는 언제나 끊임없이 어떤 운명의 예고편같이 여겨졌다.

바로 이런 일이었다. 기진맥진해 있었기 때문에 지름길을 택하는 것이 더 편리했음에도 불구하고, 그가 무엇 때문에 센나야 광장을 지나 쓸데없이 우회해서 집으로 돌아갔는지는 알 수 없는 일이었다. 돌아간다고 해도 그리 멀지는 않았지만, 분명 쓸데없는 수고였다. 물론 그가 지난 길을 전혀 기억하지 못하고 집으로 돌아오는 경우가 수십 번이나 되었던 것도 사실이었다. 그렇지만 왜, 그토록 중요하고, 그렇게도 결정적이면서도 우연한 만남이 때마침 센나야 광장에서 그의 인생의 바로 그 시간, 그 순간에, 그의 기분이 바로 그런 상태에 있을 때 다가옴으로써 그의 운명에 움직일 수 없는 결정적인 영향을 미쳤는가에 대해서 그는 줄곧 묻지 않을 수 없게 되었다. 그 만남은 마치 그를 일부러 그곳에서 기다린 것 같았다!

그가 센나야 광장을 지나가게 된 시간은 약 9시경이었다. 노점상의 좌판과 판자들, 간이 상점들에서 물건을 벌여 놓고 있던 상인들은 모두 설치물을 거두거나, 물건을 정리해서 손님들과 마찬가지로 각자 집으로 돌아가고 있었다. 지하층에 있는 싸구려 음식점과 센나야 광장의 더럽고 악취 나는 마당, 그리고 무엇보다도 선술집 근처에는 여러 부류의 노동자들과 누더기 차림의 사람들이 우글대고 있었다. 라스꼴리니꼬프는 목적도 없이 거리에 나올 때면, 특히 이 거리와 이 근처 골목들을 쏘다니기를 좋아했다. 이런 곳에서는 그의 넝마 같은 옷을 거만한 눈길로 보는 일도 없었고, 아무 거리낌 없이 마음대로 원하는 옷차림으로 다닐 수 있었다. K 골목의 한 모퉁이에서는 어떤 상인과 그의 아내가 두 개의 판매대 위에서 실, 끈, 옥양목 머릿수건 따위를 팔고 있었다. 이들 역시 집으로 갈 준비를 하고 있었지만, 지나다 들른 아는 여인과 이야기를 하느라 지체하고 있었다. 이 여인은 어제 라스꼴리니꼬프가 시계를 전당 잡히고, 〈자신의 일을 시험해 보고자〉 찾아갔던 그 고리대금업자, 14등 문관의 과부 노파인 알료나 이바노브나의 여동생, 리자베따 이바노브나, 혹은 그냥 흔히 리자베따라고 불리는 여인이었다……. 그는 이미 오래전부터 이 리자베따에 대해서 잘 알고 있었고, 그 여자도 그를 조금은 알고 있었다. 그녀는 서른다섯 살의 노처녀로 키가 크고 못생겼으며, 거의 바보스러울 정도로 수줍음을 많이 타는 온순한 여자였다. 그녀는 언니의 집에서 밤낮 노예처럼 일해 주면서도, 언니가 무서워서 꼼짝도 못했으며, 때로 매를 맞기도 한다고 했다. 지금 그 리자베따가 상인 부부 앞에서 보따리를 들고 망설이는 자세로 서서, 그들의 말에 귀를 기울이고 있었다. 이들은 뭔가에 대해 아주 열심히 그녀에게 설명하고 있었다. 이 만남이 그렇게 놀랄 만한 일은 전혀 아니었음에도 불구하고, 라스꼴리니꼬프는 뜻밖에도 그녀와 마주치게 되자, 놀라움에 가까운 어떤 이상한 감정에 사로잡혔다.

「리자베따 이바노브나, 당신 마음대로 결정하면 돼요.」상인은 큰 소리로 말했다. 「내일 7시경에 와요. 그 사람들도 올 거예요.」

「내일요?」리자베따는 아직 결정을 내리지 못한 듯, 말꼬리를 길게 끌면서 망설이는 투로 말했다.

「알료나 이바노브나가 무서워서 그러나 보구려!」힘이 넘치는 상인의 아내가 수다를 떨기 시작했다. 「내 당신을 보니까, 꼭 어린애 같아요. 그 여자는 당신 친언니도 아니고, 이복 언니인데, 너무나 못되게 굴잖아요?」

「이번에는 알료나 이바노브나에게 아무 말도 하지 말아요.」 남편이 말을 막았다. 「내가 충고하겠는데, 물어보지 말고 우리 집에 내일 들러 봐요. 이건 남는 장사라니까. 나중에 언니도 알아줄 거요.」

「그럼, 가기로 할까요?」

「내일 7시요. 그 사람들도 올 거요. 알아서 잘 결정해 봐요.」

「우리가 사모바르[33]도 준비할게요.」 아내가 덧붙였다.

「좋아요, 갈게요.」 리자베따는 여전히 망설이면서도, 이렇게 말하고는 천천히 자리를 떴다.

라스꼴리니꼬프는 그때 이미 그곳을 지나쳤기 때문에, 더 이상 아무 소리도 들을 수 없었다. 그는 한 마디의 말도 놓치지 않으려고 애쓰면서, 조용히 눈에 띄지 않게 그들을 지나쳤다. 그가 처음에 느꼈던 놀라움은 점차 공포로 뒤바뀌었고, 그의 등골에는 차가운 전율이 스치고 지나갔다. 그는 뜻밖에도 내일 저녁 7시에 노파의 동생, 노파의 유일한 동거자인 리자베따가 집에 없을 것이며, 따라서 노파는 정확히 저녁 7시에 〈집에 혼자 있을 거라는 사실〉을 알게 된 것이다.

33 러시아에서 차를 끓이는 주전자이다.

그의 아파트까지는 몇 발자국밖에 남아 있지 않았다. 그는 사형 선고를 받은 사람처럼 방 안으로 들어갔다. 그는 아무 생각도 하지 않았고, 또 아무것도 판단할 수 없었다. 그렇지만 그는 갑자기 더 이상 자신에게는 판단의 자유도, 의지도 없다는 것을, 그리고 모든 것이 느닷없이 움직일 수 없도록 결정되었다는 것을 직감했다.

물론, 그가 기회를 1년 내내 기다린다고 해도, 이런 의도를 품고서 그 음모를 성공시킬 수 있는 이보다 더 좋은 시작을 기대하기란 어려웠을 것이다. 그런데 그 첫걸음이 이렇게 지금 그의 눈앞에서 갑자기 이루어진 것이다. 어떤 경우에도 일을 저지르기 전날 밤, 전혀 위험 부담도 없이, 그 어떤 위험한 질문이나 탐색도 없이, 이렇게 정확하게, 죽이고자 하는 그 노파가 내일 그 시간에 집에 혼자 있으리라는 사실을 알게 되기란 아마도 어려운 일일 것이다.

6

나중에 라스꼴리니꼬프는 우연한 기회에 그 상인 내외가 리자베따를 자기 집에 초대한 이유를 알게 되었다. 그것은 아주 흔히 있을 수 있는 용무로 특별한 일이 아니었다. 다른 고장에서 이사 와서 살다가 살림이 궁핍해진 어떤 가족이 가구와 옷가지들, 그리고 그 밖에 주로 부인용 물건을 팔고 있었는데, 시장에 내다 팔면 수지가 맞지 않았으므로, 그 일을 대신 해줄 여자 상인을 찾고 있었던 것이다. 그런데 때마침 리자베따가 그런 일을 하고 있었다. 그녀는 수수료를 받고 일을 처리해 주었는데, 대단히 정직해서 언제나 제일 비싼 가격을 불렀고, 한번 부른 값은 절대로 깎는 법이 없었기 때문에 단골이 많았다. 그녀는 대체로 말수가 적은 데다가, 앞에서도 말한 바와 같이, 온순하고 겁이 많은 여자였다…….

그렇지만 라스꼴리니꼬프는 최근에 와서 미신을 믿는 성향이 강해졌다. 이 흔적은 후일까지 오래도록 남아서 거의 지워질 수 없게 되었다. 그는 이번 사건 전체에서도 언제나 어떤 기괴함과 신비스러움을 느끼게 되었고, 무언가 특별한 힘과 우연의 일치 같은 것이 존재한다고 생각하게끔 되었다. 지난겨울, 평소 알고 지내던 뽀꼬레프라는 대학생이 하리꼬프로 떠날 때 무슨 이야기를 하던 중 전당 잡힐 일이 있으면 알료나 이바노브나를 찾아가라고 그에게 그녀의 주소를 가르쳐 준 적이 있었다. 그러나 당시에는 그에게 과외 교습이 있었고, 또 그럭저럭 살 만했으므로, 그는 오랫동안 그녀를 찾아가지 않았다. 그러다가 한 달 반쯤 전에 그는 그 주소를 기억해 냈다. 그는 전당 잡힐 만한 물건을 두 개 가지고 있었다. 하나는 오래된 아버지의 은시계였고, 다른 하나는 여동생이 헤어지면서 기념으로 선물한, 붉은 보석이 세 개 박힌 작은 금반지였다. 그는 금반지를 가져가기로 결정했다. 노파의 집을 찾아냈을 때, 그는 그녀에 대해 별로 아는 바가 없었음에도 불구하고 처음 본 순간부터 참을 수 없는 혐오감을 느꼈다. 그는 두 장의 지폐를 받아 들고 집으로 돌아오던 길에 싸구려 술집에 들렀다. 그는 차를 주문하고 자리에 앉아 곧 깊은 생각에 잠겼다. 이상한 생각이 달걀을 깨고 나오는 병아리처럼 그의 머리를 콕콕 쪼면서 그의 마음을 온통 사로잡았다.

바로 옆에 나란히 놓인 다른 탁자에는 그가 전혀 본 적이 없는 대학생과 젊은 장교가 앉아 있었다. 그들은 당구를 치고 나서 차를 마시려던 참이었다. 그는 뜻밖에도 대학생이 장교에게 그 14등 문관의 과부이자 고리대금업자인 알료나 이바노브나의 얘기를 하며 주소를 가르쳐 주는 소리를 들었다. 벌써 이런 일 하나부터가 라스꼴리니꼬프에게는 어쩐지 이상한 느낌이 들었다. 방금 거기서 나왔는데, 여기서도 노파에 대한 이야기를 듣다니. 물론 우연에 불과했다. 그렇지만 그가 아주 특별한 어떤 인상에서 벗어나지 못하고 있는 이때에 마치 누군가가 때를 맞춰 그를 몰래 도와주고 있는 것 같았다. 대학생은 갑자기 친구에게 이 알료나 이바노브나에 대한 여러 가지 상세한 이야기를 들려주기 시작했다.

「굉장한 여자야.」 그는 말했다. 「그 노파한테서는 언제든지 돈을 꿀 수가 있어. 유대인 못지않은 부자라서 단번에 5천 루블도 내줄 수 있는 여자야. 그런데도 1루블짜리 전당품조차 마다하지 않거든. 우리 친구들도 그 노파를 자주 찾아가고 있어. 그런데 무서울 정도로 인색한 여자지…….」

그리고 그는 그녀가 얼마나 사악하고 변덕스러운지 말하기 시작했다. 단 하루라도 기한을 어기면 물건이 사라진다는 것이었다. 물건값의 4분의 1밖에 안 빌려주고, 이자는 한 달에 5부에서 7부까지 받는다는 말이었다. 대학생은 한참 지껄인 끝에 그 밖에도 노파에게는 리자베따라는 여동생이 있는데, 그렇게 왜소하고 추한 노파가 적어도 8베르쇼끄[34]나 되는 동생을 늘 때리며 어린애 다루듯

34 약 177센티미터. 주 30 참조.

완전히 노예처럼 부린다는 얘기도 했다…….

「그것 참 희한한 일이잖아!」 대학생은 이렇게 외치면서 큰 소리로 웃기 시작했다.

그들은 리자베따에 대해 말하기 시작했다. 대학생은 야릇한 만족감을 내비치며 그녀에 대해 얘기하면서 계속 히죽히죽 웃어 댔다. 장교도 호기심을 잔뜩 갖고 귀를 기울이더니, 속옷 수선을 시키도록 리자베따를 보내 달라고 부탁하는 것이었다. 라스꼴리니꼬프는 단 한마디도 놓치지 않았고, 곧 그 자리에서 모든 것을 알게 되었다. 리자베따는 노파의 배다른 동생으로(어머니가 서로 달랐다) 벌써 서른다섯 살이라고 했다. 그런데 그녀는 집에서 언니를 위해 밤낮으로 일하며 요리와 세탁을 도맡고 있다는 것이었다. 그 외에도 그녀는 부업으로 옷을 지어 팔기도 하고 마루를 닦는 삯일도 했는데, 일을 해서 받은 돈은 그나마 언니에게 모두 주고 있다는 얘기였다. 그러나 노파의 허락이 없이는 어떤 주문이나 일거리도 감히 맡을 생각을 못 한다는 것이었다. 또 노파는 이미 유언장을 작성해 놓았고, 그 유언장에 따르면 리자베따는 가재도구나 의자 같은 것들 외에는 단 한 푼도 받을 수 없으며, 리자베따도 그 사실을 알고 있다는 것이었다. 노파의 돈은 N 주(州)에 있는 어떤 수도원에 사후의 추도 비용을 위해 기부되도록 결정되어 있었다. 또 리자베따는 관리의 딸이 아니라, 상인의 딸로 아직 미혼인데, 지독히 못생긴 데다가 키만 삐죽 크고, 비틀어진 것 같은 긴 다리에는 항상 양가죽으로 만든 찌그러진 단화를 신고 다닌다고 했다. 그렇지만 그래도 옷차림만큼은 항상 깨끗하다는 것이었다. 대학생이 놀라움을 금치 못하며 웃어 댄 이유는 리자베따가 또 언제나 임신 중이어서 배가 불룩하다는 사실 때문이었다…….

「하지만 그 여자는 추녀라고 했잖아?」장교가 지적했다.

「그래, 피부색도 검어서 꼭 위장한 병사 같아. 하지만 그렇다고 해서 아주 추녀는 아냐. 얼굴과 눈이 선하게 생겼거든. 아주 착하게 생겼다고도 할 수 있어. 많은 사람들이 그 여자를 좋아한다는 사실이 그걸 입증하지. 아주 조용하고 온순한 여자야. 말대답도 하지 않고 유순해서 모든 일에 고분고분하거든. 웃는 건 또 얼마나 일품인데.」

「네 마음에도 들었나 보지?」장교는 웃기 시작했다.

「하도 신기하게 생겼으니까. 아니, 그보다 내가 한 가지 말할 게 있어. 난 그 저주스러운 노파를 죽이고 도둑질을 한다고 해도, 단언하지만, 결코 양심의 가책을 느끼지 않을 것 같아.」열을 내면서 대학생이 덧붙여 말했다.

　　장교는 다시 웃음을 터뜨렸지만, 라스꼴리니꼬프는 몸을 부르르 떨었다. 이 얼마나 이상한 일인가!

　　「잠깐, 내가 심각한 질문을 하나 던져 볼게.」다시 대학생은 흥분하기 시작했다.「물론, 내가 한 말은 농담이었지만, 생각을 해봐. 한편으로는 어리석고, 의미 없고, 하찮고, 못됐고, 아무짝에도 쓸모없는, 아니 오히려 모든 사람에게 해만 끼치는 그런 병든 노파가 있어. 그 노파는 자기가 왜 사는지도 모르고, 또 그렇지 않아도 얼마 안 있으면 저절로 죽게 될 거야. 알았어? 알아듣겠어?」

　　「그래, 알았어.」장교는 흥분해 있는 친구를 주의 깊게 보면서 대답했다.

　　「더 들어 봐. 다른 한편으로는, 도움을 받지 못하면 좌절하고 말 싱싱한 젊은이가 있단 말이야. 그런 젊은이는 도처에 있어! 그리고 수도원으로 가게 될 노파의 돈으로 이루어지고 고쳐질 수 있는 수백, 수천 가지의 선한 사업과 계획들이 있단 말이야! 어쩌면 수백, 수천의 사람들이 올바른 길로 갈 수도 있고, 수십 가정들이 극빈과 분열, 파멸, 타락, 성병 치료원으로부터 구원을 받을 수도 있어. 이 모든 일들이 노파의 돈으로 이루어질 수 있단 말이야. 그래서 빼앗은 돈의 도움을 받아 훗날 전 인류와 공공의 사

업을 위해 자신을 헌신하겠다는 결심을 가지고, 노파를
죽이고 돈을 빼앗는다면, 너는 어떻게 생각하니? 그 작은
범죄 하나가 수천 가지의 선한 일로 보상될 수는 없는 걸
까? 한 사람의 생명 덕분에 수천 명의 삶이 파멸과 분열로
부터 구원을 얻게 되고, 한 사람의 죽음과 수백 명의 생명
이 교환되는 셈인데, 이건 간단한 계산 아닌가! 그 허약하
고 어리석고 사악한 노파의 삶이 사회 전체의 무게에 비
해 얼마만큼의 가치를 지닐 수 있을까? 그 노파의 삶은 바
퀴벌레와 이[蝨]의 삶보다 더 나을 것이 없고, 어쩌면 그
보다 더 못하다고도 할 수 있어. 왜냐하면 그 노파는 해로
운 존재니까. 그 노파는 다른 사람의 인생을 갉아먹고 있
잖아. 그 여자는 바로 얼마 전까지만 해도 홧김에 리자베
따의 손을 깨물어서 거의 잘라 낼 뻔했다고!」

「물론, 노파는 살 가치가 없어. 하지만 자연법칙이라는
것이 있잖아.」 장교는 지적했다.

「에이, 이봐, 자연을 변화시키고 조정하는 것은 인간이
야. 그렇지 않았다면 사람들은 아마도 편견 속에서 허우
적거리다가 죽어 버렸을 거야. 사람들은 〈의무니, 양심〉에
대해서 말을 하지. 난 의무와 양심에 반(反)하는 말을 하
고 싶은 게 아냐. 다만 우리가 그 의무와 양심에 대해 어떻

게 이해하느냐 하는 문제를 말하는 거지. 들어 봐! 내가 또 한 가지 질문을 하지.」

「아니, 잠깐, 내가 질문을 하지, 들어 보라고!」

「그래, 그럼!」

「너는 지금 열변을 토하고 있는데, 한번 말씀을 해보시지. 너는 네 손으로 그 노파를 죽일 수 있겠어?」

「물론, 아냐! 난 다만 정의를 위해서……. 그건 내가 상관할 일이 아니지…….」

「내 생각에는 만일 네 자신이 그 일을 결행할 마음을 먹지 못한다면, 거기엔 어떤 정의도 있을 수 없어! 자, 또 한 판 내기 당구나 치자고!」

라스꼴리니꼬프는 극도로 흥분해 있었다. 물론, 이런 말들은 형식이나 주제가 다르기는 하지만, 한두 번 들어 본 것도 아닌, 지극히 평범하고 흔한 젊은이들의 논쟁거리이자 의견이었다. 그런데 왜 바로 지금과 같은 순간에 이런 논쟁과 의견을 듣게 된 것일까? 이제 막 그의 머릿속에 〈똑같은 생각〉이 떠오르고 있는 바로 그 순간에…… 방금 그 노파로부터 그런 생각의 맹아를 가지고 나오게 된 이때 하필 왜 그는 노파에 관한 이야기를 듣게 된 것일까……? 그에게는 이러한 우연의 일치가 언제나 이상하게 여겨졌다. 술집에서의 이 하찮은 논쟁은 장차 사건을 발전시키는 데 있어 그에게 심대한 영향을 미쳤다. 마치 그 속에 어떤 숙명과 계시라도 있었던 것처럼…….

센나야 광장에서 집으로 돌아온 그는 소파에 몸을 던진 채 한 시간 내내 미동도 하지 않고 앉아 있었다. 그동안 날이 어두워졌다. 그의 방에는 초도 없었지만, 불을 켜야 한다는 생각도 그의 머릿속에는 떠오르지 않았다. 그때 그는 자신이 무슨 생각을 했는지 좀처럼 기억해 낼 수 없었다. 마침내 그는 조금 전과 마찬가지로 오한을 느끼기 시작했다. 그리고 소파에 누울 수 있다는 생각이 들자 기쁜 마음이 들었다. 곧 납덩이처럼 무겁고 깊은 잠이 짓누르듯 그를 덮쳐 왔다.

그는 보통때와는 달리 꿈도 꾸지 않고 오랫동안 잠을 잤다. 다음 날 아침 10시경에 그의 방에 들어온 나스따시야가 간신히 그를 흔들어 깨웠다. 그녀는 그에게 차와 빵을 가져왔다. 차는 재탕을 한 것이었고, 주전자 역시 그녀의 것이었다.

「아이 참, 여태 자네!」 그녀는 화를 버럭 내면서 소리쳤다. 「밤낮 잠만 자다니!」

그는 억지로 몸을 일으켰다. 머리가 아팠다. 그는 두 발로 일어서려고 작은 방에서 몸을 뒤척거렸지만, 또다시 소파 위로 쓰러지고 말았다.

「도로 자네!」 나스따시야는 외쳤다. 「어디 아픈 거 아니에요?」

그는 아무 대답도 하지 않았다.

「차 마실 거예요?」

「나중에.」 그는 억지로 말하며 두 눈을 다시 감고 벽 쪽으로 돌아누웠다. 나스따시야는 그의 뒤에 잠깐 서 있었다.

「진짜 아픈가 보네.」 그렇게 말하고 그녀는 몸을 돌려 밖으로 나갔다.

그녀는 2시경에 다시 수프를 가지고 들어왔다. 그는 여전히 누워 있었다. 차는 입에도 대지 않은 채로 그대로 놓여 있었다. 나스따시야는 화가 나서 심술궂게 그를 흔들기 시작했다.

「왜 잠만 자는 거예요!」 그녀는 보기 싫다는 듯이 그를 쳐다보면서 외쳤다. 그는 몸을 일으켜 앉았지만, 그녀에게는 아무 대답도 하지 않고 방바닥만 쳐다볼 뿐이었다.

「아픈 거 아니에요?」 나스따시야가 물었지만, 역시 대답을 들을 수 없었다.

「거리에라도 나가 보지 그래요.」 그녀는 입을 다물었다가 덧붙였다. 「바람이라도 쐬어 보지 그래요. 먹을 거예요, 말 거예요?」

「나중에.」 그는 힘없이 말했다. 「나가 줘!」 그는 손을 한 번 휘저었다.

그녀는 잠시 서서 딱하다는 듯이 그를 바라보다가 밖으로 나갔다.

몇 분 후에 그는 눈을 들어 오랫동안 차와 수프를 바라보았다. 그러고는 빵과 숟가락을 들고 먹기 시작했다.

그는 식욕이 없어서 마지못해 서너 번 기계적으로 숟가락질을 했다. 두통은 조금 나아졌다. 점심을 먹고 난 다음 그는 다시 소파에 몸을 길게 뻗고 누웠으나, 이제는 잠이 오지 않았다. 그는 미동도 하지 않고 엎드린 채 머리를 베개에 파묻고 누웠다. 그의 눈에는 쉴 새 없이 환영이 어른거렸다. 그런데 그것은 모두 아주 이상한 것이었다. 제일 많이 본 것은 그가 어딘가 아프리카나 이집트의 오아시스에 가 있는 풍경이었다. 대상(隊商)들은 쉬고 있고, 낙타들도 평화롭게 누워 있었다. 주위에는 종려나무가 빙 둘러가며 자라고 있었다. 그리고 모두들 식사를 하고 있는데, 그는 옆을 졸졸 흐르는 샘물에 엎드려 물을 마셨다. 너무도 기분이 상쾌해졌다. 기이할 정도로 푸른빛을 띤 차가운 물이 색색의 돌들과 금빛 광택을 지닌 깨끗한 모래 위로 흐르고 있었다……. 그런데 문득 그는 시계 치는 소리를 들었다……. 그는 몸을 한번 부르르 떨고 정신을 차린 뒤, 고개를 들어 창밖을 내다보았다. 시간을 가늠해 보던 그는 완전히 정신이 들어, 마치 누군가가 그를 끌어내기라도 한 듯이 소파에서 벌떡 일어났다. 그는 발끝으로 살금살금 다가가 문을 열고, 계단 밑 아래층 쪽을 엿보기 시작했다. 그의 심장은 강하게 고동쳤다. 그러나 계단은 쥐 죽은 듯이 조용했다. 모두들 자고 있음에 틀림없었다……. 그는 자기가 어제부터 그토록 정신없이 잠만 자면서 아무 일도 하지 않고, 아무것도 준비하지 않았다는 것이 기괴하고 이상스럽게 여겨졌다……. 어쩌면 시계는 6시를 친 것인지도 몰랐다……. 그러자 간헐적이고 평범치 않은 어떤 묘한 조급함이 졸음과 망연자실한 태도를 대신하여 순식간에 그를 사로잡아 버렸다. 그러나 준비할 것이 그다지 많지는 않았다. 그는 만사를 제대로 생각하여 무엇 하나 잊어버리지 않으려고, 온통 주의를 집중시켰다. 심장은 여전히 강하게 고동쳐서 숨쉬기가 괴로울 정도였다. 우선 올가미를 만들어서 외투에 꿰매야 했다. 그것은 1분도 걸리지 않는 일이었다. 그는 베개 밑을 뒤져서 그 밑에 쑤셔 넣어 두었던 속옷들 중에서 세탁도 하지 않은, 낡고 해진 윗옷 한 벌을 꺼냈다. 그 넝마 조각에서 그는 폭 1베르쇼끄, 길이 8베르쇼끄쯤 되는 끈을 찢어 냈다. 그리고 그는 그 끈을 두 겹으로 접어서, 두꺼운 목면 재질로 만든 품이 크고 튼튼한 여름 외투를 벗은 뒤(이 외투는 그의 유일한 겉옷이었다), 왼쪽 겨드랑이 안쪽에 그 끈의 양 끝을 꿰매기 시작했다. 꿰맬 때 그의 손은 부들부들 떨렸지만, 그는 이를 이겨 냈다. 그가 다시 외투를 입었을 때에 겉으로는 아무것도 보이지 않았다. 실과 바늘은 이미 오래전부터 준비되어 종이에 싸인 채 탁자에 놓여 있었다. 올가미로 말할 것 같으면, 그것은 그가 생각해 낸 재치 있는 고안물로서 도끼를 감추기 위한 것이었다. 도끼를 들고 거리를 걸을 수도 없거니와, 외투 속에 감춘다 해도 여전히 겉에서 손으로 붙잡아야 하므로 눈에 띌 염려가 있었던 것이다. 그러나 이제는 올가미가 있으니 도끼의 머리 부분을 올가미에 끼기만 하면, 길을 가는 동안 도끼는 안쪽 겨드랑이 밑에 안전하게 걸려 있게 되는 것이다. 외투 호주머니에 손을 넣으면 도끼가 흔들리지 않도록 손잡이 끝을 붙잡을 수도 있었다. 외투는 부대처럼 품이 넉넉했기 때문에, 겉으로 봐서는 그가 호주머니 속에서 무엇을 손으로 누르고 있는지 보일 염려가 없었다. 그는 이 올가미를 이미 2주일 전에 고안해 놓았던 것이다.

이 일을 끝내자, 그는 〈터키식〉 소파와 마루 사이에 난 작은 구멍에 손가락을 집어넣었다. 그리고 왼쪽 구석 부근을 뒤져서, 오래전부터 준비하여 숨겨 놓았던 〈전당품〉을 꺼냈다. 그러나 그것은 전당품이라고는 볼 수 없을 정도의 물건이었다. 판판하게 대패질 된 단순한 나무판이었는데, 그 크기와 두께가 은으로 만든 담뱃갑만 했다. 그는 산책을 하다가 우연히 곁채에 작업장이 딸린 어떤 집의 마당에서 이 나무판을 발견했다. 후에 그는 그 나무판 위에, 역시 거리에서 발견한 평평하고 얇은 철판을 덧대었는데, 이것도 어떤 물건의 파편인 것 같았다. 철판이 나무판보다 좀 작기는 했지만, 그는 두 판때기를 붙여서, 이들을 실로 열십자 모양으로 튼튼하게 묶었다. 그리고 정성껏 이들을 깨끗하고 하얀 종이로 보기 좋게 싸서, 얇은 끈으로 좀처럼 풀기 어렵도록 역시 열십자 모양으로 묶었다. 이것은 노파가 묶음을 풀기 시작할 때, 잠시나마 노파의 주의를 빼앗아 기회를 엿보기 위한 것이었다. 철판은 노파가 처음부터 〈물건〉이 나무로 된 것임을 눈치채지 못하도록 무게를 더하기 위한 것이었다. 이 모든 것은 때가 올 때까지 그의 소파 밑에 간직되어 있었다. 그가 전당품을 꺼내 들었을 때, 갑자기 마당 어디선지 누군가가 외치는 소리가 들려왔다.

「7시가 지난 게 언제인데!」

「한참 되었다고! 맙소사!」

문으로 달려가 귀를 기울인 다음 그는 모자를 움켜쥐고, 고양이처럼 살금살금 발소리를 죽이고 계단을 내려가기 시작했다. 가장 중요한 일이 남아 있었다. 그것은 부엌에서 도끼를 훔치는 일이었다. 이 일을 도끼로 해치워야 한다는 것은 이미 오래전에 결정되어 있었다. 그는 접었다 폈다 할 수 있는 정원용 칼을 가지고 있었지만, 그 칼은 물론이고 무엇보다 자기의 힘을 믿을 수 없었기 때문에 결국 도끼를 사용하기로 결정했던 것이다. 여기서 말이 나온 김에 이번 일을 실행하기 위해 그가 내린 최종적인 결정들이 지닌 한 가지 특수성을 언급해야 할 것 같다. 이런 결정들에는 한 가지 이상한 특징이 있었다. 그것은 이 결정들이 확고해지면 확고해질수록 그의 눈에는 더욱 추악하고 어리석게 보였다는 점이다. 계속되는 괴로운 내적 갈등에도 불구하고, 그는 단 한순간도 자신의 계획들이 실현 가능하다고 믿을 수 없었다.

　그리고 모든 것이 마지막 한 점까지도 숙고되고 최종적으로 결정되어서, 이젠 더 이상 의혹의 여지라고는 있을 수 없다고 생각되는 그런 순간이 온다 할지라도, 그는 여전히 그 계획이 어리석고 추악하고 가당찮은 일이라고 해서 포기해 버렸을지도 모른다. 그런데 해결되지 않은 점들과 미심쩍은 부분들은 여전히 밑도 끝도 없이 많이 남아 있었다. 어디서 도끼를 구할 것인가와 같은 사소한 일쯤은 조금도 걱정하지 않았다. 왜냐하면 그보다 더 쉬운 일은 없었기 때문이다. 그 시간이면 나스따시야는 대개 집에 없었다. 그녀는 이웃에 가거나, 혹은 구멍가게에 갔는데, 그럴 때마다 문을 활짝 열어 놓고 다녔던 것이다. 여주인은 이런 문제 때문에 그녀와 입씨름을 하곤 했다. 그러므로 때가 되면 부엌에 살짝 들어가 도끼를 가지고 나왔다가, 한 시간 뒤에(모든 일이 다 끝나고 난 뒤) 다시 들어가 되돌려 놓고 나오면 되는 일이었다. 하지만 미심쩍은 부분도 있었다. 만일 그가 한 시간 뒤에 도끼를 되돌려 놓으려고 왔는데, 나스따시야가 돌아와서 거기 있으면 어떻게 할 것인가. 물론 그 옆을 지나서 그녀가 나갈 때까지 기다려야 한다. 그런데 그사이에 도끼가 없어진 걸 알고 찾으려고 소란을 떨면, 그때는 그가 의심을 받든지 아니면 그에게 최소한 의심을 받을 여지가 제공되는 것이다.

하지만 이것은 사소한 문제였다. 그는 이런 일들을 생각해 보려 들지도 않았고, 또 그럴 겨를도 없었다. 그는 중요한 문제에 대해서만 생각했기 때문에 그런 사소한 부분들에 대해서는 스스로 모든 것에 확신을 얻을 때까지 미뤄 두기로 했다. 하지만 모든 것에 확신을 얻는다는 것은 절대로 불가능한 일 같았다. 적어도 그 자신에게는 그렇게 생각되었다. 말하자면 그는 자기가 언젠가 생각하는 일을 멈추고 자리에서 일어나, 그곳으로 가게 될 수 있으리라고는 도저히 상상할 수 없었다……. 얼마 전의 〈시험(즉 최종적으로 현장을 답사할 작정으로 했던 방문)〉만 하더라도 그저 한번 〈시험해 본〉 것에 불과했을 뿐, 정말 결행할 마음이 있었던 것은 아니었다. 그저 〈자, 한번 가서 꿈꾸고 있던 것을 시험이나 해보자!〉라는 식에 지나지 않았던 것이다. 그러고는 곧 도저히 참을 수가 없어서 자기 자신에게 격분하며 침을 뱉어 버리고는 뛰쳐나오지 않았던가. 그러나 문제의 도덕적인 해결이라는 의미에서 일체의 분석은 이미 끝난 것처럼 보였다. 그의 궤변은 면도날처럼 날카로워져서 그는 자기 내부에서 이미 논리적인 반박을 발견할 수 없었다. 그러나 아무리 그래도 그는 자기 자신을 믿을 수 없었기 때문에, 마치 누군가가 그 일을 하도록 강요하고 끌어당기기라도 하는 것처럼, 완강하고 비굴하게 여기저기를 더듬으며 반박 논리를 찾아 헤매는 것이었다. 그러므로 단번에 만사를 결정지어 버린, 마지막 날에 그는 거의 기계적으로 움직였을 뿐이었다. 마치 누군가 그의 손을 붙잡아 반발할 여지도 없이 맹목적으로, 반항도 하지 못하게 초자연적인 힘으로 그를 끌어당기는 것만 같았다. 그것은 마치 옷자락 끝이 바퀴에 휘말려서, 그도 함께 그 속으로 빨려 들어가게 된 형국이었다.

처음에 — 아니, 훨씬 오래전의 일이긴 하지만 — 그는 한 가지 문제에 골몰해 있었다. 그것은 〈왜 거의 모든 범죄들이 그렇게 쉽게 발견되고 폭로되는 것일까, 그리고 왜 거의 모든 범죄자들의 흔적이 그토록 뚜렷이 남게 되는 것일까〉 하는 의문이었다. 그는 점차로 다양하고 흥미로운 결론에 도달하게 되었다. 그의 의견에 따르자면, 제일 중요한 원인은 범죄를 은폐하는 것이 물리적으로 불가능한 데 있는 게 아니라 바로 범죄자 자신에게 있었다. 범죄자 자신이 거의 예외 없이 범죄를 저지르는 순간, 즉 이성과 조심성이 제일 필요한 그 순간에 이성이나 의지를 상실하게 되고, 오히려 어린아이처럼 이상한 경솔함에 빠지게 되는 것이다. 그의 확신에 따르면, 이런 이성의 혼미 현상과 의지의 상실 현상은 병처럼 사람을 지배하게 되고, 점차로 강해져서 범죄를 실행하기 직전에 최고조에 도달하게 된다는 것이다. 그리고 그런 상태는 범죄 순간까지, 사람에 따라서는 범죄 이후에도 얼마 동안 계속된다. 그러나 모든 병이 회복되듯이 그런 상태도 사라지게 된다. 문제는 병이 그 범죄를 야기하느냐, 아니면 범죄 자체가 그 특별한 본질상 언제나 일종의 병과 같은 것을 동반하느냐에 있었다. 그는 자신이 이 문제를 해결할 만한 힘이 없다고 느꼈다.

이런 결론에 도달한 그는 자신만큼은 이번 일에서 그런 병적인 변화를 일으키지 않으리라고 단정했다. 이성과 의지는 계획한 일을 실행하는 동안 계속 사라지지 않고 그에게 남아 있을 거라고 그는 생각했다. 그렇게 단정지을 수 있었던 단 한 가지 이유는 자신의 계획이 〈범죄가 아니라는〉 생각이었다……. 그가 이런 마지막 결론에 도달하기까지의 모든 과정은 생략하기로 하겠다. 그렇지 않아도 우리는 지나치게 이야기를 앞질러 나갔으니까……. 다만 한 가지 덧붙일 것은, 계획을 실행하는 과정에서 맞닥뜨리게 될 이러저러한 곤란들을, 그가 심각하게 고민하지 않았다는 점이다. 〈일을 행할 때 의지와 이성을 유지하기만 하면 된다. 일의 모든 상세한 점들에 대해 가장 사소한 부분까지 익히게 되면, 모든 곤란한 부분들은 때가 되면 자연스럽게 극복될 것이다……〉 그러나 일은 좀처럼 시작되지 않았다. 그는 자신의 최종적인 결론을 더욱 믿을 수 없게 되었다. 그런데 시계가 울리자, 모든 일은 자기의 생각과는 전혀 다르게, 거의 뜻밖으로 약간은 우연하게 그렇게 일어나고 말았다.

한 가지 지극히 사소한 사건이 계단을 채 다 내려오기도 전에 그를 궁지로 몰아넣었다. 항상 활짝 열려 있던 여주인의 부엌까지 와서, 그는 조심스럽게 부엌 안을 미리 곁눈질로 들여다보았다. 나스따시야가 없다 하더라도 혹시 거기 여주인이 있지는 않은지, 거기 없더라도 주인집 방문은 잘 잠겨 있는지 살펴보기 위해서였다. 그가 도끼를 가지고 나오는데, 그녀가 갑자기 방 밖을 내다보면 곤란했기 때문이다. 그러나 그때 나스따시야는 집 부엌에 있었을 뿐더러, 아직 일을 하고 있었다. 그녀는 광주리에서 빨래를 꺼내 빨랫줄에 널고 있었다. 그 모습을 보았을 때, 그의 당혹스러움은 이만저만한 것이 아니었다! 그를 보자 그녀는 일손을 멈추고 그를 향해 몸을 돌린 채 그가 지나갈 때까지 죽 지켜보았다. 그는 그녀를 외면하고 마치 아무것도 보지 못한 척 그곳을 지나쳤다. 일은 그것으로 끝장이었다. 도끼가 없는 것이다! 그의 충격은 무서울 정도로 컸다.

〈어째서 나는 지금 나스따시야가 분명 집에 없을 것이라고 생각했을까?〉 그는 대문 아래를 지나면서 생각했다. 〈왜, 왜 나는 틀림없이 그럴 것이라고 단정을 지었을까?〉 그는 짓밟히고 모욕당한 느낌마저 들었다. 그는 분노에 떨며 자신을 비웃고 싶어졌다……. 야수와도 같은 거친 증오심이 그의 내면에서 끓어올랐다.

그는 대문 아래서 망설이며 서 있었다. 그냥 거리로 나가서 태연하게 산책을 하기는 너무 싫었다. 집으로 돌아가는 것은 더더욱 싫었다. 〈이렇게 좋은 기회를 영원히 놓쳐 버리다니!〉 그는 문 아래에서 활짝 열려 있는 경비원의 어두운 작은 방을 마주 보고 서서 이렇게 중얼거렸다. 그는 갑자기 몸을 부르르 떨었다. 그로부터 두어 발자국 떨어져 있는 경비실 안의 침대용 의자 오른쪽에서 무언가 번쩍이는 물체가 그의 눈에 확 들어왔기 때문이다. 그는 주위를 둘러보았다. 아무도 없었다. 그는 발끝으로 경비실에 다가가 계단을 두 단 내려와 작은 목소리로 경비원을 불러 보았다. 〈역시 그는 방에 없다! 문이 활짝 열려 있는 것으로 보아 어딘가 근처 마당에 있는가 보다.〉 그는 순식간에 도끼에 달려들어(그것은 도끼였다), 두 개의 장작개비 사이에 뒹굴고 있던 그것을 의자 밑에서 뽑아 들었다. 그러고는 밖으로 나오면서 재빨리 도끼를 올가미에 고정시키고 양손을 주머니에 넣었다. 그는 경비실을 나왔다. 아무도 이 일을 알아챈 사람은 없었다! 〈이건 이성이 시키는 짓이 아니라 악마의 짓이다!〉 그는 기묘한 웃음을 띠면서 생각했다. 이 우연한 사건이 그의 용기를 극도로 북돋아 주었다.

그는 의심의 여지를 주지 않으려고 〈차분하게〉 길을 걸었다. 그는 행인들을 거의 쳐다보지 않았다. 가능한 한 눈에 띄지 않도록 남의 얼굴을 쳐다보지 않으려고 애썼던 것이다. 이때 모자가 생각났다. 〈맙소사! 사흘 전부터 돈이 있었는데도 학생모로 바꾸지 않다니!〉 저주스러운 말이 마음속에서 터져 나왔다.

우연히 가게 안을 힐끔 쳐다보았더니, 그곳의 벽시계가 7시 10분을 지나고 있는 것이 보였다. 서둘러야 했지만 길을 돌아가기도 해야 했다. 길을 우회해서 반대쪽으로부터 그 집에 접근해야 한다…….

예전에 이 모든 일을 상상만 하고 있었을 때에는 몹시 두려울 것이라고 생각하기도 했었다. 그러나 지금은 별로 두렵지 않았다. 아니 조금도 두렵지 않았다. 이 순간 그의 마음을 사로잡은 것은 이 일과는 전혀 상관없는 여러 가지 다른 생각들이었다. 그러나 그것도 잠시 동안이었다. 유수뽀쁘 공원 옆을 지날 때는 이곳에 높은 분수를 설치하면 광장 전체의 공기가 얼마나 상쾌해질까 하는 생각에 몰두하기까지 했다. 만일 여름 공원을 마르스 광장 쪽으로 확장시켜서 미하일로프스끼 궁전의 정원과 연결시킨다면, 도시 미관을 위해서 정말 유익하리라는 확신에 도달하기까지 했다. 이때 문득 〈반드시 그래야 하는 것도 아닌데, 왜 사람들은 굳이 공원도 분수도 없고, 더러움과 악취와 온갖 추악한 것들로 가득 찬 도시의 구석에서 살거나 정착하려는 경향을 보이는 것일까〉 하는 문제에 흥미를 갖기 시작했다. 이때 센나야 광장을 산책했던 기억들이 떠올랐다. 그러자 정신이 퍼뜩 들었다. 〈이게 무슨 쓸데없는 공상인가. 아니, 차라리 아무 생각도 하지 않는 것이 낫겠다!〉 그는 생각했다.

〈사형장으로 끌려가는 사람도 이렇게 도중에 만나는 모든 것에 집착을 하겠지.〉 이런 생각이 그의 머릿속을 번

개처럼 스치고 지나갔다. 그러나 그는 곧 그런 생각을 지워 버렸다……. 하지만 그는 벌써 집 근처에 다가가고 있었다. 바로 저기, 집이 그리고 문이 보였다. 어디선가 갑자기 시계의 종이 한 번 울렸다. 〈뭐야, 벌써 7시 반이란 말인가? 그럴 리가 없어. 아마도 시계가 빨리 가는 걸 거야!〉

다행스럽게도 그는 또 한 번 문을 무사히 통과했다. 마치 계획했던 것처럼 그 순간 건초를 실은 커다란 짐마차가 그보다 앞서 대문을 통과하면서, 대문으로 들어서는 그를 완전히 가려 주었던 것이다. 그리고 짐마차가 대문에서 마당으로 들어섰을 즈음, 그는 재빨리 오른쪽으로 숨어 들어갔다. 건초용 마차의 저쪽에서 몇 사람이 고함을 지르며 싸우는 소리가 들렸지만, 그를 본 사람은 아무도 없었고, 누구 하나 마주친 사람도 없었다. 거대한 정방형 마당을 향해 나 있는 수많은 창들은 그때 활짝 열려 있었지만, 그는 고개를 들지 않았다. 감히 그럴 용기가 없었던 것이다. 노파에게 가는 계단은 대문 바로 오른쪽에 있었다. 그는 벌써 계단 위에 서 있었다…….

그는 숨을 한 번 크게 들이쉬고 두근거리는 심장을 손으로 누른 다음, 다시 한 번 도끼를 어루만져 위치를 바로 잡은 뒤 조심스레 귀 기울이며 조용히 계단을 오르기 시작했다. 이때 계단은 텅 비어 있었고, 문들은 모두 닫혀 있었으므로, 그는 아무와도 마주치지 않았다. 2층에 빈 아파트가 있고, 그 안에서 칠장이들이 문을 활짝 열어젖힌 채 일을 하고 있었으나, 이들은 밖을 내다보지 않았다. 그는 잠시 서서 생각하다가 다시 걷기 시작했다. 〈물론 저 사람들이 여기 없으면 더 좋겠지만, 그렇지만…… 2층이나 위에 있으니까.〉

어느새 4층에 도착했다. 맞은편 집의 문이 바로 저기 있다. 맞은편 아파트 역시 텅 비어 있었다. 노파의 집 바로 아래에 있는 3층의 아파트도 모든 정황으로 미뤄 보아 역시 비어 있음에 틀림없었다. 문패가 없는 것으로 보아 그 집 사람들도 이사했음이 분명하다……! 그는 숨이 막히기 시작했다. 〈그만둬 버릴까?〉 하는 생각이 한순간 그의 머리를 스치고 지나갔다. 그러나 그는 자신의 이런 질문에는 아무런 대답도 하지 않고, 노파 집의 동정을 살폈다. 죽음과도 같은 정적이 흘렀다. 그러고 나서 그는 다시 계단 아래쪽에 귀를 기울였다. 오랫동안 주의 깊게 귀를 기울였다……. 그런 다음 그는 마지막으로 주변을 살핀 뒤에 문에 다가가 옷매무시를 고치고, 다시 한 번 올가미에 걸려 있는 도끼를 손으로 쓰다듬었다. 〈얼굴이 너무 창백한 것은 아닐까?〉 그는 이런 생각이 들었다. 〈내가 특별히 흥분한 것 같아 보이지는 않을까? 이 노파는 의심이 많은데……심장의 고동이 진정될 때까지 조금 기다려야 하는 것은 아닐까……?〉

하지만 심장의 고동은 좀처럼 가라앉지 않았다. 오히려 일부러 그러는 것처럼 더더욱 심하게 고동칠 뿐이었다……. 그는 더 이상 견디지를 못하고 손을 천천히 뻗어 종을 울렸다. 30초 뒤에 다시 한 번 종을 울렸다. 이번에는 더욱 세게.

대답이 없다. 함부로 종을 울려 봐야 소용도 없고, 더구나 그는 그럴 기분이 아니었다. 노파는 물론 집에 있었지만, 그녀는 의심이 많은 데다가 혼자였다. 그도 그녀의 습관을 조금은 알고 있었다……. 다시 한 번 귀를 문에 바싹 갖다 붙였다. 그의 감각이 너무 예민해졌기 때문인지(그렇게 생각하기란 어렵지만), 아니면 정말로 잘 들려서 그랬는지는 알 수 없지만, 그는 문득 자물쇠가 있는 손잡이를 조심스럽게 쥐는 소리와 바로 문 앞에서 옷 스치는 소리를 들은 것 같았다. 누군가 역시 눈치채지 못하도록 자물쇠 바로 옆에 서서, 그가 밖에서 그러고 있는 것처럼, 안에서 숨을 죽이고 문에 귀를 바짝 댄 채 밖을 살피고 있는 것 같았다…….

그는 숨어 있는 것 같은 인상을 주지 않으려고 몸을 일부러 움직이며 큰 소리로 뭐라고 중얼거렸다. 그다음 세 번째로 종을 울렸다. 그러나 이번에는 조용하고 안정감 있게, 조금도 서두르는 기색이 없이 울렸다. 나중에 이때의 일을 상기할 때마다 — 이 순간은 선명하고 또렷이, 그리고 영원히 그의 뇌리에 각인되어 있었다 — 그는 사고력이 순간적으로 흐려져서 감각이 거의 없었던 그때 자신의 어디에서 그런 교활함이 생겨났는지 도무지 이해할 수 없었다……. 잠시 뒤 빗장을 푸는 소리가 들렸다.

7

전처럼 문이 빠끔히 열리며, 다시 두 개의 예리하고 의심이 많은 눈동자가 어둠 속에서 그를 쏘아보았다. 이때 라스꼴리니꼬프는 당황하여 중대한 실수를 저지를 뻔했다.

그는 그들 둘만이 있다는 데 대해 노파가 겁을 먹을까 봐 두려웠고, 또 자신의 모습이 노파의 의심을 북돋을까 봐 걱정이 되어서 노파가 문을 다시 닫을 생각을 하지 못하도록 자기 쪽으로 홱 잡아당겼던 것이다. 이를 본 노파는 문을 닫으려고 하지는 않았지만, 자물쇠가 있는 문고리를 꼭 붙들고 놓지 않았기 때문에, 그는 문과 함께 그녀를 계단 어귀로 끌어낼 뻔했던 것이다. 그녀가 문 앞을 막고 서서 그를 들여보내지 않으려는 것을 보자, 그는 그녀를 밀치듯이 똑바로 걸어갔다. 그녀는 놀라 펄쩍 뛰며 뭐라 말을 하려 했으나, 말문이 막힌 듯 눈을 휘둥그렇게 뜨고 그를 쳐다보았다.

「안녕하세요, 알료나 이바노브나.」그는 되도록 태연하게 말하려 했으나, 목소리는 말을 듣지 않고 계속 갈라지며 떨리기 시작했다.「저는…… 물건을 가져왔어요……. 저쪽 빛이 있는 쪽으로…… 가는 게 더 낫겠군요…….」그녀를 내버려 두고, 그는 허락도 받지 않고 곧장 방으로 들어갔다. 노파는 그의 뒤를 쫓아왔다. 그녀의 혀가 풀리기 시작했다.

「세상에! 대체 무슨 일이오……? 당신 누구요? 뭘 원하는 거요?」

「죄송합니다, 알료나 이바노브나……. 당신이 알고 있는 사람입니다……, 라스꼴리니꼬프……. 여기 지난번에 약속한 전당품을 가져왔어요…….」그는 그녀에게 전당품을 내밀었다.

노파는 전당품을 본 다음 불청객을 똑바로 쳐다보았다. 그녀는 심술궂고 의심에 가득 찬 눈초리로 그를 주의 깊게 노려보았다. 1분가량이 흘렀다. 그녀의 눈동자에서 어떤 조롱의 빛 같은 것이 번뜩이자, 그는 그녀가 모든 것을 이미 알고 있을지도 모른다는 생각이 들었다. 그는 당황해서 두려움마저 느꼈다. 만약 이런 식으로 한마디의 말도 없이 노파가 30초 정도 계속해서 그를 노려본다면, 줄행랑을 칠지도 모른다는 생각이 들 정도로 그는 공포에 질려 있었다.

「왜 그렇게 저를 쳐다보세요, 꼭 모르는 사람처럼?」그는 갑자기 분노를 느끼고는 다시 이런 말을 내뱉었다. 「마음에 들면 잡아 주시고, 그렇지 않으면 다른 사람에게 가 보겠습니다. 시간이 없어서요.」

그럴 생각은 없었는데, 갑자기 그런 말이 입 밖으로 툭 튀어나와 버렸다.

노파는 정신을 차렸다. 손님의 단호한 말투가 아마도 그녀를 안심시킨 것 같았다.

「아니, 왜 그렇게 성급하게 가려고 하는가. 젊은이도 참…… 이게 뭐요?」그녀는 전당품을 보면서 물었다.

「은제 담뱃갑이에요. 지난번에도 말씀드렸지요.」

그녀는 손을 내밀었다.

「그런데 왜 그렇게 창백하지? 손도 떨고 있는데! 감기라도 든 건가?」

「오한이 나서 그래요.」그는 더듬거리며 말했다. 「별수 없어요, 먹을 것이 없으면…… 이렇게 창백해지지요.」그는 겨우 띄엄띄엄 대답했다. 다시 힘이 쑥 빠지는 것을 느꼈다. 그러나 대답은 그럴듯해 보였고, 노파는 전당품을 받아 들었다.

「이게 뭐요?」그녀는 다시 한 번 라스꼴리니꼬프를 뚫어지게 쳐다보면서, 손으로 전당품의 무게를 가늠했다.

「물건은…… 담뱃갑이에요……. 은제입니다……. 보세요.」

「어쩐지 은제는 아닌 것 같은데…… 지독하게도 쌌구먼.」

그녀는 꾸러미를 풀려고 애쓰며 빛이 들어오는 창 쪽으로 몸을 돌렸다(무더위에도 불구하고 창문이 모두 닫혀 있었다). 그녀는 몇 초 동안 그를 내버려 둔 채 등을 돌리고 서 있었다. 그는 외투의 단추를 끌러서 도끼를 올가미에서 벗겨 냈으나, 아직 완전히 꺼내 들지는 못하고 옷 밑에서 오른손으로 붙들었다. 그의 양손은 무서울 정도로 힘이 빠져 있었다. 그는 자기 손이 매순간 점점 마비되어 가는 것을 느낄 수 있었다. 그는 도끼를 꺼내다가 놓칠까 봐 두려웠다……. 갑자기 그는 현기증을 느꼈다.

「왜 이렇게 꽁꽁 싼 거요!」 노파는 그를 향해 몸을 돌리면서 불만스레 소리쳤다.

이제 더 이상 한순간도 지체할 수 없었다. 그는 도끼를 완전히 빼든 다음 양손으로 치켜들어, 정신없이 거의 힘도 주지 않은 채 반사적으로 그녀의 머리를 향해 도끼뿔을 내리쳤다. 처음에 그는 거의 힘을 주지 않은 것 같았다. 그러나 일단 도끼를 내리치자, 갑자기 힘이 불끈 솟아올랐다.

노파는 항상 그렇듯이 맨머리였다. 흰머리가 많이 섞인 금발에다 숱이 적은 그녀의 머리털은 평상시대로 기름이 발린 채 쥐 꼬랑지처럼 땋여서 그녀의 뒤통수에 삐죽 튀어나온 뿔빗으로 올려져 있었다. 그녀는 키가 작았으므로 타격은 정확히 정수리에 가해졌다. 그녀는 비명을 질렀지만, 극히 약한 소리에 불과했다. 그녀는 간신히 두 손을 머리 쪽으로 쳐들었지만, 이내 마루 위에 주저앉고 말았다. 한 손에는 아직도 〈전당품〉을 쥐고 있었다. 이때 그는 온 힘을 다해 다시 한 번 정수리를 향해 도끼날을 내리쳤다. 엎어진 잔에서 물이 쏟아지듯이 피를 왈칵 쏟으며 그녀는 고개를 위로 젖히고 벌렁 뒤로 나자빠졌다. 그는 뒤로 물러나 노파가 쓰러지도록 자리를 내어 준 다음, 곧바로 노파의 얼굴 위에 몸을 굽혔다. 그녀는 벌써 죽어 있었다. 눈은 마치 튀어나오기라도 할 것처럼 부릅뜬 채, 이마와 얼굴은 온통 주름이 잡혀 경련을 일으키며 일그러져 있었다.

그는 도끼를 시체 옆 마룻바닥에 내려놓고, 흐르는 피에 손을 적시지 않으려고 애쓰면서, 얼른 그녀의 주머니에 손을 집어넣었다. 그것은 그녀가 지난번에 열쇠를 꺼냈던 바로 그 오른쪽 주머니였다. 그는 완전히 이성을 되찾았다. 이성의 혼미나 현기증은 이미 없었지만, 손은 여전히 떨리고 있었다. 나중에 그는 자신이 주의 깊고 조심스럽기까지 했으며, 계속 옷을 더럽히지 않으려고 애썼다는 것을 기억해 냈다. 그는 곧 열쇠를 꺼낼 수 있었다. 그때처럼 모든 열쇠는 쇠로 된 한 개의 연결 고리에 걸려 있었다. 그는 즉시 열쇠 꾸러미를 가지고 침실로 뛰어 들어갔다. 아주 좁은 침실에는 성상들을 둔 커다란 틀이 벽에 걸려 있었다. 다른 쪽 벽면에는 깨끗하고 큰 침대가 놓여 있었는데, 그 위에는 비단 조각을 기워 만든 솜이불이 깔려 있었다. 또 다른 벽에는 서랍장이 있었다. 이상한 일이었다. 서랍장에 열쇠를 집어넣으려다가 열쇠 꾸러미의 철걱거리는 소리가 들리자, 그는 곧 몸에서 경련이 일어나는 것 같은 느낌을 받았다. 그는 갑자기 이 모든 일을 버리고 도망치고 싶었다. 그러나 그것도 한순간이었다. 도망가기에는 너무 늦었다. 그는 자신을 비웃기까지 했다. 그런데 그때 갑자기 어떤 불안한 생각이 그의 뇌리를 스쳤다. 노파가 아직 살아 있으며, 다시 깨어날 수도 있다는 생각이 문득 떠올랐던 것이다. 열쇠와 서랍장을 버려 두고, 그는 다시 시신으로 달려가 도끼를 집어 들어 다시 한 번 노파 위로 손을 치켜들었지만 내리칠 수는 없었다. 그녀가 죽었다는 것은 의심할 여지가 없었다. 몸을 굽혀 더 가까이 다가가 다시 한 번 그녀를 살펴보니, 두개골이 깨어져서 거의 옆으로 뒤집혀 있는 것이 똑똑히 보였다. 그는 만져 보고 싶었지만 손을 거뒀다. 그렇게 하지 않아도 모든 것이 명백했던 것이다. 그동안 피는 흘러넘쳐 웅덩이를 이뤘다. 그는 문득 노파의 목에 끈이 걸려 있는 것을 발견했다. 잡아당겨 보았으나 끈이 굵어서 잘 끊어지지가 않았고, 게다가 피에 젖어 있었다. 그는 끈을 노파의 가슴에서 풀어 보려고 했지만, 무언가에 걸려서 방해가 되었다. 참다못해 그는 도끼를 시체에 휘둘러 끈을 자르려고 했지만, 차마 그렇게 할 수는 없었다. 그는 어렵사리 손과 도끼를 더럽혀 가면서, 몸에 도끼를 대지 않고 2분 동안 번거로운 작업을 한 끝에 끈을 잘라 냈다. 과연 그의 생각은 틀리지 않았다. 지갑이 있었던 것이다. 끈에는 삼나무와 동으로 된 십자가 두 개와 그 밖에 법랑으로 만든 성상이 걸려 있었다. 이런 것들과 함께 테두리에 철 장식과 고리가 달린, 기름때에 찌든 작은 양피 지갑이 걸려 있었다. 지갑은 불룩했다. 라스꼴리니꼬프는 지갑을 열어 보지도 않고 주머니 속에 집어넣고는, 십자가를 노파의 가슴패기에 던진 뒤, 이번에는 도끼를 들고 다시 침실로 들어갔다.

그는 바삐 서둘러 열쇠를 잡고 다시 그것과 씨름하기 시작했다. 그런데 왠지 모든 게 시원치 않았다. 열쇠들이 자물통과 맞지 않았던 것이다. 손을 떨고 있는 것도 아닌데, 여전히 실수를 했다. 예를 들면, 열쇠가 틀려서 맞지 않는다는 것을 알면서도 그는 여전히 같은 것을 밀어 넣고만 있었다. 갑자기 그는 생각이 났다. 다른 작은 열쇠들과 함께 달랑거리고 있는 톱니 모양의 큰 열쇠는 서랍장의 열쇠가 아니라 어떤 궤의 열쇠임에 틀림없고, 그 궤 속에 모든 것이 숨겨져 있을 거라는 생각이 들었다. 그는 서랍장을 버려 두고 재빨리 침대 밑으로 기어들어 갔다. 그는 노파들이 궤를 대개 침대 밑에 놓아둔다는 사실을 잘 알고 있었다. 과연 그랬다. 침대 밑에는 길이가 1아르신[35]

35 미터법 시행 이전 러시아의 길이 단위로 1아르신은 71.12센티미터이다.

이 넘고, 불룩한 뚜껑을 붉은색 양피로 덮어 못으로 죽 박아 둔 커다란 궤가 놓여 있었다. 톱니 모양의 열쇠는 이 궤에 꼭 맞아서 궤가 열렸다. 맨 위의 하얀 시트 아래로 붉은 안감을 댄 토끼털 외투가 놓여 있었다. 그리고 그 아래로 비단옷과 목도리가 보였고, 더 깊은 곳에는 너저분한 옷가지들만이 놓여 있는 것 같았다. 그는 피로 얼룩진 손을 붉은 안감에 닦으려고 했다. 〈붉은색이니까, 피가 눈에 띄지 않을 거야.〉 이런 판단이 섰지만, 그는 곧 정신을 차렸다. 〈세상에! 내가 미쳐 가고 있는 게 아닐까?〉 그는 깜짝 놀라며 생각했다.

그러나 그 옷가지들을 조금 걷어 내자, 모피 외투 아래에서 곧 금시계가 튀어나왔다. 그는 모조리 뒤지기 시작했다. 옷가지 사이사이에 정말로 금붙이들이 숨겨져 있었다. 이 물건들은 기한을 넘겼거나, 넘기지 않은 전당품임에 틀림없었다. 거기에는 팔찌, 목걸이, 귀고리, 머리핀과 같은 물건들이 놓여 있었다. 어떤 물건들은 상자 속에, 어떤 것은 그냥 신문지에 싸여 있었다. 그렇지만 이들 모두는 꼼꼼하고 정성스럽게 두 장의 종이로 포장되어 끈으로 묶여 있었다. 그는 조금도 지체하지 않고, 상자와 포장들을 열어서 살펴보지도 않은 채 그것들을 바지와 외투의 주머니 속에 쑤셔 넣기 시작했다. 그러나 많은 것을 집어 넣을 여유는 없었다…….

갑자기 노파가 죽어 있는 방에서 누군가의 발소리가 들렸다. 그는 일손을 멈추고 죽은 듯이 숨을 죽였다. 그러나 사방은 여전히 고요했다. 그가 잘못 들은 모양이었다. 그런데 갑자기 가벼운 비명 소리가 또렷이 들려왔다. 혹은 누군가 간헐적으로 낮은 신음 소리를 내다가 소리를 멈춘 것 같기도 했다. 다시 죽음과 같은 정적이 2~3분간 지속되었다. 그는 궤 옆에 웅크리고 앉아서 겨우겨우 숨을 몰아쉬며 기다리다가, 벌떡 일어나 도끼를 쥐고 침실 밖으로 나가 보았다.

방 한가운데에는 리자베따가 손에 커다란 보따리를 들고 서서, 넋을 잃은 채 살해당한 언니를 바라보고 있었다. 온통 백지장처럼 질린 모습이 소리를 지를 힘마저 없어 보였다. 뛰쳐나온 그를 보자 그녀는 사시나무 떨듯 온몸을 오들오들 떨기 시작했다. 그녀의 얼굴에는 경련이 일었다. 그녀는 손을 들고 입을 열려 했지만, 여전히 소리도 지르지 못한 채, 천천히 그를 피해 구석으로 뒷걸음질 치기 시작했다. 그녀는 뚫어질 듯 그를 쳐다보았으나 여전히 비명을 지르지는 못했다. 숨이 막혀 소리를 지를 수 없는 것 같았다. 그는 도끼를 들고 그녀에게 달려들었다. 그녀의 입술은 애원하듯이 일그러졌다. 그것은 어린아이들이 무엇엔가 놀랐을 때 자신을 놀라게 한 그 대상을 뚫어지게 쳐다보며, 소리를 지르려고 할 때의 모습과 비슷했다. 가련한 리자베따는 너무 순박하고 학대를 당해 항상 겁에 질려 있었으므로 손을 들어 얼굴을 가릴 생각도 하지 못했다. 도끼가 바로 그녀의 얼굴 앞에 들려져 있는 그 순간에 그런 행동은 가장 필요하고 자연스러운 동작이었는데도 말이다. 그녀는 아무것도 들고 있지 않은 왼손을 약간 쳐들었으나, 그것도 얼굴보다 훨씬 아래쪽이었다. 그다음 그녀는 상대방을 밀쳐 내려는 듯 그 손을 천천히 앞으로 내밀었다. 타격은 정확히 두개골에 가해졌다. 도끼날은 금방 윗이마를 지나 거의 정수리까지 그녀의 머리를 쪼개 버렸다. 그녀는 그 자리에서 쓰러졌다. 라스꼴리니꼬프는 너무 당황하여 그녀의 보따리를 들었다가는 다시 던져 버리고 현관으로 달려 나갔다.

공포가 점점 더 강하게 그를 사로잡았다. 특히 이 예기치 못했던 두 번째 살인 이후에는 더욱 그랬다. 그는 어서 이곳을 빠져나가고 싶었다. 만일 이 순간 그가 더 정확하게 모든 것을 보고 판단할 수 있었더라면, 즉 그가 처한 상황이 얼마나 곤란하고 절망적이며, 추악하고 어리석은가를 깨달을 수 있었더라면, 그리고 이때 그가 여기서 뛰쳐나와 집으로 가기 위해 얼마나 많은 난관을 극복해야 할지를 알았더라면, 그리고 이를 위해 자신이 이보다 더한 악행을 감수해야 할지도 모른다는 사실을 알았더라면, 그는 즉각 모든 것을 포기하고 자수하러 갔을지도 모른다. 그것도 자신에 대한 염려 때문이 아니라, 오로지 자신이 행한 일에 대한 공포심과 혐오감 때문에 그렇게 했을지도 모른다. 특히 혐오감은 매 순간 그의 내부에서 끓어오르며 자꾸만 자라 갔다. 이제는 무슨 일이 있어도 결코 궤 옆은 고사하고 방 안에도 들어갈 수 없을 것 같았다.

그런데 갑자기 어떤 방심 상태, 어쩌면 명상과도 비슷한 상태가 조금씩 그를 사로잡기 시작했다. 시간이 흐름에 따라 그는 마치 망연자실해지는 것 같았다. 아니, 좀 더 정확히 말한다면 중요한 점에 대해서는 잊어버리고, 사소한 일에 집착하게 된 것이다. 그는 부엌을 들여다보고, 물이 반쯤 채워져 있는 양동이가 의자 위에 있는 것을 보자, 손과 도끼를 씻어야겠다는 생각을 했다. 그의 손은 피에 젖어 끈적거렸다. 그는 도끼날을 곧장 물에 담그고, 창틀 위의 깨진 접시에 놓여 있던 비누 조각을 집어 들어 양동이 안에서 손을 씻기 시작했다. 손을 다 씻고 나자, 그는 도끼도 꺼내어 쇠 부분을 닦아 낸 다음, 나무 자루에 묻은 피를 오랫동안, 3분간이나 비누로 씻어 냈다. 그다음 그는 부엌에 걸려 있는 수건으로 도끼를 닦고 창가에 서서 오랫동안 꼼꼼히 살펴보았다. 나무가 젖어 있을 뿐, 핏자국은 보이지 않았다. 그는 조심스레 도끼를 외투 아래 올가미에 걸었다. 그다음 그는 부엌 안의 어렴풋한 빛이 허락하는 한에서 자신의 외투와 바지, 장화를 살펴보았다. 언뜻 보아서는 아무렇지도 않은 것 같았다. 다만 장화에 얼룩이 져 있었다. 그는 걸레에 물을 축여 장화를 닦았다. 그러나 자세히 살펴보지 못해서 자기는 알아챌 수 없지만, 다른 사람의 눈에는 확 들어오는 무언가가 있을 수 있다는 생각이 들었다. 망설이면서 그는 방 한가운데에 섰다. 괴롭고 암담한 생각이 그의 마음을 사로잡았다. 그는 자기가 미쳐 가고 있으며, 이 순간 상황을 판단하여 스스로를 지킬 만한 힘이 없고, 어쩌면 지금 자기가 하고 있는 행동들도 마땅히 해야 할 일이 아닌지도 모른다는 생각이 들었다……. 〈하느님 맙소사! 도망가야 한다, 도망가야 해!〉 그는 중얼거리며 현관으로 몸을 던졌다. 그런데 바로 그때 그는 태어나서 한 번도 겪어 보지 못한 그런 공포를 체

험하게 되었다.

그는 우뚝 서서 쳐다보았으나 도저히 자기 눈을 믿을 수가 없었다. 문, 그러니까 현관에서 계단으로 나가는 바깥문, 그가 조금 전에 종을 울리고 들어왔던 그 문이 주먹 하나는 들어갈 수 있을 정도로 빠끔히 열려 있었던 것이다. 자물쇠도, 빗장도 걸리지 않은 채 일이 벌어지고 있는 동안 내내 문이 열려 있었던 것이다! 노파가 만일의 경우를 대비하여 그를 들여보내고 난 다음에도 문을 잠그지 않았던 것이다. 오, 맙소사! 그는 그 후 리자베따를 보지 않았던가! 리자베따가 어디로 들어왔는지 어째서 그는 깨닫지 못했단 말인가! 벽을 뚫고 들어왔을 리는 없지 않은가!

그는 문으로 달려가 빗장을 걸었다.

〈아냐, 이게 아냐! 나가야 한다, 나가야 해…….〉

그는 빗장을 풀고 문을 연 뒤, 계단 밑의 소리에 귀를 기울이기 시작했다.

그는 오랫동안 귀를 기울이고 있었다. 아래쪽 어디선가, 분명히 대문 쪽에서 욕설을 퍼부으며 싸우고 있는 두 사람의 커다란 목소리가 크게 울리고 있었다. 〈저 사람들은 뭐야……?〉 그는 참을성 있게 기다렸다. 그러다가 마침내 모든 것이 끊어진 듯 순식간에 조용해졌다. 그들이 헤어진 모양이었다. 그는 이제 나가려고 했다. 그런데 갑자기 한 층 아래에서 문이 요란스럽게 열리더니, 누군가 노래를 부르며 계단을 내려가기 시작했다. 〈왜들 이렇게 계속 시끄럽게 구는 거지!〉 이런 생각이 그의 뇌리를 스쳤다. 그는 다시 등 뒤로 문을 잠그고 기다렸다. 마침내 주변이 잠잠해지고, 인기척이 사라졌다. 그는 계단으로 한 걸음을 내디뎠다. 그런데 바로 그 순간 또다시 누군가의 새로운 발소리가 들려왔다.

이 발소리는 아주 멀리서부터, 제일 아래층의 계단에서부터 들려오기 시작했다. 그런데 그는 어쩐지 이 소리를 듣자마자 그건 분명 〈이곳〉, 4층의 노파에게로 오는 소리일 것이라고 여기기 시작했다. 그는 나중까지도 이 일을 매우 분명하게 기억하고 있었다. 어째서 그랬을까? 그 발소리에 무언가 그렇게 특이하고 관심을 끌 만한 것이 있었던 것일까? 그것은 묵직하고 규칙적이며 서두르지 않는 발소리였다. 그 소리는 벌써 1층을 지나 더 위로 올라오고 있었다. 그러면 그럴수록 발소리는 더더욱 크게 들려왔다! 올라오고 있는 사람이 무겁게 헐떡거리는 소리도 들렸다. 벌써 3층을 오르고 있었다…… 여기로 올라온다! 그는 갑자기 온몸이 굳어지는 것을 느꼈다. 그것은 꿈속에서 누군가에게 쫓기다가 살해당하기 일보 직전인데도, 그 자리에 얼어붙어 손 하나 꼼짝할 수 없을 때의 느낌 같았다.

마침내 방문객이 벌써 4층을 오르기 시작했을 때, 그는 비로소 몸을 부르르 떨고 계단참에서 재빨리 아파트로 미끄러지듯이 들어가 등 뒤로 문을 닫을 수 있었다. 그리고 그는 빗장을 쥐고, 조용히 들리지 않게 그것을 걸쇠에 걸었다. 본능이 그를 도왔던 것이다. 이 모든 일을 마치자, 그는 숨을 죽이고 문 옆에 숨었다. 불청객은 이미 문 앞에 서 있었다. 그들은 아까 노파와 그가 그랬던 것처럼 문을 사이에 두고 마주 서 있었다. 그는 귀를 기울였다.

방문객은 몇 번씩이나 무겁게 숨을 몰아쉬었다. 〈뚱뚱하고 몸집이 큰 사람임에 틀림없어.〉 라스꼴리니꼬프는 손에 도끼를 꼭 쥐고 생각했다. 정말로 모든 것이 꿈만 같았다. 방문객은 설렁줄을 잡고 세게 흔들기 시작했다.

양철로 만들어진 종이 쟁강거리며 울리기 시작하자, 그는 문득 방 안에서 누군가 움직인 것 같은 느낌을 받았다. 몇 초 동안 그는 열심히 귀를 기울이기까지 했다. 방문객은 또다시 종을 울리고 기다렸다가는, 더 이상 참지 못하고 온 힘을 다해 문의 손잡이를 잡아당기기 시작했다. 공포에 질린 라스꼴리니꼬프는 걸쇠에서 덜거덕거리는 빗장을 보면서, 당장이라도 빗장이 벗겨져 버릴 것 같은 막연한 공포를 느끼며 기다렸다. 정말 그럴 것 같았다. 상대방은 그만큼 세차게 손잡이를 잡아당기고 있었던 것이다. 그는 손으로 빗장을 잡아 볼까도 생각했지만, 그렇게 하면 밖에 있는 사람이 눈치챌 염려가 있었다. 다시금 머리가 빙글빙글 도는 것 같았다. 〈이러다가는 쓰러지겠다!〉 그는 언뜻 생각했다. 바로 그때 방문객이 중얼거리기 시작했으므로, 그는 정신을 차렸다.

「이거 안에서 뭣들 하고 있는 거야. 잠이라도 늘어지게 자고 있는 거야, 아니면, 누가 목 졸라 죽이기라도 한 거야? 제기랄!」 그 방문객은 통에서 울려 나오는 듯한 목소리로 떠들어 댔다. 「어이, 알료나 이바노브나, 늙은 마귀할멈! 리자베따 이바노브나, 절세의 미녀! 문 좀 여쇼! 에이, 제기랄, 자고 있는 거야, 뭐야?」

그리고 그는 노발대발하며 다시 열 차례나 온 힘을 다해 종을 울려 댔다. 이런 행동으로 미뤄 보아 그는 이 집 사람들에게 영향력 있는 막역한 사람인 것 같았다.

이때 갑자기 가볍고 잰 발소리가 계단으로부터 멀지 않은 곳에서 들리기 시작했다. 또 누군가가 다가오고 있는 것이다. 처음에 라스꼴리니꼬프는 그 소리를 듣지 못했다.

「정말 아무도 없습니까?」다가온 사람은 여전히 종을 울리고 있는 첫 번째 방문객에게 곧이어 낭랑한 목소리로 쾌활하게 소리쳤다.「안녕하십니까, 꼬흐 씨!」

〈목소리로 보아, 분명 아주 젊은 사람일 거야.〉라스꼴리니꼬프는 문득 이렇게 생각했다.

「누가 압니까, 자물쇠를 부숴 버릴 뻔했소.」꼬흐가 대답했다.「그런데 나를 어떻게 아시오?」

「나 참! 엊그제 〈감부리누스〉에서 저와 내기 당구를 치다가 당신이 계속 졌잖아요?」

「아, 그렇지…….」

「사람이 없나 보지요? 이상하군요. 정말 말도 안 되는 일이네요. 노파가 어디 갈 데가 있을까요? 볼일이 있어서 왔는데.」

「나도 볼일이 있소이다!」

「그럼, 어쩐다? 그냥 돌아가야겠군요, 에이! 돈을 좀 얻어 볼까 해서 왔는데!」젊은 사람이 외쳤다.

「물론, 되돌아가야겠지요. 그런데 시간은 왜 정했는지 모르겠소. 자기가 시간까지 정해 놓고서는, 마귀할멈 같으니. 헛걸음만 했군. 대체 어딜 간 건지, 알다가도 모르겠군! 1년 내내 집구석에 틀어박혀 있으면서도 다리가 아프네 어쩌네 하더니, 이 마귀할멈, 이렇게 갑자기 나가 버리면 어떻게 해!」

「경비원에게 물어볼까요?」

「뭐라고 말이오?」

「어디로 갔는지, 그리고 언제 돌아올지 말입니다.」

「음…… 제기랄…… 물어본다……. 이 할망구는 아무 데도 나돌아다니지를 않아요…….」 이렇게 말하면서 그는 다시 자물쇠가 있는 손잡이를 당겼다. 「제기랄, 할 수 없지. 갑시다!」

「잠깐!」 갑자기 청년이 외쳤다. 「이것 좀 보세요, 당기면 문이 덜걱거리는 것이 보이시죠?」

「그런데요?」

「이건 할망구가 자물쇠를 잠근 것이 아니라, 빗장을 질렀다는 말이에요! 들리지요, 빗장이 덜컥거리는 소리?」

「그래서요?」

「허 참, 못 알아들으시네! 이건 그들 중 누군가 집에 있다는 말입니다. 만일 모두 밖으로 나갔다면 밖에서 자물쇠를 잠그지, 빗장을 지를 수는 없는 일이잖아요. 자, 여기, 잘 들어 보세요, 빗장이 덜컥거리지요? 빗장을 걸었으니 안에 누가 있다는 얘기지요, 아시겠어요? 그러니까 안에 있으면서도 문을 열어 주지 않는 거예요!」

「아차! 정말 그렇군!」놀란 꼬흐가 외쳤다.「그렇다면 그들은 안에 있겠군요!」그는 거칠게 문을 당기기 시작했다.

「기다리십시오!」다시 청년이 소리쳤다.「당기지 마세요! 뭔가 이상해요……. 당신이 종을 울리고 계속 당겼는데도 열지 않는다니. 두 사람 다 기절이라도 한 걸까요, 아니면…….」

「뭐요?」

「이렇게 합시다. 경비원에게 갑시다. 경비원더러 문을 열라고 하죠.」

「좋소!」두 사람은 아래로 내려가려 했다.

「잠깐! 당신은 여기 남으세요. 제가 문지기를 데리러 내려가지요.」

「왜 남아 있으라는 거요?」

「혹시 무슨 일이 일어날지 모르니까요…….」

「그럽시다…….」

「전 예심 판사가 될 준비를 하고 있어요! 이건 분명히, 무언가가 분 — 명 — 히 잘못된 겁니다!」젊은 사람은 흥분해서 소리를 지르고는 계단을 뛰어 내려갔다.

꼬흐는 남아서 다시 한 번 조용히 종을 흔들었다. 종은 한 번 쟁강거렸다. 그런 다음 그는 곰곰이 생각하며 유심히 살펴보는 것 같았다. 그리고 문이 빗장만 걸려 있는지 다시 한 번 확인해 보기 위해 손잡이를 당겨 내리면서 흔들기 시작했다. 그러고는 헐떡거리며 몸을 굽혀 자물쇠 구멍을 들여다보기 시작했다. 그러나 안에서 열쇠가 꽂혀 있었기 때문에 그 속으로는 아무것도 보이지 않았다.

라스꼴리니꼬프는 선 채로 도끼를 힘껏 쥐었다. 그는 꼭 의식을 잃을 것만 같았다. 그들이 들어오면 그들과 싸울 각오도 했다. 그들이 문을 두드리며 상의할 때, 그는 갑자기 이 모든 것을 단번에 끝내 버리고, 문 뒤에서 그들에게 소리치고 싶은 욕구를 몇 번씩이나 느꼈다. 그는 그들이 아직 문을 열지 못하고 있는 동안, 욕설을 실컷 퍼부으면서 그들을 놀려 주고 싶은 생각도 여러 번 했다. 〈차라리 빨리 일이 벌어졌으면 좋겠다!〉라는 생각이 스치고 지나갔다.

「그런데, 이 사람이, 대체…….」

시간은 흘러 1분이 가고 2분이 갔다. 그러나 아무도 오지 않았다. 꼬흐는 동요하기 시작했다.

「제기랄……!」 그는 갑자기 이렇게 소리치고는 초조한

나머지 지키는 일을 포기하고, 천천히 장화로 계단을 쿵쿵거리며 내려가기 시작했다. 발소리가 점점 멀어져 갔다.

「맙소사, 어떻게 하면 좋지!」

라스꼴리니꼬프는 빗장을 벗기고 문을 열었다. 어떤 소리도 들리지 않았다. 그는 갑자기 아무 생각도 없이 밖으로 나와 가능한 한 굳게 문을 등 뒤로 닫고, 아래로 내려가기 시작했다.

그가 세 계단을 내려섰을 때, 갑자기 밑에서 시끄러운 소리가 들리기 시작했다. 어디로 피할까! 아무 데도 피할 곳이 없었다. 그는 다시 뒤로 물러나 아파트 안으로 들어가려고 했다.

「야, 이 나쁜 자식아, 제기랄! 서지 못해!」

외침 소리와 함께 누군가 어떤 아파트에서 아래로 뛰어 내려가는 소리가 들렸다. 아니, 뛰어 내려갔다기보다는 계단 아래로 굴러 내리면서 목청이 터지도록 악을 써댔다.

「미찌까![36] 미찌까! 미찌까! 미찌까! 미찌까! 이 광대 같은 놈, 두고 보자고!」

외침 소리는 쉿소리로 변했고, 마지막 소리는 이미 마당에서 들려왔다. 그리고 주위가 조용해졌다. 바로 그 순

36 드미뜨리라는 이름의 비칭.

간 몇 사람이 큰 소리로 이야기를 나누며 시끄럽게 계단을 오르기 시작하는 소리가 들렸다. 서너 명쯤 되는 듯싶었다. 그는 청년의 낭랑한 목소리를 구분할 수 있었다. 〈그들이다!〉

완전히 절망한 그는 그들을 향해 똑바로 걷기 시작했다. 될 대로 되라! 그들이 불러 세워도 만사는 끝장이고, 가게 내버려 둬도 역시 끝장이다. 얼굴을 기억하게 될 테니까. 그들은 이미 거의 가까이 올라오고 있었다. 그들 사이는 겨우 한 층 차이였다. 그런데 갑자기 구원의 길이 보였다! 몇 계단 밑 오른쪽에 문이 활짝 열린 빈방이 보였다. 그 방은 일꾼들이 일하고 있던 아파트인데, 지금 그곳에는 마치 일부러 그런 것처럼 칠장이들도 없었다. 아마도 막 소리를 지르며 밖으로 뛰쳐나간 게 그들임에 틀림없었다. 바닥은 방금 칠을 마쳤는지 방 한가운데에는 솔과 페인트가 든 큰 목재 통이 그대로 세워져 있었다. 황급히 그는 열려 있는 문 안으로 살그머니 들어가 벽 뒤에 몸을 숨겼다. 위기일발이었다. 그들은 벌써 그 층의 계단참 위에 서 있었던 것이다. 그 후 그들은 큰 소리로 이야기를 나누며 방향을 돌려 그의 옆을 지나, 4층으로 올라가기 시작했다.

계단에는 아무도 없었다! 대문 아래도 역시 그랬다. 그는 재빨리 건물의 대문을 지나 거리에서 오른쪽 방향으로 몸을 돌렸다.

그는 너무나도 잘 알고 있었다. 그 순간 그들이 이미 그 아파트에 도달했으리라는 것도, 잠겼던 문이 이제는 열려 있는 것을 보고는 깜짝 놀랐으리라는 것도, 그리고 또 시체를 발견했으리라는 것도, 조금 전까지만 해도 그곳에 살인자가 있었고, 그 살인자가 그들 옆을 지나 어딘가에 숨어 있다가 유유히 도망쳤다는 사실을 알아채는 데 채 1분도 걸리지 않았으리라는 것도, 그는 이 모든 것을 너무나 잘 알고 있었다. 어쩌면 그들은 자기들이 위로 올라가고 있는 사이에 살인자가 빈방에 숨어 있었으리라는 것도 이미 추측했을지 모른다. 첫 번째 모퉁이까지는 1백 걸음밖에 남아 있지 않았다. 그러나 그는 아무리 해도 빨리 걸을 수 없었다. 〈어느 대문 밑이든 들어가서, 남의 집 계단에 서서 조금만 기다렸다 가는 것이 좋지 않을까? 아니, 그건 안 된다! 어디에든 도끼를 던져 버려야 하지 않을까? 마차를 잡아탈까? 어쩌지! 어떡하지!〉

마침내 모퉁이가 나타났다. 그는 초주검이 되어 그 모퉁이를 돌아섰다. 거기까지 오면 반쯤은 구원된 것이나 다름없었다. 그도 이것을 잘 알고 있었다. 의심을 받을 여지도 적었고, 더구나 이곳은 항상 사람들의 왕래가 많았으므로 그는 곧 모래알처럼 그들과 섞일 수 있었다. 그러나 그 모든 고통이 그의 기력을 일시에 빼앗아 버렸기 때문에, 그는 간신히 걸음을 옮기고 있었다. 땀방울이 비오듯 흘러내려 목이 흠뻑 젖어 버렸다. 「완전히 취했구먼!」 그가 시궁창 위의 둑으로 나섰을 때, 누군가 그에게 이렇게 소리 질렀다.

그는 의식이 분명치 않았다. 앞으로 가면 갈수록 그 상태는 더욱 심해졌다. 그러나 시궁창 위의 둑으로 나왔을 때, 그는 갑자기 사람들이 적어진 데 놀라, 이런 곳에 있으면 눈에 띄기 쉬우니 다른 골목으로 돌아가야겠다고 생각했던 것을 기억했다. 거의 쓰러질 것 같았지만 그는 길을 돌아서 전혀 다른 방향으로 해서 집으로 돌아왔다.

자기 집으로 들어섰을 때에도 그의 의식은 온전치 않았다. 계단을 한참 오른 후에야 비로소 그는 도끼 생각이 났다. 아직 중요한 과제가 남아 있었던 것이다. 도끼를 가능하면 눈에 띄지 않게 되돌려 놓아야만 했다. 지금 도끼를 제자리에 갖다 놓지 말고, 나중에 아무 때나 남의 집 마당에 던져 놓는 편이 더 좋겠다고 생각할 힘마저 물론 그에게는 없었다.

　　그러나 모든 일은 순조롭게 끝났다. 경비실 문이 닫혀 있긴 했지만 잠겨 있지는 않았다. 이것으로 미뤄 보아 경비원이 집에 있음에 틀림없었지만, 이미 그는 판단 능력을 상실했기 때문에, 곧장 경비실로 다가가 문을 열었다. 만일 그때 경비원이 그에게 〈뭐요?〉 하고 물었다면, 그는 곧장 그에게 도끼를 건네주었을지도 모른다. 그러나 경비원은 때마침 그곳에 없었다. 그래서 그는 의자 밑 제자리에 도끼를 내려놓을 수 있었다. 그는 원래대로 도끼를 장작개비로 덮어 놓기까지 했다. 자기 방으로 들어갈 때까지 그는 아무와도 마주치지 않았다. 여주인 집의 문은 굳게 닫혀 있었다. 방으로 들어서자, 그는 옷을 입은 채로 소파에 몸을 던졌다. 잠든 것은 아니었지만, 그는 망각 상태에 빠져 버렸다. 만약 그때 누가 그의 방에 들어왔다면, 그는 벌떡 일어나 비명을 질렀을 것이다. 그의 머릿속에는 온갖 상념들이 파편처럼 들끓었지만, 아무리 노력해도 그는 그것들 중 어느 하나도 붙잡을 수 없었고, 어느 것에도 주의를 집중시킬 수 없었다……

2

제2부

1

그렇게 그는 꽤 오랫동안 누워 있었다. 언뜻 잠에서 깨어날 때마다 그는 벌써 밤이 깊었다는 사실을 깨닫기도 했지만, 그렇다고 자리에서 일어나려는 생각은 하지 않았다. 마침내 그는 벌써 바깥이 대낮처럼 환하다는 사실을 알아챘다.[37] 조금 전의 멍한 상태로 인해 온몸이 아직 굳어 있던 그는 소파에 반듯하게 누워 있었다. 거리에서는 무섭도록 절망적인 비명 소리가 날아 들어와 그의 고막을 찢을 듯이 울리고 있었다. 그러나 이것은 매일 밤 2시가 지나면 어김없이 그의 창 밑에서 들려오는 소리였다. 바로 그 소리가 지금도 그를 잠에서 깨웠던 것이다. 〈아! 어느새 주정꾼들이 술집에서 나올 시간이로군.〉 그는 생각

---

37 백야 현상으로 인해 밤에도 낮처럼 환한 것을 말하고 있다.

했다. 〈2시가 지났어.〉 그 순간, 그는 갑자기 누군가가 그를 소파에서 밀쳐 내기라도 한 듯이 벌떡 일어났다. 〈어떻게 이럴 수가 있지! 벌써 2시가 지나다니!〉 그는 소파 위에 앉았다. 그러자 곧바로 모든 일이 생각났다! 갑자기 순식간에 모든 기억이 생생해졌던 것이다!

처음 얼마 동안 그는 미칠 것만 같았다. 무서운 한기가 그를 엄습했다. 이 오한은 이미 오래전에 그가 잠자고 있을 때 오르기 시작한 열 때문에 생긴 것이었다. 그런데 갑자기 오한이 지독하게 심해져, 이가 딱딱 맞부딪칠 정도로 온몸이 덜덜 떨려 오기 시작하는 것이었다. 그는 문을 열고 귀를 기울이기 시작했다. 집 안은 모두 잠들었는지 조용했다. 그는 깜짝 놀라서 자신의 몸과 방 여기저기를 둘러보았지만, 도저히 이해할 수가 없었다. 어젯밤 방에 들어오자마자 문의 빗장도 지르지 않고, 옷도 벗지 않았을뿐더러 모자도 쓴 채로 소파에 쓰러져 버렸다니, 어떻게 이럴 수가 있단 말인가. 모자는 바닥에 떨어져 베개와 나란히 뒹굴고 있었다. 〈만일 누가 들어왔다면, 어떻게 생각했을까? 취했다고 생각했을까, 아니면……〉 그는 창가로 달려갔다. 방 안은 충분히 밝았기 때문에, 옷에 핏자국이라도 남아 있을지 모른다고 여긴 그는 황급히 머리끝에서 발끝까지 샅샅이 살펴보기 시작했다. 그러나 옷을 입은 채로는 잘 알 수 없었기 때문에 그는 열로 인해 온몸을 덜덜 떨면서도, 옷을 죄다 벗고 다시 한 번 찬찬히 들여다보기 시작했다. 그는 실오라기 하나까지도 다 뒤집어 보았다. 그래도 자기 자신을 믿을 수 없었던 그는 세 번씩이나 되풀이해서 살펴보았다. 그러나 핏자국은 전혀 없는 것 같았다. 다만 찢어져서 너덜너덜해진 바짓부리에 갈색으로 변한 핏자국이 엉겨 있는 게 보였다. 그는 접칼을 꺼내서 그 부분을 잘라 냈다. 그 밖에 더 이상은 없는 것 같았다. 그러나 그 순간 그는 문득 지갑과 노파의 궤에서 훔친 물건들이 아직 그의 주머니에 있다는 사실이 생각났다! 그는 지금까지도 물건들을 숨겨야 한다는 생각조차 하지 못하고 있었던 것이다! 옷을 살펴보고 있는 지금도 그 생각을 못하다니! 이게 어찌 된 셈인가? 그는 순식간에 물건들을 꺼내서 책상 위에 던져 놓기 시작했다. 있는 물건들을 모조리 꺼내 놓은 다음에도, 그는 아직 물건이 더 남아 있는지 확인하기 위해 주머니를 모조리 뒤집어 보았다. 그런 뒤 그는 물건 뭉텅이들을 방 한쪽 구석으로 옮겼다. 방 안 제일 구석 아래쪽에는 벽에서 들뜬 벽지가 찢어져 있었다. 그는 즉시 벽지 뒤에 난 구멍 속으로 물건들을 쑤셔 넣기 시작했다. 〈들어갔군! 눈에 띄는 건 없다, 지갑도!〉 그는 일어서서 구석의 불룩 튀어나온 구멍을 멍하니 바라보면서 생각했다. 그러다 그는 갑자기 공포에 질려 온몸을 부르르 떨고야 말았다. 〈맙소사!〉 그는 절망에 빠져 중얼거렸다. 〈내가 어떻게 된 거지? 정말 이게 숨긴 걸까? 이렇게 숨기는 경우도 있을까?〉

사실 그는 물건을 염두에 두지 않았다. 돈만 있으리라고 생각했기 때문에, 미리 물건을 숨겨 둘 장소를 마련해 놓지 않았던 것이다. 〈그런데 지금, 지금 난 뭘 그렇게 기뻐한단 말인가?〉 그는 생각했다. 〈이렇게 숨기는 사람이 어디 있을까? 정말 내가 제정신이 아니군!〉 그는 기운이 쑥 빠져서 소파에 주저앉았다. 그리고 또다시 참을 수 없는 오한이 엄습해 오자, 그는 학창 시절에 입었던, 따뜻하지만 이미 누더기가 되어 버린 오래된 겨울용 외투를 옆의 의자에서 기계적으로 끌어당겨 덮었다. 그러자 곧 악몽과 헛소리가 그를 다시 사로잡았다. 그는 혼미한 상태로 빠져들었다.

그러나 5분도 채 못 되어 그는 다시 벌떡 일어나 곧바로 미친 듯이 자기 옷에 달려들었다. 〈아무것도 해결하지 못하고, 어떻게 이렇게 잠에 다시 빠질 수 있단 말인가!

그래! 그렇지! 나는 외투 겨드랑이 밑의 올가미도 아직 뜯어내지 않았다! 잊어버리다니, 그런 일을 잊어버리다니! 그런 증거물을!〉 그는 올가미를 뜯어내어 재빨리 찢어발긴 뒤, 그 조각들을 베개 밑 빨랫감 속에 쑤셔 넣기 시작했다. 〈어떤 경우에도 찢어진 아마포 따위가 의심을 사지는 않을 거야. 암! 그렇고 말고!〉 그는 방 한가운데에 서서 이 말을 반복했다. 그는 머리가 아플 정도로 주의를 집중해서 무언가 잊어버린 것은 없는지 주위와 바닥을 샅샅이 살펴보기 시작했다. 모든 능력, 기억력과 단순한 판단력마저도 그를 버렸다는 생각이 들자, 그는 참을 수 없이 괴로웠다. 〈정말로, 참으로 시작된 것일까? 징벌의 시간이 도래한 것일까? 그래, 정말로 그렇구나!〉 사실 그가 바지에서 잘라 낸 누더기 조각들은 누가 들어와도 쉽게 볼 수 있도록 방바닥 한가운데에서 나뒹굴고 있었다! 〈대체 내가 어떻게 된 거지!〉 그는 다시 침착성을 잃고 부르짖었다.

이때 그의 머리에 이상한 생각이 떠올랐다. 어쩌면 그의 옷 전체가 피에 젖어 있을지도 모른다는 생각, 어쩌면 핏자국은 많은데, 그의 판단력이 떨어지고 약해져서…… 그리고 또 이성마저도 혼미해져서, 그가 그것을 보고도 발견하지 못하는 것인지도 모른다는 생각이었다. 지갑에 피가 묻어 있었다는 생각이 문득 들었다. 〈그래! 맞아, 주머니에도 피가 묻었을 거야, 그때 피에 젖은 지갑을 주머니에 넣었으니까!〉 그는 황급히 주머니를 뒤집어 보았다. 역시 주머니의 안쪽에 피가 얼룩져 있었다! 〈그러고 보니 내가 이성을 완전히 잃어버린 건 아니야. 스스로 알아차리고 추측한 것으로 보아, 판단력과 기억력이 아직은 남아 있는 거야!〉 그는 이렇게 생각하고는 승리감에 도취되어 기쁜 마음으로 심호흡을 했다. 〈그냥 열 때문에 몸이 약해져서 순간적으로 제정신이 아니었던 거야.〉 그는 바지 왼쪽 주머니의 안감을 모조리 뜯어냈다. 그 순간 햇빛이 그의 왼쪽 장화를 비췄다. 장화 위로 삐죽 튀어나와 있는 양말에 무슨 흔적이 보이는 것 같았다. 그는 장화를 벗어 들었다. 〈역시 핏자국이로군! 양말 끝이 온통 피투성이야.〉 무심결에 피가 괴어 있던 곳을 밟았음에 틀림없었다……. 〈이제 또 이 일을 어떻게 한담? 이 양말과 바짓부리, 그리고 주머니를 어떻게 한담?〉

그는 넝마 조각들을 모두 한 손에 쥐고 방 한가운데에 섰다. 〈난로 속에 집어넣을까? 하지만 난로부터 뒤지기 시작할 거야. 태워 버릴까? 그런데 뭘로 태우지? 성냥도 없는데. 아냐, 어디로든 밖에 나가서 다 버려야 해. 그래!

버리는 편이 낫겠다!〉 그는 소파에 앉으면서 몇 번씩이나 이렇게 중얼거렸다. 그러나 생각과는 달리 그의 머리는 다시 베개 위로 기울어졌다. 다시 참을 수 없는 오한이 그를 얼어붙게 만들었고, 그는 다시 외투를 끌어당겨 뒤집 어썼다. 그리고 몇 시간 동안이나 한 가지 생각이 계속 단속적으로 그의 머리에 떠올랐다. 〈이제 더 이상 미루지 말고, 어디로든 나가서 이 물건들이 눈앞에 보이지 않도록 빨리 버려야 한다. 어서, 어서!〉 그는 몇 번씩이나 소파에서 뒤척이며 일어나려고 했지만, 도저히 그럴 수가 없었다. 마침내 세차게 문을 두드리는 소리가 그를 깨웠다.

「문 좀 열어요. 살았어요, 죽었어요? 계속 잠만 자대는군요!」 나스따시야는 주먹으로 문을 두드리면서 소리쳤다. 「내내 개처럼 잠만 자고 있으니! 정말 개나 다름없어! 문 좀 열어요, 10시가 지났어요.」

「집에 없을 수도 있잖아!」 남자가 중얼거렸다.

〈저건! 경비원의 목소리인데…… 여긴 왜 왔지?〉

그는 벌떡 일어나 소파에 앉았다. 심장은 두근거리다 못해 조여 오기 시작했다.

「없으면 문고리가 어떻게 질러져 있겠어요?」 나스따시야는 반박했다. 「뭐야, 문고리까지 잠그고! 몸뚱어리라도 훔쳐 갈까 봐 저러나? 문 좀 열어요, 일어나요!」

〈저 사람들이 왜 저럴까? 경비원이 왜 온 거지? 모든 게 밝혀졌나 보군. 버텨 볼까, 아니면 열어 줄까? 에이, 모르겠다…….〉

그는 엉거주춤 몸을 앞으로 굽혀 문고리를 풀었다.

그의 방은 아주 작았기 때문에 침대에서 일어나지 않고서도 문고리를 풀 수 있었던 것이다.

경비원과 나스따시야였다.

나스따시야는 의아스럽다는 듯이 그를 바라보았다. 그는 도전적이고 절망적인 표정으로 경비원을 노려보았다. 경비원은 싸구려 납으로 봉인되어 두 겹으로 접힌 회색 종이를 묵묵히 그에게 내밀었다.

「관청에서 온 소환장입니다.」 그가 종이를 내밀면서 말했다.

「어떤 관청인데요……?」

「경찰에서 오라는구려, 관청으로. 물론 어떤 관청인지 알겠지요? 경찰서요.」

「경찰이……! 왜요……?」

「내가 알 리 없지요. 오라니까, 가보슈.」 경비원은 그를 유심히 바라보고, 주위를 둘러보고 난 다음 떠나려고 몸을 돌렸다.

「정말 병이 난 건 아니에요?」 나스따시야가 그에게서 눈을 떼지 않고 물었다. 경비원도 그 말에 고개를 돌렸다. 「어제부터 열이 난다더니.」 나스따시야는 덧붙여 말했다.

그는 종이를 펴지도 않은 채 손에 들고 아무 대답도 하지 않았다.

「일어나지 않는 게 좋겠어요.」 나스따시야는 그가 소파에서 다리를 내리는 것을 보고 가엾다는 듯이 말했다. 「아프면 가지 말아요, 급한 일도 아닌데. 그런데 손에 들고 있는 건 뭐예요?」

그는 바짓부리에서 찢은 조각들, 양말, 뜯어낸 주머니 조각들을 오른손에 꼭 쥐고 있었다. 그것들을 쥐고 잠들었던 것이다. 나중에 이때의 일을 상기할 때, 그는 자기가 열에 들뜬 가운데 반쯤 정신이 들 때마다 그 조각들을 확인이라도 하듯이 손에 다시 꽉 움켜쥐고 잠들었던 것이 생각났다.

「그런 넝마 쪼가리들을 마치 보물단지라도 되듯이 꼭 품고 자다니…….」 나스따시야는 발작적으로 웃어 댔다. 그는 황급히 넝마들을 외투 속에 쑤셔 넣고, 뚫어지게 그녀를 쳐다보았다. 그는 그 순간 제대로 판단할 능력이 없는 상태이긴 했으나, 그를 체포하러 왔다면 사람을 이런 식으로 대하지는 않을 거라는 생각이 들었다. 〈그런데……
경찰이라고?〉

「차 마시겠어요? 네? 가져올게요. 남은 게 있으니까…….」

「아냐…… 나갈 거야. 지금 나가 봐야겠어.」 그는 일어
서면서 중얼거렸다.

「기다려요. 계단이나 내려갈 수 있겠어요?」

「갈 수 있어…….」

「그럼 마음대로 해요.」

그녀는 경비원을 따라 밖으로 나갔다. 그러자마자, 그
는 햇빛에 양말과 조각들을 비춰 보기 시작했다. 〈피 얼룩
은 있지만 잘 보이지는 않아. 다 더럽혀지고 지워져서 색
깔이 바래 버렸어. 의심하고 보는 게 아니라면, 아무도 피
라고 생각하지는 못할 거야. 나스따시야는 멀리서 봤으니
까 아무것도 알아채지 못했어. 다행이야!〉 그리고 그는 떨
리는 손으로 소환장을 뜯어서 읽어 보았다. 한참 만에야
그는 무슨 소리인지를 겨우 이해할 수 있었다. 그것은 오
늘 8시 반에 서장실로 출두하라는 경찰서의 평범한 소환
장이었다.

〈어쩌다가 이런 일이 생겼지? 난 이제까지 경찰서에서
보자고 할 만한 일을 한 적이 없는데! 그런데 하필이면 왜

오늘일까?〉 그는 의구심 때문에 괴로워하면서 생각했다. 〈주여, 일이 빨리 끝날 수 있도록 해주소서!〉 그는 무릎을 꿇고 기도하려다가, 스스로도 웃고 말았다. 그러나 그것은 기도 때문이 아니라, 자기 자신에 대한 비웃음이었다. 그는 서둘러 옷을 입기 시작했다. 〈망할 테면 망하라고 해, 어차피 마찬가지니까!〉 갑자기 이런 생각이 들었다. 〈이 양말을 신을까! 먼지에 더럽혀지면 핏자국도 없어질거야!〉 그러나 양말을 신자마자, 그는 곧 혐오감과 공포감에 휩싸여 양말을 벗어 내팽개쳐 버렸다. 하지만 곧 그것 대신 신을 다른 양말이 없다는 것을 깨닫고는 그것을 다시 주워 들어 신기 시작했다. 그러고는 다시 자기 자신을 비웃었다. 〈모든 일은 허구적이고 상대적이며, 하나같이 모두 형식일 뿐이야.〉 그는 문득 이렇게 생각했지만, 온몸을 떨고 있었다. 〈자, 이제 신었다! 결국은 신고야 말았다!〉 그러나 웃음은 절망으로 변했다. 〈아냐, 난 감당할 수 없어……〉 그는 생각했다. 두 다리가 후들후들 떨려 왔다. 〈두려워서 이러는 거다.〉 그는 혼잣말로 중얼거렸다. 열 때문에 머리가 핑핑 돌면서 아파 왔다. 〈이건 술책이다! 이건 그들이 나를 교활하게 속여서 갑자기 체포하려는 술책이다.〉 그는 계단 쪽으로 나가면서 계속해서 생각했다. 〈더

나쁜 건 내가 거의 제정신이 아니라는 거야……. 나는 무슨 말이든 어리석은 말을 지껄일지도 몰라…….〉

계단까지 내려와서야 그는 물건들을 모두 벽지의 구멍 속에 그대로 놔두었다는 것이 생각났다. 〈내가 없는 동안 가택 수색을 하려고 일부러 이러는 건지도 모른다.〉 이런 생각을 하며 그는 발걸음을 멈췄다. 하지만 절망, 이를테면 파멸에서 오는 자조감이 그를 사로잡았다. 그는 손을 한 번 내젓고는 앞으로 걸어가기 시작했다.

〈일이 빨리만 끝나 주었으면……!〉

거리는 여전히 견디기 힘들 정도로 무더웠다. 최근 며칠 사이에 비가 한 방울이라도 내렸다면 좋았을 텐데. 다시 먼지, 벽돌 그리고 석회, 또다시 노점과 선술집에서 풍겨 나오는 악취, 끊임없이 오가는 주정꾼들, 핀란드 출신 행상들, 반쯤은 부서진 마차들이 보였다. 햇빛이 그의 눈에 정면으로 내리쬐어서, 앞을 보면 눈이 아팠고, 머리는 현기증으로 인해 핑핑 돌았다. 그것은 햇볕이 강렬한 날, 열병 환자가 거리에 갑자기 나왔을 때 흔히 겪게 되는 느낌이었다.

〈어제의 그 거리〉로 나가게 되는 골목의 모퉁이에 도달했을 때, 그는 불안감 때문에 괴로워하며, 그 쪽, 〈바로 그 집〉을 흘끗 쳐다보았다……. 그러고는 곧 눈을 돌렸다.

경찰서에 다가가면서 그는 〈만일, 신문하면 자백하고 말지도 모른다〉고 생각했다.

경찰서는 그의 집에서 4분의 1베르스따[38] 정도 떨어진 곳에 있었다. 경찰서는 이제 막 4층짜리 새 건물의 사무실로 이사한 참이었다. 옛 경찰서 건물에 그는 언젠가 잠깐 가본 적이 있지만, 그것도 오래전의 일이었다. 현관문을 들어서니 오른쪽에 계단이 보였다. 한 사람이 손에 작은 서류철을 들고 그 계단을 내려오고 있었다. 〈경비원일 거야. 그러니 여기에 경찰서가 있는 게 분명해!〉 그는 짐작 가는 대로 계단을 오르기 시작했다. 그는 누구에게도 묻고 싶지 않았다.

〈들어가서 무릎을 꿇고 모든 것을 말해 버리자…….〉 그는 4층으로 올라가면서 생각했다.

계단은 비좁고 가파르며 온통 구정물투성이였다. 4층에 있는 아파트들의 부엌문 전체가 이 계단을 향해 거의 종일 활짝 열려 있었으므로, 이로 인해 계단은 지독하게 후텁지근했다. 옆구리에 작은 서류철들을 낀 경비원들과 경찰들, 여러 부류의 남녀 방문객들이 이 계단을 오르내

38 대략 266미터이다.

리고 있었다. 경찰서로 들어가는 문 역시 활짝 열려 있었다. 그는 안으로 들어가 입구에 멈춰 섰다. 그곳에는 농부 차림의 사람들이 서서 차례를 기다리고 있었다. 이곳 역시 지독하게 후터분했고, 게다가 바니시 칠에서 나는 역한 냄새와 채 마르지 않은 페인트 냄새가 범벅이 되어 구역질이 날 정도로 악취를 풍기고 있었다. 그는 잠시 기다리다가 다음 방으로 가보기로 마음을 먹고 조금 더 앞으로 나갔다. 모두 아주 좁고 천장이 낮은 방들이었다. 무서울 정도의 초조감이 그를 자꾸만 앞으로 이끌었다. 그에게 주의를 기울이는 사람은 아무도 없었다. 두 번째 방에는 그보다 조금은 잘 차려입은 서기들이 앉아서 무언가를 쓰고 있었다. 이상한 모습들이었다. 그는 그들 중 한 사람에게 말을 걸었다.

「무슨 일이지요?」

그는 서(署)에서 온 소환장을 보여 주었다.

「학생입니까?」그 사람은 소환장을 보면서 물었다.

「예, 대학생이었습니다.」

서기는 그를 훑어보았지만, 그에 대한 호기심은 전혀 없어 보였다. 머리카락이 곤두선 이 사람의 시선에는 고정 관념이 가득 서려 있었다.

〈이런 사람에게서는 아무것도 알아낼 수 없겠다. 이 사람한테는 이러나저러나 아무 상관이 없을 테니까.〉라스꼴리니꼬프는 생각했다.

「저기 사무관에게 가보시오.」서기는 손가락으로 제일 끝 방을 가리켰다.

그는 앞의 방에 있던 사람들보다 옷을 조금 더 말쑥하게 차려입은 사람들이 빽빽이 서 있는 작은 방(순서상 네 번째가 되는 방)으로 들어갔다. 방문객들 중에는 부인도 둘 있었다. 한 부인은 초라한 상복을 입고, 사무관의 책상 앞에 앉아, 그가 불러 주는 대로 무언가를 받아쓰고 있었다. 또 다른 사람은 무척 뚱뚱한 귀염성 있는 부인으로서 검붉은 얼굴에 기미가 끼었지만, 대단히 화려한 옷을 입고, 앞가슴에는 찻잔 받침만큼이나 큰 브로치를 달고 있었다. 그녀는 한쪽 옆에 비켜서서 무언가를 기다리고 있었다. 라스꼴리니꼬프는 사무관에게 자신의 소환장을 내밀었다. 그는 그것을 흘끗 보고서 말했다. 「기다리세요.」그러고는 상복 입은 부인과의 일을 계속했다.

그는 조금은 숨을 자유롭게 쉴 수 있었다. 〈아마도 그 일이 아닌가 보다!〉조금씩 기운이 나기 시작하자, 그는 용기를 내어 정신을 차려야 한다고 온 힘을 다해 자기 자신을 타일렀다.

〈조금이라도 어리석은 행동이나 사소한 실수를 저지르면 그것으로 끝장이다! 음…… 그런데 공기가 탁해서 답답하군.〉 그는 생각했다. 〈너무 무덥다……. 점점 더 어지러워진다……. 정신도 그렇고…….〉

그는 전신에 무서운 혼란을 느꼈다. 그는 자기 자신을 제어하지 못할까 봐 두려웠다. 그는 무엇에든 정신을 집중시키고, 무슨 일이든 자기와 전혀 상관이 없는 일을 생각해 보려고 애를 썼으나, 쉬운 일이 아니었다. 그럼에도 불구하고 사무관은 그의 호기심을 강하게 자극했다. 그는 사무관의 얼굴을 보고 그가 어떤 사람인지 알아맞히고 싶어졌다. 스물두 살쯤 된 그 젊은이는 기민해 보이는 까무잡잡한 얼굴을 하고 있었는데, 실제보다 나이가 많이 들어 보였다. 그는 한창 유행하는 옷을 입은 멋쟁이로 정수리부터 가르마를 탄 머리엔 포마드를 바르고 있었으며, 솔로 깨끗이 손질된 손가락에는 몇 개의 보석 반지를 끼고, 금고리가 달린 조끼를 입고 있었다. 그곳에 있던 어떤 외국인과는 프랑스어로 두어 마디 이야기도 나눴는데, 그런 대로 잘하는 편이었다.

「루이자 이바노브나, 앉으시지요.」 그는 화려한 옷차림에 얼굴이 검붉은 부인에게 말했다. 그녀는 의자가 바로 옆에 있는데도 감히 앉을 수 없다는 듯이 내내 서 있었던 것이다.

「*Ich danke*(감사합니다).」 그녀는 이렇게 말하고 비단 옷자락 스치는 소리를 내면서 조용히 의자에 앉았다. 그녀의 하얀 레이스 장식이 달린 밝은 푸른색 드레스는 의자 주위에 마치 풍선처럼 퍼져서 거의 방의 반을 차지해버리고 말았다. 그리고 그녀에게서는 향수 냄새가 풍겼다. 부인은 분명히 자기가 방의 반을 차지하고 향수 냄새를 풍긴다는 것이 부끄러운 모양이었다. 그녀는 수줍은 듯하면서도 동시에 뻔뻔스러운 미소를 짓고 있었다. 그렇지만 그 미소에는 분명 불안감이 서려 있었다.

상복을 입은 여인은 마침내 일을 마치고 일어서려고 했다. 그런데 이때 갑자기 시끄러운 소리를 내면서, 발걸음을 옮길 때마다 상당히 멋스럽고 특이하게 어깨를 앞뒤로 뒤흔드는 어떤 장교가 방 안으로 들어와, 모표가 달린 군모를 책상에 던지고 안락의자에 앉았다. 화려한 옷차림을 한 여인은 그를 보자 얼른 일어나 반색을 하며 그에게 무릎을 굽혀 인사를 했다. 그러나 장교는 그녀에게 조금도 관심을 기울이지 않았다. 그녀는 그 때문에 더 이상 앉을 수 없는 눈치였다. 그는 육군 중위로서 부경찰서장이었다. 양쪽으로 콧수염을 곧게 기른 데다 이목구비가 아주 작은 그의 얼굴은 일종의 불손함 외에는 어떤 다른 특별한 표정도 보여 주지 않았다. 그는 조금 화가 난 듯이 곁눈질로 라스꼴리니꼬프를 보기 시작했다. 지독하게 누추한 옷을 입고, 그렇게 비참한 몰골을 하고 있으면서도 그의 행동은 옷과는 전혀 어울리지 않게 의젓했기 때문이었다. 라스꼴리니꼬프가 건방지게 빤히 그를 너무 오랫동안 쳐다보았기 때문에, 그는 결국 화가 나고 말았다.

「당신 뭐야?」 그는 그와 같은 부랑자가 자신의 번개 같은 시선에 당황하는 기색조차 보이지 않는다는 데 놀라서 외쳤다.

「저를…… 소환했습니다…….」 라스꼴리니꼬프는 머뭇머뭇 대답했다.

「〈대학생〉으로부터 채무를 돌려받을 수 있도록 해달라는 독촉건 때문에 온 겁니다.」 사무관은 서류에서 눈을 떼지 않고서 설명했다. 「자, 여기 있습니다!」 그리고 그는 라스꼴리니꼬프에게 서류를 건네주면서, 그 안의 한 부분을 손으로 가리켰다. 「읽어 보십시오!」

〈돈이라고? 무슨 돈이지?〉 라스꼴리니꼬프는 생각했

다. 〈그러고 보니《그 일》은 아닌 게 분명해!〉 그는 기쁨으로 온몸을 떨었다. 그의 마음은 갑자기 말할 수 없이 가벼워졌다. 어깨에서 무거운 짐을 내려놓은 것 같은 기분이었다.

「여기 몇 시까지 출두하라고 씌어 있소, 선생?」 중위는 어째서인지는 알 수 없지만 점점 더 화를 내면서 소리 질렀다. 「9시에 출두하라고 했는데, 지금 벌써 12시잖소!」

「전 15분 전에야 소환장을 받았습니다.」 자기도 모르는 사이에 화가 치밀었지만, 그런 기분을 즐기기까지 하면서, 라스꼴리니꼬프는 어깨 너머에서 큰 소리로 대답했다. 「몸에 열이 나서 아파 죽겠는데도 나왔으면 된 거 아니오.」

「소리 지르지 마시오!」

「난 소리 지르지 않았습니다. 아주 조용히 말을 하고 있는데, 당신이 내게 소리를 지르고 있지 않습니까? 전 대학생이고, 나에게 소리 지르는 것은 참을 수 없습니다.」

부서장은 너무 화가 나서 순간적으로 할 말을 잃었다. 그의 입에서는 거품이 일기 시작했다. 그는 자리에서 발딱 일어났다.

「닥쳐! 당신은 지금 관청에 와 있는 거야. 멋대로 굴지 마시오!」

「그러는 당신은 관청에 와 있지 않은가요?」라스꼴리니꼬프는 맞대응을 했다. 「그런데도 당신은 소리를 지르고 담배를 피우면서, 우리 모두에게 무례한 행동을 하고 있지 않습니까?」이렇게 말하고 나자, 라스꼴리니꼬프는 형용할 수 없는 쾌감을 느꼈다.

사무관은 미소를 짓고서 그들을 바라보았다. 성질이 불같은 중위는 당황한 것 같았다.

「그건 당신이 상관할 바 아냐!」마침내 그는 부자연스러울 정도로 크게 외쳤다. 「당신이 써야 할 답변서를 제출해요! 알렉산드르 그리고리예비치, 이 사람에게 보여 줘요. 당신에 대한 탄원이 들어와 있소! 돈도 지불하지 않으면서! 참 대단한 양반이구먼 그래!」

그러나 라스꼴리니꼬프는 이미 아무 말도 듣지 않았다. 그는 빨리 해답을 찾기 위해 종이를 황급히 움켜쥐었다. 그리고 연거푸 읽어 보았지만, 아무것도 이해할 수 없었다.

「이게 뭡니까?」그는 사무관에게 물었다.

「이건 당신이 써준 차용 증서에 따라 돈을 지불하라는 독촉장입니다. 당신은 원금과 벌금, 그리고 기타의 모든 비용을 지불하든지, 아니면 언제 지불할 수 있는지를 적어, 서면으로 답변서를 제출해야 합니다. 당신은 부채를 갚지

218

않은 상태에서 수도를 절대로 떠날 수 없고, 재산을 팔거
나 은닉할 수 없습니다. 채권자는 당신의 재산을 팔 권리
를 갖게 되고, 당신의 문제는 법대로 처리되는 거지요.」

「전…… 아무에게도 빚을 진 적이 없는데요!」

「그건 우리가 알 바 아니에요. 자, 지불 기한이 넘어서
법적으로 고소된 1백50루블짜리 차용 증서에 따른 지불
독촉장이 우리에게 들어와 있습니다. 이 차용 증서는 당
신이 8등 문관의 처 자르니찌나에게 써준 것이고, 이것을
9개월 전에 과부 자르니찌나가 부채 지불금 대신으로 7등
문관 체바로프에게 넘겼어요. 그리고 우리는 이 일로 당
신을 부른 것이고요.」

「그 여자는 저의 집 여주인인데요?」

「여주인은 그런 일을 하면 안 된다는 말이오?」

사무관은 이제 막 공격을 받기 시작한 풋내기에 대한
동정심과, 동시에 〈자, 이제 기분이 좀 어떠신가?〉라고 말
하는 듯한 일종의 승리감을 머금은 관대한 미소를 짓고서
그를 바라보았다. 그러나 지금 차용 증서니 독촉장이니
하는 것이 그의 관심을 끌 리가 없었다! 그는 서서 읽고
듣고 대답하고 또 자기 입으로 물어도 보았지만, 그것은
모두 기계적인 행동일 뿐이었다. 이제는 살았다는 생각에

서 오는 승리감, 자신을 짓누르던 위험으로부터 벗어났다는 느낌이 지금 이 순간 그의 가슴을 온통 채웠고, 예측이니 분석이니 미래의 수수께끼와 그 해결이니 의심이니 의문이니 하는 것들은 이미 그에게 없었다. 이 순간 그는 완전히 본능적이고 순전히 동물적인 기쁨을 맛보았다. 그러나 바로 그 순간 사무실에서 무언가 청천벽력과 같은 소리가 울렸다. 아직도 그의 무례함 때문에 화가 나 있던 중위가 얼굴이 벌겋게 달아올라서, 분명 상처받은 자존심을 보상받으려는 듯이, 그가 들어온 순간부터 바보 같은 미소를 흘리며 그를 바라보고 있던 가엾은 〈화려한 옷차림의 부인〉에게 온갖 화풀이를 해댔던 것이다.

「너는 뭐야, 어떤 계집이야!」 그는 갑자기 목청을 다해 소리쳤다(이때 상복을 입은 부인은 이미 나가고 없었다). 「어젯밤 너희 집에서 무슨 일이 벌어진 거야? 응? 또다시 온 동네가 떠나가라 추태와 난동을 벌였잖아, 패싸움에 주정에. 형무소에 그렇게도 가고 싶나? 내가 벌써 수십 번도 더 경고했었지, 열한 번째에는 절대로 용서하지 않겠다고! 그런데 또다시 이런 일이 생기니, 당신 도대체 어떻게 생겨 먹은 여자야!」

라스꼴리니꼬프는 손에서 서류를 놓칠 뻔했다. 그는 그

렇게 참담하게 욕을 먹고 있는 화려한 옷차림의 부인을 넋이 나간 듯이 쳐다보았다. 그러나 곧 어떻게 된 일인지를 깨닫자, 그는 곧 그 이야기에 큰 흥미를 느끼기 시작했다. 그는 아주 유쾌하게 그의 말을 들으면서, 힘껏 소리 내어서 큰 소리로 웃고 싶어지기까지 했다……. 그의 온 신경은 미친 듯이 날뛰고 있었다.

「일리야 뻬뜨로비치!」 사무관은 걱정이 되어서 무슨 말인가를 하려 했지만, 한번 흥분한 중위를 진정시킬 수 있는 것은 완력뿐이라는 사실을 경험상 잘 알고 있었기 때문에, 그냥 기다려 보기로 하고, 하려던 말을 멈췄다.

화려한 옷차림의 여인으로 말할 것 같으면, 처음에는 그녀도 그 청천벽력 같은 소리에 몸을 떨기 시작했다. 그러나 이상한 일은 욕설이 더 많아지고 심해질수록 그녀의 모습은 더욱 상냥해지고, 미소는 더욱 매혹적으로 변한다는 사실이었다. 그녀는 초조하게 제자리에서 종종걸음을 치며, 말하도록 허락해 줄 때까지 기다리면서 계속 무릎을 굽혀 절을 했다. 그리고 드디어 말할 기회를 잡았다.

「저희 집에서는 어떤 소란도, 패싸움도 벌인 적이 없어요, 서장님.」 그녀는 갑자기 심한 독일식 억양을 쓰면서도 러시아어로 콩을 볶듯이 뻔뻔스럽고 빠른 어조로 말하기 시작했다. 「전혀 그 어떠한 소동도 없었어요. 그 사람들은 들어올 때부터 취해 있었어요. 제가 다 말씀드릴게요, 서장님. 전 잘못이 없어요……. 저희 집은 품위 있는 집이에요, 서장님. 전 항상, 항상, 그 어떤 말썽도 원하지 않아요. 그 사람들이 아주 취해 들어와서 또 술을 세 병이나 시켰어요. 그러고 나서는 한 사람이 다리를 들어서 발로 피아노를 연주하기 시작하잖아요. 그건 저희 집같이 품위 있는 장소에서는 아주 좋지 않은 일이지요. 그러다가 결국 그 사람이 피아노를 망가뜨리고야 말았어요. 정말 예의라곤 조금도 없다고 내가 말을 했지요. 그러니까 그 사람이 병을 들고는, 그것으로 사람들을 뒤에서 치기 시작하잖아요. 그래서 제가 곧 경비원을 불렀고, 까를이 왔어요. 그랬더니 그 사람이 까를을 붙잡고 눈을 쳤어요. 겐리에뜨도 눈을 맞았고요. 전 뺨을 다섯 대나 맞았어요. 저희 집같이 품위 있는 집에서는 너무나 무례한 행동이잖아요, 서장님. 그래서 제가 비명을 질렀지요. 그러니까 그 사람이 운하 쪽으로 난 창문을 열더니 돼지 새끼처럼 그 창으로 도망을 치려는 거예요. 정말 치욕스러워서. 어떻게 돼지 새끼처럼 창을 통해 거리로 도망칠 수가 있어요, 푸이 — 푸이 — 푸이! 하면서요. 정말 치욕적이에요. 그래서 까를이 뒤에서 그 사람의 프록코트를 잡아당겼어요. 그랬더니, 이건 정말이에요, 서장님, 옷소매가 뜯어져 버리잖아요. 그러니까 그 사람이 옷소매 값으로 15루블을 내놓으라고 소리소리를 지르는 거예요. 서장님, 그래서 5루블을 주었어요. 그랬더니 그 천박한 손님이요, 서장님, 그 온갖 난리를 일으킨 거예요! 내가 너희들을 모델로 해서 긴 풍자문을 쓸 테다, 온갖 잡지에 너희에 대해서 다 써버릴 거다, 하면서요.」

「그러니까 작가였구먼?」

「그래요, 서장님. 얼마나 천박한 손님이에요, 서장님. 저희같이 품위 있는 집에서…….」

「됐어, 됐어! 이제 그만! 내가 벌써 말했잖아, 말했지? 내 벌써 몇 번씩이나 말했잖아…….」

「일리야 뻬뜨로비치!」 다시 사무관이 진지한 목소리로 그를 불렀다. 중위가 흘끗 그를 쳐다보자, 사무관이 그에게 고개를 약간 끄덕였다.

「……그러니까, 존경해 마지않는 〈라비자〉 이바노브나, 내가 마지막으로, 정말 이번에는 마지막으로 경고하겠는데…….」 중위는 말을 이었다. 「만일 너희 집에서, 또 한 번만이라도 너희 그 품위 있는 집에서 소동이 일어나면, 그러면 내가 나서서 추군제르[39]를 먹일 테다. 그것도 고상한 말로 해서 그러겠다는 말이야. 그리 알아. 알아들었어? 그래, 문학가니 작가니 하는 작자가 너희 그 〈품위 있는 집〉에서 뜯어진 소맷값으로 5루블을 받았나? 글쟁이라는 것들이 다 그렇지, 뭐!」 그는 경멸하는 눈초리로 라스꼴리니꼬프를 보았다. 「엊그제 선술집에서는 또 이런 일이 있었지. 어떤 놈이 점심을 먹고 난 다음에 돈을 내려고 하지 않는 거야. 그러고는 〈내 당신들을 소재로 풍자문을 쓰겠소〉라고 했다는군. 지난주에는 또 다른 사람이 배를 타고 가다가 존경하옵는 5등 문관 가정의 부인과 딸을 상스러운 말로 모욕했다고 하더군. 최근에 한 식료품 가게에서는 어떤 사람을 밀쳐 내쫓았다고 하고 말이야. 이런 사람들이 다 문인이니 작가니 대학생이니 하는 진리의 선포자들이야……. 퉤! 넌 가봐! 내 조금 있다가 가볼 거야……. 그러니까 조심해! 알아들었어?」

루이자 이바노브나는 서두르듯이 애교를 부리며 사방으로 무릎을 굽혀 절하면서, 문까지 뒷걸음질을 치며 갔다. 그러다가 그녀는 머리카락을 뒤로 활짝 젖히고, 멋지고 빽빽한 금발 구레나룻을 기른, 의젓한 장교와 문가에

39 채찍으로 2백 번을 때리는 군대의 형벌이다.

서 엉덩이를 부딪치고야 말았다. 그가 바로 경찰서장인 니꼬짐 포미치였다. 루이자 이바노브나는 서둘러서 거의 땅바닥에 닿을 듯이 절을 하고는, 종종걸음으로 날아갈 듯이 경찰서에서 나가 버렸다.

「또 한차례, 굉음, 청천벽력, 회오리, 태풍이 불었구먼!」니꼬짐 포미치는 다감한 투로 일리야 뻬뜨로비치에게 말을 걸었다. 「누군가 마음을 상하게 하니까, 또 열이 났군 그래! 저기 계단 아래서도 들리던데.」

「아니 뭐!」일리야 뻬뜨로비치는 점잖고 태연스레 말했다(그는 그냥 〈뭐〉가 아니라, 〈아 — 아니 머 — 어!〉라고 발음하기까지 했다). 그러면서 그는 서류들을 들고 다른 책상으로 자리를 옮겼다. 이때 그는 여전히 한 걸음을 걸을 때마다 발이 나오는 쪽의 어깨를 앞으로 그림같이 멋지게 내뻗으면서 폼을 쟀다. 「자, 좀 보세요, 작가 나리, 아니 학생이랬던가, 그러니까 대학생이었다는 사람이 돈을 지불하지도 않고 차용 증서를 남발하고는 아파트도 비워 주지 않으니, 끊임없이 탄원이 들어오는 겁니다. 그런데 내가 자기들이 있는 데서 담배를 좀 피웠다고 불평을 하지 않습니까! 자기들은 온갖 나쁜 짓을 다 하면서 말이에요. 자, 이 사람을 좀 보세요, 정말 기막히게 멋진 차림 아넙니까?」

「가난은 죄가 아닐세, 이 사람아. 그게 무슨 말인가! 성질이 화약(뽀로흐) 같기로 유명한 자네가 모욕을 참지 못한 거겠지. 하지만 당신도 이 사람의 화를 돋워 놓고는, 스스로도 참지 못하고 한마디한 게 틀림없겠지요?」 니꼬짐 포미치는 말을 이으면서 인자한 눈빛으로 라스꼴리니꼬프 쪽을 보았다. 「공연스레 그러셨습니다. 말씀드리지만, 이 사람은 화약이에요, 화약! 성이 나면 폭발을 해서 다 타버리지요. 그러고 나면 그것으로 끝이에요! 모든 게 사라지고 말지요! 그리고 그 결과로 남는 것은 비단결 같은 마음씨뿐입니다! 연대에서는 이 사람을 〈화약 중위〉라고 불렀답니다……」

「무슨 연대 얘기까지 하고 그러십니까!」 일리야 뻬뜨로비치는 이렇게 소리치면서 여전히 불쾌한 표정을 짓고 있었지만, 그를 그렇게 치켜세워 준 것이 대단히 만족스러운 모양이었다.

라스꼴리니꼬프는 갑자기 그들 모두에게 뭔가 유쾌한 이야기를 해주고 싶었다.

「그렇습니다, 서장님.」 그는 상당히 허물없는 태도로 갑자기 니꼬짐 포미치를 향해 말하기 시작했다. 「제 입장을 좀 헤아려 주십시오……. 제가 무언가 무례한 행동을 했다면, 여러분에게 용서를 구할 생각도 있습니다. 전 가난하고 병든 학생입니다. 가난 때문에 의기소침해져 있는 대학생이지요. (그는 정말로 이렇게 말했다. 〈의기소침해졌다〉고.) 전 휴학한 대학생입니다. 왜냐하면 지금으로서는 혼자 힘으로 삶을 꾸려 갈 수가 없기 때문입니다. 하지만 전 곧 돈을 받게 될 겁니다……. 시골에는 제 어머니와 누이가 있습니다……. 제게 돈을 보내올 거예요. 그럼, 지불하겠습니다. 저의 집주인은 착한 여자입니다만, 제가 과외 자리를 잃고, 넉 달째나 아파트 방세를 물지 않으니까, 화가 나서 제게 음식도 가져다주지 않는군요! 그런데 도대체 이게 무슨 차용 증서인지 도통 알 수가 없어요! 지금은 그분이 제게 이 차용 증서에 따라 돈을 지불하라고 요구하고 있지만, 제가 어떻게 이 돈을 갚을 수 있겠습니까……! 그러니 여러분도 생각해 보세요……!」

「그렇지만 그건 우리들과는 상관없는 일인데요…….」 또다시 사무관이 지적하려고 했다…….

「압니다, 압니다. 당신의 말씀에 전적으로 동감입니다. 그렇지만 저에게도 설명할 기회를 주세요.」 라스꼴리니꼬프는 말을 가로챘다. 그는 사무관에게는 눈도 돌리지 않고, 여전히 니꼬짐 포미치만을 바라보며 말했다. 그리고 또 온갖 노력을 다해 일리야 뻬뜨로비치를 끌어들이려고 했지만, 일리야 뻬뜨로비치는 고집스럽게 서류에 몰두한 채 바쁘다는 듯이 그에게는 주의를 기울이지도 않고 그의 노력을 묵살했다. 「제발, 제 쪽에서도 설명할 기회를 주십시오. 전 그분의 집에서 약 3년간 살았지요. 시골에서 올라온 후 거의 대부분 거기서 살았죠……. 그리고 전에는…… 전에는…… 하지만 제 입장에서 고백 못 할 이유도 없겠지요. 저는 처음부터 그분의 딸과 결혼하기로 약속했었습니다. 그건 물론 말로만 한 완전히 자유로운 약속이었습니다만…… 그 아가씨는…… 하지만 저는 그 아가씨가 마음에 들기까지 했어요……. 사랑에 빠지지는 않았지만…… 한마디로 젊었던 거지요. 그러니까 이 말을 하고 싶은 겁니다. 여주인은 그때 제게 돈을 그냥 많이 빌려주었고, 저도 일부는 그런 식으로 살아가고 있었습니다……. 제가 너무 생각이 짧았던 거지요…….」

「사생활에 대해 이야기할 것까지는 없어요. 게다가 들어 줄 시간도 없고.」 일리야 뻬뜨로비치는 승리감을 느끼며 거칠게 말을 끊으려 했지만, 라스꼴리니꼬프는 그의 말을 가로막고, 갑자기 말하기가 힘들어졌는데도 열심히 말을 계속 이었다.

「하지만 제발, 조금이라도 제가 모든 것을 말할 수 있도록 해주십시오……. 어떤 일이 있었는지……. 차근차근…… 이런 말을 하는 것이 쓸데없는 짓이겠지만요. 당신의 말씀에 공감합니다. 그렇지만 1년 전에 그 아가씨가 티푸스로 죽었습니다. 그래서 전 예전처럼 세입자로 남게 되었지요. 그런데 여주인이 지금의 집으로 이사 오게 되자, 어느 날 제게 말하더군요……. 제게 친절하게 이런 말을 했습니다……. 자기는 나를 완전히 믿고 있으니 그걸로 됐다고요……. 하지만 내가 진 빚 1백50루블에 대한 차용 증서를 써줄 수는 없겠느냐고 하더군요. 그분은 이렇게 말했습니다. 제가 차용 증서를 써주기만 하면, 결단코 자기는 — 이건 그분 자신의 말입니다 — 제가 돈을 갚을 때까지 그 증서를 절대로 이용해 먹지 않겠다고요……. 그런데 이제 제가 과외도 떨어져 나가고, 먹을 게 하나도 없으니까, 독촉장을 낸 겁니다……. 이런데 제가 무슨 말을 하겠습니까?」

「그 감동적이고 시시콜콜한 이야기는, 선생, 우리와는 아무 상관이 없는 일이오.」 일리야 뻬뜨로비치는 거칠게 말을 끊었다. 「당신은 반드시 답변서를 써야 해요. 또 당신이 사랑에 빠졌다든지 하는 그 감상적인 대목은 전혀 우리가 알 바 아니지.」

「그게 무슨 말인가……, 말이 너무 심하군…….」니꼬짐 포미치는 책상에 걸터앉아, 역시 서류에 서명을 시작하면서 중얼거렸다. 그는 왠지 듣기 거북했던 모양이었다.

「쓰십시오.」사무관이 라스꼴리니꼬프에게 말했다.

「뭐라고 쓸까요?」그는 웬일인지 유난히 무뚝뚝하게 물었다.

「제가 불러 드리겠습니다.」

라스꼴리니꼬프는, 사무관이 그의 고백을 들은 다음부터 자신을 홀대하고 무시하는 것처럼 느꼈다. 그러나 이상하게도 문득 누가 자기에 대해 무슨 생각을 하든 결국 마찬가지라는 생각이 들었다. 이러한 심경의 변화는 실로 한순간에 일어난 일이었다. 만일 그가 조금이라도 생각했다면, 그는 1분 전에 왜 자기가 그들에게 그런 이야기를 했는지, 왜 그들에게 자기 감정을 강요할 생각을 했는지 스스로 놀라지 않을 수 없었을 것이다. 도대체 어디서 그런 감정들이 솟아났을까? 그러나 지금은 그와는 정반대로 그 방 안에 경찰관들이 아니라 가장 절친한 친구들이 가득 차 있다 할지라도, 그는 그들에게 해줄 단 한마디의 인간적인 말도 찾아내지 못했을 것이다. 그럴 정도로 그의 마음은 갑자기 공허해졌다. 괴롭고도 끝없는 고독감과 음울한 소외감이 갑자기 뚜렷하게 그의 영혼 속으로 파고들었다. 그의 심경을 단번에 바꿔 놓은 것은 자기가 일리야 뻬뜨로비치에게 속마음을 고백한 어리석음을 자각해서도 아니었고, 그에 대해 중위가 느꼈을 비열한 승리감 때문도 아니었다. 오, 지금 이 순간 자기의 야비함이나 이 무리의 자존심이나 중위나 독촉장이나 사무실 따위가 무슨 상관이 있겠는가! 그는 이 순간 사람들이 그를 화형에 처한다고 할지라도, 눈 하나 깜짝하지 않았을 것이다. 아니, 아마 그 선고에는 주의도 기울이지 않았을 것이다. 그의 마음속에는 예전에 미처 몰랐고, 또 이제껏 한 번도 겪어 보지 못한 무언가 낯설고 새롭고 갑작스러운 변화가 일어났다. 이 변화를 그는 머리로 이해했다기보다는 감각이 지닐 수 있는 모든 힘으로 뚜렷하게 느낀 것이다. 조금 전과 같은 감상적인 심경의 토로는 물론이고, 이제 어떤 말이든 더 이상은 경찰서의 사람들에게 한마디도 해서는 안 된다는 사실을 그는 뚜렷이 느꼈다. 그리고 설사 이들이 경찰이 아니라, 그와 피를 나눈 형제자매라고 할지라도, 앞으로 사는 동안 그 어떤 경우에도 그들에게 말을 걸 필요가 없다는 사실을 깨달았다. 그는 이제껏 한 번도 이처럼 기이하고도 무서운 감각을 겪어 본 적이 없었다. 가장 괴로웠던 것은 그것이 의식이나 관념이었다기보다는 감각이었다는 점이다. 이것은 그가 여태껏 인생에서 겪어 본 온갖 종류의 감각 중에서도 가장 직접적이고, 가장 괴로운 감각이었다.

사무관은 이런 경우에 쓰게 되는 일상적인 답변서를 그에게 불러 주기 시작했다. 즉 나는 지금 빚을 갚을 수 없지만, 언제까지 갚겠다고 약속을 하며, 이 도시를 떠나지 않고, 재산도 팔지 않을 것이며, 증여도 하지 않겠다는 따위의 말들이었다.

「당신은 제대로 쓰지도 못하는군요. 펜을 손에서 놓치겠습니다.」사무관은 라스꼴리니꼬프를 호기심 어린 눈으로 바라보면서 지적했다. 「어디 아프십니까?」

「예…… 어지러워서요……. 계속 부르십시오!」

「이제 됐습니다. 서명하십시오.」

사무관은 서류를 접수하고, 다른 일을 보기 시작했다.

라스꼴리니꼬프는 펜을 주고는, 일어서서 나갈 생각은 하지 않고, 양 팔꿈치를 책상에 기대고 손으로 머리를 감싸 안았다. 꼭 정수리에 못이라도 박힌 듯한 느낌이었다. 이상한 생각이 갑작스럽게 그의 머릿속에 떠올랐다. 지금 일어나서 니꼬짐 포미치에게 다가가 어제 있었던 일들을 모조리 상세하게 이야기하고, 그다음 함께 아파트로 가서 그들에게 구석의 구멍 속에 있는 물건들을 보여 주자는 생각이었다. 이 충동은 너무나 강렬해서 그는 그 일을 실행하려고 벌써 자리에서 일어서기까지 했다. 〈1분만이라도 더 생각해 봐야 하지 않을까?〉 그의 뇌리에 이런 생각이 스쳤다. 〈아냐, 생각하지 않는 게 더 나아. 홀가분하게 어깨에서 짐을 내려 버리자!〉 그런데 바로 그 순간 그는 갑자기 못 박힌 사람처럼 그 자리에서 우뚝 서 버렸다. 니꼬짐 포미치가 흥분해서 일리야 뻬뜨로비치에게 말을 하고 있었다. 그리고 그 소리가 그의 귓전까지 들려왔다.

「그럴 리 없네. 나는 그 두 사람을 풀어 줄 걸세! 첫째로 모든 게 모순되지 않은가, 생각 좀 해보게. 만일 그들이 살인에 연루되어 있다면 왜 경비원을 불렀겠나? 자기 자신들을 고발하기 위해서 그랬겠나? 아니면 교활하게 속이려고 그랬겠나? 아냐, 그건 좀 너무 지나치게 교활하잖아! 그리고 마지막으로 대학생인 뻬스뜨랴꼬프도 말일세, 그가 안으로 들어갈 때 바로 그 큰 현관 옆에서 경비원 두 사람과 상인 아내가 그를 보았다지 않은가. 그는 친구 세 명과 걸어와서는 바로 문 옆에서 그들과 헤어졌다는데,

아직 친구들과 헤어지기도 전에 경비원들에게 노파의 집을 물었다지 않은가. 만일 살해할 생각이 있었다면, 노파의 집에 대해 물어볼 수 있었겠나? 그리고 꼬흐라는 사람도 노파를 방문하기 전에 아래층에 있는 은도금공의 집에서 30분 정도 앉아 있다가, 8시 15분 전에 노파에게로 올라갔다는 거야. 그러니 생각을 좀 해보게…….」

「하지만 그럼 왜 그들의 진술에서 그런 모순이 튀어나오는 걸까요? 자기들이 문을 두들겼을 때는 문이 잠겨 있었다고 단언했잖아요. 그런데 3분 뒤 경비원과 함께 올라가 보았더니, 문이 열려 있더라니요?」

「바로 그게 문제일세. 살인자는 틀림없이 빗장을 걸고 그 방 안에 앉아 있었던 거야. 만일 꼬흐가 바보짓을 하지 않고 경비원을 부르러 가지만 않았더라도, 틀림없이 그를 붙잡을 수 있었을 텐데 말이야. 바로 그사이에 녀석은 계단을 내려가서, 그들 옆을 지나서 숨었단 말일세. 꼬흐는 양손으로 성호를 그으며 말하더군. 〈만일 내가 거기 남아 있었더라면, 살인자가 튀어나와 나를 도끼로 죽였을 수도 있잖소〉 하고 말이야. 러시아식 감사 예배라도 드리고 싶다고 하더군, 하하……!」

「살인자를 본 사람은 없나요?」

「어떻게 볼 수가 있었겠어요? 그 집은 마치 노아의 방주 같던데.」사무관은 자기 자리에서 귀를 기울이다가 말했다.

「문제는 분명해, 분명한 거야!」니꼬짐 포미치는 여러 번에 걸쳐 같은 말을 반복했다.

「아니요, 전혀 분명치 않습니다.」일리야 뻬뜨로비치가 확언했다.

라스꼴리니꼬프는 모자를 집어 들고, 문을 향해 발걸음을 떼기 시작했지만 문까지 갈 수가 없었다…….

그가 정신을 차렸을 때, 그는 자기가 의자에 앉아 있다는 사실을 깨달았다. 그리고 어떤 사람이 오른쪽에서 그를 부축해 주고, 왼쪽에는 다른 사람이 노란 액체가 가득 담긴 노란 컵을 들고 서 있었다. 니꼬짐 포미치는 그의 앞에 서서 뚫어지게 그를 쳐다보았다. 그는 의자에서 일어났다.

「왜 그러십니까, 어디 아프십니까?」니꼬짐은 약간 무뚝뚝한 말투로 물었다.

「서명을 할 때도, 겨우겨우 펜을 쥐고 있었어요.」사무관은 자기 자리에 앉아서, 서류를 다시 들여다보며 말했다.

「아픈 지 오래됐소?」일리야 뻬뜨로비치는 자기 자리에서 서류를 넘기며 큰 소리로 물었다. 그도 물론 환자가 기절했을 때 그를 살펴보러 왔었지만, 그가 정신을 차리자 곧 자리를 떴던 것이다.

「어제부터요…….」라스꼴리니꼬프는 중얼거리듯이 대답했다.

「어제는 집 밖으로 나갔었소?」

「나갔습니다.」

「아픈데도요?」

「아픈데도요.」

「그게 몇 시였지요?」

「저녁 8시가 넘어서였습니다.」

「어디로 갔는지 물어도 되겠소?」

「거리를 쏘다녔습니다.」

「짤막하고 분명하군.」

라스꼴리니꼬프는 백지장처럼 창백한 얼굴로 일리야 뻬뜨로비치의 시선을 받으며, 검고 타는 듯한 시선을 떨구지 않고서 무뚝뚝하게 띄엄띄엄 대답했다.

「간신히 서 있는 사람에게 자네는…….」니꼬짐 포미치가 참견하려 했다.

「그럼, 뭐가 어때서요!」일리야 뻬뜨로비치는 뭔가 이상하다는 듯이 말했다. 니꼬짐 포미치는 다시 무슨 말을 덧붙이려고 했지만, 역시 그를 아주 뚫어지게 쳐다보고 있는 사무관을 보자, 입을 다물었다. 모두들 갑자기 입을 다물었다. 이상했다.

「그럼, 좋소.」 일리야 뻬뜨로비치는 말했다. 「더 이상 당신을 붙들어 두지 않겠소.」

라스꼴리니꼬프는 밖으로 나왔다. 그가 나오자마자, 방 안에서 열띤 대화가 시작되는 소리가 들렸다. 그중에서도 니꼬짐 포미치의 의심에 가득 찬 목소리가 가장 크게 울리고 있었다……. 그는 거리에 나와서야 정신을 완전히 차렸다.

〈수색, 가택 수색이다. 이제 수색을 할 것이다!〉 그는 혼잣말로 이렇게 반복하면서 서둘러 집으로 갔다. 〈도둑놈들, 의심을 하다니!〉 아까와 같은 공포가 다시 그의 온몸을 머리끝에서 발끝까지 사로잡았다.

2

〈벌써 가택 수색을 했으면 어떻게 하지? 만일 그들과 집에서 마주치면 어떻게 하지?〉

그는 벌써 자기 방에 와 있었다. 아무 일도 없다. 아무도

없다. 누구 한 사람 들여다본 사람도 없다. 나스따시야조
차도 방을 건드리지 않았다. 하지만, 맙소사! 아까는 어떻
게 물건들을 그 구멍 속에 그대로 남겨 놓은 채 나갈 수 있
었단 말인가?

그는 구석으로 달려가 벽지 밑에 손을 집어넣고 물건들
을 꺼낸 다음, 호주머니에 쓸어 넣기 시작했다. 전부 합쳐
서 여덟 개의 꾸러미였는데, 귀고리 같은 것이 든 — 그는
잘 살펴보지 않았던 것이다 — 작은 상자 두 개, 양피로 만
든 작은 주머니 네 개, 신문지에 둘둘 싸인 목걸이 하나,
그 밖에 신문지에 싼 훈장 같은 것이 있었다…….

그는 이리저리 물건들을 주머니에 집어넣었다. 그는 외
투와 남아 있는 오른쪽 바지 주머니에 표가 나지 않도록
물건들을 나눠서 집어넣었다. 지갑 역시 물건들과 함께
꺼냈었다. 그러고 나서 이번에는 문을 활짝 열어 놓은 채
로 방을 나섰다.

그는 빠른 걸음으로 당당하게 걸었다. 온몸이 부서지는
것같이 아팠지만, 의식만은 또렷했다. 그는 추적이 두려
웠다. 반시간 후, 아니 15분 후에라도 미행을 당하지나 않
을까 두려웠다. 그러므로 무슨 일이 있어도 그 시간 안에
증거물들을 인멸해야 했다. 그나마 기력과 판단력이 남아

있는 동안, 이 모든 일을 처리해야만 했다. 그런데 어디로 가야 할 것인가?

행선지는 이미 오래전에 결정되어 있었다. 〈모조리 강물에다 던져 버리는 거야. 증거물을 강물에 던지고 나면 일은 끝나는 거다.〉 그는 벌써 어젯밤 〈어서, 어서 모든 것을 버려야 해〉라고 헛소리를 하면서 몇 번씩이나 일어나 나가려고 했을 때, 이미 이렇게 결정해 두었던 것이다. 그는 이 사실을 기억하고 있었다. 그러나 버리는 것도 무척 어려운 일이었다.

그는 예까쩨린스끼 운하의 주변을 벌써 30분이나, 아니 어쩌면 그보다 더 오랫동안 헤매고 다니면서, 눈에 띌 때마다 몇 번씩이고 물가로 내려가 보았다. 그러나 계획을 실행에 옮길 엄두가 나지 않았다. 어떤 곳에서는 물가에 빨랫대가 설치되어 있어서 세탁부들이 빨래를 하고 있는가 하면, 또 다른 곳에는 배가 매어져 있는 등 하여간 여기저기에서 사람들이 들끓었다. 강변의 어디에서고 사방이 탁 틔어 있었기 때문에 사람들 눈에 띄기도 쉬웠다. 어떤 사람이 일부러 강가로 내려와 멈춰 서서 강에 무언가를 버린다는 것은 의심을 살 만한 행동이기도 했다. 게다가 작은 상자들이 물에 가라앉지 않고, 그대로 떠내려간다면 어떻게 할 것인가? 물론 그렇게 될 것이다. 그러면 사람들이 발견하게 될 것이다. 그렇지 않아도 유독 그에게만 무슨 볼일이 있다는 듯이, 마주치는 사람들마다 그를 흘끗흘끗 쳐다보고 뒤를 돌아보는데. 〈왜 이러는 거지? 아니면 나만 그렇게 생각하는 걸까?〉

마침내 차라리 네바 강 쪽으로 가는 편이 낫겠다는 생각이 떠올랐다. 거기는 사람들의 왕래가 적어서 눈에 띨 염려도 적고, 또 어쨌든 더 유리할 것이다. 특히 좋은 점은 여기에서 멀리 떨어져 있다는 점이다. 그는 갑자기 소스라치게 놀랐다. 이렇게 위험한 장소를 30분 내내 비탄과 불안에 휩싸여 헤매었는데, 어떻게 좀 더 빨리 그런 생각을 하지 못했을까! 비몽사몽간에 무턱대고 결정해 버린 그 비합리적인 일에 30분이나 낭비하다니! 극도로 정신이 산란하고 기억도 흐릿했다. 그 자신도 그걸 느낄 수 있었다. 어서 서둘러야만 한다!

그는 V 대로를 따라 네바 강을 향해 걷기 시작했다. 그러나 도중에 갑자기 이런 생각이 들었다. 〈왜 꼭 네바 강으로 가야 하는 걸까? 왜 꼭 물에 빠뜨려야 하는 거지? 어디 멀리 섬에라도, 그런 곳에라도 나가서 인적이 드문 숲 속의 관목 밑에라도 물건들을 묻고 표시를 해두면 되지 않을까?〉 그는 그 순간 자기가 모든 것을 분명하고 옳게 판단할 능력이 없다는 것을 알고 있었지만, 그가 보기에 이런 생각이 그다지 잘못된 것 같지는 않았다.

그러나 그는 섬으로 갈 운명이 아니었던지, 전혀 다른 방식으로 일이 해결되었다. V 대로에서 광장 쪽으로 나가다가 그는 문득 왼편으로 삭막한 벽에 둘러싸인 마당의 출입구를 보았다. 출입구에 들어서 보니, 오른쪽에 창이 없는 4층짜리 건물의 우중충한 벽이 안마당을 향해 길게 뻗어 있었다. 창이 없는 벽과 나란히 출입구의 왼쪽으로는 나무 담장이 스무 걸음 정도 마당 안쪽으로 둘러쳐진 다음 왼쪽으로 꺾여 있었다. 그곳은 인적이 드물고 사방이 막힌 장소로 작업 자재들을 놓아두는 곳 같았다. 저 멀리 마당의 훨씬 안쪽에는 분명 어떤 작업장의 일부인 것 같은, 연기에 그을은 낮은 석조 창고의 한 귀퉁이가 보였다. 그곳은 마차 제작소이거나 아니면 철공소 같았다. 바로 출입구에서부터 사방이 석탄가루에 뒤덮여 있었다. 〈버리기에 딱 안성맞춤이로구나, 여기에 버리고 가자!〉 그는 순간적으로 생각했다. 마당에 아무도 없는 것을 확인하고, 그는 출입구 안으로 들어갔다. 그는 문 바로 옆에 있는 나무 담장을 따라 길게 뻗어 있는 하수관을 보았다.

그 담장에는 그런 장소에 으레 적혀 있기 마련인 〈소변 금지〉라는 뜻의 재미있는 글귀가 분필로 씌어 있었다. 그러니 여기 들어와서 멈춰 선다 해도 의심을 받을 여지가 없었으므로 또 좋았다. 〈이곳의 작업 자재들 속에 몽땅 버리고 떠나자!〉

다시 한 번 주위를 찬찬히 둘러보면서 그는 벌써 주머니에 손을 집어넣었다. 그러다가 문득 바로 외벽 옆, 즉 출입문과 하수관 사이의 폭이 1아르신 정도 되는 공간에서 그는 가공되지 않은 큰 바위를 발견했다. 무게가 약 1뿌드 반[40] 정도 되어 보이는 돌은 거리 쪽의 벽에 꼭 붙어 있었다. 그 벽 너머에는 거리와 인도가 있어서 행인들이 여기저기 뛰어다니는 소리가 들려왔다. 그쪽으로는 행인들의 왕래가 언제나 적지 않았던 것이다. 그러나 누구든 거리에서 이곳으로 들어와 보면 모를까, 출입구 너머에서는 아무도 그를 볼 수가 없었다. 그러나 그런 일은 충분히 있을 수 있는 일이었으므로 서둘러야만 했다.

그는 몸을 굽혀 돌의 윗부분을 양손으로 그러쥐고 온 힘을 다해 돌을 뒤집었다. 돌 아래로 깊지 않은 구덩이가

40 뿌드는 구 러시아의 중량 단위로, 1뿌드는 16.38킬로그램이다. 그러므로 1뿌드 반은 약 25킬로그램이 된다.

242

만들어졌다. 재빨리 그는 그 구덩이 속에 주머니에 있던 물건들을 모조리 던져 넣기 시작했다. 지갑은 맨 위에 놓았다. 그래도 여전히 구덩이 속의 공간은 넉넉했다. 그다음 그는 다시 돌을 붙잡고 단번에 그것을 원래대로 뒤집어 놓았다. 돌은 전보다는 약간 위로 돌출되었지만 원래의 위치대로 꼭 맞게 놓여졌다. 그는 돌 언저리에 흙을 긁어모아다가 발로 다져 놓았다. 모든 게 감쪽같았다.

그러고 나서 그는 밖으로 나와 곧장 광장을 향해 발걸음을 옮겼다. 다시 한 번 경찰서에서 맛보았던 것과 같은 참을 수 없이 강렬한 기쁨이 순식간에 그를 사로잡았다. 〈증거는 인멸되었다! 어느 누가, 어느 누가 그 돌 밑을 뒤져 볼 생각을 하겠는가? 그 돌은 집이 지어질 때부터 그곳에 있었고, 앞으로도 계속해서 그렇게 박혀 있을 것이다. 그 물건들을 찾아낸다고 해도, 누가 나를 의심하겠는가? 모든 것은 끝났다! 증거물이 사라진 것이다!〉 그는 웃기 시작했다. 그는 나중에 자기가 소리 죽여 신경질적으로 오랫동안 웃었다고 기억했다. 그는 계속해서 웃고 또 웃으며 광장을 가로질러 갔다. 그러나 사흘 전에 소녀와 마주쳤던 K 산책로로 들어서자, 웃음은 이내 사라졌다. 다른 생각이 그의 머릿속에 떠오른 것이다. 그는 갑자기 소녀가 떠난 다음 자기가 앉아서 생각에 잠겼던 그 벤치 옆을 지나는 것이 무척 혐오스럽게 느껴졌다. 당시 20꼬뻬이까를 준 그 콧수염의 순경과 마주치는 것 역시 괴롭게 생각되었다. 〈제기랄!〉

그는 증오에 가득 찬 시선으로 여기저기 주위를 둘러보며 걸었다. 그의 생각은 지금 온통 한 가지 중요한 지점을 맴돌고 있었다. 그것이야말로 정말 중요한 일이라는 것을, 지금에서야 그가 그 중요한 일과 1대 1로 대면하게 되었다는 것을, 그리고 이것은 지난 두 달 이후로 처음 있는 일이라는 것을 그 자신도 느끼고 있었다.

〈빌어먹을!〉 그는 갑자기 격렬한 증오심으로 발작 상태에 빠져 이렇게 생각하기 시작했다. 〈그래, 시작되었단 말이지, 이렇게 시작되었단 말이지. 노파니 새로운 삶이니 하는 것은 다 악마에게나 잡혀가라고 해! 맙소사! 이 모든 일이 얼마나 추악한가……! 나는 오늘 얼마나 많은 거짓말을 했고, 얼마나 많은 비열한 짓을 했던가! 나는 또 얼마나 비열하게 일리야 뻬뜨로비치에게 아첨을 하고 아양을 떨었던가! 하지만 그런 건 아무것도 아니다! 그들 모두에게, 그리고 내가 아양을 떨며 비위를 맞춘 것에도 침이나 뱉어 버리자! 그게 문제가 아니다! 문제는 그게 아니다……!〉

그는 갑작스럽게 발걸음을 멈췄다. 새롭고 전혀 뜻하지 않았던, 너무나 단순한 질문이 순식간에 그를 당황하게 만들었고, 경악하게 했던 것이다.

〈만일 정말로 네가 이 모든 일을 의식적으로 행한 것이라면, 바보스럽게 어쩌다가 그냥 저지른 게 아니라, 만일 진정으로 어떤 일정하고 확고한 목적이 있었던 거라면, 너는 왜 지금까지도 지갑을 들여다보지 않았고, 네가 무엇을 훔쳤는지 알아보지도 않았느냐? 그러면서 왜 넌 온갖 고통을 감내하며, 이런 비열하고 추악하고 저급한 짓을 의도적으로 저질렀느냐? 그런데 너는 조금 전에 그 지갑을 물에 던지려고 했다, 네가 아직까지 열어 보지도 않은 물건들과 함께 말이다…… . 도대체 어떻게 된 셈인가?〉

그랬다. 그건 그랬다. 그건 모두 맞는 말이었다. 그는 이것을 예전부터 알고 있었고, 이건 그에게 전혀 새로운 질문이 아니었다. 지난밤에 물에 버리기로 작정했을 때도 그 어떤 흔들림이나 갈등도 없이, 마치 당연히 그래야 하는 것처럼, 그리고 다른 어떤 것도 불가능한 것처럼 그는 그렇게 결정을 내렸던 것이다…… . 그렇다, 그는 그것을 잘 알고 있었고, 다 기억하고 있었다. 어쩌면 어제 그가 궤 옆에 쭈그리고 앉아 상자들을 끄집어냈던 바로 그 순간에 그는 그렇게 결정을 내렸는지도 모른다……. 아니, 사실 그랬던 것이다……!

〈내가 병이 나서 이러는 거야.〉 그는 마침내 우울하게 이런 결론을 내렸다. 〈나는 나 자신을 괴롭히고 학대한 나머지 스스로도 무슨 짓을 하고 있는지 모르고 있는 거야……. 그리고 어제도, 그제도 나는 계속해서 나 자신을 괴롭혔다……. 건강을 회복하면…… 나를 학대하지 않게 될 거야……. 그런데 건강이 회복되지 않으면 어떻게 하지? 오, 세상에! 이 모든 것이 정말로 지겹기만 하다……!〉 그는 발걸음을 멈추지 않고 계속해서 걸었다. 그는 어떻게 해서든 기분을 완전히 바꿔 보고 싶었지만, 어떻게 하면 좋을지, 어떤 조치를 취해야 할지 몰랐다. 한 가지 극복할 수 없는 새로운 감정이 시간이 지날수록 더욱 강하게 그를 사로잡았다. 그것은 마주치는 모든 것, 주변의 모든 것에 대한 끊임없는, 거의 생리적이라고도 할 수 있는 혐오감이었다. 그것은 집요하고 사악한, 증오에 가득 찬 혐오감이었다. 그는 마주치는 모든 사람들이 혐오스러웠다. 그들의 얼굴, 발걸음, 행동거지, 모든 것이 그랬다. 만일 그때 누군가 그에게 말을 걸었다면, 그는 그 사람이 누구이든 상관없이 그에게 침을 뱉든지, 그를 물어뜯어 버렸을 것이다…….

그는 바실리예프스끼 섬에 있는 소(小)네바 강변으로 나와서 다리 옆에 돌연 멈춰 섰다. 〈그래 바로 여기에, 이 집에 그가 살고 있지.〉 그는 생각했다. 〈무슨 영문일까, 어쩌다가 라주미힌에게로 오게 된 거지! 그때와 똑같은 일이 일어났군……. 하지만 정말 궁금하다. 내가 내 발로 이곳에 온 것일까, 아니면 걷다 보니 이곳으로 오게 된 것일까? 이러나저러나 상관없다. 나는 사흘 전에…… 일을 저지르고 난 다음 날 그에게로 가리라고 생각하지 않았던가. 그러니 가보자! 내가 지금 못 들어갈 이유도 없지 않은가…….〉

그는 5층에 살고 있는 라주미힌에게로 올라갔다.

그는 집에 있었고, 좁은 방에 앉아 무언가를 쓰고 있다가 직접 문을 열어 주었다. 그들이 못 만난 지도 벌써 4개월이나 되었다. 라주미힌은 넝마가 다 되도록 낡은 실내복을 걸치고, 맨발에 실내화를 신고, 엉클어진 머리에 수염도 깎지 않고, 세수도 하지 않은 채 앉아 있었다. 그는 놀란 표정을 지었다.

「어떻게 된 일이야?」 그는 들어온 친구를 머리끝에서 발끝까지 훑어보며 소리 질렀다. 그러고는 말없이 휘파람을 붙었다.

「정말로 그렇게 형편이 안 좋은 거야? 이 친구야, 옷이 굉장하군.」 그는 라스꼴리니꼬프의 넝마 같은 옷을 보고 덧붙여 말했다. 「자, 앉아. 지쳐 보이는데!」 라스꼴리니꼬프가 자기 것보다 훨씬 형편없이 낡은 방수포를 씌운 터키식 소파에 털썩 주저앉자, 라주미힌은 그의 손님이 병에 걸렸다는 사실을 문득 알아차렸다.

「너 병이 났구나. 괜찮니?」 그는 그의 맥을 짚어 보려고 했다. 그러나 라스꼴리니꼬프는 손을 뿌리쳤다.

「필요 없어.」 그는 말했다. 「……일이 필요해서 왔어. 지금 난 수업도 없고…… 그래서 좀 얻어 보려고……. 아니, 나는 과외 공부 자리가 전혀 필요하지 않아…….」

「그거 알아? 네가 횡설수설하고 있다는 거!」 그를 뚫어지게 바라보던 라주미힌이 말했다.

「아냐, 그런 게 아냐…….」 라스꼴리니꼬프는 의자에서 일어났다. 라주미힌의 방으로 올라올 때, 그는 그와 이렇게 얼굴을 맞대게 되리라고는 전혀 생각하지 못했다. 그런데 그는 지금 이 순간에, 자기 경험으로 이 순간만큼은 자기가 이 세상의 어느 누구와도 얼굴을 맞댈 기분이 아니라는 사실을 분명히 깨달았다. 그는 울화통이 치밀었다. 그는 라주미힌의 문지방을 넘은 자기 자신에 대한 증오심 때문에 거의 숨이 막힐 지경이었다.

「잘 있어!」 그는 갑자기 이렇게 말하고는 문 쪽으로 가기 시작했다.

「이봐. 서! 서라고! 이런 별종 같으니!」

「필요 없어……!」 그는 다시 손을 뿌리치면서 같은 말을 반복했다.

「이럴 거면 여기에는 뭣 하러 온 거냐! 머리가 어떻게 된 거 아냐? 뭐야? 이건…… 정말 기분 나쁘다……. 이대로는 돌려보내지 못해.」

「그럼, 말할게. 너한테 온 건…… 나는 일을 새로 시작할 수 있도록…… 도와줄 만한 사람을 아무도 모르기 때문이야……. 그리고 너는 다른 사람들보다 착하고, 또 현명하고, 판단력도 훌륭한 사람이니까……. 그런데 지금 이곳에 와서 보니 이제는 아무것도 내게 필요치 않다는 걸 알게 되었어. 알아듣겠지? 정말 아무것도…… 그 누구의 도움도, 동정도 나는 필요 없어……. 나 혼자…… 나 혼자서…… 이제 됐어! 나를 가만히 내버려 둬!」

「잠깐 기다려! 이런 굴뚝 청소부 같으니! 완전히 미쳤구나! 너 하고 싶은 대로 해라. 그런데 내게도 수업은 없

어. 그리고 그런 일엔 침이나 뱉어 버려. 대신 똘꾸치 서점
상 헤루비모프한테서 일을 얻었는데, 이것도 일종의 수업
이나 마찬가지야. 난 이제 그 일을 상인 다섯 집의 수업과
도 바꾸지 않을 셈이야. 그 사람은 출판일을 하고 있는데,
자연 과학 책을 펴내고 있어. 그리고 얼마나 잘 팔리는지
몰라! 제목 하나만 번역해도 얼마나 값어치가 나가는데!
너는 언제나 내가 어리석다고 했지. 그런데 말이야, 나보
다 더 어리석은 사람들도 있더라! 그 사람은 최신 경향이
이러니저러니 하고 있지만, 사실은 자기도 무슨 소리를
하는지 모르는 바보야. 그래도 나는 그를 추켜세우고 있
지. 자, 여기 독일어로 된 텍스트 두 장이 있어. 내 생각으
로는 유식한 척하면서 가장 바보 같은 소리만 늘어놓고
있는 논문이지만 말야. 한마디로 말해서 여자가 인간인가
아닌가를 고찰하고 있더군. 그리고 물론, 인간이라고 장
엄하게 증명하고 있지. 헤루비모프는 여성 문제에 관한
소책자[41]를 준비하고 있고, 나는 번역을 맡았어. 그는 두
장 반의 길이를 여섯 장으로 늘리고, 반쪽이나 되는 화려

41 여성 문제(즉 여성의 권리에 대한 문제)는 1860년대 보수주의적 언론
과 진보주의적인 언론 매체 양쪽에서 모두 뜨거운 논쟁의 대상이었다. 특별
히 여성의 권리를 옹호한 사람은 M. L. 미하일로프와 N. G. 체르니셰프스끼,
그리고 잡지 『현대인』의 시사 평론가들이었다.

한 제목을 붙여서는 50꼬뻬이까에 팔려고 해. 수지가 맞는 장사야! 번역료로 내게 장당 6루블을 선불로 주겠다고 하니 전부 합치면 15루블이야. 난 미리 6루블을 받아 뒀어. 이것을 마치고 나면 고래에 대한 번역을 시작할 거야. 그다음엔 『고백록』[42]의 2부 중에서 제일 지루한 수다 부분을 벌써 골라 놓았으니까, 그걸 번역할 참이야. 누군가 헤루비모프에게 루소가 라지쉬체프[43]와 같다는 말을 했다나 봐. 물론 나도 그 의견에 반대하지는 않아. 아무러면 어때! 자, 여기 『여자는 인간인가』의 두 번째 페이지를 번역해 볼래? 원한다면 지금 텍스트와 펜, 종이를 가져가도 좋아. 이건 다 저쪽에서 대주는 거니까. 그리고 3루블도 가지고 가라. 내가 첫 번째, 두 번째 장에 대한 번역료로 미리 받은 것이니까, 네 몫으로 3루블이 돌아가는 거야. 또 한 장을 번역해 주면 3루블을 더 받을 수 있어. 그리고 또 하나는, 내가 너를 동정해서 이 일을 주는 거라고는 생각하지 말라는 거야. 첫째, 난 철자법에 서투르고, 둘째, 독

42 J.-J. 루소(1712~1778)의 자전적인 작품 『고백록 *Les Confessions*』을 일컫는 것이다.
43 A. N. 라지쉬체프(1749~1802)는 18세기 말 러시아의 계몽주의적인 사상가이자 작가이다. 1790년에 출판된 그의 저서 『뻬쩨르부르그에서 모스끄바로의 여행』은 여행자의 수기 형식을 빌려 당대 농노 제도의 참상을 고발한 책으로 유명하다.

일어가 시원치 않아서 가끔 창작을 하는 경우가 있거든. 그게 더 나을 거라고 위안을 하고는 있지만, 혹시, 누가 알아? 더 나아지기는커녕 오히려 망쳐 놓고 있는 건지……. 가져갈 거야?」

라스꼴리니꼬프는 묵묵히 독일어 논문과 3루블을 받아 들고는, 한마디의 말도 없이 밖으로 나가 버렸다. 라주미힌은 아연실색해서 그의 뒷모습을 바라보았다. 그러나 첫 번째 골목에 도달하기도 전에 그는 갑자기 라주미힌에게 되돌아왔다. 그리고 그는 책상에 독일어 논문과 3루블을 내려놓고, 다시 한마디의 말도 없이 밖으로 나갔다.

「너, 과음을 해서 섬망증에라도 걸렸나 보구나!」 마침내 화가 난 라주미힌이 소리쳤다. 「이게 무슨 코미디야! 돌겠군……. 이럴 거면 너, 나한테는 왜 온 거냐? 제길!」

「필요 없어……. 번역 따윈…….」 라스꼴리니꼬프는 벌써 계단을 내려가면서 중얼댔다.

「그럼, 도대체 네게 필요한 게 뭐니?」 위에서 라주미힌이 소리쳤다. 그는 말없이 계속 내려갔다.

「어이, 이봐! 집은 어디야?」

대답이 없었다.

「제기랄, 네 마음대로 해……!」

그러나 라스꼴리니꼬프는 이미 거리에 나와 있었다. 그는 니꼴라예프스끼 다리에서 아주 불쾌한 일을 당한 이후에야, 다시금 정신을 차렸다. 어느 마부가 서너 번씩이나 그에게 소리를 쳤는데도, 그가 하마터면 말발굽 밑에 깔릴 뻔했기 때문에, 채찍으로 그의 등을 세차게 후려쳤던 것이다. 채찍에 맞아서 격노한 그는 난간 쪽으로 비키며 (그가 왜 인도가 아니라 마차가 다니는 다리의 한가운데를 걸었는지 알 수 없는 일이었다), 이를 갈았다. 물론 주위에서는 웃음소리가 일었다.

「꼴좋다!」

「사기꾼 같으니.」

「술에 취한 척하고는 바퀴 아래로 들어가려는 거야. 배상금을 타내려는 거지.」

「그걸로 먹고사는 거예요, 그걸로 먹고살아요…….」

그러나 그는 난간 옆에 서서, 멍하니 증오에 찬 시선으로 멀어져 가는 마차를 노려보며 등을 문질렀다. 그때 그는 문득 누군가 그의 손에 돈을 쥐어 주는 것을 느꼈다. 그는 돌아보았다. 수건을 쓰고 양가죽 단화를 신은 중년의 상인 부인이 모자를 쓰고 녹색 양산을 든 아가씨를 데리고 서 있었다. 딸인 모양이었다. 「받으세요, 아저씨. 예수님의 이름으로요.」 그가 돈을 받아 들자, 그들은 제 갈 길을 갔다. 그들이 준 돈은 20꼬뻬이까짜리 은화였다. 그의 옷차림과 모습으로 보아 그들이 그를 진짜 걸인으로 생각한 것도 무리는 아니었다. 그들은 그가 채찍에 맞은 것이 측은해서 20꼬뻬이까를 적선했을 것이다.

그는 손에 20꼬뻬이까 은화를 꼭 쥐고 열 걸음 정도를 가다가 궁전이 보이는 네바 강 쪽으로 얼굴을 돌렸다. 하늘에는 구름 한 점 없었고, 강물은 좀처럼 볼 수 없는 짙푸른빛을 띠고 있었다. 성당의 부속 예배당 건물에서 채 스무 걸음도 떨어지지 않은 이곳 다리 위에서 가장 아름다운 자태를 드러내는 성당의 궁륭 지붕은 오늘따라 찬란하게 빛나고 있었다. 청명한 공기로 인해 지붕의 세세한 장식들까지도 낱낱이 보일 정도였다. 채찍에 맞은 아픔이 가라앉자, 라스꼴리니꼬프는 맞았다는 사실조차 잊어버렸다. 한 가지 불안하고, 또 분명하지 않은 상념이 지금 그를 유달리 괴롭혔다. 그는 우두커니 서서 먼 곳을 오랫동안 뚫어지게 바라보았다. 이곳은 그에게 특히 낯익은 장소였다. 대학을 다닐 때, 그는 ― 대개는 집으로 돌아가는 길이었지만 ― 백 번도 넘게 바로 이 장소에 서서 이 멋진 광경을 물끄러미 바라보곤 했다. 그때마다 그는 혼란스럽고 알 수 없는 느낌에 놀라곤 했다. 이 위대한 정경에서 그는 언제나 어떤 설명할 수 없는 한기를 느꼈던 것이다. 그가 보기에 이 화려한 정경은 말도 못 하고 듣지도 못하는 혼령으로 가득 차 있는 것 같았다……. 그는 매번 자신이 받은 음울하고 수수께끼 같은 인상에 경악을 금치 못했다. 그리고 스스로 믿기지 않아서 그 해결을 먼 미래로 미뤄 버리곤 했다. 그런데 바로 지금 갑자기 이런 예전의 질문들과 의혹들이 뚜렷이 되살아난 것이다. 그리고 지금 그것을 상기한 것이 우연한 일은 아닌 것 같았다. 예전과 똑같은 장소에 멈춰 섰다는 사실, 마치 그 자리에 다시 서면 예전과 똑같은 생각을 다시 할 수 있고, 그리 오래되지 않은 그때와 마찬가지로 옛 사상과 정경들에 흥미를 느낄 수 있으리라고 생각하기라도 한 것처럼 자기가 그 자리에 예전처럼 멈춰 섰다는 그 사실 하나도 그에게는 기괴하게 여겨졌다. 그는 웃음이 터져 나올 것 같았지만, 그와 동시에 심장이 아프도록 조여 옴을 느꼈다. 어딘가 저 밑바닥, 바로 발밑 저 아래쪽에 지난날도, 이전의 사상들도, 이전의 의문들도, 이전의 상념들도, 이전의 인상들도, 이 모든 광경들도, 그리고 그 자신도, 그리고 모든 것, 모든 것이 숨겨져 있는 것 같았다……. 그런데 자기는 거기에서 어디론가 날아오르는 것 같고, 모든 것이 그의 눈앞에서 사라진 것 같은 느낌이었다……. 그는 무의식적으로 손을 움직이다가 문득 자기 주먹에 쥐어져 있는 20꼬뻬이까짜리 은화의 감촉을 느낄 수 있었다. 그는 손을 펴서 물끄러미 동전을 바라보다가 팔을 휘둘러 은화를 물속으로 던져 버렸다. 그러고는 몸을 돌려 집을 향해 걷기 시작했다. 그는 이 순간 모든 사람과 모든 것으로부터 자기 자신을 가위로 도려낸 것만 같은 느낌이 들었다.

그가 자기 집에 돌아왔을 때는 이미 저녁 무렵이었다. 여섯 시간 동안이나 돌아다녔던 것이다. 어디로 해서 어떻게 돌아왔는지 그는 거의 아무것도 기억하지 못했다. 옷을 벗고, 몹시 달려 지친 말처럼 그는 온몸을 떨며 소파에 누워, 외투를 끌어당겨 덮고는 곧장 잠에 빠져들었다…….

완전히 땅거미가 졌을 때, 그는 무시무시한 비명 소리 때문에 잠을 깼다. 맙소사, 대체 이게 무슨 비명 소리란 말인가! 그렇게 부자연스러운 소리, 그런 고함 소리, 통곡 소리, 이를 가는 소리, 눈물과 구타와 욕설을 그는 단 한 번도 듣고 목격해 본 적이 없었다. 그는 그런 짐승 같은 행위와 광분을 상상조차 할 수 없었다. 두려움에 떨며 일어나, 그는 침대 위에 앉아서, 매순간 가슴을 조이며 괴로워했다. 그러나 맞붙어 싸우는 소리와 통곡하는 소리와 욕설은 점점 더 심해졌다. 그러다가 문득 그는 여주인의 목소리를 알아듣고 소스라치게 놀라고야 말았다. 그녀는 날카로운 비명을 지르고, 울부짖으며, 빠른 말씨로 전혀 알아들을 수 없는 말을 애원하듯 내뱉고 있었다. 그것은 물론, 그녀가 무자비하게 얻어맞고 있던 계단에서 제발 때리기를 멈춰 달라고 애걸하는 소리였다. 때리던 사람의 목소리는 악의와 광기로 인해 쉬어서 무시무시한 소리를 냈다. 그 사람도 뭐라고 말하기 시작했으나, 역시 숨을 헐떡거리며 다급히 말을 했기 때문에 무슨 말인지 알아듣기가 힘들었다. 라스꼴리니꼬프는 갑자기 사시나무 떨듯 온몸을 떨기 시작했다. 그는 그 목소리를 알아챈 것이다. 그것은 일리야 뻬뜨로비치의 목소리였다. 일리야 뻬뜨로비치가 여기서 여주인을 때리고 있다니! 그는 그녀를 발로 차며, 그녀의 머리를 계단에 찧고 있었다. 그것은 분명했다. 소리로나, 울부짖음으로나, 때리는 소리를 들어 봐도 분명했다! 이게 어떻게 된 일인가, 세상이 뒤집히기라도 한 것일까? 그리고 층층마다 계단으로 구경꾼들이 모여드는 소리가 들렸다. 웅성거리는 소리, 외치는 소리, 계단을 오르내리는 소리, 문을 두드리는 소리, 문을 여닫는 소리들이 들려왔다. 〈하지만 왜, 어떻게 해서 이런 일이 가능한 걸까……!〉 그는 자기가 미쳐 버린 것은 아닌가 심각하게 생각했지만, 그렇지는 않았다. 너무나 또렷하게 들리지 않는가……! 하지만 그가 지금 자신에게로 온다면, 만일 그렇다면, 〈그건…… 틀림없이, 이 모든 일은 다 그 일 때문이다……. 어제의 그 일 때문이다……. 이런!〉 그는 문고리를 걸고 싶었지만, 손이 말을 듣지 않았다……. 그리고 그래 봐야 소용도 없는 일이었다! 얼음장 같은 공포가 그의 영혼을 휘감아 그를 괴롭히며 얼어붙게 만들었다……. 마침내 10분 동안이나 계속되던 그 왁자지껄한 소리가 점차로 가라앉기 시작했다. 여주인은 신음 소리를 토해 냈고, 일리야 뻬뜨로비치는 여전히 위협을 하며 욕설을 퍼붓고 있었다……. 그러나 마침내 그도 입을 다문 것 같았다. 이제 그의 소리도 들리지 않는다. 〈그가 가버린 걸까! 이런, 세상에!〉 여주인 역시 신음 소리를 내며 울면서 그곳을 떠나고 있었다……. 그리고 그녀의 방문 닫히는 소리가 들렸다……. 이제 계단에 서 있던 구경꾼들이 각자 방으로 흩어지면서, 한숨을 내쉬며, 서로 다투고, 서로 부르는 소리가 고함 소리처럼 높아졌다가는 속삭이듯이 잦아들었다. 많이들 모여 있었던 모양이다. 집에 있던 대부분

의 사람들이 나왔던 모양이다. 〈하지만, 세상에, 정말 이런 일이 가능한 걸까! 왜 그가 이곳에 왔을까!〉

라스꼴리니꼬프는 힘없이 소파 위에 쓰러졌지만 더 이상 눈을 감을 수 없었다. 그는 이제까지 한 번도 겪어 보지 못한 괴로움과 참을 수 없는 극심한 공포감에 휩싸여 30분은 족히 누워 있었다. 그때 갑자기 밝은 빛이 그의 방을 비췄다. 나스따시야가 양초와 수프가 담긴 접시를 들고 들어온 것이다. 그를 찬찬히 들여다보고, 그가 자지 않는다는 것을 알아챈 그녀는 양초를 탁자에 놓고, 가져온 빵과 소금, 접시, 숟가락을 늘어놓기 시작했다.

「어제부터 아무것도 먹지 않았어요. 학질에 걸린 사람처럼 몸도 아프다면서 종일 돌아다니니 어떻게 된 일이에요.」

「나스따시야…… 왜 주인 아주머니가 매를 맞았지?」

그녀는 그를 뚫어지게 쳐다보았다.

「누가 주인 아주머니를 때려요?」

「조금 아까 말야…… 30분 전에, 일리야 뻬뜨로비치, 부서장이 계단에서…… 왜 그 사람이 아주머니를 그렇게 때린 거지? 그리고…… 왜 온 거야?」

나스따시야는 얼굴을 찌푸리고 오랫동안 말없이 그를 찬찬히 쳐다보았다. 그는 그녀가 그를 그렇게 오랫동안 바라보는 것이 불쾌했고, 또 두렵기까지 했다.

「나스따시야, 왜 말을 하지 않는 거야?」 그는 마침내 약한 목소리로 조심스럽게 물었다.

「그건 피 때문이에요.」 그녀는 마침내 조용히 혼잣말을 하듯이 대답했다.

「피라고……! 무슨 피……?」 그는 백지장처럼 질려서 벽 쪽으로 물러서며 중얼거렸다. 나스따시야는 말없이 계속 그를 보았다.

「아무도 주인 아주머니를 때리지 않았어요.」 그녀는 다시 또박또박 단호한 목소리로 말했다. 그는 겨우 숨을 몰아쉬면서 그녀를 쳐다보았다.

「내가 들었는데…… 나는 자지 않았어……. 앉아 있었어.」 그는 더 질겁한 모습으로 말했다. 「나는 오랫동안 듣고 있었어……. 부서장이 왔었잖아……. 아파트 안의 사람들이 모두 계단으로…….」

「아무도 오지 않았어요. 그건 당신 속에서 피가 끓어서 그래요. 그건 피가 빠져나가지 못해서 간장을 태우니까, 환각이 보이기 시작하는 거라고요……. 먹을 거예요, 안 먹을 거예요?」

그는 대답하지 않았다. 나스따시야는 여전히 그의 앞에

서서 그를 뚫어지게 쳐다보며 나갈 생각을 하지 않았다.

「물을 좀 줘…… 나스따슈쉬까.[44]」

그녀는 아래로 내려갔다가 잠시 후에 하얀 도자기 컵에 물을 담아 가지고 돌아왔다. 그러나 그는 그 뒤로 무슨 일이 일어났는지 기억할 수 없었다. 그가 기억한 것은 차가운 물을 한 모금 마시고 나서는 물을 가슴에 엎지른 것뿐이었다. 그다음 그는 의식을 잃었다.

3

그러나 그가 병들어 누워 있는 동안 완전히 의식을 잃고 있었던 것만은 아니다. 그는 헛소리를 하면서 의식이 반쯤은 돌아왔다가 나가는 열병 상태였다. 그는 나중에 많은 것을 기억해 낼 수 있었다. 어떤 때는 사람들이 그의 주변에 잔뜩 모여서 그를 어디론가 데려가려고 하다가, 그에 관한 일로 심하게 다투고 싸우는 것처럼 보일 때도 있었다. 그런가 하면 문득 그를 방 안에 혼자 남겨 두고 모두들 나가서는, 그를 두려워하며 가끔 문을 빠끔히 열고

44 나스따시야의 애칭이다.

관찰하기도 하고, 그를 위협하면서 자기들끼리 무언가를 상의하고, 웃으면서 그를 조롱하는 것 같기도 했다. 그는 나스따시야가 자주 그의 옆에 있었다고 기억했다. 또 그가 잘 알고 있는 듯한 어떤 사람을 알아보기도 했는데, 그가 누구인지 도무지 기억나지 않아서 안타까운 나머지 울기도 했다. 어떤 때는 자신이 누워 있은 지가 한 달이 넘은 것 같기도 했고, 또 어떤 때는 모든 일이 바로 그날 하루 동안 일어난 것 같기도 했다. 그러나 그는 〈그 일〉, 바로 〈그 일에 대해서는〉 잊어버리고 있었다. 하지만 매 순간 무언가 절대로 잊어서는 안 될 일을 잊은 것 같다는 생각에 그것을 생각해 내려고 몸부림치며 신음하고 괴로워하다가, 광란 혹은 무섭고 견딜 수 없는 공포에 빠져들기도 했다. 그럴 때면 그는 자리에서 벌떡 일어나 뛰쳐나가려고 했지만, 언제나 누군가 완력으로 그를 제지했고, 그러면 그는 또다시 무기력과 의식 불명 상태에 빠져들곤 했다. 그러다가 마침내 그는 완전히 의식을 되찾았다.

그것은 아침 10시경의 일이었다. 화창한 날이면 이 시각에는 언제나 햇살이 긴 띠를 이뤄 그의 방 오른쪽 벽면을 지나 문 옆의 한쪽 구석을 비춰 주었다. 그의 침대 옆에는 나스따시야와 또 한 명의 낯선 사람이 그를 호기심 어린 눈초리로 관찰하고 있었다. 그는 농민복을 입고, 턱수염을 기른 젊은 사람으로, 협동 조합원인 것 같았다. 반쯤 열려 있는 문을 통해서는 여주인이 방을 들여다보고 있었다. 라스꼴리니꼬프는 몸을 일으켰다.

「이 사람은 누구지, 나스따시야?」 그는 청년을 손으로 가리키면서 물었다.

「어머나, 깨어났군요!」 그녀는 말했다.

「깨어났군요.」 조합원도 응수했다. 그가 깨어났다는 것을 알아채자, 문틈으로 안을 들여다보던 여주인은 순식간에 문을 닫고 숨어 버렸다. 내성적인 그녀는 사람들과 대화를 나누고 답변하는 일을 언제나 힘들어 했다. 검은 머리와 검은 눈동자를 지닌 그녀는 마흔 살쯤 된 뚱뚱한 여인이었는데, 살찌고 게으른 사람들이 그렇듯 마음씨가 착했다. 또 귀여운 구석도 없지 않았지만, 지나칠 정도로 부끄러움을 많이 타는 것이 흠이었다.

「당신은…… 누구십니까?」 그가 이번에는 그 조합원을 향해 물었다. 바로 이때 문이 활짝 열리며, 라주미힌이 몸을 약간 굽히며 방 안으로 들어왔다. 그는 키가 컸던 것이다.

「여긴 선실 같군.」 그는 들어오면서 소리쳤다. 「항상 머리를 부딪힌다니까. 이런 것도 방이라고! 그런데 정신이

들었다고? 방금 빠셴까[45] 한테서 들었어.」

「막 정신이 들었어요.」 나스따시야가 말했다.

「지금 정신이 들었습니다.」 조합원이 미소를 지으며 다시 맞장구를 쳤다.

「그런데 댁은 누구시지요?」 라주미힌이 돌연 젊은 사람을 보고 말하기 시작했다. 「저는 브라주미힌이라고 합니다만. 사람들은 라주미힌이라고 부르지만, 사실은 브라주미힌이에요. 귀족 출신의 대학생이고, 이 사람은 제 친구입니다. 자, 그런데 댁은 누구시지요?」

「저는 협동조합원 사무실에서 일합니다만, 상인 셀로빠예프 씨의 분부로 이곳에 용무가 있어서 왔는데요.」

「이 의자에 앉으시지요.」 이렇게 말하더니 라주미힌은 탁자 맞은편에 있는 다른 의자에 걸터앉았다. 「정신이 들어서 다행이야.」 그는 라스꼴리니꼬프를 향해 계속해서 말했다. 「너는 나흘 동안이나 거의 아무것도 먹지도 마시지도 않았어. 사실 차 몇 술은 삼켰지만. 조시모프를 두 번씩이나 데려왔는데, 기억이 나니, 조시모프? 너를 자세히 진찰하고는, 큰일은 아니라고 하더라. 뇌에 충격을 받았

<hr>

45 쁘라스꼬비야라는 이름의 애칭으로 라스꼴리니꼬프 하숙집 여주인의 이름이다.

다나 봐. 뭔가 경미한 신경성 발작인데 영양 상태가 좋지 않은 데다가, 맥주와 고추냉이가 부족해서, 그것 때문에 병이 났다고 하더라. 그렇지만 별것 아니니까, 금방 낫는다고 했어. 조시모프는 멋진 친구야! 치료 솜씨가 아주 훌륭하던데. 자, 이제 댁을 방해하지 않겠어요.」그는 다시 조합원에게 말했다. 「무슨 일로 오셨는지 설명해 주시겠습니까? 미리 알려 주겠는데, 로쟈, 이 사무실에서 벌써 두 번씩이나 사람이 다녀갔어. 지난번에는 이분이 아니라 다른 분이 왔었는데, 우리가 설명해 드렸지. 그런데 댁보다 먼저 온 그 사람이 누구였지요?」

「그게 아마 사흘 전이었을 거예요, 그럴 겁니다, 알렉세이 세묘노비치가 다녀간 건. 그 역시 우리 사무실에서 일하는 사람이지요.」

「그 사람은 당신보다 더 똑똑하겠지요? 어떻게 생각하세요?」

「예, 그분이 저보다 더 견실한 건 사실이에요.」

「당신도 훌륭한 사람이네요. 그럼, 계속 말씀하시죠.」

「아파나시 이바노비치 바흐루쉰 씨, 아마 여러 번 성함을 들으셨을 줄 압니다만, 그러니까 당신 어머님이 그분을 통해서 우리 사무실로 당신께 돈을 보내왔습니다.」조합원은 곧 라스꼴리니꼬프에게 말했다. 「당신이 의식을 회복하면, 당신께 35루블의 돈을 전달하라고 하셨습니다. 왜냐하면 세묜 세묘노비치께서는 당신 어머님의 부탁으로 아파나시 이바노비치 씨로부터 전과 같은 방식으로 통지를 받았거든요. 아시겠지요?」

「그래요, 기억합니다……. 바흐루쉰 씨를…….」 라스꼴리니꼬프는 생각에 잠겨 이렇게 중얼거렸다.

「상인 바흐루쉰을 안다고 하네요!」 라주미힌은 소리쳤다. 「누가 이 친구 보고 의식이 없다고 하겠어요? 그건 그렇고 당신도 역시 영리한 사람인 것 같군요. 참! 현명한 말은 듣기도 유쾌하네요.」

「그분, 즉 바흐루쉰 아파나시 이바노비치는 당신 어머님의 부탁을 받고 예전에 당신께 돈을 부치던 방법을 그대로 이용하셨습니다. 이번에도 세묜 세묘노비치께서 저쪽에서 당신께 35루블을 전해 달라는 소식과 함께 모든 일이 잘되기를 바란다는 인사말을 받으셨습니다.」

「〈모든 일이 잘되기를〉이라는 말이 아주 걸작이군요. 〈당신 어머님〉이란 말씀 역시 나쁘지 않아요. 어떻습니까? 당신 견해로는? 이 사람이 정신을 완전히 차렸습니까? 어떻습니까, 예?」

「제가 그것을 어떻게 알겠습니까? 다만 여기 장부에 서명을 해주셨으면 좋겠습니다.」

「그거야 휘갈길 수 있겠지요! 장부를 가지고 오셨나요?」

「자, 여기에 장부가 있습니다.」

「이리로 주세요. 자, 로쟈, 일어나 봐. 내가 부축해 주지. 이 사람에게 라스꼴리니꼬프라고 아무렇게나 써줘, 펜을 들고 말야. 왜냐하면 지금 우리에겐 돈이 꿀보다도 더 달거든.」

「필요 없어.」 라스꼴리니꼬프는 펜을 밀쳐 내면서 말했다.

「필요 없다니 무슨 소리야?」

「서명하지 않을 거야.」

「후, 제길, 서명을 하지 않으면 어떻게 해?」

「필요 없어……. 돈은…….」

「돈이 필요 없다니! 이것 봐, 거짓말하지 마. 내가 다 보았는데! 걱정하지 마세요. 이건 이 녀석이 그냥…… 또 헛소리를 하는 겁니다. 이 친구는 눈을 뜨고서도 헛소리를 하는 경우가 종종 있거든요……. 당신은 현명한 분이니까, 이제 우리가 이 친구를 조금 도와줍시다. 그러니까 그냥 이 친구의 손을 잡고서 서명을 하도록 도와주는 거예요. 자, 잡으세요…….」

「아닙니다. 그럼, 다음에 다시 들르겠습니다.」

「아니, 아니에요. 뭐 하러 두 번 걸음을 하세요? 댁도 현명한 분이니까……. 자, 로쟈, 손님의 시간을 빼앗지 마……. 봐, 기다리고 있잖아.」 그리고 그는 정말로 라스꼴리니꼬프의 손을 잡아 주려고 했다.

「내버려 둬, 혼자서 할 테니…….」 그는 이렇게 말하고는 펜을 들어 장부에 서명했다. 송금 전달자는 돈을 내어 주고 나갔다.

「만세! 그러면, 이봐, 뭘 좀 먹어야지?」

「그래.」 라스꼴리니꼬프는 대답했다.

「집에 수프가 있나?」

「어제 만든 수프가 있어요.」 여태 그곳에 서 있던 나스따시야가 대답했다.

「감자에 쌀을 넣은 수프?」

「감자에 쌀을 넣은 수프요.」

「내 그럴 줄 알았지. 수프를 가져오고, 또 차도 좀 갖다 줘.」

「가져올게요.」

라스꼴리니꼬프는 크게 놀란 마음에 또 쓸데없는 막연한 공포를 느끼며, 이 모든 사태를 지켜보고 있었다. 그는 입을 다물고 기다리기로 결심했다. 이 다음에는 무슨 일

이 일어날 것인가? 〈내가 환영을 보고 있는 것은 아닌 것
같다.〉 그는 생각했다. 〈어쩌면 이건 정말…….〉

잠시 후에 나스따시야는 수프를 가지고 돌아왔고, 이제
곧 차도 가져오겠다고 알렸다. 수프에는 두 개의 숟가락,
두 개의 접시와 소금 단지, 후춧가루, 쇠고기를 위한 겨자
따위의 양념과 식기 일체가 딸려 들어왔다. 이렇게 모든
것이 갖추어진 식탁을 받아 본 지도 무척 오랜만이었다.
냅킨도 깨끗했다.

「나스따시야, 쁘라스꼬비야 빠블로브나가 맥주 두 병
만 서비스해 줘도 나쁘진 않을 것 같은데, 우리 둘이 같이
마시자고.」

「정말 수완도 좋으셔!」 나스따시야는 이렇게 중얼거리
고 나서 그의 심부름을 하러 밖으로 나갔다.

라스꼴리니꼬프는 여전히 긴장한 채로 사태를 주시했
다. 그동안 라주미힌은 긴 의자에 누운 그의 옆으로 옮겨
앉아, 그가 혼자서 일어날 수 있는데도, 곰처럼 둔한 모습
으로 그의 머리를 왼손으로 받쳐 들고 데지 않도록 몇 번
씩이나 수프를 입김으로 후후 불어 가면서, 오른손으로
그의 입에 떠 넣어 주었다. 수프는 따끈할 뿐이었는데도
말이다. 라스꼴리니꼬프는 기갈이 난 듯 한 모금, 그리고

두 모금, 세 모금을 넘겼다. 그러나 라주미힌은 몇 번 숟가락으로 떠먹이더니 갑자기 동작을 멈추고, 이 이상은 조시모프와 상의해 봐야 한다고 말했다.

나스따시야가 맥주 두 병을 가지고 들어왔다.

「차를 마실 거야?」

「응.」

「어서 차를 가져다줘, 나스따시야. 차는 의사 허락 없이도 마실 수 있으니까. 자, 맥주로구나!」 그는 다시 자기 의자로 옮겨 앉아 수프와 쇠고기를 자기 쪽으로 가져가더니, 사흘 동안 음식 구경을 못한 사람처럼 게걸스럽게 먹어 대기 시작했다.

「나는 말이야, 로쟈, 이 집에서 매일 이런 식탁을 받고 있어.」 그는 쇠고기를 잔뜩 씹으면서 이렇게 중얼거렸다. 「이건 전부 빠셴까, 이 집 아주머니가 신경을 써주는 덕분이야. 온 정성을 다해 내게 경의를 표하고 있거든. 물론, 나는 부탁도 하지 않고, 또 그렇다고 사양도 하지 않고 있어. 자, 나스따시야가 차를 가져왔군. 정말 재빠른 아가씨야! 나스쩬까,[46] 맥주 어때?」

「장난꾸러기나 드시죠!」

46 나스따시야의 애칭.

「차는?」

「차는 좋지요.」

「따라 마셔. 잠깐, 내가 따라 주지. 탁자 앞에 앉아.」

그는 찻주전자를 들고 나스따시야에게 차를 한 잔 따라 준 다음, 또 다른 한 잔을 따르더니 먹던 음식을 버려 두고 다시 긴 의자로 옮겨 앉았다. 아까처럼 그는 왼손으로 환자의 머리를 받치고 그를 약간 일으켜서는 숟가락으로 차를 떠서, 마치 입김을 불어 대는 과정에 건강을 회복시키는 가장 중요하고 유익한 길이 있기라도 한 듯이 또다시 몹시 공을 들여 차를 후후 불어 가면서 그에게 떠먹이기 시작했다. 라스꼴리니꼬프는 남의 도움 없이 소파에서 일어나 앉아, 손을 자유롭게 움직여서 찻잔이나 숟가락을 쥘 수 있을 뿐 아니라, 어쩌면 걸을 수도 있을 만큼의 힘이 생겼음을 느꼈지만, 잠자코 있었다. 알 수 없는 어떤 야수와도 같은 교활한 본능으로 그는 어느 시기까지는 자기의 힘을 숨기고, 만일 필요하다면 전혀 아무것도 이해하지 못하는 시늉까지도 하면서, 지금 이곳에서 일어나고 있는 일을 끝까지 들어 보고 모조리 알아내야 한다는 생각을 문득 했기 때문이다. 하지만 그는 혐오감을 억누를 수 없었다. 그는 차를 열 술 정도 받아먹고는, 머리를 갑자기 내저으며 변덕스럽게 숟가락을 밀쳐 내고 다시 베개 위로 쓰러졌다. 지금 그의 머리맡에는 진짜 털 베개, 푹신하고 깨끗한 커버가 씌워진 털 베개가 놓여 있었다. 그는 이것 역시 알아채고 기억해 두었다.

「빠쉔까가 오늘은 우리에게 딸기 잼을 보내 주면 좋겠는데. 뭐 마실 거라도 만들어 주게 말이야.」 라주미힌은 자기 자리에 앉아 다시 수프와 맥주를 먹기 시작하면서 말했다.

「아주머니가 어디서 당신에게 딸기 잼을 얻어다 주겠어요?」 나스따시야는 다섯 손가락을 펴서 그 위에 찻잔 받침을 놓고는 설탕을 입에 물고 차로 녹여 마셔 가며 물었다.

「이 친구야, 딸기는 상점에서 사 오면 되는 거야. 알겠어? 로쟈, 네가 자고 있는 동안 사실 엄청난 일이 있었어. 네가 그렇게 사기꾼처럼 아파트 주소도 말해 주지 않고 나가 버리고 나니까 화가 버럭 치밀잖아. 그래서 너를 찾아내서 혼내 주기로 작정을 했지. 그래서 바로 그날로 일에 착수했어. 나는 이리저리 쏘다니면서 묻고 또 물었지! 이 아파트 주소를 잊어버렸거든. 아니지, 아예 몰랐으니까 이 주소를 기억하고 있을 수조차 없었지. 다만 다섯 모퉁이 옆이 하를라모프의 집이라는 것만 기억나더라. 그래서 그 하를라모프의 집을 찾고 또 찾았는데, 나중에 알고 보니까, 그게 아니라 부흐의 집인 거야. 가끔 발음이 헛갈릴 수 있으니까! 화가 나잖아. 그래도 또 찾아다녔어. 결국 그다음 날 시민 주소 안내소로 가봤지. 그랬더니 상상할 수 있겠어? 단 2분 만에 네 주소를 찾아 주는 거야. 네 이름이 거기 기록되어 있더라고.」

　「기록되어 있다고!」

　「있다 뿐인가. 그런데 내가 보니까 꼬벨리프라는 장군은 끝내 찾아내지를 못하더군. 사실 이야기를 하자면 길어. 그런데 나는 이곳에 오자마자 너에 대한 이야기를 모조리 알게 되었어, 모조리 말이야. 난 이제 다 알고 있어. 나스따시야가 증인이야. 니꼬짐 포미치와도 아는 사이가 되었고, 그 사람이 내게 일리야 뻬뜨로비치란 사람도 소개시켜 주었어. 그리고 경비원과 이곳 경찰의 사무관인 알렉산드르 그리고리예비치 자묘또프, 그리고 빠셴까와도 알게 되었지. 그 여자를 알게 된 건 정말 영광이야. 나스따시야도 알고 있지만…….」

　「주인 아주머니한테는 잔뜩 사탕발림을 해놓았잖아요.」
나스따시야는 능글맞게 웃으면서 중얼거렸다.

「댁의 차에도 설탕을 쳐드릴 걸 그랬군요, 나스따시야 니끼포로브나.」

「허튼수작 말아요!」 나스따시야는 갑자기 소리를 지르며 웃음보를 터뜨렸다. 「그리고 나는 뻬뜨로브나이지, 니끼포로브나가 아니에요.」 그녀가 문득 웃음을 멈추고 덧붙였다.

「알아 모시겠습니다. 그런데 쓸데없는 말은 그만두고, 나는 처음부터 이 지역의 편견을 단번에 없애 보려고 사방으로 전파를 보내려고 했는데, 빠쎈까에게는 당하고 말았어. 이봐, 나는 정말 그 여자가 그렇게…… 매력적인 줄은…… 미처 몰랐어……. 응? 어떻게 생각해?」

라스꼴리니꼬프는 말없이 자신의 불안한 시선을 그에게서 한순간도 떼지 않고 집요하게 그를 쳐다보았다.

「지나칠 정도로 괜찮지.」 라주미힌은 그의 침묵에는 조금도 아랑곳하지 않고, 마치 그런 무언의 대답에 맞장구라도 치듯이 계속해서 말했다. 「아주 훌륭해, 모든 점에서 말이야.」

「정말 대단한 사람이야!」 나스따시야는 다시 소리쳤다. 이 대화는 아마도 그녀에게 말할 수 없는 행복감을 주는 모양이었다.

「진짜 추악한 일이야. 이봐, 너는 처음부터 일을 잘못 처리했던 거야. 그 여자를 그런 식으로 다루면 안 되는 거였어. 그 여자는 정말 전혀 예기치 못할 성격의 소유자이거든! 자, 성격에 대해서는 다음에 얘기하기로 하고…… 다만 몇 가지만 지적하지, 너는 어떻게 하다가 그 여자가 네게 식사도 주지 않도록 만든 거냐? 그리고 또 그 차용 증서는? 차용 증서에 서명을 하다니 미친 거 아니냐! 또 딸인 나딸리야 예고로브나가 아직 살아 있을 때의 그 혼담도 말이야…… 나는 다 알고 있어! 하지만 그건 꾕장히 미묘한 문제이고, 또 난 그런 문제에 대해서만큼은 둔해 빠졌다는 걸 알고 있으니까, 미안해. 그런데 또 바보 같은 소리지만, 어떻게 생각해? 쁘라스꼬비야 빠블로브나는 첫인상에서 느껴지듯이 그렇게 아주 바보는 아냐, 그렇지?」

「그래…….」 라스꼴리니꼬프는 딴청을 부리면서 말했지만, 이 대화를 계속하는 것이 유리하다고 생각했다.

「정말 그렇지?」 라주미힌은 대답을 들은 것이 너무나 기뻐 소리 질렀다. 「하지만 그렇다고 영리하지도 않아, 그렇지? 완전히, 전혀 예측할 수도 없는 성격이라니까! 나는 때로 당황하게 돼, 이건 정말이야……. 그 여자는 틀림없이 마흔은 되었을 거야. 그런데 자기는 서른여섯이라고 하더군. 충분히 그렇게도 보여. 그렇지만 맹세컨대 나는 지금 그 여자를 정신적인 측면, 형이상학적인 측면에서만 판단하고 있는 거야. 아무튼 우리 사이에는 네 대수학을 뺨칠 정도의 그런 수수께끼 같은 분위기가 형성되어 있어! 나도 잘 모르겠어! 아무튼 이건 다 실없는 소리이고, 다만 그 여자는 네가 이미 대학생도 아니고, 과외 교습도 옷도 없고, 또 딸이 죽은 지금에 와서는 너와 더 이상 인척의 연을 잇고 있을 이유가 없다는 사실을 깨닫자, 갑자기 놀라 버린 거야. 그리고 또 너도 그렇지, 네가 구석에 처박혀서 예전처럼 행동하지 않으니까, 그 여자가 너를 아파트에서 내쫓을 생각을 한 거라고. 오래전부터 그럴 생각이었는데, 그 차용 증서가 아까웠던 거야. 게다가 너는 어머니가 물어 주실 거라고 약속을 해놓았으니까…….」

「그건 비열한 짓이었어……. 우리 어머니는 자신도 지금 겨우 구걸을 하고 계신 형편인데……. 나는 아파트에 남아 있어 보려고…… 거짓말을 한 거야.」 라스꼴리니꼬프는 큰 소리로 분명하게 말했다.

「그래, 그건 아주 현명한 판단이었어. 다만 그 7등 문관, 체바로프라는 빈틈없는 사나이가 나타난 게 문제였지. 빠셴까는 그 사람이 없었더라면 아무것도 생각해 내지 못했을 거야. 굉장히 내성적인 사람이잖아. 그런데 물론 그 빈틈없는 사람은 전혀 수줍음을 안 타니까 우선적으로 다음과 같은 질문, 즉 차용 증서를 살릴 가망성이 있는가 없는가의 문제를 제기한 거야. 대답은 있다는 거였지. 왜냐하면 1백25루블의 연금으로 살아가면서 자신은 굶더라도 로쟈의 빚만은 갚아 주실 그런 엄마와, 오빠를 위해서는 노예로라도 팔려 갈 누이동생이 있다니 말이야. 그 사람은 이걸 기대했던 거야……. 주저할 것이 뭐가 있었겠냐? 이봐, 나는 네 비밀을 다 알고 있어. 빠쎈까와 인척 관계를 맺었을 때 너는 너무 솔직했단 말이야, 이제 와서 너를 위해서 하는 말이지만……. 정직하고 감수성이 예민한 사람은 솔직하게 터놓고 말을 다 하지만, 타산적인 이들은 그 말을 듣고는 마침 잘됐다고 생각하고, 그다음엔 잡아먹으려고 들거든. 바로 그게 문제였어. 그러니까 그 여자는 그 차용 증서를 마치 부채 상환 대신인 것처럼 체바로프에게 양도를 했고, 또 그 사나이는 아주 형식을 갖춰서 조금도 당황하는 빛 없이 지불을 요구한 거야. 내 이 모든 것을 알아내고, 녀석의 양심을 세척해 주려고 그에게도 또 전류를 보낼까 했는데, 그때 빠쎈까하고 나 사이에 조율이 잘 이루어졌기 때문에 나는 아주머니에게 이 모든 사건을 취하시키라고 요구했지. 네가 반드시 지불할 거라고 내가 보증을 설 테니, 이 일을 근원에서부터 종결시키라고 말이야. 그리고, 이봐, 나는 네 보증을 섰어, 알아? 체바로프를 불러서는 10루블을 그의 입에다가 처넣어 주고는 종이는 돌려받았어. 그리고 이제야 그 증서를 네게 바치는 영광을 누리는구나. 구두 약속만으로도 너를 신용해 주지. 자, 받아, 내가 한쪽 끝을 찢어 두었어, 보통 그렇게 하는 거니까.」

라주미힌은 책상에 차용 증서를 올려놓았다. 그러나 라스꼴리니꼬프는 그것을 흘끗 쳐다보고는, 단 한마디도 하지 않고 벽 쪽으로 돌아누워 버렸다. 라주미힌조차도 불쾌한 생각이 들었다.

「알았어.」 그는 잠시 후 말을 이었다. 「또 한 번 바보가 되었군. 네 기분이 좋아지도록 수다를 떨어서 위로를 해줄까 했더니, 그만 또 화만 돋워 버렸어.」

「내가 혼수상태에 빠져 알아보지 못했던 사람이 바로 너였니?」 라스꼴리니꼬프는 잠깐 말이 없더니 머리를 돌리면서 그에게 물었다.

「그래. 내가 들어오면 넌 몹시 흥분하더구나. 특히 내가 자묘또프를 데려왔을 때는.」

「자묘또프를……? 사무관을……? 왜?」라스꼴리니꼬프는 급하게 돌아누워서 라주미힌을 똑바로 쏘아보았다.

「왜 이래…… 그렇게 놀랄 게 뭐야? 너와 사귀고 싶다고 하던데. 우리는 너에 대해서 많은 이야기를 나눴어. 그랬더니 자기가 먼저 얘기를 해주더라……. 아니면, 내가 어디서 너에 대해 그렇게 많은 것을 알게 되었겠니? 그 사람 아주 좋은 친구이던데, 정말 멋진 녀석이야……. 물론 그 나름이지만. 지금 우리는 서로 친구가 되어서, 거의 매일 만나고 있어. 그리고 참 나 이 동네로 이사를 왔는데, 아직 모르지? 이제 막 이사를 했어. 그리고 그 친구하고 루이자의 집에 한두 번 갔었지. 너 루이자 기억해, 루이자 이바노브나 말이야?」

「내가 헛소리를 했었어?」

「그걸 말이라고 해! 정말 제정신이 아니었어.」

「내가 무슨 헛소리를 지껄였지?」

「세상에! 무슨 헛소리를 지껄였냐고? 어떤 말을 지껄였는지는 뻔하잖아……. 자, 친구, 이제 시간을 허비할 것 없이 일에 착수하자.」

그는 의자에서 일어나 학생모를 집어 들었다.

「내가 무슨 헛소리를 했었던 거야?」

「별것 아냐! 무슨 비밀이라도 있어서 두려운 거야? 걱정하지 마. 무슨 백작 부인이니 하는 사람에 대해서는 아무 말도 하지 않았으니까. 그냥 어떤 집의 불도그가 어떻고, 그리고 귀고리니, 또 목걸이니, 끄레스또프스끼 섬이니, 경비원이 어떻다느니, 마당이 어떻다느니, 니꼬짐 포미치 이야기도 했어. 일리야 뻬뜨로비치, 부서장, 그 사람에 대한 말도 하더군. 하여간 말이 많았어. 그것 말고도 또 자기 양말에 관심이 지대하던데, 엄청나게 말야! 양말을 달라고 하도 애걸복걸해서, 자묘또프가 방 구석구석을 다 뒤져서 찾아낸 다음, 향수를 바르고 보석 반지를 잔뜩 낀 그 손으로 네게 그 넝마를 직접 내주기까지 했어. 그랬더니 안심이 되었는지 종일 그 넝마를 손에 꼭 쥐고 자더라. 도저히 손에서 그걸 빼낼 수가 없을 정도였어. 아마 틀림없이 지금은 네 이불 밑 어디선가 뒹굴고 있을 거야. 그리고 또 바짓부리의 뜯어진 부분을 달라고, 눈물까지 흘리면서 부탁을 하더라! 우리가 그런 게 어디 있느냐고 아무리 물어보아도, 도저히 뭐가 뭔지 알아낼 수가 있어야지…… . 그럼, 이제 일을 시작해 볼까! 여기 35루블이 있지. 여기서 10루블을 가져갈게. 한 시간 후에 보고를 하겠어. 그사이에 내가 조시모프에게 알릴게. 그렇지 않아도 내가 오기 전에 들를 테지만, 벌써 12시니까. 나스따시야는 말이야, 내가 없는 동안 좀 더 자주 이곳을 들여다봐 줘, 마실 거나 뭐 다른 필요한 것은 없는지 말이야……. 빠셴까에게는 내가 필요한 걸 말해 두지. 그럼, 잘 있어!」

「빠셴까라고 부르다니! 정말 뻔뻔스럽기도 하지!」 나스따시야는 그의 등 뒤에 대고 종알거렸다. 그다음 그녀는 곧 문을 열고 엿듣기 시작했다. 그러다가 참지를 못하겠는지 아래로 내려가 버렸다. 그녀는 그가 여주인과 무슨 말을 하는지 굉장히 궁금했던 모양이다. 나스따시야는 라주미힌에게 푹 빠져 버렸음에 틀림없었다.

그녀 뒤로 문이 닫히자마자 환자는 이불을 걷어차고, 반쯤은 정신이 나간 채로 침대에서 일어났다. 타는 듯한 초조감에 휩싸여 그는 그들이 어서 나가 주기만을, 그래서 그들이 없는 동안 일에 착수할 수 있기만을 기다리고 있었다. 그러나 과연 어떤 일을 할 것인가에 대해서는 마치 일부러 잊어버리기라도 한 듯이 도무지 생각이 나지 않았다. 〈주여! 한 가지만 말씀해 주소서. 그들이 모든 것을 알고 있습니까? 아니면 아직도 모르고 있나요? 다 알고 있으면서도 모르는 척하고, 내가 누워 있는 동안 나를 실컷 놀리다가 갑자기 들어와서는 모든 것을 벌써 다 알고 있는데, 나를 조롱하려고 그런 거라고 할지도 몰라……. 이제 어떻게 하지? 일부러 그러는 것처럼 다 잊어버렸다. 아, 이제야 기억이 난다……!〉

그는 방 한가운데에 서서 고통스러운 의구심을 가지고 주위를 둘러보았다. 그리고 문에 다가가 문을 열고 귀를 기울여 보았다. 그러나 분명 이건 아니었다. 그는 문득 기억이 되살아난 듯이 벽지에 구멍이 난 그 구석으로 달려가 샅샅이 살펴보고는, 손을 구멍에 넣어 더듬어 보았다. 그러나 이것도 아니었다. 그는 난로에 가서 뚜껑을 열고 재를 뒤적이기 시작했다. 바지와 찢어진 주머니 조각이 그때 그가 버린 모습 그대로 떨어져 있었다. 그러고 보니 아무도 들여다본 사람이 없는 것이다! 이때 그는 라주미힌이 방금 말했던 양말이 생각났다. 정말로 양말은 소파의 이불 밑에서 굴러다니고 있었다. 그때 이후로 색이 너무 바래고 더러워져서, 물론 자묘또프는 아무것도 눈치채지 못했을 것이다.

〈뭐, 자묘또프가……! 경찰서라니……! 왜 나를 경찰서에서 부른다는 거지? 소환장은 어디 있지? 아냐……! 내가 혼동을 하고 있구나. 그건 그때 부른 거다! 난 그때도 역시 양말을 살펴보았어. 그리고 지금은…… 지금 나는 몹시 아프다. 그런데 왜 자묘또프가 왔을까? 왜 라주미힌은 그를 이리로 데려왔지……?〉 그는 다시 의자에 털썩 주저앉으면서 힘없이 중얼거렸다. 〈이게 어찌된 일이지? 내가 아직도 헛소리를 하고 있는 걸까, 아니면 현실일까? 현실인 것 같다……. 아, 기억났다. 도망가야 한다! 빨리 도망가야 한다. 반드시, 반드시 도망가야 한다! 그래…… 그런데 어디로 가지? 내 외투는 어디 있지? 장화도 없다! 치워 버렸다! 숨겨 버렸어! 알았다! 그래, 여기에 외투가 있다. 보지 못한 모양이다! 돈은 저기 책상 위에 있다. 다행이다! 여기 차용 증서도 있다……. 돈을 가지고 나가자. 그래서 다른 아파트를 얻자. 그러면 찾아내지 못할 거다……! 그래, 그런데 시민 주소 안내소는? 찾아낼 것이다! 라주미힌은 찾아낼 것이다. 그냥 완전히 도망쳐 버리는 것이 낫겠다……. 멀리…… 미국으로, 그리고 그들에게는 침이나 뱉어 버리면 그만이다! 차용 증서는 가지고 가자……. 거기서 유용하게 쓰일지도 모르니까. 또 뭘 가지고 가지? 그들은 내가 아프다고 생각한다! 그들은 내가 걸을 수 있다는 것을 모르고 있다. 흐흐흐……! 눈빛을 보고 나는 그들이 모든 걸 알고 있다는 걸 눈치챘다! 계단만 잘 통과하면 될 텐데! 그런데 그들이 계단에서 망을 보고 있으면 어떻게 하지!

이건 뭐지, 차인가? 아, 맥주가 반 병 남았구나. 차갑다!〉

그는 아직 한 잔쯤 남아 있는 맥주병을 손에 쥐고, 마치 가슴속에 타오르는 불을 끄려는 듯이 쾌감을 느끼며 맥주를 단숨에 다 마셔 버렸다. 그러나 1분도 지나지 않아 취기가 머리로 올라오자 가볍고 유쾌하기까지 한 오한이 그의 등골을 스쳤다. 그는 누워서 이불을 자기 몸 쪽으로 끌어당겼다. 그렇지 않아도 병적으로 얽혀 있던 그의 생각은 점점 더 혼동되기 시작했고, 곧 가볍고도 기분 좋은 잠이 그를 사로잡았다. 그는 황홀한 기분으로 베개에 머리를 대고, 누더기가 된 낡은 외투 대신 지금 그의 위에 덮여 있는 푹신한 솜이불을 몸에 푹 감싸고는 조용히 한숨을 내쉬고, 회복에 좋은 깊디깊은 잠에 빠져들었다.

그는 누군가 그의 방에 들어오는 소리를 듣고 잠에서 깨어 눈을 떴다. 그는 문을 활짝 열어젖히고 문지방에 서서 들어올까 말까 망설이고 있는 라주미힌을 보았다. 라스꼴리니꼬프는 재빨리 소파에서 일어나서, 무언가를 기억하려고 애쓰는 듯한 모습으로 그를 바라보았다.

「자고 있지 않았구나, 나야! 나스따시야, 어서 이리로 보따리를 가져다줘!」 라주미힌은 아래를 향해 소리쳤다. 「이제 보고를 받을 시간이야……」

「지금이 몇 시지?」 라스꼴리니꼬프는 불안하게 좌우를 둘러보면서 물었다.

「아주 많이 잤어. 밖은 벌써 저물었어, 곧 6시가 될 거야. 여섯 시간 이상을 잤어…….」

「맙소사! 어떻게 내가……!」

「왜 그래? 건강을 위해서 좋아! 어디 서둘러 갈 데라도 있어? 누굴 만나기라도 할 거야? 지금 이 시간은 다 우리 것이잖아. 나는 세 시간이나 기다렸어. 두 번이나 들어왔었는데, 자고 있기에 말이야. 조시모프에게도 두 번이나 갔었지만, 집에 없더군! 괜찮아, 올 거야……! 역시 일이 있어서 잠시 나간 거겠지. 난 오늘 이사했어. 삼촌과 함께 집을 완전히 옮겼지. 지금 삼촌이 와 계시거든……. 이런 얘긴 다 집어치우고, 일을 시작하자……! 나스따시야, 보따리를 이리로 가져와. 자, 우리는 이제…… 그런데 몸은 좀 어때?」

「나는 건강해, 아프지 않아……. 라주미힌, 여기 온 지 오래됐니?」

「세 시간이나 기다렸다고 했잖아.」

「아니, 그전에?」

「그전이라니 무슨 말이야?」

「언제부터 여기 왔었어?」

「아까 내가 이미 다 말했는데, 기억이 안 나?」

라스꼴리니꼬프는 생각에 잠겼다. 마치 꿈에 있었던 일처럼 조금 전의 일이 어른거렸다. 그는 단 한 가지가 기억나지 않았다. 그래서 그는 의문에 가득 찬 눈초리로 라주미힌을 바라보았다.

「음!」 라주미힌은 말했다. 「다 잊어버렸구나! 아까도 나는 네가 정신을 완전히 차렸다고는 생각되지 않더라……. 그런데 이제는 꿈에서 깨어났어……. 진짜 이제는 안색도 더 좋아 보여. 아주 좋았어! 자, 이제 일을 시작할까! 그럼, 이제 다 기억 날 거야. 자, 여기를 좀 봐, 이 사랑스러운 친구야.」

그는 보따리를 풀기 시작했다. 아무래도 그는 이 보따리에 퍽 관심이 쏠리는 모양이었다.

「믿을지 모르겠지만, 친구. 이 일에 특별히 신경이 쓰이더라고. 너를 사람다운 모습으로 만들어야 하니까. 자, 이제 착수하자. 우선 위에서부터 시작하지. 이 모자 보여?」 그는 보따리에서 상당히 괜찮은, 하지만 아주 평범하고 값싼 학생모를 꺼내면서 시작했다. 「어디 맞나 볼까?」

「다음에, 나중에 하지.」 라스꼴리니꼬프는 비위가 상한다는 듯이 손을 내저으면서 말했다.

「아냐, 로쟈, 싫다고 하지 말아 줘. 나중이면 늦어. 치수를 재지 않고 대충 샀기 때문에, 맞춰 보지 않으면 난 오늘 밤 잠을 자지 못할 거야. 딱 맞는구나!」 그는 치수를 대보고 승리감에 도취되어서 외쳤다. 「치수가 꼭 맞아! 모자는 말이야, 의복 중에서 가장 중요한 물건이고, 자신을 소개하는 거나 다름없어. 똘스쨔꼬프라는 내 친구는 매번 어디든 공공장소에 들어가면 다른 사람들은 다 모자나 학생모를 쓰고 있는데도, 자기는 모자를 벗는다는구나. 사람들은 생각하지. 저건 저 사람의 노예근성 때문이라고 말이야. 하지만 녀석은 다만 새 둥우리 같은 자기 모자가 부끄러워서 그럴 뿐이야. 굉장히 수줍음을 많이 타는 친구거든! 나스쩬까, 자, 여기 두 개의 모자가 있는데, 이 빨메르스똔[47](그는 왜인지는 모르지만 빨메르스똔이라고 부르면서 라스꼴리니꼬프의 다 찌그러진 둥근 모자를 구석에서 들어 올렸다)과 이쪽의 보석 같은 물건을 한번 비교해 봐, 어떻게 생각해? 내가 얼마를 주었을 것 같아? 나스따슈쉬까?」 그는 라스꼴리니꼬프가 입을 다물고 있는 것을 보자, 그녀에게 말했다.

「20꼬뻬이까 정도 주었겠지요.」 나스따시야는 대답했다.

47 영국의 정치가인 파머스턴 경(1784~1865)의 이름을 딴 것이다.

「20꼬뻬이까라고, 바보!」그는 기분 나빠 하면서 외쳤다.「요즘에는 20꼬뻬이까 가지고는 너 같은 사람도 못 살거야. 80꼬뻬이까를 주었어! 그것도 낡았기 때문이지. 그리고 또 조건이 붙었어. 이 모자가 다 닳아 빠지면 내년에는 다른 걸 공짜로 주기로 했단 말이야! 이제 우리 중학교 때식으로 미합중국을 살펴보실까. 자랑스럽게 권해 드리는 이 바지를 보시라!」그리고 그는 라스꼴리니꼬프 앞에 가벼운 회색의 여름용 비단 바지를 펼쳐 보였다.「구멍도, 얼룩도 하나 없어. 물론 조금 낡았지만, 아직은 입을 만해. 그리고 유행에 따라서 조끼도 같은 색으로 맞춰져 있어. 약간 낡은 것도 장점이 될 수 있지. 왜냐하면 더 부드럽고 가볍거든……. 봐, 로쟈, 내 생각으로는 세상에서 성공하기 위해서는 항상 계절에 맞춰 옷을 입어야 할 필요가 있어. 만약 1월에 아스파라거스를 찾지만 않는다면, 몇 루블 정도는 주머니에 남겨 둘 수 있거든. 물건을 사는 것도 마찬가지야. 지금은 여름이라서 나는 여름옷을 샀어. 왜냐하면 가을이 되면 더 따뜻한 천으로 지은 옷이 필요할 거고, 그럼 이 옷을 버려야 하잖아……. 더구나 이 옷은 그때 가면 자연히 자기가 알아서 없어져 버릴 거야. 네 사치 때문이 아니라, 옷감 스스로가 알아서 해어질 거라는 얘기지.

자, 알아맞혀 봐! 네 생각엔 얼마일 것 같아? 2루블 25꼬뻬이까야! 기억해 둬, 같은 조건으로 산 거야. 이 옷이 낡으면 내년에는 다른 것을 공짜로 주기로 했어! 페쟈예프 상점에서는 물건을 파는 게 아냐. 한번 지불하면 평생을 만족할 수 있거든. 자, 그럼, 이제 장화를 볼까? 어때? 낡았지만 2개월 정도는 쓸 만해. 왜냐하면 외제거든. 영국 대사관의 비서가 지난주에 똘꾸치에서 판 거야. 엿새밖에 신지 않았는데, 돈이 아주 필요했다고 하더군. 가격은 1루블 50꼬뻬이까야. 잘 샀지?」

「안 맞을지도 모르잖아요!」 나스따시야가 지적했다.

「맞지 않는다고! 그럼 이게 뭐지?」 그는 주머니에서 마른 진흙이 잔뜩 달라붙어 있는 구멍투성이의 낡아 빠진 라스꼴리니꼬프의 장화를 꺼냈다. 「내 이걸 준비해 갔지. 이 괴물 같은 것으로도 치수를 재주더군. 난 이 일을 정말 성심껏 했어. 셔츠는 주인 아주머니하고 상의해 두었어. 자, 첫째로, 여기 세 벌의 셔츠가 있어. 아마포로 된 것이지만, 깃은 요즘 유행하는 모양이야……. 자, 그러니까 모자 80꼬뻬이까에, 다른 옷들이 2루블 25꼬뻬이까이고, 이 것을 합치면 3루블 5꼬뻬이까야. 장화는 굉장히 좋은 것이니까 1루블 50꼬뻬이까이고, 이걸 또 합치면 4루블 55꼬뻬이까가 되는군. 거기에 도매로 산 셔츠가 다 5루블이니까, 이걸 모두 합치면 9루블 55꼬뻬이까야. 자, 여기 거스름돈 45꼬뻬이까 동전이 있어. 받아, 로쟈. 이렇게 해서 너는 이제 옷 한 벌을 완벽하게 갖추게 된 거야. 내 생각으로는 네 외투는 아직 쓸 만할 뿐 아니라, 나름대로 특별한 품격도 있는 것 같아. 샤르메르[48] 양복점에서 맞춰 입을 필요는 없잖아! 양말이나 나머지 자질구레한 것들은 너한테 맡길게. 이제 우리에게 남은 돈은 25루블이야. 빠셴까나 방세에 대해서는 걱정하지 마. 내가 말을 해두었으니까, 신용이 무한하거든. 이제, 셔츠를 입어 보기로 할까? 병균이 그 셔츠 속에 숨어 있는 것 같다……」

「내버려 둬! 싫다고!」 라스꼴리니꼬프는 라주미힌이 구입한 옷에 대해 장난스럽고 장황하게 보고하는 소리를 짜증스러운 듯이 듣고 있다가 손을 내저었다.

「그건, 안 돼. 왜 내가 발이 부르트도록 다녔는데!」 라주미힌은 고집을 꺾지 않았다. 「나스따슈쉬까, 부끄러워하지 말고, 좀 도와줘. 됐어, 그렇게!」 라스꼴리니꼬프가 저항했음에도 불구하고, 그는 어쨌든 셔츠를 갈아입혔다. 라스꼴리니꼬프는 베개에 쓰러져서 2분 동안 한마디도

48 샤르메르는 유명한 프랑스인 재봉사이다.

하지 않았다.

〈앞으로 오랫동안은 자유롭지 못하겠구나!〉 그는 생각했다. 「무슨 돈으로 이걸 다 산 거야?」 그는 마침내 벽을 보고 물었다.

「무슨 돈이냐고? 어이가 없군! 네 돈으로 산 거야. 아까 송금 전달인이 바흐루쉰 사무실에서 왔다 갔잖아. 너희 어머니가 보내셨어. 그것도 잊어버렸니?」

「이제 기억이 나는군…….」 라스꼴리니꼬프는 오랫동안 우울하게 생각한 끝에 대답했다. 라주미힌은 얼굴을 찌푸리고 걱정스럽다는 듯이 그를 쳐다보았다.

문이 열리면서, 키가 크고 건장한 어떤 사람이 들어왔다. 그는 라스꼴리니꼬프도 조금은 아는 사람 같았다.

「조시모프! 드디어 왔구나!」 라주미힌은 기뻐서 소리쳤다.

4

조시모프는 키가 크고 뚱뚱한 사나이로 얼굴은 부석부석하고 창백했지만 깔끔하게 면도를 한 터였다. 그는 금발의 곧은 머리카락에, 안경을 끼고, 포동포동하게 살찐 손가락에는 커다란 금반지를 끼고 있었다. 나이는 스물일곱 살 정도로 보였다. 그는 통이 큰 가볍고 멋진 외투와 밝은색의 여름 바지를 입고 있었다. 대체로 그가 몸에 지니고 있는 것들은 모두 넉넉하고 멋지고 갓 맞춘 것들이었다. 셔츠도 흠잡을 데 없이 깨끗했고, 시곗줄도 큼직했다. 그의 행동은 어쩐지 힘이 빠진 듯 느긋하기도 했지만, 한편으로는 거리낌이 없어 보이기도 했다. 그러나 아무리 숨기려 해도 오만한 성품은 끊임없이 얼굴에 나타났다. 그를 아는 사람들은 모두 그가 까다로운 사람이라고 생각했지만, 자신의 일에서만큼은 유능하다고 말했다.

「두 번이나 너희 집에 찾아갔었어……. 봐, 깨어났어!」 라주미힌은 소리쳤다.

「알아, 알아. 자, 이제 기분이 좀 어떠세요?」 조시모프는 라스꼴리니꼬프를 뚫어지게 쳐다보면서 묻고는, 그가 누워 있는 소파에 걸터앉아 가능한 한 다리를 편하게 죽 뻗었다.

「계속 우울해 하고 있어.」 라주미힌은 계속 말했다. 「지금 막 셔츠를 갈아입혔는데, 거의 울음보를 터뜨릴 뻔했어.」

「알 만해. 원하지 않으면 셔츠는 나중에 갈아입혀도 됐

을 텐데⋯⋯. 맥박은 아주 좋군. 머리는 아직도 약간 아프
지요, 예?」

「나는 건강해요, 나는 아주 건강해!」 라스꼴리니꼬프는
갑자기 소파에서 일어나 눈을 번득이며 화를 벌컥 내면
서, 고집스럽게 말했다. 그러고는 곧바로 베개 위로 쓰러
진 후 벽 쪽으로 몸을 돌렸다. 조시모프는 그를 뚫어지게
쳐다보았다.

「아주 좋습니다⋯⋯. 모든 게 정상이군요⋯⋯.」 그는 천
천히 말했다. 「뭣 좀 들었나?」

그들은 그에게 대답해 주었고, 또 무엇을 줘도 되는지
물어보았다.

「뭐든지 다 줘도 돼⋯⋯. 수프, 차⋯⋯. 버섯과 오이는 주
면 안 되고, 물론 쇠고기도 주면 안 돼⋯⋯. 자, 뭐, 수선을
피울 건 없고⋯⋯!」 그는 라주미힌과 의미심장한 눈짓을
나눴다. 「물약은 이제 치워도 되겠어, 전부 다. 그리고 내일
은 어떻게 할지 내가 또 보든지⋯⋯. 오늘이라도 좋고⋯⋯
그래, 맞아⋯⋯.」

「내일 저녁에 내가 이 친구를 좀 산책시킬까 하는데!」
라주미힌은 말했다. 「유수뽀쁘 공원 말이야. 그다음에는
〈수정궁〉⁴⁹으로 가볼까 해.」

「나 같으면 내일 이 사람을 움직이지 못하게 하겠어. 하지만…… 조금이라면…… 자, 그것도 그때 가서 한번 생각해 보지.」

「정말 신경질이 나는군. 나는 오늘 마침 집들이를 할 생각이거든. 여기서 두 걸음밖에 떨어져 있지 않아. 이 친구도 오면 좋을 텐데. 소파에라도 앉아 있으면 좋잖아! 너는 올 거지?」 갑자기 라주미힌은 조시모프에게 물었다. 「잊지 마, 약속했으니까.」

「알았어, 조금 늦어도 되겠지. 뭘 대접할 건데 그래?」

「별거 없어. 차, 보드까, 청어, 그리고 소를 채운 빵을 준비했어. 제일 가까운 친구들만 모일 거야.」

「어떤 사람들인데?」

「다 여기 사는 사람들이야. 하지만 사실 다들 잘 모르는 사람들이군. 삼촌을 제외하고는, 아니 그분도 잘 모르지. 어제서야 일 때문에 뻬쩨르부르그에 도착하셨으니까. 5년에 한 번밖에는 서로 얼굴도 못 봐.」

49 〈팔레 드 크리스탈〉. 당시 뻬쩨르부르그의 사도바야 거리에는 이런 이름의 레스토랑이 여러 개 있었다고 한다. 동시에 이 이름은, 당대의 비평가이자 소설가인 체르니셰프스끼가 『무엇을 할 것인가』라는 소설에서 미래의 사회주의적 공동체이자, 유토피아의 모델로 묘사한 런던의 수정궁(투명한 건물)을 비꼰 말이기도 하다.

「삼촌은 어떤 분이신데?」

「작은 군(郡)에서 우체국장으로 평생을 보내셨어. 연금을 받고 계시고, 나이는 예순다섯, 내세울 것도 별로 없어……. 하지만 나는 그분을 사랑해. 뽀르피리 뻬뜨로비치도 올 거야. 이곳의 예심 판사야……, 법률가이지. 아마, 너도 알걸……..」

「그 사람도 너의 친척이야?」

「아주 먼 친척뻘이야. 그런데 왜 그렇게 얼굴을 찡그리는 거야? 한번 서로 얼굴을 붉힌 적이 있다고, 오지 않겠다는 거야?」

「그런 사람은 신경 쓰지 않아……..」

「그럼, 더 좋고. 그리고 또 누가 오냐면, 대학생 몇 사람, 교사 한 사람, 관리 한 사람, 음악가 한 사람, 장교 한 사람, 그리고 자묘또프……..」

「그런데 말을 좀 해봐라. 도대체 너와 이 사람, 그리고 뭐라고 하더라, 그 자묘또프라는 사람하고는 도대체 무슨 공통점이 있는 거야?」 조시모프는 라스꼴리니꼬프를 턱짓으로 가리키며 말했다.

「아하, 이 까다로운 사람! 원칙을 또 따지는군……! 너는 태엽처럼 원칙에 감겨 있어. 자기 뜻대로는 몸 하나 까

딱하지를 못하는 녀석이야. 나는 말이야, 사람이 좋으면, 그게 바로 원칙이라고 생각해. 그 외에 나는 아무것도 알고 싶지 않아. 자묘또프는 정말 괜찮은 사람이야.」

「사리사욕을 채우겠지.」

「그래, 사리사욕을 채운다 한들 그게 무슨 상관이야! 사리사욕을 채우면, 그게 어떻단 말이지!」 라주미힌은 왠지 부자연스럽게 화를 내면서 갑자기 소리를 질렀다. 「내가 그 사람이 사리사욕을 채운다고, 네게 그를 칭찬이라도 했어? 나는 그가 그 나름대로 좋은 사람이라고 말했어! 사람들을 똑바로 좀 보라고. 모든 면에서 다 좋은 사람들이 어디 있어? 나는 내가 오장육부를 다 합쳐도 구운 파 대가리 한쪽 값어치밖에 안 나간다고 확신해. 덤으로 너까지 집어넣어도 말이지……!」

「그건 너무 작은데, 나라면 네게 두 쪽의 값어치를 쳐줄 텐데…….」

「난 네게 한쪽 이상은 안 쳐줄 거야! 더 조롱해 보시지! 자묘또프는 아직 풋내기야, 그런 사람은 달래야지 윽박지르면 안 돼. 윽박지르기만 하면 그 사람을 제대로 고칠 수가 없거든. 더구나 풋내기일수록 두 배는 더 조심스럽게 다뤄야 하는 거라고. 이봐, 너 같은 소위 진보적이라고 하는 멍청이들은 아무것도 이해하지 못해! 사람을 존경할 줄도 모르고, 자기 자신을 모욕한다고……. 그와 내가 왜 가까워졌는지 알고 싶다면 내 얘기해 주지. 한 가지 공통의 관심사가 그와 나 사이에 생겼어.」

「궁금한데.」

「그건 칠장이에 대한 일이야……. 우리는 그를 반드시 구해 낼 거야! 그리고 이제는 어려울 것도 없어. 사태는 너무 명백하니까! 우리가 조금만 밀어주면 돼.」

「또 무슨 칠장이 이야기야?」

「아니, 아직 내가 그 이야기를 하지 않았던가? 안 했었어? 그래, 맞다. 내가 하려던 얘기가 뭐냐면……, 그 고리대금업자, 관리의 미망인 노파 살인 사건 말이야……, 지금 칠장이가 말려들었어…….」

「그 살인 사건에 대해서라면 너한테 듣기 전부터 관심을 가지고 있었어…… 조금은……. 또 어떤 일 때문에…… 신문에서도 읽었지! 그런데…….」

「리자베따도 죽였어요!」 나스따시야가 라스꼴리니꼬프를 향해서 갑자기 입을 놀렸다. 그녀는 방에 남아, 문가에 기대서서 내내 이야기를 듣고 있었던 것이다.

「리자베따를?」 라스꼴리니꼬프는 거의 들릴 듯 말 듯

한 소리로 중얼거렸다.

「리자베따, 물건 팔러 다니던. 기억나요? 여기 아래층에도 다녔잖아요. 당신 셔츠도 고쳐 주었고요.」

라스꼴리니꼬프는 벽 쪽으로 돌아누워서, 누렇게 바랜 더러운 흰 꽃무늬 벽지에서 밤색 선으로 그려진 못생긴 흰색 꽃을 한 송이 골라, 그 꽃에 잎이 몇 개나 있는지, 잎 가장자리의 톱니 모양은 어떻게 생겼는지, 선은 몇 개나 그려져 있는지를 관찰하기 시작했다. 그는 팔다리가 마비되어서 완전히 떨어져 나간 것 같았지만, 조금이라도 몸을 움직여 볼 생각조차 못하고, 고집스럽게 꽃만 응시했다.

「그런데 그 칠장이가 어쨌다는 거야?」 조시모프는 조금 유별나게 불만스러운 어조로 나스따시야의 수다를 가로막았다. 그녀는 한숨을 쉬며 입을 닫았다.

「그 역시 살인 혐의를 받고 있어!」 라주미힌은 흥분해서 말을 이었다.

「어떤 증거라도 있는 거야?」

「증거는 무슨 증거! 증거가 있기는 있지. 그런데 그 증거라는 게 증거가 아냐. 증명을 필요로 하는 사안이지! 이것은 처음에 그 사람들, 뭐더라, 그 사람들 이름이…… 그래, 꼬흐와 뻬스뜨랴꼬프라는 작자들을 잡아들여서 혐의

를 씌웠던 것하고 똑같아……. 퉤! 얼마나 일을 어리석게
처리하는지, 남의 일이지만 정말 혐오스러워! 뻬스뜨랴꼬
프는 오늘 우리 집에 올지도 몰라……. 맞아, 로쟈, 너도 이
사건을 알고 있지? 이 사건은 네가 병이 나기 전, 네가 기
절하기 바로 전날 저녁에 일어났어. 그때 경찰서에서도
그 이야기를 하고 있었잖아…….」

조시모프는 호기심을 가지고 라스꼴리니꼬프를 보았
지만, 그는 꼼짝도 하지 않았다.

「이봐, 라주미힌? 너를 가만히 보니까, 무척 남의 일에
참견하는 걸 좋아하는구나.」 조시모프는 지적했다.

「그건 그렇다고 치고, 어쨌든 우리는 그를 구해 낼 거
야!」 라주미힌은 주먹으로 탁자를 치면서 외쳤다. 「뭐가
제일 화나는 줄 알아? 경찰들이 거짓말을 하고 있어서가
아냐. 거짓말은 항상 용서할 수 있지. 거짓말은 진실로 우
리를 인도하니까 사랑스러운 일이기도해. 아니, 거짓말을
하는 것도 불만스러운데, 거기다가 자기들이 만든 거짓말
을 신봉하고 있다는 게 더 문제야. 나는 뽀르피리를 존경
해. 하지만…… 대체 뭐가 그들을 처음부터 갈팡질팡하게
만들었지? 문은 잠겨 있었는데, 경비원이 와서 보니까 열
려 있더라는 거였어. 그러니 꼬흐와 뻬스뜨랴꼬프가 죽였

다는 거야! 이게 바로 그들의 논리이지.」

「성내지 마. 잠시 그냥 구류시켰던 것뿐이잖아……. 참, 내가 그 꼬흐라는 사람을 만나 보았는데, 그 사람은 노파에게서 기한을 넘긴 물건들을 샀다고 하더군? 그렇지?」

「그래, 사기꾼이야! 그 사람은 어음도 사들인다고 하더군. 수완가이지. 그 사람이 어떤 사람이든 내가 알 바는 아니고! 내가 뭣 때문에 화가 나는지 알아? 그들의 시대에 뒤떨어진 그 고루하고 비열한 관행 때문에 화가 나는 거야……. 이 사건 하나만 가지고서도 완전히 새로운 길을 개척할 수 있을 텐데 말이야. 단지 심리적인 자료만으로도 확실한 증거를 찾아내는 방법을 보여 줄 수 있단 말이야. 그런데 〈우리에게는 단서가 있소!〉라니, 그 단서가 전부는 아니잖아. 최소한 일의 반은 그 단서를 어떻게 다루느냐에 있는 것 아냐!」

「그러는 너는 그 단서를 다룰 줄 안다는 거야?」

「일에 도움을 줄 수 있다는 것을 스스로도 알면서, 입을 다물고 있을 수만은 없다고……. 이봐……! 이 사건에 대해서 자세히 알고 있나?」

「그 칠장이에 대한 이야기를 듣고 싶은데.」

「맞아, 그렇지! 자, 이야기를 들어 봐. 정확히 살인이 있은 지 꼭 사흘째 되는 날 아침에 그들이 아직 꼬흐와 뻬스뜨랴꼬프를 붙잡고 머리를 썩이고 있는 동안 — 사실 그들이 모두 자기 행동들을 증명해서, 무죄라는 게 분명해졌는데도 말이야 — 느닷없이 뜻밖의 사실이 드러났어. 바로 그 집 맞은편에서 선술집을 하고 있는 농부 출신의 두쉬낀이라는 작자가 경찰서에 나타나서는, 금귀고리가 들어 있는 귀금속함을 보여 주며, 소설 같은 이야기를 하는 거야. 〈사흘 전 대략 저녁 8시가 지나서〉 — 이 날짜와 시간을 좀 봐! 이해가 가지? — 〈그전에도 낮에 저희 집에 자주 찾아오던 칠장이 니꼴라이가 들어오더니, 제게 금귀고리와 보석이 든 상자를 내주면서, 이것들 대신 자기에게 2루블을 달라고 부탁을 하겠습죠. 그래서 제가 물었지요, 어디서 났느냐고. 그랬더니 길에서 주웠다고 하더군요. 저는 더 이상은 묻지 않고〉 — 바로 두쉬낀이 이렇게 말했다는 거야 — 〈그에게 루블 지폐 한 장만, 그러니까 1루블만 주었습니다. 왜냐하면 내가 받아 주지 않으면, 다른 사람에게 전당 잡힐 거라는 생각이 들어서요. 어차피 다 마셔 버릴 거라면, 우리 집에 물건을 두는 게 낫다는 생각이 든 거지요. 멀리 둘 건 멀리 두고, 더 가까이 있는 것은 잡으라고 했으니까요. 그러다가 소문이라도 돌기 시작하면 경찰에 신고하면 된다고 생각했습죠.〉 물론 이건 소설 같은 이야기이고, 그가 거짓말을 한 게 분명해. 왜냐하면 나는 그 두쉬낀이라는 작자를 알거든. 그는 고리대금업자에 장물아비야. 그는 〈신고하기〉 위해서가 아니라, 니꼴라이에게서 물건을 빼앗기 위해 30루블짜리 물건을 1루블을 주고 잡은 거야. 그러고 나서는 그냥 겁이 난 거지. 그건 그렇고, 계속 들어 봐. 두쉬낀은 계속해서 이렇게 말했어. 〈저는 그 농부의 아들 니꼴라이 제멘찌예프를 어린 시절부터 잘 알고 있습니다. 같은 시와 군에서 자랐지요. 우리는 모두 자라이스끼 군의 농민으로 랴잔 출신이거든요. 니꼴라이는 술꾼은 아니지만, 자주 마시는 편이에요. 그런데 그가 바로 그 집에서 드미뜨리와 함께 일했다는 걸, 칠을 했다는 걸 우리는 잘 알고 있었어요. 드미뜨리도 같은 곳 출신이고요. 그는 1루블 지폐를 받더니만, 곧 그것을 동전으로 바꿔서, 술을 연거푸 두 잔 마시더니 거스름돈을 집어 가지고 나갔습니다. 그때 드미뜨리는 함께 오지 않았습니다. 그런데 그다음 날 우리는 알료나 이바노브나와 그 여동생 리자베따 이바노브나가 살해당했다는 소식을 들었습니다요. 우리는 그들을 잘 알고 있었습죠. 그래서 이때 그 귀고리에 대한 의심이 더럭 났던 거예요.

고인이 된 노파가 물건을 잡고 돈을 준다는 사실을 우리는 잘 알고 있었거든요. 그래서 저는 그 집에 가서 혼자 조심스럽게 알아보려고, 살금살금 올라가서 대뜸 물어보았지요, 여기 니꼴라이가 있냐고요. 그랬더니 드미뜨리가 하는 말이 니꼴라이는 실컷 놀다가 새벽녘이나 되어서 집에 돌아왔지만, 한 10분쯤 집에 있다가 다시 나가 버렸다고요. 그 이후로 그는 니꼴라이를 보지 못했고, 그래서 지금 일을 혼자서 마무리하고 있는 중이라고 하더군요. 그들이 일하던 곳은 살해당한 사람들 집과는 한 층을 사이에 두고 2층에 있었습니다. 이 말을 다 듣고 나서, 그때는 아무에게도 말을 하지 않았습니다.〉 이렇게 두쉬낀이 말했지. 〈살인에 대해서 알아볼 수 있는 것은 다 알아본 다음, 집에 돌아왔지만 여전히 같은 의심이 드는 거예요. 그런데 오늘 아침 8시에, 그러니까 살인이 있은 지 사흘째 되는 날〉 ─ 무슨 말인지 알겠지? ─ 〈저희 집으로 니꼴라이가 들어왔어요. 별로 술에 취한 것 같지는 않았는데도 얼이 빠져 있더라고요. 그렇지만 말귀는 알아듣더군요. 그는 판매대 앞에 털썩 주저앉더니만 잠자코 있는 거예요. 그때 선술집에는 그 외에도 다른 낯선 사람이 한 명 앉아 있었고, 또 안면이 어느 정도 있던 사람은 판매대에서 자고 있었습죠. 그리고 저희 집에서 일하는 소년들이 둘 있었고요. 제가《자네, 드미뜨리를 보았나?》하고 물었습죠. 그랬더니《아니요, 보지 못했어요》라고 대답하더군요.《이곳에 없었나?》라고 물었더니,《사흘 동안 이곳에 없었어요》라고 하대요.《그럼, 최근에는 어디서 잤어?》했더니《뻬스끼에서 부랑자 패거리들과 잤어요》라고 하더군요. 그래서 제가 물었지요.《그런데 그 귀고리는 어디서 난 거야?》그랬더니《길에서 주웠어요》하고 말을 하는데, 무슨 책망받을 짓을 하기라도 한 것처럼 얼굴을 외면하는 거예요. 그래서 제가《너 바로 그날 저녁, 그 시간에 그 계단에서 무슨 일이 있었는지 알아?》하고 물었지요.《아니요, 듣지 못했어요》라고 하더군요. 그러고는 튀어나올 듯이 눈을 부릅뜨고 이야기를 듣더니, 갑자기 얼굴이 하얗게 질리는 거예요. 내가 그에게 얘기를 해주니까, 녀석이 모자를 들고서 일어서려고 하지 않겠습니까? 그래서 저는 그를 제지하려고 했습죠.《기다려, 니꼴라이, 다 마시지도 않았잖아?》그러고는 문을 잠그라고 소년에게 눈짓을 했지요. 그런데 그 녀석은 막는 것을 뿌리치고 가게에서 거리로 뛰어나가 골목으로 도망쳐 버렸습니다요. 그게 다예요. 그래서 저는 제 의심을 확신하게 되었습죠. 그러니까 그게 바로 그의 범행이라는…….〉」

「그렇고 말고……!」 조시모프는 말했다.

「잠깐! 끝까지 한번 들어 봐! 일이 그렇게 되니, 물론 경찰들은 니꼴라이를 잡으려고 온 힘을 다 기울였어. 두쉬낀은 잡혀서 가택 수색을 당했어. 드미뜨리도 마찬가지였고. 그리고 부랑자 패거리들도 모두 조사당했어. 그런데 갑자기 사흘 전에 니꼴라이가 잡혀 온 거야. 그를 X 초소 근처의 여인숙에서 잡았다고 하더군. 그가 거기로 들어와서는 은십자가 목걸이를 풀더니, 그것 대신 보드까를 달라고 했다는 거야. 그래서 주었다지. 몇 분이 지나서 한 아낙이 외양간 쪽으로 가서 틈새로 쳐다보니까, 녀석이 외양간의 마룻대에 가죽띠를 매달고, 올가미를 만들더라는 거야. 그러고는 그루터기에 서서 목을 매려고 했다지 않은가. 아낙이 목청을 다해 비명을 지르자 사람들이 뛰어왔지. 〈네놈은 누구냐!〉 하고 물었더니 〈저를 이러저러한 구역의 경찰서에 데려다주십시오, 다 자백하겠습니다요〉 하더라는군. 그래서 그가 가지고 있던 물건들을 다 들려서 그를 이 구역, 즉 이곳의 경찰서에 데려온 거야. 그러고는 물었다지, 어디서 온 누구냐, 나이는 몇이냐, 뭐 그런 질문들이었겠지. 〈스물둘입니다요〉 하더라는군. 그래서 묻기를 〈드미뜨리와 일을 어떻게 했느냐, 이런저런 시간에 계단에서 아무도 본 적이 없느냐?〉라고 하니까, 〈아마도 사람들이 다녔겠지만, 우리는 잘 보지 않아서 모르겠습니다요〉라고 대답했다는군. 〈그럼, 무슨 특별한 소리를 들은 적은 없나?〉 했더니 〈아무것도 특별한 소리를 들은 게 없습니다요〉 했다는군. 〈너와 드미뜨리는 이러저러한 날에 이러저러한 노파가 자기 동생과 함께 살해되고, 강도를 당한 것을 알고 있었느냐?〉 하고 물었더니, 〈전혀 듣지도 알지도 못하는 일일뿐더러 사흘 전에 선술집에서 처음으로 아파나시 빠블리치[50]에게서 들었습니다요〉 하더라는군. 〈그럼, 귀고리는 어디서 났나?〉 했더니 〈길에서 주웠습니다요〉 하고, 〈왜 다음 날 드미뜨리와 함께 일터에 나오지 않았지?〉 했더니 〈그냥 술 마시고 노느라고 그랬습지요〉 하더라는군. 〈어디서 그렇게 마시며 놀았나?〉, 〈여기저기에서 놀았습니다요〉, 〈왜 두쉬낀의 집에서 도망쳤지?〉, 〈그때 저는 너무 놀랐거든요〉, 〈뭐에 그렇게 놀랐나?〉, 〈벌을 받을까 봐서요〉, 〈네가 죄를 지은 게 없다고 생각한다면, 놀랄 것이 뭐가 있느냐……?〉 믿든, 안 믿든, 조시모프, 이런 식의 질문들이 바로 지금과 같은 표현 방

50 두쉬낀이라는 사람의 이름과 부칭이다.

식으로 행해졌어. 확실해, 정확하게 전해 들었으니까! 어떻게 생각하나, 응?」

「그래, 하지만 증거물이 있잖아.」

「내가 지금 말하는 건 증거물이 아니라 신문에 대해서야. 그들이 본질을 어떻게 이해하느냐의 문제라고! 제기랄……! 자, 그런 식으로 그 녀석을 쥐어짰던 거야. 쥐어짜고 또 쥐어짠 결과, 마침내는 자백을 받아 냈어. 〈길이 아니라, 저와 드미뜨리가 칠을 하고 있던 그 집의 방바닥에서 발견했습니다요〉, 〈어떻게 하다가 찾았지?〉, 〈그러니까 저와 드미뜨리는 그 방에서 종일 저녁 8시까지 칠을 하다가 밖으로 나가려고 했습니다요. 그런데 드미뜨리가 붓을 집더니 제 상판에 장난을 치는 거예요. 제 얼굴에다가 칠을 묻히고는 도망가기에 제가 그 녀석을 뒤쫓아 갔습니다. 그 녀석 뒤를 쫓아가면서 소리를 꽥꽥 질러 댔죠. 계단에서 현관으로 나가는 길에 경비원과 여러 사람들과 세게 부딪쳤어요. 그때 몇 분이나 계셨는지는 기억이 나지 않습니다요. 경비원이 제게 욕을 해댔고, 다른 경비원도 그랬어요. 경비원 부인이 나와서 또 우리를 욕하고 있는데, 그때 한 신사 양반이 부인과 함께 현관으로 들어가다가 또 우리를 욕했지요. 왜냐하면 저와 드미뜨리가 길을 가로막고 뒹굴고 있었거든요. 저는 드미뜨리의 머리를 붙잡고 쓰러져서 녀석을 주먹으로 치기 시작했고, 미찌까 역시 제 밑에서 제 머리털을 잡고 주먹으로 때리기 시작했습니다요. 우리는 악의가 있어서가 아니라, 그냥 장난으로 서로 좋아서 그랬습니다. 그다음 미찌까가 저한테서 빠져나가더니 거리로 달려가잖아요. 그래서 저도 그를 따라갔지만, 끝내 따라잡지를 못하겠기에 혼자서 방으로 돌아왔습지요. 물건을 정돈해야 했으니까요. 저는 물건을 정돈하면서 드미뜨리가 오기를 기다렸어요. 그런데 방문 뒤 한쪽 구석에서 상자가 밟히잖아요. 보니까 떨어져 있더라고요, 종이에 싸인 채로요. 그래서 종이를 펴보았더니, 아주 작은 상자가 보이더군요. 그 상자를 열어 보니, 그 상자 속에 귀고리가 있었습니다요…….〉」

「문 뒤에? 문 뒤에 놓여 있었다고? 문 뒤에?」 갑자기 라스꼴리니꼬프는 흐릿하면서도 놀란 눈초리로 라주미힌을 바라보며 소리를 지르고는, 천천히 한 팔을 짚고 일어났다.

「그래……. 그런데, 왜 그래? 무슨 일이야? 왜 그래?」 라주미힌 역시 자리에서 일어났다.

「아무것도 아냐……!」 라스꼴리니꼬프는 다시 베개 위

에 쓰러져서, 벽 쪽으로 몸을 돌리면서 거의 들릴 듯 말 듯한 목소리로 대답했다. 모두 잠시 동안 침묵했다.

「졸다가 잠꼬대를 한 모양이야, 틀림없어.」 마침내 라주미힌은 의문이 가득한 표정으로 조시모프를 바라보며 이렇게 말했다. 그러나 조시모프는 그것이 아니라는 듯이 가볍게 머리를 저었다.

「계속해 봐.」 조시모프는 말했다. 「그다음에는 어떻게 되었지?」

「그다음에 어떻게 되다니? 녀석은 귀고리를 보자마자 이내 아파트고, 미찌까고 뭐고 모조리 잊어버리고, 모자를 집어 들고는 두쉬낀에게로 달려갔어. 이미 알다시피 1루블을 받아 쥐고는, 길가에서 주웠다고 그에게 거짓말을 하고 놀러 다닌 거지. 살인에 대해서는 예전처럼 부인을 하는 거야. 〈전혀 알지도 듣지도 못한 일이에요, 사흘 만에야 들었어요〉, 〈그럼, 왜 이제까지 나타나지 않았지?〉, 〈무서워서요〉, 〈왜 목을 매려고 했지?〉, 〈생각다 못해서요〉, 〈무슨 생각?〉, 〈저를 벌할까 봐요〉, 자, 이게 다야. 이제 그들이 어디서 추론을 해냈는지를 알겠지?」

「생각할 게 뭐가 있어, 어떤 증거이든 하여간 증거가 있잖아. 그건 엄연한 사실이야. 그러니 네가 그 칠장이를 석

방시킬 수는 없는 일 아니겠어?」

「그래, 경찰들은 그를 살인범으로 생각하고 있어! 조금도 의심의 여지가 없다고 생각하지…….」

「바보 같은 소리 마. 너는 흥분하고 있어. 그럼, 그 귀고리는 어떻게 된 거지? 귀고리는 그날 그 시간에 노파의 궤에서 니꼴라이의 손으로 들어간 거잖아. 그건 동의하겠지? 그렇다면 그것들이 어쩌다가 그의 손에 들어가게 된 걸까? 이건 이런 사건의 심리에서 결코 작은 일이 아냐.」

「어떻게 그의 손에 들어갔느냐고? 어떻게?」라주미힌은 소리쳤다. 「너는 의사잖아. 무엇보다도 먼저 인간을 연구해야 할 의무가 있고, 또 다른 사람들보다 먼저 인간의 본성을 연구할 기회를 가진 사람으로서 정말 너는, 이런 자료를 보고도 그 니꼴라이라는 자가 어떤 사람인지, 그 자가 어떤 본성을 가진 사람인지를 모르겠다는 거야? 단번에 그가 신문에서 한 말 모두가 신성한 진실이라는 것을 모른다는 말이야? 그가 말한 대로 그렇게 조용히 그의 손에 들어오게 된 거야. 상자가 우연히 발에 밟혀, 주워 든 것뿐이라고!」

「신성한 진실이라! 하지만 처음에는 자기도 거짓말을 했다고 인정했잖아?」

「내 말을 들어 봐, 주의 깊게 들어 보란 말이야. 경비원
도, 꼬흐도, 뻬스뜨랴꼬프도, 그리고 다른 경비원도, 또 첫
번째 경비원의 아내도, 그때 경비실 안에 앉아 있었던 여
상인도, 그때 마차에서 일어나 귀부인과 함께 손을 잡고
현관으로 들어가던 7등 문관 끄류꼬프도, 모두 여덟 아니
아홉이나 되는 증인들이 한 목소리로 니꼴라이가 드미뜨
리를 땅에 짓누른 채 함께 뒹굴며, 그를 때리고, 또 드미뜨
리도 그의 머리털을 부여잡고 주먹다짐을 했다고 증언했
어. 그들은 길을 가로질러 누워 있었기 때문에 통행을 방
해했던 거야. 사방에서 그들을 욕했지만, 그들은 〈어린애
들같이〉 (이건 증인들의 말을 그대로 쓴 거야) 엎치락뒤
치락하면서 소리를 지르고 서로를 때리며, 우스꽝스러운
상판을 하고서 낄낄댔단 말이야. 그러다가 꼭 어린애들처
럼 한 사람이 다른 사람을 뒤쫓아서 거리로 나갔어. 알아
듣겠어? 이제 냉철하게 생각을 해보자고. 위에서는 아직
도 따뜻한, 알겠어? 아직 따뜻한, 그런 시체가 발견됐어!
만일 그들이 죽였다면, 아니 니꼴라이 혼자서 죽였다면,
그리고 궤를 부수고 도둑질을 했거나, 아니면 그냥 도둑
질에 참여만 했다면 말이야, 내가 한 가지 질문을 하지. 그
와 같은 심리 상태, 즉 소리를 꽥꽥 지르며 웃고, 어린애들

처럼 문 아래서 싸우는 심리 상태가 이 도끼니, 피니, 사악한 교활함이니, 조심성이니, 강도 짓이니 하는 것과 과연 부합될 수 있다고 생각해? 바로 그 시간에 죽였어, 기껏해야 5분 내지 10분 전에 살인이 벌어졌다고. 아직 시체가 따뜻했으니까. 그런데 갑자기 시체를 버려 두고, 아파트 문을 열어 놓은 채, 지금 사람들이 그곳으로 올라가고 있다는 것을 뻔히 알면서도, 강탈한 물건까지 버려 두고 어린애들처럼 길에서 나뒹굴며 낄낄대면서 사람들의 관심을 자기들에게 집중시킨다는 것이 가능한 일일까? 그리고 이 점에 대해서는 10명이나 되는 증인들이 한결같이 말하고 있으니 말이야!」

「물론, 이상하군! 사실 불가능한 일이야. 그렇지만…….」

「아냐, 그렇지만이 아냐. 만일 바로 그날 그 시간에 니꼴라이의 손에 들어온 귀고리가 실제로 그에게 불리하게 작용할 중요한 사실적 단서가 된다고 한다면 — 그의 증언이 모든 걸 해명하고 있으니까, 결과적으로 논쟁의 여지가 있는 단서도 되겠지만 — 그를 변호해 줄 만한 사실들도 염두에 두어야 할 필요가 있다고 생각해. 더구나 그것은 도저히 반박할 수 없는 단서니까 더욱 그렇지. 우리 법률학의 성격상, 심리적으로 불가능하다고 여겨지는 사실, 즉 오로지 심리 상태에만 근거를 둔 그런 사실이 반박할 수 없는 확고한 사실로 받아들여질 수 있다고 생각해? 그것이 어떠한 것이든 기소할 수 있는 물적 증거를 뒤엎을 만한 사실로서 받아들여질 수 있을까? 아니, 받아들여질 리가 없지, 결단코 받아들여지지 않을 거야. 상자는 발견되었고, 사람이 목을 매려고 했으니, 〈만약 자기가 죄가 없다고 생각한다면, 그런 일을 저지를 리가 없지 않느냐!〉라는 거지. 바로 이게 큰 문제야. 이것 때문에 내가 화가 나는 거야! 알겠어!」

「그래, 네가 화를 내고 있다는 건 알겠어. 그런데 잠깐, 내가 한 가지 묻는 걸 잊었는데, 그 귀고리 상자가 실제로 노파의 궤에서 나왔다는 것은 어떻게 증명되었지?」

「그건 말이야,」 라주미힌은 내키지 않는다는 듯이 얼굴을 찌푸리며 대답했다. 「꼬흐가 물건을 알아보고 전당 잡힌 사람을 가르쳐 주었어. 그리고 그 사람도 자기 물건이라고 확인을 했고.」

「일이 불리하게 되었군. 또 한 가지가 더 있어. 꼬흐와 뻬스뜨랴꼬프가 위로 올라가고 있었을 때, 누구든지 니꼴라이를 본 사람은 없었을까? 그것을 어떻게 해서든 증명할 방법은 없을까?」

「바로 그게 문제야, 아무도 본 사람이 없어.」라주미힌
은 불만스러워하며 대답했다.「그게 바로 곤란한 점이야.
꼬흐와 뻬스뜨랴꼬프조차도 위로 올라가고 있었을 때 그
들을 보지 못했다고 하더군. 그리고 이제 와서는 그들의
증언도 별로 많은 의미를 지니고 있지는 않아. 〈아파트가
열려 있었고, 그 안에서 분명 일을 하고 있는 것을 보긴 했
지만, 지나면서 관심을 기울이지 않았기 때문에 그때 그
곳에 일꾼들이 있었는지 없었는지는 정확히 기억이 나지
않습니다〉라고 말했다는군.」

「음. 그렇다면 서로 목을 조르면서 낄낄댔다는 것이 유
일한 변명거리로군. 그 변명이 강력한 증거라고는 해도
말이야. 하지만…… 그럼, 너는 이 모든 사실을 어떻게 설
명할 건데? 만약 실제로 그가 귀고리를 주운 거라면, 그
발견을 어떻게 설명할 건데? 어떻게 증명할 거지?」

「어떻게 설명하느냐고? 설명할 게 뭐가 있어? 너무나
분명한데! 적어도 수사가 진행되어야 할 방향은 분명해졌
어. 바로 그 상자가 그것을 보여 주고 있지. 살인자는 실제
로 그 귀고리를 떨어뜨린 거야. 꼬흐와 뻬스뜨랴꼬프가
문을 두드렸을 때, 살인범은 위에 있었어. 문을 걸어 잠그
고 있었던 거야. 꼬흐가 바보처럼 아래로 내려가자, 그때

314

살인범은 자리에서 일어나 역시 아래로 내려갔던 거야. 그것 외에는 다른 방법이 없었으니까. 그는 계단에서 꼬흐와 뻬스뜨랴꼬프와 경비원을 피해서, 때마침 드미뜨리와 니꼴라이가 뛰쳐나가 버린 후에 텅 비어 버린 그 아파트에 숨었던 거야. 경비원과 사람들이 위로 올라갈 동안, 문 뒤에 서서 기다리다가, 발걸음 소리가 작아지자, 아주 평온하게, 정확히 드미뜨리와 니꼴라이가 거리로 뛰쳐나간 바로 그 순간에 아래로 내려갔던 거지. 사람들은 모두 헤어진 다음이라서 문 아래에는 아무도 남아 있지 않았어. 어쩌면 사람들이 그를 보았을지도 모르지만 눈치채지는 못했어. 사람들이 많이 다니지 않았겠어? 바로 문 뒤에 서 있을 때, 그는 주머니에서 상자를 떨어뜨렸는데, 그것을 알아채지도 못했어. 그런 것에 신경을 쓸 여력이 없었던 거지. 상자가 바로 그가 그곳에 서 있었다는 것을 증명해 주고 있어. 그게 사건의 전말이야!」

「교묘하군! 아니, 이봐, 그건 너무 교묘해. 그건 기막히게 교묘하군!」

「왜, 왜 그렇지?」

「왜냐하면 모든 게 너무 잘 맞아떨어지잖아……. 너무 잘 짜여져 있어……, 마치 연극처럼 말이야.」

「나, 참!」라주미힌은 이렇게 소리쳤다. 바로 그때 문이
열리더니 또 한 명의, 그 방에 있던 사람들에게는 전혀 낯
설고 새로운 얼굴이 들어왔다.

5

그는 지나치게 격식을 차리고 위엄을 부리는 중년의 신
사로서 조심스럽고 까다로워 보이는 외모를 하고 있었다.
그는 문에 멈춰 서서 무례할 정도로 놀라움을 감추지 않
고서, 마치 〈뭐 이런 데가 다 있어?〉라고 묻기라도 하는
듯 주위를 둘러보았다. 믿을 수 없다는 듯이, 그리고 약간
의 경악과 모욕감에서 오는 아니꼽다는 표정으로 그는 라
스꼴리니꼬프의 비좁고 낮은 〈선실〉을 둘러보았다. 이어
서 그는 조금 전과 마찬가지로 놀란 표정으로 시선을 돌
려, 옷도 안 입고, 헝클어진 머리에 씻지도 않은 채 초라하
고 더러운 소파에 누워서, 역시 미동도 하지 않고 자기를
관찰하고 있는 라스꼴리니꼬프에게 시선을 고정시켰다.
그러고 난 다음에는 역시 그 느릿한 동작으로 너절한 옷
에 수염도 깎지 않고 머리도 빗지 않은 라주미힌의 몰골

을 찬찬히 뜯어보기 시작했다. 라주미힌 또한 그 시선을 맞받아서 자리에서 움직이지도 않은 채, 오만불손하고 의문이 가득한 눈으로 그를 직시했다. 긴장된 침묵이 계속되었다. 그러나 얼마간 시간이 지나자, 이런 경우에는 항상 기대할 수 있는 일이지만, 마침내 분위기에 약간의 변화가 일어났다. 새로 들어온 신사가 약간의 징조, 하지만 충분히 뚜렷한 징조를 보고 이곳, 이 〈선실〉과도 같은 방에서는 엄격하게 과장된 당당한 태도를 취해 봐야 아무것도 얻을 게 없다고 판단했는지 약간은 태도를 누그러뜨린 것이다. 그는 정중하게, 그러나 준엄한 태도를 버리지 않고서, 조시모프를 향해 음절을 딱딱 잘라 발음하면서 질문했다.

「당신이 로지온 로마니치 라스꼴리니꼬프, 대학생, 아니 대학생이셨던 분입니까?」

조시모프는 천천히 몸을 움직여 답하려 했으나, 질문을 당하지도 않은 라주미힌이 불쑥 그를 앞질러 대답했다.

「저기 소파에 누워 있는 사람이 바로 그 사람입니다! 무슨 일이시지요?」

이 〈무슨 일이시지요?〉라는 무람없는 말투가 격식을 따지는 신사를 꼼짝 못하게 했다. 그는 하마터면 라주미힌에게로 몸을 돌릴 뻔했으나, 가까스로 제때에 자기 자신을 제어하고, 다시 조시모프 쪽으로 몸을 돌렸다.

「바로 이 사람이 라스꼴리니꼬프입니다!」 조시모프는 환자 쪽으로 턱짓을 하며, 우물우물 답변을 하고는, 이때 웬일인지 이상하게 입을 크게 벌려 하품을 하고, 또 그런 채로 한참이나 있었다. 그리고 이어서 천천히 조끼 호주머니를 뒤져, 거대하고 불룩한 금시계를 꺼내어 뚜껑을 열고는, 시간을 보고, 아주 느릿하고 한가한 모습으로 그것을 다시 주머니에 집어넣었다.

라스꼴리니꼬프 자신은 내내 말없이 똑바로 누워서, 들어온 사람을 아무 생각도 없이 뚫어지게 쳐다보았다. 호기심을 가지고 여태까지 바라보던 벽지의 꽃무늬에서 돌아누운 그의 얼굴은 극도로 창백했고, 이제 막 고통스러운 수술을 받았거나, 고문에서 풀려 난 사람처럼 대단히 괴로운 표정을 짓고 있었다. 하지만 들어온 신사가 조금씩 그의 마음속에 관심을 불러일으키자, 그 관심은 의혹이 되고, 불신이 되어서, 마침내는 두려움으로까지 변했다. 조시모프가 그를 가리키며 〈바로 이 사람이 라스꼴리니꼬프입니다〉라고 말을 하자, 라스꼴리니꼬프는 갑자기 벌떡 튀어 오르듯이 자리에서 일어나, 침대 위에 앉아 띠엄띄엄 끊어지는 약한 목소리로 거의 도전적으로 말했다.

「그렇소! 내가 라스꼴리니꼬프요! 무슨 일이시오?」

손님은 주의 깊게 그를 보더니, 거드름을 피우며 말했다.

「저는 뾰뜨르 뻬뜨로비치 루쥔입니다. 제 이름을 당신이 전혀 모르시리라고는 생각지 않습니다만.」

그러나 무언가 전혀 다른 것을 예상하고 있던 라스꼴리니꼬프는 생각에 잠겨 멍하니 그를 바라보더니, 뾰뜨르 뻬뜨로비치라는 이름은 난생처음 들어 본다는 듯이 아무 대답도 하지 않았다.

「어떻게 이럴 수가 있지요? 정말 이제까지 아무런 소식을 받지 못하셨단 말인가요?」 뾰뜨르 뻬뜨로비치는 약간 불쾌한 표정으로 물었다.

이에 대한 응답으로 라스꼴리니꼬프는 천천히 베개를 받치고 누워, 깍지 낀 손을 머리에 괴고, 천장을 바라보았다. 루쥔의 얼굴에는 실망한 듯한 표정이 언뜻 비쳤다. 조시모프와 라주미힌은 한층 비상한 호기심을 가지고서 그를 뚫어지게 쳐다보기 시작했고, 마침내 그는 당황한 것 같았다.

「저는 이미 다 알고 계시리라고 생각했는데요. 열흘 전, 아니 거의 2주일 전부터 쓰인 편지를…….」 그가 말했다.

「이보십시오, 그렇게 문간에 계속 서 계시렵니까?」 갑자기 라주미힌이 말을 막았다.「만일 설명할 일이 있으시면, 앉으십시오. 나스따시야와 함께 거기 앉으려면 비좁을 텐데요. 나스따슈쉬까, 옆으로 좀 비켜 줘. 길을 내드리지! 들어오십시오, 여기 의자가 있습니다. 이리로 오시지요! 들어오세요!」

그는 자기 의자를 탁자에서 떼어 내, 탁자와 자기 무릎 사이에 공간을 만들어서, 손님이 그 〈틈〉을 지나갈 때까지 몸을 웅크리고 잠시 기다렸다. 그렇게 권유한 순간이 아주 적절했기 때문에, 도저히 그 제안을 거절할 수가 없었던 손님은 서두르다가 넘어질 뻔하면서도 그 좁은 공간을 비집고 들어왔다. 마침내 의자에까지 도달한 그는 그 위에 걸터앉아, 신경이 쓰인다는 듯이 라주미힌을 쳐다보았다.

「그런데 너무 당혹스럽게 생각하지는 마십시오.」 라주미힌은 입을 놀렸다.「로쟈는 닷새째 병이 나서, 사흘간이나 헛소리를 하다가, 지금에서야 깨어났습니다. 이제 식욕이 돌아와서 음식을 먹기도 했지요. 자, 여기 의사 양반이 앉아 계시고, 그가 이제 막 로쟈를 살펴보았습니다. 저는 로쟈의 친구이자, 역시 예전에 대학생이었던 사람으로 지금은 이 친구를 돌보고 있습니다. 그러니 우리는 상관치 마시고, 필요한 일이 있으면 계속하십시오.」

「감사합니다. 하지만 제가 와서 이렇게 이야기를 나누는 것이 환자를 괴롭히는 것은 아닌지 모르겠군요?」 뾰뜨르 뻬뜨로비치는 조시모프에게 말했다.

「아, 아닙니다.」 조시모프는 우물거리며 말했다. 「기분 전환이 될 수도 있지요.」 그러고는 다시 하품을 했다.

「아, 그는 벌써 정신이 들었습니다. 아침부터요!」 라주미힌은 계속 말했다. 그의 이러한 친근한 태도에서는 진정으로 꾸밈이 없는 선량함이 드러났기 때문에, 뾰뜨르 뻬뜨로비치는 잠시 생각한 뒤 용기를 내었다. 그리고 이 것은 어쩌면 이 비렁뱅이에다가 철면피 같은 사람이 적절한 시기에 자기 자신을 대학생이라고 소개했기 때문인지도 몰랐다.

「당신의 어머니께서…….」 루쥔은 말하기 시작했다.

「으음!」 라주미힌이 큰 소리를 냈다. 루쥔은 이유를 묻는 듯한 눈초리로 그를 바라보았다.

「아닙니다, 저는 그냥, 계속하십시오…….」

루쥔은 어깨를 으쓱했다.

「……당신의 어머니께서는 제가 아직 그곳에 함께 있을 때부터 편지를 쓰기 시작하셨습니다. 여기로 온 뒤, 저는 당신이 모든 사실을 알고 있으리라는 확신이 들 때까지 일부러 며칠 기다려 당신에게 오지 않았던 겁니다. 그런데 지금 와서 보니 놀랍게도…….」

「알아요, 알아!」 라스꼴리니꼬프는 갑자기 참을 수 없다는 듯이 짜증을 내면서 말했다.「그게 당신이구려? 약혼자? 그래요, 알고 있어요……! 이제 됐어요!」

뾰뜨르 뻬뜨로비치는 완전히 기분이 상했지만, 입을 다물었다. 그는 이게 다 어떤 뜻인지를 재빨리 파악하려고 노력했다. 한동안 침묵이 계속되었다.

그런데 대답을 할 때 그가 있는 쪽으로 몸을 약간 돌렸던 라스꼴리니꼬프는 다시 그를 갑자기 뚫어지게, 마치 조금 전에는 그를 제대로 살펴보지 못했다는 듯이, 아니면 그에게서 무언가 새로운 것을 발견해서 놀랐다는 듯이 너무나 이상한 눈초리로 바라보기 시작했다. 이를 위해서 그는 일부러 베개에서 몸을 들기까지 했다. 참으로 뾰뜨르 뻬뜨로비치의 전체적인 모습에는 뭔가 이상한 점이 있었는데, 실제로 〈약혼자〉라는 단어에 어울릴 만한 어떤 것이 지금 거침없이 드러나 있었다. 우선, 뾰뜨르 뻬뜨로비치가 약혼녀를 기다리는 동안 옷을 치장하고 몸을 손질하기 위해 수도에서의 며칠간을 애쓰며 보냈다는 점이 두드러지게 나타났다. 그런데 그게 조금 지나칠 정도였다. 하지만 이건 탓할 수 없는 일이었고, 또 충분히 이해할 만한 일이기도 했다. 자기 외모가 만족스럽게 변했다는 점에 대한 나름대로의, 어쩌면 지나칠 정도의 자만심도 뾰뜨르 뻬뜨로비치가 약혼 중이라는 이유 때문에 용서해 줄 수 있는 문제였다. 그의 옷은 모두 이제 막 양복점에서 나왔기 때문에 지나칠 정도로 새것이었는데, 그 목적을 너무 잘 드러내고 있다는 점만을 빼놓고는 훌륭한 것이었다. 잔뜩 멋이 들어간 새 둥근 모자도 그 목적을 잘 드러내고 있었다. 뾰뜨르 뻬뜨로비치는 지나칠 정도로 그 모자를 소중히 다루었고, 지금은 그것을 아주 조심스럽게 손에 들고 있었다. 진짜 주벤[51]이 만든 멋들어진 연보랏빛 장갑 한 켤레는, 그가 그것을 끼지 않고, 남에게 보여 주기 위해 손에 들고 있는 것 하나만 보더라도, 마찬가지의 의도를 드러내 주는 것이었다. 뾰뜨르 뻬뜨로비치의 의복에서는 청년에게나 잘 어울릴 만한 밝은 색깔이 지배적이었다. 그는 밝은 밤색으로 된 훌륭한 여름용 웃옷과 밝은 색깔의 가벼운 바지, 같은 색깔의 조끼, 그리고 이제 막 구입한 얇은 드레스 셔츠, 분홍 줄무늬로 된 가벼운 마직 넥타이

51 프랑스 그르노블 출신의 장갑 제조 기술자.

를 맨 차림이었는데, 무엇보다도 훌륭했던 것은 이 모든 차림이 뾰뜨르 뻬뜨로비치의 얼굴에 딱 어울렸다는 점이다. 그의 얼굴은 아주 생기 있고, 아름답기까지 했는데, 그렇지 않아도 자기 나이인 마흔다섯 살보다 젊어 보였다. 짙은 빛깔의 구레나룻은 두 개의 커틀릿처럼 그의 양 볼을 멋지게 덮고, 깨끗하게 윤이 나도록 면도된 턱 양쪽으로 아름답게 굽이치고 있었다. 이발사의 손으로 곱슬곱슬하게 파마된, 약간 흰머리가 섞인 그의 머리카락도 그의 모습에 어떤 우스꽝스럽거나, 얼빠진 듯한 느낌을 주지는 않았다. 곱슬곱슬한 머리카락은 필경 결혼식에 임하는 독일인처럼 보이게 만들었지만 말이다. 만일 이 상당히 아름답고 위풍당당한 외모에 무언가 불쾌하고 거부감을 느끼게 하는 점이 있다면, 그것은 다른 이유 때문이었다. 예의라고는 전혀 없이 루쥔을 샅샅이 뜯어본 다음, 라스꼴리니꼬프는 싸늘한 미소를 짓더니 다시 베개에 몸을 던지고, 아까처럼 천장을 쳐다보기 시작했다.

그러나 루쥔은 마음을 강하게 먹고, 어느 시점까지는 이런 모든 이상한 행동들에 개의치 않기로 결심한 것 같았다.

「당신이 이런 상태에 있다니, 정말 대단히 안타깝습니

다.」 그는 억지로 침묵을 깨고 다시 말하기 시작했다. 「만일 당신이 건강하지 못하다는 것을 알았더라면, 더 일찍 찾아왔을 겁니다. 아시겠지만, 워낙 일이 많아서……! 게다가 원로원의 제 변호사 업무에 대단히 중요한 일이 생겼기 때문에……. 당신도 다 아실 만한 그런 일거리에 대해서는 더 언급할 필요가 없겠지요. 저는 당신의 가족, 그러니까 어머니와 누이를 손꼽아 기다리고 있습니다…….」

라스꼴리니꼬프는 약간 몸을 움직이며 무슨 말인가를 하려고 했다. 그의 얼굴에는 어떤 흥분이 드러나기도 했다. 뾰뜨르 뻬뜨로비치는 말을 멈추고 기다렸으나, 아무 말도 뒤따르지 않았으므로 계속 말을 이었다.

「……하루하루 말입니다. 그들이 도착하자마자 묵을 거처도 구해 놓았습니다…….」

「어디에요?」 라스꼴리니꼬프는 힘없는 목소리로 물었다.

「여기서 멀지 않습니다. 바깔레예프 건물이지요…….」

「그 집은 보즈네센스끼 대로에 있지요.」 라주미힌이 말을 가로챘다. 「그곳은 2층이 모두 여관방입니다. 상인 유쉰이 주인이죠. 여러 번 가본 적이 있습니다.」

「그래요, 여관방입니다…….」

「지독하게 추잡한 곳이에요. 더럽고, 악취가 진동을 하고, 게다가 의심스러운 구석이 많은 장소예요. 별의별 사건이 다 일어나지요. 어떤 사람들이 사는지, 누가 알겠습니까……! 저도 어떤 소동 때문에 가본 적이 있어요. 어쨌든 방세는 싸죠.」

「저는 물론, 이곳에 대해서는 문외한이라서, 그다지 많은 사정을 알 수는 없었습니다.」 뾰뜨르 뻬뜨로비치는 궁색하게 변명하기 시작했다.「하지만 아주 깨끗한 방 두 개를 얻어 두었습니다. 그리고 그 방에는 얼마간만 있을 거니까요……. 저는 벌써 나중에 우리가 진짜 살게 될 아파트를 구해 놓았습니다.」 그는 라스꼴리니꼬프를 향해 말했다.「지금 그 집을 수리하고 있습니다. 그리고 저도 지금 당분간은 셋방에서 비좁게 살고 있답니다. 여기서 두 걸음만 가면 되는 곳이에요. 립뻬베흐젤 여사의 집에서 사는 제 젊은 친구 안드레이 세묘노비치 레베쟈뜨니꼬프의 아파트에 머물고 있습니다. 그가 제게 바깔레예프 집을 소개해 줬지요…….」

「레베쟈뜨니꼬프라고요?」 라스꼴리니꼬프는 마치 무언가를 상기하려는 듯이 천천히 말했다.

「그렇습니다, 안드레이 세묘노비치 레베쟈뜨니꼬프요. 지금 관청에서 일하고 있지요. 그를 아십니까?」

「예…… 아니…….」 라스꼴리니꼬프는 대답했다.

「실례했군요. 저는 당신이 묻는 것을 보고 아시는 줄 알았습니다. 저는 과거에 그의 후견인이었습니다……. 굉장히 선량한 청년이지요……. 공부도 열심히 하고요……. 저는 청년들을 만나는 걸 좋아합니다. 그들을 통해서 새로운 것들을 알게 되니까요.」 뾰뜨르 뻬뜨로비치는 기대에 차서 그 자리에 있던 모든 사람들을 둘러보았다.

「어떤 점에서 그런가요?」 라주미힌이 물었다.

「가장 심각한, 그러니까 가장 본질적인 점에서 그렇습니다.」 뾰뜨르 뻬뜨로비치는 마치 그 질문이 반갑다는 듯이 재빨리 말을 받았다. 「아시겠지만, 저는 벌써 10년 동안이나 뻬쩨르부르그에 와본 적이 없습니다. 우리가 겪는 모든 새로운 것들, 개혁들이니 사상들이니 하는 것들은 우리 지방에까지도 영향을 미쳤지만, 그래도 보다 명료하게 모든 것을 보기 위해서는 뻬쩨르부르그에서 살아야 합니다. 그러므로 제 생각은 바로 이렇습니다, 우리 젊은 세대들을 관찰하다 보면 더 많은 것을 알고 깨달을 수 있게 된다. 그러니 사실 저는 기뻤던 겁니다…….」

「정확히 무엇 때문에 그럽니까?」

「당신의 질문은 너무 포괄적이군요. 하긴 제가 잘못 생각하고 있는지도 모르지요. 어쨌든 전 젊은이들에게서 더욱 뚜렷한 주관, 말하자면 더욱 날카로운 비판 의식을 발견합니다. 더욱 왕성한 실천력이라고도 할 수 있겠고…….」

「그건 정말 그렇지요.」 조시모프가 중얼거렸다.

「거짓말하지 마, 실천력은 없어.」 라주미힌은 말을 붙들고 늘어지기 시작했다. 「실천적인 능력을 얻기란 어려운 일이야. 하늘에서 그냥 떨어지는 것이 아냐. 우리는 모든 분야에서 거의 2백 년이나 뒤떨어져 있어……. 사상들은 여기저기 돌아다니고 있지만 말이야.」 그는 뾰뜨르 뻬뜨로비치를 향해 말했다. 「선을 행하려는 바람은 있지요, 설사 유치한 수준이라고 할지라도 말이에요. 보이든 보이지 않든 사기꾼들이 득실대긴 하지만 그래도 정직함이라는 것을 찾을 수 있어요. 그렇다 하더라도 실천력은 없어요! 실천력이 있다면, 장화라도 제대로 신고 다녀야 하는 거 아닙니까.」

「당신의 말씀에는 동의할 수 없군요.」 뾰뜨르 뻬뜨로비치는 눈에 보일 정도로 즐거워하며 반박하기 시작했다. 「물론, 극단적으로 치우친다든지 하는 잘못된 점들도 있겠지만, 그런 정도는 관대하게 넘길 필요가 있지요. 극단적으로 치우치는 것도 일에 대한 열의와 합당치 못한 외적인 상황을 증명하는 것이니까요. 아직 이루어진 일이 그다지 많지 않다고 하면, 그건 시간이 부족했기 때문입니다. 방법에 대해서는 말하지 않겠습니다. 제 개인적인 소견에 대해서 말씀드린다면, 무언가 성취된 일도 있다는 겁니다. 새롭고 유익한 사상들, 예전의 몽상적이고 낭만적인 것 대신에 새롭고 실용적인 저술들이 확산되고 있으니까요. 문학은 보다 더 성숙한 느낌을 줍니다. 수많은 해로운 편견들이 근절되어 조롱을 당하고 있어요…… 한마디로 말해서 우리는 돌이킬 수 없을 정도로 과거로부터 벗어나 있고, 제 생각으로는 이것이 바로 성취된 일입니다…….」

「줄줄 외워 대는군!」 라스꼴리니꼬프가 느닷없이 말했다.

「뭐라고요?」 뾰뜨르 뻬뜨로비치는 잘 알아듣지 못해서 물었지만, 대답을 듣지는 못했다.

「그건 모두 맞는 말씀입니다.」 조시모프가 황급히 끼어들었다.

「그렇지요?」 뾰뜨르 뻬뜨로비치는 흐뭇한 표정으로 조시모프를 바라보면서 말을 이었다. 「당신도 동의하시지요?」 라주미힌을 향해 말을 잇다가, 그는 이미 일종의 승리감과 우월감에 가득 찬 나머지 하마터면 〈젊은이〉라고 덧붙일 뻔했다.「대성공, 요즘 말로 해서 진보는 이뤄졌습니다. 과학과 경제적인 진리의 이름으로라도 말입니다…….」

「다 아는 이야기예요!」

「아니요, 그건 다 아는 얘기가 아닙니다! 예를 들어, 만약 제가 지금까지 〈이웃을 사랑하라〉라는 말을 듣고, 이웃을 사랑했다면, 어떤 일이 일어났을까요?」 뾰뜨르 뻬뜨로비치는 어쩌면 지나치게 너무 서둘렀는지도 몰랐다.「그러면 저는 웃옷을 반으로 잘라서 이웃과 나눠 가졌을 것이고, 그러면 우리는 둘 다 반은 벗은 몸이 되었을 겁니다. 〈두 마리 토끼를 쫓다가는 한 마리도 잡지 못한다〉는 러시아 속담도 있지요. 그런데 과학은 다른 모든 사람들을 사랑하기 이전에 먼저 너 자신을 사랑하라고 합니다. 왜냐하면 이 세상의 모든 것은 개인적인 이익을 기초로 하고 있으니까요. 자기 한 사람만을 사랑한다면, 자기 일도 충분히 잘 해낼 수 있고, 또 웃옷도 온전한 채로 남게 되지요. 경제적인 진리는 사회에서 자리를 잘 잡은 개인 사업가가 많으면 많을수록, 즉 입을 만한 웃옷이 많으면 많을수록 공공의 사업도 자리를 잘 잡아 가게 된다고 말합니다. 말하자면, 유일하게 자기 자신의 이익만을 챙김으로써 저는 그런 방법으로 모든 사람들에게 도움을 주게 되고, 또 가까운 사람도 반으로 조각난 웃옷보다는 나은 것을 많이 얻게 될 겁니다. 그런데 이건 이미 사적이고 개별적인 자선에 의한 것이 아니라, 사회 전체의 성공에 기인한 것이지요. 이 생각은 단순한 것인데도 불구하고, 불행하게도 열광하기 쉬운 성격과 몽상적인 기질 때문에 눈이 멀어 너무 오랫동안 우리에게 받아들여지지 못했던 겁니다. 이걸 알아내기 위해서는 약간의 감식안만 있으면 될 것 같은데 말입니다…….」

「죄송합니다만, 저 역시 그런 감식안이 없어서요.」라 주미힌이 갑자기 그의 말을 자르고 얘기했다. 「자, 이런 말은 그만두지요. 저는 어떤 목적이 있어서 말을 꺼낸 건데, 이런 수다와 자기도취, 오랫동안 끊임없이 지속된 진부한 말들, 3년간이나 매일 똑같이 반복된 말들에 진저리가 나서, 저는 제가 있는 앞에서 다른 사람들이 그런 말을 하기만 해도 얼굴이 달아오를 지경입니다. 물론 당신은 자신의 지식을 뽐내고 싶으셨을 테지요. 그건 이해할 수 있으니까 비난하지 않겠습니다. 다만 저는 당신이 어떤 분인지를 알고 싶었습니다. 왜냐하면 최근에 와서는 여러 종류의 수완가들이 공공의 사업에 달려들어서는, 손에 닿는 대로 자기에게 유리한 방향으로 모든 걸 왜곡시켜 놓았거든요. 정말 모든 일을 더럽혀 놓았어요! 그러니 이제 그만둡시다!」

「이보십시오.」 루쥔은 극도의 품위를 가지고 몸을 움츠리며 말하려 했다. 「당신은 그런 말로 그렇게 무례하게 제게……」

「아닙니다, 천만의 말씀…… 제가 감히 어떻게! 자, 이제 그만두시지요!」 라주미힌은 딱 잡아떼고서는, 조시모프와 조금 전의 대화를 계속하기 위해서 몸을 비스듬히 돌렸다.

뾰뜨르 뻬뜨로비치는 그런 변명을 알아들을 만큼 현명했다. 그래서 그는 잠시 후엔 나가기로 결심했다.

「당신이 쾌유되시고 난 다음에……」 그는 라스꼴리니꼬프를 향해 말했다. 「이제 막 시작된 우리 사이는 이미 당신도 알고 계시는 상황 때문에 더 깊어지리라고 기대합니다……. 특별히 건강에 유의하십시오…….」

그러나 라스꼴리니꼬프는 머리도 돌리지 않았다. 뾰뜨르 뻬뜨로비치는 의자에서 일어섰다.

「틀림없이 전당을 잡히러 갔던 사람들 중에 한 사람이 죽였어!」 조시모프가 확고하게 말했다.

「틀림없이 그래!」 라주미힌이 맞장구치며 말했다. 「뽀르피리는 자기 생각을 말하지 않았지만, 물건을 전당 잡힌 사람들을 신문하고 있어⋯⋯.」

「전당 잡힌 사람들을 신문한다?」라스꼴리니꼬프가 큰 소리로 물었다.

「그래, 그런데 왜?」

「아무것도 아냐.」

「어떻게 그 사람들을 알아냈지?」조시모프가 물었다.

「어떤 사람은 꼬흐가 알려 주었고, 어떤 사람들의 이름은 맡겨진 물건 위에 적혀 있었다는군. 다른 사람들은 이야기를 듣고 자기 발로 찾아오고⋯⋯.」

「아주 간사하고 노련한 악당임에 틀림없어! 대담한 짓이야! 얼마나 냉혹한지 모르겠어!」

「바로 그 점이 아니라는 거야!」라주미힌이 말을 끊었다.「그 점이 바로 모두를 갈팡질팡하게 만들고 있어. 내가 말했지, 그는 교활하지도 않고, 경험도 없는 녀석이야. 아마도 그게 첫 번째 범죄일걸! 경험이 많은 교활한 악당이 저지른 짓이라고 하기에는 앞뒤가 맞지 않는 부분이 너무 많아. 만일 경험도 없는 범인이라고 생각해 보면, 요행수가 그를 재앙에서 건졌다는 것을 금방 알 수 있어. 요행수가 무슨 일인들 못 하겠어? 내 말을 들어 봐. 그는 어쩌면 여러 장애물들을 예견하지 못했을지도 몰라! 그가 일을 어떻게 처리했지? 10루블이나 20루블쯤 되는 물건을 주머니에 잔뜩 넣고, 노파 궤짝의 넝마들만 뒤졌잖아. 서랍장의 위 서랍과 귀중품함에는 어음 말고도 1천5백 루블이나 되는 돈이 지폐로 들어 있었단 말이야! 훔칠 줄도 모르면서, 사람을 죽이기만 한 거야! 내 단언하지. 그건 처음 저지른 범죄야. 그래서 당황했어! 그리고 치밀한 계산이 아니라, 순전히 우연의 도움으로 도망칠 수 있었던 거야!」

「지금 얼마 전에 일어난 관리의 미망인인 노파 사건에 관해 말씀하시는 것 같은데요.」 뾰뜨르 뻬뜨로비치는 손에 모자와 장갑을 들고서 참견을 하며 조시모프에게 말했다. 그는 떠나기 전에 몇 마디의 그럴듯한 말을 남기고 싶었던 것이다. 그는 좋은 인상을 남기고 싶은 허영심에 분별력을 잃은 듯했다.

「그렇습니다. 그 이야기를 들으신 적이 있으세요?」

「물론이지요, 노파의 집이 이웃에 있는걸요…….」

「자세히 알고 계신가요?」

「그렇다고는 할 수 없지요. 그런데 저는 다른 문제에 보다 관심을 가지고 있습니다. 전체적인 문제라고나 할까요. 최근 5년 동안 하층 계급에서 범죄가 증가했다는 것을 말하려는 건 아닙니다. 여기저기에서 일어나는 끊임없는 절도와 방화에 대해 얘기하려는 것도 아니고요. 무엇보다도 제가 이상하게 생각하는 것은 상류 계급에서의 범죄도 마찬가지로 증가하고 있다는 점입니다. 결국 양쪽에서 모두 나란히 증가하고 있는 셈이지요. 어떤 곳에서는 대학에 다녔던 사람이 대로에 있는 우체국을 털었다고 하더군요. 또 다른 곳에서는 높은 사회적 지위를 지닌 사람들이 위조지폐를 만들었다고 하고요. 또 모스끄바에서는 복권식 채권 위조범들을 잡았는데, 그 주범들 중에는 세계사 선생도 끼여 있다고 하더군요. 또 외국에서는 재정상의 이유와 알 수 없는 다른 이유 때문에 우리 해외 주재 서기관이 살해되었습니다……. 만약 이 고리대금업자 노파가 전당 잡힌 사람들 중의 한 사람에 의해 살해되었다면, 그건 보다 상류 계층 사회의 사람이 저지른 짓일 겁니다. 왜냐하면 농부들은 금붙이를 전당품으로 잡히지는 않거든요. 그렇다면 우리 사회의 문명화된 이런 계층이 저지르는 도덕적인 일탈을 어떻게 설명해야 할까요?」

「경제적인 변화가 많이 일어났으니까…….」조시모프가 대답했다.

「어떻게 설명하느냐고요?」라주미힌이 말꼬리를 붙잡

고 늘어지기 시작했다. 「바로 뿌리 깊은 실천력의 결핍으로 설명할 수 있을지 모르지요.」

「그건 무슨 말씀이신지?」

「모스끄바에서 바로 당신이 말한 세계사 선생이 왜 복권을 위조했느냐는 질문에, 〈모든 사람들이 여러 가지 방법으로 부자가 되는 것을 보고, 나도 빨리 부자가 되고 싶었다〉고 답변했다고 하더군요. 정확한 말은 기억하지 못하지만, 의미는 공짜로 힘들이지 않고 어서 부자가 되고 싶었다는 말이었어요! 다 차려진 밥을 먹고, 다른 사람들이 만들어 놓은 물건을 사용하고, 씹어 준 음식을 먹는 데 익숙해져서 그런 겁니다. 그런데 지금 위대한 시대가 찾아왔으니, 모두 정체를 드러내는 수밖에요…….」

「하지만 그렇다면, 도덕성은요? 말하자면 규범은…….」

「무슨 걱정이오?」 라스꼴리니꼬프가 느닷없이 끼어들었다. 「당신 이론대로 됐는데!」

「어째서 제 이론대로 됐다는 겁니까?」

「당신이 조금 전에 설교한 것을 끝까지 끌고 가봅시다. 그럼, 사람을 찢어 죽여도 되는 거 아니오……?」

「그게 무슨 말씀이시오!」 루쥔은 고함을 질렀다.

「아니, 그건 그런 게 아니지!」 조시모프도 거들었다.

　라스꼴리니꼬프는 창백한 채로 누워서 윗입술을 떨며 힘겹게 숨을 몰아쉬었다.

　「모든 것에는 한계가 있는 법입니다.」루쥔은 오만하게 계속해서 말했다. 「경제 사상이 살인을 초래하는 건 아니지요. 만약…….」

　「당신은…….」라스꼴리니꼬프는 갑자기 증오로 인해서 떨리는 목소리로 다시 그의 말을 가로막았다. 그 목소리에는 어떤 모욕감을 주려는 데서 오는 기쁨이 서려 있었다. 「당신은 자기 약혼녀에게…… 그 애한테서 결혼 동의를 얻는 바로 그 순간에 당신이 무엇보다도 기쁜 것은…… 그녀가 비렁뱅이라는 점이라고…… 말했다고 하던데, 그게 사실이오? 왜냐하면 아내를 가난뱅이 중에서 택하면, 이 다음에 그녀 위에 군림할 수 있고, 너는 내게서 은혜를 입은 것이 아니냐고 나무랄 수 있기 때문이라고 말이오……?」

　「이것 보십시오!」루쥔은 온통 얼굴이 벌게져서 어찌할 바를 모르고, 증오와 분노에 가득 차 소리 질렀다. 「이것 보십시오……. 그런 식으로 내 생각을 왜곡하다니! 실례합니다만, 분명히 말씀드리지만, 당신이 들은, 아니 더 정확히 말해서, 당신에게 전해진 그 소문은 전혀 사실무근입니다. 저는…… 누가…… 한마디로 말해서…… 이 화살은……

한마디로 말해서…… 당신의 어머님께서…… 하신 게 아
닌가 생각되는군요……. 물론 그분은 훌륭한 성품을 가지
고 계시지만, 제가 보기에 생각하는 방식에서 약간은 감
상적이고 낭만적인 경향이 있으신 것 같았습니다……. 하
지만 저는 그분께서 그렇게 터무니없이 그 문제를 오해하
고 계시리라고는 생각지도 못했습니다……. 그런데 결국
에…… 결국에는…….」

「당신, 잘 들어요.」 라스꼴리니꼬프는 베개에서 일어나
꿰뚫을 것같이 번쩍이는 시선으로 그를 쏘아보면서 외쳤
다.「똑바로 들어 두란 말이오.」

「무슨 말씀이오?」 루쥔은 말을 끊고 화가 나서, 곧 덤비
기라도 할 듯한 기세로 기다렸다. 몇 초간 침묵이 흘렀다.

「당신이 또 한번…… 감히 단 한마디라도…… 우리 어머
니에 대해 말을 하면…… 난 당신을 계단 밑으로 던져 버
릴 거야!」

「그게 무슨 말이야!」 라주미힌은 외쳤다.

「아, 그래요!」 루쥔은 창백한 얼굴로 입술을 깨물었다.
「여러분, 제 말을 들어 보십시오.」 그는 겨우 흥분을 자제
하고, 숨을 몰아쉬면서 띄엄띄엄 말하기 시작했다. 「나는
이 방에 처음 발을 들여 놓는 그 순간부터 당신의 불쾌감

을 알아챌 수 있었습니다. 하지만 난 일부러 더 알아보기 위해 여기 남았던 겁니다. 당신이 환자인 데다 또 인척이기 때문에 웬만하면 용서하려 했지만, 하지만 이제…… 나는 당신을…… 절대로…….」

「나는 아프지 않아!」 라스꼴리니꼬프는 소리쳤다.

「그렇다면 더더욱…….」

「썩 꺼져 버려!」

그러나 루쥔은 말을 마치지도 않고, 다시 탁자와 의자 사이를 벌써 뚫고 나가고 있었다. 이번에도 라주미힌은 그가 지나갈 수 있도록 자리에서 일어났다. 루쥔은, 이미 아까부터 환자를 편안하게 내버려 두라고 그에게 눈짓을 하고 있던 조시모프에게마저 고개 숙여 인사도 하지 않은 채, 아무와도 눈을 마주치지 않고, 조심스럽게 모자를 어깨까지 치켜들고서 몸을 굽혀 문밖으로 나갔다. 이때 그의 굽은 등에서도 불쾌함이 드러나고 있었다.

「이럴 수가, 대체 이럴 수가?」 머리를 저으며 당황한 라주미힌은 말했다.

「나를 내버려 둬! 나를, 모두 다!」 라스꼴리니꼬프는 흥분해서 소리 질렀다. 「언제쯤 나를 내버려 둘 거야, 이 고문자들아! 나는 너희들 따윈 두렵지 않아! 나는 아무도,

아무도 이젠 두렵지 않아! 저리 나가! 난 혼자 있고 싶어, 혼자 있고 싶다고! 제발!」

「가세!」 조시모프가 라주미힌에게 고갯짓을 하며 말했다.

「잠깐, 이 친구를 이렇게 내버려 둬도 될까?」

「가자니까!」 조시모프는 고집을 부리며 밖으로 나가 버렸다. 라주미힌은 잠시 생각을 하더니 그를 뒤쫓아 나갔다.

「우리가 그의 말을 듣지 않으면, 더 나빠질 수도 있어. 엄청나게 화를 돋울 수가 있지……」 조시모프는 계단 위에서 말했다.

「왜 저래?」

「무언가 그에게 유쾌한 자극을 줄 수 있다면 좋을 텐데! 그는 아까까지만 해도 원기가 있었어……. 알겠어? 그의 머리에 뭔가 걸리는 게 있는 거야! 무언가 아주 묵직한 게 그의 머릿속에 틀어박혀 있어……. 난 그게 몹시 염려스러워! 틀림없어!」

「어쩌면 그 뾰뜨르 뻬뜨로비치가 아닐까! 말할 때 보니까, 그가 라스꼴리니꼬프 누이의 약혼자인 것 같던데. 그리고 로쟈는 이 일에 대한 편지를 병이 나기 전에 받았다니까…….」

「그래, 공연히 그 사람은 지금 와가지고서……. 어쩌면 모든 일을 망칠지도 몰라. 그런데 로쟈가 다른 일에는 무관심하고 아무 말도 하지 않다가, 한 가지 얘기만 들으면 정신을 못 차리던데. 그걸 눈치챘어? 그건 살인 사건에 대한 이야기였어…….」

「그래, 맞아!」 라주미힌은 그의 말을 가로챘다. 「아주 눈에 띌 정도던데! 관심을 가지는 것 같기도 했고, 두려워하는 것 같기도 했어. 병이 난 바로 그날에도 그 사건 때문에 놀랐었잖아. 경찰서장의 사무실에서 말이야. 기절까지 했을 정도니까.」

「그걸 오늘 저녁 내게 더 자세히 이야기해 줘. 나도 뭔가 할 말이 있어. 그는 정말 흥미로운 친구야! 30분 후에 보러 올게……. 하지만 염증 같은 것은 생기지 않을 거야…….」

「고마워! 나는 그동안 빠셴까의 방에서 기다리지. 나스따시야더러 지키라고 하겠어…….」

혼자 남게 된 라스꼴리니꼬프는 초조하고 원망스러운 눈빛으로 나스따시야를 쳐다보았다. 그러나 그녀는 나갈 생각을 하지 않았다.

「차 마실 거예요?」 그녀가 물었다.

「나중에! 자고 싶어! 나 좀 내버려 둬…….」

그는 몸을 벽 쪽으로 홱 돌렸다. 나스따시야는 밖으로
나갔다.

6

그러나 그녀가 나가자마자 그는 일어나서 문고리를 걸
어 잠그고, 아까 라주미힌이 가져와서 다시 싸둔 옷 보따
리를 풀러 옷을 입기 시작했다. 이상하게도, 갑자기 그는
평온을 완전히 되찾은 것 같았다. 조금 전의 반쯤은 정신
이 나간 듯한 헛소리나, 며칠 동안 그를 따라다니던 혹독
한 공포심도 이제는 전혀 찾아볼 수 없었다. 그것은 갑작
스럽게 찾아든 이상한 평정 상태의 첫 순간이었다. 그의
움직임은 정확하고 분명했으며, 결연한 의지마저도 엿보
였다. 〈오늘, 오늘이다……!〉 그는 혼잣말로 중얼거렸다.
그는 자기 몸이 아직 쇠약하다는 것을 알고 있었다. 그렇
지만 그는 심한 내적 긴장으로 인해 마음의 평정을 되찾
고, 정상적인 사고를 하게 되자, 힘과 자신감을 갖게 되었
다. 그는 거리에서 졸도하지 않기만을 바랐다. 완전히 새
옷으로 갈아입고 난 후, 그는 탁자 위에 있는 돈을 보고 잠

시 망설이다가 주머니에 집어넣었다. 모두 25루블이었다. 그는 라주미힌이 옷을 사는 데 쓴 10루블에서 남은 동전들까지도 챙겨 넣었다. 그러고 나서 조용히 문고리를 풀고 방에서 나왔다. 그는 계단을 내려가며 활짝 열린 부엌을 들여다보았다. 나스따시야는 그에게 등을 보이고 서서 몸을 굽혀, 주인 아주머니의 사모바르를 후후 불고 있었다. 그녀는 아무 소리도 듣지 못한 것 같았다. 그리고 또 어느 누가 그가 밖으로 나가리라고 상상할 수 있었겠는가? 1분 후 그는 벌써 거리에 나와 있었다.

저녁 8시 무렵, 해가 지고 있었다. 여전히 무더위가 기승을 부리고 있었다. 하지만 그는 악취와 먼지에 가득 찬 도시의 공기를 탐욕스럽게 흠뻑 들이마셨다. 약간 현기증이 일기 시작했다. 그러나 어떤 야수적인 에너지가 그의 타는 듯한 눈동자와 누렇게 뜬 해쓱한 얼굴에서 뿜어 나오기 시작했다. 그는 어디로 가야 할지도 몰랐고, 또 생각해 보려고도 하지 않았다. 그러나 그는 단 한 가지만큼은 분명히 알고 있었다. 〈오늘 《이 모든 일》에 종지부를 찍어야 한다. 단번에 지금 당장. 그렇게 하지 않고는 집에 돌아가지 않을 것이다. 왜냐하면 《이렇게 살고 싶지는 않으니까》.〉 그런데 〈어떻게 끝낼 것인가? 무슨 수로 끝낼 것인가?〉에 대해서는 아무 생각도 지니고 있지 않았을뿐더러, 또 생각조차 하고 싶지 않았다. 그는 상념을 쫓아 버렸다. 상념이 그를 괴롭혔던 것이다. 그는 다만 이렇게든 저렇게든 모든 것을 변화시켜야 한다는 것만 느끼고 있었을 뿐이다. 〈어떻게든 상관없어.〉 그는 필사적이고 질긴 자기 확신과 결단성을 가지고 이런 말을 되뇌고 있었다.

그는 곧 버릇대로 평상시의 산책로를 따라 센나야 광장 쪽으로 방향을 잡았다. 센나야 광장에 못 미처 조그만 상점 앞 차도 위에서 검은 머리의 젊은 악사가 아주 감상적인 연가(戀歌)를 연주하고 있었다. 그는 열다섯 살쯤 되어 보이는 소녀가 자기 앞 보도 위에 서서 부르는 노래에 반주를 해주고 있었다. 소녀는 귀부인처럼 넓은 스커트와 망토를 입고서 장갑을 끼고, 새빨간 깃털이 달린 밀짚모자를 쓰고 있었으나, 그것들은 모두 오래되어서 해어진 것들이었다. 그녀는 거리의 가수 특유의 카랑카랑하면서도 제법 듣기 좋은 목소리로 잡화상에서 2꼬뻬이까라도 받아 내길 고대하며 사랑의 노래를 부르고 있었다. 라스꼴리니꼬프는 청중 두세 사람과 나란히 서서 노래를 듣다가 동전을 꺼내어 소녀의 손에 쥐어 주었다. 그녀는 갑자기 구성진 제일 높은 음에서 노래를 딱 끊듯이 멈춰 버리더니, 날카로운 목소리로 악사에게 〈가요!〉 하고 소리 질 렀다. 그리고 두 사람은 다음 상점 쪽으로 옮겨 갔다.

「당신은 거리의 노래를 좋아하십니까?」 라스꼴리니꼬 프는 악사 옆에서 그와 나란히 서 있던 부랑인인 듯한 그 다지 젊어 보이지 않는 행인에게 불쑥 말을 걸었다. 그는 깜짝 놀란 듯이 그를 쳐다보았다. 「저는 좋아합니다.」 라 스꼴리니꼬프는 말을 이었지만, 그 태도는 전혀 거리의 노 래에 대해서 이야기하고 있는 것 같지 않았다. 「저는 춥고 어둡고 축축한 가을날 저녁에, 반드시 축축한 날이어야 합 니다, 모든 행인들이 창백하고 병자 같은 얼굴을 하고 있 는 그런 날 저녁이어야 합니다, 그런 날에 악사의 반주에 맞춰 부르는 노래를 듣는 걸 좋아합니다. 아니면 바람 한 점 없이 진눈깨비가 부슬부슬 내리는 날이면 더 좋지요. 아시겠습니까? 눈발 사이로 가스등이 빛나니까요……」

「모르겠습니다요……. 미안합니다……」 그 사람은 라스 꼴리니꼬프의 이상한 모습도 모습이거니와, 그보다 그가 던지는 질문에 놀라서 중얼거리고는 맞은편 인도로 건너 가 버렸다.

라스꼴리니꼬프는 곧장 걸어서 그날 리자베따와 얘기 를 나눴던 상인 내외가 장사를 하는 센나야 광장의 한쪽 구석으로 가보았다. 그러나 지금 그들은 그곳에 없었다. 장소를 찾아낸 그는 발걸음을 멈추고 주변을 둘러본 뒤, 밀가루 창고의 입구에서 하품을 하고 있는 붉은색 셔츠 차림의 청년에게 말을 건넸다.

「이곳 구석에서 어떤 상인 내외가 장사를 하지 않았소?」

「온갖 사람들이 장사를 합지요.」 청년은 거드름을 피우며 라스꼴리니꼬프를 훑어보면서 대답했다.

「그 사람 이름이 뭐요?」

「세례 때 받은 이름이겠습죠.」

「자네 혹 자라이스끼 출신 아닌가? 어떤 주(州)더라?」

청년은 다시 라스꼴리니꼬프를 쳐다보았다.

「우리는 말입니다, 나리, 주가 아니라, 읍입니다요. 우리 형은 왔다 갔다 했지만, 저는 집에만 있었기 때문에 모르겠습니다요……. 그러니 그만 물어보시죠, 나리.」

「이 위는 싸구려 음식점인가?」

「저긴 술집입니다, 당구대도 있고요. 공주님들도 많지요……. 좋습니다!」

라스꼴리니꼬프는 광장을 가로질러 갔다. 그곳의 한쪽 구석에는 사람들이 무리를 지어서 빽빽이 서 있었는데 모두 농부들이었다. 그는 사람들의 얼굴을 들여다보면서,

사람들이 가장 빽빽이 서 있는 곳을 비집고 들어갔다. 왠지 그는 모든 사람들과 이야기가 나누고 싶어졌다. 그러나 농부들은 좀처럼 그에게 관심을 기울이지 않았고, 군데군데 모여서 자기들끼리만 떠들어 대고 있었다. 그는 잠시 서서 생각해 보다가, 오른쪽의 보도로 나와서 V 거리 방향으로 가기 시작했다. 광장을 지나 그는 작은 골목에 도달했다……

그는 예전에도 광장에서 사도바야 거리로 이어지는 이 꼬불꼬불하고 짧은 골목길을 자주 걸어다니곤 했다. 최근에는 마음이 불쾌해지면, 더 불쾌해지고 싶어서 이 장소들을 하는 일 없이 어슬렁거리게 되었다. 그러나 지금 그는 아무런 생각도 없이 이 골목으로 들어섰다. 이곳에는 선술집과 잡다한 음식점으로 가득 찬 큰 건물이 있었다. 그곳에는 〈가벼운 외출〉이라도 나온 듯이 머리에 아무것도 쓰지 않고, 옷 한 장만 달랑 걸친 여인들이 쏟아져 나오고 있었다. 이들은 인도 위 주로 1층의 입구 옆에 군데군데 모여 있었는데, 그곳에서 두 계단만 내려가면 여러 가지 재미를 볼 수 있는 유흥장이 있었다. 이때 거기 어디에선가 무언가를 두들기며 왁자지껄하게 떠드는 소리가 거리까지 크게 울려 나오고 있었는데, 기타를 치고 노래를 부르는 소리가 아주 흥겨워 보였다. 한 떼의 여인들이 입구에도 모여 있었다. 어떤 이들은 계단에, 또 어떤 이들은 인도에 앉아 있었고, 서서 이야기를 나누는 이들도 있었다. 그 옆의 차도에는 어떤 술 취한 병사가 담배를 물고서, 고래고래 욕을 해대며 어슬렁거리고 있었다. 어디론가 들어가려 했지만, 그곳이 어딘지를 잊어버린 것 같았다. 어떤 부랑자는 다른 부랑자와 욕을 해대며 싸우고 있었고, 또 어떤 이는 죽은 듯이 취해서 거리를 가로질러 엎어져 있었다. 라스꼴리니꼬프는 잔뜩 무리를 지어 서 있는 여인들 옆에 멈춰 섰다. 그들은 쉰 목소리로 이야기를 나누고 있었다. 이들은 모두 옥양목으로 만든 옷차림에 양가죽으로 만든 단화를 신고, 머리에는 아무것도 쓰고 있지 않았다. 어떤 이들은 마흔이 넘어 보였고, 또 어떤 이들은 열일곱쯤 되어 보였지만, 거의 모두들 맞아서 눈가에 시꺼먼 멍이 들어 있었다.

그는 아래에서 들려오는 소리에 왠지 모르게 마음을 빼앗겼다. 무언가를 두드리는 소리, 노랫소리와 왁자지껄하게 떠드는 소리……. 그곳에서는 웃음소리와 비명 소리에 섞여서 기타 반주에 맞춰서 가느다란 가성으로 대담하게 뽑아 대는 노랫소리가 들려왔고, 누군가 신발의 뒤축을 구르면서 광적으로 춤을 추는 소리도 들려왔다. 그는 입구 옆 인도에서 몸을 숙여 안을 들여다보며, 골똘히 생각에 잠긴 채 침울한 표정으로 그 소리들을 듣고 있었다.

그대여, 멋진 나의 님이여
부질없이 나를 때리지 마오!

가수의 가냘픈 목소리가 흘러나왔다. 라스꼴리니꼬프는 마치 거기에 모든 일이 달려 있기라도 하듯이, 이 노래가 너무나 듣고 싶었다.

〈들어가 볼까?〉 그는 생각했다. 〈웃고들 있군! 취했어. 나도 코가 비뚤어지도록 취해 볼까?〉

「들어오세요, 사랑스러운 나리!」 여자들 중 하나가 대단히 낭랑하고 아직은 쉬지 않은 목소리로 청했다. 그녀는 젊었고 또 추하게 생기지도 않았다. 그녀는 그 무리들 중의 한 명이었다.

「이거 보게, 미인인데!」 그는 고개를 들어 그녀를 바라보고는 대답했다.

그녀는 미소를 지었다. 찬사가 마음에 썩 든 눈치였다.

「당신도 굉장한 미남이에요.」 그녀는 말했다.

「지독하게 말랐네!」 그때 다른 여자가 낮은 목소리로 지적했다. 「이제 막 병원에서 나오기라도 했수?」

「언뜻 보면 장군의 딸들 같은데, 하나같이 들창코구 먼!」 갑자기 다가온 농부가 거나하게 취해서 외투를 활짝 열어젖히며, 능글거리는 웃음을 띠고 참견을 했다. 「즐거 운 곳이구먼!」

「왔으면, 들어오시구려!」

「들어가야지! 요 귀여운 것!」

그리고 그는 쓰러질 듯 비틀거리면서 아래로 내려갔다.

라스꼴리니꼬프는 그 자리를 떴다.

「이봐요, 아저씨!」 아가씨가 뒤쫓아 오며 외쳤다.

「뭐지?」

그녀는 당혹스러워했다.

「사랑스러운 나리님, 저는 당신과 함께라면 언제든지 시간을 낼 수 있어요. 그런데 지금은 웬일인지 당신 때문 에 마음이 내키지 않네요. 마음씨 좋은 기사님, 제게 보드 까값으로 6꼬뻬이까만 주실래요?」

라스꼴리니꼬프는 꺼낼 수 있는 것은 다 꺼내 보았다. 5꼬뻬이까짜리 동전이 세 개였다.

「아이, 정말 좋은 분이셔!」

「이름이 뭐지?」

「두끌리다를 찾으세요.」 갑자기 무리들 중 한 여자가 두끌리다를 보고 고개를 저으며 말했다. 「아니, 세상에! 어떻게 그런 부탁을 할 수 있는지 도무지 모르겠네. 나 같으면 양심에 찔려서 꿈도 못 꾸겠다…….」

라스꼴리니꼬프는 그렇게 말하는 여인을 흥미롭다는 듯이 쳐다보았다. 그녀는 서른 살쯤 된 주근깨투성이의 여인이었는데, 얼굴 전체는 멍이 들고 윗입술은 퉁퉁 부어 있었다. 그녀는 조용하고 진지하게 책망했다.

〈그게 어디였더라.〉 라스꼴리니꼬프는 다시 걸음을 옮기면서 생각했다. 〈어디서 읽었더라? 사형 선고를 받은 어떤 사람이 죽기 한 시간 전에 이런 말을 했다던가, 생각했다던가. 겨우 자기 두 발을 디딜 수 있는 높은 절벽 위의 좁은 장소에서 심연, 대양, 영원한 암흑, 영원한 고독과 영원한 폭풍에 둘러싸여 살아야 한다고 할지라도, 그리고 평생, 1천 년 동안, 아니 영원히 1아르신밖에 안 되는 공간에 서 있어야 한다고 할지라도, 그래도 지금 죽는 것보다는 사는 편이 더 낫겠다고 했다지![52] 살 수만 있다면, 살 수만, 살 수만 있다면! 어떻게 살든, 살 수 있기만 하다면……!

52 빅토르 위고의 『파리의 노트르담』을 염두에 둔 말이다.

그만한 진실이 또 어디 있겠나! 그래, 이건 정말 대단한 진실이 아닌가! 인간은 비열하다……! 또 그렇게 생각한다고 해서 그를 비열하다고 하는 놈도 비열하다.〉 잠시 후 그는 이렇게 덧붙였다.

그는 다른 거리로 나갔다. 〈와……!《수정궁》이로군! 아까 라주미힌이《수정궁》에 대해서 말했었지. 그런데 내가 원했던 게 뭐지? 그래, 읽는 거였어……! 조시모프가 신문에서 뭔가를 읽었다고 했지…….〉

「신문 있소?」 그는 아주 널찍하고 깨끗한 술집으로 들어서면서 물었다. 그곳은 몇 개의 방으로 되어 있었으나, 사람들이 많지는 않았다. 두세 손님들이 차를 마시고 있었고, 좀 떨어져 있는 방에서는 네 명쯤이 모여서 샴페인을 마시고 있었다. 라스꼴리니꼬프는 그들 틈에서 자묘또프를 본 것 같았다. 그러나 멀리서는 잘 알아볼 수가 없었다.

〈있으면 어때!〉 그는 생각했다.

「보드까를 주문하시겠습니까?」 종업원이 물었다.

「차를 주게. 그리고 한 닷새 전부터의 신문 좀 가져다 줘. 내가 보드까값을 팁으로 주지.」

「알겠습니다. 이건 오늘 신문입니다. 보드까를 안 드시겠다고요?」

지난 며칠분의 신문들과 차가 나왔다. 라스꼴리니꼬프는 앉아서 신문을 뒤지기 시작했다. 〈이즐레르[53] — 이즐레르 — 아즈텍[54] — 아즈텍 — 이즐레르 — 바르똘로 — 마시모 — 아즈텍 — 이즐레르…… 휴, 제길! 여기 기사가 있군. 계단에서 추락 사고, 상인이 술 취해 죽다 — 뻬쓰까에서의 화재 — 뻬쩨르부르그 구에서의 화재 — 또 뻬쩨르부르그 구에서의 화재 — 또 뻬쩨르부르그 구에서의 화재 — 이즐레르 — 이즐레르 — 이즐레르 — 이즐레르 — 마시모…… 그래, 이거다…….〉

그는 마침내 찾던 것을 발견해서는 읽기 시작했다. 글씨들이 그의 눈앞에서 뛰놀았지만, 그는 〈기사〉를 다 읽고 나서, 탐욕스럽게 다음 호에 난 최근의 후속 기사들을 찾기 시작했다. 신문을 넘기는 그의 손은 불안한 초조감으로 인해 부들부들 떨리고 있었다. 별안간 누군가가 그가 앉은 테이블의 옆자리에 와서 앉았다. 그는 얼굴을 들었다. 자묘또프, 바로 그 자묘또프였다. 그는 지난번과 마찬가지로 반지를 몇 개씩 끼고, 금줄을 차고, 포마드를 바른

53 당시 교외에 광천수가 나오는 휴양지를 소유했던 사람이다.
54 뻬쩨르부르그의 신문들은 1865년 여름, 유랑 극단주가 선보인 난쟁이 소년 소녀, 마시모와 바르똘로에 대한 광고로 가득 차 있었다고 한다. 신문 광고에 따르면, 이들은 아즈텍인의 후예인 듯했다.

검은 곱슬머리에 가르마를 타고, 사치스러운 조끼와 약간
은 닳은 프록코트와 깨끗하지 않은 셔츠를 입고 앉아 있
었다. 그는 기분이 좋아 보였다. 아무튼 유쾌하고 사람 좋
은 미소를 짓고 있었다. 가무잡잡한 그의 얼굴은 마신 샴
페인 때문에 불그레했다.

「아니, 어떻게? 여긴 웬일이십니까?」 그는 의혹에 찬
목소리로, 하지만 아주 오래전부터 아는 사이라도 되는
양 물어 왔다. 「어제 라주미힌은 제게 당신이 아직 의식을
되찾지 못했다고 하던데요. 참 이상한 일이군요! 저는 당
신 집에도 갔었습니다…….」

라스꼴리니꼬프는 그가 다가오리라는 것을 알고 있었
다. 그는 신문을 옆으로 밀쳐 놓고, 자묘또프 쪽으로 몸을
돌렸다. 그의 입술에서는 비웃음이 흘렀고, 그 비웃음 속
에서는 어떤 새롭고도 노기에 찬 초조함이 드러나 있었다.

「당신이 오셨다는 건 알고 있습니다.」 그가 대답했다.
「들었지요. 양말을 찾아 주셨다고요……. 아십니까, 라주
미힌이 당신에게 홀딱 반했더군요. 당신이 그 친구와 함
께 루이자 이바노브나에게 가셨다고 하던데요. 아시죠?
그때 당신이 신경을 써주던 그 여자 말입니다. 그때 당신
은 연방 그 화약 중위한테 눈짓을 하던데, 그 중위는 전혀

알아차리지를 못하더군요. 기억하시죠? 아니, 왜 그렇게 못 알아챘는지 모르겠어요, 너무 눈치가 빠하던데요……, 그렇지요?」

「그는 정말 난폭한 사람이에요!」

「화약 중위 말씀이십니까?」

「아니요, 당신 친구 라주미힌 말이오…….」

「당신은 팔자도 좋군요, 자묘또프 씨. 이렇게 좋은 곳을 돈도 내지 않고 출입하시다니 말입니다! 그런데 지금은 누가 당신에게 샴페인을 잔뜩 대접하고 있나요?」

「그냥 우리끼리…… 마시는 겁니다……. 〈잔뜩 대접〉이라니 그게 무슨 말씀이십니까?」

「사례를 받으시는군요! 당신은 누구나 다 이용하니까!」 라스꼴리니꼬프는 웃기 시작했다. 「괜찮습니다, 순진한 양반 같으니, 괜찮아요!」 그는 자묘또프의 어깨를 툭 치면서 덧붙였다. 「난 악의가 있어서가 아니라, 〈장난삼아, 그냥 좋아서〉 하는 말입니다. 그때 그 칠장이가 미찌까를 때린 것에 대해 이렇게 말했다지요. 그 노파 사건 말입니다.」

「당신이 그걸 어떻게 아십니까?」

「예, 저는 어쩌면 당신보다 더 많은 것을 알고 있는지도 모릅니다.」

「당신은 정말 이상한 분이로군요……. 아마도 아직 몸이 정상이 아닌 것 같습니다. 공연히 나오셨어요…….」

「당신이 보기에 내가 이상하게 보입니까?」

「예. 그런데 신문을 보고 계셨나 보지요?」

「신문을 봤습니다.」

「화재에 대한 기사가 많지요…….」

「아니요, 저는 화재 기사를 본 게 아닙니다.」 이때 그는 수수께끼 같은 눈초리로 자묘또프를 바라보았다. 「아니, 나는 화재 기사를 본 게 아닙니다.」 그는 자묘또프에게 눈을 찡긋거리며 말을 이었다. 「솔직히 털어놓으시지요, 귀여운 양반. 내가 뭘 읽었는지 지독히도 알고 싶으신 거지요?」

「전혀 알고 싶지 않군요. 그냥 물어본 겁니다. 물어보면 안 되는 건가요? 그런데 왜 당신은 계속…….」

「이보세요, 당신은 교육을 받은 문학적인 사람입니다, 그렇지요?」

「중등학교 6학년을 졸업했습니다.」 자묘또프는 약간은 빼기면서 대답했다.

「6학년! 정말 당신은 참새 같은 양반이야! 가르마를 타고 반지를 끼고, 부자는 다르군! 하, 멋있기도 하셔라!」 이때 라스꼴리니꼬프는 신경질적인 웃음을 자묘또프를 향해 터뜨렸다. 자묘또프는 그에게서 몸을 비켜났는데, 기분이 나빠서가 아니라 당황했기 때문이었다.

「후, 정말 이상하시군요!」 자묘또프는 심각한 얼굴로 말했다. 「아직도 당신이 헛소리를 하고 있다는 생각이 드는군요.」

「헛소리를 한다고요? 웃기지 마시오, 참새 양반……! 그렇게 내가 이상해요? 내가 당신의 호기심을 몹시 끌지요? 궁금하지요?」

「궁금하군요.」

「그러니까 내가 무엇을 읽었는지, 무엇을 찾았는지가 말이오? 이렇게 많은 신문을 가져다 달라고 해서는! 의심스럽지요, 그렇지요?」

「그럼, 말씀해 보시지요.」

「듣고 싶어 귀가 머리끝까지 쫑긋 올라갔군요?」

「머리끝까지라니요?」

「그 이야기는 나중에 하고, 이제, 귀여운 도련님, 당신에게 선언하겠소…… 아니, 〈고백하겠소〉가 더 낫겠군요……. 아니, 그것도 적절하지 않아. 〈진술을 할 테니 기록하시오.〉 바로 이거야! 내가 무엇을 읽었는지, 뭐가 궁금했는지……. 무엇을 뒤져서…… 찾았는지에 대해 진술을 하지요…….」 라스꼴리니꼬프는 눈을 가늘게 뜨고 기다렸다.

「찾았지요, 그걸 위해서 여기까지 왔으니까. 관리의 미망인인 노파 살인 사건에 대해서요.」 그는 마침내 자기 얼굴을 자묘또프의 얼굴에 닿을 듯 가까이 대고서 속삭이듯이 말했다. 자묘또프는 꼼짝도 하지 않고 자신의 얼굴을 그의 얼굴에서 떼지도 않은 채 그를 똑바로 쏘아보았다. 나중에 자묘또프가 무엇보다도 이상하게 여긴 것은 그들 사이의 침묵이 거의 1분간이나 지속되었다는 점이다. 그렇게 그들은 그 1분 동안 서로의 얼굴을 쳐다보고만 있었다.

「그래, 당신이 무엇을 읽었든 그게 무슨 문제가 됩니까?」 갑자기 자묘또프는 의혹과 초조감에 사로잡혀 소리쳤다. 「그게 나와 무슨 상관입니까! 그게 어쨌다는 거요?」

「바로 그 노파요.」 자묘또프의 고함에도 눈 한 번 깜빡이지 않고서 라스꼴리니꼬프는 여전히 속삭이듯 말했다. 「기억나시오, 경찰서에서 그 노파 이야기가 나오자, 내가 기절하고 말았지요. 이제는 이해가 가시오?」

「그게 무슨 소리요? 〈이해가 가시오?〉라니……?」 자묘또프는 깜짝 놀라며 물었다.

얼굴빛 하나 변하지 않고 심각하게 말하던 라스꼴리니

꼬프가 돌변했다. 그는 자기 자신을 제어할 힘이 없다는 듯 느닷없이, 또 조금 전과 마찬가지로 신경질적인 웃음을 터뜨리기 시작했다. 바로 그때, 손에 도끼를 들고 문 옆에 숨어 있던 순간의 감각이 극도로 선명하게 그의 머릿속에 되살아났다. 빗장은 덜거덕거리고, 문 뒤에서는 사람들이 욕을 해대며 문을 흔들어 대는데, 불현듯 그들에게 소리를 지르고 욕설을 퍼부으며 혀를 내밀어 그들을 조롱하면서, 큰 소리로 〈하하하〉 하고 웃어 주고 싶었던 며칠 전의 바로 그 순간이!

「당신은 미쳤거나 아니면……」 자묘또프가 말했다. 그러고는 그의 머리에 문득 떠오른 생각에 놀라기라도 한 듯이 입을 다물었다.

「아니면? 〈아니면〉 뭐지요? 자, 말해 보시오!」

「아무것도 아닙니다!」 자묘또프는 화를 내면서 말했다. 「모두 말도 안 되는 소리지요!」

두 사람은 침묵했다. 라스꼴리니꼬프는 갑작스럽게 발작적으로 웃음을 터뜨리더니 이내 슬픈 표정을 지으며 생각에 잠겼다. 그는 테이블에 팔꿈치를 괴고 두 손으로 머리를 감싸 안았다. 그는 자묘또프에 대해서는 완전히 잊은 것 같았다. 침묵은 상당히 오랫동안 지속되었다.

「차는 안 드십니까? 식겠군요.」자묘또프가 말했다.

「예? 뭐라고요? 차……? 그렇군…….」라스꼴리니꼬프는 차 한 모금을 마시고 빵 한 조각을 입에 넣고는, 문득 자묘또프를 보고서 모든 것이 기억난 듯 몸을 부르르 떨었다. 이때 그의 얼굴은 처음처럼 조소로 가득 찼다. 그는 계속 차를 마셨다.

「요즘에 이런 흉악한 범죄가 급격하게 늘어났습니다.」자묘또프는 말하기 시작했다. 「바로 얼마 전에『모스끄바 통보』지에는 모스끄바에서 화폐 위조범 일당들을 잡았다는 기사가 났더군요. 어떤 일당이 수표를 위조했다지요.」

「아, 그건 벌써 오래전 일이에요! 저는 한 달 전에 읽었는데요.」라스꼴리니꼬프가 침착하게 대답했다. 「당신 생각에 그런 사람들이 흉악범들입니까?」그는 가볍게 미소를 지으며 말했다.

「그럼, 흉악범이 아니란 말씀입니까?」

「그게요? 그런 녀석들은 풋내기들이지, 흉악범들이 아니에요! 거의 50명이나 되는 사람들을 그런 일에 끌어들이다니! 그게 가능한 일입니까? 세 사람도 많을 지경이고, 서로가 서로를 자신보다 더 확실히 믿어도 시원치 않은 마당에! 만약 한 사람이라도 취해서 입을 놀려 버리면, 모든 게 허사로 돌아가 버릴 게 아닙니까! 풋내기들입니다! 은행에서 돈을 바꾸려고 믿을 수도 없는 사람들을 고용하다니, 그런 일을 이제 처음 만난 사람에게 맡기다니요? 그래도 그 풋내기들이 성공했다고 칩시다. 그래서 각자 1백만 루블씩 나눠 가졌다고 합시다. 그런 다음에는요? 한평생을 말입니다. 모든 사람들이 평생 서로에게 묶이게 되는 겁니다! 차라리 죽는 게 낫지! 그런데 그들은 돈을 바꿀 줄도 몰랐어요. 은행에서 돈을 바꾸는데, 5천 루블을 받고는 손이 떨렸던 겁니다. 4천까지는 셌는데, 5천 단위로 넘어가니까, 그저 어서 주머니에 넣고 도망가고 싶은 마음에 세어 볼 겨를이 없었던 거예요. 그게 바로 의심을 불러일으켰지요. 한 얼간이 때문에 모든 일이 수포로 돌아가 버린 겁니다! 그게 가능한 일입니까?」

「손을 떤 것이 어때서요?」 자묘또프가 말을 받았다. 「아니요, 그건 있을 수 있는 일입니다. 아니, 저는 그게 충분히 가능하다고 확신합니다. 저라도 견딜 수가 없었을 거예요.」

「겨우 그걸 말입니까?」

「그럼, 당신은 견뎌 낼 수 있다는 말입니까? 아니요, 저 같으면 그러지 못할 겁니다. 1백 루블을 대가로 받는다고 해도 그런 끔찍한 일을 하러 가다니요! 위조지폐를 바꾸러요. 가는 곳이 어딥니까? 그런 일엔 귀신이나 다름없는 은행이 아닙니까. 아니요, 저 같으면 당황할 겁니다. 당신은 안 그렇겠습니까?」

라스꼴리니꼬프는 느닷없이 또 〈혀를 날름 내밀고〉 싶어 견딜 수 없었다. 한순간 전율이 그의 등을 타고 흘렀다.

「나 같으면 그렇게 하지 않겠소.」 그는 장황하게 말을 늘어놓기 시작했다. 「나 같으면 이렇게 돈을 바꾸겠습니다. 처음의 1천 루블을 네 번 정도 한 장 한 장 샅샅이 살펴보면서 세고 난 다음, 다음의 1천 루블로 넘어갑니다. 그 묶음을 세기 시작해서 중간 정도에 이르면, 그중 아무거나 50루블짜리를 꺼내서 가짜는 아닌가 빛에 대보고, 또 돌려서 빛에 비춰 보는 겁니다. 그러면서 이렇게 말하는 거지요. 〈저는 걱정이 되는군요, 제 친척 한 분이 25루블짜리 지폐를 최근에 잃어버린 일이 있거든요.〉 그러고는 그 이야기를 해주는 겁니다. 세 번째의 1천 루블짜리 묶음을 세기 시작하다가는, 미심쩍다는 듯이 〈죄송합니다, 제가 거기 두 번째 1천 루블 묶음의 7백 루블째부터 잘못 센 것 같군요〉라며 세 번째 1천 루블을 놔두고, 다시 2천 루블째 묶음을 세는 겁니다. 이런 식으로 5천 루블까지 가는 거지요. 다 세고 난 다음에는 다섯 번째 묶음과 두 번째 묶음에서 지폐를 꺼내서는 다시 빛에 대보고, 그래도 의심스럽다는 듯이 〈이걸 좀 바꿔 주세요〉라고 하는 겁니다. 이렇게 은행원의 진을 빼고 나면, 은행원은 저런 귀찮은 놈을 어떻게 하면 쫓아낼 수 있을까 안달이 날 겁니다! 이렇게 모든 일을 마치고 나서, 마치 나갈 것처럼 문을 열다가는, 〈아차, 죄송합니다만……〉 하면서 되돌아와서는 또 무언가를 물어보고, 설명을 듣습니다. 저 같으면 이렇게 하겠습니다!」

「휴, 정말 끔찍한 얘기군요!」 자묘또프는 웃으면서 이렇게 덧붙였다. 「말이 그렇지, 실제 상황이 닥치면 실수를 하고 말걸요. 아마 제 생각에는 당신과 저뿐 아니라, 그 어떤 닳고 닳은, 무서울 게 없는 사람이라고 할지라도 장담할 수는 없을 겁니다. 여러 말 할 것 없이 한 가지 예만 보아도 그렇지요. 우리 구역에서 어떤 노파가 살해됐습니다. 어떤 갈 대로 간 흉악범이 훤한 대낮에 온갖 모험을 감행하고는, 순전히 요행 덕분에 도망칠 수 있었습니다. 어쨌든 손이 떨렸던 거지요. 훔치지도 못했어요. 견딜 수 없었던 겁니다. 이걸 보더라도 알 수 있잖습니까……」

라스꼴리니꼬프는 모욕감을 느끼는 것 같았다.

「알 수 있다고요! 그렇다면, 이제 그를 잡으시지요. 가세요, 지금 당장!」그는 고약한 표정으로 재미있어 하면서 자묘또프를 약올렸다.

「물론, 잡고 있습니다.」

「누가요, 당신이요? 당신이 잡는다고요? 쫓아다니다가는 지쳐서 나가떨어질 거요! 당신들에게 중요한 것은 누군가 돈을 펑펑 쓰느냐 아니냐 아닙니까? 돈이 없던 놈이 갑자기 돈을 쓰기 시작하면, 틀림없이 그놈이 범인이라는 식이지요? 만일 작정만 한다면, 조그만 어린애들도 당신네들을 속일 수 있을 겁니다!」

「하지만 그런 놈들은 항상 그런 식으로 행동하거든요. 교묘하게 죽이고서는 평소대로 지내지 않고 금방 술집에 나다니다가 잡히는 겁니다. 돈을 쓰다가 잡히는 경우가 많지요. 모든 사람들이 다 당신처럼 교활하지는 않으니까요. 당신 같으면 물론 술집 같은 곳은 가지 않겠지요?」

라스꼴리니꼬프는 눈썹을 찌푸리고 자묘또프를 뚫어지게 보았다.

「나라면 어떻게 행동할지 무척 알고 싶어하는군요?」그는 불만스레 물었다.

「알고 싶군요.」자묘또프는 심각한 표정으로 단호하게 대답했다. 그의 태도나 말투가 너무 심각해졌다.

「그렇게 알고 싶으시오?」

「무척 알고 싶군요.」

「좋습니다. 나라면 이렇게 할 거요.」 라스꼴리니꼬프는 갑자기 또다시 자기 얼굴을 자묘또프의 얼굴에 바짝 갖다 대고, 그를 정면으로 쏘아보면서 속삭이듯 말하기 시작했다. 이번에는 자묘또프도 몸을 부르르 떨지 않을 수 없었다. 「나 같으면 이렇게 할 겁니다. 돈과 물건들을 훔쳐서는, 그 집에서 나오는 대로 아무 데도 들르지 않고, 어딘가 아주 외지고 울타리만 있을 뿐 아무도 없는, 채소밭 같은 곳으로 갈 겁니다. 그리고 그전에 미리 그 마당 한구석에 집이 지어질 때부터 놓여 있었을 한 1뿌드나 1뿌드 반 정도 되는 돌을 점찍어 두는 겁니다. 그러고는 그 돌을 들어 올려서 돌 아래의 구덩이, 그런 돌 아래에는 그런 구덩이가 생기게 마련이니까요, 그 구덩이 속에 돈과 물건들을 놓는 겁니다. 그렇게 집어넣고, 돌을 다시 제자리에 놓은 다음 발로 주변을 다지고 유유히 그 자리를 뜨는 겁니다. 그러고는 2년이나 3년이 지나도록 그 물건들을 찾지 않는 거요. 자, 그러니, 살인자를 찾아보시오! 그는 이미 흔적도 없이 사라져 버렸을걸요!」

「당신은 미쳤군요.」 웬일인지 자묘또프도 거의 속삭이

듯이 말하고는 갑자기 라스꼴리니꼬프에게서 흠칫 몸을 뗐다. 라스꼴리니꼬프의 눈은 빛나고, 그의 얼굴은 지독하게 창백해져 있었다. 그리고 그의 윗입술은 부들부들 떨리기 시작했다. 그는 가능한 한 더 가까이 자묘또프에게 몸을 숙이고 입술을 놀리기 시작했으나, 아무 말도 나오지 않았다. 그렇게 20초가 흘렀다. 그는 자기가 어떤 행동을 하고 있는지를 알았지만, 자기 자신을 제어할 수가 없었다. 그때 문의 빗장이 흔들리는 것처럼 무서운 말이 그의 입술에서 요동치고 있는 것 같았다. 금세 튀어나올 것만 같았다. 입을 열기만 하면, 혀를 놀리기만 하면!

「그런데 만일 노파와 리자베따를 죽인 사람이 바로 나라면 어떻게 하겠소?」 그는 느닷없이 이렇게 말하고는 정신이 번쩍 들었다.

자묘또프는 깜짝 놀라서 그를 바라보고는 얼굴이 백지장처럼 창백해졌다. 그의 얼굴은 미소로 일그러졌다.

「그게 될 법이나 한 말입니까?」 그는 거의 들릴 듯 말 듯 한 목소리로 말했다.

라스꼴리니꼬프는 독기를 품은 눈으로 그를 쳐다보았다.

「솔직해 보시오. 그렇게 믿었지요? 그렇지요? 그렇지 않았습니까?」

「아니요! 지금은 더욱더 못 믿겠습니다!」자묘또프는 황급히 말했다.

「마침내 걸려들었군! 참새를 잡았어.〈지금은 더욱더 못 믿겠다〉라고 하는 걸 보니, 전에는 믿었다는 말이로군요?」

「아닙니다, 절대로 그렇지 않습니다!」분명 당황한 자묘또프는 외쳤다.「일을 이렇게 끌어 오려고 일부러 나를 놀라게 한 겁니까?」

「그럼, 믿지 않으시오? 그때 내가 경찰서에서 나왔을 때, 당신들은 나 없이 무슨 말을 했지요? 왜 화약 중위는 기절했다 깨어난 나를 신문했소? 어이, 이봐.」그는 모자를 들고 일어서면서, 종업원을 소리쳐 불렀다.「여기 얼만가?」

「모두 30꼬뻬이까입니다.」그는 달려오면서 대답했다.

「자, 여기 팁으로 20꼬뻬이까를 더 주지. 자, 돈이 굉장히 많지요!」그는 지폐를 쥔 떨리는 손을 자묘또프에게 내밀어 보였다.「붉은 지폐, 푸른 지폐를 다 합쳐서 25루블이오. 어디서 난 걸까요? 이 새 옷은 어떻게 된 거고? 한 푼도 없었던 걸 당신도 알잖소! 게다가 집주인 아주머니도 신문해 보았을 테고…….자, 이제 됐습니다! *Assez causé*(떠드는 건 이걸로 충분하겠지요)! 그럼, 또 봅시다……. 행운이 있기를……!」

그는 참을 수 없는 쾌감이 뒤범벅된 어떤 동물적이고 신경질적인 감정에 휩싸여 온몸을 떨면서 밖으로 나왔다. 그러나 그는 우울했고 지독하게 피곤했다. 그의 얼굴은 무슨 발작을 일으키고 난 다음인 것처럼 일그러져 있었다. 그의 피로감은 급속도로 커져 갔다. 그는 첫 번째 충격, 첫 순간의 자극적인 감각으로 인해 흥분해서 기력을 얻었지만, 그 감각이 소멸됨에 따라 급속도로 약해졌던 것이다.

자묘또프는 혼자 남아서 오랫동안 한자리에 앉아 생각에 잠겼다. 라스꼴리니꼬프는 뜻밖에도 그 사건에 관한 그의 생각을 모조리 뒤집어 놓았고, 자신의 의견을 최종적으로 수립할 수 있도록 만들어 주었다.

〈일리야 뻬뜨로비치가 틀렸어!〉 그는 최종적으로 결론을 내렸다.

라스꼴리니꼬프는 거리로 난 문을 열자마자, 바로 그 현관 앞에서 안으로 들어오던 라주미힌과 부딪치고 말았다. 두 사람 다 한 발자국을 사이에 두고 있었지만, 서로를 보고 있지 않았기 때문에 거의 머리를 부딪칠 뻔했던 것이다. 몇 분간 그들은 서로를 그렇게 노려보았다. 라주미힌은 엄청난 경악에 휩싸였고, 곧 그의 눈은 분노, 즉 격심한 분노로 인해 위협적으로 이글거리기 시작했다.

「아니, 너 지금 어디 있는 거야!」 그는 고함을 치기 시작했다. 「침대에서 몰래 빠져나와서 말야! 너를 찾느라 소파 밑도 뒤졌어! 다락까지 뒤졌단 말이야! 너 때문에 나스따시야까지 때릴 뻔했어……. 그런데 너 지금 어디 있는 거야! 로지까! 이게 무슨 짓이야? 모든 걸 다 이야기해 봐! 실토하란 말이야! 내 말 듣고 있어?」

「이건 너희들 모두가 죽도록 지겹다는 뜻이야. 난 혼자 있고 싶어.」 라스꼴리니꼬프는 조용한 목소리로 침착하게 말했다.

「혼자? 아직은 걸어다니기도 힘들고, 얼굴은 백지장처럼 해가지고서, 숨도 겨우 쉬고 있는 주제에! 이 멍청이……! 《수정궁》에서 무슨 짓을 했어? 빨리 말해!」

「가게 해줘!」 라스꼴니꼬프는 지나치려고 했다. 이것을 본 라주미힌은 냉정을 잃었다. 그는 그의 어깨를 움켜잡았다.

「가게 해달라고? 뭐 〈가게 해줘〉라고? 내가 지금 무슨 짓을 하려는 줄 알아? 네 양손을 붙잡아 꽁꽁 묶고 내 겨드랑이에 껴서 집으로 끌고 가서는 문을 잠가 버릴 테다.」

「이봐, 라주미힌.」 라스꼴리니꼬프는 조용히, 겉으로 보기에는 아주 침착하게 말을 시작했다.「정말 너는 내가 너의 그 친절을 원치 않는다는 걸 모르겠니? 모든 일에…… 침을 뱉고 있는 사람에게 억지로 호의를 베푸는 이유가 뭐야? 왜 너는 내가 병이 났을 때 나를 찾아왔니? 차라리 죽어 버리고 싶었을 수도 있는데. 너는 나를 괴롭히고 있어. 네게…… 질려 버렸다고 오늘 충분히 말하지 않았던가? 너는 정말 사람 괴롭히는 걸 좋아하는구나! 분명히 말하지만, 이런 일들은 모두 내 건강을 되찾는 데 오히려 막대한 지장을 줄 뿐이야. 왜냐하면 나를 끊임없이 자극하니까. 아까 조시모프도 나를 자극하지 않으려고 밖으로 나갔잖아! 그러니 제발 나를 내버려 둬! 그리고 나를 강제로 잡아 둘 무슨 권리가 네게 있다는 거지? 내가 온전한 정신으로 말하고 있다는 걸 너는 두 눈으로 보고도 모르겠어? 어떻게 하면 나를 귀찮게 하지 말고, 호의 베푸는 일을 그만두라고 알아듣게 너를 설득시킬 수 있을까! 내가 배은망덕하고 비열한 놈이라고 쳐도, 모두들, 제발 좀 나를 가만히 내버려 둬! 제발, 내버려 둬! 내버려 두라고!」

처음에 그는, 이제 온갖 원망의 말을 퍼부을 수 있다는 생각에 미리부터 기뻐하면서 조용히 말하기 시작했지만, 말을 마칠 때는 아까 루쥔과 이야기할 때처럼 극도의 흥분에 싸여 숨을 헐떡거렸다.

　라주미힌은 잠시 서서 생각을 하더니, 그의 손을 놓아 주었다.

　「어서 꺼져 버려!」 그는 우울한 표정으로 조용하게 말했다. 「잠깐!」 라스꼴리니꼬프가 자리를 뜨려고 하자, 그는 갑자기 분노에 찬 목소리로 외치기 시작했다. 「내 말 잘 들어. 내 장담하건대, 너 같은 족속들은 말이야, 다 하나같이 수다쟁이에 허풍선이들이야! 무언가 어려운 일이 생기면 너 같은 족속들은 그 일을 마치 닭이 알을 품고 다니듯이 품고 다니지! 그러면서 다른 사람들의 말을 도용하기까지 해. 너희 같은 녀석들에게는 그 어떤 독립적인 삶의 징후라고는 없어! 너희는 고래기름으로 만들어졌어. 네놈들 몸에는 피가 아니라 우유 찌꺼기가 흐르고 있어! 나는 너희 같은 부류의 인간들이라면 아무도 믿지를 않아! 어떤 상황이 벌어지든 너희의 최대 관심사는 사람같이 굴지 않으려는 거야! 잠깐 기다려!」 라스꼴리니꼬프가 또다시 떠나려고 몸을 움직이자, 그는 두 배로 격분해서 외쳤다. 「끝까지 들어! 오늘 내가 집들이를 하려고 한다는 걸 알고 있지? 어쩌면 지금쯤 다들 와 있을지도 몰라. 나는 삼촌을 남겨 두고 왔어. 이제 손님들을 맞으러 가야 해. 그러니 만일 네가 멍청이, 아주 속된 멍청이, 지독한 멍청이가 아니라면, 외국 사상을 모방하는 멍청이가 아니라면…… 알겠어, 로쟈, 네가 똑똑하다는 건 인정한다, 하지만 그래도 넌 멍청이야! 그러니까 만일 네가 멍청이가 아니라면, 오늘 우리 집에 오는 게 좋겠어. 뭐 하러 쓸데없이 장화를 닳게 하려고 하지? 와서 저녁 동안 앉아 있어. 나오기는 했지만, 특별히 할 일도 없잖아! 내가 부드러운 의자도 너를 위해 준비해 놓을게. 주인집에 있거든……. 차도 마시고, 가까운 친구들도 보고…… 아니, 그럼, 베개가 달린 소파를 놓지. 어쨌든 우리 옆에 잠깐 누워 있으라고……. 조시모프도 올 거야. 올 거지?」

「아니.」

「거짓말!」 라주미힌은 애타게 소리치기 시작했다.「네가 어떻게 알아? 너는 자기 행동에 책임을 질 수 없는 상태야! 너는 네가 앞으로 어떻게 행동할지 아무것도 알지 못해……. 나도 수없이 사람들을 경멸했지만, 결국은 다시 그들에게 돌아오곤 했어……. 부끄러운 생각이 들 거야. 그럼, 사람들을 찾아보라고! 기억해 둬, 뽀친꼬프의 집 3층이야…….」

「너는 호의를 베푸는 만족감을 위해서라면 아무한테나

맞아도 좋다고 할 놈이야.」

「누가? 내가? 그런 생각을 하는 놈은 코를 비틀어 놓을 테다! 뽀친꼬프의 집, 47호, 바부쉬낀 관리의 아파트야…….」

「가지 않을 거야, 라주미힌!」 라스꼴리니꼬프는 몸을 돌려 걷기 시작했다.

「네가 올 거라는 데 내기를 걸겠어!」 라주미힌은 그의 뒤를 따라가면서 외쳤다. 「오지 않으면…… 오지 않으면, 이제부터는 너를 모르는 사람으로 하겠다! 이봐, 거기 서! 자묘또프가 저기 있더냐?」

「있어.」

「봤어?」

「봤어.」

「말도 하고?」

「했지.」

「무슨 말? 제기랄, 아무 말도 하지 마. 뽀친꼬프의 집, 47호, 바부쉬낀의 아파트야, 기억해 둬!」

라스꼴리니꼬프는 사도바야 거리까지 와서는 골목으로 꺾어 들어갔다. 라주미힌은 생각에 잠겨 그의 뒷모습을 바라보았다. 마침내 그는 손을 한 번 휘젓더니, 건물 안으로 들어가려고 하다가, 계단의 중간에서 멈춰 섰다.

<제기랄!> 그는 거의 소리 내어서 말했다. <저 녀석, 제법 조리 있는 말을 하잖아. 마치 성한 사람처럼……. 정말 나도 멍청하군! 미친 사람이라고 말도 똑바로 하지 못한다는 거야, 뭐야? 조시모프도 그 점을 걱정하는 것 같았어!> 그는 손으로 머리를 쳤다. <그런데 만일……. 어떻게 녀석을 지금 혼자 보낼 생각을 했지? 투신자살을 할지도 몰라……. 이거, 큰일났군! 그럼, 안 돼!> 그는 몸을 돌려 라스꼴리니꼬프를 쫓아갔지만, 이미 그의 흔적을 발견할 수 없었다. 그는 침을 뱉고, 무슨 일이 있었는지를 자묘또프에게 물어보기 위해 빠른 걸음으로 <수정궁>으로 돌아갔다.

라스꼴리니꼬프는 곧장 다리를 건너다가, 그 중간에 서서 난간에 양 팔꿈치를 기댄 채 먼 곳을 바라보기 시작했다. 라주미힌과 헤어지고 난 뒤, 탈진한 그는 겨우겨우 이곳까지 걸어올 수 있었다. 그는 어디 길바닥에라도 주저앉거나 눕고 싶었다. 그는 물 위로 고개를 숙이고 스러지는 장밋빛의 저녁노을과 짙어 가는 어스름 속에서 거뭇하게 보이는 집들, 강의 왼편에 있는 집의 다락방 어디에선가 잠깐 비친 마지막 햇살을 받아 불길에 휩싸인 듯이 빛나는 아득한 창, 운하의 어두운 물결들을 멍하니 바라보

았다. 마침내 그의 눈에는 붉은 동그라미 같은 것들이 빙글빙글 돌기 시작했고, 집들, 행인들, 강변, 마차들이 흔들리면서, 주변의 모든 것이 빙빙 돌며 춤추기 시작했다. 그가 졸도를 면할 수 있었던 것은 어쩌면 단 한 가지 놀랍고도 추악한 광경 때문이었는지도 모른다. 그는 갑자기 몸을 부르르 떨었다. 그는 누군가가 그의 오른쪽 옆에 나란히 서 있는 것을 느꼈다. 눈을 돌려 보니, 누렇게 뜬 핼쑥하고 길쭉한 얼굴에 붉은 기가 도는 푹 꺼진 눈을 가진 키가 큰 여인이 머리에 스카프를 두르고 서 있었다. 그녀의 시선은 똑바로 그를 향하고 있었지만, 분명 아무것도 보지 못하고, 또 구분하지도 못하는 것 같았다. 그녀는 갑자기 오른손을 난간에 대고, 오른발을 난간 안쪽 너머로 들어 넘기더니, 왼발도 그렇게 하고는 운하 속으로 몸을 던졌다. 더러운 물이 갈라지면서 순식간에 희생물을 집어삼켰다. 그러나 잠시 후 투신한 여인은 물 위로 떠올라서, 물결을 따라 아래로 흘러가기 시작했다. 그녀의 머리와 다리는 물에 잠겨 있었고, 등은 위로 솟은 채, 치마는 마치 베개처럼 불룩하게 물 위로 부풀어 올라 있었다.

「자살이다! 누가 물에 빠졌다!」 열 명도 넘는 사람들이 소리를 질러 댔다. 사람들이 몰려오고 강변의 양쪽은 구경꾼들로 가득 메워졌으며, 라스꼴리니꼬프 주위의 다리 위로도 사람들이 몰려와서, 그의 뒤에서 밀치락달치락했다.

「아이구, 저건 우리 아프로시니유쉬까[55]네!」 멀지 않은 어디선가 울음 섞인 여자의 비명 소리가 들렸다. 「이봐요들, 어서 구해 주세요! 어서!」

「배! 배 어딨어?」 군중 속에서 사람들이 외쳤다.

그러나 이미 배는 필요 없었다. 순경이 운하 옆에 있는 포도로 내려가서 외투와 장화를 벗어 던지고 물에 뛰어들었다. 할 일은 그다지 많지 않았다. 물에 몸을 던진 여인은 포도에서 두 걸음 정도 되는 곳으로 떠내려오고 있었으므로 그는 오른손으로 그녀의 옷을 잡고, 왼손으로 동료가 그에게 내밀어 준 장대를 붙잡을 수 있었다. 그래서 물에 빠진 여인은 곧장 물 밖으로 끌어내졌다. 그녀를 계단참의 포석 위에 눕히자, 그녀는 곧 정신을 차리고 일어나 앉아서, 무의식적으로 젖은 옷을 문지르면서, 재채기를 하고 코를 풀기 시작했다. 그녀는 아무 말도 하지 않았다.

「취했어요. 여러분들, 고주망태가 되도록이요.」 어느새 아프로시니유쉬까의 옆으로 다가온 아까 그 여인이 울부짖었다. 「얼마 전에는 목을 매려고 해서 또 줄에서 끌어내

<hr>

55 아프로시니야라는 이름의 애칭.

렸지요. 이제 막 가게로 가면서, 잘 감시하라고 여자아이 하나를 붙여 놓았는데, 또 이런 끔찍한 짓을 저질렀어요! 아저씨들, 이 여잔 우리 동네 상인이에요. 나랑 가까운 곳에 살아요. 저 모퉁이에서 두 번째 집요. 바로 저기요…….」

사람들은 흩어졌고, 순경은 아직 물에 몸을 던졌던 여인을 돌보고 있었다. 누군가 경찰에 대해 뭐라고 떠들어 댔다……. 라스꼴리니꼬프는 이 모든 일을 이상하리만큼 냉담하고 무심하게 바라보고 있었다. 그는 모든 것이 역겹게 여겨졌다. ⟨아냐, 더러워……. 물은……. 안 돼.⟩ 그는 혼잣말로 중얼거렸다. ⟨아무것도 기대할 것이라곤 없어. 경찰이 뭘 할 수 있겠어……. 그런데 왜 자묘또프는 경찰서에 있지 않았을까? 경찰서는 9시 이후에도 일을 하는데…….⟩ 그는 난간을 등지고 서서 주변을 둘러보았다.

⟨그게 어떻단 말인가! 그러면 어때!⟩ 그는 단호하게 말하고는 다리를 벗어나, 경찰서가 있는 방향으로 걷기 시작했다. 그의 마음은 공허하고 답답했다. 그는 생각하고 싶지가 않았다. 우울함도 사라져 버렸고, 그가 집에서 나왔을 때, ⟨모든 것을 끝내 버리자⟩고 했던 그 에너지의 흔적도 날아가 버렸다. 완전한 무력감이 그 자리를 대신하고 있었다.

〈그래, 그게 탈출구다!〉 그는 축 처져서 느릿느릿 강변을 따라 걸으며 생각했다. 〈어쨌든 이 모든 일을 끝내야 한다. 그러고 싶으니까……. 하지만 이게 탈출구일까? 마찬가지다! 1아르신의 공간은 있을 테니까. 하지만 결과가 이런 것이라니! 과연 이것이 결말일까? 그들에게 털어놓을까, 아니면 그만둘까? 에이…… 빌어먹을! 지쳤다, 어디든 어서 눕거나 앉아 버리고 싶다! 무엇보다도 수치스러운 것은 모든 게 너무 어리석다는 점이다. 그것도 무시해 버리자. 후, 머릿속에 온통 어리석은 생각들만 떠오르는군…….〉

경찰서로 가기 위해서는 똑바로 가다가 두 번째 모퉁이에서 왼쪽으로 돌아야만 했다. 경찰서는 그가 있는 곳에서 아주 가까웠다. 하지만 첫 번째 모퉁이에 도달하기 전에 그는 발걸음을 멈추고 잠시 주저하다가 첫 번째 골목으로 빠지고 말았다. 그는 두 블록이나 길을 우회했다. 어쩌면 아무 목적도 없이 그랬을 수도 있고, 아니면 조금이라도 시간을 벌어 보겠다는 생각에 그랬는지도 모른다. 그는 땅을 보면서 걷고 있었다. 그런데 누군가가 갑자기 그의 귀에 무슨 말을 속삭이는 것 같았다. 그가 머리를 들었을 때는 자기가 바로 그 집 옆에, 그 대문 옆에 있다는 사실을 깨달았다. 그날 이후 그는 한번도 이곳에 온 일이 없었고, 이 옆으로 지난 적도 없었다.

뿌리치기도 어렵고 설명할 수도 없는 욕망이 그를 사로잡았다. 그는 집으로 들어가서 현관문을 지나 오른쪽으로 난 첫 번째 입구를 통해 낯익은 계단을 따라 4층으로 올라가기 시작했다. 좁고 가파른 계단은 무척 어두웠다. 그는 계단참마다 멈춰 서서 신기한 듯이 주위를 둘러보았다. 1층의 계단참에 있던 창틀은 떨어져 있었다. 〈그때는 이렇지 않았는데.〉 그는 생각했다. 니꼴라이와 드미뜨리가 일하던 2층의 바로 그 아파트가 보였다. 〈문이 잠겨 있다. 문도 새로 칠해져 있구나. 방이 나간 거야.〉 그리고 3층…… 4층……. 〈여기다!〉 의혹이 그를 사로잡았다. 그 아파트의 문은 활짝 열려 있었고, 그곳에는 사람들이 있었다. 목소리가 들려왔다. 이것은 예기치 못했던 일이었다. 조금 망설인 끝에 그는 마지막 계단까지 올라가서 방 안으로 들어갔다.

그 아파트도 새로 수리를 하고 있었다. 방 안에는 일꾼들이 있었다. 그는 이런 광경에 놀란 듯했다. 왠지 그는 모든 것이 그가 마지막으로 보았던 그대로 남아 있을 거라고 생각하고 있었다. 어쩌면 바닥의 같은 장소에는 시체마저도 뒹굴고 있을지 모른다고 생각하고 있었던 것이다. 그런데 지금은 텅 빈 벽면에 가구마저 하나도 없었다. 뭔가 이상한 느낌이 들었다! 그는 창 쪽으로 가서 창틀에 앉았다.

일꾼은 둘이었다. 둘 다 젊은 사람들이었는데, 한 사람은 좀 나이가 들어 보였고, 다른 사람은 훨씬 젊었다. 그들은 이전의 누렇게 닳아서 해어진 벽지 대신 라일락색의 꽃이 그려진 하얀 벽지를 새로 바르고 있었다. 라스꼴리니꼬프는 왠지 그게 지독히도 마음에 들지 않았다. 그는 그 새 벽지를 증오스럽다는 듯이 바라보았다. 모든 것이 그렇게 바뀐다는 것이 정말 안타까웠다.

일꾼들은 꾸물거리다가 일이 늦어진 모양이었다. 그들은 이제 종이를 둘둘 말면서, 서둘러 돌아갈 채비를 하고 있었다. 그들은 라스꼴리니꼬프의 등장에 거의 관심을 기울이지 않았다. 그들은 뭔가 이야기를 나누고 있었다. 라스꼴리니꼬프는 팔짱을 끼고, 이야기를 듣기 시작했다.

「그 여자가 말이야, 아침에 우리 집에 온 거야.」 나이가 더 많은 일꾼이 젊은 사람에게 말하기 시작했다. 「아주 이른 아침에 옷을 쫙 빼입고 말이야. 내가 말했지, 〈너 왜 그렇게 내 앞에서 아양을 떨고, 애교를 부리는 거냐?〉 하고 말이지. 그랬더니 〈찌뜨 바실리치, 저는 지금부터 완전히 당신의 것이 되고 싶어요〉라고 하지 않겠어? 바로 그렇게 된 거야! 얼마나 옷을 멋지게 차려입었던지, 잡지에서 본 것과 똑같더라니까!」

「아저씨, 그 잡지라는 게 대체 뭔데요?」 나이 어린 사람이 물었다. 그는 분명 그 〈아저씨〉에게서 많은 가르침을 받고 있는 것 같았다.

「잡지라는 건 말이지, 이 친구야, 아주 알록달록한 그림들이 실려 있는 거라고. 여기 양복점에 매주 토요일만 되면 외국에서 우편으로 들어오지. 누가 어떻게 옷을 입었는지를 보여 주는 건데, 남자들 옷과 마찬가지로 여자들 옷도 보여 주지. 그림들이야. 남자들은 옷자락이 긴 가죽 외투나 입고 있는 게 고작인데, 여자들 옷을 보여 주는 부분에서는, 이 친구야, 굉장하다고. 속옷만 해도 네 전 재산을 다 주고도 못 살걸!」

「이 뻬쩨르부르그에는 정말 없는 게 없군요!」 나이 어린 사람이 열광적으로 외쳤다. 「어머니, 아버지 말고는 다 있어요!」

「그렇지, 그것 빼고는 뭐든지 다 있지!」 나이가 더 든 일꾼이 가르치듯이 결론을 내렸다.

라스꼴리니꼬프는 일어나서 예전에 궤와 침대, 서랍장이 있던 다른 방으로 건너갔다. 가구가 없으니까 방은 지독하게 궁색해 보였다. 벽지는 아직 그대로였다. 벽지의 한쪽 구석에는 성상을 넣었던 틀의 자국이 선명하게 남아 있었다. 그는 다시 자기가 앉았던 창으로 돌아왔다. 나이가 더 든 일꾼이 그를 곁눈질로 쳐다보았다.

「당신 뭐요?」그는 갑자기 그에게 물었다.

대답 대신에 라스꼴리니꼬프는 일어나 문밖으로 나가서는 종을 붙잡고 잡아당겼다. 그때의 그 종이었다. 그리고 바로 그때처럼 그 양철로 된 종소리가 울렸다! 그는 두 번 세 번 잡아당겼다. 그리고 유심히 그 소리를 들으면서, 그때의 일을 상기했다. 그때의 고통스러울 정도로 무섭고 추악했던 느낌이 점차 선명하고 생생하게 떠올랐다. 그는 종이 한 번 울릴 때마다 몸을 떨었다. 그러나 그는 점점 기분이 좋아졌다.

「당신 뭐가 필요한 거요? 당신 누구요?」일꾼은 나오면서 그에게 물었다. 라스꼴리니꼬프는 다시 문 안으로 들어갔다.

「아파트를 임대하러 왔소. 그래서 살펴보고 있는 거요.」
「아파트를 밤에 보러 다니는 사람이 어디 있소? 그리고 또 그러려면 경비원과 함께 왔어야지.」

「바닥이 닦였군. 칠을 할 거요?」 라스꼴리니꼬프는 말을 이었다.「피는 없었소?」

「무슨 피 말이오?」

「이곳에서 노파와 그 여동생이 살해당했는데. 여기 피가 웅덩이같이 있었는데.」

「당신 대체 어떤 사람이오?」 일꾼이 불안한 얼굴로 소리쳤다.

「나 말이오?」

「그렇소.」

「알고 싶나……? 경찰서로 갑시다. 거기서 말하지.」

일꾼들은 의혹에 찬 눈초리로 그를 쳐다보았다.

「우리는 나가야 해요. 벌써 늦었어요. 가자, 알료쉬까. 문을 잠가야 합니다.」 나이가 많은 일꾼이 말했다.

「그럼, 갑시다!」 라스꼴리니꼬프는 이렇게 대답하고는, 무심히 앞장을 서서 계단을 천천히 내려가기 시작했다.「이봐요, 경비원!」 그는 대문 아래로 나와서 큰 소리로 외쳤다.

거리로 난 건물의 입구 바로 옆에는 몇몇의 사람들이 행인들을 보며 서 있었다. 경비원 둘, 아낙, 평상복을 입은 상인, 그리고 몇 사람이 더 있었다. 라스꼴리니꼬프는 곧장 그들을 향해 걸어갔다.

「무슨 일이오?」 경비원 중 하나가 대꾸했다.

「경찰서에 갔다 왔소?」

「방금 갔다 왔소. 무슨 일이오?」

「사람들이 있던가요?」

「있습니다.」

「부서장도 있습디까?」

「그때는 있던데요. 그런데 무슨 일이오?」

라스꼴리니꼬프는 대답하지 않고, 생각에 잠긴 채 그들과 나란히 섰다.

「아파트를 보러 왔대요.」 나이 든 일꾼이 다가오면서 말했다.

「무슨 아파트?」

「우리가 일하고 있는 아파트요. 〈바닥이 닦였군〉이라고 하던데요? 〈여기서 살인 사건이 있었는데〉라고 하면서 〈아파트를 임대하러 왔다〉고 하던데요. 그러고는 종을 울리기 시작하는데, 하마터면 줄이 끊어질 뻔했어요. 그러고는 경찰서에 가자고, 거기서 다 말하겠다고 하던데요. 그러면서 달라붙는 거예요.」

경비원은 의심스럽다는 듯이 눈살을 찌푸리고 라스꼴

리니꼬프를 찬찬히 뜯어보았다.

「당신 대체 누구요?」 그는 좀 더 위협적으로 소리쳤다.

「나는 로지온 로마니치 라스꼴리니꼬프, 대학생이었소. 여기서 멀지 않은 작은 골목에 있는 쉴랴의 집[56] 14호에 살지요. 경비원에게 물어보시오……. 나를 알 테니.」 라스꼴리니꼬프는 어두워져 가는 거리를 골똘히 바라보면서, 왠지 축 늘어져서 침울한 모습으로 이런 말들을 내뱉었다.

「당신, 아파트에는 왜 온 거요?」

「보러 왔소.」

「거기 볼 게 뭐가 있소?」

「경찰서에 넘길까?」 갑자기 상인이 끼어들었으나 이내 입을 다물었다.

라스꼴리니꼬프는 어깨 너머로 그에게 눈길을 주면서, 주의 깊게 바라보았지만, 여전히 조용하고 늘어진 말투로 내뱉었다.

「갑시다!」

「데려갑시다!」 용기가 난 상인이 얼른 그의 말을 받아

56 쉴랴의 집은 뻬쩨르부르그의 말라야 모르스까야 거리(현 고골 거리)와 보즈네센스끼 대로가 만나는 지점에 있는데, 도스또예프스끼는 이 집에서 1847년 2월부터 1849년 4월까지 살았다. 1849년 4월 23일에 그는 이곳에서 뻬뜨라셰프스끼 사건에 연루되어 체포되었다.

말했다.「왜 그가 〈그 일〉을 생각했겠어요? 그의 머릿속에 뭐가 있겠냐고요?」

「취했는지 알 게 뭐야.」일꾼이 중얼거렸다.

「당신 뭐요?」정말로 화가 나기 시작한 경비원이 소리쳤다.「왜 시비를 거는 거야?」

「경찰에 가는 게 겁나나?」라스꼴리니꼬프가 조롱하듯 말했다.

「뭐가 무섭다는 거요? 왜 시비를 걸지?」

「건달이에요!」아낙이 외쳤다.

「이런 사람이랑 얘기를 해서 뭣 하겠소?」농민 외투를 활짝 풀어 젖히고서, 허리에 열쇠를 찬 몸집이 큰 다른 경비원이 소리쳤다.「썩 꺼져……! 당장 꺼지지 못해? 이 불한당 같은 놈!」

그러고는 라스꼴리니꼬프의 어깨를 움켜쥐고 거리로 던져 버렸다. 라스꼴리니꼬프는 나뒹굴 뻔했지만 겨우 균형을 잡아 넘어지지는 않았다. 그는 말없이 구경꾼들을 바라보다가 다시 걷기 시작했다.

「괴상한 놈이군.」일꾼이 말했다.

「요즘엔 저런 이상한 사람들이 많아졌어요.」아낙이 말했다.

「그래도 경찰서에 데려갔으면 좋았을걸.」 상인이 덧붙였다.

「공연히 연루될 필요는 없어.」 몸집이 큰 경비원이 말했다.「저런 불한당 같은 놈! 시비를 걸고는, 꼭 붙어서 떨어지지를 않거든…… . 내가 저런 놈들을 잘 알지!」

〈가야 하나, 말아야 하나.〉 라스꼴리니꼬프는 생각했다. 그는 교차로 복판에서 마치 누군가로부터 마지막 명령을 기다리기라도 하듯이 주위를 둘러보았다. 그러나 그 어느 곳으로부터도 응답은 들리지 않았다. 모든 것이 그가 딛고 있는 돌처럼 말없이 죽어 있었다. 그에게만은 모든 것이 죽어 있었다…… . 그러다가 그는 문득 칠흑 같은 어둠 속, 그로부터 2백 발자국쯤 떨어진 곳에서 사람들이 와글와글 떠들며 소리를 질러 대는 것을 들을 수 있었다…… . 사람들 한가운데에는 어떤 마차가 서 있었다…… . 거리 가운데서 불빛이 반짝였다. 〈무슨 일일까?〉 라스꼴리니꼬프는 몸을 오른쪽으로 돌려 사람들이 모여 있는 장소로 갔다. 경찰서로 가리라는 최종적인 결단을 내린 지금, 이제 모든 일이 다 끝나리라는 것을 확실히 알았기 때문인지, 그는 닥치는 대로 마주치는 모든 일에 집착을 하는 것 같았다. 그는 이렇게 생각하고는 싸늘하게 웃었다.

7

　도로 한복판에는 두 필의 회색 준마가 끄는 화려한 귀족의 마차가 서 있었다. 타고 있는 사람은 아무도 없었고, 마부는 마부석에서 내려와 옆에 서서 말의 재갈을 붙들고 있었다. 주변에는 수많은 사람들이 운집해 있었고, 그들의 맨 앞에 경찰들이 있었다. 경찰 한 사람이 손에 등불을 들고 몸을 굽혀, 마차 바퀴 바로 옆의 도로를 비추고 있었다. 사람들은 웅성대면서 소리를 지르고 한숨을 내쉬었다. 마부는 어찌할 바를 모르며, 가끔 같은 말을 반복하고 있었다.

　「이런 변이 있나! 주여, 이런 변이!」

　힘들여 사람들 사이를 비집고 들어간 라스꼴리니꼬프는 그제야 이 소동이 일어난 이유를 알아낼 수 있었다. 땅에는 몹시 남루하지만 그래도 〈고상한〉 티가 나는 옷을 입은 사내가 지금 막 말굽에 짓밟혀 피투성이가 된 채 의식을 잃고 쓰러져 있었다. 얼굴과 머리에서는 피가 흐르고 있었는데, 얼굴은 온통 상처를 입어 너덜너덜해진 채 일그러져 있었다. 끔찍하게 짓밟혔음에 틀림없었다.

　「이보시오들!」 마부가 울먹이며 늘어놓았다. 「어쩔 도리가 없었어요! 내가 전속력으로 말을 달린 것도 아니고, 소리를 지르지 않은 것도 아닙니다. 서두르지도 않고 슬슬 달리고 있었습니다요. 모두들 보셨으니까, 내가 하는 말이 거짓이 아니라는 걸 아시겠지요. 술 취한 사람에게 아무리 소리를 질러 봐야 소용이 없잖아요. 보니까, 이 사람이 거리를 비틀거리며 거의 쓰러질 듯이 가로지르고 있었어요. 한 번 소리를 지르고, 또 지르고 세 번이나 소리를 지르면서 고삐를 잡아당겼지만, 저 사람이 곧장 말의 다리 밑으로 쓰러졌어요! 일부러 그랬는지, 아니면 너무 취해서 그랬는지……. 말들이 어려서 겁이 많다 보니 그냥 달려 버린 거예요. 게다가 이 사람이 비명을 지르니까 놈들이 더 놀라서 그만…… 이런 변이 생겼어요.」

「맞아요, 정말 그랬어요!」 군중 속에서 누군가 그 말을 증명하듯 소리쳤다.

「그가 소리쳤다는 건 사실이에요. 세 번이나요.」 다른 사람이 응수했다.

「정확하게 세 번 소리쳤어요. 모두들 들었어요!」 세 번째 사람이 말했다.

그래서 마부는 그리 고심하거나 두려워하는 것 같지는 않았다. 아마도 마차는 부유하고 힘이 있는 사람의 것으

로, 그 마차의 주인은 지금 어디선가 마차가 오기를 기다
리고 있음에 틀림없었다. 경찰들도 물론 이 점에 대해서
적지 않게 염려하고 있었다. 마차에 치인 사람을 경찰서
나 병원으로 옮겨야만 했다. 그러나 그의 이름을 아는 사
람이 없었다.

그러는 동안 라스꼴리니꼬프는 사람들을 헤치고 들어
가 몸을 굽혀, 쓰러진 사람을 더 가까이에서 들여다보았
다. 때마침 불빛이 불행을 당한 사람의 얼굴을 또렷이 비
춰 주었고, 그는 그가 누구인지를 알아볼 수 있었다.

「제가 이 사람을 압니다, 알아요!」 그는 사람들을 헤치
고 앞으로 나서면서 소리쳤다. 「이 사람은 퇴역 관리인데,
9등 문관인 마르멜라도프입니다! 그는 여기에 살고 있어
요. 바로 옆 꼬젤의 집에요……. 어서 의사를 불러 주세요!
제가 돈을 지불하지요. 자, 여기 있습니다!」 그는 주머니
에서 돈을 꺼내 경찰들에게 보여 주었다. 그는 몹시 흥분
하고 있었다.

경찰들은 마차에 깔린 사람이 누구인지가 밝혀져서 다
행스러워했다. 라스꼴리니꼬프는 자신의 이름과 주소를
밝히고, 마치 자기 친아버지의 일인 것처럼 온 힘을 다해
의식이 없는 마르멜라도프를 어서 집으로 옮겨야 한다고

사람들을 설득했다.

「바로 저기, 건물 세 채를 지나면 됩니다.」 그는 바쁘게 움직였다. 「부유한 독일인 꼬젤 네로…… 그는 아마도 취해서 집으로 가고 있었을 겁니다. 나는 이분을 알아요……. 알코올 중독자죠……. 그곳에 그의 가족, 그러니까 아내, 아이들, 딸 하나가 있습니다. 병원으로 데려가기 전에, 응급 치료를 받아야지요. 여기 이 건물에도 의사가 있을 테니까요! 제가 치료비를 내죠. 내겠습니다……! 어쨌든 집에서는 가족들이 돌볼 거고, 지금 도와야지, 그렇지 않으면 병원으로 가기 전에 죽을 겁니다…….」

그는 눈에 띄지 않게 경찰의 손에 돈을 쥐어 주었다. 그러나 일은 분명했고 합법적이었다. 어쨌거나 집으로 가는 것이 도움을 더 빨리 받을 수 있는 길이었다. 몇몇이 나서서 마차에 깔린 그를 들어 올려 옮기는 일을 돕기 시작했다. 꼬젤의 집은 서른 걸음 정도의 거리에 있었다. 라스꼴리니꼬프는 뒤에서 조심스럽게 머리를 받치고 따라가면서 길을 안내했다.

「여기, 여기로! 계단에서는 머리가 위로 가야 합니다. 돌려 주세요……. 그렇게요! 제가 돈을 드리지요. 사례를 하겠습니다.」 그는 중얼거렸다.

할 일이 없어 시간이 날 때면 항상 그렇듯이 까쩨리나 이바노브나는 팔짱을 낀 채, 혼잣말을 뇌까리고 기침을 해대면서 작은 방 안을 창에서 벽난로까지 왔다 갔다 하고 있었다. 최근 들어 그녀는 더 자주 자신의 큰딸, 열 살짜리 뽈랴를 상대로 더 많은 이야기를 하게 되었다. 뽈랴는 아직 많은 것을 이해하지는 못했지만, 어머니에게 무엇이 필요한지를 잘 알고 있었기 때문에 항상 자신의 영리해 보이는 큰 눈으로 그녀의 뒤를 쫓으면서 온 힘을 다해 모든 것을 이해하고 있다는 듯한 표정을 짓느라 애를 쓰고 있었다. 지금 뽈랴는 종일 몸이 좋지 않았던 남동생을 눕혀 재우려고 그의 옷을 벗기고 있었다. 밤에 빨아 널어야 할 셔츠를 누나가 벗기는 동안, 소년은 잠자코 심각한 표정으로 꼼짝도 하지 않고 앉아서, 뒤꿈치를 꼭 붙이고 발끝만 벌린 채 똑바로 다리를 뻗고 있었다. 그는 입술을 삐죽 내밀고 눈을 부릅뜬 채, 꼼짝도 하지 않고서 엄마와 누나가 하는 말을 듣고 있었다. 그것은 모든 영리한 소년들이 자러 가기 전에 옷을 벗겨 줄 때 일반적으로 취하는 그런 행동이었다. 그보다 더 어린 꼬마 계집애는 완전히 넝마가 다 된 옷을 입고 커튼 옆에 앉아서 자기 차례를 기다리고 있었다. 계단으로 난 문은 담배 연기를 조금이라도 빼기 위해서 열려 있었다. 다른 방에서 흘러 들어온 담배 연기는 폐결핵을 앓고 있는 불쌍한 여인으로 하여금 오랫동안 고통스럽게 기침을 하게 만들었다. 까쩨리나 이바노브나는 이 한 주일 동안 더 마른 것 같았다. 그녀 볼의 붉은 반점은 전보다 더욱 선명해져 있었다.

「너는 믿지 못할 거야. 상상도 못할 거다, 뽈랴.」 그녀는 방을 거닐면서 말했다. 「우리가 외할아버지 댁에서 얼마나 즐겁고 화려하게 살았는지 말이다. 그리고 그 주정뱅이가 얼마나 나와 너희 모두를 못살게 굴고, 또 앞으로도 그럴 건지 말이다! 네 외할아버지는 5등관 군인으로 대령이신데, 거의 도지사에 맞먹는 직위란다. 그렇게 되기에는 한 걸음도 안 남았고, 그래서 사람들이 찾아와서는 이렇게 말했단다. 〈우리는 당신을 도지사로 생각한답니다, 이반 미하일로비치.〉 내가…… 콜록! 내가 말이다…… 콜록콜록…… 이 지긋지긋한 세상!」 그녀는 가래를 토하면서 가슴을 부여잡고는 이렇게 소리쳤다. 「내가…… 아, 귀족 단장의 집에서…… 마지막 무도회에서…… 베제멜나야 공작 부인이 나를 보시더니…… 그분은 나중에 내가 네 아빠와 결혼했을 때, 나를 축복하신 분이란다, 뽈랴. 그때 물으셨단다. 〈네가 바로 그 졸업식에서 숄을 가지고 춤을 추던 아이이지……?)라고 말이야. 터진 옷을 기워야 해. 지금 당장이라도 내가 가르쳐 준 대로 바늘을 들고 기우면 좋겠다. 그렇지 않으면 또 내일…… 콜록! 내일…… 콜록콜록콜록……! 구멍이 더 커질 거야!」 그녀는 괴로움에 찬 목소리로 이렇게 외쳤다.「그때 뻬쩨르부르그에 막 도착한 시종관 쉬체골스꼬이 공작이 나와 마주르카를 추고, 그 다음 날에는 결혼 신청을 하려고 했단다. 그런데 나는 좋은 말로 감사를 드리고 내 마음은 오래전부터 다른 사람에게 가 있다고 말했단다. 그 다른 사람이란 네 아빠를 말하는 거야, 뽈랴. 네 외할아버지는 몹시 화를 내셨다……. 물은 준비되었니? 자, 옷을 이리 다오, 양말은……? 리다!」 그녀는 작은딸에게 말했다.「너는 오늘 밤 셔츠를 입지 말고 자거라. 어떻게든…… 그래 양말은 그 옆에 놓거라…… 함께 빨게……. 그런데 왜 그 거지 같은 사람은 안 오는 거야, 주정뱅이 같으니! 옷이 더러워지고 걸레처럼 다 찢어졌네……. 이틀 밤이나 빨래하지 않으려면, 지금 한꺼번에 다 빨아야 해 ! 아이고, 맙소사! 콜록콜록콜록! 이건 또 무슨 일이야?」 그녀는 문간에 몰려 있는 사람들과 무슨 짐을 들고 그녀의 방으로 비집고 들어오는 사람들을 보고는 소리쳤다.「이게 무슨 짓이에요? 무엇을 들여오는 거예요?

오, 세상에!」

「어디다 눕힐까요?」 사람들이 방으로 의식이 없는 피투성이의 마르멜라도프를 들고 들어오자, 경찰이 주위를 둘러보면서 물어보았다.

「소파로요! 소파에 똑바로 눕히세요, 여기에 머리를 두고요.」 라스꼴리니꼬프는 말했다.

「거리에서 마차에 치였어요! 술에 취해서!」 누군가가 문간에서 외쳤다.

까쩨리나 이바노브나는 새파랗게 질린 채 우뚝 서서 가쁜 숨을 몰아쉬었다. 아이들도 놀랐다. 어린 리다는 울음을 터뜨리며 뽈랴에게 달려가 그녀를 붙들고 온몸을 오들오들 떨기 시작했다.

마르멜라도프를 눕히고 나서, 라스꼴리니꼬프는 까쩨리나 이바노브나에게 다가갔다.

「제발, 진정하십시오. 놀라지 마세요!」 그는 빠르게 말하기 시작했다. 「길을 건너다가 마차에 치였습니다. 걱정하지 마십시오, 곧 정신이 들 겁니다. 제가 이리로 모셔 오자고 했습니다…… 저는 이곳에 한 번 온 적이 있습니다. 기억나시지요…… 곧 정신이 들 겁니다. 돈은 제가 다 지불하겠습니다!」

「기어코 이렇게 됐구나!」까쩨리나 이바노브나는 절망
적으로 울부짖으며 남편에게로 달려갔다.

라스꼴리니꼬프는 곧 까쩨리나 이바노브나가 이런 일
을 당하면 이내 기절해 버리는 그런 여인이 아니라는 것
을 알아챘다. 순식간에 그녀의 남편 머리 밑에는 아무도
미처 생각하지 못했던 베개가 놓여졌다. 까쩨리나 이바노
브나는 그의 옷을 벗기고 살펴보기 시작했다. 그녀는 당
황하는 기색 없이 떨리는 입술을 굳게 깨물고, 가슴에서
터져 나오려는 비명을 억누르면서 자기 몸을 돌보지도 않
고 분주하게 그를 보살폈다.

그러는 사이 라스꼴리니꼬프는 누군가에게 의사를 부
르러 가달라고 부탁을 했다. 의사는 건너편 건물에 살고
있었다.

「제가 의사를 부르러 사람을 보냈습니다.」그는 까쩨리
나 이바노브나를 안심시키며 말했다. 「걱정하지 마십시오,
제가 치료비를 내겠습니다. 물은 없나요……? 식탁보나 수
건을 주십시오, 어서요. 그의 상처가 어느 정도인지 아직
은 모르겠습니다……. 그는 부상을 당한 것이지 죽은 것이
아니에요. 믿으세요……. 하지만 의사가 뭐라고 할는지!」

까쩨리나 이바노브나는 창 쪽으로 달려갔다. 창 옆 구

석에 있는 찌그러진 의자 위에는 밤에 아이들과 남편의 속옷을 빨기 위해 그녀가 준비해 둔 커다란 질그릇 대야가 놓여 있었다. 까쩨리나 이바노브나는 최소한 1주일에 두 번 정도, 때로는 그보다 더 자주 밤에 손수 빨래를 하고 있었다. 왜냐하면 가족들은 속옷을 한 벌씩밖에 가지고 있지 않았기 때문에 갈아입을 것이 없었으며, 또 까쩨리나 이바노브나는 불결함을 견디지 못하는 성격이었기 때문이다. 그녀는 집 안이 더러운 꼴을 보느니 차라리 힘에 부치고 자기 몸이 괴롭더라도 모든 식구들이 자는 밤에 빨래를 해서 젖은 속옷들을 줄에 널어 아침이 될 때까지 말린 뒤 깨끗한 옷으로 다듬어서 내주는 게 낫다고 생각했다. 그녀는 라스꼴리니꼬프의 요구대로 대야를 들었지만, 그 무게를 견디지 못해서 하마터면 넘어질 뻔했다. 그런데 라스꼴리니꼬프는 어느새 수건을 발견해서 그것을 물에 축여 피가 흐르는 마르멜라도프의 얼굴을 닦기 시작했다. 까쩨리나 이바노브나는 서서 두 손으로 가슴을 부여잡고 괴로운 표정으로 호흡을 가다듬었다. 그녀 자신이 도움을 필요로 했다. 라스꼴리니꼬프는 마차에 치인 사람을 이곳으로 데려오자고 한 것이 실수였음을 깨닫기 시작했다. 경찰도 역시 어찌할 바를 모르고 서 있었다.

「뽈랴!」 까쩨리나 이바노브나가 소리쳤다. 「소냐에게 뛰어가 봐라, 어서. 만일 집에 없거든, 그래도 일러두고 와. 아버지가 마차에 치였다고 집에 오는 대로…… 즉시 이곳으로 오라고 전해. 빨리, 뽈랴! 자, 이 스카프를 쓰고 가거라!」

「힘껏 달려!」 갑자기 의자에 앉아 있던 사내아이가 소리 질렀다. 그렇게 소리를 친 다음 소년은 아까처럼 다시 아무 말 없이 눈을 크게 뜨고 발꿈치를 앞으로 내민 채 양 발을 벌리고 의자에 앉아 있었다.

그러는 동안 방 안은 사과 하나 떨어질 자리가 없을 정도로 사람들로 가득 메워졌다. 경찰들은 하나만 남고 떠나 버렸다. 그 남은 경찰도 계단에서 밀려 올라오는 사람들을 다시 계단 밑으로 쫓아내느라 애를 쓰고 있었다. 옆방에 사는 립뻬베흐젤 여사의 세입자들 대부분이 몰려들었다. 그들은 처음에는 문가에서만 밀치락달치락하더니, 나중에는 방 안으로까지 쏟아져 들어오고야 말았다. 까쩨리나 이바노브나는 격분했다.

「죽을 때만이라도 편안하게 죽게 해줘요!」 그녀는 구경꾼들에게 분통을 터뜨리기 시작했다. 「무슨 구경거리라도 났어! 담배까지 입에 물고! 콜록콜록콜록! 모자까지 쓰고 들어오지 그래……! 아이고, 정말 모자까지 쓴 사람도 있군……. 나가요! 죽어 가는 사람에게 최소한의 예의라도 지켜 줘요!」

그녀는 기침 때문에 숨이 막혔지만 그녀가 윽박지르자, 사람들은 주춤하기 시작했다. 분명 사람들은 까쩨리나 이바노브나를 두려워하고 있는 모양이었다. 세입자들은 이상하고 은밀한 만족감을 느끼면서 한두 명씩 문 쪽으로 물러났다. 이 만족감은, 친한 사람에게 불행이 닥쳤다고 할지라도, 가장 가까운 사람들마저도 으레 마음속에 품게 되는 감정이며, 아무리 진실한 슬픔과 동정심을 갖는다고 할지라도, 누구나 예외 없이 느끼게 되는 그런 감정이었다.

그러나 문 뒤에서 병원으로 옮기라는 소리, 이곳에서 공연히 법석을 떨어 봐야 소용이 없다는 소리들이 들려왔다.

「여기서 죽으면 안 된다니!」 까쩨리나 이바노브나는 소리를 지르며, 그들에게 호통을 치려고 달려 나갔다. 그런데 그때 그녀는 이제 막 불행한 소식을 듣고 질서를 잡아야겠다고 생각한 집주인 립뻬베흐젤 여사와 딱 마주치고 말았다. 그녀는 싸우기를 아주 좋아하는 난폭한 독일 여자였다.

「이런, 맙소사!」 그녀는 손뼉을 쳤다. 「당신의 남편이 취해서 마차에 치었다지요. 병원으로 데려가세요! 여긴 내 집이에요!」

「아말리야 류드비꼬브나!⁵⁷ 지금 당신이 무슨 말을 하고 있는지 알아요?」 까쩨리나 이바노브나는 거만한 투로 말하기 시작했다(그녀는 항상 여주인과 말을 할 때면, 여주인이 〈자신의 위치〉를 똑바로 기억할 수 있도록 거만한 어조로 말했고, 이런 상황에 처해서도 그녀는 그런 만족감을 물리칠 수가 없었다).「아말리야 류드비꼬브나……」

「내가 전에도 당신에게 말했지요. 나를 감히 아말리야 류드비꼬브나라고 부르지 말라고요. 나는 아말리야 이바노브나예요!」

「당신은 아말리야 이바노브나가 아니라, 아말리야 류드비꼬브나예요. 나는 저 문 뒤에서 웃고 있는 레베쟈뜨니꼬프 씨와 같은 비열한 아첨꾼이 아니니까 하는 말이지만. (문 뒤에서는 웃음소리와 함께 〈또 붙었군!〉이라는 외침 소리가 들렸다.) 그러니까 나는 당신을 항상 아말리야 류드비꼬브나라고 부를 거예요. 왜 이 이름이 당신 마음에

---

57 마르멜라도프 집안 식구가 사는 셋집의 여주인, 립뻬베흐젤의 이름이다. 마르멜라도프의 부인 까쩨리나 이바노브나는 이 여인의 부칭을 류드비꼬브나라고 부르고 있으나, 이 여인은 자기 아버지의 이름이 이반이었으므로 이바노브나라고 부르라고 말한다.

들지 않는지 이해할 수는 없지만 말이에요. 당신도 지금 세묜 자하로비치에게 무슨 일이 일어났는지 보고 계시지요. 그는 죽어 가고 있어요. 제발 이 문을 지금 당장 잠그고 아무도 들어오지 못하도록 해주기 바랍니다. 죽을 때만이라도 편안하게 죽게 해줘요! 그렇게 하지 않으면 내가 단언하건대, 내일이라도 당장 당신의 행동거지가 도지사의 귀에 들어가게 될 거예요. 공작은 나를 처녀 때부터 알고 있고, 세묜 자하로비치를 아주 잘 기억하고 있으니까요. 그분은 몇 번이나 은혜를 베풀어 주셨어요. 세묜 자하로비치에게 친구와 후견인들이 많다는 건 세상이 다 아는 일이에요. 다만 그는 자기의 불행한 약점을 알고 있기 때문에, 고결한 자존심 때문에 그들을 스스로 버린 거라고요. 그러나 지금은 (그녀는 라스꼴리니꼬프를 가리켰다) 이 도량이 넓은 어떤 관대한 청년이 우리를 돕고 있어요. 이분은 재산도 있고, 교제의 폭도 넓은 분으로, 세묜 자하로비치는 이분이 어린아이였던 시절부터 잘 알고 있었어요. 그러니 걱정 말아요, 아말리야 류드비꼬브나……」

그녀는 이 모든 말을 아주 빠르게 지껄였고, 말의 속도는 점점 더 빨라졌다. 결국 기침이 한꺼번에 터져 나오자 그녀는 말문이 막히고 말았다. 이때 죽어 가던 사람이 정

신을 차리고 신음을 토해 내기 시작했다. 그녀는 그에게
로 뛰어갔다. 환자는 눈을 떴으나 아직 아무도 알아보지
못하고, 아무것도 이해하지 못한 채 그의 위에 서 있는 라
스꼴리니꼬프를 응시하기 시작했다. 그는 괴롭고 깊은 숨
을 드문드문 쉬고 있었다. 입술 언저리에서는 피가 흐르
고, 이마에는 구슬땀이 맺혀 있었다. 라스꼴리니꼬프를
알아보지 못한 그는 걱정스럽게 주위를 두리번거리기 시
작했다. 까쩨리나 이바노브나는 단호하면서도 슬픈 눈빛
으로 그를 바라보았다. 그녀의 눈에서는 눈물이 흐르고
있었다.

「세상에! 가슴이 온통 짓밟혔어! 피, 피 좀 봐!」 그녀는
절망에 차서 말했다. 「그의 웃옷을 벗겨야겠어요! 약간만
몸을 돌려 줘요. 세묜 자하로비치, 가능하다면요.」 그녀는
그에게 소리쳤다.

마르멜라도프는 그녀를 알아보았다.

「신부님을!」 그는 쉰 목소리로 말했다.

까쩨리나 이바노브나는 창으로 물러나서, 이마를 창틀
에 기대고 절망에 빠져서 오열했다.

「오, 저주스러운 인생!」

「신부님을!」 죽어 가는 사람은 잠깐 침묵한 후에 다시

말했다.

「보냈어요!」까쩨리나 이바노브나는 그에게 소리쳤다. 그는 외침 소리를 듣고 입을 다물었다. 그는 겁먹은 듯한 슬픈 눈초리로 그녀의 눈을 찾았다. 그녀는 다시 그에게로 돌아와 그의 머리맡에 섰다. 그는 조금 안도한 눈치였지만, 그 상태는 그리 오래가지 않았다. 곧 그의 시선은 그가 가장 예뻐했던 어린 리다에게 고정되었다. 아이는 구석에서 발작이라도 난 듯이 온몸을 떨면서, 놀라 휘둥그레진 가련한 눈초리로 그를 바라보고 있었다.

「아…… 아…….」그는 불안한 듯이 그녀를 눈짓으로 가리켰다. 그는 무슨 말인가를 하고 싶어 했다.

「또 뭐예요?」까쩨리나 이바노브나가 외쳤다.

「맨발이야! 맨발!」그는 반쯤은 정신이 나간 눈초리로 아이의 벗은 발을 보면서 중얼거렸다.

「입 다물어요! 당신도 왜 맨발인지 알잖아요!」까쩨리나 이바노브나는 화를 내면서 외쳤다.

「다행히, 의사 선생님이 오셨군!」라스꼴리니꼬프가 기뻐서 외쳤다.

깔끔한 독일인 노의사는 의심쩍은 눈초리로 사방을 두리번거리며 들어와서는 환자에게 다가가 맥박을 재기 시작했다. 그리고 머리를 더듬어 보고, 까쩨리나 이바노브나의 도움을 받아 온통 피에 젖어 있는 셔츠를 벗기고 환자의 가슴을 살펴보았다. 가슴은 온통 일그러지고 짓이겨져 갈가리 찢겨 있었다. 오른쪽 갈비뼈 몇 대가 부러져 있었다. 왼쪽 심장 바로 윗부분에는 심상치 않은 누렇고 검은 커다란 멍이 나 있었는데, 그것은 말발굽에 심하게 채인 자국이었다. 의사는 이맛살을 찌푸렸다. 경찰은 마차에 치인 사람이 바퀴 속에 빨려 들어가 빙글빙글 돌면서 도로를 한 서른 걸음쯤 끌려갔다고 그에게 말해 주었다.

「그가 지금 정신을 차렸다는 게 놀랍군요.」 의사는 라스꼴리니꼬프에게 속삭였다.

「어떻습니까?」 그는 물었다.

「곧 숨을 거둘 거요.」

「아무 가망도 없습니까?」

「전혀 없습니다! 지금 마지막 숨을 몰아쉬고 있는 겁니다……. 게다가 머리의 부상도 아주 심하군요……. 음. 혹시 응혈을 뽑으면 모를까……. 하지만…… 그것도 소용이 없을 겁니다. 5분이나 10분밖에 못 가니까요.」

「그래도 응혈을 뽑아 보는 것이 좋겠습니다!」

「그래 봅시다……. 하지만 저는 미리 말씀드렸습니다.

그래 봐야 소용이 없다고요.」

그때 또 발걸음 소리가 들리더니 문간에 모여 있던 사람들이 갈라지며 성체를 든 머리가 흰 사제가 나타났다. 그의 뒤를 따라서 거리에 있던 경찰이 들어왔다. 의사는 얼른 그에게 자리를 내주고는 그와 의미심장한 시선을 교환했다. 라스꼴리니꼬프는 의사에게 잠시만이라도 기다려 달라고 부탁했다. 의사는 어깨를 으쓱해 보이고는 남았다.

모두들 뒤로 물러섰다. 고해 성사는 그다지 길지 않았다. 죽어 가는 사람은 아무것도 제대로 이해하지 못하는 것 같았다. 그는 다만 알아들을 수 없는 말을 띄엄띄엄 중얼댈 뿐이었다. 까쩨리나 이바노브나는 리다를 안고 의자에서 사내아이를 끌어내려 방구석에 있는 벽난로 쪽으로 물러나 무릎을 꿇었다. 그리고 아이들도 자기 앞에 무릎을 꿇게 했다. 여자아이는 오들오들 떨 뿐이었지만, 사내아이는 맨 무릎으로 꿇어앉아 규칙적으로 손을 들어 커다랗게 성호를 그으며 이마가 땅에 닿도록 절을 했다. 이런 의식을 통해 그는 큰 만족감을 느끼는 것 같았다. 까쩨리나 이바노브나는 입술을 깨물며 눈물을 삼켰다. 그녀 역시 기도를 하면서 가끔 사내아이의 옷을 바로잡아 주거나, 무릎을 꿇고 일어나지도 않은 채 장롱 서랍에서 숄을 꺼내 여자아이의 지나치게 드러난 어깨를 가려 주기도 했다. 그러는 동안 안쪽 방으로 난 문이 호기심 많은 구경꾼들에 의해서 또다시 열리기 시작했다. 문간에는 다른 층에 사는 사람들과 구경꾼들이 더욱 빽빽이 몰려들었지만, 감히 문지방을 넘어올 생각을 하는 사람은 없었다. 한 자루의 촛불만이 이 모든 정경을 비춰 주고 있었다.

그때 언니를 찾으러 갔던 뽈랴가 사람들 사이를 헤치고 들어왔다. 뛰어갔다 온 그녀는 숨을 가쁘게 몰아쉬면서 들어와 숄을 벗고 엄마를 눈으로 찾으며 그녀에게 다가가 말했다. 「올 거예요! 거리에서 만났어요!」 어머니는 그녀 또한 무릎을 꿇려 자기 옆에 앉혔다. 이때 한 아가씨가 조용히 수줍은 모습으로 사람들 사이를 헤치고 들어왔다. 그녀의 갑작스러운 출현은 극심한 빈곤과 누더기 옷, 죽음과 절망 가운데 있는 이 방 안에 묘한 분위기를 불러일으켰다. 그녀 또한 낡은 옷을 입고 있었다. 그녀의 옷은 싸구려였지만, 뭔가 특수한 거리 세계의 취향과 방식에 따라 천박스럽게 도발적인 목적을 위해 치장되어 있었다. 소냐는 바로 문간에 멈춰 서서 문지방을 넘어서지 못하고, 어리둥절해 하며 어찌할 바를 몰라 주변을 두리번거렸다. 그녀는 여러 사람의 손을 거쳐 구입한, 길고 우스꽝스럽게 뒷자락이 긴 알록달록한 비단 드레스도, 문 전체를 가로막고 있는 폭이 아주 넓은 스커트도, 환한 색깔의 구두도, 밤이라 필요 없을 텐데도 손에 들려 있는 양산도, 새빨간 깃털이 달린 우스꽝스러운 둥근 밀짚모자도 이런 자리에는 전혀 어울리지 않는다는 것을 까맣게 잊어버린 것 같았다. 남자아이같이 삐뚜름하게 씌워진 모자 밑으로는 경악과 공포로 인해 벌어진 입과 고정된 시선, 그리고 창백하게 여윈 얼굴이 엿보였다. 열여덟 살쯤 되어 보이는 소냐는 키가 작고 몹시 여위었지만, 아름다운 푸른 눈과 금발을 가진 아주 예쁘게 생긴 아가씨였다. 그녀는 침대와 사제를 뚫어지게 바라보았다. 그녀 역시 급하게 뛰어온 터라 숨을 헐떡거리고 있었다. 마침내 사람들이 수군거리는 소리와 몇 마디의 말이 그녀의 귀에도 들려왔다. 그녀는 고개를 떨구고 문지방을 넘어 한 걸음을 내디뎠지만, 곧 문 옆에서 발걸음을 멈추고 말았다.

고해 성사와 영성체가 끝났다. 까쩨리나 이바노브나는 다시 남편의 침대 맡으로 다가갔다. 사제는 물러나면서 까쩨리나 이바노브나에게 작별과 위로의 말을 두어 마디 해주려고 했다.

「이 아이들은 이제 어떻게 하지요?」 그녀는 어린애들을 가리키며 노기를 띠고 거칠게 그의 말을 막았다.

「하느님은 자비로우십니다. 전능하신 그분께 의지하십시오.」 사제는 이렇게 말을 꺼냈다.

「흥! 자비로우시겠지요. 하지만 우리에게는 오시지도 않아요!」

「그런 말을 하는 건 죄를 짓는 일입니다, 죄를 짓는 일이에요. 부인!」 사제는 머리를 흔들며 말했다.

「이건 죄가 아닌가요?」 까쩨리나 이바노브나는 죽어 가는 사람을 손으로 가리키며 외쳤다.

「어쩌면 부득이하게 이 참변의 원인이 된 사람들이 당신께 보상을 할지도 모르지 않습니까? 적어도 잃게 된 수입만큼은…….」

까쩨리나 이바노브나는 손을 내저으며 흥분해서 소리쳤다. 「당신은 내 말을 알아듣지 못하시는군요! 무슨 보상요? 저 사람은 자기가 취해서 말 밑으로 들어간 거라고요! 무슨 수입요? 저 사람은 돈벌이는커녕, 가난을 부채질했지요. 저 사람은 주정뱅이였고, 있는 걸로 다 마셔 버렸단 말이에요. 우리 돈을 다 훔쳐서는 술집으로 가져갔어요. 이 애들의 인생과 내 인생을 술집에서 다 탕진해 버렸다고요! 그가 지금 죽는 게 다행일 지경이에요! 손실이 적어질 테니까!」

「임종 직전이니 용서하셔야 합니다. 그렇게 하지 않으면 죄가 됩니다, 부인! 그런 마음가짐은 큰 죄입니다!」

그때까지만 해도 까쩨리나 이바노브나는 환자 옆에서 부산하게 움직이며, 그에게 물을 먹이고, 머리의 땀과 피를 닦아 주고, 베개를 바로해 주면서, 그 사이사이에 이따금 사제에게 몸을 돌려 그와 이야기를 나누던 중이었다. 그러던 그녀가 이 소리를 듣자, 갑자기 광란에 빠진 것처럼 그에게 달려들었다.

「이봐요, 신부님! 그건 말뿐이에요! 용서를 한다고요? 만일 이 사람이 오늘 마차에 치이지 않았다면, 항상 그렇듯이 곤드레만드레 취해서 집으로 돌아왔을 거예요. 이 사람 옷은 단 한 벌뿐인데 그것도 온통 낡아서 거의 넝마나 다름없어요. 이 사람은 그런 옷을 입고 쭉 뻗은 채 한껏 잠을 잘 거예요. 그럼, 나는 해가 뜰 때까지 물을 철벅거리면서, 이 사람의 닳아 빠진 옷과 아이들의 옷을 빤 다음, 창에 걸어 말려야 해요. 해가 뜨면, 나는 다시 옷을 기워요. 이게 내가 밤마다 하는 짓이에요……! 그런데 이제 와서 용서를 하라니요! 용서야 벌써 예전에 했지요!」

속을 토해 내는 듯한 격렬한 기침 때문에 그녀는 말을 이을 수가 없었다. 그녀는 한 손으로 가슴을 움켜쥐고는, 손수건에 가래를 뱉은 후, 그것을 사제에게 내밀어 보여 주었다. 수건은 피로 흥건히 젖어 있었다…….

사제는 고개를 떨구고 아무 말도 하지 않았다.

마르멜라도프는 마지막 임종의 고통을 겪고 있었다. 그는 자기에게 몸을 굽히고 있는 까쩨리나 이바노브나에게서 눈을 거두지 못하고 있었다. 그는 계속 무슨 말인가를 그녀에게 하려고 했다. 그는 말을 하기 위해 혀를 어렵사리 놀리면서 분명치 못한 단어들을 웅얼거렸다. 그러나 까쩨리나 이바노브나는 그가 그녀의 용서를 구하고 싶어 한다는 것을 알고는 재빨리 명령조로 그에게 외쳤다.

「입 다물어요! 필요 없어요……! 당신이 무슨 말을 하고 싶은지 다 알아요……!」 환자는 입을 다물었다. 그러나 그때 허공을 떠다니던 그의 시선이 문에 이르러 소냐를 발견했다…….

지금까지 그는 그녀가 있다는 걸 모르고 있었다. 그녀는 눈에 띄지 않는 구석에 서 있었다…….

「저게 누구야? 저게 누구지?」 그는 갑자기 헐떡거리는 쉰 목소리로 불안과 공포에 휩싸여 딸이 서 있는 문을 바라보았다. 그러고는 일어서려고 애썼다.

「누워 있어요! 누워 있어!」 까쩨리나 이바노브나는 소리를 질렀다.

그러나 그는 초인적인 힘으로 한쪽 팔꿈치에 의지해 몸을 일으켰다. 그는 마치 딸을 알아보지 못하겠다는 듯이 놀란 표정으로 꼼짝도 하지 않고 잠시 동안 그녀를 바라보았다. 그는 그런 옷을 입고 있는 딸의 모습을 한번도 본 적이 없었다. 문득 그는 짓밟히고 상처 입은 딸을, 한껏 멋을 부린 모습을 부끄러워하고 있는 딸을, 죽어 가는 아버지에게 작별의 인사를 하려고 조용히 기다리고 있는 딸을 알아보았다. 무한한 고뇌의 빛이 그의 얼굴에 드리워졌다.

「소냐! 내 딸아! 용서해 다오!」 그는 이렇게 외치면서, 그녀에게 손을 뻗치려 했지만, 중심을 잃어버리고, 앞으로 고꾸라지면서 얼굴을 바닥에 박고 침대에서 굴러떨어졌다. 사람들이 그에게 달려가 그를 들어 올려 다시 침대에 눕혔다. 그는 이미 숨이 넘어가고 있었다. 소냐는 가냘픈 비명을 지르고 달려가, 그를 끌어안은 채 실신해 버리고 말았다. 그는 그녀의 품에 안겨 숨을 거뒀다.

「기어코 소원을 풀었군!」 까쩨리나 이바노브나는 남편의 시신을 보고 외쳤다. 「이제 어쩌란 말이야! 이제 무슨 돈으로 이 사람을 묻어! 당장 내일부터도 이 애들을 어떻게 먹여 살린담?」

라스꼴리니꼬프는 까쩨리나 이바노브나에게 다가갔다.

「까쩨리나 이바노브나.」 그는 그녀에게 말하기 시작했다. 「고인이 되신 부군께서는 지난주 제게 당신의 인생과 모든 상황에 대해서 말씀해 주셨습니다……. 그분은 부인에 대해 얘기할 때 큰 존경심과 고마움을 보이셨습니다. 그분께서는 여러분 모두를 헌신적으로 사랑하고 있으며, 자신의 나약함에도 불구하고 특히, 까쩨리나 이바노브나, 부인을 그 누구보다도 존경하고 사랑하고 계시다는 것을 저는 알게 되었고, 그날 저녁부터 우리는 친구가 되었습니다……. 그러니 이제 제가…… 고인이 된 제 친구에 대한 의무로…… 여러분을 도울 수 있도록…… 해주십시오. 여기…… 25루블이 있습니다. 아마도 그 정도는 될 겁니다. 만일 이 돈이 당신에게 도움이 될 수 있다면, 그렇다면…… 저는……. 자 또 들르지요. 반드시 또 들르겠습니다……. 어쩌면 내일이라도 들를지 모르겠습니다……. 안녕히 계십시오!」

그리고 그는 빠른 걸음으로 방에서 나와 서둘러 군중 사이를 헤치고, 계단으로 나갔다. 그러나 그는 군중 속에서 니꼬짐 포미치와 부딪쳤다. 그는 불행한 사건의 소식을 듣고서 직접 일을 처리하고자 이곳에 온 것이었다. 경찰서에서 말썽이 있었던 이후 그들은 서로 만난 적이 없었지만, 니꼬짐 포미치는 금방 그를 알아보았다.

「아니, 당신이군요?」 그는 라스꼴리니꼬프에게 말을 건넸다.

「죽었습니다.」 라스꼴리니꼬프는 말했다. 「의사도 왔고, 신부님도 왔습니다. 모든 게 잘 마무리됐습니다. 불쌍한 여인을 너무 괴롭히지 마십시오. 그렇지 않아도 폐결핵을 앓고 있으니까요. 가능하시다면, 그녀에게 용기를 주십시오…… 당신은 좋은 분이니까요. 저는 압니다…….」 그는 엷은 미소를 띠고 그의 눈을 똑바로 쳐다보며 덧붙였다.

「그런데 당신은 온통 피에 젖었군요.」 니꼬짐 포미치는 등불 빛으로 라스꼴리니꼬프의 조끼에 묻은 선명한 핏자국을 보고서 말했다.

「예, 젖었습니다…… 온통 피투성이지요!」 라스꼴리니꼬프는 의미심장하게 말하고는, 미소를 띤 채 고개를 숙여 인사를 하고는 계단 아래로 내려가기 시작했다.

그는 열에 들떠 있었지만, 그것도 의식하지 못한 채 조용하고 느릿한 걸음으로 계단을 내려갔다. 그는 다만 불현듯 느끼게 된 강렬한 삶의 감각, 이 새롭고도 무한한 감정에 가득 차 있을 뿐이었다. 이 감정은 사형 선고를 받았다가 느닷없이 뜻밖의 사면을 받은 사람이 느낀 것과 비슷했다고 할 수 있다.[58] 계단을 반쯤 내려왔을 때, 집으로 돌아가던 신부가 그를 뒤따라왔다. 라스꼴리니꼬프는 말없이 그와 인사를 나누고, 그에게 길을 비켜 주었다. 그러나 마지막 계단을 내려오기 전에 그는 문득 서둘러 자신을 뒤쫓아 오는 발걸음 소리를 들었다. 누군가 그를 쫓아오고 있었다. 그것은 뽈랴였다. 그녀는 뒤를 따라 달려오면서 그를 불렀다. 「잠깐만요! 잠깐요!」

그는 돌아서서 그녀를 보았다. 그녀는 마지막 계단까지 달려와서는 한 계단 그보다 위에서 그와 얼굴을 맞대고 섰다. 희미한 빛이 마당에서 비쳐 오고 있었다. 라스꼴리니

58 이 부분에서 도스또예프스끼는 뻬뜨라셰프스끼 사건으로 인해 사형 언도를 받았던 자기 자신과 친구들의 경험을 상기하고 있다. 뻬뜨라셰프스끼 사건이란 1849년에 뻬뜨라셰프스끼라는 인물을 중심으로 여러 청년들이 공상적인 사회주의 계열의 책자를 함께 읽다가 니꼴라이 1세 정부의 경찰에 발각된 사건이다. 1849년 12월 22일 뻬쩨르부르그의 세묘노프스끼 연병장에서 이들에 대해 총살형이 언도되고, 즉각 사형 집행이 준비된다. 그러나 이는 황제가 당대의 사람들에게 경각심을 불러일으키기 위해 꾸민 연극에 불과했다. 결국 사형이 집행되려는 바로 그 순간에 사형 선고는 유배형으로 대체되었다.

꼬프는, 천진스럽게 생글거리며 그를 바라보고 있는 소녀의 여위었지만 사랑스러운 얼굴을 바라보았다. 소녀는 자기 마음에 쏙 드는 부탁을 받고 그를 쫓아온 모양이었다.

「잠깐요, 아저씨 이름이 뭐예요……? 그리고 어디 사세요?」 그녀는 헐떡거리는 목소리로 재빨리 물었다.

그는 그녀의 어깨에 양손을 대고서 어떤 행복감에 젖어 소녀를 바라보았다. 소녀를 보고 있자니 말할 수 없이 기분이 좋았다. 그러나 그 이유가 무엇인지는 그도 알 수 없었다.

「누가 보냈지?」

「소냐 언니가요.」 소녀는 더 명랑하게 미소를 지으며 대답했다.

「나도 그런 줄 알았다.」

「엄마도 저를 보냈어요. 소냐 언니가 저를 보낼 때, 엄마도 다가와서 말했어요. 〈어서 뛰어갔다 오너라, 뽈랴!〉 하고요.」

「소냐 언니를 사랑하니?」

「저는 언니를 누구보다도 사랑해요!」 뽈랴는 이상스러울 만큼 단호한 말투로 대답했다. 미소 짓던 그녀의 얼굴은 갑자기 진지해졌다.

「나도 사랑해 주겠니?」

대답을 듣는 대신 그는 그에게 다가오는 소녀의 얼굴과 그에게 입맞춤을 하려고 천진하게 내미는 아이의 볼록한 입술을 보았다. 갑자기 아이는 성냥개비처럼 가느다란 팔로 그를 꼭 껴안으면서 얼굴을 그의 어깨에 파묻었다. 그리고 그녀는 더 세게 얼굴을 비비대면서 조용히 흐느끼기 시작했다.

「아빠가 불쌍해요!」 잠시 후에 소녀는 눈물에 젖은 얼굴을 들고 손으로 눈물을 훔치며 말했다. 「어쨌든 불행한 일이 일어났잖아요.」 그녀는 갑작스럽게 정색을 하면서 말했다. 이런 표정은 아이들이 〈어른 같은 말〉을 하고 싶을 때 억지로 지어 보이는 것이었다.

「아빠는 너희들을 사랑하셨니?」

「아빠는 우리들 중 리다를 제일 사랑하셨어요.」 그녀는 아주 진지하게 웃지도 않고서 정말 어른 같은 말투로 말을 이었다. 「왜냐하면 제일 어리니까요. 그리고 또 약하니까요. 아빠는 항상 그 애에게 과자를 사다 주셨어요. 그리고 우리에게 읽기를 가르쳐 주셨는데, 저는 문법과 하느님의 말씀을 배웠어요.」 그녀는 자랑스럽다는 듯이 계속 말했다. 「엄마는 아무 말씀도 하지 않으셨지만, 우리는 엄마도 그걸 좋아하신다는 걸 알았어요. 아빠도요. 엄마는 제가 벌써 교육을 받을 때가 되었다면서 제게 프랑스어를 가르치고 싶어하셨어요.」

「너는 기도할 줄 아니?」

「예, 그럼요. 할 줄 알아요! 벌써 오래되었어요. 어른들처럼 저는 혼자서 기도해요. 꼴랴와 리다는 엄마와 함께 소리 내서 기도하고요. 처음에는 〈성모〉께 기도를 올리고, 그다음에는 〈주여, 소냐 언니를 용서하시고 축복하소서〉라는 기도를 해요. 그다음에는 〈주여, 우리 두 번째 아빠를 용서하시고 축복하소서〉라고 해요. 왜냐하면, 진짜 우리 아빠는 돌아가셨고, 지금 아빠는 두 번째 아빠시거든요. 우리는 옛날 아빠를 위해서도 기도해요.」

「뽈랴, 나는 로지온이라고 한단다. 언제든 나를 위해서도 기도해 다오. 〈당신의 종인 로지온도 용서하소서〉라고. 더 이상은 필요 없어.」

「제가 평생토록 아저씨를 위해서 기도할게요.」 소녀는 열정적으로 말하고 갑자기 웃으면서 그에게 달려들어 다시 한 번 그를 꼭 껴안았다.

라스꼴리니꼬프는 소녀에게 자신의 이름과 주소를 알려 주고, 내일 반드시 들르겠다고 약속했다. 소녀는 뛸 듯이 기뻐하며 돌아갔다. 그가 거리로 나온 것은 10시가 넘어서였다. 5분 뒤 그는, 아까 여인이 물에 몸을 던졌던 그 다리의 같은 장소에 와 있었다.

〈됐어!〉 그는 단호하게 승리감에 가득 차 말했다. 〈신기루 같은 것은 꺼져 버려라. 괜한 공포도 환영도 썩 꺼져 버려라……! 내겐 인생이 있다! 내가 지금 살아 있는 것이 아니란 말인가? 그 늙은 할망구와 함께 나도 죽은 것은 아니다! 천당에서 고이 잠드시길. 그걸로 된 거다. 노파도 이제 평안히 쉬셔야지! 이성과 빛의 왕국이 도래했다……. 의지와 힘의 왕국이 온 거야……. 어디 두고 보자! 한번 겨뤄 보자고!〉 그는 어떤 보이지 않는 힘에 도전하듯이 오만하게 덧붙였다. 〈나는 이미 1아르신밖에 안 되는 공간에서 살 각오도 하지 않았던가……!

……난 지금 몹시 몸이 허약하다. 하지만…… 병은 다 물러간 것 같다. 아까 거리로 나올 때부터 병이 물러갈 줄 알았다. 그런데 뽀친꼬프의 집은 여기서 아주 가깝지. 반드시 라주미힌에게 들러야지. 두 걸음도 안 되니까……. 내기에서 이기게 해주자! 그걸로 위안을 삼으라고 하자. 뭐 어떤가, 괜찮다……! 힘, 힘이 필요하다. 힘이 없이는 아무것도 할 수가 없다. 힘은 힘으로 얻어야 하는데, 사람들은

이것을 모른다.〉 그는 거만하고 자신만만하게 이렇게 말하고는, 걸음을 간신히 떼어 놓으며 다리를 떠났다. 교만함과 자신감이 그의 내부에서 시시각각 자라났다. 그다음 순간 이 사람은 예전의 그 사람이 아니었다. 그런데 어쩌다가 이런 특별한 일이 일어난 것일까? 무엇이 그를 이처럼 변화시켜 놓은 것일까? 그 자신도 알 수 없었다. 마치 지푸라기라도 잡는 심정으로 그는 문득 〈자기가 살 수 있고, 인생이 아직 끝나지 않았으며, 자신이 노파와 함께 죽은 것이 아니다〉라는 생각을 떠올렸다. 어쩌면 지나치게 성급한 결론을 내린 건지도 몰랐지만, 그는 그런 것에 대해서는 생각하지 않았다.

〈당신의 종, 로지온을 위해서 기도해 달라고 부탁했었지.〉 갑자기 이런 생각이 그의 뇌리를 스치고 지나갔다. 〈그래, 그건…… 만약의 경우를 대비해서 그런 거야!〉 이렇게 말하고 나자 그는 곧 자신의 어린아이 같은 행동에 웃음이 나기 시작했다. 그는 아주 기분이 좋았다.

그는 쉽사리 라주미힌의 집을 찾을 수 있었다. 뽀친꼬프의 집에서는 모두들 새로 이사 온 사람을 알고 있었고, 경비원은 금방 그의 방을 가르쳐 주었다. 계단의 반 정도를 올라갔을 때부터 모여 있는 사람들의 생기발랄한 이야기 소리와 왁자지껄한 소리가 들려왔다. 논쟁을 벌이는 소리와 고함 소리들이었다. 라주미힌의 방은 제법 큰 편이었는데 15명 정도 모여 있었다. 라스꼴리니꼬프는 현관에 멈춰 섰다. 칸막이 뒤에서는 여주인의 하녀 둘이 커다란 사모바르 두 개와 술병, 접시, 안주인의 부엌에서 가져온 여러 종류의 빵들과 안줏거리를 담은 접시 사이를 분주히 오가고 있었다. 라스꼴리니꼬프는 그중 한 사람에게 라주미힌을 불러 달라고 부탁했다. 라주미힌은 환호하면서 다가왔다. 첫눈에 그가 술을 아주 많이 마셨다는 걸 알 수 있었다. 라주미힌은 취할 정도로 술을 마신 적이 거의 없었지만, 오늘은 좀 취한 것 같았다.

「나 좀 봐.」 라스꼴리니꼬프는 서둘러 말하기 시작했다. 「난 다만 네가 내기에서 이겼다는 것과 실제로 어느 누구도 자기가 무슨 일을 할지 알 수 없다는 것을 말해 주려고 온 것뿐이야. 나는 들어갈 수가 없어. 너무나 힘이 없어서 당장이라도 쓰러질 것 같아. 그러니까 〈오늘은 그만!〉 내일 우리 집으로 와줘…….」

「내가 집까지 바래다주지! 너도 말했잖아, 지쳤다고. 그러니까…….」

「그럼, 손님들은? 누군가 곱슬머리를 한 사람이 여기를 내다보았는데?」

「그 사람? 알게 뭐야! 아마 삼촌의 친구분일 거야. 아니면 삼촌일 수도 있고……. 손님들에게는 삼촌을 남겨 놓았으니까. 그분은 정말 보배 같은 분이셔. 네가 지금 인사를 드릴 수 없다니 안타깝다. 하지만 저 사람들은 마음대로 하라고 하지 뭐! 저들도 지금 나한테까지 관심 쓸 여력이 없으니까. 그리고 나도 기분 전환을 하고 싶고……. 너는 제때에 온 거야. 2분만 더 있었더라면, 나는 저 사람들과 싸웠을지도 몰라. 그런 헛소리를 해대다니……. 너는 상상도 할 수 없을 거야. 사람이 어느 정도까지 바보 같은 헛소리를 할 수 있게 되는지 말이야! 아냐, 상상하지 못할 것도 없겠군! 우리도 헛소리를 하지 않는 건 아니지. 헛소리하고 싶으면 하라고 해. 그러다 정신 차리면 제대로 얘기하겠지……. 잠깐 앉아 있어, 내 조시모프를 불러올게.」

조시모프는 뭔가를 알아내기라도 할 듯이 라스꼴리니꼬프를 보았다. 그의 얼굴은 어떤 특별한 호기심을 드러냈는데, 이내 밝아졌다.

「어서 쉬도록 하십시오.」 그는 가능한 한 찬찬히 환자를 살펴보고 난 다음 결론을 내렸다. 「밤에는 약 한 봉지를 드시도록 하세요, 아셨지요? 내가 아까 준비해 둔 것이 있으니까……. 가루약 한 봉지입니다.」

「두 봉지라도 먹지요.」라스꼴리니꼬프는 대답했다.

그는 약봉지를 얼른 받았다.

「네가 직접 데려다준다니 안심이야.」조시모프는 라주미힌에게 말했다. 「내일 어떨지는 그때 가서 보자. 하지만 오늘도 아주 나쁘지는 않군. 아까보다 상당히 좋아졌어. 그래서 평생 공부하라고 하는 거야…….」

「우리가 나올 때 조시모프가 방금 귓속말로 뭐라고 했는지 알아?」라주미힌은 거리로 나오자마자 지껄이기 시작했다. 「내 모든 걸 솔직히 말하지. 그들이 얼마나 바보인지. 조시모프는 너와 가면서 말을 많이 시키라고 했어. 다음에 자기한테 모조리 이야기해 달라는 거지. 왜냐하면 그에게는 자기 나름의 생각이 있거든……. 녀석은 네가…… 미쳤거나, 아니면 거의 미쳤다고 생각해. 하지만 생각해 보라고! 첫째, 너는 녀석보다 세 배는 똑똑해. 둘째로, 네가 미치지 않았다면, 녀석이 무슨 해괴한 생각을 하든 상관하지 말고 무시해 버려. 셋째로, 그게 녀석의 밥벌이야, 자기 전문이거든. 외과의면서도 지금은 정신병에 경도되어 있어. 오늘 네가 자묘또프와 나눈 말이 조시모프의 생각을 완전히 뒤집어 놓았어.」

「자묘또프가 다 말했나 보지?」

「전부 다. 너는 아주 훌륭했어. 나는 이제야 그 숨겨진 모든 진실을 이해하게 됐어. 그리고 자묘또프도……. 자, 한마디로 말해서 말이야, 로쟈…… 문제는…… 나는 지금 조금 취했거든……. 하지만 괜찮아……. 문제는 그런 생각이 말이야…… 알겠지……? 실제로 그런 생각이 그의 머릿속에 들어 있었다는 거야……. 알겠어? 아무도 감히 입 밖으로 발설할 생각을 못했지만 말이야. 왜냐하면 너무나 어이없는 이야기이고, 또 칠장이를 구속한 이상 모든 혐의가 완전히 풀려 버리고 말았으니까 말이야. 그런데 그 사람들은 어째서 그렇게 바보들일까? 그때도 나는 자묘또프를 조금 때려 주었거든. 이건 우리끼리 하는 말이니까, 아는 내색도 하지 마라. 나는 그가 좀 까다롭다는 걸 알았어. 루이자의 집에서 있었던 일이야. 하지만 오늘, 바로 오늘에 와서야 모든 일이 분명해졌어. 문제는 바로 그 일이야 뻬뜨로비치야! 그는 그때 네가 경찰서에서 기절한 일을 문제삼았던 거야. 그러나 나중에는 그 일을 부끄러워하더군. 난 알아…….」

라스꼴리니꼬프는 열중해서 이야기를 듣고 있었다. 라주미힌은 취해서 너무 많은 말을 지껄였다.

「나는 그때 칠 냄새가 진동해서 너무 숨이 막힌 나머지 기절했던 거야.」라스꼴리니꼬프는 말했다.

「또 설명을 붙이다니! 칠 냄새뿐이었겠어. 열병이 한 달 동안이나 잠복해 있었는데. 조시모프가 증명을 했어! 그 풋내기가 얼마나 기가 죽었는지, 너는 상상할 수도 없을 거야! 〈저는 그 사람의 손톱만큼의 가치도 없어요!〉라고 하더군. 너를 두고 하는 말이야. 그에게서는 말이야, 가끔은 그런 선한 감정도 솟아나거든. 어쨌거나 오늘 〈수정궁〉에서 있었던 일은 그에게 교훈이었어, 교훈! 그건 정말 완벽의 극치였어! 너는 처음에 그를 몹시 놀라게 해서 소름까지 돋게 만들어 놓았어! 일단 그 말도 안 되는 추악한 생각을 거의 확신하도록 만든 다음 느닷없이 그에게 혀를 널름 내민 거야. 〈자, 이제 꼬리를 잡았다!〉라는 식이었지. 완벽했어! 그는 지금 잔뜩 기가 죽어서 벌벌 기고 있다고! 정말 너는 고수야. 놈들한텐 그렇게 해야 한다고. 에이, 내가 거기 없었다니! 그는 지금 네가 오기를 학수고대하고 있어. 뽀르피리도 너와 인사를 하고 싶어하고…….」

「아…… 그 사람……. 그런데 왜 나를 미친놈 취급하는 거지?」

「그러니까 그게 미쳤다는 게 아니라, 내가 말을 너무 많이 한 것 같은데……. 아까 네가 한 가지 일에만 지나치게 관심을 보이는 게 그를 놀라게 했어. 지금은 왜 그랬는지가 분명해졌지만 말이야. 상황을 다 알고 나서는……, 그때 그 일 때문에 자극을 받은 데다가 병까지 났다는 걸 알고 나서는……. 나는 지금 약간 취해 있지만, 알 게 뭐람. 그에게도 나름의 생각이 있는 모양이더라고. 너는 그냥 아무 상관 마…….」

두 사람은 잠시 입을 다물었다.

「이봐, 라주미힌.」 라스꼴리니꼬프가 말하기 시작했다. 「나는 네게 솔직히 말하고 싶어. 나는 지금 죽은 사람의 집에 있다가 왔어. 어떤 관리가 죽었어……. 나는 거기다 내 돈 전부를 주고 왔어……. 게다가 이제 막 한 사람이 내게 키스를 해줬어. 그 사람은 설사 내가 누군가를 죽였다고 하더라도, 역시 그렇게 했을 거야……. 난 거기서 또 다른 사람을 봤어…… 불꽃처럼 빛나는 깃털을 단……. 내가 허풍을 떨고 있군. 너무 지쳤어. 나를 부축해 줘……. 이제 곧 계단이야…….」

「왜 그래? 왜 그러는 거야?」 놀란 라주미힌이 물었다.

「머리가 좀 어지러워. 아니, 그게 문제가 아니라, 문제는 내가 너무나 우울하다는 거야. 너무나 서글퍼! 꼭 여자같이……. 정말이야! 어, 저것 좀 봐, 저게 뭐지? 저기를 좀 봐!」

「왜 그러는 거야?」

「저거 안 보여? 내 방에서 빛이 새어 나오잖아, 안 그래? 문틈으로…….」

그들은 이미 여주인의 문과 나란히 있는 마지막 계단 앞에 와 있었다. 그런데 정말로 라스꼴리니꼬프의, 선실 같은 방에서는 불빛이 새어 나오고 있었다.

「이상하군! 나스따시야일 거야.」 라주미힌이 말했다.

「그녀가 이 시간에 내 방에 들어오는 일은 없어. 그리고 벌써 잠들었을 시간이고. 하지만…… 아무러면 어때! 그럼 잘 가라고!」

「왜 이러는 거야? 내가 바래다주기로 했으니까, 같이 들어가자!」

「같이 들어가도 상관없지만, 나는 여기서 네게 악수를 하며 인사를 나누고 싶은 거야. 자, 손을 이리로 줘. 잘 있어!」

「왜 이러는 거야, 로쟈?」

「아무 일도 아냐. 그럼 가자고. 네가 증인이 되겠지…….」

그들은 계단을 마저 올라가기 시작했다. 조시모프의 말이 맞을지도 모른다는 생각이 문득 라주미힌의 뇌리를 스쳤다. 〈에이! 내가 공연히 많이 지껄여 대서 이 친구 마음을 뒤흔들어 놓았어!〉 그는 생각했다. 문에 이르렀을 때 그들은 방 안에서 두런거리는 사람들의 목소리를 들었다.

「대체 무슨 일이지?」 라주미힌은 소리 질렀다.

라스꼴리니꼬프가 먼저 문고리를 붙들고 문을 활짝 열어젖혔다. 그러고는 문지방에 못 박힌 듯이 멈춰 섰다.

어머니와 누이동생이 그의 소파에 앉아서 벌써 한 시간 반이나 그를 기다리고 있었던 것이다. 왜 그는 다른 사람이 아니라 그들일 것이라고는 예상치도 못하고, 그들에 대해서는 생각조차 하지 못하고 있었던 것일까? 더구나 오늘 그는, 그들이 떠날 것이며, 이곳으로 오고 있고, 이제 곧 도착하리라는 소식을 몇 번씩이나 듣지 않았던가? 그들은 그 한 시간 반 동안 앞을 다투어 나스따시야에게 그의 신상에 대해 낱낱이 물어보고 있었다. 그리고 나스따시야는 그들 앞에 서서 사건의 전말을 이미 다 이야기한 참이었다. 그들은, 그가 병이 난 채로 틀림없이 제정신이 아닌 상태에서 〈오늘 몰래 뛰쳐나가 버렸다〉는 나스따시야의 말에 너무나 놀란 나머지 까무러칠 지경이었다. 〈오, 하느님 맙소사! 그에게 무슨 일이 생긴 걸까!〉 그들은 눈물을 흘렸다. 그를 기다리는 한 시간 반 동안 두 사람은 십자가에 못 박히는 고통을 겪고 있었다.

라스꼴리니꼬프가 들어서자, 기쁨에 가득 찬 외침이 그를 맞이했다. 두 사람은 그에게 달려들었다. 그러나 그는 마치 죽은 사람처럼 서 있었다. 견딜 수 없는 갑작스러운 충격이 그의 뇌리를 벼락처럼 내리친 것이다. 그는 그들을 안으려 두 손을 내밀지도 않았다. 그럴 수가 없었다. 어머니와 누이동생은 그를 꼭 껴안고 키스를 퍼부으며 울고 웃었다……. 그는 한 걸음을 내딛는 순간, 비틀거리며 의식을 잃고 마루에 쓰러졌다.

경악, 공포에 찬 부르짖음, 신음…… 문간에 서 있던 라주미힌은 쏜살같이 방 안으로 들어와 환자를 억센 팔로 안아다 소파에 뉘었다.

「괜찮습니다, 괜찮아요!」그는 어머니와 누이에게 소리쳤다. 「기절한 겁니다. 아무 일도 아니에요! 방금 의사가 훨씬 좋아졌다고 했습니다. 아주 건강하다고요! 물을! 자, 이제 곧 정신을 차릴 겁니다. 자, 보세요, 정신을 차렸지요……!」

라주미힌은 두냐의 손을 으스러지게 잡아당겨, 〈벌써 정신을 차렸다는 것을〉 보여 주기 위해 그녀의 몸을 굽히게 했다. 어머니도 누이도 감동과 고마움이 가득한 시선으로 구세주인 양 라주미힌을 바라보았다. 그들은 나스따시야로부터, 로쟈가 병이 났을 때, 이 〈민첩하고 젊은 청년〉이 그들의 로쟈를 위해 어떤 일을 했는지 들어서 다 알고 있었던 것이다. 이 〈민첩하고 젊은 청년〉이란 그날 밤 뿔헤리야 알렉산드로브나 라스꼴리니꼬바 부인[59]이 두냐와 허물없이 이야기를 나누면서 그에게 붙여 준 명칭이었다.

[59] 이 소설의 주인공, 로지온 로마니치 라스꼴리니꼬프(애칭으로 로쟈, 또는 로지까)의 어머니 이름이다. 뿔헤리야는 이름이고, 알렉산드로브나는 부칭이며, 라스꼴리니꼬바는 성이다. 성이 라스꼴리니꼬프가 아니라 라스꼴리니꼬바인 이유는 러시아에서 여성인 경우 대체로 성의 끝에 모음 〈아〉를 붙이기 때문이다.

3

제3부

1

라스꼴리니꼬프는 소파에서 일어나 앉았다.

그는 라주미힌이 어머니와 동생에게 열성적으로 퍼부어 대는 두서없는 위로의 말들을 그만두게 하려고 힘없이 손을 내저었다. 그리고 어머니와 두냐의 손을 꼭 부여잡고, 잠시 동안 말없이 그들의 얼굴을 번갈아 뚫어지게 쳐다보았다. 어머니는 그의 시선에 놀라지 않을 수 없었다. 그 시선에는 고뇌에 가까운 강렬한 감정이 담겨 있었으며, 무언가 광기 같은 것이 응집되어 있는 것 같았다. 뿔헤리야 알렉산드로브나는 울음을 터뜨렸다.

새파랗게 질린 아브도찌야 로마노브나의 손은 오빠의 손 안에서 떨리고 있었다.

「돌아가세요……, 이 사람과 함께.」 그는 띄엄띄엄 말하며, 라주미힌을 가리켰다. 「내일 보지요, 내일, 모두…….
오신 지는 오래되셨어요?」

「저녁에 도착했단다, 로쟈.」뿔헤리야 알렉산드로브나
는 대답하기 시작했다. 「기차가 연착하는 바람에…… 말이
다. 하지만 로쟈, 무슨 일이 있어도 네 곁을 떠나지 않으련
다! 여기 네 곁에서 잘 테다…….」

「저를 괴롭히지 마세요!」그는 성난 표정으로 손을 내
저으면서 말했다.

「제가 로쟈 곁에 남겠습니다!」라주미힌이 외쳤다. 「한
시라도 그의 곁을 떠나지 않겠습니다. 저의 집에 있는 손
님들은 상관없습니다. 엄청나게 화를 내겠지만, 그러라고
하지요, 뭐! 그곳에는 삼촌께서 대표로 계시니까요.」

「뭐라고 감사의 말씀을 드려야 할지!」뿔헤리야 알렉산
드로브나가 다시 라주미힌의 손을 잡으면서 말을 꺼내려
했지만, 라스꼴리니꼬프는 그녀의 말을 막았다.

「그만하세요, 그만.」그는 성을 내면서 덧붙였다. 「저를
더 이상 괴롭히지 마세요! 이제 됐으니까, 가세요……. 정
말 참을 수가 없다니까요……!」

「가요, 엄마. 이 방에서만이라도 나가요.」놀란 두냐가
속삭였다. 「보세요, 우리가 오빠를 괴롭히고 있잖아요.」

「아니, 3년 만에 만나는 건데, 얼굴도 제대로 볼 수 없단 말이냐!」 뿔헤리야 알렉산드로브나는 울기 시작했다.

「잠깐!」 그는 다시 그들을 불러 세웠다. 「자꾸 내 말을 가로막으니까, 생각이 정리되지 않네요……. 루쥔을 보셨어요?」

「아니. 하지만 그 사람도 우리가 오늘 도착했다는 사실을 벌써 알고 있단다. 로쟈, 그 사람이 친절하게도 오늘 너를 찾아왔었다고 하던데.」 뿔헤리야 알렉산드로브나는 망설이면서 겨우 덧붙여 말했다.

「그래요……, 친절하게도 그랬죠……. 두냐, 나는 벌써 루쥔에게 계단으로 굴려 떨어뜨리겠다고 말했어. 그리고 정말로 그를 쫓아냈다…….」

「로쟈, 이게 무슨 말이냐! 그러니까…… 그러니까 네가…… 설마……!」 뿔헤리야 알렉산드로브나는 놀라서 말을 하려 했으나, 두냐를 보고는 입을 다물었다.

아브도찌야 로마노브나는 뚫어지게 오빠를 바라보며, 다음 말을 기다렸다. 나스따시야가 알아듣고 전할 수 있는 만큼 이야기를 해주었기 때문에, 두 사람 모두 이야기의 전말을 알고 있었다. 그래서 그들은 그렇지 않아도 의혹과 기다림으로 마음 졸이다 지쳐 있었던 것이다.

「두냐.」 라스꼴리니꼬프는 가까스로 말을 이었다. 「나는 이 결혼에 반대다. 그러니까 너도 만일 내일 그 사람을 만나거든, 한마디로 딱 잘라 거절해라. 다시는 그 상판대기를 들이밀지 못하도록.」

「맙소사!」 뿔헤리야 알렉산드로브나는 소리를 질렀다.

「오빠, 무슨 말을 하고 있는 건지 생각이라도 좀 해보세요!」 아브도찌야 로마노브나는 얼굴을 붉히면서 계속 말을 하려다가 곧 마음을 진정시켰다. 「아마도 오빠는 지금 말할 수 있는 상태가 아닌가 봐요, 지친 것 같아요.」 그녀는 부드럽게 말했다.

「내가 헛소리를 한다고? 아니……. 너는 나를 위해서 루쥔과 결혼하려는 거야. 그렇지만 나는 그런 희생을 받아들일 수 없어. 그러니 당장 내일 편지를 써라……. 거절하겠다고……. 그리고 아침에 내가 읽을 수 있도록 편지를 가져와라. 그러면 모든 일은 끝나는 거야!」

「나는 그런 짓을 할 수 없어요!」 누이가 기분이 상해서 외쳤다. 「무슨 권리로…….」

「두냐, 너도 참 성미가 급하구나. 그만둬라. 내일 얘기하자……, 그 정도는 너도 알 만하잖니…….」 어머니가 놀라서 두냐에게 달려들었다. 「나가는 게 더 낫겠다!」

「헛소리를 하는 겁니다!」술에 취한 라주미힌이 소리치기 시작했다.「그렇지 않다면 어떻게 감히 이런 소리를 할 수 있겠습니까! 내일이면 이런 변덕은 사라질 거예요……. 그런데 오늘 로쟈는 정말 그 사람을 내쫓았어요. 정말로 그랬답니다. 그러니까 그쪽에서도 화를 내더니…… 여기서 일장 연설을 하며 잘난 척하다가는 꼬리를 내리고 나가 버리더군요…….」

「그럼, 그게 정말이구려?」뿔헤리야 알렉산드로브나가 외쳤다.

「내일 봐요, 오빠.」두냐는 동정 어린 어조로 말했다.「가요, 엄마……. 잘 있어요, 오빠!」

「알아들었지, 두냐?」그는 마지막 힘을 모아서 그들의 등에 대고 말했다.「나는 헛소리를 하는 게 아냐. 이 결혼은 비열한 짓이야. 나는 비열한 놈이라도 괜찮지만, 너는 그러면 안 돼……. 누구든 한 사람이면 족해……. 나는 비열한 놈이지만, 그런 동생은 동생으로 생각하지 않겠어. 나 아니면 루쥔이야! 그럼, 이제 가봐…….」

「너 미쳤구나! 폭군이 따로 없군!」라주미힌이 으르렁거리기 시작했다. 그러나 라스꼴리니꼬프는 대답하지 않았다. 아니 어쩌면 대답할 힘이 없었는지도 모른다. 그는 소파에 누워서 완전히 지친 듯이 벽 쪽으로 몸을 돌렸다. 아브도찌야 로마노브나는 호기심 어린 표정으로 라주미힌을 바라보았다. 그녀의 검은 눈동자는 빛을 발했다. 그 시선을 보고 라주미힌은 몸을 움찔하며 떨기까지 했다. 뿔헤리야 알렉산드로브나는 완전히 질려서 멍하니 서 있었다.

「나는 아무래도 갈 수가 없어요!」 그녀는 거의 절망에 가득 찬 목소리로 라주미힌에게 속삭였다. 「내 여기 남아 있을 테니…… 두냐나 데려다주시구려.」

「그러시면 일을 다 망치십니다!」 라주미힌이 흥분해서 역시 속삭였다. 「계단으로라도 나가시지요……. 나스따시야, 불을 좀 비춰 줘! 제가 사실대로 말씀드릴게요.」 그는 계단으로 나와서도 여전히 거의 속삭이듯이 말했다. 「아까는 하마터면 우리를, 그러니까 저하고 의사를 때릴 뻔했어요! 아시겠어요? 의사를 말이에요! 그래서 의사도 그를 자극하지 않으려고 물러 나와 집으로 돌아갔지요. 저는 아래에 남아서 감시를 했는데, 그사이 옷을 입고는 슬며시 빠져나가 버린 거예요. 만일 자극을 받으면, 지금이라도 또 도망을 칠지 몰라요. 이 밤중에요. 그러고는 자기 자신에게 무슨 일을 저지를지 모릅니다…….」

「아니, 무슨 말씀을 하시는 건가요!」

「게다가 아브도찌야 로마노브나 혼자 어머니 없이 그런 곳에 머문다는 것은 도저히 있을 수 없는 일입니다! 생각을 좀 해보세요, 어떤 곳에 묵고 계시는지! 그 비열한 자식, 뾰뜨르 뻬뜨로비치라는 놈은 조금 더 좋은 집을 구할 수 없었다던가요……. 보시다시피, 제가 좀 취해서…… 욕을 했군요. 개의치 마세요…….」

「나는 이 집 여주인에게 가겠어요.」 뿔헤리야 알렉산드로브나는 고집을 피웠다. 「나와 두냐에게 밤을 지새울 아무 구석이라도 달라고 애원을 해보지요. 저 애를 저렇게 그냥 내버려 두고 갈 수는 없어요!」

이런 말을 나누면서 그들은 여주인의 아파트 문 바로 앞의 계단참에 서 있었다. 나스따시야는 몇 계단 아래에서 그들에게 빛을 비춰 주고 있었다. 라주미힌은 평상시와는 달리 매우 흥분해 있었다. 라스꼴리니꼬프를 집에 바래다 주던 30분 전만 하더라도 라주미힌은, 자기도 인정했다시피, 지나치게 말을 많이 하긴 했지만, 그날 저녁 술을 그렇게 많이 마신 것에 비하면 정신도 거의 말짱하고 원기도 대단히 왕성한 편이었다. 그러나 지금 그는 묘한 기쁨에 사로잡혀 있었다. 그리고 그와 동시에 여태까지 마신 술의 취기가 두 배로 한꺼번에 그의 머릿속으로 몰려들었다. 그는 두 여인 옆에 서서 그들의 손을 꼭 부여잡고 설득하며, 더 확신을 주고 싶었는지 놀랄 정도로 솔직하게 이유를 늘어놓기 시작했다. 그러고는 한 마디 한 마디 할 때마다 마치 압착기로 쥐어짜듯이 두 사람의 손을 아프게 꽉 붙잡는 것이었다. 그러고는 쑥스러워하는 기색도 없이 아브도찌야 로마노브나를 탐욕스러운 눈빛으로 뚫어지게 쳐다보았다. 두 여인은 손이 너무 아파서 뼈마디가 울퉁불퉁하고 큼직한 그의 손아귀에서 벗어나 보려고 했지만, 그는 그것을 알아채지도 못했을뿐더러, 웬일인지 손을 더욱 세차게 자기 쪽으로 잡아당기는 것이었다. 만일 그들이 지금 당장 머리를 박고 계단에서 떨어지라고 지시했다면, 그는 아무 생각도 없이, 조금의 의심도 하지 않고 그렇게 했을지도 모른다. 아들 로쟈에 대한 걱정 때문에 제정신이 아니었던 뿔헤리야 알렉산드로브나마저도 젊은이가 너무 유난스럽게 행동하고, 또 손을 너무 아프게 쥔다고 느낄 정도였다. 그렇지만 그녀에게 그는 구세주나 다름없었으므로, 그녀는 그의 온갖 괴팍한 행동거지에 대해서는 조금도 신경 쓰고 싶지 않았다. 그러나 아브도찌야 로마노브나는 잘 놀라지 않는 성격인 데다가 걱정거리가 많았는데도, 자기를 쳐다보는 오빠 친구의 야수와 같이 이글거리는 시선에 놀란 나머지 기겁을 할 정도였다. 다만 나스따시야의 이야기 덕분에 품게 된 이 기괴한 사나이에 대한 무한한 신뢰감이, 그녀로 하여금 어머니를 당장 끌어당겨 그곳에서 도망치고 싶다는 유혹을 억누를 수 있게 해주었다. 그녀는 또 지금 그에게서 도망치는 것이 불가능하다는 사실도 잘 알고 있었다. 하지만 10분 정도가 지나자, 그녀의 마음은 어느 정도 안정을 되찾았다. 라주미힌은 자기의 기분이 어떻든 상관없이, 자신을 금방 드러낼 줄 아는 사람이었으므로, 그를 마주 대하는 사람이라면 누구나 그가 어떤 사람인지를 곧 알아차렸다.

「여주인에게 간다는 것은 당치도 않은 일이에요. 말도 안 되는 일입니다!」그는 큰 소리로 뿔헤리야 알렉산드로브나를 설득하기 시작했다. 「아무리 어머니라 할지라도, 만일 이곳에 남게 되면 그를 완전히 미치게 만들 거예요. 그렇게 하시면 무슨 일이 일어날지 아무도 모릅니다! 제가 앞으로 어떻게 할지 한번 들어 보세요. 지금은 나스따시야더러 그의 방에 앉아 있으라고 하고, 저는 두 분을 거처로 모셔다드리겠어요. 두 분만 거리를 나다니는 것은 말도 안 되는 일이니까요……! 그다음 곧바로 댁에서 이곳으로 돌아오겠어요. 그런 다음 15분 후에 다시 로쟈가 어떤지, 잠을 자고는 있는지 두 분께 가서 알려 드리겠습니다. 정말이에요. 그다음에는요, 들어 보세요! 그다음에는 두 분의 집에서 나와 쏜살같이 제 집으로 가겠습니다. 그곳에는 지금 손님들이 와 있지요. 모두들 취해 있어요. 그중에서 조시모프를 불러내겠습니다. 그 사람은 로쟈를 치료한 의사인데, 지금 우리 집에 있습니다. 조시모프는 취해 있지 않아요. 그 사람은 취하지 않았습니다. 절대로 취하는 법이 없지요! 그를 로지까에게 끌고 갔다가 곧바로 두 분께 데려가겠습니다. 그러니까 두 분은 한 시간 안에 로쟈에 대한 소식을 두 번씩이나 듣게 되는 겁니다. 그것도 의사에게서요. 아시겠어요? 제게서 듣는 게 아니라 바로 의사에게서 듣게 된단 말씀입니다! 만일 상태가 나쁘면 제가 두 분을 직접 이곳으로 모셔 오지요. 만일 상태가 좋으면 그냥 주무세요. 저는 밤새도록 여기 문가에서 지켜서 있겠습니다. 로쟈가 알지 못하도록 말이지요. 조시모프더러는 필요하면 곧 부를 수 있도록 여주인의 집에서 자라고 하지요. 자, 이 상황에서 누가 더 그에게 필요할까요? 두 분일까요, 아니면 의사일까요? 의사가 더 유용하겠지요? 더 유용합니다. 자, 그러니 돌아가시지요! 여주인

에게 가는 것은 불가능합니다. 저는 가도 되지만, 두 분은
안 됩니다. 들여보내지 않을 겁니다. 왜냐하면…… 왜냐하
면 여주인은 어리석으니까요. 여주인은 저 때문에 아브도
찌야 로마노브나를 질투할 겁니다. 심지어 어머니마저 질
투할 거예요……. 하물며 아브도찌야 로마노브나라면 더
욱 그렇지요. 아주아주 예측할 수 없는 성격이니까요! 그
렇지만 저 역시 바보입니다……. 이런 말은 다 쓸데없는
말이고! 가시지요! 제 말을 못 믿으시겠어요? 자, 제 말을
믿으시겠어요, 못 믿으시겠어요?」

「가요, 엄마.」 아브도찌야 로마노브나는 말했다. 「이분
은 반드시 약속한 대로 해주실 거예요. 오빠 목숨을 구해
주셨는데요. 만일 의사가 이곳에 묵는 데 동의하는 것이
틀림없다면, 그보다 더 좋은 일이 어디 있겠어요?」

「오, 당신…… 당신은…… 저를 이해하시는군요, 천사 같
은 아가씨!」 라주미힌은 환희에 휩싸여서 외쳤다. 「가시
지요! 나스따시야! 어서 불을 가지고 올라가서 로쟈 옆에
앉아 있어. 나는 15분 후에 돌아올 테니까…….」

뿔헤리야 알렉산드로브나는 그를 완전히 믿을 수도 없
었지만, 그렇다고 해서 더 이상 반대할 수도 없었다. 라주
미힌은 두 사람의 팔짱을 끼고 계단 아래로 그들을 끌어

당겼다. 그러나 그녀는 마음을 놓을 수 없었다. 〈기민하고 착하기는 한데 저런 상태로 약속을 지킬 수 있을까? 저렇게 취해 있는데……!〉

「아, 알겠습니다. 제가 너무 취해 있다고 생각하시는군요!」라주미힌은 그녀의 생각을 알아채고, 그 생각의 흐름을 끊어 버렸다. 그는 인도를 따라서 보폭을 아주 크게 하면서 성큼성큼 걸었으므로, 두 여인은 그를 겨우겨우 따라가고 있었다. 그러나 그는 그것도 깨닫지 못했다. 「괜찮습니다! 그러니까…… 저는 천치처럼 취해 있지만, 이건 문제도 아니에요. 저는 술에 취한 게 아니니까요. 이건 두 분을 보는 순간 제 머리로 취기가 몰려든 겁니다……. 저 같은 놈은 내버려 두십시오! 신경을 쓰지 마세요. 저는 거짓말을 하고 있습니다. 저는 두 분에 비하면 조금도 가치가 없는 놈이에요. 극도로 가치가 없는 인간이지요……! 두 분을 집에다 모셔다드리고 난 다음, 운하에 가서 머리에 두 바가지만 물을 뒤집어쓰고 나면, 다 괜찮아질 겁니다……. 제가 두 분을 얼마나 사랑하는지 알아주시기만 한다면……! 웃지 마십시오, 화내지 마세요……! 다른 사람들에게는 화를 내셔도, 제게만은 화를 내지 마세요! 저는 로쟈의 친구이니까 두 분의 친구이기도 합니다. 저는 그러고 싶어요……. 저는 이걸 예감했습니다……. 작년 언젠가 퍼뜩 그런 생각을 한 적이 있었어요……. 아니, 전혀 예감하지 못했어요. 왜냐하면 두 분은 마치 하늘에서 떨어진 것 같으니까요. 저는 밤새도록 잠을 자지 않겠습니다……. 조금 전 그 조시모프라는 의사는 로쟈가 미치지 않았나 걱정을 했지요……. 그래서 로쟈를 자극해서는 안 되는 겁니다…….」

「무슨 말씀을 하시는 거예요!」 어머니가 외쳤다.

「정말로 의사가 그런 말을 했나요?」 아브도찌야 로마노브나가 놀라서 물었다.

「그런 말을 했지만, 신경 쓰실 것 없습니다. 아무 일도 아니에요. 의사가 무슨 가루약을 주던데요. 제가 봤지요. 그런데 두 분이 오신 겁니다……. 에이……! 내일 오시는 게 더 나을 뻔했어요! 우리가 나온 건 잘한 일입니다. 한 시간 후에 조시모프가 모든 걸 얘기해 드릴 겁니다. 그 녀석은 전혀 취해 있지 않으니까요! 그리고 저도 술이 깰 테고……. 그런데 내가 왜 이렇게 취했담? 녀석들이 저를 논쟁에 끌어들여서 이렇게 된 겁니다, 나쁜 놈들! 다시는 논쟁 따위는 하지 않겠다고 맹세했는데……! 다들 그런 엉터리 같은 일에 우쭐해 하다니! 하마터면 주먹다짐까지 할 뻔했어요! 저는 그곳에 삼촌을 두고 나왔습니다, 대표 격으로요……. 글쎄, 믿으실지 모르겠지만 모두들 철저한 무개성(無個性)을 요구하고, 거기에서 대단한 만족을 느낀다니까요! 어떻게 하면 자기 자신이 되지 않을까, 어떻게 하면 자신과 가장 닮지 않게 행동할 수 있을까! 바로 이런 것을 그들은 가장 진보적이라고 생각하지요. 게다가 그 엉터리없는 생각들이라는 게 그들 자신의 머릿속에서 나온 것이라면 또 모르겠지만, 이건…….」

「잠깐 좀 들어 보시구려.」 뿔헤리야 알렉산드로브나가 겁을 집어먹은 듯이 그의 말을 가로막았다. 그런데 그게 오히려 그를 더 부추기는 격이 되었다.

「무슨 생각을 하시는 건가요?」 라주미힌은 목소리를 한층 더 높여 외쳤다.「그 사람들이 거짓말을 한다고 해서 제가 이러는 줄 아시나요? 그건 별것 아닙니다! 저는 사람들이 거짓말을 하는 게 좋습니다! 거짓말하는 것은 다른 유기체가 지니지 못한, 인간의 유일한 특권이니까요. 거짓말을 하다 보면 진리에 도달하게 되리라! 나는 거짓말을 하므로 사람이노라. 인간은 단 한 가지의 진리에 도달하기 위해 열네 번, 어쩌면 114번의 거짓 이론들을 생산해 내야 할 겁니다. 그러므로 그런 거짓말은 그 나름대로 명예로운 것이지요. 그런데 우리는 거짓말마저도 자기 머리로는 지어낼 줄 모른단 말입니다! 거짓말을 하되, 자기 생각을 가지고서 거짓말을 하란 말입니다. 그럼, 뽀뽀라도 해주겠어요. 독창적인 생각을 가지고 거짓말을 하는 것이 다른 사람의 생각에 따라서 한 가지의 진리에 도달하는 것보다 훨씬 낫지요. 첫 번째의 경우에는 사람이지만, 두 번째의 경우에는 앵무새밖에는 되지 않으니까요. 진리는 온전히 남겠지만, 삶은 질식되는 겁니다. 그런 예도 있지요, 자, 지금의 우리는 어떤 모습이지요? 우리는 모두 예외 없이 과학, 진보, 사상, 기술, 이상, 소망, 자유주의, 이성, 경험, 그 밖의 모든, 모든, 모든 분야에서 아직 중학교 예비 학급 1학년 수준밖에 되지 않습니다! 다른 사람들의 생각으로 그럭저럭 살아가다가 썩어 버린 겁니다! 그렇지 않습니까? 내 말이 맞지 않습니까?」 라주미힌은 두 여인의 손을 꼭 잡고 흔들어 대면서 소리쳤다.

「아이고, 나는 모른다오.」 가련한 뿔헤리야 알렉산드로브나가 간신히 말했다.

「맞아요, 그래요……. 당신의 말에 다 동의할 수는 없지만요.」 아브도찌야 로마노브나는 진지하게 이렇게 말한 뒤 비명을 질렀다. 그 말을 듣고 라주미힌이 너무 우악스럽게 그녀의 손을 잡았기 때문이다.

「맞다고요? 맞다고 하셨습니까? 그렇게까지 말씀해 주시다니, 당신은…… 당신은…….」그는 환희에 휩싸여서 외치기 시작했다. 「당신은 선(善), 순수, 이성 그리고…… 완벽의 샘물입니다! 제게 손을 주십시오. 손을 주세요……. 어머니도 손을 주세요. 저는 두 분의 손에 입을 맞추고 싶습니다. 여기에서 지금 무릎을 꿇고요!」

그리고 그는 행복에 겨워 때마침 아무도 없는 인도 한 가운데에 무릎을 꿇고 앉았다.

「그만두시구려, 제발, 이게 무슨 짓이에요?」뿔헤리야 알렉산드로브나는 너무 당황해서 소리쳤다.

「일어나시지요, 일어나세요!」두냐 역시 당황하며 웃었다.

「손을 주시기 전에는 절대로 일어나지 않겠습니다! 자, 그렇지요, 이제 됐습니다. 자, 일어났습니다. 가시지요! 저는 불행한 천치입니다. 저는 당신에 비하면 전혀 가치가 없는 존재입니다. 취한 데다가 부끄럽습니다……. 저는 당신을 사랑할 만한 자격이 없는 놈입니다. 하지만 당신 앞에 무릎을 꿇는 것, 이것은 모든 사람들의 의무이지요. 만일 짐승이 아니라면 말이에요! 그래서 저는 무릎을 꿇었습니다……. 자, 여기가 두 분의 방이로군요. 이 한 가지만으로도 로쟈는 옳았습니다. 아까 두 분의 뾰뜨르 뻬뜨로 비치를 쫓아낸 것 말씀이에요! 그런데 그 사람은 도대체 어떻게 감히 두 분을 이런 방에 묵게 할 생각을 했을까요? 이건 정말 추악한 일입니다! 어떤 사람들이 이곳에서 묵는지 아세요? 더구나 당신은 약혼녀 아니십니까? 당신은 약혼녀이지요, 맞지요? 그러니 이런 짓을 하는 당신의 약혼자는 비열한 자식입니다!」

「내 말을 좀 들어 보시구려, 라주미힌 씨. 제정신이 아니신……」뿔헤리야 알렉산드로브나가 말하려 했다.

「예, 예, 어머니 말씀이 맞습니다. 제가 정신이 좀 나갔습니다. 죄송합니다!」라주미힌은 문득 정신을 차렸다. 「하지만…… 하지만…… 두 분은 제가 이런 말을 한다고 해서, 화를 내셔서는 안 됩니다! 진심에서 하는 말일 뿐이지, 제게 다른 의도가 있는 것은 아니니까…… 으흠……! 이건 어쩌면 비열한 짓일지는 모르겠지만, 한마디로 말해서, 제가 당신을…… 그래서가 아니라…… 음……! 그러니까, 아니 말할 필요도 없겠군요. 그러니 말하지 않겠습니다. 그리고 또 감히 말할 수도 없고요……! 그런데 우리는 모두 그가 들어오자마자 이내 〈이 사람은 우리와 같은 부류의 사람이 아니구나〉라고 생각했습니다. 그가 미장원에서 파마를 하고 왔대서가 아닙니다. 또 그가 지식을 자랑하는 데 급급했기 때문도 아닙니다. 그건 그가 스파이인 데다가 사기꾼이라서 그랬습니다. 또한 구두쇠인 데다가 광대이기 때문입니다. 뻔한 일이에요. 당신은 그가 똑똑하다고 생각하십니까? 아니요, 그는 바보입니다, 바보! 그런데도, 그가 당신의 배필이 될 수 있을까요? 오, 세상에! 보세요, 부인.」 그는 방으로 가는 계단을 오르다가는 갑자기 멈춰 섰다. 「우리 집에 와 있는 사람들은 다 주정꾼들이지만, 그래도 모두 정직한 사람들입니다. 비록 우리는 이론상 실수를 저지르지만, 저도 역시 그렇고요, 그래도 언젠가는 진리에 도달할 겁니다. 왜냐하면 우리는 고결한 길 위에 서 있으니까요. 그러나 뾯뜨르 뻬뜨로비치는…… 고결한 길 위에 서 있지 않습니다. 제가 지금 우리 집에 와 있는 사람들을 아주 형편없는 이들로 몰아붙이긴 했지만, 그래도 저는 그들 모두를 존경합니다. 저는 자묘또프조차 존경은 아니라 해도, 사랑은 합니다. 왜냐하면 풋내기니까요! 그 돼지 같은 녀석 조시모프 역시 그렇습니다. 정직하고, 자기 일에 실력이 있는 녀석이니까요……. 자, 이제, 그만 하지요. 할 말은 다 했으니까, 용서를 받을 수 있겠지요. 용서하셨지요? 그렇지요? 그럼, 가시지요.

저는 이 복도를 알고 있습니다. 와본 적이 있어요. 바로 여기 3호실에서 소동이 벌어졌어요. 그런데 어디서 묵으세요? 몇 호실이지요? 8호실요? 자, 밤새도록 문을 잠그고 계십시오. 아무도 들여보내지 마세요. 15분 후에 소식을 가지고 오겠습니다. 그다음 또 15분 후에 조시모프와 함께 오겠습니다. 두고 보세요! 그럼, 쉬세요. 얼른 가보겠습니다!」

「맙소사, 두냐, 앞으로 대체 무슨 일이 생길까?」뿔헤리야 알렉산드로브나는 불안하고 놀란 가슴으로 딸에게 말했다.

「진정하세요, 엄마.」두냐는 모자와 망토를 벗으면서 말했다.「저분이 무슨 술자리에서 곧바로 오시긴 했어도, 저분은 하느님이 우리에게 보내신 분이에요. 저분만은 믿을 수 있어요. 확신해요. 그리고 저분이 오빠를 위해서 한 모든 일은……」

「아, 두냐, 그 사람이 올지 안 올지 어떻게 알겠니! 내가 어찌 로쟈를 두고 올 생각을 했는지……! 정말 그 애를 그런 모습으로 만나게 될 줄은 상상도 못했구나! 그 애가 얼마나 난폭하게 굴던지, 우리가 온 게 하나도 기쁘지 않은가 보더구나……」

눈물이 그녀의 앞을 가렸다.

「아니에요, 그게 아니에요, 엄마. 두 사람 모두 서로를 자세히 쳐다보지도 못했잖아요. 엄만 내내 울고만 있었잖아요. 오빠는 큰 병 때문에 기분이 몹시 상해 있는 거예요. 모든 게 그 때문이에요.」

「세상에, 병이라니! 무슨 일이 터질 것만 같구나, 무슨 일이! 그 애가 너를 어떻게 대하더냐, 두냐!」 어머니는 이렇게 말하면서 딸아이의 생각을 읽기 위해 눈치를 살폈다. 그리고 두냐가 로쟈를 변호해 주는 것을 보고는, 오빠를 용서했다는 생각이 들어서 조금은 안심이 되었다. 「나는 네 오빠가 내일이면 생각을 바꾸리라고 믿는단다.」 그녀는 끝까지 딸의 마음을 캐내고 싶어서 이런 말을 덧붙였다.

「저는 오빠가 내일도 마찬가지일 거라고 생각해요, 그 문제에 관해서는…….」 아브도찌야 로마노브나는 딱 잘라 말했다. 물론 그 문제란 그들 앞에 놓인 풀기 어려운 숙제를 의미했다. 그래서 뿔헤리야 알렉산드로브나는 말을 꺼내기가 몹시 두려웠다. 두냐는 어머니에게 다가가 키스했다. 어머니는 말없이 딸을 꼭 껴안았다. 그리고 나서 그녀는 라주미힌이 돌아오기만을 불안한 마음으로 앉아서 기다리며, 걱정스러운 눈빛으로 딸을 주시하기 시작했다. 두냐 역시 그를 기다리면서 팔짱을 낀 채 깊은 생각에 잠겨 방 안을 이리저리 서성거렸다. 이렇듯 생각에 잠겨 방의 이 구석 저 구석을 거니는 것은 아브도찌야 로마노브나의 버릇이었다. 그럴 때마다 어머니는 딸의 깊은 상념을 깨는 것이 왠지 두렵곤 했다.

물론 라주미힌이 취한 채로 아브도찌야 로마노브나를 향해 갑자기 정열을 불태우기 시작했다는 사실은 우스꽝스러운 일이었다. 그러나 아브도찌야 로마노브나를 보았다면, 특히 지금처럼 팔짱을 끼고 우울한 기색으로 생각에 잠겨 방 안을 서성이는 그녀의 모습을 보았다면, 많은 사람들이 라주미힌이 평소와 달리 행동했다 하더라도 틀림없이 그를 용서했을 것이다. 아브도찌야 로마노브나는 굉장히 아름다운 아가씨였다. 키가 크고 놀랄 정도로 늘씬한 그녀의 몸은 동작 하나하나가 강하고 자신감에 넘쳐 있었지만, 그렇다고 해서 그 모습이 그녀에게서 부드러움과 우아함을 앗아 가지는 못했다. 오빠를 닮은 그녀의 얼굴은 미인을 뺨칠 정도였다. 머리카락은 짙은 아맛빛이었지만, 오빠보다는 밝은 색깔이었다. 까맣게 반짝이는 눈동자는 자존심과 함께 때로 범상치 않은 선량함을 순간순간 드러내 주었다. 얼굴빛은 창백했지만, 병이 있어 보이지는 않았다. 오히려 그녀의 얼굴은 젊음과 건강함으로 빛나고 있었다. 그녀의 입은 조금 작았고, 붉은 아랫입술이 턱과 함께 약간 앞으로 튀어나와 있었는데, 바로 이것이 그 아름다운 얼굴에 드러난 유일한 흠이었다. 그러나 이 흠마저도 자신감 비슷한 독특한 개성을 그녀에게 부여해 주고 있었다. 그녀의 얼굴 표정은 명랑하다기보다는 진지하고 사색적인 경우가 많았다. 그러나 그 얼굴에 미소가 얼마나 잘 어울리는지, 젊고 명랑하고 발랄한 웃음이 그녀에게 얼마나 잘 어울리는지! 그러니 열정적이고 솔직하고 순박하고 정직한 라주미힌이, 고대 루시[60]의 용사처럼 강인한 데다가 그런 모습이라곤 전혀 본 적이 없는 술 취한 라주미힌이 첫눈에 그녀에게 반해 버린 것은 당연한 일이었다. 게다가 우연은 마치 어떤 의도가 있기라도 한 것처럼 오빠와 만난다는 기쁨과 애정에 가득 찬 그런 멋진 순간에 두냐를 그와 처음으로 만나도록 만든 것이었다. 그리고 그다음 그가 본 것은 오빠의 난폭하고 무지막지하게 잔인한 명령을 듣고서 그녀의 아랫입술이 분노로 파르르 떨리는 모습이었으니, 그는 더더욱 의연할

60 이는 10세기에서 17세기까지의 러시아를 일컫는다.

수가 없었던 것이다.

그러나 그가 취중에 계단에서 라스꼴리니꼬프의 유별난 여주인인 쁘라스꼬비야 빠블로브나가 아브도찌야 로마노브나뿐 아니라 뿔헤리야 알렉산드로브나까지도 질투할 거라고 한 말은 사실이었다. 뿔헤리야 알렉산드로브나는 마흔세 살이었지만, 그녀의 얼굴은 여전히 지난 시절의 아름다움을 간직하고 있었다. 더구나 그녀는 나이보다 훨씬 젊어 보였다. 이것은 나이를 먹어서까지도 정신이 맑고, 여러 가지 인상들을 생생하게 간직한 채 정직하고 깨끗한 마음씨를 잃지 않은 여인들에게서 흔히 볼 수 있는 일이었다. 덧붙여 말한다면, 바로 이 모든 것을 그대로 간직하는 것이 늙어서도 자신의 아름다움을 잃지 않는 유일한 비결일 것이다. 벌써 희끗희끗한 그녀의 머리카락은 숱이 적어지기 시작했고, 눈가에는 이미 오래전부터 나선 모양의 작은 주름들이 퍼져 있었다. 그녀의 양 볼도 걱정과 슬픔 때문에 푹 꺼져 말랐지만, 그럼에도 그녀의 얼굴은 여전히 아름다웠다. 그것은 앞으로 나오지 않은 아랫입술만 빼면 20년 후의 두냐의 모습이라고도 할 수 있었다. 뿔헤리야 알렉산드로브나는 아주 감성이 예민했지만 거부감을 줄 정도는 아니었고, 소심해서 어느 부분까지는 양보를 잘하는 성격이었다. 그녀는 많은 것을 양보하여, 자신의 소신에 맞지 않더라도 많은 점에 동의할 수 있는 여인이었다. 그렇지만 어떠한 경우에도 자신이 지닌 정직함과 원칙, 최소한의 소신을 저버리는 사람은 아니었다.

라주미힌이 떠난 후 정확히 20분 후에 조용히, 하지만 다급하게 문을 두드리는 소리가 두 번 울렸다. 그가 돌아온 것이다.

「들어가지 않겠습니다, 시간이 없으니까요!」그는 문이 열리자 서둘러 말했다. 「죽은 듯이 평온하게 아주 잘 자고 있습니다. 그렇게 한 열 시간 정도 푹 잤으면 좋겠어요. 나스따시야가 옆에 있습니다. 제가 갈 때까지 나오지 말라고 말해 놓았습니다. 이제 조시모프를 데리러 가겠습니다. 그가 두 분께 알려 드릴 거예요. 그런 다음 두 분도 주무십시오. 제가 보니 두 분 모두 몹시 지치셨어요.」

이렇게 말한 뒤, 그는 방에서 물러나 복도를 따라 걸어 갔다.

「얼마나 민첩하고…… 헌신적인 젊은이인지 모르겠구나!」 펙이나 마음이 흐뭇해진 뿔헤리야 알렉산드로브나는 감탄했다.

「굉장히 훌륭한 사람 같아요!」아브도찌야 로마노브나도 약간은 흥분해서 이렇게 대답했다. 그러고는 또다시 방 안을 서성거리기 시작했다.

한 시간쯤 지나 복도에서 발걸음 소리가 나더니 또다시 문을 두드리는 소리가 들렸다. 이번에는 두 사람 모두 라주미힌의 약속을 완전히 믿고서 기다리고 있었다. 그리고 실제로 그는 조시모프를 데려왔던 것이다. 조시모프는 술자리를 버리고 라스꼴리니꼬프를 보러 가겠다는 데는 즉시 동의했지만, 두 여인에게는, 술에 취한 라주미힌의 말을 믿을 수가 없어서, 잔뜩 의심을 품고서 마지못해 왔던 것이다. 그러나 그의 자존심은 즉각 보상되었을 뿐 아니라 만족감마저 얻을 수 있었다. 그는 정말로 그들이 예언자를 기다리듯이 자기를 기다렸다는 사실을 알아챌 수 있었다. 그는 정확히 10분 정도 앉아 있었으나, 그동안 뿔헤리야 알렉산드로브나를 완전히 설득하고 안심시키는 데 성공했다. 그는 깊은 동정심을 가지고 말했지만, 중요한 상담을 하는 스물일곱 살의 의사에 걸맞게 아주 절제되고 진지한 어조를 유지했다. 그리고 그는 단 한마디의 말도 이야기의 주제에서 벗어나지 않았으며, 또 두 여인과 개인적이고 밀접한 관계를 맺고자 하는 조그마한 바람 또한 전혀 드러내지 않았다. 방에 들어선 순간부터 아브도찌야 로마노브나가 눈이 부시도록 아름답다는 사실을 깨달았지만, 그는 내내 그녀를 쳐다보지도 않으려고 애썼다. 그는 오로지 뿔헤리야 알렉산드로브나만을 상대로 해서 말했다. 이 모든 행동들이 그에게 극도의 만족감을 주었다. 그는 환자가 아주 만족할 만한 상태에 있다고 말했다. 그의 관찰에 따르면, 환자의 병은 최근 몇 달 동안 겪은 물질적인 궁핍과 그 가운데서의 삶 외에도 일종의 도덕적인 문제가 원인이 되어 생긴 것이었다.

「말하자면, 수없이 많고 복잡한 도덕적, 물질적인 영향, 불안, 근심, 걱정, 어떤 사상…… 등의 산물입니다.」아브도찌야 로마노브나가 특별히 관심을 가지고 듣기 시작했다는 것을 언뜻 알아챈 조시모프는 이 내용에 대해 조금 더 자세히 언급하기 시작했다. 〈정신이 온전하지 않은 것 같다는 의심〉에 대해 뿔헤리야 알렉산드로브나가 던진 불안과 걱정 어린 질문에 그는 조용하고 솔직한 미소를 띤 채 자신의 말이 지나치게 과장된 것이라고 대답했다. 물론 조시모프는 최근에 이 흥미로운 의학 분야에 특별히 관심을 기울이고 있었기 때문에, 환자에게서 일종의 편집광 증세를 유발하는 어떤 징후를 발견할 수 있었지만, 거

의 오늘까지도 환자가 헛소리를 했다는 사실을 상기할 필
요가 있다고 말했다. 또…… 가족들이 와준 것이 그를 강
건하게 해줄 뿐 아니라, 그의 생각을 전환시켜 주고, 〈어
떤 특별한 충격만 피할 수 있다면〉, 그에게 결정적으로 아
주 좋은 영향을 미칠 것이라고 의미심장하게 덧붙여 말했
다. 그다음 그는 일어나서 믿음직스럽고 유쾌한 태도로
인사를 했고, 여인들은 그 인사를 축복과 뜨거운 감사와
애원으로 맞았다. 아브도찌야 로마노브나는 손을 내밀어
악수를 청하기까지 했다. 그는 이 방문뿐만 아니라, 무엇
보다도 자기 자신에 대한 더없는 만족감을 느끼며 밖으로
나왔다.

「내일 얘기하기로 하고, 지금은 빨리 주무시도록 하세
요!」 라주미힌은 조시모프와 함께 나오면서 다짐을 했다.
「내일 가능한 한 빨리 소식을 가지고 오겠습니다.」

「그런데 아브도찌야 로마노브나는 정말 매혹적인 아가
씨이던데!」 거리로 나오자 조시모프는 입맛을 다시며 말
했다.

「매혹적이라고? 매혹적이라고 했나?」 라주미힌은 으
르렁거리며 느닷없이 조시모프에게 덤벼들어 그의 멱살
을 잡았다. 「너 감히 흑심을 품으면…… 알지? 알지?」 라주

미힌은 그의 멱살을 잡고 흔들어 대며, 그를 벽에 몰아붙이고는 소리쳤다.

「이것 좀 놔, 이 주정뱅이야!」 조시모프가 반항하자 라주미힌은 그를 놓아주었다. 그러자 조시모프는 그를 뚫어지게 바라보다가 갑자기 배꼽을 잡고 웃어 대기 시작했다. 라주미힌은 손을 축 늘어뜨린 채 음울하고 심각한 표정으로 그 앞에 서 있었다.

「물론, 나는 바보 멍청이야.」 그는 어두운 얼굴로 중얼거렸다. 「하지만…… 너도 마찬가지야.」

「아니, 이 친구야, 그건 아냐. 나는 어리석은 일은 꿈도 꾸지 않으니까.」

그들은 말없이 걸었다. 라스꼴리니꼬프의 집에 가까이 오자, 깊은 걱정에 잠겨 있던 라주미힌이 침묵을 깨고 말했다.

「이봐. 너는 좋은 녀석이야. 하지만 다른 못된 버릇들은 둘째치고라도, 너는 바람둥이라고. 내가 그걸 잘 알고 있지. 너는 아주 더러운 바람둥이 중 하나야. 너는 신경질적이고 약해 빠진 건달인 데다가 어리석은 녀석이고, 피둥피둥 살이 쪘으면서도 조금도 자제할 줄을 모르는 녀석이야. 바로 나는 이런 걸 더럽다고 해. 왜냐하면 곧바로 진창

460

에 빠지게 되어 있으니까. 넌 정말 안이해졌어. 그런데도 여전히 네가 그렇게 훌륭하고 헌신적인 의사라는 게 도저히 이해가 안 가. 깃털로 만든 이불에서 자면서 (의사니까) 환자를 위해서는 밤마다 일어나니 말이야! 한 3년만 지나고 나면 그렇지도 않을걸……. 그건 그렇다 치고, 제기랄, 문제는 그게 아니라, 바로 이거야. 너 오늘 여주인 방에서 좀 묵어 다오. (내가 겨우 그 여자를 설득했단 말이다!) 나는 부엌에서 잘게. 이건 그 여자와 더 가까워질 수 있는 좋은 기회야! 네가 생각하는 그런 여자는 아냐! 이 친구야, 그런 점이라곤 전혀 없어…….」

「나는 조금도 그런 생각을 하지 않았는데.」

「이 친구야, 그 여자에게는 부끄러움, 침묵, 수줍음, 순결, 열렬함, 거기다가 한숨이 가득해. 마치 밀초처럼 그렇게 녹아 버린다니까! 제발 나를 그 여자한테서 좀 구해 줘. 세상에 있는 모든 귀신들을 위해서라도! 정말 색다른 여자야……! 내 머리라도 내놓겠어, 내 머리라도!」

조시모프는 아까보다 더 크게 웃기 시작했다.

「야, 너 안달이 났구나! 그런데 내가 왜?」

「걱정할 것이라곤 별로 없어, 그냥 아무거나 하고 싶은 대로 바보스러운 말이나 지껄여 대면서 옆에 앉아 말동무나 해주면 돼. 더구나 너는 의사잖아. 뭔가 치료를 해주기 시작하라고. 내 맹세하건대, 결코 후회하지 않을 거야. 그 여자 집에 피아노가 있는데, 너도 알다시피 내가 조금 더 듬댈 줄 알잖아. 내가 거기서 연주하는 진짜 러시아 민요가 한 곡 있어. 〈뜨거운 눈물을 흘리네……〉 이런 노래 말이야. 그 여자는 러시아 노래를 정말 좋아해. 처음에 노래를 부르다가 가까워졌어. 그런데 너는 피아노의 대가잖아. 루빈슈타인 뺨치지……. 내 확신하건대, 절대 후회할 일은 없을 거야!」

「너, 그 여자한테 무슨 약속이라도 했니? 형식까지 갖춰서 서명이라도 했어? 어쩌면 결혼하겠다고 했을지도 모르겠구나…….」

「절대로 아냐, 절대로. 그런 일은 결단코 없었어! 그리고 그 여자는 절대 그런 여자가 아냐. 체바로프가 그럴…….」

「그럼, 그냥 그 여자를 내버려 둬!」

「그냥 그렇게 내버려 두면 안 돼!」

「왜 안 되는데?」

「그냥, 왠지 그러면 안 될 것 같아. 그뿐이야! 남녀 관계란 묘한 거잖아.」

「그럼, 대체 왜 그 여자를 유혹한 거야?」

「내가 유혹한 게 아냐. 어쩌면 내가 어리석은 나머지 유혹을 당했는지도 몰라. 하지만 나든 너든 여주인에게는 정말 아무 상관도 없어. 다만 옆에 누구든 앉아서 한숨만 쉬어 주면 된다니까. 이건…… 네게 어떻게 표현해야 할지 모르겠다. 너는 수학을 잘했지. 그리고 지금도 공부하고 있고, 나도 안다고……. 그 여자에게 적분(積分)을 가르쳐 주는 걸로 시작하지. 농담이 아냐, 진지하게 하는 말이야. 그 여자에게는 이렇든 저렇든 아무 상관이 없어. 그 여자는 너를 바라보면서 한숨을 쉴 거야. 그렇게 한 시간 내내 있을걸. 나로 말할 것 같으면, 그 여자에게 아주 오랫동안, 이틀 내내 계속해서 프로이센 상원에 대해 말해 주었어. (도대체 그 여자와 할 말이 뭐가 있겠니.) 그러니까 그 여자는 한숨만 쉬더라고. 아 참 뜨개질도 했다! 다만 사랑에 관해서는 말하지 마. 전율을 일으킬 정도로 수줍어하니까. 도저히 자리를 뜰 수가 없다는 시늉만 하면 돼. 그럼 충분해. 아주 편할 거야, 집에 있는 것처럼. 앉고 싶으면 앉고, 책을 읽고 싶으면 읽고, 눕고 싶으면 눕고, 글을 쓰고 싶으면 쓰고…… 아주 조심스럽기는 하지만 키스도 할 수가 있어…….」

「도대체 내가 왜 그런 일을 해야 되는 거야?」

「에이, 도저히 너한테는 설명이 안 되는구나! 자, 보란 말이야. 너희 두 사람은 서로 굉장히 잘 어울려! 나는 이전에도 네 생각을 했었어……. 자, 이제 더 이상은 묻지 마! 조금 늦든 빠르든 너한테도 아무 상관없잖아. 거기에는 굉장한 깃털 이불이 있어. 아니! 깃털 이불뿐만이 아냐! 아주 마음을 사로잡는 구석이 있다니까. 그곳은 세상의 끝이고, 닻이고, 고요한 은둔처이고, 지구의 중심이고, 세계를 떠받치고 있는 세 마리의 물고기이고, 팬케이크, 기름진 만두, 저녁 사모바르, 나지막한 한숨, 따뜻한 조끼, 불을 지핀 뻬치까 위의 침상……. 너는 꼭 죽은 것 같으면서도 동시에 살아 있는 것 같을 거야. 일거양득이라니까! 제기랄, 너무 지껄여 댔어. 이제 자야겠다! 이봐, 나는 밤에 가끔 깨어서 라스꼴리니꼬프를 보러 갈게. 괜찮아, 아무 일도 없을 거야. 모든 게 괜찮을 거야. 네가 특별히 걱정할 것이라곤 없어. 하지만 가보고 싶으면 한번쯤 가보지 그래. 그래서 만일 혹시라도 예를 들어서 헛소리를 하거나 열이 나면 즉시 나를 깨워 줘. 그렇지만 그런 일은 없을 거야…….」

2

라주미힌은 다음 날 아침 8시경에 꺼림칙하고 심각한 기분으로 깨어났다. 그날 아침, 예기치 못했던 새로운 당혹감들이 그의 마음속에 일었던 것이다. 이런 아침을 맞게 되리라고는 예전엔 상상조차 하지 못했다. 그는 어제의 일을 아주 세세하게 기억하고 있었다. 그리고 자기에게 무언가 범상치 않은 일이 일어났으며, 지금까지는 전혀 알지 못했던, 전과는 전혀 다른 새로운 느낌을 받았다는 사실을 깨달았다. 동시에 그는 자기 머릿속에서 불타오르기 시작한 그 꿈이 전혀 실현 불가능하다는 사실도 분명히 의식했다. 그 꿈은 도저히 실현 불가능한 일이었기 때문에 그는 아주 수치스럽기까지 했다. 그래서 그는 곧바로 〈아주 저주스러운 어제〉 이후에 그에게 남겨진 보다 긴급한 고민과 의혹들로 생각을 돌려 버렸다.

그에게 가장 추악한 기억으로 남아 있는 것은 그가 어제 〈비열하고 추한〉 모습을 보였다는 점이다. 취해 있었던 것만이 아니라, 성급하고 어리석은 질투심 때문에 두냐의 처지를 이용하여 약혼자를 그녀 앞에서 욕했던 것이다. 그 둘 사이의 관계나 약속은 물론이고, 그 약혼자에 대해서 제대로 모르면서 말이다. 무슨 권리가 있어 그를 그토록 성급하고 경솔하게 판단했단 말인가? 누가 자신을 재판관으로 세웠단 말인가! 과연 아브도찌야 로마노브나와 같은 사람이 돈 때문에 합당치 않은 사람에게 자신을 내맡길 수 있단 말인가? 약혼자에게는 그만한 장점이 있는 것이다. 그런데 그들이 묵고 있는 그 방은? 거기가 그런 곳이라는 것을 그가 어떻게 다 알 수 있었겠는가? 지금 그는 신혼살림을 차릴 아파트를 준비하고 있다지 않은가……. 후, 모든 게 비열하기 짝이 없다! 취해 있었다 한들 그게 무슨 변명거리가 되겠는가? 오히려 그를 더 비굴하게 만들 뿐이다! 포도주 속에 진실이 담겨 있고, 그 진실이 모조리 드러나고야 말았다. 즉, 〈그의 모든 추한 면들, 그의 질투심 많고 야수 같은 마음이 드러나고야 만 것이다!〉 과연 그런 꿈이 조금이라도 라주미힌이라는 사람에게 허용될 수 있단 말인가? 취한 건달에 허풍선이인 그가 과연 그런 아가씨에게 어울릴 수 있단 말인가? 〈과연 그렇게 창피스럽고 우스꽝스러운 비교가 가능한 일일까?〉 라주미힌은 이런 생각이 들자 절망에 빠져 얼굴을 붉혔다. 그리고 마치 공교롭게도 바로 그 순간, 여주인이 아브도찌야 로마노브나를 질투할 거라고 어제 계단에서 그들에게 떠들어 댔던 말이 불현듯 떠올랐다……. 그는 부끄러워서 도저히 견딜 수가 없었다……. 그는 팔을 힘껏 휘둘러 주먹으로 부엌의 벽난로를 내리쳤다. 그의 손은 상처를 입었고, 벽돌 하나가 부서졌다.

〈물론…….〉 그는 잠시 후 혼자 중얼거렸다. 〈물론 어떤 종류의 자기 비하로도 그 비열한 언사를 그럴듯하게 씻어 감출 수는 없을 거야……. 그러니 이 일에 대해서는 더 이상 생각하지 말자. 그냥 말없이 나타나서…… 자신의 의무를 수행하는 거다……. 역시 묵묵히 말이다……. 그리고 용서를 구하지도 말자, 아무 말도 하지 말자. 그리고…… 그리고, 물론, 모든 일은 이미 끝장난 것이다!〉

그러나 그는 옷을 입으면서 평소보다 더 신경을 썼다. 그에게 다른 옷이라곤 없었다. 그러나 다른 옷이 있었다 한들 그는 그 옷으로 갈아입지 않았을 것이다. 〈일부러라도 안 입었을 거야.〉 그렇다고 지저분하게, 아무렇게나 하고 갈 수는 없는 일이었다. 그리고 다른 사람들의 기분을 상하게 할 권리가 그에게는 없는 것이다. 더구나 그들이 그를 필요로 해서 먼저 와주십사고 부탁을 하고 있으니 말이다. 그는 자신의 옷을 솔로 꼼꼼히 털었다. 그의 셔츠는 항상 깔끔했다. 이것만큼은 그도 특별히 신경을 쓰는 편이었기 때문이다.

그날 아침 그는 아주 세심하게 세수를 했다. 나스따시야의 방에서 비누를 찾아서 머리와 목, 특히 손을 깨끗이 닦았다. 뺨에 텁수룩하게 자란 수염을 깎을까 말까 망설이다가(쁘라스꼬비야 빠블로브나는 남편 자르니찐이 고인이 된 이후에도 훌륭한 면도날을 간직하고 있었다), 그는 단념해 버렸다. 〈그냥 내버려 두자! 내가 혹시라도…… 그래서 수염을 깎았다고 생각할 수도 있어……. 반드시 그렇게 생각할 거야! 절대로 그런 일이 있어서는 안 돼!〉

〈그리고…… 그리고 중요한 것은 내가 너무 거칠고 지저분하고, 술꾼 냄새를 풍긴다는 점이다. 그리고…… 그리고 내가 스스로를 조금이나마 점잖은 사람이라고 생각하고 있다 해도…… 점잖다는 것이 또 뭐 그리 자랑거리가 되겠는가? 누구나 점잖아야 하고 깨끗해야 한다. 또…… 어쨌든(그는 이 점을 상기했다) 그에게 이런 일들이 생겼으니…… 파렴치하다고는 볼 수 없지만, 그래도……! 어쩌다가 그런 엉뚱한 생각들이 떠올랐단 말인가! 음…… 아브도찌야 로마노브나에 대해 그런 생각을 하다니! 제기랄! 그냥 내버려 두자! 일부러라도 지저분하고 기름때 긴 모습으로 거칠게 굴자. 상관없어! 더 그렇게 굴자……!〉

이렇게 중얼거리고 있을 때 조시모프가 들어왔다. 그는 쁘라스꼬비야 빠블로브나의 거실에서 밤을 보냈던 것이다.

그는 집으로 돌아가려던 길에 환자를 살펴보러 급히 왔다. 라주미힌은 환자가 죽은 듯이 잠을 자고 있다고 알려 주었다. 조시모프는 스스로 일어날 때까지 깨우지 말라고 지시했다. 그리고 자기는 10시가 지나서 다시 오겠다고 약속했다.

「만일 그가 집에 있기만 하다면 말이야.」 그는 덧붙여 말했다. 「휴, 제기랄! 자기 환자 하나 제대로 다루지 못하면서, 치료를 하겠다니! 그가 가족들에게로 갈까, 아니면 가족들이 이곳으로 올까? 모르겠어?」

「내 생각으로는,」 라주미힌은 질문의 의도를 알아채고 대답했다. 「가족들이 올 것 같은데. 가족들이 올 거야. 물론 집안일들을 상의하겠지. 그럼 나는 자리를 비켜 줄 거야. 물론 너는 의사니까 나보다는 더 많은 권리를 가지고 있어.」

「내가 무슨 성직자라도 된단 말이야? 나는 금방 왔다가 금방 갈 거야. 그 사람들 일 말고도 할 일은 많으니까.」

「한 가지 마음에 걸리는 게 있는데.」 라주미힌은 얼굴을 찌푸리면서 그의 말을 가로막았다. 「어제 내가 취해서 집으로 오다가 이런저런 어리석은 말들을 라스꼴리니꼬프에게 했어…… 온갖 이야기를 ……. 그중에서도 녀석에게…… 발광 증세가 조금 있는 것 같아서 네가 걱정을 하더라는 말도 했어.」

「어제 그 여자들에게도 그런 말을 떠들어 댔더군.」

「알아, 어리석었다는걸! 치고 싶으면 마음껏 쳐! 그런데 정말 거기에 대해서 무언가 확고한 생각이 있는 거야?」

「아니, 다 쓸데없는 소리야. 확고한 생각은 무슨! 라스꼴리니꼬프를 나에게 데려왔을 때, 네가 먼저 그에 대해서 편집광 환자처럼 말했잖아……. 게다가 어제 우리가 불에 기름을 붓는 거나 마찬가지인 짓을 했지. 네가 그 이야기를 해서 그래……. 그 칠장이에 대한…… 이야기 말이야. 그렇지 않아도 그는 그 일 때문에 정신이 나갈 것 같은데, 그런 이야기를 했으니 〈자 ─ 알한 짓〉이지! 그때 경찰서에서 무슨 일이 있었는지, 그곳에서 어떤 사기꾼이 그따위 의심으로 그를…… 화나게 했는지 내가 정확히 알기만 했다면! 음…… 그럼, 어제 그런 이야기를 하도록 그냥 내버려 두지는 않았을 거야. 그런 편집광 환자들은 물방울 하나로 바다를 만들고, 그 망상을 실제 눈으로 보기도 한다고……. 내가 기억하는 한, 어제 자묘또프의 말을 듣고 나

470

니까 진상의 반은 이해가 가. 이런 일은 별것 아냐! 마흔 살쯤 되는 어떤 우울증 환자는 매일 식사 때마다 여덟 살배기 꼬마가 자기를 조롱한다고 도저히 못 참겠다면서, 어느 날 갑자기 그 꼬마를 칼로 찔러 죽였어! 그런데 라스꼴리니꼬프는 어땠지? 누더기 옷에, 병이 시작되고 있던 시기에 파렴치한 부서장으로부터 그런 혐의를 받았으니! 그는 발광하기 시작한 우울증 환자였어! 광적이고 자존심이 강한 사람인데 어땠겠어! 그러니 어쩌면 병의 출발은 바로 거기였는지도 몰라! 하지만 그렇다고 쳐, 제길……! 그런데 말이야, 그 자묘또프라는 친구, 정말 귀여운 사람이던데. 그런데 음…… 그 사람 어제 공연히 그런 이야기를 했어. 정말 잘 지껄여 대더군!」

「누구에게 또 했는데? 나하고 너한테?」

「그리고 뽀르피리에게 말이야.」

「뽀르피리에게 하면 어때서?」

「참, 너는 그 어머니와 누이동생에게 어느 정도의 영향력을 가지고 있니? 오늘은 그를 아주 조심스럽게 대했으면 좋겠는데…….」

「얘기해 보지!」 라주미힌은 마지못해서 대답했다.

「그런데 그 사람, 루쥔이라는 사람에게 그렇게 굴 건 또 뭐야? 재산도 있는 것 같고, 누이동생도 그다지 싫어하는 눈치가 아니던데……. 게다가 그 사람들은 무일푼이잖아? 그렇지?」

「뭘 그렇게 캐묻는 거야?」 라주미힌은 화를 벌컥 내면서 소리 지르기 시작했다. 「돈이 있는지 없는지 내가 어떻게 알아? 네가 직접 물어봐, 그럼, 알 수 있겠지…….」

「세상에, 너는 가끔 어리석게 군단 말이야! 어제 술기운이 아직도 남아 있는가 보군……. 그럼, 잘 있어, 내 대신 쁘라스꼬비야 빠블로브나에게 재워 줘서 고맙다고 전해 줘. 문을 걸어 잠그고는 내가 문 사이로 〈봉주르〉라고 해도 대답을 하지 않던데. 7시에 일어난 게 분명한데도 말이야. 하녀가 부엌에서 복도를 통해 사모바르를 가져갔거든……. 나는 얼굴을 뵙는 영광도 누리지 못했어…….」

라주미힌은 정확히 9시에 바깔레예프의 셋집에 나타났다. 두 여인은 오래전부터 거의 히스테리에 가까운 초조한 심정으로 그를 기다리고 있었다. 그들은 7시경, 아니 그보다 더 이른 시간부터 일어나 있었다. 그는 먹구름처럼 어두운 표정으로 들어가 어색하게 인사를 하고는, 곧 그것 때문에 화가 나고 말았다. 물론 자기 자신에게 화가 난 것이었다. 그러나 그의 격정은 공연한 것이었다. 뿔헤리야 알렉산드로브나는 그에게 몸을 던지면서 두 손을 부여잡고, 그의 손에 입이라도 맞출 기세였다. 그는 수줍은 눈길로 아브도찌야 로마노브나를 바라보았다. 그러나 그녀의 도도한 얼굴에도 이 순간 감사와 우정의 표정과, 전혀 뜻밖이라 할 완전한 존경의 빛이 드러나 있었다(비웃는 듯한 눈길과, 감추려 해도 도저히 감출 수 없는 경멸감 대신에 말이다). 만일 욕을 들었더라면 그의 마음이 더 편했을지도 모른다. 뜻밖의 이런 상황 때문에 그는 몹시 당혹스러웠다. 다행스럽게도 이야기할 거리는 준비되어 있었고, 그는 곧 그 주제에 매달렸다.

〈아직도 일어나지 않았다〉는 말과 〈그렇지만 모든 게 양호하다〉는 말을 듣자, 뿔헤리야 알렉산드로브나는 그게 오히려 낫다고 말했다. 〈왜냐하면 미리 꼭 의논해 두어야 할 일이 있기 때문〉이었다. 그리고 라주미힌에게 차를 마셨는지 묻고는 그들과 함께 차를 마시자고 청했다. 그들도 라주미힌을 기다리느라 아직 차를 마시지 않았던 것이다. 아브도찌야 로마노브나가 종을 울리자, 더러운 누더기 옷을 걸친 사내가 나타났다. 차를 주문하자 그가 찻상을 차려 왔는데, 여인들이 무안해 할 정도로 모든 것이 너무 더럽고 형편없었다. 라주미힌은 열을 내어 이 셋방에 대해 욕을 퍼부으려다가 루쥔이 생각나자 우물쭈물하며 입을 다물고 말았다. 그때 마침 뿔헤리야 알렉산드로브나가 쉴 새 없이 계속 질문을 퍼부어 대자, 그는 오히려 다행스럽다는 생각을 했다.

그 질문들에 대답하면서 그는 45분 동안 앉아 있었다. 끊임없이 이어지는 질문들로 이야기가 끊어지기도 했지만, 그래도 그는 로지온 로마니치의 최근 생활에 대해 자신이 알고 있는 것들 중에서 가장 중요하고 필요한 사실들을 일일이 알려 주었고, 그의 병에 대한 대체적인 이야기로 말을 맺었다. 하지만 그는 말하지 않는 것이 좋겠다고 생각한 사실들은 빼놓았다. 그런 일 중에는 경찰서에서의 사건과 그 결과도 포함되어 있었다. 그들은 그의 이야기를 아주 열심히 들었다. 그는 이야기를 마치면서 그들이 만족했으리라고 생각했지만, 그들에게는 그가 아직 아무것도 시작하지 않은 것이나 다름없다는 느낌을 받았다.

「말씀해 주시구려, 당신은 어떻게 생각하는지……. 아, 죄송하네요. 나는 아직 댁의 성함도 모르고 있군요?」 뿔헤리야 알렉산드로브나가 서둘러 말했다.

「드미뜨리 쁘로꼬피치[61]입니다.」

61 라주미힌의 이름과 부칭으로 존칭이다. 라주미힌은 성이다.

「그러시군요, 드미뜨리 쁘로꼬삐치. 나는 무척 알고 싶
어요……. 그러니까 대체로…… 최근에 그 애가 어떻게 보
였는지, 내 말을 이해하시겠지요? 어떻게 말씀을 드려야
할지, 그러니까, 이렇게 말하는 게 낫겠군요. 그 애가 누군
가를 사랑을 하고 있나요, 그런가요? 그 애는 항상 그렇게
예민한가요? 그 애가 바라는 것이 무엇일까요? 이렇게 말
해도 된다면, 그러니까 꿈 말이에요. 지금 그 아이에게 특
별히 영향을 주는 게 무엇이지요? 한마디로 말해서, 내가
말하고 싶은 것은…….」

「아이, 엄마, 한꺼번에 그렇게 많은 질문들을 하시면 어
떻게 대답을 할 수 있겠어요!」 두냐가 말했다.

「아이고, 세상에, 나는 그 애를 그런 모습으로 만나게 되
리라고는 정말 전혀 상상도 하지 못했다오, 드미뜨리 쁘
로꼬삐치.」

「그건 아주 자연스러운 일입니다.」 드미뜨리 쁘로꼬삐
치는 대답했다. 「제게는 어머니가 안 계시지만, 삼촌이 매
년 이곳으로 오시는데, 오실 때마다 제 얼굴도 알아보지
못하세요. 아주 영민하신 분인데도 말입니다. 여러분이
떨어져 계시던 3년이라는 세월 동안 많은 것이 변했지요.
그리고 또 무슨 말씀을 드려야 할까요? 제가 로쟈를 안 지

는 1년 반 정도가 되었습니다. 그는 어둡고 음울하고 오만하고 자존심이 강한 친구예요. 최근에는(어쩌면 훨씬 전부터였는지도 모르지만), 지나치게 회의적이고 우울해 보였어요. 관대하고 선량하지만, 자기 감정을 밖으로 드러내기를 좋아하지 않고, 자기 심정을 토로하기보다는 마음을 모질게 먹는 편이지요. 하지만 때로는 우울증 환자 같은 면이 사라지고, 그냥 냉정하고 비인간적이다 싶을 정도로 무정할 때가 있어요. 정말로 그에게는 두 가지의 서로 대립되는 성격이 교차하고 있는 것 같아요. 어떤 때는 지독하게도 말이 없지요! 계속 시간이 없다느니, 자기를 방해하고 있다느니 하고 투덜대지만, 사실 자기는 누워서 아무 일도 하지 않거든요. 농담도 전혀 하지 않았는데, 그건 재치가 없어서가 아니라 그냥 그런 하찮은 일에 신경을 쓸 시간이 없기 때문이라는 식이에요. 사람들이 말을 해도 끝까지 귀를 기울이는 법이 없지요. 모두가 흥미를 느끼는 일에도 전혀 관심을 두지 않을 때도 있어요. 자기 자신을 굉장히 높게 평가하는데, 그게 또 전혀 근거 없는 것은 아니에요. 그리고 또 뭐가 있을까요……? 제 생각으로는 두 분이 오셨다는 사실이 그에게 아주 좋은 영향을 미칠 것 같습니다.」

「아, 제발 그랬으면 좋겠군요!」뿔헤리야 알렉산드로브나는 라주미힌이 아들 로쟈에 대해 하는 이야기를 듣고 괴로워하면서 이렇게 외쳤다.

라주미힌은 이렇게 말을 마치며, 간신히 용기를 내어 아브도찌야 로마노브나의 얼굴을 바라볼 수 있었다. 그는 이야기를 하는 도중 그녀를 자주 쳐다보긴 했으나, 그건 스쳐 지나가듯 아주 잠깐 눈길을 주었다가 곧 시선을 외면하는 식이었다. 아브도찌야 로마노브나는 의자에 앉아서 주의 깊게 귀를 기울이다가는 다시 일어나서, 평소의 버릇대로 팔짱을 끼고 입술을 굳게 다문 채 방 안의 이 구석 저 구석을 거닐기 시작했다. 그러고는 여전히 서성이면서 가끔 질문을 하거나 생각에 잠기는 것이었다. 그녀 역시 사람들의 말을 끝까지 듣지 않는 버릇이 있었다. 그녀는 가벼운 천으로 만든 어두운 빛깔의 옷을 입고 있었고, 목에는 속이 비치는 하얀색 스카프를 두르고 있었다. 라주미힌은 여러 가지 면으로 보아 두 여인의 재정 상태가 극도로 나쁘다는 사실을 곧 눈치챌 수 있었다. 만일 아브도찌야 로마노브나가 여왕처럼 옷을 차려입었더라면, 그는 그녀를 전혀 두려워하지 않았을지도 모른다. 그러나 어쩌면 지금 그녀가 남루한 옷을 입고 있기 때문에, 또 그가 그들의 궁색한 살림을 알아차렸기 때문에 그의 마음속에 경외심이 일어, 자신의 말 한 마디 한 마디, 동작 하나하나에 신경을 쓰게 된 건지도 모른다. 물론 이것은 그렇지 않아도 자기 자신에 대해서 불안감을 느끼는 사람들에게는 괴로운 일이 아닐 수 없었다.

「당신은 제 오빠의 성격에 대해 흥미로운 이야기를 많이 해주셨어요. 그리고…… 아주 공정하게 말씀해 주신 것이 무엇보다도 좋네요. 저는 당신이 오빠를 숭배하고 있다고 생각했거든요.」아브도찌야 로마노브나는 미소를 지으며 말했다.「틀림없이 오빠 옆에 여자가 있을 거라는 말씀도 사실일지 몰라요.」그녀는 생각에 잠겨서 말했다.

「저는 그런 말씀을 드린 적이 없습니다. 하지만 어쩌면 당신의 말씀이 옳을지도 모르지요. 다만…….」

「뭐지요?」

「그는 그 누구도 사랑하지 않습니다. 어쩌면 앞으로도 영원히 그럴 겁니다.」라주미힌은 잘라 말했다.

「그러니까 사랑할 능력이 없다는 말씀인가요?」

「아실지 모르지만, 아브도찌야 로마노브나, 당신은 모든 면에서 오빠를 무척 많이 닮으셨군요!」그는 자기도 모르게 불쑥 이런 말을 내뱉고 말았다. 그러고는 이내 자기가 그녀의 오빠에 대해 무슨 말을 했는지를 떠올리고는, 몹시 당황해서 얼굴이 새빨개졌다. 아브도찌야 로마노브나는 그를 보고 웃지 않을 수 없었다.

「로쟈에 대해서 두 사람 다 잘못 알고 있는 것일 수도 있어.」 뿔헤리야 알렉산드로브나는 약간 화를 내며 말을 가로챘다. 「나는 지금 한 말에 대해 얘기하는 게 아니란다, 두냐. 뾰뜨르 뻬뜨로비치가 이 편지에서 쓰고 있는 것이 나…… 너와 내가 생각한 것이 어쩌면 사실이 아닐지도 몰라. 하지만 당신은 상상도 할 수 없을 거예요, 드미뜨리 쁘로꼬피치. 그 애가 얼마나 몽상가인지, 어떻게 말해야 할까, 얼마나 변덕스러운지 말이에요. 나는 그 애의 성격에 대해 한번도 안심해 본 적이 없어요. 그 애가 열다섯 살이었을 때도 그랬어요. 나는 그 애가 감히 아무도 생각해 내지 못할 짓을 지금 당장 저질러 버릴 수 있다고 봐요……. 그리 먼 옛날로 거슬러 올라가지 않아도 돼요. 그 애가 한 1년 반 전에 그 누구더라, 그 여자 이름이, 하여간 그 자르니찌나, 집주인의 딸과 결혼하겠다고 해서 내가 얼마나 놀라고 괴로웠는지 이루 말할 수 없었다오. 그 사건을 혹시 아세요?」

「그 사건에 대해서 혹시 좀 더 자세히 아시는 것은 없으세요?」아브도찌야 로마노브나가 물었다.

뿔헤리야 알렉산드로브나가 열을 내면서 계속 말했다. 「그 애가 결혼을 강행하지 않은 것이, 내 눈물과 내 애원과 내 병과 그리고 괴로움에서 올지도 모를 내 죽음과 우리의 가난 때문이라고 생각하세요? 그 애는 그 모든 장애물을 아주 평온한 마음으로 뛰어넘었을 거예요. 정말로 그 애는 우리를 사랑하기는 하는 걸까요?」

「그는 한 번도 저와 그 일에 대해 이야기한 적이 없습니다.」라주미힌은 조심스럽게 대답했다. 「하지만 저는 자르니찌나 부인으로부터 무언가 이야기를 들은 바가 있습니다. 그 부인 역시 그다지 말이 많은 편은 아니지만요. 들어 보니까 이상한 점도 조금은 있더군요…….」

「무슨 이야기를 들으셨어요?」두 여인은 동시에 물었다.

「하지만 뭐 그다지 그렇게 특별한 것이라곤 없었습니다. 다만 거의 성사되었던 그 결혼이 약혼녀의 죽음으로 무산되었고, 자르니찌나 여사 역시 그 결혼을 그다지 달갑게 여기지는 않았다고 하더군요……. 그 밖에도 약혼녀가 예쁘지도 않았다고요. 사람들 말로는 못생긴 편인 데다가…… 병약하고 그리고…… 이상한 여자였다고 해요. 하지만 좋은 점도 있었던 것 같아요. 반드시 어떤 장점이

든 있었음에 틀림없겠지요. 그렇지 않고서야 이해할 수가 없는 일이니까요……. 지참금 역시 조금도 없었지만, 로쟈 또한 지참금 따위를 계산했을 리는 만무하지요……. 어쨌든 이런 일은 판단하기가 힘듭니다.」

「저는 그 아가씨가 훌륭한 아가씨였다고 확신해요.」아브도쨔 로마노브나는 온화한 표정으로 말했다.

「하느님, 저를 용서하세요. 나는 어쨌든 그 아가씨가 죽은 걸 알고 기뻤다오. 설사 그들 중 누가 누구를 파멸시켰을지는 알 수 없는 일이지만. 그 애가 그 아가씨를 파멸시켰을까요, 아니면 그 반대일까요?」뿔헤리야 알렉산드로브나가 말을 맺었다. 그런 다음 그녀는 조심스럽게 말을 끊어 가면서, 분명 두냐가 기분 나빠하는 것을 알면서도 두냐의 눈치를 끊임없이 살피며, 어제 루쥔과 로쟈 사이에 있었던 일에 대해 또다시 묻기 시작했다. 이 사건이 다른 무엇보다도 그녀를 더 두렵게 하고 소름 끼치도록 괴롭히고 있음에 틀림없었다. 라주미힌은 모든 일을 다시 반복해서 자세히 말했고, 이번에는 자신의 결론도 덧붙였다. 이번에 그는 뾰뜨르 뻬뜨로비치를 의도적으로 모욕한 라스꼴리니꼬프를 드러내 놓고 비난하면서, 이것을 그가 병에 걸린 탓으로 돌리는 기색을 조금도 보이지 않았다.

「그는 병이 나기 전부터 그럴 생각이었던 겁니다.」그
는 덧붙였다.

「나 역시 그렇게 생각한다오.」뿔헤리야 알렉산드로브
나는 절망적인 어조로 이렇게 말했다. 하지만 라주미힌이
뾰뜨르 뻬뜨로비치에 대해 이번에는 아주 조심스럽게 존
경의 빛마저 드러내면서 말하는 데 대해서는 그녀 역시
몹시 놀라지 않을 수 없었다. 아브도찌야 로마노브나 역
시 놀란 것은 마찬가지였다.

「그렇다면 당신은 뾰뜨르 뻬뜨로비치에 대해 어떻게
생각하시나요?」뿔헤리야 알렉산드로브나는 묻지 않을
수 없었다.

「장래에 따님의 남편이 될 분에 대해 제가 어떤 다른 의
견을 가질 수 있겠습니까?」라주미힌은 확고하게 열띤 어
조로 대답하기 시작했다. 「이건 범속한 예의범절에 따라
말씀드리는 것이 아니라…… 이건…… 그러니까 아브도찌
야 로마노브나 자신이 자발적으로 그런 선택을 하셨다는
것만으로도 충분한 일입니다. 만일 제가 어제 그를 모욕
했다면, 그건 제가 어제 지독하게 취해 있었고, 또…… 정
신이 나갔기 때문입니다. 그래요, 머리가 이상하게 돌아서
정신이 완전히 나갔었습니다. 그래서 저는 오늘 부끄러워

몸 둘 바를 모르겠습니다……!」 그는 얼굴을 붉히며 입을 다물었다. 아브도찌야 로마노브나는 얼굴을 붉혔지만 침묵을 깨지는 않았다. 그녀는 뾰뜨르 뻬뜨로비치에 대해 말하기 시작한 그 순간부터 한마디의 말도 하지 않았다.

그렇지만 뿔헤리야 알렉산드로브나는 두냐의 동의를 얻지 못했기 때문에 결단을 내리지 못하는 눈치였다. 그러나 말을 더듬고 끊임없이 두냐의 눈치를 살피다가, 마침내 그녀는 현재 그녀를 몹시 괴롭히고 있는 한 가지 상황에 대해 설명하기 시작했다.

「아실지 모르겠지만, 드미뜨리 쁘로꼬피치…….」 그녀는 입을 뗐다. 「내가 드미뜨리 쁘로꼬피치에게 모든 것을 솔직히 털어놓아도 되겠지, 두냐?」

「그럼, 물론이지요, 엄마.」 아브도찌야 로마노브나는 힘주어 말했다.

「문제는 말이에요…….」 그녀는 허락을 받아 내자, 마치 어깨에서 큰 짐이라도 벗은 듯이 서둘러 말했다. 「오늘 아침 아주 일찍 우리는 뾰뜨르 뻬뜨로비치에게서 쪽지를 받았다오. 어제 우리가 도착했다는 전갈에 대한 답신이었지요. 보세요, 약속한 대로라면 그 사람이 어제 우리를 맞으러 역으로 나왔어야 했는데, 그 대신 이 여관방의 주소를 가지고 길을 안내해 줄 하인 하나를 역으로 보냈더군요. 뾰뜨르 뻬뜨로비치가 오늘 아침 무렵에나 우리가 있는 곳으로 올 수 있을 거라고 전해 달라고 했답니다. 그런데 오늘 아침 그가 여기로 오는 대신에 이 쪽지를 보냈다오……. 이걸 직접 읽어 보는 편이 더 낫겠군요. 이 편지에 나를 심란하게 하는 부분이 있어서……. 댁의 솔직한 의견을 듣고 싶군요, 드미뜨리 쁘로꼬피치! 당신은 누구보다도 로쟈의 성격을 잘 알고 있을 테니까, 가장 좋은 충고를 해줄 수 있을 거예요. 미리 말씀드리지만, 두냐는 벌써 처음부터 결정을 내렸다오. 그렇지만 나는 아직 어떻게 행동해야 할지 모르겠어서, 그래서…… 당신을 꼬박 기다렸어요.」

라주미힌은 어제의 날짜가 적힌 쪽지를 펼쳐서 읽기 시작했다.

친애하는 뿔헤리야 알렉산드로브나 부인, 갑작스레 일어난 일로 인해 역에서 만나 뵐 수 없게 되었으므로 저를 대신하여 아주 민활한 청년을 보내 드렸음을 알려 드리는 바입니다. 마찬가지로 내일 이른 아침에도 미룰 수 없는 원로원에서의 일로 말미암아, 그리고 모자(母子)와 오누이 간의 만남을 방해하고 싶지 않은 이유로 여러분을 만나 뵐 수 있는 영광을 스스로 사양하는 바입니다. 그리하여 내일 저녁 정각 8시에야 두 분의 거처를 방문하여 인사를 드릴 수 있음을 알려 드립니다. 이에 간절하고 단호하기도 한 저의 요청을 첨부하는 바, 우리의 만남에 로지온 로마니치가 참석하지 않기를 바랍니다. 왜냐하면 제가 어제 병중에 있는 그를 방문했을 때, 그가 아주 무례하게 저를 모욕했을뿐더러, 그 밖에 한 가지 점에 있어서는 개인적으로 부인의 정확한 설명이 필요하므로, 반드시 부인의 의견을 알고 싶기 때문입니다. 따라서 저의 이런 요청에도 불구하고 로지온 로마니치를 그곳에서 만나게 된다면 저는 어쩔 수 없이 즉각 방에서 물러나지 않을 수 없으며, 이 점에 대해서는 두 분께 책임이 있다는 점을 미리 경고하는 바입니다. 제가 이렇게 쓰는 이유는 제가 방문하였을 때는 그렇게도 아파 보이던 로지온 로마니치가 두 시간 후에는 갑자기 아주 건강해졌으므로, 어쩌면 집을 나와 여러분을 방문할 수도 있다는 생각이 들어서입니다. 이것은 제가 직접 목격한 바, 그는 말에 짓밟힌 상처 때문에 죽은 어떤 주정꾼의 아파트에서 어제 장례비의 명목으로 딱지가 붙은 직업[62]에 종사하는 그의 딸에게 25루블을 주었기 때문입니다. 모친께서 그 돈을 어떤 고생 끝에 얻으셨는지를 제가 알고 있기 때문에 저는 무척이나 놀랐습니다. 그럼에도 불구하고 아브도찌야 로마노브나에게 저의 특별한 경의를 표하며, 저의 진심 어린 충정을 받아 주시기 바랍니다.

당신의 순종적인 종,
뾰뜨르 뻬뜨로비치 루쥔

「이제 내가 어떻게 하면 좋을까요, 드미뜨리 쁘로꼬피치?」 뿔헤리야 알렉산드로브나는 울먹이면서 말하기 시작했다. 「내가 어떻게 로쟈에게 이곳으로 오지 말라는 말을 할 수 있겠소? 그 애가 어제 그토록 완고하게 뾰뜨르 뻬뜨로비치를 거절하라고 요구했는데, 이제 이 사람은 또 그 애를 맞아들이지 말라고 명령을 하니! 만약 이 일을 알게 되면, 그 애는 일부러라도 올 거예요. 그럼…… 그때는 또 어떻게 할까요?」

「아브도찌야 로마노브나가 결정하는 대로 따르시지요.」 라주미힌은 즉시 차분하게 이렇게 대답했다.

「오, 맙소사! 이 애는…… 애가 무슨 말을 하고 있는지

62 뾰뜨르 뻬뜨로비치 루쥔은 마르멜라도프의 큰딸 소냐가 매춘부라는 직업상 받아야 하는 노란색 신분증을 이렇게 표현하고 있다.

는 신만이 아실 거예요. 그리고 내게는 그 의도를 설명해
주지 않으니! 얘는 로쟈 역시 오늘 저녁 8시에 일부러 이
곳에 와야 하고, 둘을 서로 꼭 만나게 하는 것이 낫다고 하
는군요. 아니 더 나은 게 아니라, 왠지 꼭 그렇게 할 필요가
있다는 듯이 말이에요……. 그런데 나는 이 편지도 그 애
에게 보여 주고 싶지가 않고, 어떻게든 방법을 찾아 당신
의 도움으로 그 애가 이곳으로 오지 못하도록 하고 싶은
데…… 왜냐하면 그 애는 너무나 예민하니까……. 하지만
내가 도대체 이해할 수 없는 것은 어떤 주정뱅이가 죽었
다는 말이고, 그곳에서 어떤 딸애에게 왜 그 애가 마지막
남은 돈 전부를 주었다는 것인지……. 그 돈은…….」

「엄마가 굉장히 어렵게 얻은 돈이지요, 엄마.」아브도찌
야 로마노브나가 덧붙였다.

「어제 로쟈는 제정신이 아니었어요.」라주미힌은 진지
하게 말했다.「만일 어제 그가 그곳 선술집에서 무슨 말을
지껄였는지 아신다면, 하긴 똑똑하게 행동한 것이긴 하지
만……. 음! 정말 어제 어떤 죽은 사람에 대해서, 그리고 어
떤 아가씨에 대해서는 집으로 돌아가던 길에 뭔가 제게
한 말이 있습니다. 그런데 저는 한마디도 못 알아듣겠던데
요……. 하지만 저 자신도 어제는…….」

「엄마, 오빠에게 우리가 직접 가보는 게 더 나을 것 같아요. 안심하세요. 그곳에 가보면 어떻게 해야 할지 금방 알 수 있을 거예요. 게다가 이제는 가볼 때도 되었어요. 이런! 벌써 10시네!」 그녀는 법랑 칠이 된 커다란 금시계를 들여다보고는 외쳤다. 얇은 베네치아식의 목걸이에 끼워져 그녀의 목에 걸려 있는 그 금시계는 그녀의 옷차림과는 전혀 어울리지 않았다. 〈약혼자의 선물이로군〉 라주미힌은 생각했다.

「아, 그렇구나……! 가야 할 시간이야, 두냐. 시간이 됐어!」 뿔헤리야 알렉산드로브나는 불안한 몸짓으로 허둥대기 시작했다.「금방 가지 않으면 우리가 어제 일로 화를 내고 있다고 생각할 거야. 오오, 하느님!」

이렇게 말하면서 그녀는 허둥대며 망토를 몸에 걸치고 모자를 썼다. 두냐 역시 옷을 챙겨 입었다. 라주미힌은 그녀가 끼고 있는 장갑이 낡았을 뿐 아니라 구멍까지 나 있다는 것을 알아챘다. 그러나 이렇게 눈에 띄게 남루한 옷차림조차도 허름한 옷을 맵시 있게 입을 줄 아는 사람들에게서 흔히 볼 수 있는 일종의 특별한 기품을 두 여인에게 부여해 주고 있었다. 라주미힌은 경외감을 가지고 두냐를 바라보았고, 그녀를 옆에서 지켜 주는 일에 자부심을 느꼈다. 그는 생각했다. 〈감옥에서 자기 양말을 기웠다는 그 왕비[63]는, 물론 그 순간에서조차도 진정한 왕비로 보였을 것이다. 아니 오히려 가장 화려한 예식이나 행차 때보다도 더욱 그래 보였을 것이다.〉

「맙소사!」 뿔헤리야 알렉산드로브나는 외쳤다. 「내가 사랑하는, 너무나 사랑하는 로쟈를 만나러 가는 걸 두려워하게 되리라고 그 누가 상상이나 할 수 있었겠느냐. 그런데 지금은 이렇게도 두려우니……! 나는 두려워요, 드미뜨리 쁘로꼬피치!」 그녀는 겁먹은 눈초리로 그를 바라보면서 말했다.

「걱정하지 마세요, 엄마.」 두냐는 그녀에게 입 맞추며 말했다. 「오빠를 믿는 것이 좋아요. 저는 오빠를 믿어요.」

「오, 하느님! 나 역시 믿는단다. 하지만 어젯밤에는 한숨도 자지 못했어!」 가련한 여인은 외쳤다.

그들은 거리로 나섰다.

「얘야, 두냐, 나는 새벽녘에야 겨우 잠깐 눈을 붙였단다. 그런데 갑자기 꿈에 죽은 마르파 뻬뜨로브나가 나타났어……. 온통 새하얀 옷을 입고 내게 다가와서는 내 손

63 프랑스 대혁명 당시의 루이 16세의 부인 마리 앙투아네트를 일컫는 말이다.

을 붙잡고, 나를 보면서 고개를 가로젓더구나. 그토록 엄격하고 숙연하게 고개를 젓는 모습이 마치 나를 책망하는 것 같았어……. 이게 길몽일까? 오오, 하느님 맙소사. 드미뜨리 쁘로꼬피치, 당신은 아직 모르시지요. 마르파 뻬뜨로브나는 죽었다오!」

「모르겠는데요. 어떤 마르파 뻬뜨로브나를 말씀하시는 거지요?」

「글쎄 급사하고 말았다오…….」

「다음에요, 엄마.」 두냐가 끼어들었다. 「이분은 아직 마르파 뻬뜨로브나가 누구인지도 모르시잖아요.」

「아, 그런가요? 나는 당신이 벌써 모든 것을 알고 있다고 생각했다오. 나를 용서하시구려, 드미뜨리 쁘로꼬피치. 요즘 들어서 내가 제정신이 아니라오. 당신은 정말로 하느님이 우리에게 보내 주신 분 같아요. 그래서 나는 당신이 모든 것을 이미 알고 있다고 확신했다오. 당신이 꼭 내 아들 같아서……. 이렇게 말한다고 화를 내지는 말아요. 아니, 저런, 오른손이 왜 그래요? 다쳤어요?」

「예, 다쳤습니다.」 라주미힌은 행복한 표정으로 중얼거렸다.

「내가 때로는 지나치게 속마음을 다 털어놓아서, 두냐

490

가 내 말을 고쳐 준다오……. 하지만, 세상에, 그 애가 사는 방은 얼마나 비좁던지! 그런데 애가 일어났을까? 그런데 그 여자, 그 여주인은 정말 그런 방을 방이라고 생각하는 걸까요? 내 말 좀 들어 보시구려. 당신은 그 애가 속내를 털어놓기 싫어한다고 했지요? 그러니 어쩌면 내…… 약한 모습이 그 애를 지겹게 하지는 않을까요……? 내가 어떻게 하면 좋을지 좀 가르쳐 주세요, 드미뜨리 쁘로꼬삐치? 내가 어떻게 하면 좋겠소? 아시겠지만 나는 지금 어찌할 바를 모르겠어요.」

「만일 그 친구가 눈살을 찌푸리면, 무엇이든 그에게 많이 물어보지 마십시오. 특히 건강에 대해서는 많이 묻지 마세요, 싫어하니까요.」

「아, 드미뜨리 쁘로꼬삐치, 어미 노릇하기가 얼마나 힘드는지 아시오! 그런데 벌써 계단이구려…… 정말 끔찍한 계단이에요!」

「엄마, 안색이 몹시 창백하세요. 진정하세요, 엄마.」 두냐가 그녀를 위로하면서 말했다. 「오빠는 엄마를 보면 틀림없이 행복해 할 거예요. 그런데 공연히 엄마는 스스로를 괴롭히고 있는 거예요.」 그녀는 두 눈을 반짝이면서 말했다.

「잠깐 기다리세요, 일어났는지 제가 먼저 보고 오겠습니다.」

두 여인은 앞서 계단을 올라가는 라주미힌의 뒤를 조용히 따라가기 시작했다. 여주인의 방문과 나란히 서게 된 4층에서 두 사람은 열려 있는 방문의 작은 틈새로 기민한 두 개의 검은 눈동자가 어둠 속에서 자신들을 지켜보고 있다는 것을 알아챘다. 시선이 마주치자, 문은 갑자기 꽝하고 닫혔고, 그 소리 때문에 뿔헤리야 알렉산드로브나는 깜짝 놀란 나머지 하마터면 소리를 지를 뻔했다.

3

「아주 좋아졌습니다!」 그들을 맞으러 나온 조시모프가 명랑한 소리로 외쳤다. 그는 벌써 10분 전에 와서 어제 앉았던 소파의 한쪽 구석에 앉아 있었다. 라스꼴리니꼬프는 옷을 단정하게 갖춰 입고, 세수를 깨끗이 하고, 머리를 말끔히 빗은 채 맞은편 구석에 앉아 있었다. 이런 모습은 오랫동안 보지 못한 것이었다. 방 안은 순식간에 사람들로 가득 찼으나, 그럼에도 나스따시야는 기어이 방문객들의 뒤를 따라 방 안으로 들어와서는, 이야기에 귀를 기울였다.

실제로 라스꼴리니꼬프는 건강을 다 회복한 듯이 보였다. 특히 어제와 비교해 보면 더욱 그랬다. 다만 안색이 몹시 창백하고, 주의가 산만하며 우울해 보일 뿐이었다. 겉으로 보면 그는 부상을 당했거나 혹은 어떤 심한 육체적 고통을 참고 있는 사람처럼 보였다. 그는 양미간을 찌푸리고 입을 굳게 다물고 있었으며, 눈은 충혈되어 있었다. 그는 말을 할 때도 마지못해 혹은 어떤 의무를 수행하듯 겨우 몇 마디만 내뱉었고, 행동거지에서도 이따금 어떤 불안한 기색을 엿보였다.

그 모습은 붕대나 천만 감고 있었으면 영락없이 손에 타박상이나 그와 비슷한 부상을 입은 사람처럼 보였을 것이다.

하지만 그 창백하고 우울한 얼굴도 어머니와 여동생이 들어서자 순식간에 환한 빛이 깃드는 것 같았다. 그렇지만 그것도 그의 표정에 이제까지 깃들어 있던 우울하고 산만한 기색 대신에 더욱 응집된 고뇌의 그림자만을 더해 줄 뿐이었다. 환한 표정은 곧 사그라졌지만, 고뇌의 기색은 여전했다. 이제 막 진료를 시작한 의사에게서나 볼 수 있는 생생한 열정으로 자신의 환자를 주시하며 살펴보고 있던 조시모프는 가족들과의 만남에서 오는 기쁨 대신에 앞으로 한두 시간 정도 피할 수 없는 고문을 견뎌야 한다는 남모르는 괴로운 각오의 빛을 그의 얼굴에서 발견하고 놀라지 않을 수 없었다. 그리고 그들이 나누는 대화 한 마디 한 마디가 환자의 어떤 상처를 건드리고 자극한다는 사실을 깨달았다. 하지만 동시에 그는 어제 사소한 말 한 마디에도 광기를 보였던 편집광 환자가 오늘은 자신의 감정을 숨기고 제어하는 능력을 보이는 데 놀라지 않을 수 없었다.

「그래요, 제가 느끼기에도 몸이 거의 다 나은 것 같아요.」라스꼴리니꼬프는 반갑게 어머니와 여동생에게 키스하며 말했다. 뿔헤리야 알렉산드로브나의 얼굴은 금방 환하게 빛났다. 「이건 〈어제 같은 태도로〉 하는 말이 아니야.」 그는 라주미힌에게 몸을 돌려 그의 손을 다정하게 잡고 말했다.

「저도 오늘 이 사람을 보고 깜짝 놀랐습니다.」 10분에 걸친 환자와의 대화에서 이야기의 실마리를 잃어버렸던 조시모프는 사람들이 들어오자 반갑게 말을 시작했다. 「계속 이런 식이라면 3~4일 후엔 완전히 예전처럼, 한 달 전이나 두 달…… 아니 석 달 정도 전처럼 될 겁니다. 이 병은 아주 오래전에 시작되어서 잠복해 있었던 거니까요…….
그렇지요? 이제 인정하세요, 당신에게도 책임이 있는지
모르니까.」 그는 여전히 무슨 일로 또 환자를 자극하지나
않을까 두려워서 조심스러운 미소를 지으며 말했다.

「그럴 수도 있겠지요.」 라스꼴리니꼬프는 차갑게 대답
했다.

「제가 또 말씀드리고 싶은 것은,」 이 말에 무척 고무된
조시모프는 계속해서 말했다. 「당신의 건강이 완전히 회
복되는 길은 이제 전적으로 당신에게 달렸다는 겁니다.
당신과 이야기를 나누게 된 지금 꼭 한 가지 주지시키고
싶은 것은 최초의 원인, 그러니까 당신의 발병에 영향을
미친 근본적인 원인을 반드시 제거해야 한다는 겁니다.
그다음 병을 완치시키십시오. 그렇지 않으면 상태가 더
나빠질 수도 있어요. 저는 모르지만, 당신은 그 최초의 원
인이 무엇인지 분명히 잘 알고 계시겠지요. 당신은 현명
한 분이니까, 물론 자신에 대해서 관찰을 하셨으리라 생
각합니다. 제가 보기에 병의 발단은 당신이 대학을 쉰 것
과 일부 관련이 있는 것 같군요. 당신은 일을 하지 않으면
안 됩니다. 제가 보기에는 일과 확고한 목적의식이 당신
에게 절실히 필요한 것 같군요.」

「그래요, 그래요. 당신 말이 전적으로 옳습니다……. 이제 곧 대학에 복학하지요. 그럼 모든 게 잘될 겁니다……. 순조롭게요…….」

여인들의 환심을 살 생각으로 현학적인 충고를 시작했던 조시모프는 말을 다 마친 뒤 환자를 보고는, 그의 얼굴에서 비웃는 듯한 표정을 찾아내고 약간은 당황했다. 하지만 그것은 한순간의 일이었다. 뿔헤리야 알렉산드로브나는 곧 조시모프에게 감사의 말을 했다. 특히 어젯밤 그들의 숙소로 와준 것에 대해서 고마움을 표시했다.

「뭐라고요, 이 사람이 한밤중에 두 사람을 찾아갔던가요?」 라스꼴리니꼬프는 깜짝 놀라며 물었다. 「그렇다면 두 사람 역시 그렇게 먼 길을 온 직후인데도 잠을 자지 못했겠죠?」

「아, 로쟈, 그건 겨우 2시 이전의 일이었어. 나와 두냐는 집에서도 2시 전에는 절대로 잠을 자지 않는단다.」

「저 역시 이분께 뭐라고 감사의 말씀을 드려야 할지 모르겠어요.」 라스꼴리니꼬프는 갑자기 얼굴을 찌푸리며 눈을 내리깔고 말을 이었다. 「치료비 문제는 둘째치고라도 ― 미안합니다, 내가 이 문제를 거론해서(그는 조시모프에게 말했다) ― 제가 당신의 이런 특별한 관심을 받을 만한 자격이 있는지 모르겠군요. 그냥 이해하지 못하겠어요…….
그리고…… 솔직히 말씀드리자면, 당신이 베푼 관심이 제
게는 잘 이해가 되지 않아서 부담스럽기까지 하군요.」

「너무 걱정하지 마십시오.」 조시모프는 억지로 웃기 시
작했다. 「당신이 저의 첫 번째 환자라고 생각하시면 됩니
다. 그리고 이제 막 실습을 시작한 우리 같은 풋내기 의사
들은 자신의 첫 번째 환자들을 친자식처럼 사랑하니까요.
어떤 사람들은 거의 사랑에 빠지기도 하지요. 그리고 제게
는 환자들이 많지 않아서요.」

「이 친구는 새삼스레 말할 것도 없어요.」 라스꼴리니꼬
프는 라주미힌을 가리키며 덧붙여 말했다. 「이 친구 역시
내게서 얻은 것이라곤 모욕과 고생밖에 없는데 말입니다.」

「에이, 왜 실없는 소리를 하고 그래! 오늘은 꽤 감상적
이군? 왜 그래?」 라주미힌은 소리쳤다.

만일 그에게 조금이라도 통찰력이 더 있었더라면, 그것
은 감상적인 것이 아니라 거의 정반대의 기분이라는 것을
깨달을 수 있었을 것이다. 아브도찌야 로마노브나는 그
점을 눈치챌 수 있었다. 그녀는 걱정스러운 듯이 세심하
게 오빠를 관찰했다.

「어머니, 어머니께는 감히 드릴 말씀이 없어요.」 그는 마

치 아침부터 암송한 글귀를 외우듯이 계속해서 말했다. 「두 사람이 어제 이곳에서 제가 돌아오기를 기다리는 동안 얼마나 마음을 졸였는지를 저는 오늘에야 비로소 깨달을 수 있었어요.」 이 말을 한 뒤 그는 갑자기 입을 다물고 미소를 지으며 동생에게 손을 내밀었다. 그러나 이번의 미소에는 꾸밈없는 진실한 감정이 배어 있었다. 두냐는 즉시 그가 내민 손을 붙잡고, 기쁨과 감사의 마음으로 그 손을 뜨겁게 꼭 쥐었다. 어제의 작은 언쟁이 있은 후에 그는 처음으로 그녀에게 말을 건넨 것이다. 오누이 간에 무언의 화해가 이루어진 것을 보자, 어머니의 얼굴은 환희와 행복에 겨워 환하게 빛났다.

「바로 이래서 나는 이 녀석이 좋다니까!」 모든 것을 과장하는 버릇이 있는 라주미힌은 의자에서 기운차게 몸을 돌리며 감동한 듯이 이렇게 속삭였다. 「녀석은 사람을 감동시킬 때가 있단 말입니다⋯⋯!」

〈이 아이가 모든 걸 이렇게 잘 풀어 가니 얼마나 좋은지 몰라.〉 어머니는 생각했다. 〈얼마나 마음이 넓은지, 어제 불거진 제 동생과의 갈등을 적절한 순간에 손을 내밀고 선한 눈빛으로 쳐다보는 것 하나로 이렇게 간단하고 부드럽게 끝내 버리다니⋯⋯ 멋진 눈매에, 잘생긴 얼굴에⋯⋯! 두냐보다 더 아름다운 듯싶구나……. 하지만 세상에, 저 옷이 뭐람! 정말 끔찍한 차림새구나! 아파나시 이바노비치 상점의 배달부 바샤도 이보다는 더 좋은 옷을 입을 거야……! 달려들어서 저 애를 안아 볼 수만 있다면, 그리고…… 통곡할 수만 있다면. 그런데 두렵다, 두려워…… 저 애가 뭐라고 할지. 오, 하느님……! 저렇게 친절하게 말하지만, 나는 두려워! 대체 뭐가 두려운 걸까……?〉

「아, 로쟈!」그녀는 그의 말에 서둘러 대답하면서 말을 가로챘다.「이제 모든 일이 끝났고, 우리 모두가 다시금 행복해진 지금이니 할 수 있는 말이다만, 너는 믿을 수 없을 거다, 로쟈. 두냐와 내가 어제 얼마나…… 불행했는지 말이다! 너를 안아 보려고 역에서 이곳으로 곧장 뛰어오다시피 했는데, 이 아가씨, 그래 바로 이 아가씨야! 잘 있었어요, 나스따시야……? 이 아가씨가 대뜸 우리에게 말하기를, 네가 열병에 걸려 누워 있다가, 정신이 흐릿한 채로 이제 막 의사한테서 살그머니 도망을 쳐서 밖으로 나갔다고 하지 않겠느냐. 그리고 사람들이 너를 찾고 있다고 하더구나. 그때 우리가 어땠는지 너는 짐작할 수도 없을 거다! 그때 나는 네 아버지의 친구인 뽀딴치꼬프 소위의 비참한 죽음이 생각났단다. 너 그 사람을 기억하니, 로쟈?

그 사람 역시 너처럼 정신이 혼미한 채 밖으로 뛰쳐나갔다가 마당에 있던 우물에 빠져서 죽었잖느냐. 그다음 날이 되어서야 그 사람을 끌어낼 수 있었지. 물론 우리가 예민하게 생각한 것이었지만, 오죽하면 뾰뜨르 뻬뜨로비치를 찾으러 달려갈 뻔했을까. 그 사람의 도움을 받을까 해서……. 이곳에는 우리 둘뿐이니, 혼자나 다름이 없지 않느냐…….」 그녀는 애처로운 목소리로 말을 늘이다가, 문득 〈이제 모두들 다시금 행복해졌다〉 할지라도 뾰뜨르 뻬뜨로비치에 대해서 말한다는 것은 대단히 위험한 일이라는 사실을 상기하고는 말을 뚝 끊어 버렸다.

「예, 그래요……. 물론 이 모든 일이 속상해요…….」 라스꼴리니꼬프는 이렇게 중얼거렸다. 하지만 너무나 무심하고 무뚝뚝하게 말했기 때문에 두냐는 깜짝 놀라서 그를 쳐다보았다.

「내가 무슨 말을 하려고 했더라.」 그는 억지로 기억을 더듬으면서 말을 이었다. 「맞아. 어머니, 그리고 두냐, 내가 오늘 두 사람을 먼저 찾아가는 게 싫어서 여기서 기다리고 있었다고는 생각하지 말아 주세요」.

「그게 무슨 말이냐, 로쟈!」 뿔헤리야 알렉산드로브나는 놀라서 외쳤다.

〈오빠가 혹시 의무감으로 우리에게 대답을 하고 있는 것은 아닐까?〉 두냐는 생각했다. 〈화해를 청하고, 용서를 구하는 모습이 꼭 어떤 의무를 수행하거나 학과 내용을 반복해서 외우고 있는 것 같아.〉

「이제 막 일어나서 그곳으로 가려고 했는데, 옷이 마땅치 않아서 그럴 수가 없었어요. 어제…… 나스따시야에게…… 피 묻은 옷을 빨아 달라고 하는 것을 잊어버렸거든요…… . 그래서 이제야 막 옷을 입을 수가 있었어요.」

「피라니! 무슨 피 말이냐?」 뿔헤리야 알렉산드로브나는 깜짝 놀랐다.

「아무 일도 아니에요…… . 걱정하지 마세요. 어제 제가 약간 정신이 몽롱한 상태로 헤매고 다니다가 말에 짓밟힌 어떤 사람과 마주쳤거든요…… . 어떤 관리였는데…… .」

「정신이 몽롱했다고? 하지만 너는 모든 것을 기억하고 있잖아.」 라주미힌이 말을 막았다.

「그건 사실이야.」 그 말에 라스꼴리니꼬프는 왠지 각별히 주의를 기울이면서 대답했다. 「모든 것을 기억하고 있어, 아주 세세한 부분까지도 전부. 그런데 어처구니없는 건, 내가 왜 그런 짓을 했는지, 어디로 가고 있었는지, 왜 그런 말을 했는지 도저히 설명할 수가 없다는 사실이야.」

「그건 아주 흔히 있는 증상입니다.」조시모프가 끼어들었다.「어떤 때는 그 행동이 아주 그럴듯하기도 하고 교묘하기조차 할 때가 있지요. 하지만 행동의 경과나 행동의 시작은 혼란스럽고, 여러 가지 병적인 인상에 의해 좌우되거든요. 꿈과 비슷한 것이지요.」

〈이 사람이 나를 거의 미친 사람으로 생각하는 것은 오히려 잘된 일이야.〉라스꼴리니꼬프는 생각했다.

「그래요, 그건. 하지만 건강한 사람도 그럴 수 있잖아요.」두냐가 걱정스럽게 조시모프를 바라보면서 말했다.

「다분히 옳은 지적입니다.」그는 대답했다.「그런 면에서 우리 모두는 사실 미친 사람과 거의 비슷할 때가 무척 많이 있습니다. 다만 아주 작은 차이로〈환자들이〉우리보다는 약간 더 미친 거지요. 어쨌든 선을 그어야만 하니까요. 어떻게 보면 조화로운 인간이란 전혀 없다고도 볼 수 있지요. 이건 사실입니다. 수만 명, 아니 어쩌면 수백만 명 중 한 사람 꼴로 만나 볼 수 있을까요? 그것도 그다지 확실하지 않은 본보기에 불과하지만요…….」

조시모프가 자신이 좋아하는 주제에 대해 지껄이다가 조심성 없이 툭 내뱉은〈미친 사람〉이라는 말에는 모두들 눈살을 찌푸렸다. 라스꼴리니꼬프는 전혀 관심이 없다는 듯이 창백한 입술에 기묘한 미소를 띤 채 앉아서 생각에 잠겨 있었다. 그는 머릿속으로 무언가를 계속해서 계산해 보고 있었다.

「그런데 그 말에 짓밟힌 사람은 어떻게 되었어? 내가 네 말을 가로챘구나!」 라주미힌이 황급히 외쳤다.

「뭐라고?」 그는 마치 꿈에서 깨어난 것 같았다. 「그래…… 그 사람을 아파트로 옮기다가 피에 젖어 버렸어……. 참, 어머니, 제가 어제 한 가지 용서받을 수 없는 일을 저질렀어요. 정말 제정신이 아니었어요. 어제 어머니가 제게 보내 주신 돈을 모두…… 그 부인에게…… 장례비에 쓰라고 주고 왔어요. 이제는 과부가 되었는데, 폐결핵을 앓고 있는 불쌍한 부인이에요……. 어린아이 셋은 굶주리고 있고…… 집에는 아무것도 없고…… 또 한 명의 딸이 있는데…… 만일 직접 보셨더라면 어머니도 주셨을 거예요……. 하지만 저도 인정해요. 어머니가 그 돈을 어떻게 마련하셨는지 잘 알고 있는 저로서는 그럴 권리가 없는 거지요. 도움을 주기 위해서는 먼저 그럴 권리가 있어야겠지요. 그렇지 않으면 *Crevez chiens, si vous n'êtes pas contents* (불만스럽거든, 개 같은 것들아, 뒈져 버려라)!인데요.」 그는 웃음을 터뜨렸다. 「그렇지 않니, 두냐?」

「아니요, 그렇지 않아요.」두냐가 또렷이 대답했다.

「아니 이런! 그렇다면 네겐…… 다른 생각이 있는 모양이로구나……!」그는 그녀를 증오에 가까운 표정으로 바라보고는 비웃는 듯한 미소를 지으면서 중얼거렸다. 「내가 이걸 예상했어야 했는데…… 그것 참 칭찬할 만한 일이로군. 너한테는 더 좋을 텐데 그래……. 어떤 선(線)까지 가는 거야. 그것을 뛰어넘지 못하면 불행해질 수 있어. 하지만 뛰어넘는다 해도 더 불행해질지도 모르지……. 그러나 이건 다 쓸데없는 소리야!」그는 뜻하지 않게 이 주제에 몰두한 것이 불만스럽고 화가 난다는 듯이 덧붙여 말했다. 「저는 다만, 어머니, 어머니께 용서를 구하고 싶었어요.」그는 거칠고 앙칼진 목소리로 이렇게 말을 맺었다.

「그만 됐다, 로쟈. 나는 네가 하는 일들은 다 좋은 일이라고 확신한단다!」마음이 흐뭇해진 어머니는 이렇게 말했다.

「그렇게 확신하지 마세요.」그는 일그러진 미소를 지으면서 대답했다. 그러고는 침묵이 뒤따랐다. 대화 속에는 뭔가 긴장감이 감돌고 있었다. 침묵에도, 화해에도, 용서에도 그것은 마찬가지였다. 모두가 그것을 느꼈다.

〈이 사람들은 나를 두려워하는 것 같아.〉라스꼴리니꼬

504

프는 생각하면서 어머니와 누이동생을 곁눈질했다. 사실 뿔헤리야 알렉산드로브나는 입을 다물고 있으면 있을수록 더욱 두려움을 느꼈다.

〈떨어져 있었을 때에는 두 사람을 사랑하고 있지 않았던가!〉 그의 뇌리에 이런 생각이 스치고 지나갔다.

「그런데 로쟈, 너 알고 있니. 마르파 뻬뜨로브나가 죽었단다!」 갑자기 뿔헤리야 알렉산드로브나가 뜻밖의 말을 꺼냈다.

「마르파 뻬뜨로브나가 누구지요?」

「이런, 세상에, 그 마르파 뻬뜨로브나 말이다, 스비드리가일로프의 부인! 내가 편지에서 그 사람에 대해 그렇게 많이 썼는데!」

「아 ─ 아, 예, 생각이 나네요……. 죽었어요? 아니, 정말이에요?」 그는 마치 꿈에서 깨어나기라도 한 듯이 갑자기 몸을 심하게 떨었다. 「정말로 죽었단 말씀이에요? 어쩌다가요?」

「글쎄, 급사했단다!」 뿔헤리야 알렉산드로브나는 아들이 호기심을 느끼는 데 용기를 얻었는지 서둘러 말하기 시작했다. 「네게 편지를 써 보낸 그 무렵이었단다. 바로 그날, 그런 일이 일어났다는구나! 생각 좀 해보거라, 글쎄.

그 무서운 사람이 그 부인을 죽게 만든 것 같다는구나. 그 사람이 그 여자를 심하게 때렸다더라!」

「그 사람들 항상 그런 식으로 살았니?」그는 누이동생에게 이렇게 물어보았다.

「아니요, 정반대였어요. 남편은 언제나 부인에게 참을성이 많았고, 공손하기까지 했어요. 많은 면에서 지나치다 싶을 정도로 부인의 성격에 관대했지요, 7년 동안을 계속……. 그러다가 갑자기 인내심을 잃은 거예요.」

「그럼, 7년 동안이나 참은 것을 보니 그 사람 그렇게 무서운 사람은 아닌가 보구나? 너는, 두냐, 그 사람을 변호하고 있는 것 같은데?」

「아니, 아니에요. 그 사람은 무서운 사람이에요! 나는 그 사람보다 더 무서운 사람은 상상도 할 수 없어요.」그녀는 온몸에 전율을 일으키며 이렇게 대답하고는, 눈살을 찌푸리고 생각에 잠겼다.

「그 일은 아침에 일어났단다.」뿔헤리야 알렉산드로브나가 재빨리 말을 이었다.「그런 일이 있은 다음 마르파 뻬뜨로브나는 즉시 마차에 말을 매라고 지시했다는데, 금방 점심을 먹고 시내로 갈 생각이었던 거지. 그런 경우에 그 여자는 항상 시내에 나갔단다. 사람들 말로는 아주 왕성한 식욕을 보였다는데……」

「두들겨 맞았는데도요?」

「……그것이 말야, 그 부인에게는 항상…… 그런 버릇이 있었어. 시내에 늦게 가지 않으려고 점심 식사를 하자마자 곧장 목욕탕으로 간 모양이야……. 부인은 거기서 목욕 요법으로 치료를 받고 있었거든. 그 지역에 차가운 샘물이 있는데, 마르파 뻬뜨로브나는 매일 규칙적으로 그 샘물에서 목욕을 했단다. 그런데 그 물에 들어가자마자 갑자기 발작이 일어난 거란다!」

「그럼요, 충분히 그럴 수 있지요!」 조시모프가 말했다.

「굉장히 심하게 때렸던 모양이지요?」

「때렸든 안 때렸든 상관없었을 거예요.」 두냐가 말했다.

「참, 어머니는 왜 그런 하잘것없는 일에 열을 올리세요?」 라스꼴리니꼬프는 그럴 생각이 없었는데 뜻밖에도 이런 말이 입 밖으로 짜증스럽게 튀어나온 것 같았다.

「아, 애야, 난 그냥 무슨 말을 해야 할지 몰라서 그만.」 뿔헤리야 알렉산드로브나는 황망해서 이렇게 말했다.

「아니, 왜 그러세요? 두 사람 다 저를 두려워하기라도 하는 건가요?」 그는 일그러진 미소를 지으며 말했다.

「그건 사실이에요.」 두냐가 오빠를 진지한 눈초리로 똑바로 보면서 말했다. 「엄마는 계단을 오를 때 두려운 마음에 성호를 긋기까지 하셨어요.」

그의 얼굴은 전율을 일으킨 듯이 일그러졌다.

「아니, 두냐, 너 그게 무슨 말이냐! 화내지 말거라, 로쟈……. 너 왜 그러는 거니, 두냐!」 뿔헤리야 알렉산드로브나는 당황한 투로 말하기 시작했다. 「사실 나는 이곳으로 오는 기차간에서, 우리가 상봉할 일, 서로에게 여러 가지 이야기를 하는 장면들을 꿈꾸었단다……. 얼마나 행복했는지 몰라. 오는 길도 멀게 느껴지지 않았을 정도였으니까! 내가 어쨌다는 거냐! 나는 지금 행복하단다……. 두냐, 왜 공연히 그런 말을 하니! 로쟈, 나는 너를 보고 있는 것만으로도 행복하다…….」

「그만두세요, 어머니!」 그는 어머니를 보지도 않고 그녀의 손을 꼭 쥔 채 곤혹스레 중얼거렸다. 「우리는 이제 충분히 이야기를 나눌 수 있을 거예요!」

이렇게 말하고 나서 그는 갑자기 당황해서 얼굴이 창백해졌다. 얼마 전 느꼈던 무서운 감정이 죽음의 냉기처럼 다시 그의 영혼을 감쌌다. 문득 그는 자신이 지금 무서운 거짓말을 하고 있다는 사실, 앞으로 다시는 모든 일을 충분히 이야기할 수 없게 되었다는 사실, 더 이상은 그 어떤 것에 대해서도, 그 누구와도 결단코 〈이야기를 해서는 안 된다〉는 사실을 분명하고 확실하게 다시금 이해하게 되었던 것이다. 이 고통스러운 생각에서 오는 충격이 너무나 컸기 때문에 그는 순간적으로 거의 정신을 잃고, 자리에서 벌떡 일어나 아무도 보지 않은 채 방 밖으로 멀리 뛰쳐나가려 했다.

「왜 그러는 거야?」라주미힌이 그의 팔을 붙잡고 물었다.

그는 다시 자리에 앉아 말없이 두리번거리기 시작했다. 모두들 그를 의혹에 찬 시선으로 바라보고 있었다.

「참, 모두들 몹시 따분한 사람들이군요!」그는 전혀 예기치 못한 말을 크게 외쳤다. 「무슨 얘기든 말을 좀 하세요! 그런데 정말 왜 이렇게 앉아만 있는 거지요! 말들을 하세요! 이야기를 나누자고요…… . 모여 앉아서는 입을 다물고 있으니…… . 자, 무슨 말이든 합시다!」

「천만다행이야! 나는 어제 같은 증상이 또 나타나는 줄 알았어.」뿔헤리야 알렉산드로브나는 성호를 그으며 말했다.

「왜 그러시는 거예요, 오빠?」아브도찌야 로마노브나는 불안스럽게 물었다.

「아냐, 아무 일도 아냐. 그냥 쓸데없는 일이 생각나서.」

그는 이렇게 대답하고는 느닷없이 웃기 시작했다.

「그렇다면 다행이군요! 그렇지 않았다면 저 역시도…….」 조시모프는 이렇게 중얼거리면서 소파에서 일어났다. 「자, 그럼, 이제 저는 가보겠습니다. 또 들를지도 모르겠어요……. 만일 뵐 수만 있다면요…….」

그는 인사를 하고 밖으로 나갔다.

「정말 멋진 사람이야!」 뿔헤리야 알렉산드로브나가 말했다.

「그래요, 정말 멋지고 훌륭하고 교육도 잘 받았고 똑똑한 사람이에요…….」 라스꼴리니꼬프는 어째서인지 여태까지와는 달리 뜻밖의 빠른 말투로 생기발랄하게 말하기 시작했다. 「예전에 병이 나기 전에 내가 어디에서 저 사람을 만났는지 기억이 나지 않아요……, 어디선가 만난 것 같은데……. 그리고 이 사람 역시 좋은 사람이지요!」 그는 라주미힌을 고갯짓으로 가리켰다. 「이 사람이 네 마음에 드니, 두냐?」 그는 갑자기 그녀에게 이렇게 묻고는 이유를 알 수 없는 웃음을 터뜨렸다.

「무척 마음에 들어요.」 두냐가 대답했다.

「후, 정말…… 엉뚱한 녀석 같으니!」 몹시 당황해서 얼굴이 붉어진 라주미힌은 이런 말을 내뱉고, 의자에서 일어났다. 뿔헤리야 알렉산드로브나는 살며시 미소를 지었고, 라스꼴리니꼬프는 껄껄대며 웃었다.

「그런데 어디로 가려는 거야?」

「나도…… 갈 데가 있어.」

「갈 데도 없으면서 왜 그래. 그냥 있어! 조시모프도 갔으니까, 너도 갈 데가 있다고? 가지 마……. 지금이 몇 시지? 12시가 맞나? 두냐, 네 시계가 참 예쁘구나! 그런데 왜 또 그렇게 말없이 앉아 계시는 거예요? 계속 나만 이야기를 하고 있잖아요……!」

「이건 마르파 뻬뜨로브나가 준 선물이에요.」 두냐가 대답했다.

「굉장히 비싼 거란다.」 뿔헤리야 알렉산드로브나가 이어서 말했다.

「그래! 여자 것으로는 너무 큰데.」

「나는 이런 것이 좋아요.」 두냐가 말했다.

〈아, 약혼자의 선물이 아니로구나.〉 라주미힌은 이런 생각을 하자 왠지 기분이 좋아졌다.

「나는 루쥔이 준 선물인 줄 알았지.」 라스꼴리니꼬프가 말했다.

「아니다, 그 사람은 아직 한 번도 두냐에게 선물을 준

적이 없단다.」

「그렇군요! 그런데 어머니, 기억하세요? 제가 한 번 사랑에 빠져서 결혼하고 싶어 했잖아요.」 문득 그는 이렇게 말하며 어머니를 바라보았다. 어머니는 갑작스레 변한 화제와 이 말을 시작할 때의 그의 말투에 깜짝 놀라 버렸다.

「아, 그래, 얘야, 그랬지!」 뿔헤리야 알렉산드로브나는 두냐와 라주미힌과 눈길을 주고받으면서 대답했다.

「음! 그래요! 그런데 무슨 말을 해야 할까요? 기억조차 잘 나지 않네요. 몸이 아픈 아가씨였어요.」 그는 문득 다시 생각에 잠긴 듯 눈을 내리깔고 계속해서 말했다. 「아주 병약했지요. 가난한 사람들에게 베풀기를 좋아했고, 항상 수도원에 들어가고 싶어 했지요. 한번은 그 소원에 대해서 내게 얘기하면서 눈물을 흘리기도 했어요. 그래요, 그랬어요……. 기억이 나요……. 또렷이 기억이 나네요. 굉장히…… 못생긴 여자였어요. 정말로 내가 왜 그때는 그 여자에게 그런 애착을 느꼈는지 모르겠어요. 아마도 항상 몸이 아팠기 때문이었나 봐요……. 만일 그 아가씨가 절름발이였거나 등이 굽었다면, 그랬다면 그 여자를 더 사랑했을지도 몰라요……. (그는 생각에 잠겨 미소를 지었다.) 그러니까…… 말하자면 봄날의 꿈이었지요…….」

「아니, 그건 봄날의 꿈과 같은 것이 아니에요.」 두냐는 생기 있게 말했다.

그는 긴장된 표정으로 누이동생을 뚫어지게 바라보았으나, 그 말을 듣지 못했거나, 아니면 그 말의 뜻을 전혀 이해하지 못한 것 같았다. 그 후 그는 깊은 생각에 잠긴 채 일어나서는, 어머니에게 다가가 입 맞추고 자기 자리로 돌아와 앉았다.

「네가 아직 그 아가씨를 사랑하고 있나 보다!」 뿔헤리야 알렉산드로브나는 감동해서 이렇게 말했다.

「그 여자를요? 지금요? 아, 예…… 지금 그 여자에 대해 말씀하고 계시는군요! 아니에요. 그 모든 일이 지금은 마치 저세상의 이야기 같아요……. 너무 오래전의 일이에요. 그리고 지금 주변의 모든 일도 꼭 다른 먼 곳에서 일어나고 있는 것만 같아요…….」

그는 주의 깊게 사람들을 바라보았다.

「그리고 바로 여기 계신 분들도 꼭 수천 베르스따나 떨어진 먼 곳에서 바라보고 있는 것 같아요……. 그런데 왜 우리가 이런 이야기를 하고 있는 건지 모르겠군요! 뭘 그렇게 꼬치꼬치 캐물으세요?」 그는 불만스레 말하고는 입을 다물고 손톱을 물어뜯으며 다시 생각에 잠겼다.

「그런데 네 방은 정말 형편없구나, 로쟈. 꼭 관 속 같아.」 뿔헤리야 알렉산드로브나가 무거운 침묵을 깨고 느닷없이 말했다. 「나는 네가 우울증 환자가 된 이유의 절반이 이 방에 있다는 확신이 든다.」

「방이요……?」 그는 무심하게 대답했다. 「예, 방 탓도 많아요……. 저도 그렇게 생각했어요……. 하지만 지금 어머니가 얼마나 이상한 말씀을 하셨는지 아세요?」 그는 불현듯 이렇게 말하며 야릇한 미소를 지었다.

조금이라도 이런 상태가 계속 이어졌다면, 이 만남도, 3년 만에 찾아온 가족들도, 그 어떤 것에 대해서도 이야기를 나눌 수 없을 것 같은 상태에서 주고받는 이 친근한 대화마저도 그에게는 마침내 도저히 참을 수 없는 것이 되어 버렸을지 모른다. 그러나 이렇게 하든 저렇게 하든 반드시 오늘 해결해야만 할, 도저히 미룰 수 없는 한 가지 일이 있었다. 그리고 그는 이미 잠에서 깨어났을 때부터 그 일에 대해 일찌감치 결정해 놓고 있었기 때문에, 지금 그 일을 하는 것이 현재의 어려운 상황에서 벗어나는 탈출구라도 되는 듯이 기쁘게 여겨졌다.

「그리고, 두냐.」 그는 진지하고 냉정한 투로 말하기 시작했다. 「물론 나는 어제의 일에 대해 너에게 용서를 구하겠어. 하지만 중요한 부분에서 난 절대로 내 입장을 양보할 수 없어. 다시 한 번 네게 이것을 상기시키는 게 내 의무라는 생각이 든다. 나 아니면 루쥔, 둘 중에 하나를 택해라. 나는 비열한 사람이 되어도 좋지만, 너마저 그래서는 안 돼. 누구든 한 사람이면 족해. 만일 네가 루쥔에게 시집을 가면, 나는 그 순간부터 너를 내 동생으로 생각하지 않겠다.」

「로쟈, 로쟈! 어제와 하나도 다를 것이 없구나.」뿔헤리야 알렉산드로브나는 비통한 어조로 소리쳤다.「너는 왜 자꾸 네 자신을 비열한 사람이라고 하는 거냐. 도저히 그 말을 듣고 있을 수가 없구나! 어제도 똑같은 소리를 하더니…….」

「오빠.」두냐는 단호하고도 냉정하게 대답하기 시작했다.「오빠 쪽에 뭔가 오해가 있는 것 같아요. 나는 밤새도록 생각하면서 잘못된 점을 찾아보았어요. 문제는 내가 누군가를 위해서 누군가에게 나 자신을 희생하는 것으로 오빠가 생각하는 데 있는 것 같아요. 그런데 그게 아니에요. 내가 그냥 힘들어서 나 자신을 위해서 시집을 가겠다는 거예요. 그리고 물론 가족에게 도움이 되면 좋겠지요. 하지만 그것이 내 결정의 가장 중요한 동기는 아니에요…….」

〈거짓말을 하고 있어!〉 그는 화가 나서 손톱을 물어뜯으며 생각했다. 〈자존심이 강해서 그래! 나를 도와주고 싶다는 것을 인정하고 싶지 않겠지! 오, 정말 가증스럽다! 사랑을 한다고 말하지만 증오하고 있는 것이나 다름없어……. 오, 나는 저들 모두가 너무나 밉다!〉

「한마디로 말해서, 나는 뾰뜨르 뻬뜨로비치와 결혼하겠어요.」 두냐는 계속해서 말했다. 「왜냐하면 두 가지의 악 중에서 그래도 덜 악한 쪽이니까요. 나는 그가 내게 원하는 모든 것을 정직하게 이행할 거예요. 그를 속이지 않겠다는 말이에요……. 그런데 오빠, 왜 그렇게 웃고 있는 거지요?」

그녀 역시 흥분했고, 그녀의 눈은 분노로 번뜩였다.

「모든 것을 이행한다고?」 그는 심술궂게 웃으면서 물었다.

「마땅히 해야 할 부분까지는요. 뾰뜨르 뻬뜨로비치가 청혼을 한 투나 방식을 보고 그가 내게 원하는 게 뭔지 대번에 알 수 있었어요. 물론 그는 자기 자신을 지나치게 높이 평가하고 있는지도 모르죠. 하지만 나는 그가 나의 가치를 인정해 주리라고 생각해요……. 왜 또 웃는 거죠?」

「그런데 너는 왜 얼굴이 새빨개지는 거냐? 두냐, 너는

516

거짓말을 하고 있어. 너는 일부러 거짓말을 하고 있어. 순전히 여자의 고집 때문이지. 내 앞에서 버티고 싶어서 그럴 뿐이야……. 너는 루쥔을 존경할 수 없어. 나는 그를 보았고, 그와 이야기도 나누었어. 그러니까 너는 돈에 자신을 팔고 있는 거다. 모든 면에서 아주 비열한 짓이야. 나는 네가 최소한 얼굴을 붉힐 줄 안다는 게 기쁘구나!」

「그렇지 않아요, 나는 거짓말하고 있지 않아요……!」두냐는 냉정을 잃고 소리쳤다.「나는 그가 내 가치를 인정하고, 나를 소중히 여긴다는 확신 없이는 그와 결혼하지 않을 거예요. 스스로 그를 존경할 수 있다고 확신하지 못한 채 그와 결혼하지는 않아요. 다행히도 나는 그걸 거의 확신할 수 있었고, 그건 오늘 이 시간에도 마찬가지예요. 이런 결혼은 오빠가 말하듯이 비열한 짓이 아니란 말이에요. 나에게 이런 식으로 말하다니, 오빠 입장에서 너무 잔인하다고 생각하지는 않으세요? 왜 오빠는 자기도 갖고 있지 못한 영웅적인 용기를 내게 요구하는 거지요? 이건 독재이고 폭력이에요! 만일 내가 누군가를 파멸시키고 있다면, 그건 다른 누구도 아닌 바로 나 자신이라고요……. 나는 아직 아무도 죽이지 않았어요……! 오빠, 왜 그렇게 나를 보는 거예요? 왜 그렇게 창백해요? 로쟈, 왜 그래요?

로쟈! 오빠…….」

「오, 하느님! 네가 오빠를 기절시키고야 말았어!」 뿔헤리야 알렉산드로브나는 비명을 질렀다.

「아니, 아니에요……. 괜찮아요. 아무 일도 아니에요……! 머리가 좀 어지러웠어요, 기절한 게 아니에요……. 어머니는 왜 툭하면 기절했다고 그러세요……! 음! 그래, 내가 무슨 말을 하려고 했더라? 그래, 맞아. 너는 오늘 무슨 이유로 그를 존경할 수 있다고 확신했지? 그리고 그가…… 너의 가치를 인정한다고 말했니? 네가 오늘이라고 말한 것 같은데? 아니면 내가 잘못 들었나?」

「엄마, 오빠에게 뽀뜨르 뻬뜨로비치의 편지를 보여 주세요.」 두냐는 말했다.

뿔헤리야 알렉산드로브나는 떨리는 손으로 편지를 전해 주었다. 그는 호기심에 차서 편지를 받아 들었다. 그러나 그는 편지를 펼쳐 보기 전에 문득 놀란 표정으로 두냐를 쳐다보았다.

「이상하군.」 그는 새로운 생각에 갑자기 놀라기라도 한 듯 천천히 말하기 시작했다. 「그런데 왜 이렇게 내가 애를 쓰는 거지? 이렇게 소리 지를 필요가 뭐가 있어? 아무하고나 하고 싶은 사람과 결혼하라고 해!」

그는 마치 자신을 위해서 이런 말을 한 것 같았지만, 어쨌든 소리를 내서 그 말을 했고, 몇 분 동안 놀란 듯이 누이동생을 쳐다보았다.

마침내 그는 여전히 야릇한 놀라움을 담은 표정으로 편지를 펼쳤다. 그러고는 천천히 주의 깊게 편지를 연거푸 두 번이나 읽었다. 뿔헤리야 알렉산드로브나는 불안감에 사로잡혀 있었다. 그리고 다른 사람들도 뭔가 일이 벌어질 거라고 생각하며 기다렸다.

「정말 의외로군.」 그는 잠시 생각에 잠겼다가 편지를 어머니에게 건네주고, 특별히 누구에게라고도 할 것 없이 말하기 시작했다. 「이 사람은 소송 사건을 쫓아다니는 변호사이기 때문인지, 말하는 투도 꼭 그런…… 티를 내는 군. 정말 엉망으로 쓴 편지야.」

모두들 몸을 움찔했다. 이런 반응이 나오리라고는 전혀 예상치 못했던 것이다.

「이런 사람들은 보통 그렇게들 쓰잖아.」 라주미힌이 한마디했다.

「너도 읽었어?」

「응.」

「우리가 보여 주었단다, 로쟈. 우리가…… 조금 전에 의

논을 했거든.」당황한 뿔헤리야 알렉산드로브나가 말했다.

「그건 말하자면 법원에서 사용하는 말투야.」라주미힌이 말을 자르고 끼어들었다.「법원 문서들은 아직까지도 이런 투로 쓰이니까.」

「법원식이라고? 그래, 바로 법원식이지. 사무적인 말투…… 문법이 완전히 틀린 것은 아니지만, 그렇다고 교양 있는 글도 아냐. 사무적인 문체지!」

「뾰뜨르 뻬뜨로비치는 자기가 어중간한 교육을 받았다는 걸 애써 감추지 않아요. 스스로 자신의 길을 개척한 것을 오히려 자랑스럽게 여겨요.」아브도찌야 로마노브나는 오빠의 새로운 말투에 약간은 기분이 상한 듯 이렇게 말했다.

「만일 자랑으로 여긴다면 그럴 만도 하겠군. 부인하지는 않겠어. 내가 이 편지 전체에 대해서 이런 사소한 지적을 하니까 화가 나는 모양이로구나. 내가 일부러 이런 시시한 것에 대해 말한다고 생각하겠지. 심통이 나서 네 앞에서 거드름을 피운다고 말이야. 하지만 나는 그와는 반대로 이 문체와 관련해서, 지금의 경우에 아주 중대한 어떤 생각이 떠올랐단 말이야. 여기에 이런 문구가 있군. 〈두 분께 책임이 있다〉라! 의미심장하고 분명하게 쓰인 문장

520

인데, 그 밖에도 만일 내가 오면 즉시 떠나 버리겠다는 위협도 있군 그래. 이 떠나겠다는 위협은 만일 자기 말을 듣지 않으면 두 사람을 버리겠다는 위협, 그러니까 두 사람을 이미 뻬쩨르부르그로 부른 지금에 와서도 버리겠다는 위협이나 마찬가지야. 자, 너는 어떻게 생각하니? 루쥔이 쓴 이런 표현에서 받는 모욕감과 이 친구(그는 라주미힌을 가리켰다) 혹은 조시모프, 아니 우리들 중 누군가 똑같은 표현을 썼을 때 네가 느낄 모욕감의 정도는 같을까?」

「아니요.」 두냐는 열을 내면서 대답했다. 「나는 이 말이 지나칠 만큼 우직하게 표현된 것이라고, 어쩌면 그는 다만 글솜씨가 아주 없는 사람일지도 모른다고, 그렇게 이해했어요……. 오빠는 아주 잘 지적했네요. 저는 전혀 생각지도 못했거든요…….」

「이건 법원식으로 표현된 거야. 법원식으로라면, 다르게 쓸 수가 없겠지. 어쩌면 그가 원한 것보다 더 거친 문장이 나왔을지도 몰라. 하지만 나는 너를 약간은 실망시키지 않을 수 없겠다. 이 편지에 있는 또 다른 표현은 나를 향한 비방이야, 그것도 아주 유치한 비방. 나는 어제 돈을 절망에 빠진 폐병쟁이 과부에게 주었어. 하지만 〈장례비의 명목〉으로가 아니라, 정말로 장례비에 쓰라고 준 거야.

그것도 그가 쓴 대로라면 〈딱지가 붙은 직업〉을 가진 딸의 손이 아니라 과부에게 직접 주었어. 나는 그 딸을 어제 난생처음 보았어. 나는 이 전체 문구에서 나를 중상하고 우리를 이간질시키려는 그의 지나치게 성급한 의도를 보게 되는걸. 또다시 법원식으로 상당히 우직하고 성급하게 표현하는 바람에 이렇게 되었겠지. 목적이 지나치게 노골적으로 드러나도록 말이야. 이 사람은 똑똑한 사람이겠지만, 똑똑하게 행동하기 위해서는 머리 하나만 가지고는 부족해. 이 모든 게 사람 됨됨이를 보여 주는 거야. 그리고 나는 이자가 네 가치를 그다지 높이 평가한다고는 생각지 않아. 나는 진정으로 네가 잘되기를 바라는 마음에서 충고하고 있는 거야……」

두냐는 대답하지 않았다. 그녀의 결심은 이미 오래전에 내려졌고, 그녀는 오직 저녁이 되기만을 기다리고 있었다.

「그럼, 너는 어떻게 할 테냐, 로쟈?」 그의 갑작스럽고 새로운 〈사무적인〉 말투에 전보다 더욱 걱정스러워진 뿔헤리야 알렉산드로브나가 이렇게 물었다.

「그게 무슨 말씀이세요? 〈어떻게 할 테냐〉라니요?」

「뾰뜨르 뻬뜨로비치는 네가 저녁에 오지 말았으면 좋겠다고, 만약 네가 오면…… 나가겠다고 쓰고 있지 않니. 그러니 너는 어떻게 할 테냐……. 올 거냐?」

「그건 물론 제가 결정할 일이 아니에요. 첫째로 만일 뾰뜨르 뻬뜨로비치의 이런 요구가 어머니의 기분을 상하지 않게 했다면, 어머니가 결정할 일이지요. 둘째로는 만일 두냐 역시 기분이 나쁘지 않았다면 두냐가 결정할 일이고요. 나는 두 사람이 좋다는 대로 하겠어요.」 그는 무뚝뚝하게 말했다.

「두냐는 이미 결심을 했단다. 나도 애와 같은 생각이고.」 뿔헤리야 알렉산드로브나가 황급히 끼어들었다.

「나는 결심했어요. 이번에 우리가 만날 때 오빠가 반드시 와주기를 부탁드려요.」 두냐는 말했다. 「올 거죠?」

「가지.」

「저는 당신도 오늘 8시에 와주셨으면 좋겠어요.」 그녀는 라주미힌에게 말했다. 「엄마, 이분 역시 초대하겠어요.」

「잘했다, 두냐.」 뿔헤리야 알렉산드로브나는 말했다, 「자, 그때 결정이 나는 대로, 그렇게 하자꾸나. 나도 더 편하겠어. 나는 속이고 거짓말하는 것이 싫구나. 진실만을 말하는 게 더 좋겠다……. 뾰뜨르 뻬뜨로비치가 화를 내든 안 내든 그건 이제 내가 알 바 아니다!」

4

이때 방문이 조용히 열리면서, 수줍게 방 안을 두리번 거리며 어떤 젊은 여자가 들어왔다. 모든 사람들이 놀라서 호기심 어린 눈으로 그녀를 돌아보았다. 라스꼴리니꼬프는 그녀를 첫눈에 알아보지 못했다. 그녀는 소피야 세묘노브나 마르멜라도바였다. 그는 어제 그녀를 처음 보았고, 또 그때의 시간과 상황, 그녀의 옷차림도 유별난 것이었기 때문에, 그의 머릿속에 그녀는 전혀 다른 모습으로 각인되어 있었던 것이다. 지금 그녀는 초라하고 심지어는 빈곤해 보이는 옷차림을 하고 있었고, 소녀처럼 앳되고 또렷한 얼굴에 약간은 놀란 듯한 표정을 짓고, 겸손하고 예의 바르게 행동하려고 조심하고 있었다. 그녀는 아주 허술한 평상복을 입고, 머리에는 낡고 유행에 뒤떨어진 모자를 쓰고 있었지만, 손에만은 어제처럼 우산을 들고 있었다. 그녀는 뜻밖에도 방 안에 사람들이 가득 차 있는 광경을 보고는 너무 당황해서는 어찌할 바를 몰라 어린아이처럼 겁을 집어먹고, 급기야 되돌아 나가려는 듯한 몸짓을 취했다.

「아아…… 당신이로군요?」 라스꼴리니꼬프는 아주 놀

란 투로 이렇게 말하고는, 자기도 갑자기 당황하고 말았다.

그는 곧 어머니와 누이동생이 루쥔의 편지를 통해서 〈딱지가 붙은 직업〉을 가진 아가씨에 대해 이미 모든 것을 알고 있다는 사실이 생각났다. 그가 이제 막 루쥔의 중상에 대해 반박하면서 그 아가씨를 난생처음 보았다고 했는데, 느닷없이 그 본인이 들어온 것이다. 그는 또한 〈딱지가 붙은 직업〉이라는 표현에 대해 자기가 조금도 반박하지 않았다는 사실이 생각났다. 이 모든 생각이 순간적으로 어렴풋하게 그의 머리를 스치고 지나갔다. 그러나 그녀를 더욱 찬찬히 바라보는 동안, 그는 이 멸시받는 사람이 더욱 비하되고 있다는 것을 깨닫게 되었고, 그러자 문득 그녀가 가엾게 여겨졌다. 그녀가 두려워서 도망칠 듯한 몸짓을 했을 때에는, 무언가 그의 가슴속에서 꿈틀하는 듯한 느낌이 들었다.

「당신이 오시리라고는 전혀 생각지 못했습니다.」 그는 눈짓으로 그녀를 잡아 세우면서 황급히 이렇게 말했다. 「제발 부탁이니 앉으세요. 아마도 까쩨리나 이바노브나가 보내서 오셨겠지요. 아니, 이쪽이 아니라 거기, 그쪽에 앉으시지요…….」

소냐가 들어오자, 라스꼴리니꼬프의 방에 있는 세 개의

의자 중 문 바로 옆의 의자에 앉아 있던 라주미힌은 길을 내주느라고 자리에서 일어났다. 처음에 라스꼴리니꼬프는 그녀에게 조시모프가 앉아 있던 소파의 한쪽 구석을 가리키려 했지만, 그 소파가 〈친밀한 사람들이나 앉을 수 있는 자리〉인 데다, 또 그 소파가 침대로 사용되고 있다는 점을 상기하고는, 다시 라주미힌이 앉아 있던 의자를 급히 그녀에게 가리켰던 것이다.

「너는 여기 앉아.」 그는 라주미힌을 조시모프가 앉아 있던 구석에 앉히면서 말했다.

소냐는 두려움 때문에 몸을 떨다시피 하며 자리에 앉아, 수줍은 표정으로 두 여자를 바라보았다. 어떻게 자기가 감히 그들과 함께 나란히 앉아 있을 수 있는지 어리둥절하기만 한 모양이었다. 이런 생각이 들었는지, 그녀는 무척 놀라고 당황한 표정으로 갑자기 자리에서 일어나 라스꼴리니꼬프에게 말했다.

「저는…… 저는…… 잠깐 들른 것뿐이에요. 용서하세요, 여러분께 불편을 끼쳐 드린 것 같아요.」 그녀는 더듬거리면서 말을 시작했다. 「까쩨리나 이바노브나가 보내서 왔어요, 아무도 보낼 사람이 없어서…… 까쩨리나 이바노브나가 내일 장례식에, 아침에…… 미뜨로판 성당[64]에서 있을…… 미사에 꼭 참석해 주십사고, 또 그다음에는 저희 집…… 어머니 집에서…… 간단한 식사를 하시자며…… 꼭 부탁드립니다……. 어머니가 꼭 청하라고 하셔서요.」

소냐는 더듬더듬 말을 마치고는 입을 다물었다.

「반드시 가도록 하지요…… 반드시요.」라스꼴리니꼬프도 반쯤 자리에서 일어나 역시 말을 더듬거리며 이렇게 대답했으나, 말을 제대로 마칠 수가 없었다. 「제발 부탁이니 앉으세요.」그는 갑자기 이렇게 말했다. 「당신과 할 말이 있습니다. 제발, 바쁘시더라도 부탁드립니다. 제게 2분만 시간을 내주십시오…….」

그리고 그는 그녀에게 의자를 내밀었다. 도로 자리에 앉은 소냐는 또다시 어쩔 줄을 모르며 위축된 표정으로 두 여자를 흘끗 보더니 곧 시선을 떨궈 버렸다.

라스꼴리니꼬프의 창백한 얼굴은 붉게 상기되었고, 그는 전혀 딴 사람이 된 것 같았다. 그의 눈동자도 불타고 있었다.

「어머니.」그는 단호하고 고집스러운 어조로 말했다. 「이분은 소피야 세묘노브나 마르멜라도바로 제가 이미 말씀

64 미뜨로판 성당 안의 묘지는 뻬쩨르부르그 빈민들의 묘지로 사용되었다고 한다.

드린 대로 어제 제 눈앞에서 말발굽에 깔린 그 불행한 마르멜라도프 씨의 따님입니다……」

뿔헤리야 알렉산드로브나는 소냐를 쳐다보고 눈살을 약간 찌푸렸다. 로쟈의 고집스럽고 도전적인 시선 때문에 당황은 했지만, 그래도 그녀는 자신의 그런 태도에서 오는 만족감을 도저히 거부할 수가 없었던 것이다. 두냐는 심각한 표정으로 가련한 아가씨의 얼굴을 뚫어지게 쳐다보며 의혹에 찬 눈초리로 그녀를 살펴보았다. 소냐는 이런 소개의 말을 듣고 다시 고개를 들려 했지만, 아까보다도 더 당황하고 말았다.

「제가 여쭤 보고 싶었던 것은,」 라스꼴리니꼬프는 급히 그녀에게 말을 걸었다. 「오늘 댁에서는 일이 잘 진행되었느냐는 겁니다. 누구든 성가시게 구는 사람은 없었습니까……? 예를 들면 경찰이라든가……」

「아닙니다, 모든 게 잘되었어요……. 어떻게 돌아가셨는지가 너무나 분명하니까요. 성가신 일은 없었어요. 다만 이웃 사람들이 화를 내고 있어요.」

「왜요?」

「시신이 오랫동안 집 안에 있다고요……. 지금은 더울 때니까, 냄새가…… 그래서 오늘 저녁 미사에 맞춰서 묘지로 옮기려고 해요. 내일까지 그곳 작은 예배당에 맡겨 두려고요. 까쩨리나 이바노브나는 처음엔 반대했지만, 이제는 스스로도 그래선 안 된다는 걸 알고 계세요…….」

「그럼, 오늘이군요?」

「어머니는 선생님께서 내일 예배당에 오시면 저희에게는 큰 영광이겠다고 하세요. 그 후 어머니 집에 오셔서 추모연에 참석해 주십사고요.」

「어머니께서 추모연을 여십니까?」

「예, 간단한 음식을 차릴 거예요. 어제 저희를 도와주신데 대해서 감사하다는 말씀을 꼭 전하라고 신신당부하셨어요……. 선생님이 아니셨다면 정말 장례를 치를 돈도 없었을 거예요.」 그녀는 갑자기 입술과 턱을 떨기 시작했다. 그러나 자제하려고 애쓰다가 또 시선을 내리깔고 말았다.

이야기를 나누는 사이에 라스꼴리니꼬프는 그녀를 찬찬히 뜯어볼 수 있었다. 무척 마르고 창백한 그녀의 얼굴은 썩 균형 잡혔다고는 볼 수 없었는데, 특히 작고 뾰족한 턱이 왠지 날카로운 인상을 주었다. 미인이라고는 도저히 부를 수 없는 얼굴이었으나, 그녀의 눈동자는 대단히 맑아서 생기가 돌 때면 얼굴에 아주 순박하고 선한 인상을 만들어 주었다. 이것이 어쩔 수 없이 사람들의 눈길을 끄는 것이었다. 그녀의 얼굴과 전체 모습에는 그 외에도 특별한 점이 있었다. 그녀는 열여덟 살이라는 나이에도 불구하고 아직 소녀라고 할 수 있을 정도로 한참 어려 보였다. 그리고 거의 어린아이와 같은 면이 때때로 그녀의 몸짓에서 우스꽝스럽게 드러날 때도 있었다.

「까쩨리나 이바노브나는 그 적은 돈으로 장례뿐 아니라 추모연까지도 열 수 있나 보지요?」 라스꼴리니꼬프는 이야기를 더 진행시켰다.

「관도 아주 단순한 것으로 할 거고요…… 모든 것을 약식으로 할 거라서 돈이 많이 들지는 않을 거예요. 그리고 까쩨리나 이바노브나와 함께 모두 계산을 해보았더니 추모연을 여는 데 필요한 액수는 남을 것 같아요……. 까쩨리나 이바노브나가 꼭 그렇게 하고 싶어하세요……. 그러니 하지 않으면 안 되잖아요……. 어머니에게 위로가 될 텐데요……. 워낙 그런 분이시니까요, 선생님도 아시지요…….」

「알겠습니다, 알겠습니다……. 물론…… 그런데 왜 그렇게 제 방을 둘러보십니까? 저희 어머니도 꼭 관 속 같다고 하시더군요.」

「어제 저희들에게 가진 돈을 다 주셨군요!」 소냐는 대답 대신 왠지 강하고 빠른 말투로 황급히 이렇게 속삭이고는 얼른 다시 눈을 내리깔았다. 그녀의 입술과 턱이 또 떨리기 시작했다. 그녀는 벌써부터 라스꼴리니꼬프의 가난한 살림에 충격을 받았지만, 지금에서야 이 말이 자기도 모르게 튀어나온 것이다. 침묵이 뒤따랐다. 어쩐 일인지 두냐의 눈동자에 밝은 빛이 감돌았다. 뿔헤리야 알렉산드로브나마저도 따뜻한 시선으로 소냐를 바라보기 시작했다.

「로쟈,」 그녀는 일어서면서 말했다. 「그럼 우리 이따가 같이 식사를 하자꾸나. 두냐, 가자……. 그리고 로쟈, 밖에 나가서 산책이라도 조금 한 다음, 누워서 쉬다가 되는 대로 빨리 우리에게 오너라……. 우리가 너를 너무 무리하게 한 것은 아닌지 모르겠구나. 나는 그게 걱정이란다…….」

「예, 예, 가야지요.」 그는 일어서며 서둘러 대답했다. 「그런데, 난 할 일이 좀…….」

「그럼, 따로 식사를 하겠다는 건가? 이봐, 그게 무슨 소리야?」 라주미힌이 깜짝 놀라며 라스꼴리니꼬프에게 소리쳤다.

「그래, 그래, 물론, 물론 가야지……. 이봐, 여기 잠깐 남아 줄 수 있겠지? 어머니, 지금 이 사람이 필요한 건 아니지요? 제가 이 사람을 빼앗는 건가요?」

「아니, 아니다, 아냐! 드미뜨리 쁘로꼬피치, 식사하러 오실 거지요? 그렇게 해주시면 좋겠어요.」

「그렇게 해주세요.」 두냐가 청했다.

라주미힌은 희색이 만면해서 꾸벅 절을 했다. 그러고 나서는 잠시 모두들 어색해졌다.

「잘 있거라, 로쟈. 그러니까 나중에 보자. 〈잘 있거라〉라는 인사말은 싫구나. 잘 있어요, 나스따시야……. 아, 또 〈잘 있어요〉라고 하네…….」

뿔헤리야 알렉산드로브나는 소냐와도 인사를 나누고 싶었지만, 왠지 그게 잘 되지가 않았다. 그녀는 황급히 방에서 나갔다.

그러나 아브도찌야 로마노브나는 마치 순서를 기다렸다는 듯이 어머니의 뒤를 따라 소냐의 옆을 지나다가, 친절하고 예의 바른 모습으로 고개를 숙여 그녀에게 인사했다. 소냐는 당황하여 허둥지둥 놀란 모습으로 답례를 했는데, 그런 그녀의 얼굴에는 곤혹스러운 기색이 역력했다. 아브도찌야 로마노브나의 친절함과 공손함이 그녀에게는 괴롭고 고통스럽게 여겨지는 모양이었다.

「두냐, 잘 가거라!」 라스꼴리니꼬프는 문간까지 나와서 큰 소리로 말했다. 「손을 다오!」

「벌써 악수를 했는데 잊어버렸어요?」두냐는 상냥하지만 수줍은 몸짓으로 그에게 몸을 돌리며 이렇게 대답했다.

「그럼, 한 번 더 잡지 뭐!」

그리고 그는 그녀의 손가락을 자기 손으로 꼭 쥐는 것이었다. 두냐는 얼굴을 발그레 붉히며 그에게 미소를 짓고 이내 손을 빼고는, 왠지 행복해 보이는 모습으로 어머니의 뒤를 따라 밖으로 나갔다.

「자, 이제 다 되었군!」그는 자리로 돌아오면서 분명히 소녀를 향해 이렇게 말했다.「죽은 자에게는 안식이, 산 자에게는 더 나은 삶이 있으라! 그렇지 않은가요? 네? 그렇지요?」

소녀는 갑자기 밝아진 그의 얼굴을 놀란 표정으로 바라보았다. 그는 잠깐 동안 입을 다물고 그녀를 뚫어지게 들여다보았다. 그 순간 고인이 된 그녀의 아버지가 그녀에 대해 했던 말들이 문득 떠올랐다.

「아아, 하느님!」뿔헤리야 알렉산드로브나는 거리로 나오자마자 이렇게 말했다.「나오고 나니 기분이 좋구나, 왠지 홀가분하고. 어제 기차에 있을 때는 내가 이런 일로 기뻐하리라고는 상상도 할 수 없었는데!」

「다시 한 번 말씀드리지만 엄마, 오빠는 아직도 많이 아파요. 정말 모르시겠어요? 어쩌면 우리 때문에 괴로워하다가 저렇게 몸을 망쳤는지도 모르잖아요. 너그럽게 대해 주시고, 정말 많이, 많은 것을 용서해 주셔야 해요.」

「너도 너그럽게 대하지 못해 놓고서는 그러니!」뿔헤리야 알렉산드로브나는 곧 흥분하여 시샘하듯이 말했다. 「그런데 두냐, 너희 둘을 보고 있자니, 정말로 너는 오빠와 너무 닮았더구나. 얼굴만이 아니라 성격까지도 그래. 두 사람 다 우울하고 침통한 성격인 데다가 잘 흥분하고 자존심이 강하고, 그러면서도, 둘 다 아량이 넓어……. 그런데 네 오빠가 이기주의자라니, 두냐? 응……? 오늘 저녁에 무슨 일이 일어날지 생각만 해도 심장이 다 떨리는구나!」

「걱정하지 마세요, 엄마. 합당한 결론이 날 거예요.」

「두냐! 너도 우리가 어떤 처지에 있는지 생각해 봐라! 만일 뾰뜨르 뻬뜨로비치가 우리를 버리면 어떻게 하겠니?」가련한 뿔헤리야 알렉산드로브나는 조심성 없이 내뱉고 말았다.

「그런 사람이라면 생각할 가치조차 없어요!」두냐는 모멸에 찬 표정을 짓고 단호하게 대답했다.

「지금 나온 것은 참 잘한 일이야.」뿔헤리야 알렉산드

로브나는 황급히 말머리를 돌렸다. 「네 오빠는 급히 일을
보러 가려는 것 같더구나. 산책을 하고, 맑은 공기라도 좀
마시면 좋을 텐데……. 정말 그 방은 너무 답답하더라…….
여기선 대체 어딜 가면 좋은 공기를 마실 수 있담? 이곳은
거리조차도 꼭 바람구멍 없는 방 안처럼 푹푹 찌는구나.
아이고, 무슨 이런 도시가 다 있담……! 잠깐 서거라, 얘야.
옆으로 물러서라! 안 그러면 마차에 치이겠다. 뭔가를 나
르는 모양인데! 피아노를 싣고 오네. 정말…… 사람들도 굉
장히 많구나……. 나는 그 아가씨도 무척 무섭더구나…….」
　「어떤 아가씨요, 엄마?」
　「아까 그 아가씨, 소피야 세묘노브나라는, 방금 그 방
안에 있던…….」
　「왜요?」
　「그런 예감이 든단다, 두냐. 믿든 믿지 못하든, 그 여자
가 들어왔을 때 나는 순식간에 바로 이게 문제로구나 하
는 생각이 들더구나…….」
　「그런 거라고는 없어요!」 두냐가 불만스럽게 큰 소리로
말했다. 「예감이니 뭐니 하시니, 정말, 엄마, 왜 그러세요?
오빠는 겨우 어제 처음 그 여자를 알게 되었고, 그 여자가
들어왔을 때는 알아보지도 못했잖아요.」

「하지만 이제 두고 보렴……! 그 아가씨가 나를 곤혹스럽게 할 테니까. 두고 보렴, 두고 봐! 나는 그 여자가 나를 보았을 때 얼마나 놀랐는지 모른단다. 그 눈동자 말이다, 나는 그 눈동자를 보고 자리에 제대로 앉아 있을 수도 없었단다. 네 오빠가 그 여자를 어떻게 소개하든? 뾰뜨르 뻬뜨로비치가 그 여자에 대해 그런 말을 썼는데도 로쟈가 우리에게, 심지어 네게도 그 여자를 소개했다는 게 정말 이상하지 않으냐? 그런 걸 보면, 로쟈는 그 여자를 아끼는 거야!」

「무슨 말을 썼든 그게 무슨 대수인가요? 사람들이 우리에 대해서도 얼마나 이러쿵저러쿵 말이 많았나요. 그러다가는 잊어버렸잖아요, 안 그래요? 나는 그 아가씨가…… 좋은 사람이라고 생각해요. 그리고 그런 말들은 모두 쓸데없는 소리예요!」

「제발 그랬으면 좋겠구나!」

「그런데 정말 뾰뜨르 뻬뜨로비치는 질 나쁜 중상모략가예요.」 두냐는 갑자기 이런 말을 내뱉었다.

뿔헤리야 알렉산드로브나는 입을 다물고 말았다. 두 사람 사이의 대화는 끊어졌다.

「내가 너한테 있으라고 한 건 말이야……」 라스꼴리니
꼬프는 라주미힌을 창 쪽으로 데리고 가면서 말했다.

「그럼, 선생님께서 오실 거라고 까쩨리나 이바노브나
께 말씀드릴게요……」 소냐는 떠나려고 인사를 하면서 서
둘러 이렇게 말했다.

「잠깐요, 소피야 세묘노브나. 우리 사이에 비밀이라고
는 없으니까 계셔도 상관없습니다……. 제가 아직 드릴 말
씀이 더 있어서요……. 그런데 말이야.」 그는 말을 다 마치
기도 전에 갑자기 라주미힌에게로 말머리를 돌렸다. 「네
가 그…… 이름이 뭐더라……! 뽀르피리 뻬뜨로비치라는
사람을 알고 있다면서?」

「알고 말고! 친척이야. 그런데 왜?」 그는 호기심이 발
동해서 이렇게 물었다.

「그 사람이 그 일…… 그러니까 그 살인 사건 말이
야……. 어제 너희들이 말한 그 사건의…… 담당이라면서?」

「그래……. 그런데 왜?」 라주미힌은 갑자기 눈을 부릅
떴다.

「그 사람이 전당 잡힌 사람들을 탐문하고 있다던데, 나
도 그 노파에게 전당품을 맡겼거든. 별 물건은 아니지만,
하나는 내가 여기에 올 때 누이동생이 기념으로 선물한

반지이고, 다른 하나는 아버지의 유품인 은시계야. 전부 다 합쳐서 5~6루블밖에 안 되지만, 내게는 중요한 물건 들이거든. 기념품들이니까. 그러니 이제 어떻게 하면 좋 을까? 그 물건들이 없어지는 것은 싫어. 특히 그 시계는 말이야. 아까 두냐의 시계에 대해 말할 때 어머니가 아버 지의 시계를 보여 달라고 하실까 봐 얼마나 걱정을 했는 지 몰라. 아버지의 유품들 중 유일하게 온전히 남은 물건 이라서 말이야. 만일 어머니가 그 시계가 없어진 걸 알면 굉장히 마음 아파하실 거야! 여자들이란 다 그렇잖아! 그 러니 어떻게 하면 좋을지 좀 가르쳐 줘! 그 일을 담당하는 부서에 가면 된다는 건 알지만, 뽀르피리에게 직접 가는 것이 더 낫지 않을까, 응? 어떻게 생각해? 될 수 있으면 일을 빨리 처리해야 하는데. 오늘 식사 때 어머니가 물어 보실 거야, 두고 봐!」

「담당 부서가 아니라, 반드시 뽀르피리에게 가야 해!」 라주미힌은 이상하게도 몹시 흥분하면서 소리쳤다. 「내가 얼마나 기쁜지 모르겠다! 뭐 하려고 지금 여기 있는 거지. 지금 당장 가자, 단 두 걸음이면 되는데. 지금 가면 만날 수 있을 거야!」

「그럼…… 가자…….」

「뽀르피리가 너를 알게 되면 무척, 아주 좋아할 거야! 내가 여러 번 그 사람에게 네 얘기를 했거든. 여러 차례나…… 어제도 이야기했어. 가자……! 그러니까 네가 그 노파를 알았던 거구나? 그러니까 그렇지……! 정말 모든 게 멋 — 지 — 게 반전되었는걸……! 아하, 그래…… 소피야 이바노브나…….」

「소피야 세묘노브나야.」 라스꼴리니꼬프가 이름을 바로잡아 주었다. 「소피야 세묘노브나, 이 사람은 저의 친구인 라주미힌입니다. 좋은 사람이에요…….」

「만약 지금 가야 하신다면…….」 소냐는 라주미힌을 쳐다보지도 않고 말을 하려다가, 이로 인해 더욱 당황했다.

「그럼, 갑시다!」 라스꼴리니꼬프는 결정했다. 「오늘 댁에 들르겠습니다. 소피야 세묘노브나, 그런데 어디 사시는지라도 저에게 가르쳐 주실 수 있겠습니까?」

그는 당황했다기보다는 그냥 조금 서두르는 듯이 그녀의 시선을 피했다. 소냐는 자기 집의 주소를 주고 얼굴을 붉혔다. 모두들 함께 밖으로 나왔다.

「문은 잠그지 않는 거야?」 라주미힌은 그들의 뒤를 따라 계단을 내려오면서 물었다.

「한 번도 그래 본 적이 없어……! 하긴 벌써 2년 동안이나 자물쇠를 사고 싶다고는 생각했지만.」그는 무심하게 대답했다. 「전혀 문을 잠글 필요가 없는 사람들은 행복한 사람들이겠지요?」그는 웃으면서 소냐에게 말했다.

그들은 밖으로 나와 대문 앞에서 멈춰 섰다.

「오른쪽으로 가셔야 하지요, 소피야 세묘노브나? 그런데 어떻게 저를 찾아내셨지요?」그는 그녀에게 마치 전혀 다른 걸 묻고 싶은 듯한 표정으로 물었다. 그는 그녀의 조용하고 맑은 눈동자를 바라보고 싶었는데, 어째서인지 그게 잘 되지 않았다…….

「어제 뽈랴에게 주소를 말씀해 주셨잖아요.」

「뽈랴? 아, 맞아요……. 뽈랴! 그…… 자그마한 꼬마가…… 당신의 여동생이지요? 제가 그 애에게 주소를 주었던가요?」

「정말로 기억이 안 나세요?」

「아니…… 기억납니다…….」

「선생님에 대해서는 얼마 전에 돌아가신 아버지를 통해 들은 적이 있어요……. 다만 그때는 아직 선생님의 성함을 몰랐어요, 아버지도 역시 모르셨으니까요……. 오늘 와서…… 어제 선생님 성함을 알아 두었던 대로 제가, 여기 라스꼴리니꼬프 씨가 어디 사시느냐고 물어보았어요……. 그런데 저는 선생님도 세를 들어 사실 줄은 꿈에도 몰랐어요……. 안녕히 가세요……. 저는 어머니에게 갈 거예요…….」

그녀는 마침내 그 집에서 빠져나온 것이 몹시 기쁜 듯했다. 그녀는 눈을 내리깔고 발걸음을 재촉했다. 될 수 있는 한 빨리 그들의 시야에서 벗어나 오른쪽 거리로 접어드는 모퉁이까지의 스무 발자국을 지나, 거리를 혼자 걸으면서, 아무도 보지 않고 아무것에도 눈길을 두지 않으며, 그 자리에서 했던 말들 한 마디 한 마디, 장면 하나하나를 어서 생각해 보고, 되새겨 보고, 판단해 보고 싶었던 것이다. 그녀는 아직까지 한 번도 이런 감정을 느껴 본 적이 없었다. 뜻밖에도 전혀 새로운 세계가 혼미한 모습으로 그녀의 영혼 속에 들어와 버렸다. 그녀는 문득 라스꼴리니꼬프가 오늘 그녀에게 들를지도 모른다고 했던 말이 생각났다. 그건 오전에 일어날 수도 있는 일이었고, 어쩌면 당장일지도 모른다!

「오늘만은 아니었으면, 제발 오늘만은!」 그녀는 심장이 죄어드는 것을 느끼며, 마치 어린아이가 놀라서 떼를 쓰듯이 이렇게 중얼거렸다. 「주여! 내…… 그 방을…… 그 사람이 보게 된다니……. 오, 하느님!」

이런 마음 상태였으니 그녀는 그 순간, 어떤 낯선 신사가 그녀의 뒤를 밟아 부지런히 쫓아오고 있다는 사실을 물론 알 턱이 없었다. 그는 그녀가 대문을 나왔을 때부터 계속 뒤따르고 있었다. 라스꼴리니꼬프, 라주미힌, 그리고 그녀, 이 세 사람이 몇 마디의 말을 나누느라고 길에 서 있던 바로 그때, 이 행인은 그들 옆을 지나다가, 소냐가 우연히 〈제가 여기 라스꼴리니꼬프 씨가 어디 사시느냐고 물어보았어요〉라고 내뱉는 것을 듣고는, 문득 깜짝 놀란 듯이 몸을 부르르 떨었다. 그는 그 세 사람, 그중에서도 특히 소냐에게 말을 하고 있던 라스꼴리니꼬프를 재빠르게, 그러나 주의 깊게 훑어보고는 건물을 쳐다보더니 그것을 마음에 새겨 두는 눈치였다. 이 모든 것은 걸어가면서 순식간에 행해진 일이었다. 행인은 전혀 눈치를 채지 못하도록 조심하면서 마치 누군가를 기다리듯이 속도를 줄여 앞으로 계속해서 걸어갔다. 그는 소냐를 기다렸던 것이다. 그는 그들이 인사를 나누는 것을 보고는, 소냐가 이제 어디론가 자기 집을 향해 가리라고 생각했던 것이다.

〈자기 집으로 가는 것일까? 어디선가 본 적이 있는 얼굴인데.〉 그는 소냐의 얼굴을 되새기면서 생각했다. 〈알아봐야겠다.〉

모퉁이에 이르자 그는 건너편 길로 가서 몸을 돌려, 소냐가 아무것도 모르고 맞은편 길에서 벌써 자기를 뒤따라오는 모습을 보았다. 모퉁이에 이르자, 그녀 역시 계속 그 길을 따라 걸어가다가 옆으로 꼬부라졌다. 그는 그녀에게서 시선을 떼지 않고, 반대편 보도를 따라 뒤를 밟기 시작했다. 쉰 걸음 정도를 가다가, 그는 다시 소냐가 걷고 있던 길로 건너가, 바짝 그 뒤를 쫓아 다섯 걸음 차이로 그녀를 따라갔다.

그는 보통 키보다 큰 쉰 살가량의 뚱뚱한 남자로 어깨가 굽어서 약간은 새우등이었다. 그는 멋있으면서도 편안한 차림을 하고 있었고, 거만한 지주 같아 보였다. 그는 손에 멋진 지팡이를 들고, 발걸음을 뗄 때마다 그것으로 딱딱 소리를 내었다. 광대뼈가 튀어나온 얼굴은 다분히 잘생긴 축에 들었고, 혈색 또한 좋은 것으로 보아 뻬쩨르부르그 사람이 아닌 것이 분명했다. 숱이 많은 머리털은 흰머리가 약간 섞인 완전한 금발이었다. 폭넓게 내려온 숱많은 구레나룻은 머리색보다 훨씬 더 밝았다. 그의 푸른색 눈은 냉정하고 사려 깊게 상대방을 꿰뚫을 듯이 쳐다보았고, 입술은 붉었다. 전체적으로 보아 그는 자신을 무척 잘 가꾸는 사람이었으므로, 자기 나이보다 훨씬 젊어보였다.

소녀가 운하로 나왔을 때, 보도에는 두 사람만이 남게 되었다. 그녀를 관찰하다가 그는 그녀가 깊은 생각에 잠겨 멍해져 있다는 사실을 눈치챘다. 자기 집에 이르자 소녀는 몸을 돌려 대문 안으로 들어갔고, 그는 약간은 놀란 듯이 그녀의 뒤를 따랐다. 마당으로 들어서자, 그녀는 오른쪽으로 방향을 잡았는데, 그 구석에 그녀의 아파트에 이르는 계단이 있었다. 〈이런!〉 낯선 사내는 이렇게 중얼거리고는 그녀의 뒤를 따라 계단을 오르기 시작했다. 그제서야 소녀도 그를 알아챌 수 있었다. 그녀는 3층으로 올라가서, 회랑으로 장식된 복도 쪽으로 방향을 돌려, 9호의 아파트 문에 달린 종을 잡아당겼다. 그 문에는 분필로 〈재봉사 까뻬르나우모프〉라고 적혀 있었다. 〈이런, 이런!〉 이상한 우연의 일치에 놀란 낯선 사내가 다시 이렇게 속으로 감탄하면서, 바로 옆집 8호의 종을 울리기 시작했다. 두 문은 서로 여섯 걸음밖에는 떨어져 있지 않았다.

「까뻬르나우모프의 집에서 사시는군요!」 그는 소냐를 바라보면서 웃는 낯으로 말했다. 「그 사람이 어제 제게 조끼를 한 벌 지어 주었지요. 저는 여기 바로 옆집에, 레슬리흐, 게르뜨루드 까를로브나의 집에서 사는 사람입니다. 정말 인연이로군요!」

소냐는 그를 주의 깊게 바라보았다.

「이웃사촌이네요.」 그는 웬일인지 유달리 즐겁다는 듯이 이렇게 말하곤 덧붙였다. 「저는 이 도시에 온 지 사흘밖에 되지 않았습니다. 그럼, 또 뵙지요.」

소냐는 대답하지 않았다. 문이 열리자 그녀는 자기 방으로 들어갔다. 그녀는 어째서인지 부끄러웠고 겁이 나기도 했다…….

라주미힌은 뽀르피리에게 가는 동안 전에 없이 흥분해 있었다.

「이봐, 그것 참, 잘된 일이야.」 그는 몇 번씩이나 반복해서 말했다. 「나는 기뻐! 기쁘다고!」

〈왜 기쁘다는 거지?〉 라스꼴리니꼬프는 생각했다.

「나는 너도 그 노파에게 전당을 잡혔을 줄은 몰랐어. 그런데…… 그런데, 오래전에 그랬던 거야? 그 노파에게 물건을 맡긴 지 오래되었니?」

〈이 고지식한 친구 같으니!〉

「언제였더라……?」 라스꼴리니꼬프는 기억을 더듬으려고 발걸음을 멈췄다. 「노파가 죽기 사흘 전쯤에 갔었던 것 같아. 하지만 나는 그 물건들을 되찾으려고 가는 것은 아냐.」그는 어쩐지 허둥대면서 물건에 대해 걱정하는 듯한 표정으로 말했다. 「지금 내게는 은화 1루블밖에 없으니까……. 어제의 그 저주받을 열병 때문에……!」

그는 특별히 힘을 주어 〈열병〉이라는 단어를 발음했다.

「그래, 그래, 맞아.」라주미힌은 무슨 까닭에서인지 황급히 맞장구를 쳤다. 「그래서 너는 그때…… 몹시 충격을 받았던 거야……. 헛소리를 할 때, 네가 무슨 반지와 줄에 대해서 계속 말했던 거 아니……? 그래, 그래…… 이제 분명해졌어. 이제는 모든 게 분명해진 거야.」

〈이것 좀 봐라! 그러고 보니 그들에게 슬며시 그런 생각이 들었던 거로군! 정말 이 녀석은 나를 위해서라면 십자가에라도 대신해서 못 박힐 놈이야. 내가 왜 반지에 대해서 헛소리를 했는지가《밝혀지니까》아주 기쁜 모양이로군! 그들 모두에게 같은 생각이 들었던 거야……!〉

「뽀르피리를 만날 수 있을까?」그는 큰 소리로 물었다.

「만날 수 있고 말고, 만날 수 있고 말고.」라주미힌은 재빨리 대답했다. 「그 사람, 아주 멋진 사람이야, 보면 알게 돼! 좀 굼뜨긴 하지만 사교적인 사람이지. 다른 의미에서 굼뜨다는 거야. 사실 아주 영리하고 똑똑한 사람이야. 절대 어리석은 게 아니라, 다만 생각하는 방식이 좀 독특해……. 의심이 많은 회의주의자에 냉소주의자야……. 속이는 것을 좋아하지. 아니 속이는 게 아니라 사람을 놀리는 걸 좋아해……. 그리고 물증에 근거한 낡은 수사 방식도 좋아하고…… 자기 사건을 잘 처리하지, 잘……. 작년에는 어떤 살인 사건을 해결했는데, 아무런 증거도 남아 있지 않던 사건이었다고. 그 사람, 너와 무척 사귀고 싶어해!」

「무슨 까닭으로 그렇게 사귀고 싶어하지?」

「특별한 이유가 있어서가 아니라…… 최근에 네가 병이 났을 때, 내가 너에 대해 많은 이야기를 하게 되었거든……. 그래서 그 사람도 듣게 되었어……. 네가 법학부에 다니다가 형편상 과정을 끝내지 못하고 있는 것을 알고는, 〈그것 참 안됐군!〉이라고 말하기도 했어. 그래서 나는 결론을 내렸지……. 즉, 한 가지 이유 때문이 아니라, 이 모든 게 다 합쳐져서 사귀고 싶은 모양이라고. 그리고 어제 자묘또프가…… 그런데 로쟈, 어제 내가 집으로 가다가 취해서 네게 무슨 말인가를 지껄였는데…… 네가 심각하게 받아들이지 않았으면 좋겠다. 알겠지만……」

「무슨 말? 다들 나를 미친 사람으로 취급한다는 말? 알아, 어쩌면 사실일지도 모르지.」

그는 억지로 미소를 지었다.

「그래……. 그래…… 정말 별것 아냐, 정말……! 내가 했던 말은 전부 (다른 것도 다) 헛소리야. 취해서 한 말일 뿐이야.」

「왜 그렇게 변명을 하는 거야! 진짜 모든 게 지겹다!」 라스꼴리니꼬프는 과장된 태도로 화를 내면서 소리쳤다. 그는 일부러 조금은 그런 척했던 것이다.

「알아, 알아. 이해해. 내가 다 이해한다는 것만 알아 줘. 말하기조차 부끄러운 일이야…….」

「그렇다면 말하지 마!」

두 사람 모두 입을 다물었다. 라주미힌이 점점 더 기뻐할수록 라스꼴리니꼬프는 그것이 더욱 혐오스러웠다. 라주미힌이 방금 뽀르피리에 관해 한 말 때문에 라스꼴리니꼬프는 불안해졌다.

〈그 사람에게는 신세타령을 해야겠다.〉 그는 심장이 요동치는 것을 느끼며 창백한 얼굴로 생각했다. 〈아주 자연스럽게 신세타령을 해야 한다. 아니, 자연스럽지 못할 바엔 아무 말도 하지 않는 게 더 낫다. 일부러라도 조금도 하지 말아야겠다! 아니,《억지로라면》더 부자연스러울 것이다……. 자, 그냥 일이 돌아가는 모양을…… 일단 관망하고 난 다음…… 그런데 지금…… 내가 그곳으로 가는 건 잘하는 짓일까? 그럴까? 이건 불나방이 불 속으로 뛰어드는 것이나 마찬가지다. 가슴이 뛴다……. 좋지 않은 일이야!〉

「이 회색 건물이야.」라주미힌이 말했다.

〈무엇보다도 중요한 것은 뽀르피리가 어제 내가 그 마귀할멈의 아파트에 가서…… 피에 대해 물은 것을 아느냐 모르느냐를 알아내는 거야……. 한순간에, 들어서는 순간 그의 얼굴빛에서 그것을 읽어 내야 한다. 그 — 렇 — 지 않 — 으 — 면…… 아니, 난 무슨 일이 있어도 알아낼 것이다!〉

「그런데 말이야.」그는 심술궂은 미소를 지으며 갑자기 라주미힌에게 말하기 시작했다. 「내가 오늘 느낀 건데, 너 아침부터 왠지 평소와는 다르게 흥분해 있더라? 그렇지?」

「무슨 흥분? 나는 조금도 흥분해 있지 않아.」라주미힌은 얼굴을 찡그렸다.

「아냐, 정말로 눈에 띄던걸. 의자에 앉아 있는 것도 전과는 달리 왠지 의자 끝에만 앉아 있고, 몸도 계속해서 떨던데. 공연히 펄쩍 뛰면서 화를 내는가 하면, 갑자기 얼굴이 달콤한 알사탕처럼 변하기도 하고, 붉어지기도 하던데. 특히 식사 초대를 받았을 때는 홍당무가 되어 버리던걸.」

「아냐, 전혀 그렇지 않았어. 거짓말하지 마……! 무슨 말을 하고 있는 거야?」

「왜 그래, 꼭 어린 학생처럼 안절부절못하고! 후, 자식, 얼굴이 또 붉어졌네!」

「정말 돼지 같은 녀석이로군!」

「왜 그렇게 당황하는 건데? 로미오! 가만있자, 내가 오늘 누군가에게 이 이야기를 해줘야겠는걸, 하하하! 그래, 어머니를 즐겁게 해드리자……. 아니면 또 다른 어떤 사람을…….」

「이봐, 내 말을 좀 들어 봐. 너, 이건 정말 심각한 얘기야. 너 정말…… 그런 말을 해서 어쩌려고, 제길!」 라주미힌은 놀란 나머지 등골이 오싹한지, 아주 어쩔 줄을 몰랐다. 「두 분에게 무슨 말을 하겠다는 거야? 이봐, 나는…… 후, 정말 돼지 같은 놈이로군!」

「꼭 봄날의 장미 같구나! 정말 잘 어울리는데. 1백82센티미터가 넘는 키의 로미오라! 오늘 세수도 말끔히 했구나, 손톱도 깨끗이 깎고, 응? 언제부터 이랬지! 세상에, 머리에는 포마드까지 발랐는걸! 어디 머리 좀 보자!」

「이 돼지 같은 놈!」

라스꼴리니꼬프는 도저히 참을 수 없는지 웃음을 터뜨렸다. 그렇게 웃으면서, 그는 뽀르피리 뻬뜨로비치의 방으로 들어섰다. 바로 이것이 라스꼴리니꼬프에게는 필요했던 것이다. 웃으면서 들어가 현관에서 그들이 여전히 웃는 것을 안에서도 듣게 하고 싶었던 것이다.

「아무 말도 하지 마. 그렇지 않으면…… 박살 내 버릴 테니!」 라주미힌은 라스꼴리니꼬프의 어깨를 움켜잡고 격앙된 목소리로 속삭였다.

5

라스꼴리니꼬프는 이미 방 안에 들어서고 있었다. 그는 웃음을 참으려고 안간힘을 쓰는 듯한 표정으로 방 안에 들어왔다. 그의 뒤를 따라 완전히 기가 죽어 작약처럼 얼굴이 벌게진 사나운 표정의 라주미힌이 부끄러운 듯 샐쭉하고 어색한 동작으로 들어왔다. 정말 그 얼굴 표정과 모습이 얼마나 우스꽝스럽던지 라스꼴리니꼬프가 웃는 것도 무리는 아닌 듯싶었다. 라스꼴리니꼬프는 미처 소개받기도 전에, 방의 한가운데에 서서 의아한 눈초리로 그들을 바라보고 있는 방주인에게 인사를 하고는 손을 내밀어 악수를 나눴다. 그러는 외중에도 그는 분명 자기의 유쾌한 기분을 억제하면서, 적어도 두세 마디의 말로라도 자기를 소개하려고 애쓰는 눈치였다. 간신히 심각한 표정으로 뭔가를 중얼거리려고 하던 그는 무심코 라주미힌을 보고는 도저히 참을 수 없다는 듯이 웃음을 터뜨리고야 말았다. 웃음이 지금까지 참았던 정도만큼이나 폭발적으로 터져 버리고 만 것이다. 이 〈숨이 넘어갈 듯한〉 웃음에 라주미힌이 보인 터무니없는 반응이 방 안 분위기를 정말 유쾌하고, 무엇보다도 자연스럽게 만들었다. 라주미힌이 일부러인 것처럼 이것을 도왔던 것이다.

「에이, 못된 놈!」 그가 으르렁거리며 손을 휘저었는데, 그만 그 손이 빈 찻잔이 놓여 있던 조그마한 둥근 탁자를 치는 바람에 탁자와 잔은 와장창 소리를 내면서 사방으로 흩어지고야 말았다.

「어, 어째서 탁자를 부수는 겁니까, 여러분? 이건 국고 손실입니다!」 뽀르피리 뻬뜨로비치는 명랑하게 외쳤다.

상황은 이런 식으로 전개되었다. 라스꼴리니꼬프는 자기의 손이 주인의 손에 잡혀 있는 것도 잊은 채 웃고 있었으나, 도가 지나치면 안 된다는 것을 알고 있었으므로, 될 수 있으면 빨리 자연스럽게 이런 상황을 끝낼 기회를 엿보고 있었다. 넘어진 탁자와 깨어진 잔 때문에 완전히 당

황한 라주미힌은 흩어진 파편들을 침울하게 바라보다가
는 침을 탁 뱉고, 몸을 홱 돌려 창가로 다가가서는 사람들
을 등진 채 섰다. 그는 잔뜩 찌푸린 얼굴로 창밖을 내다보
았으나, 실은 아무것도 보지 않고 있었다. 뽀르피리 뻬뜨
로비치는 웃고 있었다. 그리고 더 웃고 싶었지만, 그래도
어떻게 된 일인지를 무척 알고 싶어하는 눈치였다. 구석
의 의자에는 자묘또프가 앉아 있었다. 그는 손님들이 들
어오자 몸을 일으켜, 그 자리에 서서 기다리는 자세로 입
을 벌린 채 미소를 짓고 있었다. 그러나 이 광경을 지켜보
는 그의 표정에서는 의구심이 엿보였다. 그는 당혹감마저
느끼며 라스꼴리니꼬프를 바라보고 있었다. 자묘또프가
그 자리에 있을 줄은 꿈에도 상상치 못했던 라스꼴리니꼬
프는 불쾌했다.

〈이걸 예상했어야 했어!〉 그는 생각했다.

「죄송합니다, 정말.」 그는 억지로 당황한 표정을 짓고 이
렇게 말하기 시작했다. 「라스꼴리니꼬프입니다⋯⋯.」

「아니요, 대단히 반갑습니다. 정말 아주 유쾌한 모습으
로 들어오셨군요⋯⋯. 그런데 저 친구는 인사조차 하기 싫
은 모양이지요?」 뽀르피리 뻬뜨로비치가 라주미힌을 턱
짓으로 가리켰다.

「정말 모르겠어요, 저 친구가 왜 저렇게 화를 내는지. 저는 다만 길에서 그가 로미오를 닮았다고 말하고…… 그것을 증명했을 따름입니다. 그 밖에 다른 일은 전혀 없었던 것 같은데요.」

「저런 돼지 같은 녀석!」 라주미힌은 몸을 돌리지도 않고 이렇게 응수했다.

「그 한마디에 저렇게 화를 내는 걸 보면 참으로 심각한 이유가 있긴 있나 보군요.」 뽀르피리는 웃음을 터뜨렸다.

「이봐요! 예심 판사님……! 그래, 모두들 한통속이로군!」 라주미힌은 이렇게 잘라 말하더니 갑자기 너털웃음을 터뜨리며, 명랑한 얼굴로 마치 아무 일도 없었다는 듯이 뽀르피리 뻬뜨로비치에게 다가갔다.

「이제 그만합시다! 모두들 얼간이 같군. 자, 용건을 말하지. 이 친구는 로지온 로마니치 라스꼴리니꼬프야. 첫째로는 형의 이야기를 듣더니 형과 사귀고 싶다고 해서, 둘째로는 부탁할 일이 있어서 왔어. 아니! 자묘또프 아냐! 어떻게 여기 있는 거지? 두 사람이 서로 아는 사이던가? 오래전부터 아는 사이야?」

〈이게 어떻게 된 일이지!〉 라스꼴리니꼬프는 불안한 마음으로 생각했다.

자묘또프는 약간 당황한 듯했다.

「어제 당신 집에서 인사를 나눴어요.」라주미힌은 허물없이 말했다.

「그럼, 소개비를 번 셈이로군. 지난주에 형을 소개시켜 달라고 그렇게도 귀찮게 졸라 대더니, 내가 없는 사이에 두 사람이 친해졌나 보군 그래……. 담배는 어디 있어?」

뽀르피리 뻬뜨로비치는 가운 밑에 아주 깨끗한 셔츠를 받쳐 입고, 몹시 낡은 단화를 신은 편한 차림새였다. 그는 보통 키보다 좀 작고, 뚱뚱한 데다 배가 튀어나온 서른다섯 살가량의 남자였다. 그의 콧수염과 턱수염은 깨끗이 면도되어 있었고, 유난히 뒤통수가 툭 튀어나온 크고 둥근 머리는 짧게 깎여 있었다. 약간 위로 들린 코와 둥글고 포동포동한 얼굴은 병자처럼 누런빛을 띠고 있었으나, 표정만큼은 무척 활기에 차서 남을 조소하는 것 같기도 했다. 누군가에게 눈짓을 하는 것처럼 깜박거리는, 희끗희끗한 속눈썹에 덮여 물기로 번들거리는 눈동자의 표정만 아니었다면 선량해 보일 수도 있는 얼굴이었다. 그 시선은 아낙네를 닮은 그의 전체적인 모습과 어쩐지 어울리지 않아, 처음 갖게 되는 인상에 보다 진지한 느낌을 부여해 주고 있었다.

뽀르피리 뻬뜨로비치는 손님으로부터 〈용건〉이 있다
는 말을 듣고는, 곧 그에게 소파의 한쪽을 권하고, 자기도
다른 쪽에 앉아 빨리 그 용건에 대해 말해 주기를 기다리
며, 손님을 똑바로 응시했다. 초면인 데다가 자신이 보기
에도 그 용건이 썩 긴요한 관심거리가 될 만하지도 않은
데, 그렇게 집요하고도 진지한 주목을 받는다면 누구나
괴로우면서도 당혹스러운 느낌을 받게 될 것이다. 그러나
라스꼴리니꼬프는 짤막하고 조리 있는 말솜씨로 분명하
고 명확하게 용건을 설명하고, 스스로도 그것을 대단히
만족스럽게 여기며, 뽀르피리 뻬뜨로비치를 충분히 관찰
할 여유마저 누렸다. 뽀르피리 뻬뜨로비치는 시종일관 그
에게서 한 번도 눈길을 떼지 않았다. 탁자의 맞은편에 앉
아 있던 라주미힌은 끊임없이 두 사람의 얼굴을 번갈아
보면서, 초조한 심정으로 이 광경에 열심히 주의를 기울
였는데, 그게 약간은 지나칠 정도였다.

〈바보 같으니라고!〉 라스꼴리니꼬프는 속으로 욕을
했다.

「당신은 경찰서에 신고하셔야 합니다.」 뽀르피리는 상
당히 사무적인 태도로 대답했다. 「이 사건, 즉 이러저러한
살인 사건에 대한 소식을 듣고, 사건을 담당하고 있는 예

심 판사에게 이런 물건이 당신의 것이며, 당신이 그 물건들을 인수받고 싶어 절차에 따라 신고한다고 하십시오……. 아니면 거기에서…… 알아서 잘 써줄 겁니다.」

「그런데 문제는 지금 제게, 돈이 전혀 없다는 겁니다…….」라스꼴리니꼬프는 가능한 한 더욱 당황한 것처럼 보이려고 애썼다. 「그런 푼돈마저도 도저히 어떻게 해볼 도리가 없을 정도입니다……. 그래서 저는 그 물건이 제 것이라는 것만을 알려 드리고 싶습니다. 돈이 생기면…….」

「그것도 마찬가지입니다.」 뽀르피리 뻬뜨로비치는 금전적인 문제를 설명하는 말에 대해 이렇게 냉담하게 대답했다. 「그것을 원하신다면, 똑같은 방식으로 직접 제게 청원하셔도 됩니다. 즉 이러저러한 사건에 대해 통보를 받고, 이런 물건에 대해서 청원하건대, 이러저러한 조치를 취해…….」

「그냥 아무 종이에나 써도 될까요?」 라스꼴리니꼬프는 다시 금전적인 부분을 염려하며, 급히 그의 말에 끼어들었다.

「오, 그럼요. 그냥 평범한 종이에 쓰시면 됩니다!」 뽀르피리는 무슨 이유에선지 그에게 윙크라도 할 듯이 눈을 가늘게 뜨고, 비웃는 것이 분명한 표정을 짓고서 그를 쳐다보았다. 그러나 그것은 아주 순간적으로 일어난 일이었으므로, 라스꼴리니꼬프에게만 그렇게 여겨졌는지도 모른다. 하지만 적어도 그와 비슷한 표정이었던 것 같았다. 라스꼴리니꼬프는 그가 눈을 깜박였다고 확신할 수 있었지만, 도대체 그가 왜 그랬는지는 알 수 없는 일이었다.

〈알고 있구나!〉 이런 생각이 번개처럼 스치고 지나갔다.

「이런 쓸데없는 일로 폐를 끼치게 되어서 죄송합니다.」 그는 약간은 혼란을 느끼며 이렇게 말했다. 「제 물건은 다 합해 봐야 5루블 정도의 값어치밖에 되지 않지만, 제게는 그 물건을 준 사람들에 대한 추억이 담긴 것이라서요. 고백하지만 사건에 대해 듣고는 무척 놀랐습니다…….」

「그래서 어제 내가 조시모프에게 뽀르피리가 전당 잡힌 사람들을 탐문하고 있다고 하니까, 그렇게 자리에서 벌떡 일어났구나!」 라주미힌이 특별한 관심을 보이며 끼어들었다.

이건 도저히 참을 수 없는 일이었다. 라스꼴리니꼬프는 참다못해 분노로 이글거리는 검은 눈동자로 그를 증오스럽다는 듯이 노려보았다. 그러나 그는 곧 정신을 차렸다.

「이봐, 나를 놀릴 참인가?」 그는 화가 난 모습을 잘도 꾸며 대면서 이렇게 물었다. 「네가 보기에는 하찮은 물건에 대해 내가 지나치게 걱정을 하는 것 같겠지. 그 생각에는 동의하겠어. 하지만 이것 때문에 나를 이기주의자나 탐욕스러운 사람으로 생각하면 곤란해. 내게 그 하찮은 물건 두 개는 결코 쓰레기가 아니니까. 이미 말했지만 그 은시계는 가격으로 치면 별것 아니지만, 돌아가신 아버지의 유일한 유품이야. 나를 비웃으려면 비웃어. 하지만 어머니가 오셨거든.」 그는 갑자기 뽀르피리에게 말머리를 돌렸다. 「만일 어머니께서 아시게 되는 날이면…….」 그리고 그는 목소리를 떨려고 각별히 애쓰면서, 다시 라주미힌을 향해 말을 계속했다. 「그 시계가 사라졌다는 것을 아시게 되기라도 하면, 맹세하겠어, 어머니는 절망에 빠지실 거야! 여자니까!」

「절대 그런 소리가 아냐! 나는 그런 뜻이 아니었어! 정반대의 뜻으로 한 말이야!」 라주미힌은 유감스럽다는 듯이 외쳤다.

〈잘 해냈을까? 자연스러웠을까? 과장되어 보이지는 않았을까?〉 라스꼴리니꼬프는 속으로 은근히 걱정했다. 《여자니까》라고 뭘 하러 덧붙였을까?〉

「어머니께서 오셨습니까?」 무엇 때문인지 뽀르피리 뻬뜨로비치가 물었다.

「예.」

「언제 오셨지요?」

「어제저녁에요.」

뽀르피리는 무엇을 생각하는지 입을 다물었다.

「당신의 물건은 어떠한 경우에도 없어지지 않을 겁니다.」 그리고 그는 조용하고 냉정하게 말을 이었다. 「저는 오래전부터 당신을 기다리고 있었습니다.」

그리고 마치 아무 일도 없었다는 듯이 그는, 담뱃재를 양탄자 위에다가 거침없이 털고 있는 라주미힌에게로 딱하다는 듯이 재떨이를 내밀었다. 라스꼴리니꼬프는 몸을 부르르 떨었지만, 뽀르피리는 여전히 라주미힌의 담뱃재에 신경을 쓰느라고 그것을 보지 못한 것 같았다.

「무슨 말이야? 기다렸다니! 그럼, 형은 벌써 이 친구가 그곳에 전당 잡혔다는 것을 알고 있었던 거야?」 라주미힌이 외쳤다.

뽀르피리 뻬뜨로비치는 곧바로 라스꼴리니꼬프를 향해 말했다.

「당신의 물건 두 개, 반지와 시계는 종이에 싸여서 〈노파의 집〉에 있더군요. 종이에는 당신의 이름이 연필로 또렷하게 적혀 있었어요. 언제 그 물건들을 당신에게서 받았는지, 그 날짜까지도요…….」

「대단히 세심한 분이로군요…….」라스꼴리니꼬프는 특히 그의 눈을 똑바로 쳐다보려고 애쓰면서 어색하게 미소지었다. 그러나 참지 못하고 이렇게 덧붙이고 말았다.「그러니까 전당품을 맡긴 사람들이 많았을 테고…… 그 많은 사람들을 기억하기란 어려우셨을 텐데…… 그런데 당신은 그 사람 모두를 그렇게 분명하게 기억하고 계시니 말입니다. 그리고…… 그리고…….」

〈어리석다! 말도 안 된다! 왜 이런 말을 덧붙였을까?〉

「현재까지 거의 모든 사람들이 찾아왔는데, 당신만 아직까지 오지 않으셨거든요.」뽀르피리는 비웃음을 언뜻 내비치며 대답했다.

「몸이 좀 불편했습니다.」

「그 얘기도 들었습니다. 그리고 무슨 일 때문인지 정신이 몹시 혼란스럽다는 말씀도요. 지금도 창백하신 것 같군요.」

「그렇지 않습니다……. 아주 건강합니다!」라스꼴리니꼬프는 어조를 바꿔서, 독기가 서린 목소리로 거칠게 잘라 말했다. 그는 자신의 내면에서 끓어오르는 증오심을 억누를 수가 없었다. 〈증오심 때문에 말실수를 하겠다!〉 다시 이런 생각이 그의 머릿속에 떠올랐다. 〈왜 이 사람들은 나

를 괴롭히는 걸까……?〉

「좀 불편했다고?」라주미힌이 말꼬리를 잡았다. 「거짓말 말라고! 어제까지만 해도 인사불성으로 헛소리를 해댄 주제에……. 믿을 수 있겠어? 뽀르피리, 간신히 서 있을 정도면서, 우리 두 사람, 나와 조시모프가 잠깐 한눈을 판 사이에 옷을 입고는 살그머니 도망을 쳐서, 자정이 될 때까지 어디선가 추태를 부렸어. 그것도 완전히 제정신이 아니면서 말이야. 상상할 수 있겠어? 정말 굉장했다고!」

「정말로 〈완전히 제정신이 아니셨습니까?〉 말씀해 보시지요!」뽀르피리는 아낙네 같은 몸짓을 하면서 머리를 저었다.

「에이, 실없는 소리예요! 믿지 마세요! 물론 믿지 않으시겠지만요!」증오심 때문에 이런 말이 라스꼴리니꼬프의 입에서 흘러나왔다. 그러나 뽀르피리 뻬뜨로비치는 마치 이 이상한 소리를 듣지 못한 것 같았다.

「제정신이었다면, 어떻게 밖으로 나갈 수 있었겠어?」갑자기 라주미힌은 벌컥 화를 내며 말했다. 「왜 나갔지? 무슨 이유 때문에……? 그리고 왜 그렇게 몰래 나간 거야? 그때 네 정신이 온전했다는 거야? 이제 모든 위험이 사라졌으니까 내 솔직하게 말하지!」

「어제는 사람들 모두가 지긋지긋해지더군요.」라스꼴리니꼬프는 갑자기 뻔뻔스럽고 도전적인 미소를 지으며 뽀르피리에게 말했다.「저는 이 사람들이 저를 찾지 못하도록 방을 얻으러 도망쳐 나왔습니다. 이분 자묘또프 씨는 돈뭉치를 보셨지요. 어떻습니까, 자묘또프 씨, 어제 제가 제정신이던가요, 아니면 헛소리를 하던가요? 이 논쟁을 해결해 주세요.」

이 순간 그는 자묘또프를 목 졸라 죽일 수도 있을 것 같았다. 그의 시선과 침묵이 몹시 그의 마음에 들지 않았던 것이다.

「제 생각으로는 대단히 현명하게, 어쩌면 교활할 정도로 말씀을 잘하시더군요. 다만 조금 지나치게 긴장해 있었지요.」자묘또프는 무뚝뚝하게 말했다.

「오늘 니꼬짐 포미치가 그러던데…….」뽀르피리 뻬뜨로비치가 끼어들었다.「어제 아주 늦은 시간에 말에 치인 어떤 사람의 아파트에서 당신을 만났다고 하더군요…….」

「글쎄 그 관리의 일도 그래!」라주미힌이 말꼬리를 잡았다.「그 관리의 집에서 네가 한 짓도 미친 짓이 아니었단 말이야? 장례비로 쓰라고, 남아 있던 돈을 전부 그 과부에게 주고 왔잖아! 물론 도와주고 싶었겠지. 그럼, 15루블이나 20루블만 주고, 적어도 3루블 정도는 남겨 두었어야지. 그 25루블을 몽땅 주고 왔으니!」

「내가 어디선가 너도 모르는 보물을 발견했을 수도 있 잖아? 그래서 어제께 선심을 썼을 수도 있어……. 자, 이 자묘또프 씨는 내가 보물을 발견했다는 걸 알 거야.」그는 부들부들 떨리는 입술로 뽀르피리에게 말했다. 「우리가 공연히 쓸데없는 일로 당신을 반 시간 동안이나 괴롭힌 것 같군요. 넌더리가 나시겠어요.」

「아니요. 그 반대입니다, 그 반대! 제가 당신에게 얼마 나 관심이 많은지 아십니까? 보고 있는 것도, 얘기를 듣는 것도 참 흥미있군요……. 사실, 저는 당신이 이렇게 와주 셔서 정말 기쁩니다…….」

「차라도 좀 줘! 목이 마른데!」라주미힌이 소리쳤다.

「아주 좋은 생각이야! 함께 드시면 좋겠군요. 차를 마시 기 전에…… 뭔가 배를 채울 만한 건 어떨까요?」

「아무거나 빨리 가져와요!」

뽀르피리 뻬뜨로비치는 차를 시키러 밖으로 나갔다.

라스꼴리니꼬프의 머릿속에서는 여러 가지 생각들이 회오리처럼 스치고 지나갔다. 그는 몹시 초조했다.

〈중요한 것은 숨기려 들지도 않는다는 점이다. 격식을

차리려고도 하지 않는다! 나를 전혀 모른다면서 무슨 일로 니꼬짐 포미치와 내 이야기를 했단 말인가? 이건 이들이 개떼처럼 내 뒤를 밟는다는 걸 숨기려고도 하지 않는다는 말이다! 이렇게 노골적으로 얼굴에 침을 뱉다니!〉 그는 분노로 몸을 떨었다. 〈자, 곧장 목을 베시지. 고양이가 쥐를 데리고 놀듯 장난치지 말고. 이건 정말 무례하군, 뽀르피리 뻬뜨로비치. 나는 이런 걸 용납할 수 없어……! 일어나서 이 사람들 면전에 모든 진실을 폭로할까 보다. 그러면 내가 자기들을 얼마나 증오하는지 이들도 알게 되겠지……!〉 그는 숨쉬기조차 힘들었다. 〈그런데 만일 내게만 이렇게 여겨지는 것이라면 어떻게 하지? 만일 이 모든 게 착각이라면, 내가 잘못 생각하고 있는 것이라면, 경험이 없어서 공연스레 화가 난 나머지 이 비열한 역할을 감당하지 못하는 것이라면? 어쩌면 아무런 속셈도 없는 것일 수 있지 않은가? 이들이 하는 말은 모두 평범하다. 하지만 그 안에는 무언가 있다……. 언제나 할 수 있는 말들이지만, 그래도 그 속에는 무언가가 있다. 그는 왜 노골적으로 《노파의 집》이라고 말했을까? 왜 자묘또프는 내가 《교활할 정도로 말을 잘했다》고 덧붙였을까? 왜 이들은 이런 말투로 얘기를 하는 걸까? 그래…… 말투……. 라주미힌은 저렇게 앉아 있으면서도, 왜 아무것도 눈치채지 못하는 걸까! 이 순진한 멍청이는 한 번도 눈치를 챈 적이 없다! 또다시 열이 난다……! 조금 전에 뽀르피리가 내게 눈을 깜박였던가, 아닌가? 아마 아무 일도 아닐 것이다. 왜 눈을 깜박였을까? 내 신경을 자극하고 싶은 걸까, 아니면 나를 조롱하려는 걸까? 아니면 이 모든 게 착각일까, 아니면 이들이《다 알고 있는 것일까……》! 자묘또프마저도 뻔뻔스럽게 구는구나……. 자묘또프가 뻔뻔스럽게 굴고 있는 걸까? 자묘또프는 밤사이에 생각을 바꾼 것이다. 나는 그가 생각을 바꾸리라고 벌써부터 예감하고 있었다! 그는 사실 이곳에 처음 왔으면서도 여기가 마치 자기 집인 것처럼 행동한다. 뽀르피리는 그를 손님으로 취급하지도 않는다. 그에게 등을 돌리고 앉아 있으니 말이다. 서로 은밀히 얘기를 나눈 것이다! 틀림없이 나 때문에 의견을 나눈 것이다! 틀림없이 우리가 오기 전에 나에 대한 말을 했을 것이다……! 그 아파트 사건에 대해서 이들은 알고 있을까? 어서 알아내야 할 텐데……! 내가 어제 아파트를 얻으러 도망쳤다고 했을 때, 그는 그 이야기를 지나쳤다. 고개를 들지 않았어……. 내가 아파트에 대해 언급한 것은 잘한 일이다. 나중에 쓸모가 있을 것이다……! 제정신이 아니었단 말이렷다……! 하하하! 그는 어제저녁의 일을 모두 알고 있다! 그런데 어머니가 오신 것에 대해서는 몰랐다……! 그 마귀할멈이 연필로 날짜까지 적어 놓았다고……! 거짓말을 하고 있는 거야. 넘어가지 않을 거야! 이건 아직 사실이 아니라, 공상에 불과한 것이니까! 아니, 내게 물증을 제시해 봐라! 아파트도 물증이 아니라, 헛소리였다. 나는 무슨 말을 이들에게 해야 할지 안다……. 이들이 아파트에 대해서 알고 있을까? 그것을 알아내기 전에는 여기서 떠나지 않을 것이다! 내가 이곳에 왜 왔을까? 지금 몹시 화가 난다는 것, 이것만은 사실이다! 후, 나는 신경이 너무 예민하다! 어쩌면 이게 좋은 것일지도 모른다. 병에 걸린 척하는 것이……. 그는 나를 탐색하고 있다. 나를 정신없게 만들 것이다. 나는 이곳에 왜 왔단 말인가?〉

이 모든 생각이 번개처럼 그의 머릿속을 스쳤다.

뽀르피리 뻬뜨로비치는 곧 돌아왔다. 그는 갑자기 기분이 유쾌해진 것 같았다.

「이봐, 어제 자네 집에 갔다 온 이후로 골치가…… 그래 어쩐지 온몸이 녹초가 된 것 같아.」 그는 라주미힌에게 웃으면서 전혀 다른 어조로 말하기 시작했다.

「그래, 재미있었어? 어제 나는 한창 재미있는 이야기를 하고 있을 때 나왔는데, 누가 이겼지?」

「물론 아무도 이기지 않았어. 정답이 없는 질문에 대해 논했으니, 사상누각이나 마찬가지야.」

「로쟈, 어떤 문제로 논쟁을 벌였는지 짐작할 수 있겠니? 범죄란 게 성립될 수 있느냐 없느냐 하는 문제였어. 나중에는 말도 안 되는 엉터리 이론들을 실컷 지껄여 댔지!」

「놀랄 게 뭐가 있어? 평범한 사회 문제인걸.」라스꼴리니꼬프가 무관심한 듯 대답했다.

「그런데 문제가 그런 방식으로 제기된 것이 아니었습니다.」뽀르피리가 지적했다.

「전혀 그런 식이 아니었지. 그건 맞는 말이야.」라주미힌은 평상시의 버릇대로 열띤 어조로 그의 말에 성급히 동의했다.「로지온, 내 말을 듣고 네 의견을 얘기해 줘, 듣고 싶어. 어제 저 사람들과 필사적으로 싸우면서 너를 얼마나 기다렸는지 몰라. 네가 올 거라고 하면서 저 사람들에게 너에 대해 말했어……. 논쟁은 이미 다 알려진…… 사회주의자들의 관점에서부터 시작되었어. 범죄란 비정상적인 사회 질서에 대한 항의라는 거야. 그 이상도 그 이하도 아니라는 것이고, 또 다른 그 어떤 이유도 용납되지 않는다는 거야, 아무것도……!」

「이것 참, 말도 안 되는 소릴 하고 있구먼!」 뽀르피리 뻬뜨로비치는 외쳤다. 그는 활기를 띠고, 연방 라주미힌을 보고 웃으면서 그를 더욱 충동질했다.

「그 외엔 아무것도 용납되지 않는다는 거야!」 라주미힌이 열띤 어조로 그의 말을 가로막았다. 「거짓말을 하고 있는 게 아냐……! 나중에 그들의 책을 보여 주지. 그들에게 모든 것은 〈환경이 나쁘기〉 때문이야. 그 외에 다른 것은 없어! 그들이 좋아하는 문구지! 이런 논지에서 보면, 만약 사회가 정상적으로 건설되면, 단번에 모든 범죄들도 사라지게 된다는 결론이 나오게 돼. 왜냐하면 항의할 만한 그무엇이 없어지니까. 모든 이들이 단 한순간에 정의로워진다는 거야. 본성은 고려의 대상이 되지 않아. 인간의 본성은 배제되어서 상정되지도 않아! 그들은 인류가 역사의 〈산〉 과정을 밟아 마지막까지 발전하고 난 다음에야, 결국 스스로 정상적인 사회로 나아가게 된다고 생각지 않아. 그와는 정반대로 사회적인 체계가 어떤 수학적인 머리의 산물로 세상에 나와 즉각 모든 인류를 정비하고, 한순간에 인류를 정의롭고 죄 없는 존재로 만든다는 거야. 그 어떤 산 과정, 역사의 산 과정도 있기 전에 말이야! 그렇기 때문에 그들은 본능적으로 역사를 좋아하지 않아. 〈역사

속에 있는 모든 것은 하나같이 추하고 어리석은 것들이다〉라고 말하지. 모든 것을 오로지 하나, 어리석음으로 설명한다니까! 그러니까 삶의 〈산〉 과정을 좋아하지 않는 거야. 살아 있는 영혼은 필요 없다는 거지! 살아 있는 영혼은 삶을 요구하고, 살아 있는 영혼은 기계학에 순종하지 않으며, 살아 있는 영혼은 의심이 많고, 살아 있는 영혼은 반동적이야! 반면 이쪽 인간은 송장 냄새가 나기는 하지만 고무로라도 만들어 낼 수 있어. 그렇지만 그 인간은 살아 있는 것이 아냐. 의지도 없고, 노예근성 때문에 반역을 일으키지도 않아! 결과적으로 모든 것은 벽돌 토대와 공동 숙사[65]의 방과 복도를 배치하는 일로 귀결되고 마는 거야! 그런데 공동 숙사는 만들어졌지만, 그 공동 숙사에 살게 될 인간의 본성은 아직 준비되지 않았어. 본성은 삶을 원하고, 삶의 과정은 아직 완료되지 않았으니, 아직 무덤에 가기는 이르지! 단 하나의 논리로는 인간의 본성을 뛰어넘을 수 없는 일이야! 논리는 세 가지의 경우만 예측하지만, 실제로 그 경우라는 것은 수백만 가지나 되거든! 수백만의 경우들을 모두 잘라 내고, 모든 것을 안락이라

65 프랑스의 푸리에가 제창한 공상적 사회주의 생활 공동체. 〈팔랑주〉라고 한다.

는 한 가지 명제로 귀결시키다니! 과제를 너무 쉽게 해결하려는 거야! 그런 논리는 유혹적일 만큼 분명해서 생각할 것도 없어! 중요한 것은 생각할 필요가 없다는 거야! 모든 인생의 비밀이 단 두 페이지의 종이에 들어가 버리니까!」

「제멋대로 지껄이는 것을 보니 마침내는 터져 버렸군! 두 팔을 꽁꽁 묶어 놔야 한다니까.」 뽀르피리는 웃음을 터뜨렸다. 「생각 좀 해보십시오.」 그는 라스꼴리니꼬프에게 몸을 돌렸다. 「어제저녁 한방에 여섯 사람이 모여서, 술을 잔뜩 마신 다음, 논쟁을 벌였으니 상상하실 수 있겠지요? 아니, 이 친구야, 자네 생각은 틀렸어. 범죄에서 〈환경〉은 많은 것을 의미해. 그건 내가 증명하지.」

「나도 알아, 많은 것을 의미한다는 것은. 그럼, 이것을 한번 설명해 보지 그래. 마흔 살가량의 중년 남자가 열 살짜리 여자 아이를 추행했다고 쳐. 그것도 환경이 그 사람을 그렇게 만들었다고 할 거야?」

「엄격하게 따져 보면 그래. 환경이 그랬다고도 할 수 있지.」 뽀르피리는 놀라울 정도로 엄숙하게 말했다. 「소녀에 대한 범죄는 얼마든지 〈환경〉으로 설명될 수 있어.」

라주미힌은 거의 격분 상태에 이르렀다.

「그럼, 나도 그 증명이라는 걸 해보일까?」라주미힌은
으르렁대기 시작했다. 「형 눈썹이 하얀 이유는 오로지 이
반 대제 종루의 높이가 3.5사젠[66]이기 때문이라고 논증해
보일 수 있어. 더구나 아주 명료하고 정확하게 진보적으
로 자유주의적인 의미까지 부여하면서 논증하겠어. 그렇
게 해주지! 어때, 내기를 할까?」

「받아들이지! 자, 이 친구가 어떻게 그걸 논증할지 한
번 들어 봅시다!」

「형은 능청을 떨고 있는 거야, 제길!」라주미힌은 이렇
게 소리치고는 자리에서 일어나 손을 한번 휘저었다. 「형
과 이야기할 가치도 없어! 형은 일부러 이러는 거야. 너는
아직 형을 몰라, 로지온! 어제도 모두를 놀려 주려고 그들
의 편에 섰던 거야. 어제 형이 무슨 말을 했는지 알아? 맙
소사! 모두들 형 때문에 기뻐했지. 지난해에는 이유도 없
이 자기가 수도사가 될 거라고 우리를 믿게 해놓고서 두
달 동안이나 마치 그렇게 할 것처럼 굴었어! 얼마 전에는
결혼을 할 거라면서, 결혼식 준비를 하고 있다고 우리가
믿게 하려고 들더군. 옷도 새로 맞추고 말이야. 우리는 형

---

66 사젠은 미터법 채용 이전, 러시아의 길이 단위로서 1사젠은 3아르신,
약 2.134미터이다.

을 축하해 주기까지 했는데, 약혼녀는커녕 아무 일도 없었어. 모든 게 다 꾸며 낸 일이었다고!」

「또 엉터리 같은 소리! 나는 그전에 새 옷을 맞춰 입고, 그것을 핑계로 너희 모두를 놀려 주고 싶은 생각이 들었던 것뿐이야.」

「정말 그렇게 능청을 잘 떠시나 보지요?」라스꼴리니꼬프가 무심한 투로 물어보았다.

「믿지 못하겠습니까? 기다려 보십시오, 제가 당신도 속여 볼 테니까. 하하하! 아닙니다, 사실대로 말씀드리지요. 이 모든 문제, 범죄와 환경과 소녀에 관한 문제들은 지금에서야 생각난 겁니다. 그런데 한 가지, 언제나 제 관심을 끌었던 것은 당신의 논문이었습니다. 〈범죄에 관하여〉라는 논문이었던가요? 정확한 제목은 잘 기억나지 않습니다만, 약 두 달 전쯤『정기 논단』에서 읽을 기회가 있었지요.」

「제 논문이라고요?『정기 논단』에서요?」라스꼴리니꼬프는 놀라서 물었다. 「사실 제가 그 논문을 썼습니다만. 휴학을 했을 때 어떤 책에 관해 반년 전에 쓴 것입니다. 그런데 저는 그 논문을 잡지『정기 논단』이 아니라,『주간 논단』에 냈는데요.」

「『정기 논단』에 났습니다.」

「『주간 논단』이 폐간되어서, 당시에는 인쇄되지 않았어요…….」

「그건 맞습니다. 그런데 그 잡지가 사라지면서 『정기 논단』에 통합되었지요. 그래서 당신의 논문은 두 달 전에 『정기 논단』에 게재되었습니다. 모르고 계셨나 보군요?」

라스꼴리니꼬프는 실제로 아무것도 모르고 있었다.

「그 논문에 대한 게재료를 그들에게 청구하실 수도 있을 텐데요! 하지만 당신의 성격도 대단하시군요! 자기와 직접 관련이 있는 일에 대해서 전혀 모를 정도로 그렇게 고립되어 사시다니요. 하여간 이건 엄연한 사실입니다.」

「만세, 로지까! 나 역시 몰랐는걸!」 라주미힌이 소리쳤다. 「오늘 도서관에 가서 당장 그 잡지를 신청해 봐야겠다! 두 달 전이라고? 몇 호지? 상관없어, 내가 직접 찾아볼게! 정말 굉장한데! 그런데도 말을 하지 않다니!」

「그런데 어떻게 그 논문이 제 것이라는 것을 아셨지요? 그 논문에 제 이름은 약자로 되어 있는데요.」

「우연히 며칠 전에 알게 되었습니다. 편집인을 통해서요. 잘 아는 사이거든요……. 아주 관심 있게 읽었습니다.」

「제가 기억하기로 저는 그 논문에서 범죄가 진행되는 동안의 심리 상태에 대한 연구를 했습니다.」

「그러셨지요. 범죄는 항상 병을 수반한다는 주장을 하셨더군요. 아주 독창적인 주장이었습니다만……, 솔직히 말해서 제가 깊은 관심을 가지고 읽은 것은 그 부분이 아니었습니다. 논문의 말미에 약간 언급된 어떤 견해인데, 섭섭하게도 당신은 그 견해를 분명하게 제시하지 않고 단지 암시만 하셨더군요……. 기억하시는지 모르겠지만, 그건 한마디로 말해서 이 세상에는 어떤 부류들이 있는데, 그들은 온갖 종류의 폭력과 범죄를 저지를 수 있다기보다는, 그런 짓을 행할 완전한 권리를 지니고 있고, 또 그들에게는 어떤 법률도 적용되지 않는 것 같다는 그런 암시였습니다.」

라스꼴리니꼬프는 자기 견해를 어떤 의도를 가지고 곡해하는 것을 보고, 속으로 비웃었다.

「뭐라고? 그게 무슨 소리야? 범죄에 대한 권리라고? 그건 〈환경이 괴롭히기〉 때문도 아니잖아?」라주미힌은 조금 놀라면서 물었다.

「아니, 아니, 전혀 그런 게 아니지.」뽀르피리가 대답했다. 「문제는 이분의 논문에서 모든 사람들이 〈평범한〉 사람과 〈비범한〉 사람으로 나뉘어지고 있는 것 같다는 거야. 평범한 사람들은 순종하며 살아야만 하고, 법률을 어길 권리를 지니고 있지 않아. 왜냐하면 그들은 평범한 사람들이니까. 비범한 사람들은 모든 종류의 범죄를 저지를 수 있는 권리와 법률을 위반할 수 있는 권리를 지니고 있는데, 이는 그들이 비범하기 때문이라는 거야. 만일 잘못 이해한 것이 아니라면 당신의 논문은 그렇게 주장하고 있었던 것 같은데요?」

「아니 어떻게 그럴 수가 있지? 그럴 리가 없어!」 라주미힌이 의구심에 가득 찬 어조로 중얼거렸다.

라스꼴리니꼬프는 다시 한 번 비웃었다. 그는 그의 의도와, 그가 자신을 어떤 방향으로 몰아가고 있는지를 알아차렸다. 그는 자기가 쓴 논문을 상기하고는 도전을 받아들이기로 마음먹었다.

「제 논문이 꼭 그런 식으로 전개된 것만은 아닙니다.」 그는 간결하게 겸손한 태도로 말했다. 「하지만 인정하건대, 당신은 그 논문을 거의 올바르게 이해하셨군요. 심지어 아주 정확하게요……. (그는 아주 정확하게 이해했다고 인정해 주면서 쾌감을 느꼈다.) 다만 유일하게 차이가 나는 점은 저는 당신이 말씀하신 것처럼 비범한 사람들이 반드시 모든 종류의 폭력을 써야만 하고, 그래야만 할 의무가 있다고 주장하지는 않았습니다. 제가 생각하기에 그런 논문이라면 게재가 허용되지 않았을 것 같군요. 저는 다만 〈비범한〉 사람은 권리를 가지고 있다……. 즉 공식적인 권리가 아니라, 스스로 자신의 양심상…… 모든 장애를 제거할 수 있는 권리를 가졌다고 말한 것뿐입니다. 그것도 만일 그의 신념(때로는 모든 인류를 위한 구원적인 신념일 수도 있지요)을 실행에 옮기기 위해서 그렇게 하는 것이 요구되는 경우에 한해서만 말입니다. 당신은 제 논지가 분명하지 않다고 말씀하셨지요. 저는 가능한 한 자세히 그 논문의 내용을 당신에게 설명해 드릴 용의가 있습니다. 제가 잘못 보지 않았다면, 당신도 그것을 원하시는 것 같군요. 제 생각으로는 만일 케플러와 뉴턴의 발견이, 그 발견을 방해할지도 모르고 혹은 그 발견의 길에 장애로 작용할 수도 있는 몇몇의 혹은 수십 명, 수백 명의 사람들을 희생시키지 않고서는 도저히 사람들에게 알려질 수 없는 상황이라면, 뉴턴은 자기 발견을 전 인류에게 알리기 위해서 그런 수십 명 혹은 수백 명의 사람들을 제거해야 할…… 권리가 있고, 또 반드시 그렇게 하는 것이 의미 있는 행동일지 모른다는 겁니다. 그러나 이것이 곧 뉴턴이 아무나 닥치는 대로 사람들을 죽이거나, 매일 시장에서 도둑질을 할 수 있는 권리를 지닌다는 말은 결코 아닙니다. 더 나아가서 제가 기억하기로 저는 논문에서 모든 사람들…… 예를 들면, 아주 고대로부터 시작해서 리쿠르고스,[67] 솔로몬, 마호메트, 나폴레옹 등으로 이어지는 인류의 입법자들과 제정자들은 새로운 법률을 제시하고, 그로 인해 선조로부터 전해져서 사회에서 성스러운 추앙을 받은 낡은 법률을 파괴했고, 만약 유혈만이 그들을 도울 수 있었다면(때로는 낡은 법률을 위해서 용감히 죄 없이 흘린 피도 있기는 합니다), 피 앞에서도 멈추지 않았다는 점만을 보더라도 그들 모두가 하나같이 범죄자들이었다는 생각을 발전시킨 거지요. 이런 인류의 은인과 건설자들의 대부분이 특히 무서운 살인자들이었다는 점은 흥미롭기까지 합니다. 한마디로 말해서 저는 위대한 사람만이 아니라 조금이라도 상궤를 벗어난 사람, 즉 조금이라도 뭔가 새로운 것을 말할 줄 아는 사람이라면, 그 천성상 물론 다소 정도의 차이는 있겠지만, 분명히 범죄자가 되지 않을 수 없다는 결론을 내리게 된 겁니다. 그렇지 않고서는 그들이 상궤에서 벗어나기란 어려운 일이지요. 그리고 그들은 자기 천성 때문에 그 궤도에 남아 있는 데 동의할

67 Lycurgos. 스파르타의 입법자. 전해지는 바로는 기원전 9세기 말경의 왕족 출신으로서, 폴리스 성립의 추천자였고 법과 시민 생활의 규범을 정했다.

수가 없습니다. 그리고 저는 그들이 동의하지 말아야 할 의무까지 있다고 생각합니다. 한마디로 말해서 당신도 지금까지 제가 한 말에 조금도 새로운 점이라곤 없다는 사실을 알 수 있을 겁니다. 이것은 수천 번이나 씌어지고 읽혀진 것이니까요. 평범한 인물과 비범한 인물의 분류에 대해서는 그것이 조금 독단적이었다는 것은 인정하겠습니다. 그렇지만 저 역시 정확한 수치를 근거로 주장한 것은 아닙니다. 저는 제 주된 사상을 믿고 있는 것뿐입니다. 그 사상이란 바로 자연의 법칙상 사람들은 〈대체로〉 두 가지 부류로 나뉜다는 겁니다. 하나는 저급한(평범한) 부류로서 오로지 자기와 비슷한 사람들을 출산하기 위해서 존재하는 사람들이고, 다른 하나는 자기가 처한 환경 속에서 〈새로운 말〉을 할 줄 아는 재능 혹은 천분을 부여받은 사람들입니다. 물론 이 큰 분류 아래로 수많은 작은 부류들이 무한하게 있을 수 있겠지만, 이 두 부류를 구분 짓는 특징들은 대단히 명확합니다. 첫 번째 부류, 즉 재료는 대체로 말해서 자기 천성상 보수적이고 체면을 차리는 사람들로 복종 속에서 살아가면서 순종하기를 좋아합니다. 제 생각에 그들은 반드시 복종을 해야 하는데, 그 이유는 그것이 그들의 사명이고, 그렇게 하는 게 그들에게는 전혀 굴욕적으로 여겨지지 않기 때문입니다. 두 번째 부류의 사람들 모두는 그 능력에 따라서 법률을 어기는 파괴자들이거나 그럴 경향이 있는 사람들입니다. 이 사람들의 범죄는 물론 상대적이고 다양합니다. 그들 대부분은 다양한 분야에서 더 좋은 것의 이름으로 현재의 것을 파괴할 것을 요구합니다. 그러나 그는 자기 사상을 위해 시체와 피를 건너뛰어야 한다면, 자기 내면의 양심에 따라서 피를 뛰어넘는 걸 스스로에게 허용할 수 있습니다. 하지만 그것도 사상과 그것의 중요도에 따라서 그렇다는 겁니다. 저는 제 논문에서 이런 의미에서만 범죄에 대한 그들의 권리가 유효하다는 것을 말한 것입니다. (당신도 기억하시겠지만 이 논의는 법률적인 관점에서 시작된 것이니까요.) 하지만 그렇게 걱정하실 필요는 없습니다. 대중은 거의 한 번도 그들의 이러한 권리를 인정한 적이 없으므로, 이제까지 그들을 처형하고 교살해 왔습니다. (어느 정도는 말이에요.) 그럼으로써 그들은 아주 정당하게 자신의 보수적인 사명을 수행했던 거지요. 다만 다음 세대에서는 대중들이 처형당한 사람들을 연단 위에 올려놓고, 그들에게 경배심을 표하지요. (그것도 어느 정도는 말입니다.) 첫 번째 부류는 항상 현재의 사람들이고, 두 번째 부류는 미래의 사람들입니다. 전자는 세계를 보존하고 그 수를 늘립니다. 후자는 세계를 움직여서 그 목적으로 인도하지요. 이 부류도 저 부류도 존재할 권리를 완전히 동등하게 소유하고 있습니다. 한마디로 말해서 제가 보기에 모든 이들은 동등한 권리를 지니고 있는 것입니다. *Vive la guerre éternelle*(끝없는 전쟁이여, 만세)이지요. 물론, 새 예루살렘[68]이 도래하기 전까지는요!」

「그럼, 당신도 어쨌거나 새로운 예루살렘을 믿으시는군요?」

「믿습니다.」 라스꼴리니꼬프는 단호한 어조로 대답했다. 그는 장광설을 늘어놓는 동안 양탄자의 한 지점을 선택해서는 그곳만을 쳐다보고 있었다.

「그렇다면 신도 믿으십니까? 죄송합니다. 이렇게 이상한 질문을 해서…… 죄송합니다만.」

「믿습니다.」 라스꼴리니꼬프는 눈을 들어 뽀르피리를 보며 말했다.

「그러면 라자로의 부활도 믿으십니까?」

「미 — 믿습니다. 그런데 왜 그런 것들을 물어보시지요?」

68 새 예루살렘은 『신약 성서』와 공상적 사회주의자들의 가르침에서 말하는 죄가 없고 조화로운 미래 사회의 상징이다.

「있는 그대로 믿으십니까?」

「그대로 믿습니다.」

「그렇군요……. 조금 궁금했습니다. 죄송합니다. 하지만 용서하십시오.」 그는 조금 전의 주제로 돌아왔다. 「하지만 그 사람들이 항상 처형당하는 것은 아니지요. 어떤 사람들은 그 반대인 경우도 있으니까요…….」

「살아서 승리한다고요? 오, 그럼요, 어떤 사람들은 살아생전에 목적을 달성하지요. 그리고 그때는…….」

「그들 스스로가 처형을 시작하겠지요?」

「아시겠지만, 만일 필요하다면 대부분의 경우가 그렇습니다. 정말 당신의 지적은 대체로 날카로우시군요.」

「감사합니다. 하지만 어떻게 평범한 사람과 비범한 사람들을 구분할 수 있을지 말씀해 주시겠습니까? 태어날 때부터 무슨 표시가 있는 겁니까? 제 말은 보다 더 정확하게 할 필요가 있다는 겁니다. 그러니까 외면적인 특징이 확실해야 하니까요. 이것은 실제적이고 선량한 의도를 지닌 사람이 갖게 되는 자연스러운 근심이니 용서하십시오. 하지만 예를 들면, 어떤 특별한 옷을 입거나, 어떤 인장이라도 지니고 다녀야 되는 것은 아닐까요……? 왜냐하면 혼동이라도 생겨서, 어떤 부류에 속한 사람이 자기를 다른 부류에 속했다고 생각하고는, 당신이 지금 그렇게 적절히 표현한 대로 〈모든 장애를 제거하기〉 시작하면 어떻게 하겠습니까? 그렇게 되면 그땐…….」

「오, 실제로 그런 일은 자주 벌어집니다! 그 지적은 좀 전의 지적보다도 더 날카롭군요…….」

「감사합니다…….」

「천만에요. 그런데 그런 실수는 단지 첫 번째 부류, 즉 〈평범한〉 사람들(어쩌면 이들에 대한 명칭이 잘못된 것인지도 모르겠습니다만) 측에서만 가능하다는 것을 고려해 주십시오. 이들은 복종하는 경향을 가지고 태어나지만, 자연의 장난으로 말미암아 그들 중에서 아주 많은 사람들이 자기를 진보적인 사람으로, 즉 〈파괴자〉로 상상하고, 〈새로운 말〉을 내뱉는 걸 좋아하기도 합니다. 그것도 진심으로 말입니다. 이때 이들은 실제로 자주 〈새로운 사람들〉을 알아보지 못하고, 오히려 그들을 시대에 뒤떨어진, 굴욕적으로 생각하는 사람들로 경멸하기조차 하지요. 그렇지만 제 생각에는 그들이 진짜 위험한 것은 아닙니다. 사실상 조금도 염려할 필요가 없어요. 왜냐하면 그들은 결단코 멀리 가지는 못하니까요. 물론 때로는 그들에게 자기 위치를 상기시켜 주기 위해서 재미 삼아 그들을 채찍질할 필요도 있겠지만, 그 이상은 필요하지 않을 겁니다. 이때 채찍질을 행동에 옮길 사람조차 필요하지 않습니다. 그들 스스로가 자기를 채찍질할 테니까요. 왜냐하면 이들은 몹시 선량하거든요. 어떤 사람들은 서로에게 그런 봉사를 할 것이고, 어떤 사람들은 제 손으로 자기를 칠 겁니다……. 그리고 여러 형태로 대중 앞에서 스스로 회개할 거예요. 결국 한마디로 말해서 모든 일은 아주 아름답고 교훈적으로 결론 맺게 되는 거지요. 그러니 당신은 조금도 염려할 필요가 없습니다……. 그건 본성의 법칙이니까요.」

「그렇다면 적어도 그 점에서만큼은 안심이 되는군요. 하지만 또 다른 재앙이 있을 수도 있겠지요. 다른 사람들을 죽일 권리가 있는 사람들, 〈비범한〉 사람들의 수는 많은가요? 물론 저는 숭배할 준비가 되어 있습니다만, 만일 이들이 아주 많다면, 동의하시겠지만 정말 무서운 일이 아니겠습니까, 예?」

「오, 그 점에 대해서도 염려하실 필요가 없습니다.」라스꼴리니꼬프는 똑같은 어조로 대답했다.「새로운 생각을 가진 사람들뿐 아니라, 아니 조금이라도 뭔가 〈새로운〉 말을 할 줄 아는 사람들마저도 대체로 극히 적은 숫자로 태어나니까요. 이상할 정도로 적은 숫자입니다. 한 가지 분

명한 사실은 이 모든 부류와 그 아래의 세부 부류에 속하
는 모든 사람들의 탄생의 질서는 분명 어떤 자연의 법칙
에 의해서 정확히 결정되어 있다는 겁니다. 물론 이 법칙
이 현재로서는 알려져 있지 않지만, 저는 그 법칙이 존재
한다는 것과 나중에는 그 법칙이 사람들에게 알려지게 되
리라는 것을 믿습니다. 재료가 되는 엄청난 숫자의 사람들
은 어떤 노력을 거쳐서, 이제까지는 신비로 남아 있는 일
종의 과정, 종족과 가문의 결합이라는 방법을 통해서 결
국 이 세상에 수천 명 중 한 사람이라도 어느 정도 독립적
인 사람을 태어나게 하려고 애쓰기 위해, 오로지 이 목적
을 위해 세상에 존재하고 있는 겁니다. 조금 더 독립적인
성품의 사람들은 어쩌면 수만 명에 한 사람 정도밖에 태
어나지 않을지 모르지요(저는 예를 들어서 일목요연하게
설명하려고 하는 것뿐입니다). 그리고 그보다 더 독립적
인 성품을 가진 사람들은 수십만 명에 한 명꼴로 태어날
것이고, 독창적인 사람들은 수백만 명의 한 명이고, 위대
한 천재, 인류의 완성자는 어쩌면 지구상에서 수억의 사람
들이 살다가 죽어 간 이후에야 나올지 모르는 일이지요.
요컨대 이 모든 일이 일어나고 있는 그 증류기 속을 저는
들여다보지 않았으니까요. 그러나 일정한 법칙은 반드시

있어야 합니다. 여기에 우연이라는 것은 있을 수 없지요.」

「두 사람 다, 뭐야, 지금 농담을 하고 있는 거야?」 마침내 라주미힌이 소리쳤다. 「서로 말놀음을 하고 있는 거야, 뭐야? 앉아서 서로를 놀리려고 하고! 로쟈, 너 그 말을 진심으로 하는 거냐?」

라스꼴리니꼬프는 창백하고 슬픈 듯한 얼굴을 그에게 들었으나, 아무 대답도 하지 않았다. 이 조용하고 슬픈 얼굴과 집요하고 초조하며 〈무례한〉 빈정거림을 숨기지도 않는 뽀르피리의 모습을 나란히 놓고 보자, 라주미힌에게는 이상한 느낌이 들었다.

「이봐, 만일 그 말이 진심이라면, 그건…… 물론 그 말은 새로운 말도 아냐. 네 말이 맞아. 그 말은 우리가 수천 번이나 읽고 들었던 말과 비슷해. 하지만 네가 한 모든 말 중에서 정말로 〈독창적인 것〉은, 그러니까 너 자신만의 의견은, 내 생각에는 정말 무서운 일이지만, 어쨌거나 네가 〈양심상〉 유혈을 허용한다는 점이야. 이런 말을 해서 미안하지만, 그것도 광신적일 정도로 말이야……. 바로 이 점이 네 생각에 있어서 가장 중요한 부분이야. 〈양심상〉 유혈을 허용한다는 것, 그것은…… 그것은 내 생각에 유혈을 공식적으로 그리고 합법적으로 허용하는 것보다도 더 무서운

586

일이야…….」

「참으로 옳은 말이야, 더 무서운 일이지.」 뽀르피리가 맞장구쳤다.

「아니, 너는 무엇엔가 지나치게 몰두한 거야! 그래서 실수가 생긴 거야. 내가 그 논문을 읽어 보겠어……. 네가 너무 몰두한 거야! 네가 그렇게 생각할 리가 없어……. 내가 읽어 보겠어.」

「논문에는 그런 내용이 전혀 없어. 다만 암시만 있을 뿐이지.」 라스꼴리니꼬프는 말했다.

「그렇습니다, 그렇지요.」 뽀르피리는 자리에 그대로 앉아 있을 수 없는 모양이었다. 「이제야 저는 당신이 범죄를 어떻게 바라보시는지 분명히 알게 되었습니다. 그러나…… 저의 집요한 행동을 용서해 주십시오. (너무 괴롭히는 것 같아서 송구스럽군요!) 하지만 꼭 한 가지만 여쭤 보겠습니다. 두 부류의 혼동에 대해 오해했던 점은 당신이 충분히 납득시켜 주셨습니다. 그런데…… 여전히 실제로 다양한 경우들이 걱정되는군요! 어떤 사람 혹은 청년이 자기를 리쿠르고스나 마호메트 — 물론 미래에서지요 — 라고 상상하고는 그렇게 되기 위해 모든 장애를 제거하기 시작한다면요……. 말하자면, 가야 할 길도 멀고 그 미래를 향한 진군을 위해서는 자금도 필요하고 해서…… 그 진군을 위해서 자금을 조달하기 시작한다면 말입니다…….무슨 말인지 아시겠지요?」

자묘또프는 앉아 있던 구석에서 갑자기 픽 웃었다. 그러나 라스꼴리니꼬프는 그에게 눈길조차 주지 않았다.

「저도 인정해야겠군요.」 그는 침착하게 대답했다. 「그런 경우들은 실제로 일어날 수 있습니다. 어리석고 허영심이 많은 사람들은 특히 그런 함정에 걸려들기 쉽지요. 특히 젊은이들이라면요.」

「그것 보십시오. 그러면 그때는 어떻게 하시겠습니까?」

「그렇게 하라고 하세요.」 라스꼴리니꼬프는 비웃는 듯한 표정을 지었다. 「그게 저의 잘못은 아니니까요. 그런 일은 언제나 일어날 수 있습니다. 바로 이 친구도(그는 라주미힌을 머리로 가리켰다) 지금 제가 유혈을 허용하는 거라고 말했습니다만, 그래서 어쨌다는 거지요? 사회는 유형, 교도소, 예심 판사, 강제 노역으로 지나칠 정도로 보호되고 있지 않습니까? 걱정할 필요가 뭐가 있겠습니까? 그 도둑이나 잡으십시오……!」

「그래서 결국 잡게 되면요?」

「그럼, 마땅히 그가 가야 할 길을 가야겠지요.」

「당신은 퍽 논리적이시군요. 자, 그렇다면 그의 양심은 어떻게 되는 겁니까?」

「그게 당신과 무슨 상관이지요?」

「그냥 인도적인 차원에서 관심이 가는군요.」

「양심이 있는 사람이라면, 괴로워하라고 하지요. 혹여 자신의 실수를 인식하게 될지도 모르지요. 그러면 그것이 그에게 강제 노역과는 전혀 다른 차원의 벌이 될 겁니다.」

「그렇다면 정말로 천재적인 사람들은,」 라주미힌은 얼굴을 찌푸리고 물었다. 「사람을 베어 죽여도 되는 권리를 가진 사람들은 자신이 초래한 유혈에 고통스러워하지 말아야만 한다는 거야?」

「〈그래야만 한다〉니, 그건 또 무슨 말이야? 여기에는 그 어떠한 허락도 금지도 없어. 만일 희생자들이 불쌍하다면 괴로워하라고 해. 폭넓은 의식과 깊은 마음속에는 언제나 고뇌와 고통이 있기 마련이니까. 내가 보기에 진정으로 위대한 사람들은 이 세상에서 위대한 슬픔을 느껴야 한다고 생각해.」 그는 문득 생각에 잠겨서 지금까지와는 다른 어조로 이렇게 덧붙여 말했다.

그는 시선을 들어 생각에 잠긴 표정으로 사람들을 돌아보고는, 미소를 지으며 모자를 집어 들었다. 그는 조금 전

들어올 때에 비해서 침착해져 있었다. 그 자신도 그것을 느끼고 있었다. 모두들 일어났다.

「제발 잠시만요. 저를 욕하시든지, 화를 내시든지, 어쨌든 저는 궁금해서 견딜 수가 없군요.」뽀르피리 뻬뜨로비치는 다시 말하기 시작했다. 「꼭 한 가지만 더 질문할 수 있도록 해주십시오. (정말 제가 당신을 귀찮게 하는군요!) 한 가지 아주 사소한 생각을 놓칠 뻔했는데, 다만 잊어버리지 않기 위해서 여쭤 보겠습니다…….」

「좋습니다. 당신의 생각을 말씀해 보시지요.」라스꼴리니꼬프는 진지하고 창백한 얼굴로 그의 말을 기다리며 서 있었다.

「바로 이 점인데…… 정말, 어떻게 제대로 설명을 할 수 있을지 모르겠군요……. 대단히 경박한 생각이긴 합니다만…… 심리적인 문제이지요……. 당신이 그 논문을 작성하고 계실 때 말입니다, 도저히 그런 일은 있을 수 없겠지만, 허허, 혹시 아주 조금이라도 당신은 자기 자신을 〈비범한〉 사람이라고, 즉 새로운 말을 하는 사람이라고 생각해 보신 적은 없습니까? 당신이 말씀하신 그런 의미에서 말입니다……. 그랬습니까?」

「충분히 그럴 수 있는 일이지요.」라스꼴리니꼬프는 경

멸이 섞인 말투로 대답했다.

라주미힌은 몸을 움찔했다.

「만일 그렇다면, 실제로 당신은 살다가 겪는 실패나 어려움 때문에 또는 전 인류를 돕겠다는 생각으로 스스로 장애를 뛰어넘으려는 결단을 내리지는 않으셨습니까? 그러니까 예를 들면, 살인을 하고 도둑질을 하는 일 말입니다…….」

그리고 그는 어째서인지 또 한 번 그에게 왼쪽 눈을 깜박이고는 소리 없이 웃음을 터뜨리며 덧붙였다.「꼭 얼마 전에 있었던 사건처럼 말입니다.」

「내가 장애를 제거해 보려고 진짜 그런 짓을 했다면, 그런 말을 당신에게 하지는 않겠지요.」 라스꼴리니꼬프는 도전적이고 거만하며, 경멸이 서린 말투로 대답했다.

「아니, 저는 그냥 다만 당신의 논문을 보다 더 잘 이해하기 위해서 호기심을 가졌던 것뿐입니다. 단지 학문적인 관점에서 말입니다…….」

〈후, 이건 너무 노골적이고도 뻔뻔스럽다!〉 라스꼴리니꼬프는 혐오감을 느끼며 생각했다.

「한 가지 지적을 해도 될까요.」 그는 매몰찬 목소리로 말하기 시작했다.「저는 자신을 마호메트로도 나폴레옹으로도 생각지 않습니다……. 그러니 제가 그런 사람이 아니라서, 제가 어떻게 행동할지에 대한 당신의 질문에는 만족할 만한 대답을 드릴 수가 없군요.」

「자, 자, 그만두십시다. 요즘 러시아에 사는 사람 중에서 자기를 나폴레옹으로 생각하지 않는 사람이 어디 있겠습니까?」 뽀르피리는 갑자기 끔찍이도 친근한 태도로 이렇게 말했다. 이번에는 목소리의 억양에도 뭔가 특별하고 분명한 것이 내포되어 있었다.

「그런데 지난주에 우리의 알료나 이바노브나를 도끼로 살해한 자가 혹시 어떤 미래의 나폴레옹은 아닐까요?」 자묘또프가 문득 구석에서 이렇게 지껄였다.

라스꼴리니꼬프는 침묵했고, 단호한 표정으로 뽀르피리를 뚫어지게 쳐다보았다. 라주미힌은 침울하게 얼굴을 찌푸렸다. 그는 조금 전부터 뭔가 이상한 눈치를 채기 시작하고 있었다. 그는 화가 나서 주위를 둘러보았다. 음울한 침묵의 순간이 흘렀다. 라스꼴리니꼬프는 나가려고 몸을 돌렸다.

「벌써 가시려고요!」 뽀르피리는 극진히 친절한 태도로 손을 내밀면서 상냥하게 말했다. 「뵙게 되어서 대단히 기뻤습니다. 당신의 요청에 대해서는 조금도 염려하지 마십시오. 제가 말씀드린 대로 그렇게 쓰시면 됩니다. 직접 제 사무실로 한번 들르시는 것이 더 낫겠군요……. 빠른 시일 내로…… 내일이라도요. 저는 아마도 11시경이면 사무실에 있을 겁니다. 함께 일도 처리하고…… 이야기도 나눕시다……. 〈그곳〉에 마지막으로 들렀던 사람들 중 한 사람으로서 우리에게 뭔가를 말씀해 주실 수도 있겠군요…….」 그는 호인다운 표정으로 이렇게 덧붙였다.

「모든 준비를 갖춰 놓고서 저를 공식적으로 신문하고 싶다는 말씀인가요?」 라스꼴리니꼬프는 날카롭게 물었다.

「왜 그런 말씀을 하십니까? 아직 그럴 필요는 전혀 없습니다. 잘못 이해하셨군요. 아실는지 모르겠지만, 저는 기회를 놓치는 사람이 아닙니다……. 전당을 잡힌 다른 사람들과는 이미 이야기를 다 해보았고…… 어떤 사람들에게서는 진술을 받아 내기도 했지요……. 당신은 마지막으로 그곳에 갔던 사람이더군요……. 아 참, 그렇군!」 그는 왠지 갑자기 기쁜 표정으로 외쳤다. 「때마침 생각이 나는군……!」 그는 라주미힌에게 몸을 돌렸다. 「자네 그때 그 니꼴라이에 대해서 귀에 못이 박히도록 이야기했었지……. 나도 알고 있어, 안다고.」 그는 다시 라스꼴리니꼬프에게 몸을 돌렸다. 「그 청년은 깨끗합니다. 그러니 이제 어떻게 하면 좋을까요? 이제는 드미뜨리를 괴롭힐 수밖에요……. 바로 그게 문제거든요. 바로 그게 문제의 핵심이지요. 그런데 그때 계단을 지나시다가…… 죄송합니다만, 가셨던 시간이 7시경이었던가요?」

「7시경이었습니다.」 라스꼴리니꼬프는 그 순간 이 말을 하지 않아도 되었다는 불쾌한 느낌을 받았다.

「그렇다면 7시경에 계단을 지나시다가 2층에 문이 열려 있는 아파트에서 뭐라도 보신 것은 없습니까? 그 아파트가 기억나십니까? 두 명의 일꾼이나 아니면 그들 중 한 사람이라도요? 그 사람들은 그곳에서 칠을 하고 있었는데, 알아채지 못하셨나요? 이건 그들에게 아주 중요한 사항이라서요……!」

「칠장이들이라고요? 아니요, 보지 못했는데요…….」 라스꼴리니꼬프는 기억을 더듬는 듯이 천천히 대답했으나, 그 순간 그의 온몸은 긴장되었다. 과연 무엇이 함정인지, 뭔가 놓친 것은 없는지를 재빨리 추측하려고 온몸이 뻣뻣해지는 고통을 느꼈다. 「아니요, 보지 못했습니다. 그리고 문이 열려 있었다던 그 아파트도 저는 보지 못했는데요……. 그 4층에서(그는 벌써 함정을 알아채고 승리감을 느꼈다) 제가 기억하기로는 어떤 관리가 아파트에서 이사를 하고 있었습니다……. 퇴역 병사들이 무슨 가구를 내가느라고 저를 벽 쪽으로 밀어붙였지요……. 칠장이라면, 아니요, 칠장이들이 있었던 것은 기억이 나지 않는데요……. 그리고 문이 열려 있던 아파트도, 글쎄요, 전혀 없었던 것 같은데요. 그래요, 없었습니다…….」

「형, 그게 무슨 말이야!」라주미힌은 문득 정신을 차리고 무슨 일인지를 깨달았다.「칠장이들이 칠을 했던 날은 살인이 있던 바로 그날인데, 이 친구는 그 사건이 일어나기 사흘 전에 갔잖아? 지금 뭐를 묻고 있는 거야?」

「하! 착각을 했군!」뽀르피리는 이마를 손으로 탁 쳤다. 그는 라스꼴리니꼬프에게 사죄하듯이 말했다.「제기랄, 이 사건 때문에 정신이 나가 버렸어! 지금 상황에서는 7시경에 그 사람들을 아파트에서 본 사람이 있느냐 없느냐의 문제가 저희에게는 아주 중요한 일이라서, 당신 역시 뭔가를 말씀해 주실 수 있으리라고 생각하고는…… 완전히 착각해 버렸습니다!」

「조금 더 주의를 했어야지.」라주미힌이 언짢다는 태도로 말했다.

이런 마지막 말들은 이미 현관에서 오가고 있었다. 뽀르피리 뻬뜨로비치는 극진히도 그들을 바로 문까지 배웅

해 주었다. 두 사람 다 우울하고 침통한 기분으로 거리로 나섰다. 그리고 몇 발자국을 걸어갈 때까지 두 사람은 아무 말이 없었다. 라스꼴리니꼬프는 깊은 한숨을 몰아쉬었다…….

6

「……믿을 수 없어! 도저히 믿을 수가 없어!」 낙담한 라주미힌이 안간힘을 다해 라스꼴리니꼬프의 논리를 부정하려고 애쓰면서 반복해서 말했다. 그들은 이미 뿔헤리야 알렉산드로브나와 두냐가 오래전부터 그들을 기다리고 있을 바깔레예프의 하숙집에 가까이 와 있었다. 라주미힌은 이야기에 열중한 나머지 때때로 거리에서 멈춰 서기까지 했다. 그는 이 문제에 대해 그들이 처음으로 분명히 이야기를 나누게 되었다는 점 하나만으로도 당황하고 흥분해 있었다.

「믿지 마!」 라스꼴리니꼬프는 무심한 듯 냉소를 띠고 대답하기 시작했다. 「너는 네 평소의 버릇대로 아무것도 눈치채지 못했지만, 나는 말 한 마디 한 마디를 재고 있었어.」

596

「너야 의심이 많은 녀석이니까, 한 마디 한 마디를 쟀겠지……. 음…… 정말 뽀르피리의 말투가 아주 이상했다는 점은 나도 인정해. 특히 그 비열한 인간 자묘또프는……! 네 말이 옳아, 그의 말 속에는 무언가가 있었어. 그렇지만 왜? 어째서일까?」

「밤사이에 생각을 바꾼 거야.」

「아니, 정반대, 정반대일 수도 있어! 만일 그들에게 그런 얼빠진 생각이 들었다면, 그들은 온 힘을 다해 그것을 숨기고 있다가 나중에 덜미를 낚아채기 위해 자기편의 카드를 감춰야 했어……. 그런데 아까는 정말 노골적이고 조심성이 없었잖아!」

「만일 그들에게 물증, 확실한 물증, 아니, 혐의에 무슨 근거라도 있었다면, 그때는 그들도 술수를 숨기려고 노력했겠지. 나중에 더 큰 승리를 얻으려는 속셈으로 말이야. (벌써 오래전에 신문했을 수도 있어!) 그런데 그들에게는 단 하나의 물증도 없는 거야. 모든 것이 공상이고, 모든 것이 두 극단으로 해석될 수 있는, 모조리 변하기 쉬운 생각뿐이야. 그러니 그들은 뻔뻔스러운 수작으로 사람을 정신없게 만든 다음, 한 방에 덮치려는 거야. 물증이 없다 보니까 울화통이 터져서, 화가 난 김에 터뜨려 본 것인지도 몰

라, 아니면 어떤 의도가 있었던 것인지도……. 그 사람은
똑똑한 사람 같아……. 어쩌면 자기가 알고 있는 것으로
나를 놀라게 하고 싶었는지도 몰라……. 이봐, 여기에는
나름대로의 심리학이 있거든……. 이런 일들을 하나하나
설명하는 것도 정말 끔찍스럽다. 그만두자!」

「그리고 모욕적이야, 정말 모욕적인 일이야. 너를 이해
할 수 있겠어! 하지만…… 우리가 모든 걸 분명하게 서로
말하게 된 지금이니까(마침내 분명하게 말하게 되었다는
건 정말 좋은 일이야, 난 기뻐!) 내가 솔직히 인정하겠는
데, 녀석들은 오래전부터 그런 생각을 마음에 품고 있었
어. 물론 그 생각은 아주 하찮은 형태로 저 밑에서 꿈틀대
는 수준이었어. 그런데 그런 수준이었다고 할지라도 어째
서 그런 생각이 든 걸까? 어떻게 감히 그런 생각을 할 수
있었지? 어디서 그런 근거를 발견했을까? 정말 열받는
군! 어떻게 그럴 수가 있지? 의심이 많고 자존심이 강하
고, 자기 가치를 잘 알고 있는 어떤 가련한 대학생이 가난
과 우울증에 시달리면서 여섯 달 동안이나 집구석에 처박
혀 아무도 보지 않고 살다가, 벌써부터 시작되었을 수도
있는 정신 착란과 무서운 열병에 걸려 쓰러지기 바로 전
날, 누더기와 닳아 빠진 구두를 신고 갑자기 어떤 경찰서

에 불려 가서 그들의 모욕적인 말들을 들어야 했어. 또 7등 문관 체바로프라는 사람에게 갚아야 할 기한을 넘긴 어음과 예상치 못했던 빚이 코앞에 나타나고, 썩은 칠 냄새, 30도를 넘는 뜨거운 날씨, 숨 막히는 공기, 들끓는 사람들, 그리고 그 전날 자기가 방문했던 노파가 살해당했다는 이야기, 이 모든 것들이 한꺼번에 공복에 들이닥친 거야! 그러니 어떻게 기절하지 않을 수 있겠어! 그런데 바로 이것에, 바로 이것에 혐의를 두는 거야! 제기랄! 이건 정말 억울한 일이야. 하지만 내가 만약 네 입장이라면, 로쟈, 나는 녀석들이 보는 앞에서 껄껄 웃어 주거나, 아니면 이게 더 낫겠다, 그 녀석들 상판에 침을 뱉어 주겠어. 그것도 끈적거리는 가래침으로 말이야. 그리고 그 상판의 이쪽저쪽을 스무 대쯤 패주겠어. 정신을 차리게 말이야. 언제나 그런 놈들은 그런 식으로 한 번 손을 봐줘야 한다니까. 그래야 일이 끝나지. 싹 무시해 버려! 자, 기운을 내라! 정말 부끄러운 일이야!」

〈그런데, 이 녀석 제법 훌륭하게 설명하는걸!〉 라스꼴리니꼬프는 이렇게 생각했다.

「싹 무시하라고? 그런데 내일이면 또다시 신문이 시작될 텐데!」 그는 비통하게 말했다. 「내가 그들을 상대로 정말 설명을 해야 하는 거야? 어제 음식점에서 자묘또프와 있었던 일도 화나 죽겠는데……」

「제기랄! 내가 직접 뽀르피리에게 가야겠어! 〈친척의 입장에서〉 그 사람을 쥐어짜서 모든 것을 털어놓게 만들겠어! 그리고 그 자묘또프도……」

〈마침내는 눈치를 챘군!〉 라스꼴리니꼬프는 생각했다.

「잠깐!」 라주미힌은 갑자기 그의 어깨를 휘어잡고 외치기 시작했다. 「기다려! 네가 과장해서 생각하는 건지도 몰라! 조금 더 생각해 보니까, 네가 과장하는 것일 수도 있어! 그게 무슨 계략이겠니? 잘 생각해 봐. 만일 네가 〈그런 짓〉을 했다면, 아파트를 칠하고 있는 것과…… 일꾼들을 보았다고 할 리가 없잖아? 정반대로, 보았다고 하더라도 전혀 보지 못했다고 했겠지! 누가 자기에게 불리한 발언을 하겠어?」

「만일 내가 〈그런 짓〉을 저질렀다면, 나는 틀림없이 일꾼들과 아파트를 보았다고 말할 거야.」 라스꼴리니꼬프는 내키지 않는다는 듯이 눈에 보이도록 혐오감을 드러내며 대답했다.

「왜 자기에게 불리한 말을 하지?」

「시골뜨기거나, 전혀 경험이 없는 풋내기라면 신문받을

때, 곧장 연속해서 모든 것을 잡아떼겠지. 하지만 조금이라도 지적으로 성숙하고 노련한 사람이라면 틀림없이 가능한 한 모든 외적이고 어쩔 수 없는 사실에 대해서는 인정하려고 애쓸 거야. 다만 이 모든 것에 다른 이유를 붙이고, 나름대로 전혀 예상치 못한 독특한 사실을 삽입해서 완전히 다른 의미를 부여한 다음, 전혀 다른 방향에서 그것을 제시하겠지. 뽀르피리는 내가 반드시 그렇게 대답할 거라고, 그럴듯하게 보이기 위해서 틀림없이 보았다고 말하고, 그다음에는 설명도 덧붙일 거라고 계산했던 거야…….」

「그러면 즉각 말꼬리를 잡아서, 〈이틀 전에는 일꾼들이 거기 있을 수 없었다. 그러니 너는 살인이 있던 바로 그날 그곳에 갔던 것이다〉라고 말하려 했다는 거로구나. 전혀 엉뚱한 일로 한 방에 때려눕힐 수도 있었던 거야!」

「그래, 그는 바로 그 점을 노렸던 거야. 내가 미처 생각하지 못하고, 더 그럴듯하게 황급히 대답하려고 하다가, 이틀 전에는 일꾼들이 있을 수 없다는 것을 잊어버릴 거라고 생각했던 거지.」

「그런데 어떻게 잊어버릴 수가 있지?」

「그건 아주 쉬운 일이야! 교활한 사람일수록 그런 하찮은 일에 더 쉽게 걸려들 수 있거든. 교활하면 할수록 자기가 그런 사소한 일로 걸려들 수 있다고는 생각하지 못하거든. 가장 교활한 사람들은 가장 단순한 방법으로 잡아넣어야 해. 그러니 뽀르피리는 네가 생각하는 것처럼 그렇게 어리석은 사람이 아냐……」

「그 말을 들으니 그는 정말 악랄한 사람이야!」

라스꼴리니꼬프는 쓴웃음을 참을 수 없었다. 그러나 바로 그 순간 마지막 설명을 할 때 자기가 느꼈던 생기와 흥미가 그에게는 몹시도 이상하게 여겨졌다. 그전까지 그는 음울한 혐오감을 느끼며, 분명 어떤 목적과 필요성에 따라서 대화를 지속한 것이기 때문이었다.

〈내가 전혀 엉뚱한 일에 흥미를 느끼기 시작하는군!〉 그는 속으로 생각했다.

그러나 거의 비슷한 순간에 그는 어쩐지 걱정이 되기 시작했다. 갑자기 어떤 예기치 못한 불안한 생각이 그를 놀라게 하는 것 같았다. 그의 불안은 점점 더 강해졌다. 그들은 이미 바깔레예프의 하숙집 입구에 와 있었다.

「혼자 들어가.」 갑자기 라스꼴리니꼬프가 말했다. 「곧 돌아올게.」

「어디로 가는데? 이제 다 왔잖아!」

「일이 있어서 꼭 가봐야 해……. 30분 후에 올게……. 그렇게 전해 줘.」

「네 마음대로 해. 하지만 나도 따라갈 거야!」

「그러지 마. 나를 괴롭히고 싶어서 그러니?」 라스꼴리니꼬프는 쓰디쓴 초조한 심정과 절망에 찬 시선으로 그를 바라보면서 외쳤다. 라주미힌은 이런 모습을 보자 두 팔에서 힘이 쑥 빠졌다. 그는 몇 분 동안 현관 앞의 계단에 서서, 라스꼴리니꼬프가 자기 집이 있는 골목을 향해 빠른 걸음으로 가는 모습을 바라보았다. 마침내 그는 이를 갈면서 주먹을 꼭 쥐고, 오늘 반드시 뽀르피리를 레몬처럼 쥐어짜리라고 맹세했다. 그리고 그는 오랫동안 그들이 오지 않아서 벌써부터 걱정하고 있는 뿔헤리야 알렉산드로브나를 안심시키기 위하여 위로 올라갔다.

라스꼴리니꼬프가 집에 도착했을 때, 그의 관자놀이는 땀에 흠뻑 젖어 있었고, 호흡도 거칠었다. 그는 황급히 계단을 올라가서, 잠겨 있지 않던 자기 방에 들어가자마자, 즉각 걸쇠를 걸어 잠갔다. 그런 다음 그는 겁에 질린 채 미친 듯이 그 구석, 그때 물건들을 놓아두었던 벽지 아래의 그 구멍으로 달려들어서, 손을 넣고 몇 분 동안 철저히, 벽지의 접혀진 부분들을 구석구석 들춰 가면서까지 뒤져 보았다. 아무것도 발견하지 못한 그는 일어나서 깊은 안도의 한숨을 몰아쉬었다. 조금 전 바깔레예프의 현관 계단에 거의 도착했을 때, 그의 머릿속에는 어떤 물건, 줄이나 단추 혹은 노파의 글씨가 적혀 있는 포장지 같은 것이 어쩌다가 그의 몸에서 빠져나와, 어느 틈새에 떨어져 있을 수도 있다는 생각이 들었던 것이다. 그것이 나중에 갑자기 반박할 수 없는 뜻밖의 증거물이 되어 그의 앞에 제시될 수도 있는 일이었다.

마치 깊은 생각에 잠긴 듯이 서 있던 그의 입술에 이상하게 반쯤은 넋이 나간 듯한 기묘한 미소가 떠올랐다. 그는 마침내 모자를 들고 조용히 밖으로 나왔다. 생각이 어지러이 얽히고 있었다. 그는 생각에 잠긴 채 대문으로 내려갔다.

「바로 저기 그 사람이 나오는군요!」 커다란 목소리가 그의 귓전에 울렸다. 그는 고개를 들었다.

경비원이 자기 방문 바로 옆에 서서, 키가 그다지 크지 않은 어떤 사람에게 그를 가리켜 보이고 있었다. 차림새가 상인 같아 보이는 그 사람은 가운 비슷한 것에 조끼를 걸쳐 입고 있어서 멀리서 보면, 꼭 아줌마처럼 보였다. 머리에 기름때가 찌든 모자를 쓰고 고개를 푹 숙이고 있어서, 그의 전체적인 모습은 꼭 등이 굽은 것같이 보였다. 축 늘어진 주름투성이의 얼굴은 쉰 살이 넘어 보였다. 작고 눈꺼풀이 부어오른 그의 눈은 음울하고 냉혹하며, 뭔가 불만에 가득 차 있었다.

「무슨 일이지요?」 라스꼴리니꼬프는 경비원에게 다가가면서 물었다.

상인은 곁눈질로 그를 흘끗 보더니, 서두르는 기색도 없이 주의 깊게 뚫어져라 그를 뜯어보았다. 그러고는 단 한마디의 말도 하지 않고 천천히 몸을 돌려, 건물의 대문을 지나 거리로 나가 버리고 말았다.

「도대체 무슨 일입니까!」 라스꼴리니꼬프가 외쳤다.

「웬 사람이 여기 이러이러한 대학생이 사느냐고, 당신 이름을 대면서 어디에서 사느냐고 묻잖소. 그런데 학생이 내려온 거요. 그래서 내가 말해 줬지. 그랬더니 그냥 가는구려. 그게 다요.」

경비원 역시 의아한 눈치였다. 그러나 그다지 대수롭게 여겨지지 않는지 그는 잠깐 고개를 갸우뚱거리더니 몸을 돌려 다시 자기의 작은 방으로 기어들어 가버렸다.

라스꼴리니꼬프는 상인을 뒤쫓아 달려 나갔고, 곧 그를 발견할 수 있었다. 사내는 아까처럼 규칙적이고 서두르지 않는 걸음걸이로 시선을 내리깔고, 뭔가 생각에 잠긴 듯이 맞은편 거리를 따라 걸어가고 있었다. 그는 곧 사내를 따라잡을 수 있었지만, 몇 분 동안은 그의 뒤를 따라가기만 했다. 그러다가 마침내 사내와 나란히 걷게 되자 옆에서 그의 얼굴을 들여다보았다. 그 사람도 곧 그가 온 것을 알아채고는, 재빠른 눈초리로 그를 훑어보았지만, 곧 시선을 다시 아래로 내리깔았다. 그리고 그런 채로 그들은 약 1분 동안 서로에게 한마디의 말도 하지 않고 보조를 맞춰 나란히 걸었다.

「저에 대해서…… 경비원에게 물으셨습니까?」 라스꼴리니꼬프는 마침내 말을 꺼냈다. 그러나 어쩐지 작은 목소리였다.

상인은 아무 대답도 하지 않았을 뿐 아니라 그를 쳐다보지도 않았다. 다시 두 사람은 침묵했다.

「아니…… 와서 물어보고는…… 아무 말도 하지 않으니…… 이게 무슨 짓입니까?」 라스꼴리니꼬프의 목소리는 갈라지며 단어들도 웬일인지 또렷이 발음되지 않았다.

「살인자!」 그는 갑자기 조용하지만 분명하고 또렷한 목소리로 이렇게 내뱉었다…….

라스꼴리니꼬프는 그와 나란히 걷고 있었다. 갑자기 그의 두 다리에서 힘이 쑥 빠지며 등골이 오싹해졌다. 순식간에 심장이 얼어붙는 것 같더니 곧 잠겼던 걸쇠가 벗겨진 듯이 급하게 요동치기 시작했다. 똑같은 모습으로 그들은 1백 걸음쯤을 또다시 말없이 걸었다.

상인은 그를 쳐다보지도 않았다.

「그게 무슨…… 무슨 말씀이세요……. 누가 살인자란 말입니까?」 라스꼴리니꼬프는 거의 들릴 듯 말 듯한 목소리로 중얼거렸다.

「〈네가〉 살인자야.」 그 사람은 증오에 찬 승리의 미소를 지으면서, 또박또박 위협조로 말했다. 그러고는 또다시 라스꼴리니꼬프의 창백한 얼굴과 죽은 듯한 시선을 똑바로 응시했다. 그때 두 사람은 교차로에 도착했다. 상인은 왼쪽으로 난 길로 구부러져서 뒤도 돌아보지 않고 계속 앞으로 걸어갔다. 라스꼴리니꼬프는 그 자리에 우뚝 선 채 오랫동안 그의 뒷모습을 바라보았다. 그는 그 사람이 쉰 걸음 정도를 가더니 몸을 돌려 아직도 그 자리에서 꼼짝도 못하고 서 있는 자신의 모습을 쳐다보는 것을 보았다. 자세히 볼 수는 없었지만, 라스꼴리니꼬프는 이때 그 사람이 차갑고 증오에 찬 승리의 미소를 지은 것 같은 느낌이 들었다.

기진맥진해서 후들후들 떨리는 무릎으로 라스꼴리니

꼬프는 마치 온몸이 얼어붙은 사람처럼 길을 되돌아와서 자기의 작은 방으로 올라왔다. 그는 모자를 벗어 의자에 내려놓고 10분 동안 그 옆에 꼼짝도 하지 않고 서 있었다. 그 후 그는 힘없이 소파에 누워, 병자같이 약한 신음 소리를 내면서 몸을 뻗었다. 그의 눈은 감겨 있었다. 그런 모습으로 그는 30분 동안 누워 있었다.

그는 아무것도 생각하지 않았다. 일종의 생각들이나 생각의 파편들, 어떤 상념들은 있었지만, 그것들은 어떠한 연결도 질서도 없이 스쳐 지나갈 뿐이었다. 어렸을 때 보았거나 어디선가 꼭 한 번 만났지만 전혀 기억할 수가 없는 사람들의 얼굴, V 교회의 종루, 어떤 음식점의 당구대와 그 당구대 옆에 있던 장교 한 사람, 어떤 지하 담배 가게에서 나던 담배 냄새, 선술집, 구정물과 달걀 껍질이 잔뜩 널려 있던 아주 어두운 검은색의 계단, 어디선가 들려오는 주일의 종소리…… 여러 가지 대상들이 그의 머릿속에서 뒤바뀌며 회오리바람처럼 소용돌이치고 있었다. 그의 마음에 꼭 드는 것들도 있어서 그것에 매달려 보기도 했지만, 그것들도 곧 사라져 버렸다. 전체적으로 무언가 내부에서 그를 억누르는 것이 있었지만, 그것이 대단한 정도는 아니었다. 때로는 기분이 아주 좋기까지 했다…….

가벼운 오한은 아직 사라지지 않았으나, 그것마저 역시 유쾌한 감촉이라고 할 수 있었다.

라주미힌의 다급한 발소리와 목소리가 들려오자, 그는 눈을 감고 잠이 든 척했다. 라주미힌은 문을 열고 잠시 동안 망설이는 듯 문간에 서 있었다. 그다음 그는 방 안으로 조용히 들어와서 조심스레 소파로 다가왔다. 나스따시야의 속삭이는 소리가 들렸다.

「건드리지 말아요. 푹 자게 내버려 둬요. 나중에 먹어도 되니까요.」

「그렇게 하지.」 라주미힌이 대답했다.

두 사람 모두 조심스레 밖으로 나가서는 문을 닫았다. 그렇게 30분이 흘렀다. 라스꼴리니꼬프는 두 눈을 뜨고, 두 손을 머리 밑에 받친 채 또다시 고개를 뒤로 젖혀 반듯이 누웠다…….

〈그 사람은 누구일까? 땅속에서 솟아난 듯한 그 사람은 도대체 누구일까? 그는 어디에 있다가 무엇을 본 것일까? 그 사람이 모든 것을 보았다는 점에는 의심할 여지가 없다. 그럼 그때 그는 어디에 서 있었던 것일까? 어디서 보았단 말인가? 왜 그는 지금에서야 땅에서 솟아난 것처럼 나타난 것일까? 그리고 그는 어떻게 볼 수 있었을까?

그게 가능한 일일까……? 음…….〉 라스꼴리니꼬프는 한기로 몸을 떨면서 계속해서 생각했다. 〈니꼴라이가 문 뒤에서 발견한 보석 상자, 그것 역시 가능한 일일까? 증거물이라고? 10만분의 1쯤 되는 미세한 것이라도 간과한 것이 있다면, 이집트의 피라미드처럼 큰 증거물이 될 것이다! 파리가 날고 있었는데, 그 파리는 보았을 테지! 하지만 그런 일이 있을 수 있을까?〉

그리고 그는 문득 자신이 약해지고 있다는 것을, 육체적으로 소진해 가고 있다는 것을 깨닫고 극도의 혐오감을 느꼈다.

〈나는 그것을 알았어야만 했다.〉 그는 쓰디쓴 비웃음을 머금으며 생각했다.〈나 자신을 알고 있었으면서도,《나 자신을 예감했으면서도》, 나는 어떻게 도끼를 들고 온몸에 피를 적실 수 있었을까! 나는 미리 알았어야만 했어……. 아! 나는 미리 알고 있지 않았던가……!〉 그는 절망에 빠져 속삭였다.

때때로 그는 어떤 상념 앞에 꼼짝도 못하고 멈춰 서 있었다.

〈아니, 그 사람들은 그렇게 만들어지지 않았어. 진짜《거인》, 모든 것이 허용되어 있는 사람은 툴롱을 호령하고 파리에서 대학살극을 벌이고, 이집트에서 군대를《잃고》, 모스끄바로의 진군에서 50만의 사람들을《희생시키고》, 빌니우스에서는 그 일을 우스갯소리로 넘겼다.[69] 그런데도 죽은 후에는 그를 우상으로 떠받들지 않았는가. 즉《모든 것》이 허용된 것이다. 아니, 아마도 이런 사람의 몸은 살로 되어 있지 않고 청동으로 되어 있는 모양이다!〉

갑작스레 이와는 전혀 상관이 없는 어떤 생각이 떠올라, 그는 거의 웃음을 터뜨릴 뻔했다.

〈나폴레옹, 피라미드, 워털루, 그리고 여위고 추한 14등 문관 미망인, 노파, 고리대금업자, 침대 밑 붉은 궤짝 — 설령 뽀르피리 뻬뜨로비치라고 할지라도 어떻게 이것들을 소화시킬 수 있겠는가……! 어떻게 이것들을 소화시킬 수 있단 말인가……! 미학이 방해할 것이다. 나폴레옹이 노파의 침대 밑에 기어들겠느냔 말이다! 아하, 엉터리 같은 이야기다……!〉

69 나폴레옹 1세의 전기에서 실제적으로 있었던 일을 열거한 것이다. 툴롱의 점령은 1793년 12월에, 파리에서 왕당파들을 진압한 사건은 1795년 10월에 일어났다. 나폴레옹은 1798년에 이집트로 진군했는데, 그다음 해인 1799년에는 군대를 버리고 프랑스로 가서 권력을 잡았다. 나폴레옹은 1812년 러시아 침공에 대패를 당하고 퇴각한다. 이때 꼴렌꾸르의 증언에 따르면 빌니우스에서 나폴레옹은 〈위대한 것과 우스꽝스러운 것은 한 걸음 차이다〉라고 말했다 한다.

그는 잠깐씩 자기가 정신 착란 상태에 빠져드는 것 같다는 생각이 들었다. 그는 열병과도 같은 희열감에 빠져들었다.

〈그 노파 따위는 아무것도 아니다!〉 그는 격렬하고도 끈질기게 생각했다.〈노파는 실수였다고 치자. 그러나 문제는 거기 있는 것이 아니다! 노파는 질병에 불과한 존재이다……. 나는 어서 뛰어넘고 싶었다……. 나는 사람을 죽인 것이 아니라, 원칙을 죽인 것이다! 나는 원칙을 죽였지만, 도저히 그것을 뛰어넘을 수가 없어서, 아직 이쪽에 남아 있는 것이다……. 다만 죽일 줄만 알았을 뿐이다. 아니 그것조차도 제대로 하지 못한 것으로 드러났다……. 원칙이라고? 어째서 아까 그 바보 같은 라주미힌은 사회주의자들을 욕했을까? 그들은 일을 좋아하는 사업가들로《보편적인 행복》을 위해서 일하고 있지 않은가……. 아니, 삶은 내게 단 한 번만 주어질 뿐, 그 이상은 주어지지 않는다. 나는《전 인류의 행복》을 기다리고 싶지 않다. 나는 나 자신의 삶도 살고 싶다. 그렇지 않으면 차라리 살지 않는 편이 더 낫다. 그래서? 나는 다만《공동의 행복》을 기다린다는 명목으로 주머니에 돈을 움켜쥐고, 배를 곯고 있는 어머니 옆을 그냥 지나치고 싶지 않았던 것이다.《공동의 행복을 위해 벽돌 하나를 나르면서, 이로 인해 마음의 평화를 느껴 보겠다》는 말이렷다. 하하하! 어째서 너희들은 나를 빼놓았느냐? 나도 꼭 한 번밖에는 살지 못하므로, 나 역시 살고 싶단 말이다……. 아, 나는 미적인 취향을 지닌 이[蝨]에 불과하다.〉 그는 갑자기 미친 사람처럼 웃음을 터뜨리며 이렇게 생각했다. 〈정말로 나는《이》일 뿐이다.〉 그는 자학에서 오는 쾌감을 느끼며 이 생각에 달라붙어, 그것을 파헤치고 즐기면서 그것으로 위안을 얻으며 계속 생각했다. 〈다음의 이유 하나만 봐도 나는《이》이다. 첫째, 지금 내가 스스로를《이》라고 생각하고 있는 것 하나만 봐도 그렇다. 둘째, 한 달 내내, 자신의 육체와 욕망을 위해서 일을 저지른 것이 아니라 위대하고 훌륭한 목적을 염두에 두었다고 전지전능한 신을 증인으로 세워 가면서 괴롭혔다는 점에서도 그렇다. 하하하! 셋째로, 일을 저지르면서도 가능한 한 공정성을 지키려고, 즉 무게, 정도, 수학을 고려해서《이》중에서 가장 무익한《이》를 선택해 그것을 죽이고, 첫걸음을 위해서 더도 덜도 말고 내게 필요한 만큼만 정확하게 그로부터 빼앗으려고 했단 말이다……. (말하자면, 나머지는 유언장에 따라서 수도원에 고스란히 가도록 말이다 — 하하!) 그러므로, 그러므로 나는 결론적

으로《이》에 불과한 것이다.〉 그는 이를 갈면서 이렇게 덧
붙였다. 〈나 자신이 어쩌면 살해당한《이》보다도 더 추악
하고 더러운 놈인지도 모른다. 그렇기 때문에 나는 죽이
고 난《뒤》엔 스스로에게 이런 말을 하게 될 것이라고 미리
부터《예감했던 것이다!》과연 이 두려운 일에 비길 만한
것이 또 있을까! 오, 저속함이여! 오, 비열함이여……! 오,
나는 칼을 들고 말을 탄《선지자》의 심정을 아주 잘 이해
할 수 있다. 알라신이 명하니, 복종하라.《떨고 있는 피조물
이여!》[70] 어디선가 거리를 가로막고 훌륭한 포병들을 세
워 놓은 다음, 죄가 있든 없든 마구 쏘아 대고도 변명하지
않은《선지자》는 정당했다! 복종하라, 떨고 있는 피조물
들이여. 그리고《바라지 말라》. 왜냐하면 그것은 너의 일
이 아니니까……! 오, 결단코 결단코 나는 그 노파를 용서
치 않으리라!〉

그의 머리털은 땀에 젖었고, 떨리는 입술은 바싹바싹
탔으며, 고정된 시선은 천장에 박혀 있었다.

〈어머니, 누이동생, 나는 그들을 너무나 사랑한다! 그런
데 왜 나는 지금 그들을 증오하는 것일까? 그래, 나는 그들
을 증오한다. 육체적으로 증오한다. 나는 그들이 내 곁에

70 뿌쉬낀의 시 「코란의 모방」에서 인용한 말이다.

있는 것을 견딜 수가 없다……. 아까 나는 어머니에게 다가가 키스했다. 기억이 난다……. 어머니를 포옹하고서 생각했다. 만일 어머니가 아신다면…… 그렇다면 차라리 어머니에게 이야기를 해버릴까? 어차피 그렇게 되겠지……. 음! 《어머니》도 나와 다를 바가 없는 분이야.〉 그는 마치 자신을 덮쳐 오는 정신 착란과 싸우기라도 하듯이 생각을 놓치지 않으려고 애쓰면서 이렇게 덧붙였다. 〈오, 지금 나는 그 노파가 너무나 증오스럽다! 만약 노파가 다시 살아난다면, 나는 다시 한 번 그녀를 죽일 것만 같다! 불쌍한 리자베따! 왜 그 여자는 그때 갑자기 나타난 것일까……! 하지만 이상하다. 어째서 나는 그 여자에 대해서는 거의 생각지 않았을까, 마치 죽이지도 않은 것처럼……? 리자베따! 소냐! 가련하고 온순한 사람들, 온순한 눈을 가진 사람들…… 사랑스러운 사람들이다……! 어째서 그들은 울지 않는 걸까? 어째서 그들은 신음하지 않는 걸까……? 그들은 모든 것을 내주기만 한다……. 조용히 온순하게 바라볼 뿐이다……. 소냐, 소냐! 조용한 소냐……!〉

그는 정신을 잃었다. 자기가 어쩌다가 거리의 한가운데에 서 있게 되었는지 기억나지 않는 게 이상했다. 벌써 늦은 저녁이었다. 땅거미가 짙어졌고, 보름달이 더욱 선명하게 주위를 밝히고 있었다. 그러나 어쩐지 공기는 유달리 숨이 막힐 것만 같았다. 사람들은 무리를 지어 거리를 걷고 있었다. 수공업자들, 바쁜 사람들은 각기 집으로 발걸음을 재촉했고, 어떤 사람들은 산책을 하고 있었다. 석회와 먼지 냄새, 시궁창 냄새가 진동했다. 라스꼴리니꼬프는 낙담한 채 슬픈 기색으로 걷고 있었다. 그는 집을 나설 때 무언가를 서둘러서 해야 한다는 어떤 목적의식이 있었다는 사실은 기억이 났다. 그러나 그 일이 무엇인지는 잊어버려서 도무지 기억이 나지 않는 것이었다. 문득 그는 발걸음을 멈췄다. 거리 맞은편의 보도에서 어떤 사람이 서서 그에게 손을 흔드는 것이 보였다. 그는 길을 건너서 그에게 갔지만, 그 사람은 갑자기 몸을 홱 돌려 마치 아무 일도 없었다는 듯이 고개를 숙인 채 뒤도 돌아보지 않고, 그를 불렀던 기색도 없이 앞으로 걸어가기 시작했다. 〈정말로 저 사람이 나를 불렀던 것일까?〉 라스꼴리니꼬프는 의심이 들었지만, 그래도 그를 쫓아가기 시작했다. 열 걸음도 채 가기 전에 그는 그 사람이 누구인지 문득 알아채고는 흠칫 놀랐다. 그 사람은 조금 전 보았던 그 가운 차림의 몸이 구부정한 상인이었다. 라스꼴리니꼬프는 멀리서 따라갔다. 그의 심장은 고동쳤다. 그들은 골목으로 구부러졌지만, 그 사람은 여전히 돌아볼 생각을 하지 않았다. 〈내가 자기를 뒤쫓고 있다는 사실을 아는 걸까?〉 라스꼴리니꼬프는 생각했다. 상인은 어떤 큰 건물의 문으로 들어갔다. 라스꼴리니꼬프는 재빨리 문에 다가가서, 그가 뒤를 돌아보지는 않을까, 자신을 부르지는 않을까 지켜보기 시작했다. 과연 그 사람은 대문을 통과해 마당에 들어서자 갑자기 몸을 돌려, 또다시 그에게 손을 흔드는 것 같은 행동을 했다. 라스꼴리니꼬프는 즉시 대문 안으로 들어갔지만 이미 상인은 마당에 없었다. 그렇다면 그 사람은 여기서 첫 번째 계단으로 들어간 것이다. 라스꼴리니꼬프는 그의 뒤를 따라 날쌔게 올라갔다. 과연 두 계단 위에서 누군가의 서두르지 않는 규칙적인 발소리가 아직도 들리고 있었다. 이상하게도 그 계단은 어쩐지 눈에 익은 데가 있었다! 저쪽 1층 계단에 난 창의 유리를 통해서는 달빛이 구슬프고도 신비롭게 스며들고 있었다. 저런! 이곳은 일꾼들이 칠을 하고 있던 그 아파트이다……. 어떻게 곧바로 알아채지 못했을까? 앞에서 걸어가고 있는 사람의 발소리가 조용해졌다. 〈그렇다면 그는 멈춰 섰거나 아니면 어딘가 숨어 있는 것이다.〉 이제 3층이다. 앞으로 더 가볼까? 저쪽은 너무나 조용하다. 무섭기도 하다……. 그러나 그는 그곳으로 갔다. 자신의 발소리가 그를 놀라게 하고 불안하게 만들었다. 이런, 너무나 어둡다! 상인은 아마도 이곳 어딘가의 구석에 숨어 있을 것이다. 아! 아파트가 계단을 향해 활짝 열려 있다. 그는 이렇게 생각하고 안으로 들어갔다. 현관은 무척 어둡고 텅 비어 있었다. 개미 한 마리도 없는 것이, 물건을 모두 내간 것 같았다. 그는 조용히 발꿈치를 들고 거실로 들어갔다. 방 전체는 달빛으로 가득 채워져 있었다. 그곳은 모든 것이 예전과 똑같았다. 의자들, 거울, 노란색 소파, 그리고 액자 속의 그림들. 거대하고 둥글고 붉은 청동빛의 보름달이 창 너머로 방을 들여다보고 있었다. 〈보름달 때문에 이렇게 고요한가 보다.〉 라스꼴리니꼬프는 생각했다. 〈달이 지금 수수께끼를 던지고 있는 것 같구나.〉 그는 서서 기다렸다. 오랫동안 기다렸다. 보름달이 뜬 밤이 고요하면 고요할수록, 그의 심장은 더욱 세차게 고동쳐서 나중에는 아플 정도였다. 주변은 온통 고요 속에 잠겨 있었다. 갑자기 나뭇가지가 바스러지는 듯한 소리가 순간적으로 들리더니 또다시 사방이 조용해졌다. 문득 잠에서 깨어난 파리가 공중에서 비행을 하다가 유리창에 부딪혀서 애처롭게 윙윙대기 시작했다. 바로 그 순간 그는 작은 장롱과 창 사이에 난 구석에서 벽에 걸린 외투 같은 것을 구분해 낼 수 있었다. 〈이게 무슨 외투일까?〉 그는 생각했다. 〈옛날에는 이런 것이 없었는데…….〉 그는 조용히 다가갔다. 외투 뒤에 누군가가 숨어 있는 것 같다는 느낌이 들었다. 그가 외투를 조심스레 손으로 걷어 내자, 거기에 의자가 놓여 있고, 의자의 한구석에 노파가 온몸을 구부리고 고개를 떨군 채 앉아 있는 것이 보였다. 노파가 고개를 너무 깊이 숙이고 있어서, 도저히 그 얼굴을 들여다볼 수가 없었다. 그렇지만 그것은 그녀였다. 그는 그녀 앞에 섰다. 〈두려워하는구나!〉 그는 이렇게 생각하고는 조용히 올가미에서 도끼를 풀어 노파의 정수리를 향해 한 번 그리고 또 한 번을 내리쳤다. 그러나 이상했다. 그녀는 그 타격을 받았지만, 꼭 나무로 된 사람처럼 조금도 몸을 움직이지 않았다. 그는 놀라서 그녀 가까이로 몸을 굽혀 자세히 들여다보기 시작했다. 그러나 그녀도 더욱 머리를 낮게 숙이는 것이었다. 그러자 그는 완전히 땅에 엎드려 밑에서 그녀의 얼굴을 들여다보기 시작했다. 그리고 그녀를 들여다보고는 온몸이 굳어지는 것을 느꼈다. 노파는 앉아서 웃고 있었다. 그가 듣지 못하도록 온 힘을 다해 자제하면서 조용히 소리를 죽여 웃고 있었던 것이다. 갑자기 침실로 향한 문이 조금씩 열리는 것 같더니, 그곳에서도 역시 사람들이 웃고 속삭이는 듯한 소리가 들려왔다. 광기에 사로잡힌 그는 온 힘을 다해 노파의 머리를 치기 시작했으나, 도끼로 치면 칠수록 침실에서의 웃음소리와 속삭이는 소리는 더욱더 강하게 큰 소리로 울리기 시작했고, 노파 역시 온몸을 흔들어 대면서 웃음을 터뜨리는 것이었다. 그는 도망가려고 몸을 날렸지만, 현관은 이미 사람들로 가득 찼고, 활짝 열려 있는 계단으로 난 문, 계단참, 계단, 그리고 그 아래에서도 사람들이 모두 머리를 들이밀고 이쪽을 쳐다보고 있었다. 모두들 숨어서 말없이 기다리고 있었다……. 그는 심장이 조여들었고, 마치 땅에 못 박힌 것처럼 걸음을 뗄 수가 없었다……. 그는 비명을 지르려고 하다가 잠에서 깨어났다.

그는 무겁게 숨을 몰아쉬었다. 그러나 이상하게도 꿈은 아직도 계속되고 있는 것 같았다. 그의 문은 활짝 열려 있었고, 문간에는 낯선 사람이 서서 그를 뚫어지게 관찰하고 있었다.

라스꼴리니꼬프는 완전히 눈을 뜨기도 전에 도로 감아 버렸다. 그는 똑바로 누워서 꼼짝도 하지 않았다. 〈꿈이 계속되고 있는 것일까, 아니면…….〉 그는 이런 생각을 하고

눈에 띄지 않게 다시 눈꺼풀을 아주 약간 들어 올려 그쪽
을 쳐다보았다. 낯선 사람은 서 있던 자리에 계속 서서 그
를 들여다보고 있었다. 그러더니 그는 갑자기 조심스레
문지방을 넘어 살며시 등 뒤로 문을 닫고는, 책상으로 다
가와 여전히 그에게서 눈을 떼지 않고서, 약 1분간을 기다
리는 것이었다. 그런 다음 조용히 소리 나지 않게 소파 옆
에 있는 의자에 앉아서, 모자를 옆의 마루 위에 놓고, 두
손을 포개어 지팡이를 짚고는 턱을 그 위에 괴었다. 그는
오랫동안 기다릴 기세였다. 깜박이는 눈꺼풀 사이로 분별
한 바에 의하면, 그는 이미 중년의 신사로 숱이 많은 밝은
색, 아니 거의 흰색에 가까운 턱수염을 기른 건장한 체구의
사나이였다…….

　약 10분이 흘렀다. 아직 밖은 밝았지만, 이미 날이 저물
고 있었다. 완전한 고요가 방 안을 지배하고 있었다. 계단
에서조차 아무 소리도 나지 않았다. 다만 커다란 파리 한
마리가 날아다니다가 윙윙거리면서 창에 몸을 부딪히고
있을 뿐이었다. 더 이상 참을 수가 없었다. 라스꼴리니꼬프
는 갑자기 벌떡 일어나 소파에 앉았다.

　「말씀하세요, 뭐가 필요하십니까?」

　「나는 당신이 자지도 않으면서 자는 척하고 있다는 것을

알고 있었습니다.」 낯선 사내는 조용히 웃으면서 야릇한
어조로 대답했다. 「나는 아르까지 이바노비치 스비드리가
일로프입니다. 인사드리겠소이다…….」

〈하권에 계속〉

옮긴이 **홍대화** 1965년 서울에서 태어나 고려대학교 노어노문학과를 졸업하고 동 대학원에서 석사 학위를 받았다. 러시아 상뜨뻬쩨르부르그 대학교에서 문학 박사 학위를 받았으며, 현재 경남대학교 인문과학연구소 연구전임강사로 있다. 저서로『혼자 배우는 러시아어』(1995), 역서로『러시아 희곡 1』(1998, 공역), 미하일 불가꼬프의『거장과 마르가리따』(2008, 전2권), 레르몬또프의『우리 시대의 영웅』(2013),『리곱스카야 공작부인』(2013) 등이 있다.

죄와 벌 상

발행일 2000년   6월 15일 초   판 1쇄
         2002년   1월 10일 신   판 1쇄
         2006년   3월 10일 신   판 14쇄
         2007년   2월 5일 3   판 1쇄
         2009년 10월 30일 3   판 10쇄
         2009년 11월 30일 세계문학판 1쇄
         2017년   4월 20일 세계문학판 24쇄
         2017년   5월 10일 큰 글 자 판 1쇄

지은이 표도르 도스또예프스끼
옮긴이 홍대화
발행인 홍지웅·홍예빈
발행처 주식회사 열린책들

경기도 파주시 문발로 253 파주출판도시
전화 031-955-4000 팩스 031-955-4004
www.openbooks.co.kr